U0783194

MICHAEL CONNELLY
THE POET

诗 人

［美］迈克尔·康奈利 著

简扬 译

北京联合出版公司
Beijing United Publishing Co.,Ltd.

新经典文化股份有限公司
www.readinglife.com
出　品

1

死亡是我的领域，我借它谋生。我靠着它铸就我的职业口碑。我像一个殡仪师一般以激情和精确来对待它——面对死者家属时，我面露悲戚，深表同情；独自一人时，我就化身为技艺娴熟的工匠，与死亡漠然相对。我总以为跟死亡打交道的秘诀就是跟它保持一臂之距。这就是法则。别让它的气息喷洒在你的脸上。

但是我的法则没能保护我。两个警探前来找我，告诉我肖恩出事了，一片冰冷的麻木迅速将我吞噬。那感觉像置身水族箱中，在水里不停挪动着——来来回回，循环往复——隔着玻璃望向外面的世界。我坐在他们汽车的后座上，每当车子驶过街灯，一闪而过的光映亮后视镜，我便在镜子里看到自己的眼睛。我认得那种失焦茫然的眼神，这些年来我采访了那么多新丧偶的寡妇，她们的眼神就是这样。

我只认识两名警探中的一个，他叫哈罗德·韦克斯勒。我是几个月前和肖恩在那家名叫"走几杯"的酒吧里小酌时认识他的。韦克斯勒和肖恩同在丹佛警察局负责人身侵害案件。我记得肖恩管他叫克斯。警察互相称呼都用昵称。韦克斯勒被叫作韦克斯，而肖恩的昵称是麦克。这带着某种部落情谊性质。有些昵称的含义可不那么值得称道，但警察们并不抱怨。我熟识的一位科罗拉多斯普林斯市的警察名叫斯科托，但其他警察大多叫他斯科罗特，有些人甚至干脆直接唤他"阴囊"①。不过我猜你得跟他关系铁得跟哥们儿一样才能这么叫，否则可没有好果子吃。

韦克斯勒壮得跟头小公牛似的，强健有力，就是有点矮。因为常年抽烟、喝威士忌，他的嗓子已经坏了，像被烟熏过。我见到他的那几次，他那张棱角分明的脸总是红红的。我记得他喝加冰的占边威士忌。我向来对警察喝什么酒感兴趣，这透露了他们的很多信息。当他们像韦克斯勒那样喝威士忌时，我总在想：也许因为他们已经看到了太多，也看到了太多次那些东西，而大多数人一次都不会见到。那天晚上肖恩喝的是美乐啤酒，不过他毕竟年轻，虽说他是人身侵害调查组的头号人物，但他至少比韦克斯勒年轻十岁。也许再过十年，他就会像韦克斯勒一样，将加冰的威士忌视为治愈良方，一饮而尽。但我永远也无法得知他会不会这样了。

驶出丹佛的一路上，大半时间我都沉浸在走几杯酒吧的那个晚上。那天晚上并没有发生什么重要的事情，只是我跟我的哥哥在一家警察常去的酒吧里喝了些酒。那就是我们俩最后的美好时光了，不久之后就发生了特丽萨·洛夫顿一案。走几杯酒吧的美好回忆让我仿佛再次置身于水族箱。

但现实还是会透过玻璃击中我的心脏，这时，一种挫败感和悲恸就会紧紧攫住我。在三十四年的人生中，我第一次体会到这种撕裂灵魂的痛楚。姐姐萨拉去世时，我都不曾这样。我那时太小了，还不能体会她的死亡带来的悲伤，甚至不能理解一个生命中途夭折的痛苦。我现在感到悲恸，是因为我竟丝毫不知肖恩曾如此接近崩

---

①斯科托（Scoto）、斯科罗特（Scroto）均与阴囊（Scrotum）的英文发音相近。

溃的边缘。当我认识的其他警察喝着加冰威士忌时，他喝的还是淡啤酒啊。

当然，我也意识到这种悲恸是多么自怨自艾。但事实是，很长一段时间以来，我们都没怎么倾听彼此的心声。我们早就走上了不同的道路。每次一想到这个事实，新一轮的悲恸就会再次将我攫紧。

我的哥哥曾给我讲过极限理论。他说每一个负责凶杀案的警察都存在极限，问题是达到极限之前，谁也不知道极限在哪儿。他说的就是见过的尸体。他认为一个警察可以承受的见过的尸体数量就是那么多。每个人的极限数目有所不同，有些人很快就到了极限，而有的人处理了二十桩凶杀案，还离极限远得很，但极限总是存在的，总有那么个数目。一旦达到，你就知道，这是你的极限了。你会调往档案科，你会上交你的警徽，你会做出点什么事情来，因为你无法再多看哪怕一具尸体了。如果你还去看，如果你超出了极限，啧，那你就麻烦大了。你最后恐怕要给自己来上一枪。这就是肖恩告诉我的。

我意识到另一名警探雷·圣路易斯刚才对我说了些什么。

他正从座位上转身看我。他的体格比韦克斯勒要大得多。虽然车内光线暗淡，我依然能看清他痘坑点点的脸上的粗糙肌理。我并不认识他，但从其他警察那儿听说过他，我知道他们管他叫大狗。在《落基山新闻》报社的大厅第一次见到正等着我的他和韦克斯勒时，我就觉得他们完美地再现了马特和杰夫①这对组合。他俩就像正从午夜电影里走出来的马特和杰夫一样，穿着长长的黑色大衣，还戴着礼帽。整个场景就应该是黑白的。

---

① 1907 至 1983 年间在美国报纸上连载的幽默漫画的两位主角，马特高挑，杰夫矮胖。

"听我说，杰克，我们得把这个坏消息告诉她。这事我们来干，我们只是希望你能在场，算是帮我们一把。要是情形不大好，恐怕你得留下来跟她待一会儿。你知道，也许她需要有个人陪着，行吗？"

"好的。"

"那就好，杰克。"

我们正往肖恩的家驶去，不是丹佛那间他跟四个警察合住的公寓——那只是为了方便他在城市居民登记册上登记为丹佛市居民。他的家在博尔德城，而他的妻子赖莉将会来应门。我知道，其实不需要谁来告诉她这个噩耗。只要打开门，看到我们三个站在那儿，而肖恩不在，她就会明白我们要告诉她的事情。任何一个警察的妻子都会明白。她们一辈子都在为这一天担惊受怕，为这一天做着心理准备。每一次听到敲门声，她们开门时都会猜想是不是死神的信使杵在那里。而这一次，是真的了。

"你知道，她看到我们就会明白的。"我对他们说。

"很有可能，"韦克斯勒说，"她们总是能明白。"

我意识到他们指望赖莉一开门就猜到真相，这会让他们的工作轻松点。

我垂下了头，下巴几乎抵到前胸，手指伸到眼镜下面揉捏鼻梁。我意识到我已经成为自己撰写的那些故事中的一个角色——我在那些故事里展示着悲伤的场景和失去亲人的细节，我是那么竭尽全力地去发掘，只为了让一篇在报纸上占三十英寸版面的报道显得翔实而丰富。而现在，我变成了这个故事的素材之一。

这时我想起曾经给失去丈夫的女人和痛失爱子的父母打过去的那些电话，一股羞愧感涌上心头。我还给自杀的人的兄弟打电话。是的，那些电话我都打了。我觉得没有哪一种死亡是我未曾写过的，这些无不让我觉得自己是个刺探他人痛苦的入侵者。

"您感觉如何？"记者惯用的这个句式总是担当采访的第一个

提问。如果不便这么直截了当，就会把它精心伪装成表达同情和理解的措辞——事实上我并不抱有那份同情和理解。我因这份冷漠得到过一个教训：一道细长的白色疤痕从我的左侧脸颊直直延伸到胡须边缘。这是一个女人的订婚钻戒划伤的，她的未婚夫在布雷肯里奇附近的一场雪崩事故中遇难。我用那句古老的开场白提问，她反手一个耳光抽在我的脸上。那时我还是个刚入行的新手，还觉得自己挺委屈。现在，我将这道疤痕视为一枚勋章。

"请靠边停车，"我说，"我要吐了。"

韦克斯勒一个急刹车，将车驶进高速公路的应急停车道。车子在黑暗的冰面上有点打滑，但他很快控制住了。还没等车停稳，我就拼命地推门，可门把手完全不起作用。我这才意识到这是一辆警用车，大多数时候，后座坐的都是嫌疑人或者囚犯，后车门装着由前座控制的安全锁。

"开门！"我努力从喉咙里挤出这句。

车子终于停稳了，同时韦克斯勒解除了安全锁。我打开车门，探身出去，吐在半融化的泥泞雪地上。我剧烈地呕吐了三次，肠子都快吐出来了。整整半分钟，我一动不动，等待着下一轮呕吐感，但是已经结束了。我的身体被清空了。我想到这辆车的后座是供嫌疑人或囚犯乘用的。我猜自己大概是把两项都占全了：没有尽到兄弟责任的嫌疑人和陷入自傲之笼的囚犯。至于判决，毫无疑问，将是终身监禁。

肠胃清空，就好像经历了一番肉体上的驱魔仪式，刚才的那些念头也随着身体的轻快悄然而逝。我小心地下了车，走到柏油路边。汽车一辆辆驶过，一簇簇尾气在二月的飞雪和车灯的映照中折射成一道道流动的彩虹。我们的车似乎停在某个牧场的边上，但我不知道究竟是哪儿。之前我并没有留意已经朝博尔德城开了多久。我摘下手套和眼镜，塞进大衣口袋里，随即弯腰扒开地面被污染的积雪，直到底下洁净的白雪显露出来。我掬起两捧冰冷洁净的雪，紧紧地捂在脸上揉搓，直到皮肤感到阵阵刺痛。

"你还好吧？"

圣路易斯从我身后赶上来，问了一个愚蠢的问题。这跟那句"您感觉如何？"有什么区别？我没理会他。

"我们走吧。"我说。

我们回到车上，韦克斯勒一言不发，将车子驶回高速干道。我看到了一块去布鲁姆菲尔德的出口指示牌，这才知道已经开了一半路程。我在博尔德城长大，博尔德城与丹佛之间的三十英里路程，我跑过上千次，但此时这段路看起来是如此陌生，犹如他乡。

这时我才第一次想起父亲与母亲，想他们会怎样处理这件事。一定会坚忍自持，我觉得。他们总是这样处理所有的事情。他们从不花时间讨论，他们只是继续生活。他们曾经这样对待萨拉的死亡，而现在，他们也将用同样的态度对待肖恩的。

"他为什么这么做？"几分钟后，我提出这个问题。

韦克斯勒和圣路易斯沉默不言。

"我是他弟弟。我们是双胞胎兄弟，老天，看在上帝的分上！"

"你同样也是个记者。"圣路易斯说，"我们带上你，只是因为如果赖莉需要家人的陪伴，能有个家人在身边。你是唯一一个——"

"我哥哥他妈的自杀了！"我这句话喊得太响了，带着点歇斯底里的意味，而我知道警察向来不吃这一套。他们惯于在你开始大喊大叫的时候闭紧嘴巴，冷漠以待。我降低音调继续道："我认为我有权知道发生了什么事，又为什么会发生。我又不是要撰写一篇什么狗屁报道。上帝啊，你们这些家伙真是……"我摇摇头，把剩下的话咽了下去。如果继续说下去，我觉得自己会再次失控。我凝视着窗外，这时已经能看到渐渐驶近的博尔德城的灯光。路灯真多啊，比我还是个孩子时多多了。

"我们不知道原因，"半分钟后，韦克斯勒终于开口了，"满意了？我只能说这类事总会发生的。有些时候，做警察的厌倦了这份差事带来的那些糟心事。麦克没准就是受够了，仅此而已。谁又讲得清呢？不过他们正在处理这个案子，等他们弄清了，就会告诉我，而我会告诉你。我保证。"

"哪个部门负责这个案子？"

"公园管理局那边已经把案子移交到局里了，特别调查组正在跟进。"

"特别调查组？为什么？警察自杀的案子又不归他们管。"

"一般情况下不归他们管，通常是由我们人身侵害调查组负责。但是这一次，他们不让我们掺和。总得避嫌，你也明白。"

人身侵害调查组，我心里想，负责侦办人身侵害案件：凶杀、袭击、强奸、自杀。我不知道在这起案件的报告中，谁会被列为受害者。赖莉，我，我的父母，还是我的哥哥？

"是因为特丽萨·洛夫顿的案子，不是吗？"我问道，这其实不是个问句，我不需要他们承认或者否定。我只是脱口说出了一件我自以为显而易见的事实。

"我们不知道，杰克。"圣路易斯说，"好了，这个话题就此打住吧。"

特丽萨·洛夫顿的案子是那种令人毛骨悚然的凶杀案。不仅在丹佛搅得人心惶惶，传到任何地方都将举座皆惊。任何刚听说或者刚读到这件案子的人，都会有那么一瞬间被震惊到失语失神，忍不住在脑海里描绘那幅残暴的画面，随即感到肠胃一紧。

绝大多数凶杀案都是分量不重的"毛毛雨"——这是我们报刊业的行话。这类案子对他人的影响力有限，对人们想象力的调动也不会太久。它们只能出现在报纸的内页里，配以寥寥几段文字，然后湮没于报纸中，就像受害者被深埋地底一样。

可当一个琼姿花貌的女大学生被砍成两截，发现尸体的地点还是华盛顿公园这样一个向来安宁的地方，这样的案子就会立即引爆井喷式的报道，多得版面都塞不下。特丽萨·洛夫顿一案不是毛毛雨，它就像磁石一般吸引着来自全国各地的记者。特丽萨·洛夫顿，这个被砍成两段的姑娘，就是这桩案子最引人注目的地方。于是各地的记者——纽约的、芝加哥的、洛杉矶的，电视媒体、小报狗仔和报社记者等等——都蜂拥扑入丹佛。整整一周，他们在服务周到的优质酒店里歇脚，于市区与丹佛大学校区之间奔波，抛出毫无意义的问题，收集毫无意义的答案。有的人负责盯梢洛夫顿生前兼职的托儿所，有的人启程前往洛夫顿的家乡比尤特。不论他们奔赴何处，都得出了相同的结论：特丽萨·洛夫顿完完全全就是那种媒体钟爱的形象——完美的美国女孩。

特丽萨·洛夫顿一案不可避免地被拿来与五十年前发生在洛杉矶的"黑色大丽花"惨案[①]相比较。在那桩案子里，一个不那么完美的女孩的尸体于一块空地上被发现，尸体自肚脐处被斩成两段。于是，一档猎奇类电视节目给特丽萨·洛夫顿起了个"白色大丽花"的名号，因为洛夫顿的尸体是在丹佛格拉斯米尔湖附近一块被冰雪覆盖的荒地上发现的。

这样一来，特丽萨·洛夫顿的故事不愁没有素材可用了，这件案子成了热点，热得就像垃圾桶里燃烧的火一般。这把火熊熊燃烧了差不多两个星期，然而一直没有人被逮捕，再加上其他地方又有新的案子发生，足够各家媒体找到新热点。就这样，有关这件案子的后续新闻，先是跌回到科罗拉多州诸家报纸的内页，又逐渐缩成文摘页面中一则扼要的简讯。最后，这件案子也成为毛毛雨，特丽

---

① 1947 年，洛杉矶某街区出现女演员伊丽莎白·安·肖特遭肢解的裸尸，因其生前常穿黑色衣服并染黑发，有"黑色大丽花"绰号，故以此为案件定名。

萨·洛夫顿被埋葬了。

在这期间，所有警务人员，尤其是我哥哥这样的，都对此案保持缄默，甚至拒绝证实受害者被发现时已遭分尸的细节。这个细节得以见报实属偶然。《落基山新闻》的一个摄影师伊基·戈麦斯，当时正在那个公园里转悠着寻觅"野外的艺术"——我们通常在没有热点的"无事报道日"用此类采风照片填充版面。就这么巧，他撞上了犯罪现场。在他之前，没有一个新闻记者或摄影记者得到消息。自从警方知道《落基山新闻》和《丹佛邮报》曾监听他们的无线电通信频道后，他们便总是用固定电话通知法医和犯罪现场调查组。戈麦斯拍到了警方用两副担架搬运两个裹尸袋的照片。他打电话给本地新闻编辑部，说警方正在处理一桩需要用到两个裹尸袋的案子，而从尸袋大小看，两个受害者很有可能是孩子。

稍后，《落基山新闻》一个专司警务报道的记者范·杰克逊，从法医办公室的一个线人处证实了这个残酷的事实：一个惨遭分尸成两截的受害者被送进了殓尸房。第二天早上，《落基山新闻》就报道了此事，这如同奏响了塞壬之歌[1]，诱来了全国各地的媒体。

我哥哥和他所在的人身侵害调查组负责侦办此案，但他们似乎觉得没有任何义务向公众通报情况。每一天，丹佛警察局新闻办公室发布的通讯稿上就只有寥寥几行字，宣告调查仍在继续，以及至今没有找到任何嫌疑人。一旦被记者们逼急了，警方负责人便会郑重宣称：这个案子不应该由媒体来进行调查，尽管这个声明本身就是个笑话。既然从官方挖不到什么消息，媒体便一如既往地使出应对此等情况的惯用手段：他们自行调查这桩案子，报道受害者生前的各种逸事和实际上对本案没有任何帮助的各类细节，直到把读者和电视观众耗得麻木。

---

[1] 古希腊神话中，海妖塞壬用动人的歌声来引诱航海者。

然而，警察局新闻办公室依然几乎未透露任何情况，在特拉华街警察局总部大楼之外的人们依旧对案子一无所知。两三个星期后，媒体的狂轰滥炸结束了，被扼杀的原因正是缺少维系其生机的命脉——信息。

我并未参与报道特丽萨·洛夫顿的案子，但是我想涉入其中。这可不是能够在这种地方经常遇到的事，任何记者都会惦记着分一杯羹。但是打一开始，就是范·杰克逊和跑校园新闻的劳拉·菲茨吉本斯负责跟进这个案子。我得静候时机。我知道，只要警方不公布内情，我就有机会。因此，当调查开始没多久的时候，杰克逊问我能不能从我哥哥那儿搞到点什么消息，哪怕是那类"不供引用"的资讯也行，我告诉他我会去试试，但其实我没有。我要自己做这个报道，我才不打算用自己的资源养着杰克逊，帮他抓牢这个案子呢。

到一月底，当这个案子已经发生一个月，并且已消失于新闻资讯版块时，我展开了行动。而我的错误也就此开始。

一天早上，我走进本地新闻编辑部主任格雷格·格伦的办公室，告诉他我想就这个案子写篇专稿。那是我的专长、我的领域——用长镜头呈现落基山帝国①的重大凶杀案。用一句报纸行当的陈年套话，我的技艺就是"走进头条，带您深入追寻背后真实的故事"。所以我去找格伦，提醒他我能在这件案子里拉上关系。我说，那是我哥哥负责的案子，也就只有我能跟警方搭上话。格伦可不会考虑杰克逊在这件案子上已经花费的时间和精力，他毫不犹豫地批准了我的申请。我早料到他会这样。他所关心的，就只是打造一篇《丹佛邮报》没有的独家报道。我拿下了这份差事，走出了他的办公室。

---

① 美国科罗拉多州的昵称，落基山脉纵贯该州中部，首府为丹佛。

可我错了，我不该在跟我哥哥谈话之前便告诉格伦我有门路。第二天，我走过两个街区，从报社来到警察局，和肖恩一起在自助餐厅吃午餐。我向他提起我的差事，他却叫我打道回府。

"回去吧，杰克。我帮不了你。"

"你在说什么？这是你的案子。"

"是我的案子，但我不会跟你或者其他任何一个人合作——你们只是把它当成写作素材而已。我已经通报了这件案子的基本信息，上头只允许我这么做，这件事到此为止。"

肖恩移开视线，看向另一边。他有个让人颇为恼火的习惯：一旦你跟他意见相左，他就不看你。我们小时候，只要他使出这一招，我就会跳到他身上，猛捶他的后背。现在我再也不能这么干了，虽然好多次我都恨不得揍他一顿。

"肖恩，这可是个好题材，你必须得——"

"没什么我必须得做的事，我他妈才不管这题材是不是好的。要我说，杰克，这题材糟透了，你懂吗？我睁眼闭眼脑子里全是这件案子。我是不会拿它帮你多卖几份报纸的。"

"得了，伙计，我可是个作家，我才不关心它会不会带动报纸的销量。我关心的是挖掘故事本身，才不管什么销量之类的。你了解我对这类事的想法。"

他的目光终于回到我的身上。"那你也该知道我对这件案子的感受。"他说。

我沉默片刻，然后掏出一根香烟。那时我的吸烟量已经减到大约一天半包，当时完全可以不抽烟，但是我知道这个请求令他感到困扰。每当我尝试说服他时，就点上根烟。

"这儿不是吸烟区，杰克。"

"那去告发我呗，起码你能逮到个人交差了。"

"你怎么每次得不到想要的东西时，就表现得跟个浑蛋似的？"

"你还不是跟个浑蛋似的？你破不了这件案子，对吧？这才是问题关键所在。你不想让我继续调查，不想让我报道你的失败。你正打算放弃这件案子。"

"杰克，别跟我来这套踢裆①的鬼把戏。你知道这向来不管用。"

他说对了，这一招从来就没起过作用。"好吧，到底是怎么回事？你就只想把这个恐怖小故事留给自己享用，是吗？"

"嗯，差不多吧。你爱怎么说就怎么说。"

我坐在韦克斯勒与圣路易斯的汽车里，双臂环抱在胸前。这个姿势让我感到某种安慰，就好像我正与另一个自己紧紧相拥。我越是思考我哥哥的死，越觉得整件事都迷雾重重。我知道洛夫顿一案一直重重压在他的心头，但绝没有到让他想轻生的地步，他不是这种人。

"他是用自己的枪吗？"

韦克斯勒透过后视镜望着我。他在审视我，我猜。我不知道他是否知道我和我哥哥之前的谈话。

"是的。"

这个答复令我心头一震，我就是觉得这点说不通。我和肖恩在一起那么长时间，往日里所有的相处时光都告诉我，肖恩不会这么做。我才不管什么洛夫顿的案子。无论他们怎么说，肖恩是不可能选择轻生的。"肖恩不是那种人。"

圣路易斯回头看着我："什么意思？"

"他不可能自杀，就是这样。"

"听着，杰克，他——"

"他从来没有厌倦那些工作上接踵而来的糟心事。他爱死了。

---

① 指拳击中违规击打对方腰带以下的部位，后渐引申为不公正的、卑劣的行为。

你去问赖莉，你随便拉个人问都行。韦克斯，你是最了解他的人，你应该知道这说辞完全是无稽之谈。他热爱狩猎，他就是这样形容这份工作的，给他什么都不换。本来这会儿他大有希望升个该死的副局长什么的，可他不要。他就想办这些凶杀案，他留在了人身侵害调查组。"

韦克斯勒没有回答。我们已经抵达博尔德城，正沿着基线大道开往瀑布区。车内一片死寂。他们提到的肖恩的事情冲击着我，如同惊涛拍过，空余一身寒意，就像覆在身后高速公路旁的积雪，冰冷而暗淡。

"他留下遗书了吗，或者其他东西？"我说，"或者……"

"有一句话。我们认为，那大概就是遗书了。"

我注意到圣路易斯瞥了韦克斯勒一眼，使了个眼色，那意思是"你说得太多了"。

"什么？写了什么？"

回答我的是漫长的寂静。然后，韦克斯勒决定不理会圣路易斯的警告。"游离于空间之外，"他说道，"超脱时间之际。"

"'游离于空间之外，超脱时间之际。'就是这样？"

"就是这样，这就是遗书的全部内容。"

赖莉脸上的微笑大概只保持了三秒钟，笑容随即被惊恐的神情取代，那副样子活像从爱德华·蒙克的画作里跳出来一样。大脑真是一台令人惊叹的计算机，短短三秒钟的时间就能扫视完出现在你家门口的三张脸孔，然后知道你的丈夫再也不会回家。IBM 的产品永远也做不到这一点。赖莉的嘴形成一个可怕的黑洞，从中发出一声含混不清的呜咽，接着是那个不可避免却毫无意义的字眼："不！"

"赖莉，"韦克斯勒试着安抚她，"我们先坐下，坐一会儿。"

"不，上帝啊，不！"

"赖莉……"

她从门口仓皇后退，就像一只被逼得走投无路的动物，朝着一个方向飞奔，接着又慌不择路地转向疾驰，似乎觉得只要避开了我们，就能改变什么事情。她拐了个弯，奔进了客厅。我们跟过去，看到她瘫在长沙发上，好像马上要昏厥过去，我得知消息时差不多也是这个样子。她的泪水这时才涌出眼眶。韦克斯勒坐到她身边，圣路易斯和我站在一旁，怯懦地沉默着。

"他死了？"她问道。她已经知道答案了，但是也意识到必须强忍悲恸把事情了解清楚。

韦克斯勒点了点头。

"怎么死的？"

韦克斯勒低下头，迟疑了片刻。他看了我一眼，然后目光落到赖莉身上。

"他自杀了，赖莉。我很抱歉。"

赖莉不相信韦克斯勒的话，就像我不相信一样，但韦克斯勒自有一套讲故事的方法，不一会儿，她就不再表示异议了。直到这时，她才第一次望向我，泪流满面。她的脸上带着祈求的神情，仿佛在问我，我们是不是被困在同一个噩梦里？我就不能想点办法做点什么吗，我就不能把她唤醒并带她逃离这个噩梦吗？我就不能告诉这两个仿佛来自黑白电影里的滑稽角色，说他们大错特错吗？我走到沙发边，在她身旁坐下，拥抱她。我就是为安慰她而来的。这一幕我已经见过了太多次，我完全知道应该怎么做。

"我会留在这儿，"我低声道，"只要你需要，我留多久都可以。"

她没有回答，从我的臂弯里挣开，转向韦克斯勒。"是在哪里发生的？"

"埃斯蒂斯公园小镇①。在湖边。"

"不,他不会去那个地方——他到那里干什么?"

"他接到了一个电话,有人说找到了一些情报,跟他手里的一件案子有关。他去了斯坦利酒店跟对方碰头,喝了咖啡。然后,他……开车去了湖边。我们不知道他为什么要去那里。国家公园的一个巡守员听到了枪响,在他的车里发现了他。"

"跟他的哪件案子有关?"我问道。

"听着,杰克,我不能说得太具体——"

"是哪件案子?"我大吼道,根本顾不上声音里的歇斯底里,"就是洛夫顿的案子,是不是?"

韦克斯勒微微点头。圣路易斯无奈地摇了摇头,走开了。

"他去见的人是谁?"

"打住,杰克。这个情况我们不能告诉你。"

"我是他弟弟,这是他的妻子。"

"一切都还在调查当中,但如果你是打算搜寻什么疑点,告诉你,没有任何可疑的地方。我们去现场看过了。他的确是自杀,用的是他自己的手枪,留下了一句遗言。我们做了射击残留物测试,在他手上发现了火药残留。我也希望他没有这样做,但这是事实。"

---

① 位于落基山国家公园旁,后文的"国家公园"即为"落基山国家公园"。

2

在科罗拉多的寒冬里，他们开着反铲挖土机，掘开地层的冰冻线，掏出大块大块的冻土，以开凿一个墓穴。我的哥哥被葬在博尔德城的绿山纪念公墓里，距离我们小时候住的宅子不到一英里。我们在孩提时代，每次去肖托夸公园参加夏令营远足时，都会驶过这片公墓。

匆匆路过这里时，我们从未留意过那些石碑，一次都没有，也从未想过这墓园的方寸之间就会是我们的最后归宿。而现在，它成了肖恩的最后归宿。

高大的绿山耸立在墓园中，就像一座巨大的祭坛，将聚在肖恩坟茔旁的这一小簇人衬得更加渺小。赖莉当然在场，还有她的父亲与母亲，以及我的父亲与母亲。出席葬礼的还有韦克斯勒、圣路易斯和另外十来个警察，还有一些无论肖恩、我或者赖莉都不曾保持联系的高中时期的朋友，最后，还有我。

这不是官方为警员举办的那种慷慨激昂、浓墨重彩的葬礼，那种规格只属于那些因公殉职的警察。虽然可以争辩说肖恩同样死于工作，但警察局并不这么认为。所以肖恩没有得到风光大葬，而局里的大多数警察也没有来参加葬礼。在以"细蓝线"①自居的警察行当里，很多人觉得自杀是具有传染性的。

我是抬棺人之一，跟我的父亲一起抬前杠。我之前从来没有见过的两位警察担起了中杠，后来我才知道他们也隶属于肖恩所在的人身侵害调查组。韦克斯勒和圣路易斯负责抬后杠。圣路易斯身材过于高大，韦克斯勒又未免太过小巧。唉，就跟马特和杰夫一模一样。于是我们扶灵抬棺的这一路，灵柩的后半部分总是斜斜的，我估计这画面会令人感到有些怪异。我们颇为费力地抬着灵柩，我却有些神思恍惚，总觉得肖恩的身体似乎正在棺材里摇来晃去。

肖恩下葬的那一天，我并没有跟父母说太多话，虽然我跟他们、赖莉和赖莉的父母同乘一辆高级轿车。我们已经很多年没有过有实质内容的交谈了，就连肖恩的死亡也不能打破我们之间的隔膜。二十年前，我姐姐萨拉死后，他们对我的态度就发生了变化。他们似乎怀疑：我，作为那次事故的生还者，是故意做出那些事导致姐姐死亡的。呵，就是因为我活了下来。而且我非常确定，从那以后，我做出的每一个选择都令他们无比失望。我觉得那一次又一次微小的失望，会随着时间的流逝日积月累，就像银行账户里的存款利率一样，日息微薄得懒得结算，到最后却发现足够人们舒舒服服地靠着利息享受退休生活。我们就是陌生人，我只在那几个避不过的节日里才去跟他们见上一面，因而那天我们之间实在没什么话可说。除了赖莉偶尔发出像受伤小动物一般的哀泣，偌大的车厢就像肖恩的棺材一样，安静得可怕。

葬礼结束后，我请了两周假，加上报社允许的一周丧假，一个

---

①代表驻守在社会稳定与暴力犯罪中间的警务力量。

17

人开车去了落基山区。在我眼里，落基山脉永远那么气势恢宏，这里是能让我的伤痛最快愈合的心安之处。

我沿着七十号州际公路一路西行，穿过拉夫兰隘口，越过山岭，驶向大章克申市。我开得很慢，这一段路足足开了三天。有的时候，我停下来滑滑雪；有的时候，我只是将车停在避车道上，默默想着事情。驶过大章克申市后，我转道向南，拐去特柳赖德，第二天就到了。我的切诺基一路上都保持着全时四驱模式。我在西尔弗顿住了下来，因为这里的住宿费更便宜。我每天都滑雪，就这么过了一个星期。到了晚上，我要么在旅店客房里整宿喝圣鹿利口酒，要么就在某个滑雪小屋里靠着壁炉继续喝。我想方设法地耗尽身体机能，希望能让头脑也随之放空，但总是不成功。肖恩，肖恩，我脑子里全是肖恩。游离于空间之外，超脱时间之际——他最后留下的这句话就像一个谜语，我怎么都无法丢开不想。

出于某种原因，我哥哥从事的这份崇高事业辜负了他，甚至要了他的命。这个简单的结论给我带来的悲恸一直都无法消退。我一次次飞速滑下山坡，寒风仍能穿透我的太阳镜，把我的眼睛刺得泪流不止。

我不再质疑官方结论了，但并不是韦克斯勒或者圣路易斯说服了我，是我自己说服了自己。我的决心在时间与现实面前日益被侵蚀。某种程度上，每过一天，我会更相信甚至更能接受肖恩自杀了这个可怕的事实。而我停止质疑的另一个原因是赖莉。在那个可怕的晚上的第二天，她告诉了我一件就连韦克斯勒和圣路易斯都不知道的事：肖恩一直在看心理医生，每周一次。虽然警察局也向警员提供这类心理咨询，但肖恩选择用自己的秘密渠道，因为他不希望局里出现流言，影响他的地位。

我意识到，肖恩开始看心理医生，正是我去找他说我想报道洛夫顿一案的时候。我猜那时候他大概是想把我从这案子的旋涡里推出去，以免我陷入跟他一样的苦痛。我愿意这么想，告诉自己这就是他所想的。在山里的那些天，我就紧攥着这个念头自我安慰。

有天晚上，灌了许多酒之后，我站在旅店房间的镜子前，思忖着应该刮掉胡子，再把头发剪短，这样我就跟肖恩生前几乎一样了。我们是同卵双胞胎，有着一样的淡褐色眸子、一样的浅棕色头发、一样的纤长体格——但是很多人不会意识到这些。因为一直以来，我俩都不遗余力地打造与彼此截然不同的形象。肖恩戴隐形眼镜，举杠铃练出一身的肌肉。我则戴普通眼镜，大学时就蓄起了胡子，离开高中篮球队后再也没碰过杠铃。我脸上还有那道疤痕，就是布雷肯里奇事件中的那个未婚妻给我留下的，那是我的战斗勋章。

肖恩高中毕业后就去服了兵役，退役后当了警察，这一路一直留着短寸头。后来他上了科罗拉多州立大学的在职课程，成功拿到了学位。在警察局里，有文凭才能升上去。我毕业后则在纽约和巴黎瞎混了几年，后来才走上念全日制大学的路子。我的梦想是当个作家，最后却成了记者。我暗暗告诉自己，这只是权宜之计。我已经这样告诉自己十年了，也许还要一直自我鼓励下去。

就在那个晚上，在旅店房间里，我久久凝视着镜中的自己，但最后我既没有刮掉胡子，也没有剪短头发。我不住地想着躺在冰冷地下的肖恩，愁肠百结。我决定了，到我死的时候一定要火葬，我不要在地下受苦。

最令我牵肠挂肚的就是那句遗言。警方的说法是这样的：我的哥哥离开斯坦利酒店，驱车穿过埃斯蒂斯公园小镇，来到贝尔湖。他停下了警车，却没有熄灭引擎，而是让发动机继续突突地转了一会儿。他没有关暖风，等热气凝在挡风玻璃上，蒙上一层雾气后，他起身用戴着手套的手指在玻璃上写下了那句话。他是反着写的，所以在车外就可以直接读出来。这就是他留给这个世界——还有他的父母、妻子和双胞胎兄弟——的遗言：

游离于空间之外，超脱时间之际。

我无法理解。什么时间？什么空间？他得出了某种令他绝望的结论，却从不跟我们探讨一下。他既没有伸手向我求助，也没有去找我们的父母，或者赖莉。是不是我们应当率先向他伸出双手，即便在我们不知晓他隐秘的创伤之前？我独行的这一路上，得出了结论：这是不可能的。他本就应该先向我们求助，他理当先做出尝试，因为他没有这么做，他剥夺了我们援救他的机会，令我们陷入痛苦与内疚的深渊无法自拔。我意识到我的悲恸中有很大一部分其实是怨恨。我怨恨他，怨恨我的双胞胎哥哥，因为他居然这样对我。

但是对亡者怀恨在心太难了。我没办法一直生肖恩的气，而唯一能稍稍消减怒火的方法就是质疑警方的说辞。于是，我就陷入这种循环：否定，接受，愤怒；否定，接受，愤怒。一次又一次，周而复始。

在特柳赖德的最后一天，我给韦克斯勒打了个电话。我听得出来，他并不乐意接到我的电话。

"你们找到那个提供消息的线人了吗？跟肖恩在斯坦利见面的那个？"

"没有，杰克，没那个运气。我向你保证过，一旦这事有进展就一定会告诉你。"

"我记着呢，我只是还有些疑问。难道你就没有吗？"

"放手吧，杰克。让过去的就这么过去吧，这样我们大家都会好过些。"

"特别调查组呢，他们怎么说？还是他们已经就这么放过去了？案子结了？"

"差不多吧。这星期我还没跟他们谈过。"

"那你为什么也还在查那个线人？"

"我有我的疑问，跟你一样，就是有些地方还没弄清楚。"

"你对肖恩的看法改变了？"

"不，我只是习惯把所有事情处理得井井有条。我想知道他跟那个线人谈了什么，或者说他们是不是真的碰头了。你知道，洛夫顿一案还在侦办中。我倒是想把这个钉子案给破了，为了肖恩。"

我注意到他不再称呼肖恩为麦克。肖恩，已经不再是警察圈子的一员。

接下来的星期一，我回到报社，重新开始工作。走进新闻编辑部时，我感到有好几道目光落在我身上，不过这没什么不寻常的。每次走进来时，总有那么几个人会打量我，我能感觉得到。我有一份编辑部里人人羡慕的好差事。没有每天的例行苦差，没有当日截稿时限的逼迫，我可以在整个落基山区自由自在地游荡，只用撰写一个主题：凶杀案。所有人都喜欢精彩的谋杀故事。有时，我把一桩枪击案拆解成几个专题，追述凶犯和受害者的生平，描述他们命运相交的致命一刻。有时，我又会写一桩发生在樱桃山上流社会的谋杀案，或者莱德维尔小镇的一起酒吧枪击案。贩夫走卒的案子，鸿儒雅士的案子；毛毛雨一样的小案子，骇人听闻的重大凶案，我哥哥是对的，只要写得好，报纸就会大卖特卖。而我就是干这个的，我就擅长从容不迫地讲故事，并且把它们讲得娓娓动听。

我办公桌上的电脑旁已经堆了一摞一英尺高的报纸，这是我写新闻报道的主要素材来源。我订阅了南到普韦布洛北至博兹曼的所有日报、周报和月刊，从中挑选出那些讲述凶杀案的有潜力的豆腐干新闻，然后把它们扩充为长篇纪实报道。可供选择的素材非常多：从淘金热时代起，落基山帝国就充斥着暴力事件，虽然跟洛杉矶、迈阿密和纽约这些城市比起来还差得远，但我从来不缺素材。我总能从这些犯罪活动或者调查报告中发掘出与众不同的东西，雕琢后便能为读者呈现令他们眼前一亮的惊叹，或者牵动人心的悲伤。这就是我的工作——开采这些原料。

但是这个早上，我寻找的不是报道素材。我在这一摞报纸中翻查往期的《落基山新闻》，以及我们的竞争对手《丹佛邮报》。报纸通常不怎么报道自杀事件，除非案子有什么特殊的地方。我哥哥的死亡是够格的，我觉得这事很有机会见报。

我猜对了。《落基山新闻》没有一篇关于肖恩的报道——估计是出于对我的尊重，但在肖恩死后第二天，《丹佛邮报》在本地新闻版的某一版面尾端刊登了一篇六英寸长的报道。

丹佛警探死于国家公园

据官方消息称，本周四，丹佛警察局一名负责调查丹佛大学学生特丽萨·洛夫顿遇害案的资深警探被发现死于落基山国家公园，有明显饮弹自尽迹象。

肖恩·麦克沃伊，三十四岁，被人发现死于其驾驶的丹佛警察局未标识的警车内，该车停放于贝尔湖的一个停车场，就在埃斯蒂斯公园小镇通向落基山国家公园的入口附近。

发现这位警探尸体的是公园的一名巡守员。当天下午五点左右，他听到了一声枪响，于是前往该停车场查看。

公园管理局的官员已将这起死亡事件移交丹佛警察局调查，该局的特别调查组正在跟进。特别调查组组长罗伯特·斯卡拉里警探表示，初步迹象显示这是一起自杀事件。

斯卡拉里说，现场发现了一句遗言，但是他拒绝透露其内容。他表示，可以确信工作中的困难给麦克沃伊带来了很大压力，但他同样拒绝谈及麦克沃伊生前遇到的具体问题。

麦克沃伊在博尔德城长大，并一直生活于此地，已婚，但尚未育有子女。他已有十二年警龄，极富经验，晋升很快，任职于人身侵害调查组，该组负责处理本市所有的暴力事件。

麦克沃伊生前任人身侵害调查组的组长，最近正负责侦办十九岁大学生洛夫顿遇害一案。洛夫顿的尸体三个月前在华盛顿公园被发现，系被勒死并惨遭肢解。

斯卡拉里拒绝回应麦克沃伊留下的遗言里是否提及目前仍未告破的洛夫顿案，对该案是否是麦克沃伊遇到的工作困难之一也不予置评。

斯卡拉里说，目前尚不清楚麦克沃伊自杀前前往埃斯蒂斯公园小镇的原因。他表示对这起死亡事件的调查仍在进行。

我读了两遍这则报道，这里面并不包含我还不知道的消息，但它对我有一种奇特的吸引力。似乎是因为我觉得我知道，或者说我开始萌生一个想法，能够解释肖恩为什么要去埃斯蒂斯公园小镇，并且一路驱车直到贝尔湖。总有那么个缘故，只是我之前不愿多想。我剪下这则报道，装进一个马尼拉文件夹，又把文件夹塞进桌子的抽屉里。

我的电脑嘟嘟响了起来，屏幕顶端弹出一条信息，是本地新闻编辑部的召唤。我又得重新投入工作了。

格雷格·格伦的办公室位于编辑部大厅的后部，有一整面玻璃墙，这使他能够扫视全场，观察一排排格子间里埋头工作的记者们；在没有雾霾遮蔽视线的时候，他还可以通过西墙的一溜窗户眺望远处的山脉。

格伦是个好编辑，他将一篇报道的可读性视为重中之重，这就是我喜欢他的地方。在新闻这一行里，编辑们分为两个派系：一派只重视事实，他们会把事实拼命地塞进一篇报道中，让报道不堪重负，几乎没有一个人能把报道从头到尾地读下来；而另一派注重遣词造句的功夫，从不会让所谓的事实成为优美文辞的阻碍。他喜欢我，就是因为我写得一手好文章，他差不多完全让我自行选择写什么。他从不向我催稿，我上交的稿子他也从不严格审改内容。我很早就认识到，一旦他离开这家报社，或者由于降职或升迁而离开本地新闻编辑部，我的好日子多半就到头了。每一个本地新闻编辑，都会打造自己的班底。如果他走了，我大概又会回到日常警务那一块，从警方日志里勾选一条条简讯，跟那些毛毛雨的案子打交道。

我在他桌子前的软垫椅上坐下时，他刚打完一个电话。他约莫比我大五岁。十年前我刚进这家报社时，他已是大牌记者之一，就像我现在这样。不过最后，他进入了管理层。现在，他每天西装革履，桌子上放着一个脑袋上下晃动的小塑像，那是来自丹佛野马橄榄球队的队员塑像。他一天里干得最多的事就是打电话，总是小心地关注着从辛辛那提的集团总部①吹来的政治风向。他成了个四十多岁、大腹便便的中年男人，有妻子、两个孩子和一份收入可观的薪水，但这薪水还不足以买下他妻子看中的那片住宅区的一套房子。这些都是那回我们在温库普酒吧喝啤酒时，他告诉我的。过去四年里，我只见他出去喝过那么一次。

格伦办公室的一面墙上钉着最近七天的报纸头版，每天他做的第一件事就是将挂满了七天的那一版取下来，再把最新的头版钉上去。我猜他这么做是为了跟踪新闻动态，以保证社里报道的延续性，也可能是因为他再也不能像一个记者那样署名发表报道，于是贴上这些版面，以这种方式提醒自己现在正管理着所有记者。他此时放下了电话，抬头看向我。

"谢谢你能来，"他说，"我只想再说一次，我对你哥哥的事情

---

① 指斯克里普斯报业集团，总部位于俄亥俄州辛辛那提，在丹佛、华盛顿、纽约等地设有分支机构，《落基山新闻》即属于该集团。

抱以深切同情。如果你觉得还需要一些时间缓缓，完全不成问题。我们会想办法为你凑出假期。"

"谢谢。但是我可以回来工作了。"

他点点头，但并没有让我离开的意思。我就知道，这次召唤的意义并不仅限于此。

"好，那我们现在说点工作上的事。现在你手头上有什么计划吗？凭我的记忆，在你……在那件事发生之前，你那会儿正找着下一篇报道的素材。我想着要是你回来了，干点事忙起来说不定对你有好处。就像那句话说的，投入工作有利于身心舒畅。"

就在这一刻，我知道我接下来要做的事了。噢，就在我眼皮子底下，但它一直隐藏着未露身形，直到格伦抛出那个问题。然后，我的任务理所应当地来了。

"我要写一篇关于我哥哥的报道。"我说。

我不知道这是不是格伦希望我说的话，不过我想我应该说对了。我猜从他听说有两个警察在楼下大厅与我见面并告知我哥哥故去的消息时，他就瞄上了这个故事。他是个聪明人，知道不必直接向我提出建议，我自己就会想到。他需要做的，只是抛出一个简单的问题。

不管怎么说，这个饵我收了。从那以后，我的生活就发生了翻天覆地的变化。就像你在回忆里能清晰地标出一个人生平的关键节点，我的生活也随着那句话而完全改变了，就在我把自己的打算告诉格伦的那一刻。那时我自以为对死亡还算了解，以为自己懂得什么是邪恶。但其实，我一无所知。

3

　　威廉·格拉登扫视着从眼前掠过的一张张欢喜的脸庞。这里就像一台巨型的自动售货机，想挑谁就挑谁：不喜欢这个小男孩？没事，这不又来了一个。那个小姑娘怎么样？

　　不，这一次还不能挑走谁，他们的父母离得太近了。他不得不等待，等待其中一个大人犯下错误，走到突堤码头上，或者走向兜售小吃的窗口买棉花糖，留下他们的宝贝一个人待在这儿——圣莫尼卡码头的旋转木马上。

　　格拉登由衷地喜爱圣莫尼卡码头的旋转木马。他爱这些木马，并不是因为它们是地地道道的二十世纪早期的旋转木马，以及像宣传橱窗里所说的，工匠足足花费了六年时间来为这些奔驰的骏马手工上色，以恢复它们初建时的原貌；也不是因为它们曾经出现在这些年他看过的很多电影里，尤其是他在雷福德监狱的时候；同样不是因为它们让他回想起跟"最好的兄弟"在萨拉索塔县的集会上，同乘旋转木马的欢乐时光。他爱这些木马，是因为那些骑坐在上的孩子。在汽笛风琴的音乐声中，旋转木马一圈又一圈地悠悠回旋，孩子们一张张小脸上绽放着纯粹的幸福——天真无邪，无比欢乐。

从菲尼克斯搬过来后，他就一直来这儿，每天都来。他知道这事也许会花费一些时间，但终有一天，这一切都会得到回报；而他的订单，也将由他亲自盖上"已完成"的戳。

五颜六色的旋转木马从眼前晃过，留下一道道缤纷的残影，他的脑海里又倏地翻涌出那些浮光掠影的回忆——从他还在雷福德监狱时就开始频繁地犯这个毛病。他想起他最好的兄弟。他记起那个黑漆漆的、只从门缝底下透出一道光亮的壁橱。他在壁橱底板上蜷成一团，让自己离那丝光亮更近一些，离那丝新鲜空气更近一些。他看到那个人的脚朝这边挪过来了。一步，又一步，他注视着那个人的每一步。他真希望自己能更年长一些，更高一些，这样他就能爬到壁橱顶部的架子上。如果他爬上去了该多好，他准会给他最好的兄弟一个大大的惊喜。

格拉登收回思绪，环视四周：旋转木马这一轮的旅程结束了，最后一个孩子正奔向大门口等待着的父母；更多的孩子已经在外面排好了队，随时准备冲向旋转木马，挑选自己喜爱的座位。他在孩子堆里再次寻觅着，寻觅有着黑油油的头发和光洁的褐色皮肤的小女孩，但是一个都没找到。然后他注意到那个从孩子们手里收票的女人正盯着他。两人视线交错，他率先瞥向别处。包里装的照相机和书直坠得背包往肩膀下溜。他在心里告诉自己，下次记得把这些书留在车里。他最后望了一眼旋转木马，朝通往码头的一扇门走去。

走到车旁，他装作漫不经心地回头看向那个女人的方向：孩子们正尖叫着奔向那些木马，有的孩子由父母带着，大多数孩子是独自一个人；那个忙着检票的女人已经将他忘到脑后了。他是安全的。

4

我迈进房间，劳丽·普莱恩从电脑前抬起头，冲我微笑。我就希望能碰上她。我绕过柜台，从空桌子旁捞起一把椅子，拖到她身边坐下。《落基山新闻》的资料室这会儿看起来还算清闲。

"哦，不！"她轻快地笑着说道，"每次你走进来坐下，我就知道又有一个耗费我青春的大工程要来了。"

她指的是我在撰写报道之前的准备过程中，通常都会甩给她一大堆繁杂的信息查询申请。我写的很多犯罪报道都会裹挟大量的法务案例。我总是需要了解对于我报道中涉及的某个主题，别人已经写过什么，又发表在何处。

"那可真对不起，"我摆出一副真诚悔过的模样，"这一次，恐怕得麻烦你把今天余下的青春都耗费在律商联讯数据库里了。"

"你这话的前提是，如果我能帮上忙的话。你想查什么？"

她散发魅力的方式低调而淡然：她的发辫乌黑油亮，褐色的眼眸藏在一副银边眼镜后面，丰盈的嘴唇从来用不着涂抹口红。她拉过来一个黄色拍纸本，在面前摆好，扶了扶眼镜，拿起笔，准备记下我要查询的内容。律商联讯是著名的计算机数据库，收录了全国各地绝大多数报纸的内容和美国各级法院的判决案例，以及一大堆你在网络上所需要的信息交会点。如果你需要针对某个特定的主题或者某篇特别的报道搜索前人已经写了什么，律商联讯数据库就是你开始的地方。

"警察自杀事件。"我说，"我需要就这个题材能找到的所有资料。"

她面色一凝，我猜她在怀疑我提出这项查询请求是出于个人原因。使用数据库搜索非常昂贵，报社严令禁止出于私人理由使用。

"别担心，我正在做一篇报道，是格伦刚刚指派的任务。"

她点点头，但我不知道她有没有真的相信，我估计她会去找格伦核实一下。她的目光重新回到那个黄色拍纸本上。

"我要找的是，新近发表的关于这类事件的官方统计资料，警察与其他行业从业者的自杀率对比，以及与总人口自杀率的比较统计数据，还有其他可能会研究这类事的研究所或者政府机构所提及的任何信息。嗯，我想想还有什么……哦，对了，所有涉及这类题材的逸事传闻。"

"逸事传闻？"

"任何跟警察自杀有关的小道消息。让我们先从五年前开始吧，我要找些案例。"

"就像你的……"她立刻意识到自己说错了话。

"是的，就像我哥哥那样的。"

"那真是太不幸了。"

她没再多说什么。我任由萦绕在我俩之间的沉默持续了一会儿，然后问她这次计算机查询大概需要多长时间。一般来说，我的查询申请优先级别都会比较低，因为我的报道是没有截稿时间的。

"这个嘛，你这个申请像霰弹枪一样，面很大，都没什么明确的信息，我得花些时间理一下才行。而且你也知道，当日新闻的相关查询请求进来以后，我只能先处理那些急件，但我会尽力的。今天下午晚些时候给你行吗？"

"行，没问题。"

回到新闻编辑部时，我抬头看了一眼头顶上的挂钟，已经十一点半了。这个时间正适合我处理需要做的那件事。我回到办公桌旁，给警察局的一个熟人打了个电话。

"嘿，'船长'①，你当班吗？"

"你什么时候到？"

"午餐时间。我大概需要点消息，非常需要。"

"该死！好吧，我在这里。你什么时候回来的？"

"今天。一会儿我们见面谈。"

我挂了电话，穿上长大衣，走出新闻编辑部。穿过两个街区后，我来到丹佛警察局总部大楼，冲前台的警察晃了晃记者通行证，那警察专心看着《丹佛邮报》，眼皮都没抬。我直接来到四楼的特别调查组办公室。

"我有个疑问，"在我告诉他我想要的东西之后，罗伯特·斯卡拉里警探说道，"你是以死者兄弟的身份出现在这里，还是作为记者？"

"二者都是。"

"坐下吧。"

斯卡拉里倚着桌子探身过来，我觉得他大概是想让我好好欣赏他为了掩盖秃顶而做的复杂植发。

"听着，杰克，"他说，"这样我就会面临一个问题了。"

"什么问题？"

"你看，如果你来见我是因为作为弟弟，你要了解事情为什么会发生，这是一种情况，我很可能会把我知道的一切都告诉你。但如果我告诉你的这些消息，最后落得个被刊登在《落基山新闻》上

---

①船长（Skipper）是对警监（Captain）的戏谑昵称。

的结局，这是我不愿看到的。我很尊重你的哥哥，绝不会让他的遭遇被用来吆喝卖报纸，哪怕你并不在乎这一点。"

这间狭小的办公室里只有我们两个人，还有四张桌子。斯卡拉里的话让我直冒火，但我把怒气咽了回去。我同样倚着桌子把脑袋探过去，让他能够看清我那健康茂密的头发。"我来问你点事吧，斯卡拉里警探。我哥哥是被谋杀的吗？"

"不是，他不是被谋杀的。"

"你确定这是一起自杀案件，对吧？"

"你说对了。"

"那么这桩案子已经结案了？"

"又说对了。"

我向后一靠，拉开与他的距离。"这可真把我弄糊涂了。"

"为什么这么说？"

"因为你这是自相矛盾啊。你告诉我这桩案子已经结了，却又说我不能够查看案件记录。如果确实已经结案，那我理当可以查看卷宗，因为他是我的哥哥。另一方面，如果已经结案，我作为一名记者，查看卷宗也不会干扰其他正在进行的调查。"我稍作停顿，让他有时间消化一下。"所以，"我继续说道，"按照你的逻辑，那就没有什么理由不允许我查看卷宗。"

斯卡拉里看着我。我从他的表情中看出了隐藏的愤怒。

"听我说，杰克。卷宗里有些情况，封存记录会更好，公开发表更不可能。"

"我想，这应该由我自己来判断，斯卡拉里警探。他是我的哥哥，我的双胞胎兄弟。我做这些事不是要让他声名受损，我只想努力弄清楚一些事情。如果我能写好这篇报道，就意味着我终于能用这种方式告慰他的在天之灵。你能理解吗？"

我们就这么坐着看着对方，过了好久，该是他表态的时候了，我等着他的回复。

"我帮不了你，"他最后说道，"即使我心里想搭把手。已经结束了，这桩案子结案了。案件卷宗已经送交档案室封存。你要看，那就找他们去。"

我站起身："谢谢你刚开始就告诉我这些。"

我没再多说一个字，转身跨出办公室。我早知道会在这儿吃闭门羹。我之所以来找他，是因为得例行走个过场，而且我还想看看能否从他这儿了解到案件卷宗在什么地方。

我顺着专供警察使用的通道而下，来到了警察局行政警监的办公室。已经十二点一刻，接待处空无一人。我绕过接待处，敲响房门，里面传来叫我进去的声音。

办公室里，福里斯特·格洛隆警监正坐在桌子后边。他的体格是如此庞大，以至于标准制式的办公桌看起来像是儿童用的家具。他是个肤色很深的黑人，留着光头。当他起身同我握手时，我又被迫意识到他那超过六英尺半的惊人身高。我觉着要是一台体重秤能完全承受他的体重，标度盘上的指针准会冲过三百。我含笑同他握手。他一直是我的线人之一，六年前我跑日常警务新闻的时候就认识他了，那时他还只是个干巡逻的小队长。现在我们都升职了。

"杰克，你还好吗？你说你刚回来？"

"噢，我花了些时间调整。我现在挺好的。"

他没提及我哥哥，但他是参加葬礼的为数不多的警察之一，这已经能说明他的态度了。他重新坐下，我也在他办公桌前的一把椅子上坐了下来。

格洛隆的工作对维持本市治安意义不大。他干的都是警察局里维系警务运转的活计，负责年度预算、招聘和培训，也管解聘。看起来与警察的工作不大相干，但这正是他计划的一部分。他希望有一天能当上警察局长，现在正是广泛积累资源和经验的时候。这样一旦机会来临，他就可以成为那个职位的最佳人选。与本地媒体保持联系也是他计划的一部分。到那时候，他得靠我在《落基山新闻》上帮他树立一个正面光辉的形象。我会兑现的，与此同时，我也能在一些事情上求助于他。

"那么，是什么事让我错过了午餐？"他颇为生硬地说道，这也是我俩例行往来的一个环节。我心里清楚得很，他更愿意趁午餐时间与我会面，因为这个点他的副手出去吃饭了，被人撞见他跟我碰头的概率也比较小。

"你可不会错过午饭，只不过稍微迟那么一点罢了。我想看我哥哥的案件卷宗。斯卡拉里说他已经送去翻拍留档了。我想或许你可以把卷宗调出来，让我快速地浏览一下。"

"你为什么想看那些卷宗呢，杰克？为什么不让过去的事就这么过去，以免招惹是非？"

"我必须得看看，警监大人。我不会引用卷宗里的内容，只是想看一看。你现在帮我找来，还没等翻拍微缩胶片的那帮人吃完午饭回来，我就能看完。除了你跟我，没有人会知道。我不会忘记你帮的这个忙。"

十分钟后，格洛隆把卷宗交给了我。薄薄的一沓，差不多就是阿斯彭地区①全年常住居民电话簿的厚度。不知道为什么，我莫名期待着这份卷宗会更厚一点、更重一点，就好像卷宗的分量与死亡的意义有某种关联似的。打开卷宗，首先是一个信封，标记着"照片"。我没有拆开，把它放到桌子一边。接下来是一份尸检报告，以及装订在一起的几份标准报告。

我研究过很多尸检报告，因此知道可以跳过开头几页关于体内腺体、器官以及尸体周身情况的冗长描述。我直接翻到最后几页，

---

① 科罗拉多州著名的滑雪胜地，游人众多，常住居民却很少。

这里才是记录结论的地方。可是没有惊喜。死亡原因是一发子弹击中头部。下面"自杀"一词已用圆圈标出，常用药物的血液分析扫描验出了氢溴酸右美沙芬成分。一个实验室技术员在此条目下备注道："止咳糖浆——在副驾驶座位前的手套箱内。"这意味着我哥哥只不过喝了一两口放在车里的止咳糖浆，他把枪管含在嘴里时是完全清醒的。

法医分析报告里还有一份射击残留物测试附表，我知道这是分析射击残留物的。这份报告显示，在对肖恩所戴皮手套的中子活化分析中，于右手套上发现了未完全燃烧的火药微粒，表明他是用这只手开的枪。在他的咽喉部位同样发现了射击残留物与气体燃烧造成的灼伤。结论是，开枪之时，枪管已经被放进了肖恩的嘴里。

卷宗盒里，再往下是一份现场证物清单，我没有发现任何不同寻常之处。接下来，我看到了目击证人的陈述。目击者是国家公园的巡守员斯蒂芬·佩纳，他被分配在贝尔湖区一个单人站岗的巡守岗亭。

目击证人称，当他身处岗亭时，停车场在其视野外。大约下午四点五十八分，证人听到一声低沉的爆响，他依据经验判断是一发枪响。证人听出声音来自停车场方向，遂立即前往调查是否有人在非法捕猎。停车场内当时仅停有一辆汽车，部分挡风玻璃已起雾，透过玻璃他看见遇害者瘫倒在驾驶座上。证人跑向汽车，试图打开车门，但因车门上锁无法打开。他透过雾蒙蒙的车窗仔细查看，发现遇害者后脑部存在严重创伤，遂认定遇害者已经死亡。随后证人回到巡守岗亭，立即通报警方及他的上级主管。之后证人回到遇害者的车旁，等待警方到来。

证人表示，从他听到枪响到遇害者的汽车进入其视野，时间不超过五秒钟。汽车停放处距离最近的遮蔽物（如森林或建筑）约有五十码。证人认为，不可能存在有人在枪响之后离开遇害者的汽车、躲入遮蔽物而不被他发现的情况。

我将证人陈述放回卷宗盒，又匆匆浏览其他报告。有一页标题为"案件报告"的材料，详细记录了我哥哥生前最后一天的行程：他早上七点半到岗上班，中午同韦克斯勒一起吃午饭，下午两点签字外出去斯坦利酒店，但没有告诉韦克斯勒或者其他任何人要去见谁。调查人员试图确认他是否确实去了斯坦利酒店，但没有成功。酒店餐厅里所有的服务员和勤杂工都接受了调查，但没有一个人记得见过他。

卷宗盒里还有一份只有一页纸的报告，概述了斯卡拉里与肖恩的心理医生的谈话内容。不知道斯卡拉里从什么渠道——也许是通过赖莉，知道了肖恩正在接受丹佛市心理治疗师科林·杜斯纳医生的治疗。斯卡拉里在报告中说，肖恩患上了急性抑郁症，病因是工作压力过大，特别是未能侦破洛夫顿一案带来的压力。但这份报告没有提到斯卡拉里是否曾询问杜斯纳我哥哥有无自杀倾向。我怀疑斯卡拉里根本没问过。

盒里的最后一沓材料是调查人员的结案报告，最后一段是斯卡拉里的总结。

基于物证和目击证人对肖恩·麦克沃伊警探之死的陈述，调查人员得出如下结论：死者在车内雾化的挡风玻璃上留下一句遗言之后，开枪自杀。死者的同事（包括调查人员在内）、死者之妻和心理治疗师科林·杜斯纳均认为，死者生前承受着巨大的心理压力，因其试图侦破"一二·九"洛夫顿遇害案（案件号八三二）却未能成功。调查人员认为，这段时间里死者糟糕的精神状况致使其最终选择自杀。丹佛警察局的心理咨询师阿曼德·格里格斯在一次调查问询（二月二十二日）中认为，写于挡风玻璃上的遗言"游离于空间之外，超脱时间之际"，可被视为自杀式的道别，与死者生前的心理状态相符。

迄今为止，尚未见有任何证据与自杀之结论相悖。

本案调查人员二月二十四日提交

RJSD-II

我把这些报告重新夹在一起，然后意识到，只有一份材料我还没有看过。格洛隆去了自助食堂，打算买个三明治回来。他的办公室里只剩下我一个人。房间里一片寂静，我凝视着这个信封，就这样耗了大概五分钟。我知道，如果我看了这些照片，它们就会成为我哥哥留给我的最后印象，一直印在我的脑海里。我不想这样，但也知道我需要查看这些照片来了解他的死亡状况，来驱散心中的最后一丝怀疑。

我飞快地拆开了信封，就好像怕自己改变主意似的。一摞十英寸规格的彩色照片随着我的动作滑出信封，率先映入我眼帘的就是一张现场远景照片。我哥哥的警车，那辆白色的雪佛兰随想曲，孤零零地停在停车场尽头。我还可以在照片上看到那个巡守员驻守的岗亭，它位于一座小山上。停车场看起来刚刚被清理过，一圈四英寸高的雪堆环绕在四周。

第二张照片是从车外拍摄的挡风玻璃特写。玻璃上那句遗言的字迹几乎难以辨认，因为窗上凝结的雾气已经蒸发，但字迹确实在那儿。透过玻璃，我还能看到肖恩。肖恩的脑袋向后仰着，下巴朝上。我翻到下一张照片，就好像跟肖恩一起进到了车里。在这张从副驾驶位置拍摄的照片上，他的全身被完整地呈现出来。血从他的后脑淌下来，像一条粗项链似的环绕脖颈一周，再往下一直流到毛衣上，厚实的防雪外套敞开着。车顶和后侧车窗上满是血迹。那把枪掉落在座位上，紧挨着他的右腿。

其余照片大多是从不同角度拍摄的特写，但是它们已经不再对我造成想象中的冲击了。惨白的闪光灯剥夺了我哥哥作为人的特质，他看起来像一具人体模型，但是我对此毫无感觉，真正让我痛苦不堪的是这些照片令我再一次认清这个事实：肖恩真的亲手取走了自己的生命。直到此刻我才不得不承认，来时我心中暗怀的那一线希望终于破灭了。

这时格洛隆回到了办公室，用好奇的眼光打量着我。当他绕过桌子回到座位上时，我站起身将卷宗放到他面前。他打开一个棕色纸袋，掏出一个裹着塑料包装的鸡蛋沙拉三明治。

"你还好吗？"

"还凑合。"

"你要不要来一半？"

"不用了。"

"呃，你感觉怎样？"

一听到这问题，我不禁笑了出来。这个问题我问过太多次了。我这一笑准让他有些困惑，他皱起了眉头。

"看见这个了？"我指着脸上的那道疤痕说道，"之前有一次我向别人提出同样的问题，然后我就得到了这个。"

"抱歉。"

"用不着。那时我可没道歉。"

5

看过我哥哥一案的卷宗后，接下来我需要了解的就是特丽萨·洛夫顿一案的详情。想弄清楚我哥哥的所作所为，我就得先去了解他知道的情况，了解他当时的所思所想。不过这一次，格洛隆帮不上我的忙。调查中的凶杀案的卷宗都会被严格封存，如果让格洛隆去试着帮我弄出来，他会更多地考虑风险，而不是利益。

我又去了人身侵害调查组的办公室，房间里空无一人，他们都去吃午饭了。我想找韦克斯勒，去的第一站就是赛塔尔餐厅。这可是深受警察喜爱的地方，他们常常去那儿吃午饭并喝上几杯。我在餐厅后排的一个小隔间里找到了他。唯一的问题是，他跟圣路易斯在一块儿。他们没看见我，而我心中犹豫不定，想着先撤了会不会更好些，等下回韦克斯勒一个人的时候再来试试。但就在这时，韦克斯勒的目光落在了我身上。我走过去，看见他们的盘子里番茄酱摊得一片狼藉，看起来他们已经吃完午餐了。韦克斯勒面前放着一杯酒，像是加冰的占边威士忌。

"看看，是谁来了！"韦克斯勒和善地说道。

我一屁股坐到挨着圣路易斯的宽座上，这样我就能看着韦克斯勒。

"嘿，干什么？"圣路易斯带着几分抗议道。

"跑新闻呗。"我说，"最近怎么样了？"

"别回答他，"圣路易斯连忙对韦克斯勒说道，"他想要刺探的消息是他不应该打听的。"

"当然，我得干活儿嘛，"我说，"有什么新消息？"

"没什么新鲜的，杰克，"韦克斯勒说，"大狗说的是真的吗？你想要打听些你不该打听的消息？"

这种套近乎的方式就像一套舞步：用一轮友好的絮絮叨叨开场，从中搜获所需信息的核心部分，既回避过于突兀的提问，也使两人的交谈不至于刻板，就跟警察们使用昵称是一个道理。像这样的舞步我已跳过很多次了，而且非常擅长。它自有一套富有策略的步伐，类似于高中篮球队里的三人传球练习。你得盯着篮球，不能眨眼睛，同时还得注意观察另外两个人。我一向是那种策略型选手，而肖恩是力量型的。他玩橄榄球，而我打篮球。

"并不是这么回事，"我说，"不过我已经重新开工了，伙计们。"

"啧啧，这不就来了，"圣路易斯嘀咕道，"当心点。"

"好吧，洛夫顿的案子现在怎么样了？"我问韦克斯勒，直接忽略掉圣路易斯。

"杰克，这会儿你是以记者身份在跟我们说话吗？"韦克斯勒问。

"不，我只是跟你说话。另外，你说得对，作为一名记者。"

"那么，洛夫顿一案，无可奉告。"

"所以答案是没有任何进展？"

"嘿，我说的是'无可奉告'。"

"你看，我想知道的只是你们现在掌握了什么情况。这件案子拖到现在已经三个月了，很快就要被归到死案那一堆了——如果它现在还不在里面的话，你也知道这个情况。而我只想看看这件案子的卷宗，想知道到底是什么诱惑肖恩陷得这么深。"

"你忘了几件事。你哥哥之死被定性为一桩自杀案，已经结案，洛夫顿案里有什么东西困住了他已经无关紧要。再说，这跟他的死亡到底有没有关联，谁知道呢，充其量只是间接关联，但是我们永远都无法知道。"

"废话少说吧。我刚看了肖恩死亡一案的卷宗，"我觉得韦克斯勒的眉毛好像微微扬了一下，"都在上面写着呢。肖恩他妈的被这件案子拖垮了。他还在看心理医生呢，他把所有的时间都花在案子上了，所以别跟我说什么'我们永远都无法知道'。"

"听着，小子，我们——"

"你以往也这么叫过肖恩吗？"我打断他。

"什么？"

"小子。你过去也这么叫他小子吗？"

韦克斯勒看起来很是困惑："没有。"

"那就别这么叫我。"

韦克斯勒举起双手，做出投降的手势。

"为什么我不能看卷宗？你又不打算继续查下去。"

"谁说的？"

"我说的。你害怕了，伙计。你看到它是怎么祸害肖恩的，不想让同样的事情发生在自己身上，所以那些案卷被塞到抽屉深处不知什么地方去了呢。我担保，上面都已经积灰了。"

"你心里清楚着呢，杰克，你这才是真真正正的胡说八道。你要不是肖恩的弟弟，我就直接踹你屁股把你扔出去了。你在挑衅。我不喜欢被人挑衅。"

"是吗？那就想想我的感受。这事说起来就是一句话：我是他的兄弟，这案子得算我一份。"

圣路易斯假笑一声，以示轻蔑。

"嘿，大狗，你是不是该出去溜达顺便找个消防栓或者别的什么东西？憋不住就不要憋。"我说。

韦克斯勒忍不住爆出一声大笑，刚出声又赶紧咽了回去，但圣路易斯的脸已经气红了。

"你个小浑蛋，"他说，"我要把你扔进——"

"好了好了，伙计们，"韦克斯勒打圆场道，"差不多得了。听着，雷，你先出去抽根烟怎么样？让我跟杰克谈谈，跟他讲清楚，然后我就出来找你。"

我起身让圣路易斯挪出来。经过我身边时，他用死人般的眼神看了我一眼。我重新坐下。

"喝你的酒呗，韦克斯，假装桌上没摆酒可一点意思都没有。"

韦克斯勒咧嘴笑了，端起他的玻璃杯喝了一大口。

"你知道，不管你们是不是双胞胎，你可真像足了你哥哥，一旦看上什么东西就不轻易放手。还有，同样是个自以为了不起的浑蛋。你要是刮掉胡子，剃掉这一头嬉皮士模样的头发，就跟他一模一样了。对了，你还得处理一下脸上那道伤疤。"

"好吧，卷宗那事怎么说？"

"什么怎么说？"

"让我看看吧，这是你欠他的。"

"我不懂你的意思，杰克。"

"不，你懂。我不能就这么撒手不管，除非我都弄清楚了。我只想试着去理解他。"

"你还想试着拿这事写文章。"

"写这件事对我的意义，就像杯中酒对你的意义一样。如果我能把它写出来，就意味着我能够真正理解它，然后我就能把这件事给埋葬，这就是我想做的全部。"

韦克斯勒将视线从我身上移开，拿起女服务员留下的账单。接着，他一口气喝干杯子里剩下的酒，走出座位。他站在那儿，俯视着我，重重地吁了口气，喷出一股浓烈的威士忌味。"跟我回办公室，"他说道，"我会给你一个小时的时间。"他竖起一根手指，又重复了一遍，生怕我听不懂似的，"一个小时。"

在人身侵害调查组办公室里，我在肖恩生前用过的办公桌后坐下。这张桌子尚未分配新主人，也许它现在已经成了厄运的象征。韦克斯勒站在那满满一墙的文件柜前，在一个打开的抽屉里翻找着。不知道圣路易斯跑哪儿去了，显然他选择跟这件事撇清关系。韦克斯勒终于从抽屉前走了过来，手里拿着两个厚厚的卷宗袋，把它们放到我的面前。

"这就是全部材料了？"

"全部。你有一个小时的时间。"

"别这样，这堆卷宗足有五英寸厚呢，"我试着讨价还价，"还是让我带回家吧，我看完就拿回来——"

"瞧瞧，跟你哥哥一模一样。就一个小时，麦克沃伊。看好你的手表，设个一小时的闹钟，因为这些卷宗一小时后就得躺回原来的抽屉。噢，设个五十九分钟的就行了。你在浪费时间。"

我不再揪着这个问题不放，打开了放在最上面的文件。

特丽萨·洛夫顿生前是一个年轻漂亮的姑娘，在丹佛大学攻读教育学学位，想成为一名一年级教师。她刚上大学一年级，住在学校的宿舍里，选修了全部课程，同时在一家托儿所做兼职——那家托儿所位于学校为已婚师生提供的宿舍里。

警方认为，洛夫顿是在校园里或校园附近被绑架的，那是圣诞假期休课后的一个星期三。那个时候大多数学生已经离开校园享受假期去了，而特丽萨仍然留在学校是出于两个原因：其一，她还有工作，那家托儿所直到那个周末才开始放圣诞假；其二，她的车出问题了。她在等一台新离合器到货，她那辆旧甲壳虫轿车得换一台离合器，才能够开回家。

她被绑架后，没有人报警，因为她的室友和其他所有朋友都回家过圣诞节了，没有人知道她失踪了。她星期四那天没有在托儿所现身，经理还以为她直接回到了家乡蒙大拿州，没有干完这一周只是因为她不想放弃圣诞假了还来上班。兼职打工的学生们经常这样做，尤其是期末考试结束或者假期向他们招手的时候，所以经理没有过问，也没有向警方报案。

星期五早上，她的尸体在华盛顿公园被发现。调查人员能追踪到的她的最后行踪，就是星期三中午她从托儿所给汽车维修工打的电话——维修工还记得电话背景音里孩子们的声音——然后他告诉她车修好了。她说下班后就去取车，但是要先去趟银行。可她既没有去汽车维修店，也没有去银行。中午时分，她跟托儿所的经理告别，走出了大门。自此之后，再也没有人见过活着的特丽萨。当然，除却杀害她的凶手。

我只要看一看卷宗里的这些照片，就能意识到这件案子是如何牢牢地抓住了肖恩，又像皮筋一般将他牢牢束缚。这里有洛夫顿生前的照片，也有她死后的遗体照片。有一张很可能取自高中毕业纪念册的肖像照，照片上是一个青春水灵的年轻女孩，生活刚刚在她面前敞开怀抱，一头秀发又黑又卷，湛蓝的眼眸清澈如水晶。照相机闪光的那一瞬，她的双眸映出细碎的光芒，灿如星辰。还有一张抓拍的照片，她穿着短裤和紧身背心，微笑着从汽车里搬出瓦楞纸箱，晒成棕色的纤细胳膊绷得紧紧的。搬着这么重的箱子，还要一动不动地站着让摄影者拍照，看着都觉得她挺吃力的。我把照片翻了个面，背后有行潦草的字迹，我猜是她爸爸或妈妈匆匆写下的："特蕾的大学第一天！丹佛，科州。"

其他照片都是死后拍摄的，数量非常多，多得令我震惊。为什么警察需要这么多照片？每一张都像对这个女孩的另一次可怕侵犯，虽然她已经去世了。在这些照片里，特丽萨·洛夫顿的眼睛失去了光彩。它们仍旧睁着，但黯淡无神，就像被蒙上了一层浑浊的膜。

这些照片上，特丽萨·洛夫顿躺在大约两英尺高的灌木和雪堆中，地势稍微有点坡度。媒体的报道是准确的——她的确被分尸成两截。她的脖子上缠着一条围巾，双眼圆睁，向外凸出，彰示着她的死亡原因。但显然凶手在她死后还煞费了一番功夫。尸体被拦腰劈成两截，下半身被放置在上半身之上，摆出一个可怕的画面，暗示着她正在进行某种性活动，跟她自己。

我意识到在我浏览这一组令人毛骨悚然的照片时，坐在另一张桌子边的韦克斯勒一直在观察我。我尽量不流露出厌恶，或者某种沉迷。我终于知道哥哥一直试图保护我、不让我卷入其中的是什么了。我平生从未见过这般可怕的东西。最后，我看向韦克斯勒："我的天啊！"

"是啊。"

"那些哗众取宠的电视节目说这案子就像洛杉矶的'黑色大丽花'谋杀案，是挺像的，对不对？"

"是的。麦克还买了本关于'黑色大丽花'的书，也给洛杉矶警察局的一些老警察打过电话。两桩案子有一些相似之处，都涉及分尸，但那桩案子是五十年前的事了。"

"也许有人想模仿那桩案子。"

"有可能。麦克也这么想过。"

我把照片放回信封里，回头看向韦克斯勒。"她是同性恋吗？"

"不是，至少就目前我们了解的情况而言。她在比尤特老家有个男朋友，挺不错的小伙子。我们查了他，没有嫌疑。有一阵子你哥哥也这么想过。因为那个凶手所做的，就是凶手对那两截遗体所做的事情。他考虑过也许有人打击报复她，因为她是个同性恋，或者想借此发表什么变态的宣言，但这个思路没有取得任何进展。"

我点点头。

"你还有四十五分钟。"

"这么久以来，这还是头一回，我听到你称呼他'麦克'。"

"不用你操心这个。你还剩四十四分钟。"

照片下面的尸检报告就平淡多了。我注意到洛夫顿的死亡时间被认定在她失踪的第一天——尸体被发现时，她已经死亡超过四十小时了。

绝大多数总结报告都无疾而终。警方对洛夫顿的家人、男朋友、大学里的朋友和托儿所的同事都进行了大量的常规调查，甚至还走访了那些她所喜爱的孩子的父母，然而一无所获。几乎所有人都具备不在场证明，或是通过其他侦查手段洗清了嫌疑。

这些报告得出的结论就是：特丽萨·洛夫顿并不认识凶手，不幸遇害仅仅因为行踪恰好与凶手产生了交集，或者干脆说就是运气不好。报告里提及那个身份不明的凶手时，总是使用男性人称代词，虽然还没有确切的证据证实这一点。洛夫顿没有受到性侵犯，但绝大多数以女性为对象的暴力犯罪者和分尸嗜好者都是男性，而且可以确信凶手是一个身强体健的人，因为他能够切断尸体的骨骼和软骨组织。另外，尚未发现分尸工具。

尸体中的血液几乎流尽，但仍然发现了一些尸斑，这表明在洛夫顿死亡与被分尸之间存在一段时间间隔。报告显示，这段间隔可能长达两三个小时。

另一个异常之处就是尸体被遗弃在公园的时间。调查人员认为洛夫顿遇害大约四十小时后，她的尸体才被人发现，而抛尸所在的公园却是广受跑步者和散步者青睐的地方。一场提前到来的降雪让公园的行人大幅减少，但一具被遗弃在公园开阔地面上的尸骸这么长时间竟无人发现，实在是匪夷所思。报告得出的结论是，从尸体被弃置在公园到破晓后被一个早起的慢跑者发现，时间不超过三个小时。

那么，洛夫顿死后那么长的时间里，尸体在哪儿呢？调查人员无法回答这个问题，但他们掌握了一条线索。

纤维分析报告指出，在尸体身上和头发里发现了大量不属于受害者的头发和棉纺纤维。一旦警方锁定嫌疑人，这些就可用来比对。报告上有一部分文字被特意圈了起来，内容是在尸体上找到并回收了大量木棉纤维。从整具尸体上取走的木棉纤维足有三十三根，这说明尸体与这种纤维的来源存在直接接触。这份报告说，木棉纤维的质地虽然与棉花纤维相似，却远不如棉花纤维那般常见，它主要用于制造需要浮力的材料，如船用气垫、救生衣和某些类型的睡袋。我不知为什么这一段文字会被圈出来，于是询问韦克斯勒。

"肖恩认为这些木棉纤维是弄清特丽萨在失踪时段里被安置在哪里的关键。你知道，这种纤维又不怎么常见，如果我们能找到它们的所在地，就相当于我们找到了一处犯罪现场，但是我们一直没找到。"

这些报告是按照时间顺序排列的，我可以看出警方是如何提出一个个推论，又是如何一个个推翻它们。我能体会到调查过程中日益加深的绝望。这案子没法破。很显然，我哥哥相信特丽萨·洛夫顿恰巧撞上了一个连环杀手——那类最难追踪的罪犯。卷宗里还有一份联邦调查局下设的全国暴力犯罪分析中心发来的回执报告，内含一份对本案凶手的心理侧写报告。我哥哥还在这沓卷宗里保留了一份副本，那是他之前整理的关于本案各方面细节的对照清单，足足十七页。他把这份文件寄给了联邦调查局，以跟调查局的暴力犯罪缉捕项目中的数据做比对。但电脑的分析结果是否定的：洛夫顿被害一案与发生在美国境内的其他凶杀案没有足够多的匹配细节，不值得联邦调查局进一步关注。

联邦调查局发来的心理侧写报告由局里的一名侧写师执笔，报告里列出了她的名字——蕾切尔·沃林。报告罗列了一大堆普遍性的描述，从很大程度上说，对破案毫无价值。报告中的人物刻画和性格分析十分透彻，甚至可能正中靶心，但这些词句不能帮助警察从几百万人中筛选出那个符合描述的嫌疑人。这份侧写报告推断，凶手极有可能是一名白人男子，年龄在二十岁到三十岁之间，对女性存在着难以排解的不满与愤怒，因而对受害人尸体进行了极端残害。此人很可能由一个十分专制的母亲抚养长大，而他的父亲很可能不在家中，或者因为忙于生计而未能参与他的成长，使抚养和教育等事务完全由母亲承担。依据其作案手段，侧写报告将这名凶手划归为"有条理型"，还警告因为凶手看似成功地实施了此次犯罪，并从警方的侦查行动中脱身，这很可能导致此人尝试以相同的手法再次犯罪。

第一份卷宗的最后一批材料都是调查总结，有的关于调查访谈，有的关于核查的线索，还有的关于那些也许现下打印成文时看不出什么意义，但今后没准会成为突破点的细枝末节。从一份份的报告里，我可以揣测出肖恩对特丽萨·洛夫顿一天天增加的怜惜之心。在最初的几页里，他提到她时往往称呼为受害者，有时也用洛夫顿这个姓氏；过了些时候，他开始用她的名字特丽萨称呼她；再往后到二月份，在他死前提交的最后一批报告里，他叫她特蕾——很可能是跟她家人或朋友的谈话中偶然知道了这个昵称，也许是从那张照片背面的题字知道的，就是那张拍摄了大学第一天的照片，那幸福快乐的大学第一天。

还剩十分钟的时候，我合上第一份卷宗，打开另一份。这份卷宗稍薄一些，略翻一下，里面似乎满是调查过程中那些数量庞大、尚未解释清楚的问题。还有一些市民的信件，阐述他们对于案子的种种猜测。其中一封来自一个灵媒师，声称特丽萨·洛夫顿的灵魂正在臭氧层之上的某个地方徘徊，发出高频率的呼唤，她的语速太快，对于没受过训练的人来说，那声音听起来像鸟儿在叽叽喳喳，但灵媒师却能破译这些高频传声，并表示如果肖恩有需要，她很愿意帮忙向特丽萨·洛夫顿提问。不过文件里没有迹象表明肖恩与之有进一步接触。

一份补充报告显示，特丽萨要去的银行和汽车维修店都离校园非常近，步行即可到达。警察把她的宿舍、托儿所、银行和汽车维修店之间的线路来回调查了三次，没有找到一个在放假后的星期三见过特丽萨的目击证人。但我哥哥依旧认为——这是另一份补充报告里提到的——特丽萨是在从托儿所给汽车维修店打电话之后，去银行取钱用来支付修车费之前被绑架的。

卷宗里还有一份侦查日志，记录了被派来调查本案的警察的所有调查行动。一开始，人身侵害调查组的四名警察全天候调查这个案子，但是一天天过去，案子始终没有进展，加上又发生了其他案子，抽调来抽调去，后来这个案子的负责人只剩下肖恩和韦克斯勒，再然后就只有肖恩了，而肖恩绝不会放弃这个案子。

日志的最后一项记录写于肖恩自杀当天，只有寥寥一行字："二月十日——跟拉厄舍在斯坦利酒店碰面。关于特蕾的，来自 P/R。"

"时间到。"

我抬起头，韦克斯勒正指着他的手表。我心平气和地合上卷宗。"P/R 是什么意思？"

"线索提供人的泛称，意味着肖恩接到了一个电话。"

"拉厄舍是谁？"

"我们不知道。查过了电话簿，这个姓的人有好几个。我们打电话过去，但他们压根不明白我们在说什么。我还去国家犯罪信息中心查了查，但由于只有一个姓氏，查不到任何有价值的线索。直到最后，我们也不知道这个人的情况，甚至不清楚这个人是男是女。事实上，我们都不能肯定肖恩是不是真的见了谁。根据我们的调查情况，斯坦利酒店里没有一个人见过肖恩。"

"为什么他连招呼都不打就去见这个人了？也不留个字条说说这个人是谁？他为什么要一个人去？"

"谁能想到会发生这样的事？我们接到的电话实在太多了，都是打进来讲这个案子的，你可以把一整天的时间都花在记录每通电话上。或许他并不认识这个人，也许他只知道有人想跟他谈谈。你哥哥实在是太沉迷于这个案子了，任何人说可能知道那么一点情况，他就会跑去跟人家见面。我再给你透露一个小秘密，这些卷宗里没写这个，是因为他不想让这儿的人觉得他疯了。他真的跑去见了个巫师，就是那个灵媒师，卷宗里提到的那个。"

"那他有什么收获吗？"

"什么都没有。就是些废话，什么凶手正逍遥法外，还打算再干一票。要我说，对于那些话，你只想回复说'好吧好吧，别开玩笑了，谢谢你提供的信息'。总之，这是不能写进报告的内容，属于超自然范畴的。我可不想让别人把肖恩看成个精神异常的怪人。"

我不想说什么了，他的这些话真是愚蠢至极。我哥哥已经自杀了，可他还忙着操心不让别人知道肖恩去咨询灵媒师的事，免得有损肖恩的形象。

"这件事绝不会传出这间办公室。"我只能这么说。我们两都没再说话，片刻的寂静后，我又开口了："那么，韦克斯，对于那天发生的事，你又是怎么想的？呃，不会公开发表——我这问题的前提。"

"我的想法？我的想法就是他去了那儿，而那个给他打电话的人却压根没出现。对他来说，这又是一个死胡同，他终于被压垮了。

于是他开车去了湖边，做了那件事……你要写一篇以他为主人公的报道吗？"

"我不知道。我想，也许我会写。"

"听着，这些话我不知道该怎么说，那我就直说了。他是你哥哥，也是我的朋友，甚至我可能比你更了解他。别再写什么故事了，就这样让这件事过去吧。"

我告诉他我会好好考虑一下，其实这么说只是为了安抚他。我已经决定了。接着我离开警察局，看了下表，以确定剩下的时间还够我在天黑之前赶到埃斯蒂斯公园小镇。

6

我赶到贝尔湖停车场时已经五点多了。我意识到自己现在看到的景象就跟我哥哥来到这里时看到的一样，荒凉而冷清。湖面已结冰，气温正飞快地下降。天空变成了紫色，逐渐变得昏沉。天色已晚，此番景致已不能再吸引本地居民或游客的注意。

我开着车在停车场里穿行，思考着为什么他要来这个地方。据我所知，这地方跟洛夫顿的案子一点关系都没有。我把车停在他之前停过的地方，坐在车里，久久地沉思。

远处那座巡守岗亭的前檐下垂着一盏亮着的灯。我决定去看看那个叫佩纳的巡守员在不在。突然我脑海里冒出了一个念头，于是我挪到这辆福特天霸轿车的副驾驶座上。长长地做了几次深呼吸，然后打开车门，向距离车子最近的树林拔腿狂奔。我边跑边大声计数。我翻过雪堤，冲进足以提供掩护的树林时，刚好数到十一。

我站在树林当中，脚下的积雪很厚，如果不穿鞋踩上去会没过一英尺。我弯下腰，双手撑在膝盖上，大口喘气调整呼吸。佩纳跑出岗亭查看情况时，如果真如他在报告里说的那样快，一个开枪射击的凶手是不可能在被他看到之前就跑进树林的。我渐渐止住了喘息，向巡守岗亭走去，一边走一边犹豫着该怎么跟他打交道：是打着记者的名头，还是以死者兄弟的身份？

坐在岗亭问询窗口后的人正是佩纳，我看见了他制服上的名牌。当我透过窗户朝里张望时，他正在锁办公桌，估计是打算收工了。

"有什么事吗，先生？我正要下班。"

"不知你现在是否方便，我想请教你几个问题。"

他走了出来，用怀疑的目光上下打量我，我这身装扮明显不是在雪地徒步远足的。我穿着牛仔裤、锐步运动鞋和灯芯绒衬衫，外面套着件厚实的羊毛衫。我把大衣落在车里了，现在可冻得够呛。

"我是杰克·麦克沃伊。"我停顿了片刻，看他是否能想起来。他没反应。很可能他只是在那些他必须签字的报告里或者在报纸上见过这个姓氏，而对它的读音一时对应不上来。"我的哥哥……就是几周前你发现的那个人。"我指了指停车场。

"噢，"他说道，看样子他明白了，"就在车里，那位警官。"

"嗯，我今天一天都泡在警察局里，看那些报告和材料。我只是想到这地方转转，看一看，你知道……这种事很难接受。"

他点点头，然后不动声色地迅速瞥了眼手表。

"我只是有几个简短的问题，很快就好。你听到的时候是在这屋里吗？我是说听到枪声的时候。"我的语速很快，不给他回绝的机会。

"是的。"他答道，似乎在考虑要不要理会我，但最后还是继续说道，"当时我正在锁桌子，就跟今天一样，准备下班回家。这时我听到了枪声。总有那么些事情，莫名其妙地你就能隐约感觉到不同寻常。我也不知道为什么会这样。我知道那是枪声，还以为是偷猎者在猎鹿。我立刻跑了出来，一出来就往停车场那边看。我看到了他的车，还能看见他就在车里。所有的车窗都雾蒙蒙的，但我还是能看见他。他就坐在方向盘后边的驾驶座上。一看他的脑袋以那种方式往后仰去，我就知道发生什么了……很遗憾你哥哥出了这样的事。"

我一边点头，一边打量着这座巡守岗亭。这只是个兼作储藏室的小办公间。我意识到从佩纳听到枪响到他出来看见停车场，算下来不会超过五秒钟。

"他走得并不痛苦。"佩纳说。

"什么？"

"如果你想知道的是这个的话。身体的疼痛几乎可以忽略了，我觉得不会很难熬。我跑到车子那儿的时候，他已经死了。死亡是瞬间发生的。"

"警察局的报告说你够不着他，车门是锁着的。"

"对，我试着拉过车门。但我看得出来，他已经死了。然后我就回到这儿来打电话了。"

"你觉得他在这儿待了多久？在这之前？"

"这我就不知道了。就像我跟警察说的，当我在岗亭里时，我是看不到停车场的——我当时待在屋里的取暖器那儿。要我说，在我听到枪声之前，他至少在那儿待了半个小时。可能他一直停在那儿，我猜是这样的。"

我点点头。"你没有看见他走出来去湖面吧，在你听见枪响之前？"

"跑去湖面？没有。这时候没有人会去湖面。"

我站在那儿，努力回想还有没有什么遗漏的。

"他们查出原因了吗？"佩纳问道，"我刚才说了，我知道他是个警察。"

我摇摇头表示还没有。肖恩的那些事，我并不想跟一个陌生人多谈。我谢过他，往停车场走去，而他锁上了巡守岗亭。在清扫过的停车场里，唯一停着的车仍旧只有我那辆福特天霸。我突然想到了什么，赶紧转身。"他们多长时间扫一次雪？"

佩纳正从门口往外走。"每次下了雪后都要扫的。"

我点点头，又想起另一件事。"你的车停在哪儿？"

"我们有个设备堆放场，从这条路下去走半英里就到。我早上来时把车停在那儿，然后走小路上来，下班时再走下去。"

"要不要搭个便车？"

"不用不用，谢谢。走小路我也能快些。"

驶回博尔德城的一路上，我都在回忆上一次去贝尔湖的情景。那时也是冬天，但湖水还没有结冰，至少还没全冻上。那次离开贝尔湖时，我感到无比冰冷而孤单，还有内疚。

赖莉看上去比上次在葬礼上见到时老了十岁。但当她打开房门时，我还是立即感到震惊：我之前从来没有注意到，特丽萨·洛夫顿看起来就像是十九岁的赖莉·麦克沃伊。我不知道斯卡拉里或者其他人有没有跟那个心理医生咨询过这个问题。

她请我进屋。大概知道自己看起来不大好，打开门后，她看似不经意地抬手放在脸颊边，似乎想要遮住脸，还努力挤出虚弱的微笑。我们走进厨房，她问要不要帮我煮咖啡，我说不会待太长时间。我在厨房的餐桌旁坐了下来。似乎无论我什么时候到访他们家，我们都会聚在厨房餐桌旁。虽然肖恩已经不在了，这也不会改变。

"我来是想告诉你，我打算写写肖恩的事。"

她沉默了很久，始终没有看我。她站起身，开始从洗碗机里取出那些洗好的餐具。我等待着。

"你必须这么做吗？"她终于开口问道。

"是的……我想是这样。"

她一言不发。

"我打算给那个心理医生打电话，就是那个杜斯纳。我不知道他会不会跟我谈，但是现在，肖恩已经不在了，我觉得他不会回绝我。

54

但是，呃，他可能会打电话给你，询问你是否同意……"

"别担心，杰克，我不会碍你的事。"

我点头表示感谢，虽然我注意到她话里带刺。"我今天一直泡在警察局里，我还去了趟贝尔湖。"

"我不想听你说这些，杰克。如果你必须得写，这是你的选择，那就去做你必须做的事吧。而我的选择就是，我不想听到这些事。还有，如果你真的把肖恩的事写出来了，我不会看的，我不会。我也得做我必须做的事。"

我点了点头："我明白。但是，我还需要向你打听一件事。这之后，我再也不会让你牵涉其中了。"

"你这是什么意思？不让我牵涉其中？"她愤怒地吼道，"我倒希望可以不牵涉其中呢。但我已经在里面了，我的余生都陷在这当中了。你想报道这件事？你觉得这就是你获得解脱的方式？那我呢，杰克？我该做什么才能获得解脱？"

我低头看着地板。我想离开，但不知道该怎么告别。她的痛苦和愤怒像射线一般向我投来，我仿佛身处一个箱门关上的烤箱，里面热浪逼人。

"你想打听那个姑娘的事，"她的声音低了下来，语气也变得柔和，"所有来过的警探，问的也都是这个。"

"是啊，为什么单单这个案子……"我真不知道该如何描述这个问题。

"为什么这个案子让他忘了生活中所有美好的事情？我的答案是，不知道。我他妈的不知道。"

我看到愤恨的泪水再次涌出她的眼眶，就好像她的丈夫为了另一个女人而抛弃了她。而我就站在这里，无论是身材相貌还是血缘关系，都跟肖恩如此接近，她永远也不可能看到比我更像肖恩的人了，也难怪她把一腔怒火和痛苦都发泄在我的身上。

"他在家里时，谈过这个案子吗？"我问道。

"没有特别提过。他时不时会跟我谈论手上的那些案子，这个案子跟别的案子没什么不同，除了她遭遇的事情更可怕。他告诉了我凶手是怎么对待她的，也跟我说过他为何不得不全身心倾注于这个案子。我知道这个案子困扰着他，但很多事情，包括很多案子都困扰过他。他不会让任何一个罪犯逍遥法外，他总是这么说。"

"但这一次，他已经到了要看心理医生的地步。"

"他总是做噩梦，我告诉他应该去看心理医生。是我让他去的。"

"什么样的噩梦？"

"他梦见自己也在那儿，就是那个女孩遭遇那些事的时候。他梦见自己眼睁睁地看着这一切发生，但什么事都做不了，阻止不了那个凶手。"

她的话不禁让我想起多年前另一个人的死亡——萨拉，从冰面掉下去的萨拉。我想起了自己当时的无助感，只能眼睁睁地看着，却没有能力做任何事来救她。我又看向赖莉。"你知道肖恩为什么要去贝尔湖吗？"

"不知道。"

"是因为萨拉吗？"

"我说了我不知道。"

"那还是我们认识你之前的事。总之，那里是萨拉丧生的地方，是一次事故……"

"我知道这个，杰克，但是我不知道这跟这件事有什么关系。至少我现在不知道。"

我也不知道。这是我众多困惑中的一个，但我一定会解开。

回丹佛之前，我开车去了纪念公墓。我不知道自己为什么这样做。天色已完全暗了下来，葬礼过后又下了两场雪，我花了十五分钟才找到肖恩的坟茔。墓碑尚未立起，我是靠着他旁边的那个坟墓找到的，那里躺着我的姐姐萨拉。

肖恩的墓前摆着几盆花，花叶已经结冰，雪地上还插着一个塑料牌，上面写着他的名字。萨拉的墓前没有花。我盯着肖恩的墓看了一会儿。这是一个清朗的夜晚，皎洁的月光下，一切都清晰可见。我呼出的气体在夜色中凝成白霜。

"怎么会这样呢，肖恩？"我大声问道，"为什么？"

话音落下，我才意识到自己在干什么，忙四下张望：墓园里只有我一个人，唯一的活人。我想起赖莉刚才所说的，肖恩一心想着要把所有罪犯都逮捕归案，不让任何人逍遥法外；我又想到自己，只要能让我打造出一篇占据版面三十英寸的好故事，我才不在乎抓罪犯的事呢。我们——我的双胞胎哥哥和我——是怎样变得如此不同的？我不知道。这让我十分难过，让我觉得也许该换我躺在地下才对。

我想起事情刚发生的那个晚上，韦克斯勒来找我时跟我说的那些话。他跟我谈论我的哥哥，跟我说工作上那些一件又一件接踵而来的糟心事，我的哥哥承受了太多，终于被压垮了。直到现在，我还是不相信这套说辞，但我必须得相信一些事情。我想到赖莉，想到特丽萨·洛夫顿的那些照片，想到从冰面坠入湖底的姐姐。就在这时，我相信了，我相信那个女孩的命案令我的哥哥陷入了彻底的绝望和无助中。我相信他被这种绝望和无助、被那个惨遭分尸的女孩那双晶莹清澈的蓝眼睛困住了，但他却不能求助于他的好兄弟，只好转向他的姐姐。所以他来到这个带走姐姐的贝尔湖，然后投入了姐姐的怀抱。

我走出纪念墓园，再没有回头。

7

　　格拉登紧贴着栏杆，他这个地点选得棒极了：那个为孩子们检票的女人被栏杆隔在另一边，这样她就看不到他；而一旦那豪华的旋转木马转起来，他就能仔细端详每一个骑木马的孩子。格拉登一边用手指梳理自己染过的金发，一边环视四周。他非常确定，任何人看到他，都只会把他当作等待孩子的众多父母中的一员。

　　木马开始了新一轮的旋转。汽笛风琴卖力地奏响一支格拉登从没听过的曲子，木马开始上下起伏，沿着逆时针方向踏上旅程。格拉登从来没有骑过旋转木马，虽然他见过很多父母带着孩子一起骑上马背，但这对他来说太危险了。

　　他注意到一个大约五岁的小女孩，正死死揪住座下那匹黑色的木马。她身子前倾，两只细细的小胳膊紧紧搂着从彩绘木马脖颈处伸出的白底带条纹的柱杆。随着她的动作，她粉色小短裤的一侧被捋了上去。她的皮肤正是咖啡似的棕褐色。格拉登把手伸进圆筒包里，掏出了照相机。他把快门速度调快，以减少图像因为运动造成的模糊，然后举起相机对准旋转木马。他聚精会神地等待那个小女孩再一次转到面前。

木马旋转了两轮，他才拍到，但他确信自己抓拍到了好照片，放下了照相机。他环视四周，以确定没有人留意他的举动。随即他注意到有个男人倚在右边大约二十英尺外的栏杆上，这个人之前并不在那里。而更令他心中警铃大作的是，这个人穿着运动外套，却系着领带。这个人要么是变态，要么就是警察。他决定立即离开这里。

外面的码头上，阳光亮得刺眼。格拉登猛地将相机塞进圆筒包里，取出太阳镜戴上。他决定在码头上再走远一些，直到自己混进熙熙攘攘的人群里。如果有必要，他可以甩掉这个男人，只是他要确定这个人是否在跟踪自己。他朝人群走了大约一半的路程，神情自若，步履稳健，故作镇定。随即他在栏杆边停了下来，转过身，后背倚在栏杆上，假装想晒晒太阳。他面朝太阳仰起脸，但他藏在太阳镜后的双眼注视着刚才走过的那段码头。

有那么一会儿，一切正常，他没有看到那个穿运动外套、打领带的男人。但紧接着，他看到了，那个人把夹克搭在臂弯里，戴着太阳镜，正沿着拱廊的前缘，缓步向他走来。

"他妈的！"格拉登骂出声来。

附近的一条长凳上坐着一位母亲，带着个年幼的男孩。母亲听见了他爆的粗口，狠狠地瞪了他一眼。

"抱歉。"格拉登说道。

他转过身，扫了一眼码头后半段，看来必须尽快拿定主意。他知道警察出外勤的时候通常是两人一组，另一个警察呢？花了三十秒，他总算在人群里发现了那个女搭档。那个女人不紧不慢地跟在打领带的男人身后大约三十码的位置。她穿着长裤和网球衫，不像那男人那般正儿八经。她隐藏在人堆里，要不是腰间别着一个双向对讲机，便跟周围的人没什么两样。他看到她正试着把对讲机藏起来，但她发现他注意到了，于是转过身开始冲着对讲机说起话来。

她已经呼叫支援了，一定是这样。他必须保持镇定，同时想出应对之策。打领带的男人距离他大约二十码。他离开栏杆，开始以比平常稍快一些的步速，向码头尽头走去。他重复了那个女警刚刚的动作，转过身体，以自己的身躯为盾挡住对方的视线，随后将圆筒包拽到身前，拉开背包拉链，伸手抓到了相机。他没有把相机从包里掏出来，只是转了个方向，找到"清除"键并按下，删除了储存芯片里的全部照片。好在芯片里的东西并不多：旋转木马上的那个女孩、参加公演的几个小孩子，不算什么大损失。

　　做完这一切，他继续朝码头尽头走去，并从兜里掏出香烟，转过身背着风，点燃了一支。当他点完烟后，抬头一瞥，看见那两个警察离他更近了。他知道这两个人已经把他包围了。在这码头上，他已经无路可走。女警察已经与男警察会合，两人一边交谈着，一边向他逼近，很可能在商量是否要继续等待支援，他想。

　　他迅速朝售卖鱼饵的商店和码头办公室的方向走去。码头的布局他熟悉得很。这一周里，他曾两次尾随小孩子和他们的父母，从旋转木马一直走到码头尽头。他知道鱼饵店的另一侧有楼梯通向屋顶的观景台。

　　他一转过鱼饵店拐角，脱离了警察的视线，便奔向店铺后面的楼梯，随即登上观景台。现在他可以居高临下，将鱼饵店前的码头区域尽收眼底。那两个警察就在下面，他们又交谈起来。随后那个男警察继续沿着格拉登走过的路线搜寻，女警察则留在后头。他们没留下一个豁口让他有机会逃脱。他心中突然冒出一个念头：他们怎么会知道？便衣警探出现在这个码头上绝不会是偶然，肯定有目标，那就是他，但是他们怎么会知道呢？

　　他抛开那些杂念，专心考虑眼前的处境。他需要转移警察的注意力。那个男警察很快就会发现他不在码头尽头的那帮垂钓者中，然后也会登上观景台来搜寻。他看见观景台拐角的木栏杆处有个垃圾桶，忙跑过去，往里一瞅，桶里几乎是空的。他解下圆筒包放到一边，将垃圾桶举过头顶，助跑几步奔至栏杆，然后拼尽全力向外扔去。垃圾桶飞过两个垂钓者的头顶，落进水中，溅起一大片水花，他听到一个年轻小伙大叫道："嘿！"

"有人落水了！"格拉登大喊，"有人落水了！"

随即他抓起圆筒包，飞快地退回到观景台后排的栏杆处。他看到那个女警察仍旧站在原地，在他正下方，但她显然听见了落水声和叫喊声。几个小孩子从鱼饵店的一侧跑过去，想看看是怎么回事。女警察显然迟疑了一会儿，之后便跟着孩子们跑过了拐角，去寻觅溅水声以及紧随其后的喧哗声的来源。他将圆筒包往肩上一勾，迅速翻过栏杆，蹲下身，从距离地面五英尺的高度跳下，拔腿便沿着码头径直奔向陆地。还有一半路就到岸上了。就在这时，他看到两个海滩巡逻警察骑着自行车过来。他们穿着短裤和蓝色网球衫，这身打扮实在很滑稽。前一天观察他们时，他还觉得好笑，认为这些人不把自己当警察。而现在，他朝他们直奔过去，挥舞着双手让他们停下。

"你们就是后援吗？"奔到近前时，他喊道，"他们在码头尽头。那个嫌疑人在水里呢，他自己跳下去了。他们需要你们的支援，还要一条船。他们叫我来找你们。"

"快！"其中一个警察对他的搭档吼道。

一个警察蹬着车便走了，另一个警察从腰带上扯下一部双向对讲机，请求派出一艘救生船。

格拉登挥挥手，对他们的迅速反应表示感谢，然后走开。几秒钟后，他回过头，只见第二个警察也骑着车向码头尽头赶去。他再次拔腿开跑。

登上连接海滩和海洋大道的大桥后，格拉登在大桥顶端回头望去，能看到码头尽头的喧闹。他又点上一支烟，摘下太阳镜。警察就是这样，真够蠢的，他想，可真是活该。他快步走到街面上，穿过海洋大道，继续向下走到第三街长廊。他非常确定，在这片商场和餐饮店聚集的繁华地带，他可以顺利地隐入川流不息的人群。去他妈的警察，他想。他们有过一次机会，却被他搞砸了，这就是他们应得的。

他来到一条长廊上，这条长廊通向几家小快餐店。刚才的兴奋过后，他觉得自己饿坏了，于是走进一家快餐店，买了一片比萨和一杯苏打水。等着女服务员用烤箱加热比萨时，他又想起那个旋转木马上的小女孩。真希望自己当时没有清空相机啊，可他怎么知道能如此轻松地脱身呢？

"我早该知道的。"他生气地大声说道，随即四下望了望，确定那个女服务员没有注意。他细细端详了她一会儿，觉得她毫无吸引力。她太老了，可能都有孩子了。

他看到女服务员正小心翼翼地把比萨从烤箱里拉出来，盛到纸碟里，然后吮了吮手指——她刚才被烫了一下——这才将他的大餐放到柜台上。他将碟子端回桌上，却并没有吃，他不喜欢被别人碰过的食物。

格拉登在心里盘算着，得等待多久外头才会安全，才能返回海滩取回自己的车。幸好那辆车停在一个可以过夜的停车场里。他当时选择那个停车场，就是为了以防万一。无论如何，绝不能让他们找到他的车。如果他们找到了，就可以打开后备厢，拿到他的电脑。要是电脑落到他们手里，没准他会被关到天荒地老。

他越回想此番跟警察的交锋，心里就越是恼火。这下子，他算是失去旋转木马这个点了。他再也不能回去，至少很长一段时间不能回去。他得发个帖子，提醒网上那些家伙注意。

直到现在，他仍旧想不通这事怎么会发生。他的脑子里跳过一个个可能，甚至考虑过会不会是网上的某个人出了岔子，但最后，他的怀疑落在了那个检票的女人身上。一定就是她举报的。这些天，她是唯一每天都见到他的人。就是她。

他闭上眼睛，头抵在墙上，想象着他在旋转木马那儿，慢慢地靠近检票的女人。他手上拿着刀，打算好好给她上一课，教导她不要多管闲事。她以为自己做了什么？不过是——

突然，他感到有人在他身旁，正盯着他。

格拉登睁开眼睛。码头上那一男一女两名警察正站在他前面。汗水已经浸透了男警察的衣服，他抬抬手，示意格拉登站起来。

"起来，你个浑蛋。"

在格拉登被押往警察局的路上，两名警察没有透露任何有价值的消息。他们收缴了他的圆筒包，搜了他的身，把他铐了起来，告诉他他被逮捕了，却拒绝说明为什么抓他。他们还拿走了他的香烟和钱包。格拉登唯一在乎的就是他的相机。幸运的是，这一次他没随身带着那些书。

格拉登回忆着钱包里都有些什么。没一件要紧的东西，他最后下了结论。那张阿拉巴马州颁发的驾驶执照，会让警察认为他是一个叫哈罗德·布里斯班的人。这是他从网上弄到的，照片交易换来了各种身份。他那辆车里还有另一张身份证件，只要他脱离羁押，就能立即跟哈罗德·布里斯班先生吻别。

他们没找到他的车钥匙，那串钥匙藏在方向盘里。被捕的可能性总是存在的，他早就做好了准备。他知道必须得让警察离他的车远远的。他从经验中汲取了教训，采取了这些预防措施，凡事总得做最坏的设想，这些都是霍勒斯在雷福德监狱里教他的，那时他们一起度过了无数个晚上。

他被押到圣莫尼卡警察局侦缉部，又被粗鲁地推进一间小小的审讯室，整个过程没有一个人说话。他们让他坐到一把灰色的钢制审讯椅上，解开他一侧的手铐，随即铐到桌面中央一个由螺栓夹具连接的铁环上。之后警探们都离开了房间，把他一个人留在里面，待了一个多小时。

他面对的那堵墙上，有一面单向透视玻璃，他明白自己正身处一间观察室里，但现在还不能肯定单向透视玻璃的另一侧站着哪些人。他非常确信自己没有在菲尼克斯、丹佛或者其他地方，留下任何可被追踪的痕迹。

有那么一会儿，他觉得自己听到了玻璃后传来的说话声。他们就站在那儿，打量着他，窃窃私语。他闭上眼睛，垂下头，下巴抵在胸前，这样他们就无法看到他的脸。突然，他猛地抬头，露出挑衅而疯狂的笑容，大吼道："你们会他妈的后悔的！"

不管玻璃后的警察是哪号人物，这一嗓子准会把他们吓得不轻，他这样想道。他又想起那个该死的检票女人，于是沉浸到向她复仇的白日梦里。

在他被隔绝了九十分钟后，那扇门终于开了，两名警察走了进来，还是之前在码头上见过的那两张熟面孔。两人坐了下来，女警察坐在他正对面，男警察坐到他左侧。女警察将一台录音机连同他的圆筒包放在桌上。这没什么大不了的，他如念咒般一遍又一遍地告诉自己，在太阳落山之前，他就会从这儿出去。

"抱歉让你久等了。"女警察亲切地说。

"没关系，"他说，"我可以抽根烟吗？"

他冲他的圆筒包努努嘴。他并不是真的想抽烟，只想看看照相机是不是还在包里。绝对不能相信这些该死的警察。这一点甚至都不用霍勒斯教他。女警察没理会他的请求，打开了录音机，然后介绍他们的身份，康斯坦丝·德尔皮警探和她的搭档罗恩·斯威策警探，两个人都是虐童案调查组的。

格拉登惊讶地发现，这位女警察似乎才是领头儿的，虽然她看上去要比斯威策年轻五到八岁。她把一头金发留成易梳理的短发，整个人大概超重了十五磅，这部分重量主要集中在她的臀部和上臂。他猜她经常做上肢锻炼，才有那么发达的臂肌和臀部。他还猜她是个同性恋，甚至可以打包票，对这种事他有第六感。

　　斯威策则显得无精打采，头发掉得厉害，已经做不出发型，只在头顶中央还留着稀疏的薄发。格拉登决定把注意力集中在德尔皮身上，她才是关键人物。

　　德尔皮从兜里掏出一张卡片，向他宣读他的宪法权利。

　　"我听这些权利干什么？"等她读完，格拉登发问道，"我又没干什么坏事。"

　　"你明白你的这些权利吗？"

　　"我不明白的是为什么我得待在这个鬼地方。"

　　"布里斯班先生，你明白——"

　　"明白。"

　　"好的。说起来，你的驾照是阿拉巴马州颁发的，你来这儿干什么？"

　　"关你什么事。我要联系律师，现在就要。在他来之前，我拒绝回答任何问题。就像我刚才说的，我确实明白你刚才读的那些权利，明白得很。"

　　他明白他们想要什么：他的本地住址和他停车的地方。现在他们手里什么都没有。可他刚刚逃跑的事实，足以让一位本地法官找个适当的理由，给他们一张搜查令，搜查他的房产和汽车——只要他们知道房子和汽车在哪儿。他绝不允许这样的事发生，无论如何都不允许。

　　"我们稍后就会谈谈联系你律师的事，"德尔皮说，"但是我想给你一个澄清自己的机会，说不定你都不用把钱浪费在请律师上，

65

就能从这儿走出去。"她打开圆筒包，取出那台照相机，还有一袋孩子们喜欢得不得了的星巴克糖果。"这些都是什么？"她问。

"要我说，这不是都明摆着吗？"

她拿起照相机，那打量的模样就好像她以前从没见过相机。"这是用来干什么的？"

"照相。"

"照那些孩子？"

"我现在想见我的律师。"

"这袋糖果呢？你拿这些糖果干什么？拿来给孩子们吗？"

"我只跟我的律师说话。"

"去他妈的律师。"斯威策愤怒地说道，"我们抓到你这个浑蛋了，布里斯班。你专拍那些正在洗澡的孩子，那些跟妈妈在一起、没穿衣服的孩子。你他妈的真让我恶心。"

格拉登清了清嗓子，用毫无波澜的目光注视着德尔皮。"这事我完全不知情。不过我必须得问上一句，这犯了哪门子的法？我不是说我干过这事，但就算我干过，我可不知道单单拍摄海滩上的孩子，现在就成了犯法的事了。"

格拉登摇了摇头，看上去很困惑。德尔皮也摇了摇头，似乎是被恶心到了。

"德尔皮警探，我可以向你保证，许多司法判例都允许公众能接受的公共场所的裸露行为。在你们说的这种情况里，一个母亲在海滩上给自己年幼的孩子洗澡，不该被描述为一种淫秽的嗜好吧。你看，如果摄影师因为拍摄这样的照片获了罪，那你也得一并起诉那个做母亲的，因为她提供了这种犯罪机会。不过你大概已经全都了解过了。我敢肯定，你们其中一个人已经在刚刚过去的那一个半小时里，去咨询市检察官了吧。"

斯威策倾身凑近他。格拉登从他的呼吸中闻到了烟味和烧烤土豆片的味道。格拉登猜他一定是故意吃这些土豆片的，就是为了在审讯过程中让人无法容忍他的口气。

"听我说，你个浑蛋，我们完全了解你是什么样的人，也知道你在干什么。我办过强奸案、谋杀案……但你们这些人，你们是这个星球上最低贱的生物。你不想跟我们谈？好的，没问题。我们接下来这么办，今晚就送你到比斯凯鲁兹监狱去，安排你进通铺牢房。我认识那里的一些人，布里斯班。我打算把你的事宣扬出去。你知道恋童癖在那儿会遇到什么事吗？"

格拉登缓缓转过头来，这是他第一次直视斯威策的眼睛，他显得异常平静。"警探，我不太清楚在那儿会遇到什么，但是我觉得单凭你的口气就算得上某种残酷而新奇的私刑了。要是我真的因为拍摄沙滩照而获罪，我大概会拿此刻的遭遇作为上诉理由。"

斯威策抡起了胳膊。

"罗恩！"

斯威策僵住了，看了看德尔皮，慢慢地放下胳膊。在这个威胁动作面前，格拉登连眼睛都没眨一下。他甚至希望这一拳落到自己身上。他知道，这在法庭上会对他相当有利。

"有意思，"斯威策说道，"我们这儿出现了一位铁窗律师，还自以为全知全能呢，真是棒极了。好吧，你今天晚上就会给监狱里的枯燥生活增色不少，希望你能明白我的意思。"

"现在我能给我的律师打电话了吧？"格拉登用厌倦的声音说道。

他了解他们现在的把戏。他们手上什么证据都没有，于是试着吓唬他，诱使他慌不择路地犯错误。但他可不会上当，因为他比他们聪明多了。他估计在他们的内心深处也知道这一点。

"你看，我可不会被关进比斯凯鲁兹，我们大家心里都清楚这一点。你们手里头有什么啊？你们拿到了我的相机，不过，不知道你们有没有检查一下，那里头可是一张照片都没有。或者，你们找来了某个检票员、救生员或是其他什么人，作证说我拍了一些照片。可是除了他们的证词外，你们一件实物证据都没有。即便你们刚才让他们透过玻璃指认我，这份证词也不能算数。因为自始至终就我一个嫌疑人，你们并不是通过不带偏见的若干嫌疑人并排接受指认的方式，来辨识出我的。"

他等待着他们出招，可他们不发一言。他现在掌控了局势。

"所以到最后，不管你们在那面玻璃后头安排了什么人，她或者他都只是在为一件根本就算不上犯罪的事作证。就凭这个怎么能把我送进县立监狱关一个晚上？反正我是不知道的。不过也许你能给我解释解释，斯威策警探，如果这不会给你的智商带来负担的话。"

斯威策猛地站了起来，他的椅子被掀起撞到墙上。德尔皮一只手抓住斯威策，这一次她用上了点力气才拦下他。

"别冲动，罗恩，"她命令道，"现在就给我坐下来。"

斯威策按照指令坐下了，而德尔皮直直盯着格拉登。

"如果你们要继续问下去，那我就必须得给律师打个电话了。"格拉登说，"请问，电话在哪儿？"

"会有你打电话的机会的，就在你被正式收监之后。但是香烟，你还是忘了吧。那所县立监狱是禁烟的，我们就是如此关怀你的健康。"

"以什么罪名把我收监？你们没有权力再拘留我。"

"污染公共水域、破坏市政财产和拒捕。"

格拉登扬起眉毛，一脸疑惑。

德尔皮冲他一笑。"你忘了一件事，"她说，"你扔进圣莫尼卡湾的那个垃圾桶。"她带着胜利的意味点了点头，关上了录音机。

在警察局的拘留室里，格拉登被允许打一个电话。把听筒放到耳边时，他闻到了一股浓重的工业肥皂味。他们之前给过这种气味的肥皂让他洗手，以洗去手指上沾到的印泥。这对他是一个提醒，他必须得在指纹被输入全国数据库之前顺利脱身。他拨出一个号码，在抵达西海岸的第一个晚上他就把这串数字铭记于心。这是互联网上某份名单里克拉斯纳律师的号码。

一开始，律师的秘书想把他打发掉，但他让对方转告克拉斯纳律师，说致电者是佩德森先生介绍过来的——这名字被挂在互联网的布告栏上。很快，克拉斯纳就出现在电话那头。

"你好，我是阿瑟·克拉斯纳，我能为你做些什么？"

"克拉斯纳先生，我的名字是哈罗德·布里斯班，我遇到了点小问题。"

随后，格拉登一五一十地把他的遭遇告诉了克拉斯纳，连细节都讲得清清楚楚。他在电话里把声音压得很低，因为拘留室里不止他一个人。这里还有两个等着被送往比斯凯鲁兹监狱的人，其中一人闭眼躺在地上，是个瘾君子，正处在放纵后的昏迷状态。另一人坐在房间的另一头，正留意着他，尝试听清他在说些什么，反正这里也没别的事可做。他觉得这人有可能是个卧底，一个装成犯人的警察，为了偷听他给律师打的电话。

格拉登把事情原原本本地告诉了克拉斯纳，只隐去了自己的真实姓名。他说完之后，克拉斯纳沉默了很长时间。

"你旁边是什么声音？"他终于开口问道。

"一个躺在地上睡觉的家伙在打呼噜呢。"

"哈罗德，你真不该沦落到与这样的人为伍啊。"克拉斯纳用一种高高在上的语气感叹道。

"我们得开始做事了。"格拉登并不喜欢他的语气，"这就是我打电话给你的原因。"

"我今明两天的工作报酬，加起来一共是一千美元。这可是打了相当大的折扣。这个价格我只提供给……佩德森先生那儿转来的客户。如果你这案子到了明天还办不完，还需要我运作，那费用的事儿我们还得再商量。这笔费用对你来说没问题吧？"

"没有问题。"

"保释金呢？支付完我的费用之后，你还有钱支付保释金吗？你这案子看起来不适用于不动产抵押条款。法官确定保释金之后，担保人需要划走保释金的百分之十。这是他们的费用抽成，你是拿不回的。"

"没错，不用考虑不动产抵押，我这情况不能走这个门路。支付完你的高额费用之后，我能拿出的钱都不超过五这个数。我还可以搞到更多，但立即拿出来可能有点困难。我想把保释金额限定在五这个数之内，而且我要尽快出去。"

克拉斯纳忽略了格拉登对他费用的评价。"你的意思是五千美元吗？"他问。

"是啊，当然，五千美元。拿着这五千美元，你会怎么运作？"

格拉登估摸着这会儿克拉斯纳大概悔得肠子都青了，要是当时没提出打折，他还可以拿到更高的律师费。

"好的，这意味着你可以应付五万美元的保释金，看来咱们的形势非常有利嘛。现在他们给你定的起诉罪名不轻，但是污染公共水域和拒捕这两项罪名本身就模棱两可，既可以被看成重罪，也可以被量刑为轻罪。我敢肯定，他们是不会拿这两项罪名大动干戈的。这就是被警察捏造出来的鸡毛蒜皮的案子。我们只是得去法庭走上一圈，然后交上保释金当庭释放。"

"没错。"

"对付这种小案子，我觉得五万美元都有点多了，我会跟代理人讨价还价的。我们到时候再看吧，我估计你不想提供你的住址。"

"你说对了，我需要一个新住址。"

"那我们可得实打实地掏出五万美元了。不过同时，我会帮你处理新住址的事。这可能还得需要额外的一笔开销。钱不会很多，我可以担保——"

"好的，只管办好就行了。"

格拉登回头看了看拘留室另一头的那个男人。"今晚我怎么办？"他小声问道，"我跟你说，这些警察正打算教训教训我。"

"我想他们只是虚张声势，不过——"

"你站着说话不腰疼——"

"不过，我不会冒任何风险。听我把话说完，布里斯班先生。我今天晚上暂时不能把你弄出来了，但我会马上打几个电话。你会平安无事的，我正打算给号子里的你弄一件 K-9 夹克服。"

"那是什么玩意？"

"那是监狱里的一种身份象征，告诉其他人别打你的主意，通常提供给线人或者涉及高层的案子。我会给监狱打个电话，通知他们你是华盛顿一起联邦案件中的线人。"

"他们不会核查吗？"

"会，但今天已经太晚了。他们只能给你穿上 K-9 夹克服，等到明天他们发现这是个假消息时，你已经在法庭上了，而且有很大希望当庭释放。"

"这真是个绝妙的骗局，克拉斯纳。"

"是啊，但我今后就再也不能用这一招了，我觉得应该把刚才谈好的价格再涨一点，才能弥补这个损失。"

"去你的。听着，交易已经定了。我最多只能筹到六千美元。你把我弄出去，保释担保人抽成之后，不管剩下多少，全都归你，这总能激励你了吧。"

"成交。现在，还有一件事。你刚刚说还得解决指纹进全国数据库的事，这我得了解了解内情。我得对得起自己的良心，我可不想在法庭上做出任何担风险的陈述，那会——"

"我有案底，如果你问的是这个的话，但是我觉得没必要深入追究。"

"我懂了。"

"我的传讯什么时候到？"

"明早晚些时候。待我们结束通话，我就会给监狱打电话设法安排你搭上去圣莫尼卡的早班车。在法院的看守室里等着，总比在比斯凯鲁兹监狱里待着强。"

"我不清楚这些，你做主吧。我可是头一回来这儿。"

"呃，布里斯班先生，我得再提提律师费和保释金的事。我恐怕得在明天出庭之前拿到这笔钱。"

"你有电汇账户吗？"

"有。"

"给我账号，我明天早上就能汇给你。在穿上 K-9 夹克服后，我能拨打长途电话吗？"

"不能，你只能打到我的办公室。我会告诉朱迪留意你的电话，然后她会用另一条线路拨打你要打出的长途号码，再接通你们双方。这完全没有问题。我以前这么干过。"

克拉斯纳把自己的电汇账号给了格拉登，格拉登用之前霍勒斯教他的记忆术牢牢记了下来。

"克拉斯纳先生，如果你能抹掉这次交易的转账记录，只当是收了一笔现金，你会发现这将对你大有裨益。"

"我明白了。你还有什么要提醒我的事吗？"

"有。你最好在 PTL 论坛上发几句话，把这里发生的事情告诉其他人，警告他们远离那座旋转木马。"

"我会的。"

挂上电话，格拉登转身背靠着墙壁，慢慢滑坐到地上。他试着不去看房间那头的男人。他注意到鼾声已经停了,猜测躺在地板上的那人可能就这么死了,死于吸毒过量。然后那个男人轻轻抽动了下。有那么一会儿,他认真考虑着要不要过去捋下那人腕上标识身份的塑料手镯,跟自己的换一换。那样他就很可能既不需要支付律师费,又用不着交那五万美元保释金,就能轻轻松松地被放出去。

但是风险太大了,格拉登最后决定放弃。坐在房间另一头的男人可能是个警察,而躺在地板上的那人没准是个惯犯。你永远都不知道法官什么时候会说你的量刑已经够了。格拉登决定还是把希望寄托在克拉斯纳身上。毕竟,这个名字挂在网上的布告栏上,这个律师一定知道他是干什么的。不过,六千美元的花费还是让他很是恼火,他被这套司法体系敲诈了,为什么需要付出六千美元?他做错了什么?

他把手伸进兜里,想掏支烟抽,忽然记起警察已经把烟收走了。这让他的怒火又烧起来,较方才的更加猛烈。同时,他感到自己非常可怜。他正在被整个社会迫害,为什么?他的本能和欲望又不是自己能选择的,他们为什么就不能理解呢?

格拉登真希望笔记本电脑就在身边。他想上网向网上的那帮人倾诉,那帮跟他一样的人。在这间囚室里,他孑然一身,非常孤独。他想,要不是那一头靠墙站着的那个男人老是盯着他,他大概真会哭出声来。而在这个讨厌鬼面前,他绝不会哭泣。

8

查阅完案卷的那天晚上，我没有睡好，一直在想着那些照片，开始想着特丽萨的，然后是我哥哥的。他们俩被永远定格成那些可怕的姿势，又被封存在信封中。我真想回到警察局，偷出那些照片，然后烧掉它们。我不想让其他人再看到它们。

到了早上，我煮好咖啡后，打开电脑，拨号进入《落基山新闻》的网络系统，看看有没有留言。在等待建立连接、验证密码的间隙，我吃了好几把盒子里的脆谷乐麦片。我的笔记本电脑和打印机一直都放在厨房的桌上，因为我经常一边吃东西，一边使用它们。这总比我一边孤零零地坐在餐桌边，一边回想自己已经一个人用餐多少年了要强得多。

我的家很小。在这套一居室的公寓里，九年来家具一点都没变过。这套房子其实还算不错，但也没什么特别的地方。除了肖恩，我都记不得上一位来这里造访的客人是谁。跟女人过夜的时候，我也从不领她们来这儿，反正像这样的机会也没多少次。

我想起当初刚搬进来的时候，原本只打算住几年，然后大概就可以买上一栋房子，结婚或者养条狗，或者有别的什么安排。但是这一切都没有发生，我也不知道为什么会这样。我猜，大概是工作的缘故吧，至少我是这么告诉自己的。我把全部精力都奉献给了工作。公寓里的每一个房间都放着一堆堆的报纸，上面刊登着我的文章。我喜欢重读自己的文章，然后储藏起来。如果我死在家里，有人进来发现我的尸体，会把我误认为那些收集癖中的一员——我曾经写过他们的相关报道，那些家伙抱着直堆到天花板的报纸和塞满床垫的现钞幽幽咽气。帮我收尸的那些人可不会有耐心捡起一份报纸，读一读我的文章。

电脑上只有几条留言。最近的一条是格雷格·格伦发来的，询问我的文章进展如何。发送时间是昨天下午六点半。这个时间真让我火大。这家伙星期一早上才委派任务，星期一晚上他就过问进展。当编辑问你"进展如何"，其实就是在说"稿子在哪儿"。

去他的，我想。我发了封简短的回复，说我周一一整天都在跟警察打交道，以及我已经相信我哥哥死于自杀。解决了这个问题，我就可以开始着手调查警察自杀的原因和概率。

屏幕上，再往前的一条信息来自资料室的劳丽·普莱恩，发信时间是星期一下午四点半。信里仅仅提到："律商联讯数据库里发现了有意思的情况，已放到接待台。"

我回了条消息，感谢她高效率的搜索，并告诉她我因意外在博尔德城耽搁了，会尽快赶回去取她的搜索结果。我猜她对我有意，但我从来没有给过她工作之外的任何回应。办公室恋情什么的，必须得非常谨慎，而且把握十足才行。你要是做出了符合对方预期的进一步行动，会非常开心；但要是你的举动不是对方想要的，你收到的大概就是一起个人投诉了。所以我的看法是，这种事最好打一开始就彻底回避。

接下来我浏览了美联社和合众国际社的电讯，看有没有刊载什么有意思的消息。有一篇报道说一位医生在科罗拉多斯普林斯市的一家妇科诊所外遭到枪击，一位反堕胎人士被警方拘留，医生目前并没有死亡。我复制了一份这篇报道的电子档，转存到个人储存站里，不过我认为并不需要就这一事件写点什么，除非那医生死去。

门口传来了敲门声，我先透过猫眼往外瞧了瞧，才打开了门。是简，她住在楼下一层的回廊对面。她住这儿已经一年了，我们的相识始于她刚搬进来收拾房子，请我帮她搬运几件家具。当我告诉她我是个记者时，她压根不知道这行当是做什么的，还很钦佩我。我们一起看过两次电影，吃过一次饭，在吉斯通滑过整整一天雪，但这几次约会分散在她搬进这栋楼的一年时间里，而且看起来并没有什么结果。我觉得是因为我在犹豫，而不是她的原因。她有着酷爱户外运动的那类女孩特有的吸引力，或许我犹豫就是出于这个原因。我自己就是户外运动型的——至少我是这么想的——我想找个其他类型的。

"你好，杰克。我昨晚在车库看到你的车了，我猜你回来了。这趟旅行怎么样？"

"挺好的，能出门放个风真是棒极了。"

"你去滑雪了吗？"

"滑了，我去了特柳赖德。"

"听起来很不错啊。之前我本来想跟你打声招呼的，但是当时你已经走了。我想告诉你，要是你再出远门，我可以照料你种的那些花花草草，帮你收收邮件，或者其他什么的，只要跟我说一声就行。"

"噢，谢谢了。不过我没种什么花。干这份工作经常得在外头过夜，所以我什么都没种。"我扭头看看屋里，扫视一圈公寓，好像想确认自己到底种没种花似的。我猜我应当邀请她进来喝杯咖啡什么的，但是我没有。"你现在打算去上班吗？"相反，我这样问道。

"是啊。"

"我也是，我也得走了。不过，等下回我回来，我们可以做点什么，比如看场电影之类。"我们都喜欢罗伯特·德尼罗的片子，这是我们的共同爱好之一。

"好的，到时给我打电话。"

"我会的。"

待我关上门，又后悔自己没请她进来。回到厨房，我关了电脑，目光落到打印机旁那沓一英寸厚的纸上。那是一篇我没有写完的小说，一年多以前开始动笔，但始终没什么进展。我构思了一个作家，他因摩托车事故而四肢瘫痪，然后用庭外和解的赔偿款从当地的大学雇了一位年轻漂亮的姑娘，帮忙把他口述的文段词句打出来。但他很快发现，这个姑娘在打字前会先把他口述的词句做一番修改润色，有时甚至还会重新撰写。于是他渐渐明白，这个姑娘是一个更优秀的作家。没过多久，事情演变成他缄默地躺在房间里，而她一个人打字撰文。他只能眼睁睁地看着她写。他想杀了她，用双手扼死她，但他连动动手指都做不到。他宛如身处地狱。

这沓纸就放在桌子上，挑逗我再次尝试。我不知道为什么没把它塞进抽屉里，跟更早些时候我开了个头却没有完成的另一部小说放在一块儿。我没有这么做，估计是因为我想把它放在那儿，放在自己看得见的地方。

我走进《落基山新闻》编辑部大厅的时候，那里还很冷清。负责早报和早间新闻的编辑与记者都聚在本地新闻编辑部那儿，其他人我没见着一个。大多数员工都不会早到，得到九点或更晚才会陆续进来。我的第一站就是到自助餐厅去买咖啡，然后晃荡到资料室，从接待台上拿起厚厚一沓写着我名字的打印资料。我去劳丽·普莱恩的办公桌前晃了晃，想当面谢谢她，但她也还没到。

坐在办公桌后头，我可以看到格雷格·格伦的办公室。他就在里面，像往常一样打着电话。我开始了日常的工作，首先一前一后地阅读《落基山新闻》和《丹佛邮报》。我总喜欢这么干，每天旁观丹佛报界的往来厮杀。如果你能坚持做对比图，你会发现独家报道总是能拿到最高的分值。但通常情况下，两家报纸采录的都是同一桩新闻事件，而这才是一场堑壕战，是战斗争夺的关键所在。我会先读我们的报道，再读他们的，看哪一方撰写得更好些，哪一方采编到最佳的信息。我并不总是偏向《落基山新闻》。事实上，大多时候我持有的还是相反的观点。跟我共事的这帮人中，有些家伙是不折不扣的浑蛋，我不介意看到他们被《丹佛邮报》痛打一顿，我不会对任何人承认这一点。报纸这一行业，销量和竞争是天性。我们与别的报纸竞争，我们内部也互相竞争。这就是为什么我可以肯定，每当我穿过编辑部大厅，总有一些人在偷偷看我。在一些年轻记者看来，我几乎就是个英雄，擅长故事剪辑，才华横溢，在自己的采访领域披荆斩棘。但在另一些人眼里，我就是一个令人生厌的违规操盘手，占据着一块不该得到的、条件无比优越的领地，就像个恐龙。他们想把我打下去。这没什么，我能理解。要是我在他们的位置，估计也会这么想。

　　但是丹佛所有的报纸，对于纽约、洛杉矶、芝加哥和华盛顿的那些大报来说，都只是提供饲料的投食机。或许我早就应该谋求更进一步的发展。几年前，我居然推掉了一份来自《洛杉矶时报》的邀约。我虽然没有接受，但利用这份工作邀请，从格伦那儿占下了现在这块警政新闻专版。他以为《洛杉矶时报》提供的那个职位是警务专访这种大热门，但其实只是负责一个名为"山谷版"的关注郊区的版块。他提出，只要我留下，就为我开辟一个警政新闻报道的专版。有时候我会想，当时我欣然接受他开出的条件，也许就是个错误，也许去个新的地方重新开始会更好一些。

　　今天的早版厮杀中，我们报社干得还不错。我把报纸放到一边，拿起资料室的打印文件。劳丽·普莱恩在东部的几家报纸上找到了好几篇分析警察自杀原因的报道，还有几篇简短的国内若干起比较特殊的警察自杀事件报道。她很谨慎，没有打印《丹佛邮报》上报道我哥哥的那篇文章。

大部分篇幅较长的报道都将这类自杀视为警察这份工作所带来的相应风险。每一篇文章开头都是一起比较特殊的警察自杀事件，然后笔锋一转，拐到了心理医生和警察专家关于"是什么导致警察吞枪自杀"的讨论。这些报道都得出了相同的结论，即警察自杀与工作压力和生活中的痛苦经历有关。

这几篇文章很有价值，因为我的报道中需要的专家名字都被列在其中。其中还有几篇提到，联邦调查局资助的一项关于警察自杀的研究项目正在进行，该项目由华盛顿特区的执法基金会主持。我用荧光笔标记了这则消息，盘算着可以引用联邦调查局或者执法基金会的最新统计数据，让我的报道既新颖又可信。

电话响了起来，是我母亲打来的。葬礼之后，我们就没说过话。几句关于我这趟旅行和大家的近况之类的例行寒暄过后，她切入了正题。

"赖莉告诉我，你正打算写关于肖恩的报道。"

这不是一个提问，但我故意把它当作问话一样回答道："是啊，我是有这个打算。"

"为什么，约翰？"她是唯一一个叫我约翰的人。

"因为我必须得写出来，我……我只是不能这么若无其事地走下去，就好像这件事没发生一样。我必须——至少我得试着去理解，理解这件事是怎么发生的。"

"从你小时候起，你就总要把东西给掰碎，记不记得？你差不多毁了你所有的玩具。"

"你在说什么啊，妈妈。这是——"

"我在说，当你把东西拆开掰碎了之后，你无法保证每一次都有能力把它们拼回来。一旦失败了，你又能得到什么？什么都得不到，约翰，你会一无所有。"

"妈妈，你这是无理取闹。听着，我必须得这么做。"我真不明白为什么每当我跟她讲话，总是那么快就会生气。

"你有没有想过除你自己之外的其他人的感受？你知不知道把这件事登在报纸上会有多么伤人？"

"你是指爸爸吗？写出来大概对他也有帮助吧。"

电话那头是一阵长时间的沉默，我想象着她坐在厨房的餐桌边，闭着眼睛，把听筒放在耳边。我的父亲很可能也坐在一旁，却不敢跟我谈论肖恩的事。

"你知道肖恩当时是怎么想的吗？"我轻轻问道，"你们俩有谁知道吗？"

"当然不知道，"她悲伤地说，"没有人会知道。"

又是一阵更长时间的沉默，最后，她请求道："再考虑考虑吧，约翰，让我们静静平复创伤不是更好吗？"

"就像萨拉那样？"

"你是什么意思？"

"你们从来不谈萨拉……也从来都不告诉我。"

"我现在不想提这个。"

"你永远都不会提的，才刚刚过了二十年而已。"

"别用这种事对我冷嘲热讽。"

"我很抱歉。你看，我也不是故意这样的。"

"你就好好想想我跟你说的话吧。"

"我会的，"我说，"我会让你知道我的想法的。"

她生气地挂了电话。她在生我的气，就像我在生她的气一样。她不愿让我写肖恩，这让我非常难受，就好像她还在试着保护和偏祖肖恩一样。但是肖恩已经走了，而我还在这里。

我坐直了身子，让视线能够越过工作间的隔板向外望去。陆陆续续进来的人渐渐填满了编辑部大厅。格伦走出了办公室，正在本地新闻编辑部与早版编辑讨论堕胎医生枪击事件的报道计划。我缩回椅子里，这样他们就看不到我了，不然他们又得冒出个主意抓我去加工润色。我总是想尽办法躲开改写报道这种苦差事。他们派出一群记者赶往犯罪或者灾难现场，这些人再把拿到的信息打电话告诉我，然后我就得赶在截稿时间之前把这篇报道写出来，还得费心纠结署名栏里附上谁的名字。在记者这一行当里，这活计无疑是最紧张、最激烈的了，但我实在是被这份差事折磨得筋疲力尽。我现在只想专心写自己的凶杀案专版报道——我的独家报道。

我很想拿着这沓打印文件跑去自助餐厅，这样就躲到了他们的视线之外，但最后还是决定冒险留在办公室里。我重新开始阅读手头上的资料，其中最令人印象深刻的是五个月前刊载于《纽约时报》的一篇报道。这丝毫不足为怪。《纽约时报》简直是报界中的圣杯——它的报道是业界最棒的。我刚浏览了开头，就决定把它留到最后细读。将剩下的资料扫过一遍之后，我起身又倒了一杯咖啡，随后开始不紧不慢地重新阅读《纽约时报》的那篇文章。

这篇报道的着眼点是六周内连续发生的三起警察自杀事件。这些事件看似全无关联，受害者们生前互不相识，但都饱受警察抑郁症的折磨——文章里是这么叫的。两名警察用配枪在家中自杀，另一名在一个海洛因注射点自缢身亡，把六名刚吸完毒、神志恍惚的瘾君子吓得魂飞魄散。这篇文章详细报道了一项正在进行的警察自杀研究项目，它由执法基金会和设在弗吉尼亚州匡提科的联邦调查局行为科学部合作开展。文章援引了基金会主管内森·福特的发言，我把这个名字写在了记事本上。福特宣称，此项目已经研究了最近五年内上报的每一起警察自杀事件，以期在导致当事人自杀的原因中找出共同点。福特表示，这项研究首先要明确的是，事先判断谁更容易患上警察抑郁症是不可能的。不过一旦确诊，只要被病症折磨的警官寻求帮助，就可以得到妥当的治疗。福特称该研究项目的目标就是建立一个数据库，再以此为基础拟定一套治疗方案，帮助警方管理层在悲剧酿成之前尽早处理警察抑郁症的相关事宜。

这篇文章还附有一则补充报道，介绍了一年前芝加哥的一起事件。当时那名警官已经为此求诊，但仍然没有挽救回来。读着这篇报道，我的胃一阵阵发紧。这篇文章说，芝加哥警探约翰·布鲁克斯深受由他负责的一桩残忍凶杀案的折磨，于是开始接受心理医生的治疗。那是一起绑架谋杀案，一个名叫波比·斯马瑟斯的十二岁男孩在此案中遇害。那孩子失踪两天后，遗骸于林肯公园动物园附近的一处雪丘里被发现，是被扼杀的，少了八根手指。尸检报告断定，那些手指是在孩子生前被截断的。这一点，加上迟迟不能找到并逮捕凶手，显然已经超过了布鲁克斯的心理承受极限。

　　布鲁克斯先生，这名曾获高度赞誉的警探，因那个有着一双棕色眼睛、少年老成的男孩的死亡而承受了巨大的心理压力。

　　在上司和同事意识到沉重的压力已经影响到他的工作后，他请了四个星期的假，开始接受罗纳德·坎托医生的密集治疗。这位医生是由芝加哥警察局的心理医生介绍给他的。据坎托医生所言，在疗程伊始，布鲁克斯坦承了自杀倾向，说自己整宿整宿地被噩梦困扰，梦到那孩子痛苦地惨叫着。

　　在四周时间里完成了二十个疗程之后，坎托医生同意这位警探重返凶杀案调查组的工作岗位。所有人都说，他适应良好，而且继续负责并破获了数起新发生的凶杀案。他告诉朋友们，他的梦魇已经远离。他以"狂人约翰"的绰号闻名，正是因为他有一种不抓获罪犯不罢休的狂热工作态度。他甚至继续展开对杀害波比·斯马瑟斯的凶手的调查，重启先前那条尚未成功的缉凶之路。

然而，在这个寒冷的芝加哥严冬，某些东西已经在某个时刻悄然改变。三月十三日——如果那个叫斯马瑟斯的男孩还活着，他会在这一天欢庆十三岁生日——布鲁克斯先生坐在书房里最喜欢的椅子上。他喜欢坐在这儿写诗，这是他在凶杀案警探身份之外的消遣。他吞下了至少两片对乙酰氨基酚片①，这是一年前他接受背痛治疗时剩下的。他在自己写诗的笔记本上留下了一行字句，然后将点三八转轮配枪的枪管放进嘴里，扣下了扳机。他的妻子下班回家后发现了尸体。

布鲁克斯先生的死亡给他的家人和朋友留下了无数疑问。他们本可以做些什么？他们错过了哪些预示自杀的迹象？一次采访中，当被问及这些让人困惑的问题时，坎托医生遗憾地摇了摇头。"人的思想有趣而难以预测，有的时候甚至是可怕的。"这位说话轻声细语的心理医生在办公室中说，"我原以为约翰和我取得了非常大的进展。然而，很显然，我们所取得的进展还不够把他救出。"

布鲁克斯先生和那一直纠缠他的梦魇如今仍然是未解之谜，甚至他最后留下的字句也令人困惑。他写在本子上的这行字句，也无法让我们弄清那促使他把枪口对准自己的内在动因。

"从惨白的宫门咆哮而过"，这就是他最后写下的遗言。这句诗并不是布鲁克斯先生的原创，而是引自埃德加·爱伦·坡的诗篇《闹鬼的宫殿》，最初见于其最著名的小说之一《厄舍古屋的倒塌》。在这首诗中，爱伦·坡这样写道：

---

①一种止痛药。

宛如汹涌澎湃的滔滔冥河，
从惨白的官门咆哮而过。
骇人的众鬼蜂拥冲出，无尽无边，
放声狂笑——却再无开颜。

这首诗曾给布鲁克斯先生带来多少影响，现在已经不得而知，但文句中流露的阴郁之感，显然对他最后采取的举动具有引导意味。

与此同时，波比·斯马瑟斯遇害一案仍在调查。在布鲁克斯先生生前工作的凶杀案调查组，他的同事依旧在竭力追查此案凶犯。如今，警探们认为，他们是在为两位受害者寻求正义。

"就我现在看来，这是一桩双重谋杀案。"劳伦斯·华盛顿警探这样说道，这名警探跟布鲁克斯从小一起长大，又一同进入凶杀案调查组成为搭档，"无论是谁杀了那个孩子，他也害死了狂人约翰。谁也没法说服我这两者有什么不同。"

我猛地坐直了身子，环视了一圈编辑部大厅。没有人注意到我。我的目光重新落在这沓打印文件上，再次读了一遍报道的结尾。我震惊得不知所措，几乎就跟韦克斯勒和圣路易斯来找我的那个晚上同样惊愕。我能听到自己心脏跳动的怦怦声，内脏好像被一只冰冷的手死死攥住。我已经看不进任何东西，眼中只有爱伦·坡那篇小说的标题：厄舍。我曾在高中时读过这篇小说，上大学后又重读过一遍。我了解这个故事，也了解这个小说标题暗指的那个人物——罗德里克·厄舍。我打开记事本，浏览前天在警察局跟韦克斯勒告别后草草记下的几条笔记。那个名字就记在上面——肖恩在那本侦查日志里写下了那个名字，那是他记下的最后一条记录：

拉厄舍

拨通资料室的电话后，我让对方替我找劳丽·普莱恩。

"劳丽，我是——"

"你是杰克。是的，我知道。"

"听着，我需要做一次紧急搜索，我是说，我觉得这应该算是搜索。我不知道怎么才能——"

"你要搜索什么，杰克？"

"埃德加·爱伦·坡，我们有他的什么资料吗？"

"当然有了。我们有非常多关于他的传记资料，我可以——"

"我的意思是，我们有没有他的短篇小说或者其他作品？我要找《厄舍古屋的倒塌》。对了，抱歉刚才打断你。"

"没关系。如果是他的作品的话，我就不知道我们能找到什么了。就像我说的，我们有的基本上都是传记之类。我可以找找看。不过，我觉得就算我们这儿没有，附近任何一家书店应该都有他的书卖。"

"好的，多谢。我这就去'破烂书皮'①那儿看看。'

我正要挂断电话，她却在那头叫住了我。

"怎么了？"

"我刚好想起这个。如果你要引用一句名言或者其他类似的什么，我们这儿有 CD 光盘啊，里面存着好多引文呢。我可以很快插上光盘搜索。"

"太棒了！就这样做。"

她放下了电话，我就这么等着，等待似乎没有尽头。我把《纽约时报》那篇文章的结尾又读了一遍。我现在的想法看起来就是一场豪赌，但我哥哥和布鲁克斯的死的确有相似之处，还有那两个名

---

① 美国最有影响力的独立书店之一，位于丹佛市，创办于 1974 年。

字：罗德里克·厄舍和拉厄舍，这一系列巧合我绝不能就这么放过。

"好了，杰克，"劳丽终于又拿起电话，对我说道，"我刚才查了我们的索引目录。咱们报社的藏书里没有收录爱伦·坡的全部作品。不过，我已经把诗篇分集的光盘打开了，所以就让它转转吧。你要找什么？"

"一篇名叫'闹鬼的宫殿'的诗，是小说《厄舍古屋的倒塌》的一部分。你查到了吗？"

她没回答，我听到了她敲击键盘的声音。"好的，找到了，这儿有那本小说的精选文句，还有这首诗，整整三页呢。"

"很好，有没有这么一句，'游离于空间之外，超脱时间之际'？"

"游离于空间之外，超脱时间之际。"

"对。我不知道中间是什么标点符号。"

"这个没关系。"她敲击着键盘，"嗯，没有。这不在——"

"干！"我不知道自己为什么突然爆出这么脏的粗口，立即后悔了。

"可是，杰克，这是另一首诗里的句子。"

"什么？也是爱伦·坡的？"

"是的，那首诗名叫'黑甜乡'。要我读给你听吗？整首诗都在这儿。"

"读吧。"

"好吧，我可不怎么擅长朗诵诗歌，你将就点。'沿着一条阴暗孤寂的小径，只有邪恶的天使在旁逡巡；那儿有个尊号为暗夜的幽灵，高居黑色王座发号施令。我已回归黑甜乡，却是新抵，吾之来处是荒凉萧瑟的极北之地——那是片奇异的莽莽荒原，庄严超群，游离于空间之外——超脱时间之际。'就是这样。不过这里还有一条编辑注释，上面说第二句里的那个'幽灵'就是幻影、幽魂的意思。"

我一句话都说不出来，呆若木鸡。

"杰克？"

"再读一遍。慢点，这次慢点。"

我把这首诗记到记事本上。我完全可以让她打印出来，然后过去取走打印件，但是我一步都不想走了。我想要在这片刻时间，彻底地一个人待着，好好看看这首诗。我必须一个人静静。

"杰克，这是怎么回事？"念完以后她问道，"你怎么看起来对这首诗这么紧张？"

"这会儿我还不能确定。我得挂了。"我挂了电话。一瞬间，我只觉得浑身发烫，而且像突然患上了幽闭恐惧症：身处偌大的编辑部大厅，我却觉得周遭的墙壁正不断向我逼近。我的心脏怦怦跳得厉害，脑海里不断闪现我哥哥在那辆车里的情景。

我走进格伦的办公室时，他正在打电话。我走到他面前坐下。他指了指门，点点头，示意让我在外面等着，等他打完电话再说。我没动。他再次指了指，我摇摇头。

"不好意思，我这边出了点事。"他对电话那头说，"一会儿我给你打过去怎么样？好的，没问题。"他挂上电话，"怎么了这是——"

"我要去趟芝加哥，"我说，"今天就得走。很可能还得去趟华盛顿，然后或许是弗吉尼亚州的匡提科，去联邦调查局。"

格伦没有买我的账。"游离于空间之外？超脱时间之际？我的意思是，别较真了，杰克，这就是脑子里那么一闪而过的念头，很多尝试自杀或者确实自杀了的人都这么想过。事实就是，一百五十年前一个心理不正常的家伙在一首诗里提了这么一句，这人还写了另一首诗，又被另一个警察死前引用了，这可谈不上什么阴谋。"

"那拉厄舍和罗德里克·厄舍又怎么说？你觉得也是个巧合？好，那我们就有了一桩三重巧合事件，你自己说说这值不值得调查？"

"我没说这不值得调查，"他听上去有些生气，"当然值得，你就把这事查下去。但是可以打电话查啊，一个个打电话追查。我可不想送你到全国各地旅游去，如果就凭你手头上这点东西。"他在椅子上一扭，转头查看电脑有没有未读信息。一条都没有。他又把脸转过来，再次看着我。"动机是什么？"

"什么？"

"是谁要杀死你哥哥和那个在芝加哥的家伙？这事有点说不通啊——那些警察怎么会错过这条线索？"

"我不知道。"

"好吧，你之前花了一整天的工夫耗在那些警察和这个案子上，在自杀结论中找出什么漏洞了吗？怎么会有人策划了这一切，然后就这样跑掉了？你昨天还相信你哥哥是自杀呢，这又怎么说？我收到了你的信息，你说你终于相信了。还有，警察为什么也认定是自杀？"

"这些问题我也没有答案，所以我才要去芝加哥，然后去联邦调查局。"

"瞧瞧，杰克，你手里有个轻松又赚名声的专版。我都没告诉你，多少次那些记者跑来我这儿说他们也想要这份待遇。你就——"

"谁啊？"

"什么？"

"哪个小子觊觎我的专版？"

"这不是重点，这不是我们现下要谈的。现在的重点是，你在这儿过得多好，只要在本州，你畅通无阻，想去哪儿就去哪儿。但像你刚说的跨州出访就不同了，我还得去说服内夫和内伯斯，向他们证明这趟差非去不可。我还有整整一个大厅的记者呢，个个都想在写报道的时候出去转转。我也希望他们能出去转转，这有利于激发斗志嘛。但我们现在正处于经济衰退期，我不能每一份递上来的出差申请都批准。"

我讨厌这些说教，我想内夫或者内伯斯——我们的社长和总编——才不在乎格伦派谁去哪儿呢，只要能挖掘到好故事行。我手上这个不正是好故事嘛。格伦就是胡搅蛮缠，他自己也知道。"好吧，那我就休个假，自己单干。"

"葬礼之后，你已经把能休的假期都休完了。再说，如果你不是经《落基山新闻》委派出差，你就不能在全国乱跑的时候说你是《落基山新闻》的记者。"

"我停薪休假总可以吧？你昨天还说，如果我需要更多时间调整，你会帮我想办法。"

"我的意思是给你更多哀悼的时间，不是让你跑来跑去全国旅游的。再说了，停薪休假的规定你也是知道的，我保不了你的职位。你大可去休假，但等你回来的时候，你这个专版恐怕就不再署你的名字了。"

我简直想当场辞职，但还没有足够的勇气，而且我知道我需要报社，需要这个媒体机构旗下的记者身份作为敲门砖，去跟警察、研究专家以及其他每个相关人士打交道。没有这张记者证，我只不过是某个自杀者的兄弟，别人可以轻易把我打发。

"你手头现有的这点东西远远不够，我还需要更多材料来评判这趟远差的必要性，杰克。"格伦说，"我们负担不起这样盲目的搜罗情报式的调查，我们需要确凿无疑的事实，一击必中的那种。如果你拿到了更多证据，我觉得芝加哥那一趟可以成行。至于那个基金会和联邦调查局，你完全可以用电话联系。如果电话行不通，我可以请报业集团在华盛顿分部的某个人出面，去那儿走一趟。"

"那是我的哥哥，是他妈的报道。你不能把它给别人，任何人都不行。"

他抬抬手，做了个安抚的手势。他也知道这个建议越界了。"那你就先打打电话，等有了干货，再回来找我。"

"瞧瞧吧，你不知道你在说什么吧？你说不允许在没有证据的情况下出去调查，但我就是需要出去调查才能找到证据啊。"

回到座位上，我在电脑上新建了一个文档，开始输入我所知道的有关特丽萨和我哥哥的两起死亡案件的每一条信息。我记录下自己记得的警察局卷宗里的每个细节。电话铃响了，但我不接，专注于打字。我知道，只有拥有一个足够坚实的信息数据库，才能开展我的计划，然后才能以此为敲门砖，推翻之前我哥哥自杀的定论。格伦最后跟我订了个协议：如果我能说服警方重启我哥哥的案子，我就可以去芝加哥一趟。他说华盛顿的那趟远门还得再看看情况，但我知道如果我去了芝加哥，就能去成华盛顿。

我打字时，肖恩的照片一直在我脑海里浮现。现在，那些苍白而毫无生气的照片令我痛苦不堪，因为我居然相信了肖恩会自杀这种不可能发生的事情。我一定让肖恩失望透顶，我现在才深刻体会到那种内疚。在那辆车里遇害的是我的哥哥——我的双胞胎兄长，也是我自己。

9

　　我足足记录了四页笔记，又花了一个小时检查和分析，试图找出必须深究的疑点。我这才发现，只要从相反的角度看待这个案子，预先怀着肖恩是被谋杀而不是他主动放弃了生命这一观点，就能看到一些很可能连警察都错过了的疑点。他们的错误就在于先入为主地倾向于乃至最后接受了肖恩自杀的观点。他们那么熟悉肖恩，也熟知他因为特丽萨·洛夫顿一案而不堪重负。或许，每个警察都会在私底下觉得另一个警察可能会因为压力过大而放弃生命。又或许他们见过了太多尸体，唯独令他们感到惊讶的就是大多数警察并没有自杀。然而，当以怀疑的眼光从那些事实中筛出一个个疑问时，我看到了他们没有看到的东西。我研究着整理出来的那些疑点。

佩纳：　　　　　　他的手？

　　　　　　　　　在那之后——是多久？

韦克斯勒/斯卡拉里：车？

　　　　　　　　　暖风？

　　　　　　　　　锁？

赖莉：　　　　　　　手套？

　　我意识到最后一个问题我可以直接打电话问赖莉。我拨了号，铃响六声之后都没人接，正要挂断时，她才拿起了电话。

　　"赖莉吗？我是杰克。你还好吗？这个时间打电话给你会不会不太好？"

　　"我还有好的时候吗？"

　　听上去她好像一直在喝酒。

　　"你要我过去吗，赖莉？我这就出来。"

　　"不，不用，杰克。我没事。只是，总有那么几天会心情不好。我一直在想他，不能控制地想，你可以理解吗？"

　　"当然，我也在想他的事。"

　　"那你为什么在他走之前那么长时间里迟迟不来跟他谈谈……我很抱歉，我不该又把这些翻出来……"

　　我一时说不上话来。

　　"我不知道，赖丝。那时候我们算是吵了一架，我想我说了些不该说的话，他也是。我以为我们都该冷静冷静……在我回头找他之前，他却已经……"我意识到已经很久没有叫过她的昵称赖丝了，我不知道她之前注意到没有。

　　"你们为什么吵架，为了那个被分尸的姑娘吗？"

　　"你怎么知道？他告诉你了？"

　　"没有，是我自己猜的。那姑娘简直把他攥在手里，他的一举一动都被那个案子牵绊着，没准你也是这样，这就是我想到的。"

　　"赖莉，你已经——听着，你一直纠结于这些并不好。试着想想那些快乐的日子吧。"我几乎忍不住想跟她谈谈正在追查的那些疑点。我想要给她一点希望，能缓解她的痛苦就好，但我打住了这个念头，现在还太早。

"这很难做到吧。"

"我知道，赖莉。对不起，我不知道该怎么安慰你。"

长久的沉默隔着电话线在我们之间蔓延。电话背景音里，什么声音都没有，没有音乐，没有电视。我不知道她一个人孤零零地在那所房子里做什么。

"妈妈今天给我打电话了。你把我要写报道的事告诉她了。"

"是的，我认为她应该知道。"

我什么都没有说。

"你这通电话是为了什么，杰克？"她终于提出了这个问题。

"只想问一个问题。这问题大概有点让你摸不着头脑，我就是随口一问。那些警察把肖恩的手套给你看了吗，或者还给你了吗？"

"他的手套？"

"那天他戴的那副手套。"

"不，他们没有还给我，也没有人问过我手套的事。"

"好的，那么，那天肖恩戴的是什么手套？"

"皮手套。为什么你要打听这个？"

"不过是一些我瞎琢磨的事。要是有什么进展，我会告诉你的。手套是什么颜色，黑色？"

"对，黑色的皮手套，我记得边上还有一圈绒毛。"

她的描述倒是与我在现场照片里看到的那副手套相符。这并不真的意味着什么，不过是一条待核查的线索，需要按部就班地来。

我们又聊了几分钟，我问她晚上要不要一起吃饭，我会去趟博尔德城，她拒绝了。之后我们就挂了电话。我很担心她，暗自希望刚才那番谈话——或者说正常的人情交际——能让她稍微振作一点，而不是一个人闷着。我打算办完所有的事，顺路去看看她。

从博尔德城穿行而过时，我看到沿着烙铁山的峰顶一线已经积起了雪云。我在这儿长大，打小就知道一旦这种云层开始移动，压下来的速度会有多快。我寄希望于开着的这辆社里的福特天霸的后备厢里会备有防滑链，但很清楚希望渺茫。

　　来到贝尔湖，我看到佩纳就站在巡守岗亭外，跟一队途经这里的越野滑雪者交谈。等待的时候，我走向湖边。有几块地方的雪已经被扫干净了，露出冻结的湖面。我试探着走在冰冻的湖面上，从一个蓝黑色的缺口往下望，想象深水中的情景。我的心开始微微颤抖。二十年前，我姐姐失足掉下冰层，葬身在这个湖里。而现在，我哥哥又在距离这儿不到五十码的汽车里遇害。俯视着阴暗的冰层，我想起不知从什么地方听来的说法，说湖里有些鱼在冬天会被冻在冰层里，但到了春天，冰消雪化，它们就会苏醒，一下子从冰里跳出来。我不知道这是不是真的，要是人类也能这样该多好。

　　"是你啊，又见面了。"

　　我转过身，看到了佩纳。"对，很抱歉又来麻烦你。我还有几个问题想请教。"

　　"没关系。你知道吗，我真希望我能在那之前做点什么，比如早点发现他，当他刚把车开进停车场的时候，我应该去看看他是不是需要帮忙，虽然我不知道能否挽回。"

　　我们朝岗亭方向走着。

　　"我不知道有谁能在事情发生之前就能有先见之明地做到这些。"我附和一句，只是为了不冷场。

　　"那么，你的问题是什么？"

　　我掏出记事本。"呃，首先，当你跑到车子旁边时，看到他的手了吗？比如两只手放在什么地方？"

　　他继续走着，没说话。我猜他正在回想当时的情景。

　　"现在想来，"他开口说道，"我觉得确实看到了他的手。那时我跑过去，看到车里就他一个人，立即猜到他是开枪自杀的。所以我非常确定看到了他的手，因为我想确认他是不是拿着枪。"

"他拿着吗？"

"没有。我看到枪在座位上，挨着他的身子，大概是开枪后落在座位上的吧。"

"你还记得当你看到他时，他手上戴着手套吗？"

"手套……手套……"他喃喃着，好像正试图从记忆库里激出一个答案。停顿了很久，他才说："我不记得了，想不起来当时的场景。警察是怎么说的？"

"我只是想看看你记不记得。"

"呃，我实在不记得了，对不起。"

"如果警方提出请求，你会同意让他们对你使用催眠术吗？看看能不能用这种办法唤醒一些记忆。"

"催眠我？他们还有这种操作？"

"有时候会，如果事关重大的话。"

"好吧，如果事关重大，我想我会同意。"

我们已经走到岗亭前面了。我看着我哥哥当时停车的地方，现在我那辆福特天霸停在同样的位置。

"我还想了解一处关于时间的细节。警方报告里说，从你听到枪响到车子进入你视线，时间不超过五秒钟。而在这短短五秒钟之内，任何人都没办法从车子旁边跑进树林里而不被你看到。"

"没错，绝对没有这种可能，我会看到他的。"

"好的，在那之后呢？"

"什么在那之后？"

"在你跑到车子旁边，发现有人中枪之后。你那天告诉我，你又跑回岗亭打了两个电话，没错吧？"

"是的，一个电话报警，另一个打给我的上级。"

"所以那时你在岗亭里看不到汽车，对吧？"

"是的。"

"这段时间有多久？"

佩纳点点头，看来他明白了我关注的要点。"那段时间有多久无关紧要，因为他是独自一人待在车里。"

"我知道，但是请你回答我，那段时间有多久？"

他耸了耸肩，好像说了句"搞什么鬼"，然后再次陷入沉默。他走进岗亭，伸手做了个拿起电话的动作。"我一拨打报警电话，立刻就接通了，速度非常快。他们记录了我的名字和其他一些信息，这花了点时间。然后我拨打公司内线，叫接线员转接道格·帕奎因，那是我的老板。我说出了件十万火急的大事，他们立即就给我转接了。老板接了电话，我把发生的事告诉了他，他叫我出去看着那辆车，直到警察来。就这么多。然后我又出去了。"

我把他说的都理了一遍，算下来我哥哥那辆雪佛兰随想曲至少有三十秒钟不在他的视线范围内。"现在我们再说车子的事，当你第一次跑到车子旁边，你有没有尝试打开所有车门，看看会不会有一扇门没锁上？"

"只试过驾驶位的那扇门，但所有车门都是锁上的。"

"你怎么知道？"

"警察到了以后试过所有车门，全是锁上的。后来他们不得不用撬车工具来把锁撬开。"

我点点头，然后问道："你当时查看汽车后座了吗？你昨天说那些车窗都雾蒙蒙的，那你有没有把脸贴在玻璃上直接看向汽车后座？特别是后座的地板？"

佩纳终于明白我问的是什么了。他想了一会儿，摇了摇头。"没有，我没往后座那儿看。我认为车里应该只有他一个人，就这样。"

"警察问过你这些问题吗？"

"没有，没问过，但我明白你的意思了。"

我点点头。"最后一个问题。当你打电话报警时，你是报告这里发生了一起自杀事件，还是说这儿出了桩枪击案？"

"我……呃，我说的是这里有人开枪自杀了。估计是这样。我猜警察那儿应该有报警电话的录音。"

"很可能。多谢你了。"

我朝我的车走去，一阵雪花缓缓飘落。佩纳在我身后喊道："那我还需要接受催眠吗？"

"如果警察觉得需要，他们会给你打电话的。"

上车之前我查看了后备厢——没有防滑链。返程路过博尔德城时，我把车停在一家名叫"莫格街书屋"的书店旁——这名字够应景，买了一本大部头的埃德加·爱伦·坡文集，包括他的全部小说和诗歌。我打算今天晚上就开始读。驾车返回丹佛时，一路上我都在努力把佩纳提供的信息纳入我的新推论。我翻来覆去地琢磨他的话，没有任何地方可以推翻我的新推论。

我前往丹佛警察局，来到特别调查组的办公室，却被告知斯卡拉里出去了，不在局里。于是我去了人身侵害调查组，找到了办公室里的韦克斯勒，不过没见着圣路易斯。

"见鬼，"韦克斯勒说道，"你又过来找我的碴？"

"不敢，"我说，"你会找我的碴吗？"

"那得看你打算问我什么事。"

"我哥哥的车在哪儿？重新投入使用了吗？"

"你问这个干什么，杰克？你就不能相信我们知道该怎么办案，是吗？"他生气地把手里的钢笔扔进房间角落的垃圾桶，然后意识到自己做了什么，又走过去捡了起来。

"你看，我不是来向你卖弄该怎么办案，也不想给你添麻烦，"我用平静的语气说道，"我只想试着解决心里的疑问，但我越是深入，问题就越多。"

"比如什么？"

我说了拜访佩纳的事。看得出来，我说得越多，他越恼火。他的脸涨得通红，左下颌都轻轻颤抖起来。

"别介意，你们都结案了，"我说，"我跟佩纳谈谈没任何问题。更何况，你、斯卡拉里和其他人的确漏掉了一些情况。佩纳打电话报警的时候，那辆车不在他视线范围内的时间超过了半分钟。"

"所以这他妈的能说明什么？"

"你们这些警察只关注佩纳看到汽车之前的那一段时间——五秒钟，没有人能够在这段时间里逃跑而不被发现。于是，案子结了，肖恩就是自杀。可佩纳告诉我那些车窗都雾蒙蒙的，车窗必须是起了雾的，这样才能让某个人在上面写下那句话。佩纳没有往后座看，也没有看车内的地板，然后他离开了至少三十秒钟。某个人完全可以躺在后座那儿，在佩纳打电话的时候跑下车窜进树林里。这很容易办到。"

"你脑子有毛病吗？那句话是怎么回事？手套上的射击残留物又怎么说？"

"任何人都可以在挡风玻璃上写下那句话。凶手完全可以戴着检测出射击残留物的手套行凶，然后把手套摘下来给肖恩戴上。三十秒啊，时间可不短。而且大概还不止三十秒，没准更久。佩纳可是打了两个电话，韦克斯。"

"你说的这种情况不确定性太大，凶手的赌注多半押在佩纳离开的时间足够长。"

"也许并不是。也许在他的计划里，要么佩纳会留给他足够多的时间，要么把佩纳一起干掉。按照你们这些人的办案思路，没准你们会说是肖恩杀了佩纳，再开枪自杀。"

"简直胡说八道，杰克。我爱你的哥哥，我他妈的把你哥哥当成自己的兄弟。你以为我真的愿意相信他吞下了那颗该死的子弹？"

"那让我再问你几个问题。知道肖恩出事时,你在什么地方?"

"就在这张桌子后面坐着,怎么了?"

"谁告诉你的?你是不是接到了一个电话?"

"对,我接到一个电话,是警监打来的。公园管理局那边打电话通知了值班警监,他又打给我们警监。"

"他是怎么跟你说的?原话是什么?"

韦克斯勒迟疑了一会儿,似乎在回忆当时的对话。"记不太清了。他只是说麦克死了。"

"他是这么说的吗?还是说麦克自杀了?"

"我不记得他当时怎么说的了,可能是说麦克自杀了吧。这又说明了什么?"

"公园巡守员打电话报警时,说的是肖恩开枪自杀了,于是整件事就按这条线走了下去。你们个个预想的就是一桩自杀,于是跑到那儿看到的也是一场自杀。就像你们手上拿着一张拼图去按图索骥,看到的一个个片段自然而然就匹配进那张图里了。这里所有人都知道洛夫顿的案子给肖恩造成了多大的压力,你明白我的意思吗?你们调查之前就倾向于肖恩是自杀的了。你开车带我去博尔德城的那个晚上,甚至还想说服我也相信。"

"尽是瞎扯,杰克。好了,我没工夫听你胡说八道。你说的这些压根没有证据支持,我可不想把时间浪费在听某个不敢面对事实的人提出来的异想天开的理论上。"

我沉默了一会儿,让他冷静下来。"那么,肖恩的车在哪儿,韦克斯勒?如果你这么肯定,就让我看看那辆车,我知道该怎么证明给你看。"

韦克斯勒也沉默了,我猜他在考虑该不该按我说的做。如果他同意我查看那辆车,就等于他承认我至少在他心里播下了一丁点怀疑的种子。"车还在停车场。"他终于开口了,"我他妈的每天一上班就能看到。"

"那辆车还保持着案发那天的原状吗？"

"嗯，那时什么样，现在还是什么样，被封起来了。每天我进来，都能看到他的血，溅得车窗到处都是。"

"咱们去看看吧，韦克斯勒。我觉得总有个理由让你相信，要么相信你们之前的结案定论，要么相信我的新推论。"

阵雪从博尔德城降到了丹佛。我们到了警察局停车场，韦克斯勒从管理员那儿拿到了钥匙。他还检查了用车记录，查看是否有调查人员之外的人拿过这串车钥匙，或者进入过那辆车。结论是并没有。这辆车仍旧保持着它被拖进这里时的原貌。

"他们一直等着局长办公室开出许可单，单子下来后才能清洗这辆车。他们必须得把车子送到外面去洗。你知道有些公司专门清洗出过命案的房子、汽车和其他类似的——真是见鬼的工作。"

韦克斯勒这会儿话这么多，我猜是因为他紧张。我们走近车子，站在那儿看着它。一时间，雪花在我们身边轻旋飞舞。飞溅在玻璃内侧的血迹已经干了，变成了深褐色。

"我们打开车门时会有一股恶臭，"韦克斯勒说道，"老天呀，真不敢相信我现在在干这个。我不想胡闹下去了，除非你告诉我到底来这儿干什么。"

我点点头。"好的。我来这儿要查两件事：我想看看车里的暖风开关是不是调在'高'挡位上，还有后排座位的安全锁是开着还是锁上的。"

"为什么查这些？"

"车窗起了雾，那天是很冷，但还没有冷到那种程度。从现场照片看，肖恩穿得还很暖和。他那件夹克外套还穿在身上，应该不需要把暖风调到高挡位上。汽车引擎关闭的状态下，还有什么办法能让车窗都起雾呢？"

"我不知——"

"想想你们盯梢的时候，韦克斯，什么会导致起雾？我哥哥之前告诉过我，有一回你俩一起盯梢，结果搞砸了，因为车窗起雾，你们没看到那家伙从他家里出来。"

"是说话。当时正好是超级碗结束后的那一周，我们俩在车里聊赛事——该死的野马队又输了。我们说话时呼出的热气把车窗糊得雾蒙蒙的。"

"没错。就我所知，我哥哥从来没有自言自语的习惯。所以，如果暖风开关调在'低'挡位，而车窗上凝结的雾气密得足够在上面写字，我想这意味着当时车里还有个人跟他在一起，他们俩在说话。"

"这说法太玄乎了，不过是一场风险又高、又不能证明任何事情的赌博。安全锁又是怎么回事？"

我说出了自己的推理："有人跟肖恩在一起。他用某种方法拿到了肖恩的枪，也许用自己的枪缴了肖恩的械，还令肖恩交出了手套。肖恩都一一照办了。那家伙戴上肖恩的手套，用肖恩的枪打死了肖恩，然后翻过前座，跳到后排，缩在地板上藏了起来。他一直在那儿等待着，直到佩纳来了又离开，然后他将身体前倾，在挡风玻璃上写下那句话，又将手套戴到肖恩手上——所以之后你们能在手套上找到射击残留物。接着，他打开后车门下了车，关上门，飞快地窜进树林躲起来。他不会留下脚印，因为停车场里刚刚扫过雪。在佩纳折返回来并遵照上级指令守着那辆车时，他已经逃之夭夭了。"

韦克斯勒沉默良久，仔细推敲着我的话。

"好吧，这是个符合逻辑的推理，"他最终说道，"那现在证明一下吧。"

"你了解我哥哥，你们是搭档。一般情况下，你们会怎么操作后座安全锁？总是锁上的，对不对？这是防止后排囚犯逃跑的规范操作，这样才不会因疏忽大意而放跑犯人。即便后排乘客不是犯人，你也可以随时替他们打开门锁，就像你在那个晚上帮我做的一样，还记得吗？当时我想吐，可车门是锁着的。后来你替我开了锁，我才能下车。"

韦克斯勒不发一言，但从他脸上，我能看出我已经让他动摇了。如果这辆雪佛兰随想曲的后座安全锁是开着的，这也许算不上什么铁证，但是他那么熟悉我哥哥的行为习惯，他会知道我哥哥当时不是一个人待在车里。

他最后开口道："光看是看不出来的。那只是个按钮。得有人爬上车钻到后座去，看看能不能从里面打开后车门。"

"开门，我进去。"

韦克斯勒打开前车门，解除电子锁定，我打开了驾驶座一侧的后车门，一股令人作呕的甜腥味扑面而来。我钻进车里，关上门。

好长一段时间，我一动不动。我看过那些现场照片，但仍然没有做好准备来到这辆车里。那股令人作呕的气味蔓延开来，车窗、顶棚和驾驶座的头枕上溅满了斑斑血迹。那是我哥哥的血。我感觉喉咙里哽着一大团东西，一阵恶心。我迅速从后座探起身子，看了看前方的仪表板和暖风控制开关，随即透过右侧车窗望向车外的韦克斯勒。一时间，我们俩目光相接，我不知道内心深处到底希望安全锁是开着还是锁上的。一个念头一闪而过——或许该让这件事情就这么过去，这会让大家都更轻松些，但我立即压下了这个念头。我知道如果真这么放过了，我会一辈子陷在这件事里不得脱身。

我伸手按下我这边车门的乘客解锁开关。一拉门把手，车门就开了。我跨出车门，望向韦克斯勒。雪落在他的头发和肩膀上。

"暖风是关着的，车窗起雾的原因不是暖风。我断定当时车里还有个人跟肖恩在一起，他们在交谈。就是那个狗杂种杀了肖恩。"

韦克斯勒的脸色看起来像是大白天见了鬼，这一切在他脑子里轰隆作响。现在已经不仅仅是一种理论上的推想了，他非常明白这一点。他几欲失声痛哭。"真该死！"他说。

"你看，我们都失误了。"

"不，这不一样。一个警察永远不该像这样让他的搭档失望。要是我们在自己人的案子上都提防不了这些空子，我们还能办好什么差事啊？连一个他妈的记者都……"

他没有说完，但我想我知道他的感受。他觉得自己在某种意义上背叛了肖恩；我懂他，因为我也有同样的感受。

"现在还不算结束，"我说，"我们还可以弥补过去的错误。"

他仍然一脸凄凉。我安慰不了他。唯有自己才能原谅自己。

"我们不过就是损失了一点时间，韦克斯，"我还是尽我所能地安慰道，"我们回去吧，外面越来越冷了。"

我哥哥的家漆黑一片。我赶来这儿是为了跟赖莉谈谈。刚要敲门，我又顿住了，突然意识到自己的想法多么荒谬——我竟然以为新消息也许能让赖莉高兴起来。有个好消息，赖莉，肖恩并不是像咱们想的那样自个儿崩了自个儿，他是被一个疯子谋杀的，而且很可能不是那疯子的第一个受害者，也很可能不是最后一个。

但我还是敲响了门。这会儿还不算晚，我想象着赖莉坐在一片黑暗中，也有可能在里屋的一间卧室里歇息，从前厅看不到卧室透出来的灯光。还没等我第二次敲门，门灯就亮了起来，她打开了大门。

"杰克。"

"赖莉，我一直想着应该过来一趟，陪你聊聊。"

我知道她还没有听说那个消息——我和韦克斯勒说好了，由我亲自告诉她。他也不在乎这个。他正忙着重新启动调查，拟出可能的嫌疑人名单，把肖恩的车送去重新检验，再筛一遍指纹或者其他证据。我没有向韦克斯勒透露芝加哥那件案子的任何信息。我把这件事埋在心底，也不知道自己为什么这么做，是为了报道吗？因为我想要写一篇完全属于自己的独家报道？这是最简单的答案——被我用来安抚自己并未向韦克斯勒坦白一切而产生的局促不安。可在意识深处，我明白其实另有原因，有某种我也许不想深究的原因。

"进来吧。"赖莉说，"出什么事了吗？"

"没什么事。"

我跟在她后面进了屋，走进厨房，她打开悬在餐桌上方的灯。她穿着蓝色牛仔裤、厚厚的羊毛袜和印着科罗拉多水牛队队徽的圆领运动衫。

"就在刚才，肖恩的案子有了新进展，我想当面告诉你，而不仅仅是在电话里通知一声。"

我们俩在餐桌边的椅子上坐下。她眼睛上仍然挂着浓重的黑眼圈，压根没心思化点妆遮盖一下。我能感受到她身上蔓延而来的痛苦与消沉，忍不住将目光从她脸上移开。我原以为可以逃避这种伤痛，但在这里，我无处可藏。她的痛苦占领了这座房子的每一个角落，也传染给了我。

"你还没睡？"

"没有，我在看书。你来有什么事，杰克？"

我把事情告诉了她，但是不像对韦克斯勒那样，我把一切都原原本本地告诉了她，包括芝加哥那件案子、爱伦·坡的诗，还有我的下一步计划。在我讲述的过程中，她不时点头，但除此之外没有其他任何表示——没有眼泪，没有提问，这一切要等我说完之后才会到来。"所以，事情就是这样。"我说，"我过来就是为了告诉你这些。我会尽快赶去芝加哥一趟。"

她沉默了很久，才开口道："真奇怪，我现在觉得很内疚。"

我看到她眼里噙满了泪水，但没有滴落下来，很可能是因为她已经没有那么多眼泪了。"内疚？为什么？"

"为了这段时间发生的一切。我是那么生他的气，你知道，因为我认为他抛下我自杀了，就好像他开枪打的是我，不是他自己。我已经开始恨他了，也恨我记得的有关他的全部回忆。而现在，你却……告诉了我这些。"

"我们的感受是一样的。只有这样，我们才能继续生活下去。"

"你告诉米莉和汤姆了吗？"这是我父母的名字。如果换个称呼，她总觉得不怎么顺口。

"还没有，但是我会的。"

"你为什么不把芝加哥那件案子告诉韦克斯勒？"

"我不知道，大概我想抢在警察前头吧。他们明天就能查出那件案子。"

"杰克，如果你刚才说的都是真的，你应该把所有情况都告诉警察。不管是谁犯下的案子，我不希望仅仅因为你想抢篇报道，就不顾凶手漏网的风险。"

"你看，赖莉，"我试着心平气和地对她说，"那个凶手本来早就漏网了，直到我介入进来，发现了这些疑点。我只想在韦克斯勒调查到这一步之前先去芝加哥，向那儿的警察了解下案情，保持一天的领先而已。"

我们俩都默不作声了片刻，我又开口道："你不要误会。我想写篇报道，这是实情，但对我来说，这并不仅仅是一篇报道。这与我跟肖恩有关。"

她点点头，我们之间的沉默又持续了一会儿。我不知该如何向她解释我的动机。我的谋生技艺就是把字句条理分明地组合起来，把事情讲述得生动有趣，但眼下要我解释自己的动机，我就词穷嘴拙了。至少现在不行。我知道她想要听到更多解释，于是我也尽力给了一个解释——一个连我自己都理解不了的解释。

"我记得我们刚刚高中毕业那会儿，我们俩都很清楚自己未来想要做什么。我打算写书，要么成名，要么挣大钱，最好名利双收。而肖恩立志要当丹佛警察局局长，解决这个城市的所有疑难案子……事实上我们俩都没成功，尽管肖恩离他的目标就一步之遥。"

对我这段回忆，她试着挤出笑容，但脸上的其他肌肉不听使唤，她便放弃了。

"总之，"我继续说道，"就在那个夏天快结束时，我准备动身前往巴黎，打算写出一部伟大的美国小说，而肖恩则留下来等入伍通知书。我俩告别的时候，做了个约定，挺俗套的一个约定——如果我发财了，我得给他买一辆能在顶上放雪橇架的保时捷，像雷德福在电影《下半生赛跑者》中开的那种。他想要的就只有那个，他来挑型号，但钱得由我出。我跟他讲这笔交易对我来说真是亏死了，因为他拿不出什么可交换的。但他说他拿得出，他说，如果我碰到什么事——你知道，比如被谋杀了、被打伤了、被抢劫了，诸如此类——他就会找出是谁干的。他保证不让任何人逃掉。嗯，你知道就算在那时候，我都信了他的话，我相信他做得到。那是一种让人安心的承诺。"

像我这样的讲述方式，这故事听上去似乎没什么意义，连我自己都不确定我想表达什么。

"但是，那是他的承诺，不是你的。"赖莉说。

"是的，我明白。"我安静下来，而她看着我，"只是……我说不清楚，我只是不能在这儿干坐着，就这么看着等着。我一定得自己出去调查，我不得不……"我无法用语言表达这份难言的心思。

"做些什么？"

"我想是吧，我不知道。我无法用语言准确描述出来，赖莉，我只是必须得做下去。我得去芝加哥了。"

10

　　格拉登和另外五个人走进了开阔的法庭大厅，被领到一片被玻璃隔开的座席区。玻璃上有一道一英尺宽的狭槽，约莫开在脸部的高度，方便他们听取法庭上的传讯和诉讼过程，回答法官和各自代理律师提出的问题。

　　因为一晚上没有睡，格拉登此时头发凌乱，衣服也皱巴巴的。昨晚他被关在一间单人囚室，但狱中的各种噪声让他无法安睡，还让他忆起了许多雷福德监狱的事情。他环视法庭一圈，没看到一个认识的人，那两名警探——德尔皮和斯威策——也不在。他也没发现任何电视和固定镜头的照相机。这些情景在他心里迅速转化为一个信号：他的真实身份还没有暴露。他因此大受鼓舞。一个有着一头红色鬈发、戴着厚眼镜的男人绕过律师席走到玻璃隔间旁。他个头很矮，因而不得不扬起下巴才能把嘴唇凑到玻璃上的狭槽处，那样子就像站在深水里仰头呼吸一样。

　　"布里斯班先生？"他问道，用期待的目光在这几个刚被领上被告席的嫌疑人中搜寻着。

　　格拉登走了过去，从狭槽处居高临下地看着他。"克拉斯纳？"

"是我，你还好吗？"

克拉斯纳把手举到狭槽开口处。格拉登勉为其难地跟他握了握手，他不喜欢跟任何人发生肢体接触，除非对方是个孩子。他也没回答克拉斯纳的问题。对于一个刚在县立监狱过了一夜的人而言，这个问题实在是太糟糕了。"你跟公诉方谈过了吗？"格拉登反问道。

"嗯，已经谈过了，而且谈得颇为艰难。你的坏运气还没过去，他们委派来负责这个案子的，是我以前打过交道的女检察官。她可是个难缠的角色，而且逮捕你的警探，呃，还告诉了她他们在码头看到的情形。"

"所以，她打算尽全力把我送到监狱？"

"没错。不过，主审法官还行，不会有什么问题。我觉得在这栋法院大楼里，他大概是唯一一个当选法官之前没干过检察官的。"

"哎呀，那我得高呼万岁了。你拿到钱了吗？"

"拿到了，就像你说的，一切都很顺利，所以，我这边就算安排妥当了。只有一个问题：你打算做无罪抗辩，还是直接保释了事？"

"两者的区别大吗？要紧吗？"

"也不是很大。不过在保释的时候，如果进行无罪抗辩，意味着你拒绝承认他们的指控，而且已经做好了准备要在法庭上跟公诉方正面对抗，这会让法官在心理上稍稍倾向我们这方。"

"好吧，提出无罪抗辩。好好干，快点把我从这儿弄出去。"

圣莫尼卡地方法官哈罗德·尼贝里喊到哈罗德·布里斯班的名字，格拉登走到玻璃狭槽前。克拉斯纳也绕过桌子，走到狭槽边站着，以便在需要的时候与格拉登交换意见。克拉斯纳首先表明了自己的身份，同样起立表明身份的还有地区代理检察官塔玛拉·费斯多。克拉斯纳先申请推迟听取公诉方冗长的起诉书，然后告诉法官，他的当事人要做无罪抗辩。尼贝里法官犹豫了一会儿。很显然，在案件诉讼中这么早就进入无罪抗辩环节，这情况很不寻常。

"你确定布里斯班先生现在就进入无罪抗辩环节吗？"

"是的，法官大人。我的当事人希望尽快进入该环节，因为他是百分之百无辜的，针对他提出的指控都是无稽之谈。"

"我明白了……"法官拿起摆在面前的一些文件读着，仍然有些迟疑。直到现在，他都没有往格拉登的方向瞧上一眼。"那么，这样说来，你也不打算启用十天的押后聆讯权吧？"

"请稍等，法官大人。"克拉斯纳说道，然后转向格拉登，小声说，"你有权要求在十个法庭工作日内，举行针对你案子的首场聆讯听证会。你可以提出押后聆讯，法官就会为你另安排一个时间段，直到聆讯召开。如果你不提出推迟，他现在就会召集聆讯，这又是一个你打算战斗到底的信号，表明你正谋求跟公诉方正面交锋。这会有利于你的保释。"

"不提出押后。"

克拉斯纳转身面向法官。"谢谢，法官大人。我们不提出押后聆讯。我的当事人坚信，在首场聆讯之后，所有针对他的指控都将不复存在，我们要求法庭尽快启动聆讯程序，以便他能——"

"克拉斯纳先生，也许费斯多女士不打算反对你的这些附带评论，但是我会。这里是提讯法庭，你不能在这里发表辩护。"

"好的，法官大人。"

法官转身查看远处墙上挂着的日历，那日历正好悬在一个书记员桌子的上方。他选定了一个日期，距现在十个法庭工作日，将首场聆讯安排在一一〇号诉讼庭。克拉斯纳打开记事本，记了这个日期。格拉登看见那个检察官也在做同样的事。她很年轻，但没有一点吸引力。直到现在，提讯已经进行三分钟，她一句话都没说。

"好了，"尼贝里法官说道，"保释方面有什么问题吗？"

"有，法官大人。"费斯多说，她第一次站起身来，"公诉方敦请法庭不按保释常规处理本案，建议将保释金定为二十五万美元。"

尼贝里法官抬起头来，看向费斯多，然后第一次将目光投向格拉登。似乎只有亲眼看一看被告，他才能明白为什么这么微不足道的罪名却值如此高昂的保释金。"为什么这样说，费斯多女士？"他问道，"就我所掌握的材料，我看不出任何非常规处理的必要。"

"我们相信，被告极具潜逃风险，法官大人。他拒绝向拘捕他的警官提供本地住址，甚至不愿透露车牌号。他的驾驶执照是阿拉巴马州颁发的，而我们尚未证实该执照是否合法。因此，我们甚至无法确定哈罗德·布里斯班是否为被告的真实姓名。我们不知道他是谁、住在什么地方、有没有工作和家庭，因此公诉方认为被告存在极大的潜逃风险。"

"法官大人，"克拉斯纳跳了出来，"费斯多女士正在歪曲事实。警方清楚我的当事人的名字。我的当事人提供了一份由阿拉巴马州颁发的、合法的驾驶执照，警方未曾就这份驾照提出任何质疑。他刚刚从莫比尔来到本地，还在找工作，因而目前还没有固定住址。一旦他安定下来，必将非常乐意把地址提供给警方。在这段时间里，但凡有需要，警方可通过我的办公室与布里斯班先生联系，并且他同意每天向我或法官大人指定的其他任何代理人报备两次。法官大人您知道，非常规保释当立足于被告确有潜逃倾向，没有固定住址并不等同于计划潜逃。恰恰相反，布里斯班先生已经要求进入无罪抗辩环节，并且在本案诉讼中没有任何延误审理的意图。很明显，他就是希望能尽快直面并驳斥针对他的种种指控，以求正名。"

"通过你的办公室联系他，这一方案可行，但住址怎么解决？"法官问道，"这段时间他会待在什么地方？你刚才的高论完全没有提及一个明显的事实：这个人在被捕之前有过拒捕并逃跑的行为。"

"法官大人，我们反对这条指控。那些警探当时身着便衣，也没有及时表明他们的身份。我的当事人当时正携带着相当昂贵的摄影器材——顺便提一句，他完全依靠这些器材谋生——他只是害怕自己会成为一桩抢劫案的施暴对象。这就是为什么面对那些警察时，他会选择逃跑。"

"这说法倒是有趣，"法官说道，"那住址问题你们有什么说法？"

"布里斯班先生在皮克大道的假日旅馆订了一个房间。他暂居在那里，还在尽力找工作。他是个从事自由职业的摄影师兼平面设计师，对自己的职业前景满怀信心。他不会跑去任何地方，就像我之前说的，他正打算在法庭上驳倒这些——"

"好的，克拉斯纳先生，就按你之前说过的方案。那你们打算交多少保释金？"

"是这样，法官大人，只因为朝海里扔了个垃圾桶就要交二十五万美元，这实在是太荒谬了。我认为适当的保释金额应当在五千到一万美元之间，这才与被指控的罪名相符。我的当事人经济并不宽裕，如果他把全部积蓄都用来支付保释金，他就没有钱维持生活，或者支付律师费。"

"你遗漏了拒捕和破坏市政财产两项指控。"

"法官大人，就像我刚才说的，他从警察眼前逃跑，只是因为他事先并不知道对方是警察，他还以为——"

"再次反对，克拉斯纳先生，留着你的抗辩，到合适的时机再说。"

"我很抱歉，法官大人，但请看看那几项指控。非常明显，它们只是轻罪，那么保释金也应当与罪名相当。"

"你还有什么要说的吗？"

"没有。"

"费斯多女士。"

"法官大人，公诉方再次敦请法庭考虑不按保释常规处理本案。对布里斯班先生的两项主要指控均为重罪指控，公诉方今后也不会改变这一主张。虽然有克拉斯纳先生提供担保，公诉方仍旧认为被告存在极大的潜逃风险，哈罗德·布里斯班这个名字也不一定是他的真实姓名。据执法警探所言，被告的头发是染过的，并且染发的时间恰好与那份驾照的颁发时间一致，由此可见被告有意掩饰身份。我们今天正尝试借用洛杉矶警察局的指纹识别系统，来查看能否——"

"法官大人，"克拉斯纳打断道，"我不得不对此提出反对，因为——"

"克拉斯纳先生，"法官拉长声音说道，"你的轮次已经过了。"

"除此之外，"费斯多说，"警方之所以逮捕布里斯班先生，是因为他还有其他可疑行为，也就是——"

"反对！"

"拍摄幼童的照片，其中一些孩子身体裸露——而且是在被拍摄者没有意识到的情况下，也没有得到被拍摄者父母的知悉或允许。此条指控所涉及——"

"法官大人！"

"之事件发生在拘捕之前，当时警探正在调查针对被告的一起投诉事件，被告试图逃逸，才遭拘捕。"

"法官大人！"克拉斯纳高声喊道，"并不存在任何对我当事人的重大指控。地区检察官在法庭所做的一切只是为了在庭审之前抹黑我的当事人，这是极其不恰当且不道德的行为。如果布里斯班先生真的做了如公诉方所述之事，那么指控文本在哪里？"

宽敞的法庭陷入了寂静，克拉斯纳的高呼震住了场，其他律师甚至不用悄声提醒他们的当事人不要说话。法官缓缓扫视全场，视线从费斯多移到克拉斯纳再到格拉登，最终又落到费斯多身上，然后继续说道："费斯多女士，你们部门目前是否打算针对这个人提出其他指控？我的意思是现下，此刻。"

费斯多犹豫了下，才勉强回答："目前尚未收集到更多材料完善这一指控，但正如我刚才所说，警方仍在调查被告的真实身份及犯罪活动。"

法官再次低头看着面前的文件，开始在上面书写。克拉斯纳想补充几句，但很快又打消了这个念头。很显然，法官的举动表明他已经做出了决定。

"按照保释常规，本案的保释金当被拟为一万美元，"尼贝里法官说道，"我将做出一点偏离，将保释金定在五万美元。克拉斯纳先生，我愿意在下一次会面中重新考虑保释金额度，如果那时候你的当事人能够消除地方检察官对其身份及住址的忧虑。"

"好的，法官大人。谢谢您。"

法官传唤下一个案子。费斯多合上了面前的卷宗，放到右手边的那沓卷宗上，又从左手边的一沓文件中取下并打开另一份卷宗。克拉斯纳转身面对格拉登，脸上带着一丝笑意。

"抱歉，我原本预计法官会把保释金定为两万五千美元。这场交锋最美妙的是，地区检察官说不定也很高兴。她开口索要二十五美分的硬币，实际上很可能心里的预期只是十美分的硬币或者五美分的镍币，最后她真的就得到了五美分镍币。"

"这个无所谓，我就想知道还要待多久才能从这儿出去？"

"耐心点。再过一个小时，我就会把你弄出去了。"

11

密歇根湖的湖岸沿线已经结冰，方才的一场暴风雪使得湖面的冰块参差不齐，看起来危险而美丽。西尔斯大厦最上面的几层被低垂在城市上方的灰色云团吞噬，已无法看见。当我沿着史蒂文森高速公路驶进芝加哥时，一路上看到的就是这幅图景。现在已近中午，我猜测在天黑之前还有一场大雪。我原以为丹佛已经够冷了，在芝加哥中途国际机场降落时这一想法改变了。

我最近一次来芝加哥已经是三年前了。除了严寒外，我还是挺想念这个地方。八十年代初期，我就读于这儿的西北大学麦迪尔新闻学院，从此深深爱上了这座城市。毕业后，我很希望留在这儿，想在某家报社找份工作，但《芝加哥论坛报》和《芝加哥太阳报》都没有录取我，面试我的编辑叫我先在外面找份差事，积累些经验，然后拿着发表了自己报道的剪报回来应聘。我当时失望到了极点，不是因为没被录取，而是因为不得不离开芝加哥。当然，我可以留在芝加哥的城市新闻通讯社，我上学时曾在那儿打工，但这份工作并不是报社编辑希望看到的经验，而且我也不喜欢为这家通讯社卖力气，因为他们支付薪酬时简直把你当成只看发表数量而不计较工资的学生。于是我回到家乡，在《落基山新闻》谋了份差事，一干就是这么多年。最开始，我一年至少跑两趟芝加哥，跟朋友聚聚，逛逛喜欢的酒吧，但一年年过去，我来得越来越少。上一回我来这儿已经是三年前了。那时我的朋友拉里·伯纳，按照面试编辑告诉他的在外面找了份差事，积累了经验，再回来应聘，终于成功加入《芝加哥论坛报》。我来看望他，那之后就再没回来过。我觉得自己也已经攒了足够多的剪报，完全可以去应聘像《芝加哥论坛报》之类的报纸，但是一直没有想好要不要把材料寄过去。

出租车把我送到了凯悦酒店，河对岸就是《芝加哥论坛报》的总部。现在还不到下午三点，我预订的房间还不能入住，于是我把包交给酒店服务员，出去找了个拨打付费电话的地方。翻了会儿电话簿之后，我拨通了芝加哥警察局第三区分局暴力犯罪调查处的号码，找劳伦斯·华盛顿警探。他刚接过电话，我就挂断了。我只想确定他在局里。以记者的身份跟警察打交道，我的经验就是永远不要预约。如果预约了，实际上就是提供了明确的时间地点，让他们可以避开。大多数警察不愿意跟记者谈话，甚至连让人见到他们跟记者在一起都不乐意；而少数那些愿意谈的，反倒得小心警惕。所以，我必须偷偷靠近他们——这就是一场博弈。

挂了电话，我看看表，差不多到中午了。我还剩二十个小时，预订的班机明天一早八点飞往杜勒斯。

我在酒店外拦了辆出租车，告诉司机调高暖风，从林肯公园取道去贝尔蒙特大街和西大街。走这条路，我就能经过那个叫斯马瑟斯的男孩的尸体被发现的地方。从发现他的尸体到现在，差不多正好一年。我想，要是我能找到那个地方，它的模样大概跟发现尸体那天一模一样。

我打开背包拿出电脑，调出昨天晚上从《落基山新闻》资料室里下载的《芝加哥论坛报》剪报。屏幕向下滚动，我浏览着斯马瑟斯一案的报道，直到找到描写发现男孩尸体的那一段。发现者是一名动物园讲解员，当时他刚离开女朋友的公寓，从林肯公园穿行而过，男孩的尸体就在一片积雪覆盖的空地上——正是那年夏天室外地滚球联赛美国对阵意大利的比赛场地。报道中说，那片球场就在克拉克大街尽头靠近威斯康星大街的地方，在那儿能看到位于动物园的红谷仓——那是芝加哥市粮仓系统的组成部分。

路上还算畅通，不到十分钟我们便抵达了公园。我让司机拐进克拉克大街，在进入威斯康星大街的路口靠边停车。

地上积着厚厚的新雪，只有几行脚印横跨而过。人行道的长椅上也积了大约三英寸高的雪。公园里的这片地方看起来就像完全荒废了。我下了出租车，进入球场，知道其实现在已经看不到什么了，但又暗暗有些期待。我不知道具体在期待什么，也许是某种现场氛围吧。刚走到一半，雪地上出现一串脚印，从左向右地截断了我的路线。我跨了过去，继续往前走，又一串脚印从右向左地拦下了我的路，看起来是有一帮人来参加聚会，聚会结束后又沿原路回去了。应该是些小孩子，我想。也许是要去动物园，如果现在还开放的话。我望向那座红谷仓，就在这时，我注意到离我约二十码的一株高大橡树下放着花束。

我朝那棵树走去，凭直觉猜到了我看到的是什么：一周年纪念，以花祭奠。我走到树下，发现这束花——鲜艳的红玫瑰，就像溅在雪地上的鲜血——是假的，用木头刨花制成。有人在树干的第一个分杈上放了一张在照相馆拍摄的照片，一个男孩双肘支在桌子上，两手托腮，冲着镜头露出笑容。他穿着红夹克、白衬衫，还系着一个很小的蓝领结。我猜是他的家人放在这儿的。我不明白他们为什么不去孩子的墓前寄托哀思。

我环视四周。谷仓附近的几个池塘都结冰了，有几个人正在上面溜冰嬉戏，此外看不到其他人。我又望向克拉克大街，出租车还在那儿等着，街道对面矗立着一栋高大的楼阁式砖塔。我看到雨篷前竖着"海明威故居"的标牌。那名动物园讲解员就是从那栋楼里出来，之后发现了男孩的尸体。

我回头再次望向树杈上的照片，毫不犹豫地伸手取了下来。照片像驾驶执照一样过了塑，以免受风雪的侵蚀。照片的背面只有孩子的名字，其他什么都没写。我把照片放进大衣口袋，觉得也许有一天，我的报道里会用到它。

出租车里温暖而舒适，感觉像身处壁炉里生着火的起居室。驶向第三区分局时，我一路上都在翻阅《芝加哥论坛报》的相关报道。

斯马瑟斯案的惊悚程度与洛夫顿的案子不相上下。那个男孩是在迪威臣街一所小学的活动中心被诱拐的，那个中心还装有护栏。但是斯马瑟斯和另外两个孩子为了滚雪球，走出了护栏的保护范围。老师注意到园区里少了几个孩子，便出去四下寻找，这个时候斯马瑟斯已经不见了。两个十二岁的证人无法向警察说清楚当时发生了什么。据他们说斯马瑟斯是突然不见的，当他们滚好雪球抬起头，没有看到斯马瑟斯，他们还以为他躲了起来，准备突然跳出来给他们一记雪球袭击，所以也没去找他。

一天后，斯马瑟斯的尸体在林肯公园那个地滚球场附近的雪堤上被发现。约翰·布鲁克斯警探带领调查人员，花了好几周全天候调查这个案子，却仍然没有得到比那两个十二岁男孩的说法更确切的结论：那一天，斯马瑟斯就那么突然在学校里消失了。

我重读这些报道，试图从中找出与洛夫顿案的相似之处，但并没有什么收获。她是一个成年白人女子，而他是个黑人小男孩。从选择猎物的标准来看，二者差异相当大，但两人都在失踪超过二十四小时以后才被人发现，而且被肢解的尸体都出现在市区公园中。另外，两名受害者生前最后一天都待在孩童非常集中的场所——男孩在自己的学校，女子则是在兼职的托儿所。我不知道这些相似之处到底有什么意义，但至少我找着它们了，它们就是我掌握的全部信息。

　　第三区分局总部是一座橘红色的砖砌堡垒，这栋两层楼的庞大建筑同样也是库克县第一地方法院的办公地点，所以那扇烟色的玻璃大门总是有市民进进出出。我推开门走进大厅，脚下的地板已经被人们带进来的积雪弄得湿漉漉的。前台的接待台由与建筑外观相同的红砖砌成。就算有人开着车撞坏玻璃大门冲进来，也伤不到接待台后边的警察。当然，站在接待台前的市民就说不好了。

　　我望向右手边的楼梯，我记得这段楼梯通向警探所在的办公室。有那么一瞬，我想着不如不理会那些接待程序直接上去，但最后还是压下了这个念头。一旦不遵守警察定好的规矩，哪怕只是最寻常的规矩，都会让他们觉得被冒犯了。我走向接待台后的警察，他的视线扫向我挎在肩上的电脑包。

　　"你这是打算加入我们？"

　　"不，这里面只有一台电脑。"我说，"我来找劳伦斯·华盛顿警探，有话想跟他谈谈。"

　　"你是谁？"

　　"我叫杰克·麦克沃伊，但他不认识我。"

　　"你有预约吗？"

　　"没有。我来是为了斯马瑟斯的案子，你可以这样告诉他。"

　　这个警察的眉毛上扬了有一英寸，都快到额头了。"这样吧，我替你打个电话。你打开包，我们得查查你的电脑。"

　　我按他说的办了，像在机场过安检那样打开电脑。我先开了机，再关机，然后收起来。这个警察拿起电话，跟电话那边的人说着什么——我猜可能是秘书之类的人。这一过程中他一直注视着我开关电脑的动作。我就知道，只要我提起斯马瑟斯，至少能通过第一回合。

"这儿有个市民，为那孩子的事情找'短腿拉里'。"他听电话那头说了一会儿，然后挂上电话，"去二楼。上楼梯左拐，沿着大厅一直走，最后一扇门，门上挂着'凶杀案调查组'的牌子，里面那个黑人就是他。"

"谢谢。"

走向楼梯时，我在心里揣摩着那个警察说的话。他轻易地用"那孩子"指代了斯马瑟斯，而且电话那头的人也完全明白他说的是谁，这一点透露出很多信息，是那些报纸不会涉及的内容。警察办案时，都会尽最大努力抽离自己的感情，这一点倒是跟那些连环杀手有些相似。如果受害者在你心里不再是一个曾跟你在同一片天空下生活、呼吸、有血有肉的人，他的悲惨遭遇就不会像梦魇一样缠绕着你。把一个受害者称呼为"那孩子"，却与这一惯例截然相反。他这句话告诉我，即便在一年后，这个案子仍然对整个第三区分局有着强大的影响力。

凶杀案调查组的大厅大概有半个网球场那么大，铺着暗绿色的制式地毯。厅内被分隔成三个工作区，每个工作区设有五张桌子。其中四张桌子两两相对，第五张横着的就是组长的办公桌。我的左手边靠墙摆着一列列档案柜，柜门的把手上挂着锁。工作区后的远处沿着墙设有两间办公室，透过办公室的玻璃窗可以扫视整个大厅。一间是警长办公室，另一间看上去像是审讯室。我看到那儿有一张桌子，一男一女正在吃三明治，速食店提供的包装纸已经被拆开，摊在桌上充当餐碟。除了这两位，大厅里还坐着三个人，一位秘书坐在靠近门边的办公桌后面。

"是你要见拉里吗？"她问道。

我点点头。她指了指里面的一张桌子，一个男人正坐在桌子后面。那个工作区里只有他一个人。我走过时，他仍埋头看着文件，甚至在我走到他身边时都没抬头。

"外边下雪了吗？"他问。

"还没有，不过快了。"

"总是下雪。我就是华盛顿，你过来有什么事？"

我看了看其他工作区里的另外两名警探，没有人往我这儿瞧上一眼。"如果可以的话，我想跟你单独谈谈。我来是为了斯马瑟斯那孩子的事，我掌握了一些情况。"

我用不着看就知道，其他人的脑袋都朝这边转过来了。华盛顿也一样，他终于放下钢笔，抬起头来看着我。他看上去大约三十岁，一头短发却已经染上一抹灰霜，但他仍然是个体格健壮的大块头。不用他起身我就能看出来，他的穿着十分整洁——深褐色西装内搭白衬衫，系着条纹领带，西装几乎罩不住他强壮的胸膛。

"你要跟我单独谈谈？你手上有什么？"

"我们单独谈的时候我会告诉你的。"

"来这儿自首的人不少，你不会是其中的一个吧，对不对？"

我不禁笑了。"如果我是呢？没准我就是你要找的真凶。"

"那今天可真是好日子，想什么来什么。好吧，我们进屋里谈谈，但我希望你不是来这儿浪费我时间。你刚才说你叫什么？"

"杰克·麦克沃伊。"

"好吧，杰克。如果我把其他人从这儿踢出去了，而你最后却是在浪费我的时间，他们和我都不会高高兴兴送你出门的。"

"我想这种情况不会出现。"

这时他站起身来，我才发现他比我预想的要矮得多。他那下半身好像是从另一个人那儿截过来的，两条又短又粗的腿杆在强壮魁梧的上半身下面，怪不得接待台的警察叫他短腿拉里。有这样奇怪的身体比例，不管他穿得多么考究，都会产生一种滑稽的效果。

"哪里不对吗？"他一边向我走来，一边发问。

"呃，没有。我只是……我是杰克·麦克沃伊。"我放下电脑，想跟他握个手，但他装作没看到。

"我们进屋吧，杰克。"

"好的。"

他是在表示不满，因为我刚才很不礼貌地打量他的腿。不过没关系，我跟在他后面走到那一男一女吃午餐的那个房间的门口。他回头瞟了我一眼，目光落到我的包上。

"这里头装的什么？"

"电脑。如果你感兴趣的话，想让你看点东西。"

他打开门，那一男一女抬起头来。"抱歉，伙计们，野餐结束了。"华盛顿说。

"可以再给我们十分钟吗，短腿？"那男人坐着问道。

"不可以，现在有位访客。"

他们把剩下的三明治包好，一言不发地离开了。那男人临走前还瞪了我一眼，估计对我打搅他们用餐很是不满。不过我不在乎。华盛顿示意我进去。我把电脑包放在桌上，桌上有张折叠的标有"禁止吸烟"的指示牌。我们在桌子两边坐下。房间里有一股陈腐的烟味，还有意大利沙拉酱的味道。

"现在说吧，你找我有什么事？"华盛顿问道。

我理了理思路，尽力让自己看起来冷静自持。跟警察打交道的时候我总有不大舒服的感觉，虽然他们的世界一直让我着迷，但我老觉得他们可能在怀疑我，怀疑我干了什么坏事，一直想从我的举动中挑错。"我不知道该从哪里说起。我是从丹佛过来的，今天早上才到这里。我是个记者，我来这儿是——"

"打住，打住。你是个记者？哪一类记者？"

我看到他左上颌微微一抽，深色的皮肤上掠过一丝愤怒。我已经预料到了。"报社记者，我在《落基山新闻》工作。请先听我说完，之后如果你还想把我扔出去，悉听尊便，不过我觉得你不会这么做。"

"伙计，你这套说辞我听得多了，可没时间跟你在这儿折腾，我不想——"

"如果我说约翰·布鲁克斯是被谋杀的，你怎么看？"

我紧盯着他的脸，看有没有迹象显示或许他早有此想法，但我什么都没发现，他没有表露任何情绪。

"你的搭档，"我说，"我认为他可能是被谋杀的。"

华盛顿摇了摇头。"噢，这倒是有些新鲜，他是被谁谋杀的？凶手是谁？"

"跟杀死我哥哥的是同一个人。"我顿了一下，就这么看着他，直到我确定这一话题吸引了他的全部注意力，"我哥哥是负责凶杀案的警探，在丹佛警察局工作。大约一个月前，他遇害了。他们最初也认定他是自杀的。我开始调查这件案子，一直查到这里。我是个记者，但调查这件案子跟我的职业毫不相干，我是为了我哥哥，现在也是为了你的搭档。"

华盛顿的眉毛已经皱成黑色的 V 形，他凝视了我很长时间。我等着他把思绪理清楚，他现在站在悬崖边——要么选择相信我，来到我这边；要么把我扔出去。他把视线收了回来，身体向后一靠，从西装内袋里摸出一包烟，抽出一支点上，又从房间拐角拉过来一个金属垃圾桶充当临时烟灰缸。不知以前有没有人告诉他，吸烟会阻碍身体发育。他仰头吐出一口烟，青色的烟雾袅袅上升，在天花板下萦绕不散。这时他探过身子。"我怎么知道你是不是个疯子，来这儿胡说八道。让我瞧瞧你的证件。"

看来他站到了我这边。我掏出钱包，拿出驾照和报社记者证递给他，还有我的丹佛警察局通行证。他仔细检查着这些证件，但我知道，他已经选择把这个故事听下去。布鲁克斯的死一定有什么蹊跷，以至于让他选择听一个并不认识的记者讲故事。

"好吧，"他说着，把证件还给我，"我相信你是个正经人，但这并不意味着我必须得相信你的这套说辞。"

"当然。不过我觉得你已经相信了。"

"我说，你到底还要不要把故事讲下去？要不是这里面有些蹊跷，难道你以为我会坐在这儿，听你这套见鬼的……总之，这件事你到底掌握了多少情况？"

"没有多少，就是报纸上登出来的那些。"

华盛顿在垃圾桶的边缘摁灭了烟，把烟头扔了进去。"那么，杰克，说说你的故事。要不然，帮我个忙，你自己直接从这儿滚出去。"

我不需要照着笔记念，而是给他讲起我哥哥的故事，不放过每一个细节，因为我对一切都了如指掌。我大概讲了半个小时，在此期间华盛顿又抽完了两支烟，但没有提出任何问题。每一次他把烟叼在嘴里，那股轻烟就会蜷曲着向上爬升，将他的眼睛遮蔽得模糊不清。但是我心里清楚，就跟之前韦克斯勒一样，他一定已经觉察到有哪里不对劲，整日牵肠挂肚地想着。"你想要韦克斯勒的电话号码吗？"我最后问道，"他会证实我刚才说的每一句话。"

"用不着，需要的时候我会自己证实。"

"你有什么问题要问我吗？"

"没有，现在没有。"他只是久久注视着我。

"那么，接下来呢？"

"我要核查一下你说的。你住哪儿？"

"芝加哥河下游的那家凯悦酒店。"

"好，我会给你打电话的。"

"华盛顿警探，这还不够。"

"你什么意思？"

"我的意思是，我来这儿是为了搜集信息，而不是仅仅向你提供完信息后就回酒店房间，我想跟你打听布鲁克斯的事。"

"听着，小子，我们没有达成这种交易。你来了，告诉我你的故事，这不是——"

"你也听着，别这样高人一等地叫我'小子'，想把我当成乡巴佬随便打发了。我给了你情报，你也得回报我点什么，这就是我来这儿的目的——"

"我现在没什么可以回报你的，杰克。"

"胡说八道。你可以坐在这里对我撒谎，短腿拉里，但我知道你手上有些什么，我需要你的资料。"

"要来干什么？用这些资料搞出个大新闻，把其他像你一样的豺狼全招过来吗？"

这次轮到我倾身向前了。"我已经告诉过你了，这件事跟报道无关。"

我向后一靠，我们俩就这么互相瞪着彼此。我想来一支烟，可身上没带，又不想向他要。这时，一个我刚才见过的警探拉开房门，打破了寂静。"没什么事吧？"

"给我滚出去，雷佐。"华盛顿说。门关上以后，他继续说道："好管闲事的浑蛋。你知道他们是怎么想的，对吧？他们正心想说不定你是来自首的，说你杀死了那孩子。周年纪念日到了，没准会出些怪事。等听了你的故事以后，瞧他们会是什么德行吧。"

我想起口袋里那张孩子的照片。"来这儿的路上我路过了那地方，"我说，"那儿放着花。"

"那里常年放着花，"华盛顿说，"孩子的家人一直往那儿送花。"

我点点头，第一次为取走照片而感到内疚。我什么都没说，只等华盛顿再度开口。他的脸色开始缓和下来，身体也放松了。

"你瞧，杰克，我该去核查情况了，还得好好想想。既然我跟你说了会给你打电话，我就一定会打给你。回酒店去吧，做个按摩什么的。不管什么结果，两三个小时内我都会给你回个电话。"

我不大情愿地点了点头，他站起身来，把手臂伸过桌子，张开右手。我跟他握了握手。

"干得真不赖。我的意思是，对一个记者来说。"

我收起电脑，走了出去。大厅里现在人多了些，很多人目送着我出门，我猜是因为我在里面待了很长时间，长到让他们明白我不是个神经病。出了警察局，外面比我来的时候冷多了，而且开始下雪了，大片大片的雪花飘落而下。我花了十五分钟才拦到一辆出租车。

回程路上，我叫司机拐到威斯康星大街和克拉克大街的岔口，然后跳下车，踏着雪跑到那棵树旁，将波比·斯马瑟斯的照片放回我发现它的地方。

12

短腿拉里让我心神不宁地等了一个下午，五点钟时，我试着给他打电话，但他不在第三区分局，也不在"1121"[①]，至少警察局总部是这么说的。凶杀案调查组的秘书拒绝透露他的行踪，也不肯帮我留言。到了六点，我几乎认定被他耍了，可此时我的房门被敲响了。开门一看，正是他。

"嘿，杰克，"他没有进屋，站在门口说道，"咱们出去兜个风。"

华盛顿把车停在专供酒店员工通行的车道上，放了块"执行警务"的牌子在仪表板上，所以没惹出任何问题。我们上了车，离开了酒店。他开车驶过芝加哥河，向北驶进密歇根大道。一路上大雪没有一点变小的迹象，道路两旁满是大堆大堆的积雪。路上见到的许多车子，表面上都积了三英寸高的雪霜。我坐在他的车里，可以看到自己呼出的白气——尽管车里的暖风调在高挡位。

"我猜你们那儿也下大雪了吧，杰克。"

"是的。"

① 2000 年 6 月前，芝加哥警察局总部位于芝加哥市南州街 1121 号，而后搬离。

他只是找个话题闲聊。对于他到底打算说什么，我其实还是挺心急的，但想了想最好还是等着他按自己的节奏决定什么时候开口。如果有必要，我总会暂时摒弃记者那一套规范，稍后再提问也不迟。

他向西驶入迪威臣街，朝密歇根湖的反方向继续前进。奇迹之路购物区和黄金湖岸闪烁的霓虹灯很快消失在我们身后，两侧的建筑也开始变得破败，看起来很有修缮和维护的必要。我猜我们的目的地可能是波比·斯马瑟斯失踪时所在的小学，但他始终不提。

此时天色已经全黑下来了。我们在高架铁路下面穿行，不久便驶过一所学校。他指了指那学校。"那里就是那孩子上学的地方，就是那个院子。就像其他孩子说的那样，他一下子就失踪了。"他打了个响指，"我昨天在这儿守了整整一天。你知道，一周年嘛。我守在这儿就是为了以防万一，说不定就会发生什么事，比如那家伙，那个凶手，这时候会回来转转。"

"有什么发现吗？"

华盛顿摇了摇头，陷入沉思。

他依旧没有停车。如果华盛顿是想带我来看看这所学校，车子就不会飞快地驶过了。我们继续向西，最终，眼前出现了一排排林立的红砖塔楼，不知怎的，看上去竟像这座城市的遗弃之地。我当然知道这是哪儿——政府为低收入者建的供给房，芝加哥的贫民窟。墨蓝色的天空下，一栋栋塔楼看上去就像暗淡而麻木的石头山，它们如实地呈现了住在这些房子里的居民的面貌。好一片冰冷和绝望的楼群，无望的贫民徘徊在城市的边缘。

"我们到这儿来干什么？"我问道。

"你知道这儿是什么地方吗？"

"当然，我可是在这里上学的——我的意思是说在芝加哥。加布里尼—格林贫民区谁都知道。带我来这里做什么？"

"我是在这里长大的。狂人约翰也是。"

那一瞬间，我想到了奇迹。一是因为，他们竟然能在这样的地方活下来；二是因为，他们不仅活了下来，还成了警察。

"这里是黑人贫民的隔离区，每一栋塔楼都是。我和约翰过去常常说，你在这儿唯一有机会在电梯里按下'上'的按钮的机会，就是你下地狱的时候。"

我能做的只有点头，我从来没有这样的生活经历。

"而且，还得是电梯没坏的情况下。"他补充道。

我意识到自己从未设想过布鲁克斯是个黑人。打印出来的资料里没有他的照片，相关报道也没有必要提及他的肤色，我就自然而然地认定他是个白人。为什么我会做出这种预设？稍后我得好好想想才行，但现在我还得努力琢磨华盛顿把我带到这儿来究竟想说明什么。

华盛顿驶进一栋塔楼旁边的停车场。这儿放着几个大垃圾箱，外壁上是积攒了几十年的涂鸦和口号。这里还有个锈迹斑斑的篮球架，但篮圈早就不见了，只剩后挡板。他停下了车，但没有关闭引擎。我不知道他是为了让车内暖风一直开着，还是为了保证我们在必要时可以迅速开走。我看到一群穿长大衣的少年，脸色就像天空那样阴沉。他们从离我们最近的一栋楼里冲出来，穿过结冰的庭院，蜂拥跑进另一栋楼。

"眼下你大概正想着，我们他妈的为什么跑这儿来，"这时华盛顿开口了，"没关系，我理解，像你这样的白人小伙子大概都会这么想。"

我还是沉默着，想让他把话说完。

"看那栋楼，你右手边的第三栋。那就是我们当时住的地方。我跟着姑婆住在十四楼，约翰和他妈妈住十二楼，就在我们的下一层。这里是不设十三楼的，毕竟运气已经坏到家了。我们俩都没有父亲，至少没有露过面的父亲。"

我觉得他希望我说点什么，但我不知道应该说什么。我实在想象不到这两个朋友当年究竟付出了多么巨大的努力，才得以逃出他刚刚指给我看的那栋坟墓般的塔楼。我只能继续沉默。

"我们是一生的朋友。见鬼，他最后娶了我的第一个女朋友埃德娜。然后我们进了警察局，都分在凶杀案调查组；我们跟着高级警探干了几年后，就向上级申请组成搭档。真他妈爽，我们的申请通过了。我们俩的故事有一回还上了《芝加哥太阳报》。他们把我们分到第三区分局，因为第三区分局的管辖范围就包括这个贫民窟，他们觉得处理这里的事该是我们的专长。很多发生在这里的案子都划归我们负责，不过，当然也还是有轮值这回事。所以，当那件案子发生的时候——那孩子，尸体被发现了，缺了手指头——恰好轮到我俩的班。该死的，那电话打进来的时候，刚刚好八点整。要是早十分钟，这案子就落到值夜班的同事肩上了。"

他沉默了片刻，很可能在想如果是别人接到报警，这案子又会发生什么变化。

"有时候，我们俩办案子或者执行监视任务之类直到深夜，交了班就会开着车跑到这儿来，停在现在停车的地方，我们什么都不做，就只是看着这儿。"

我突然明白他要传达的信息是什么。短腿拉里知道狂人约翰不会对着自己扣下扳机，因为他清清楚楚地知道，为了逃出这样的地方，布鲁克斯经历了多么艰难的奋斗。布鲁克斯从地狱中打拼出了一条路，他绝不可能亲手把自己重新送回地狱，这就是华盛顿要告诉我的信息。

"这就是你相信他不可能自杀的原因，对不对？"

他望着我，点了一下头。"这只是众多原因中的一个，但有这条就够了。他绝不可能自杀。我把这些话告诉重案组的人，但他们只惦记着尽快把这个案子了结掉，好抽身出来。"

"所以你凭借的只是自己的直觉。这个案子没有其他蹊跷的地方吗？"

"有一个疑点，但光凭这一点并不能说服他们。我的意思是，他们有他手写的遗书、他在心理医生那儿留下的病历，全在那儿摆着，一切都那么符合他们的假定。他就这样被认定为自杀了，在他们拉上尸袋拉链把他抬走之前，就已经认定了。"

"你说的疑点是什么？"

"有两枪。"

"什么意思？"

"我们先离开这儿吧，吃点东西去。"

他发动汽车，在停车场拐了个很大的弯，随即拐上了大街。我们一路向北开去，驶过的街道全是我从未走过的，但我还是大致知道我们在往哪儿走。上路五分钟后，我便等不及要听故事的下一段。

"有两枪是怎么回事？"

"他开了两枪，你知道吗？"

"真的？报纸上可没写这一点。"

"不管什么案子，警方都不会向外界披露全部细节，但是有两枪是千真万确的，我在他家里看到了。埃德娜发现他的尸体后马上给我打了电话，我在重案组到达之前就抵达了现场。现场有一枪打在地板上，另一枪正中咽喉。官方的解释是，第一枪大概是他想看看自己能不能下得了手，就像练习一样，先给自己打打气，之后的第二枪才是他真正了结的时候。但这根本说不通，至少不能说服我。"

"为什么？那对于这两枪你是怎么认为的？"

"我认为第一枪就打进了嘴里，第二枪是为了留下射击残留物。那个凶手包住约翰的手，再拿起枪，对着地板开了一枪，这样约翰的手上就能留下射击残留物。于是案子被定为自杀，就这么结了。"

"但没有人同意你的看法。"

"一个都没有，直到今天，直到你带着这套埃德加·爱伦·坡的推论出现。我去了重案组，把你的情报和推论都告诉了他们。我郑重提醒他们，这个案子被定为自杀是有问题的。现在他们准备重启这个案子，重新调查。明天早上我们就会在1121召开案件启动会。重案组的头儿打算抽调我过去，让我参与调查。"

"这可真是太好了！"

我望着窗外，好半天说不出话。我太兴奋了，事情正按部就班地顺利推进。现在我已经把这两桩发生在两个不同的城市、之前都被认定为自杀的警察死亡案绑在一起了，我推动了两件案子的重启，还找出了案子之间很可能存在的关联。这绝对是个精彩的故事，报道出来一定是个大新闻。而且这些资料就像一枚楔子，拿着它我就可以打入华盛顿的执法基金会，取得那里的研究记录，甚至还可以打进联邦调查局。不过这美梦的前提是，我得抢在警察前头。如果芝加哥或丹佛的警察先联系上了联邦调查局，我最有可能的下场就是被排挤在外，因为他们再也用不着我了。

"为什么？"我大声问道。

"什么为什么？"

"为什么有人要做出这种事？他到底想干什么？"

华盛顿没有回答。他只是驾着车穿行在寒冷的茫茫夜色中。

我们在一家名叫"班房"的酒吧找了个后排的座位吃晚饭，这家酒吧位于第三区分局附近，警察们常来。我们俩都点了当日特价的酱汁烤火鸡，这是适合寒冷天气里吃的好东西。我们吃饭时，华盛顿向我人致透露了重案组调查计划的纲要。他告诉我他所说的一切都不能被引用，如果我想写点什么，只能去找警督要材料，最后也一定是由警督负责领导本案的调查。我出面去要材料是不会有问题的——这个调查正是因为我才得以开展，警督必定愿意跟我谈谈。

华盛顿吃饭的时候习惯把双肘都支在桌子上，看起来就像在保护自己的食物。他时不时在嘴里还塞满食物时就开始跟我说话，不过这是因为他太兴奋了。我也采取了同样的姿势，我得小心翼翼地护住我在调查中的位置，还有我的报道。

"我们会跟丹佛那边的警察一起开工，"华盛顿说，"我们要联手把各自手里掌握的东西都摆出来，看看能发现什么。对了，你跟韦克斯勒通过电话吗？他被你气坏了，小伙子。"

"为什么？"

"你觉得还能因为什么？爱伦·坡、布鲁克斯和芝加哥的这些事，你统统没有告诉他。我觉得你要在那边警察局失去一个可信任的人了，杰克。"

"也许吧。他们那边有什么新发现吗？"

"有，那个公园巡守员。"

"他怎么了？"

"他们为他做了催眠，把他带回事发那天。他说，当他看向车里找那把枪时，看到你哥哥只戴着一只手套。但后来，另一只手套，就是检测出射击残留物的那只，不知怎么又戴回你哥哥手上了。韦克斯勒说他们可以坚定地认定那是一起谋杀案了。"

我点点头，更多是为自己的敏锐感到欣慰，而不是应和华盛顿。"你们跟丹佛警察局都会把案子移交给联邦调查局，对不对？按照你现在说的，这两个案子有关联，而且跨州了。"

"我们还得看看。你得知道，对于跟联邦调查局合作，地方警察可从来不大感兴趣。我们去找他们，他们来了，然后我们就被一脚踢开。每次都是这样，正冲着屁股一脚踢过来。不过恐怕你说对了，到头来很可能只能走上这条路。如果这案子真像我想的那样，也就是你想的那样，联邦调查局终究会来，主持大局什么的。"

我没有告诉华盛顿我正打算去一趟联邦调查局。我知道我必须得第一个赶到那头。我把餐盘推到一边，看着华盛顿摇摇头，这一系列的发现简直令人难以置信。"你现在对这案子有什么想法？我们这会儿谈论的案子，到底是怎么回事？"

"有几种可能，"华盛顿说道，"其一，我们说的凶手其实是同一个人，他出来杀人，再折回来干掉负责调查案件的警察。"

我点点头，我也是这么想的。

"其二，头一桩凶杀案跟后面的警察遇害案并不相关，凶手只是来到一个城市，等待着，直到发生一桩他看中的或者从电视报道里得知的案子，然后便追踪那位负责调查的警察。"

"有可能。"

"第三种可能就是有两个凶手。这两个城市都是这种情况，其中一个凶手犯下头一桩案子，紧接着第二个凶手跟进，干掉负责的警察。这三种可能性中，我最不喜欢这一个。这里的问题太多了：这两个凶手互相认识吗？他们是联手作案吗？这会扯得非常远。"

"他们应该是认识的，不然第二个凶手怎么知道第一个凶手会去哪里作案？"

"完全正确。现在我们正集中精力分析第一和第二种可能。我们还没决定到底是丹佛方面过来还是我们派人过去，但两边都得了解那个孩子和那个大学生。我们得找他们之间有什么联系，任何联系都行，只要找着一个，我们就可以从那儿着手。"

我点点头，思考着第一种可能性——一个人，一个凶手犯下所有这些案子。"如果凶手只是一个人，他真正的目标是谁？"我提出这个问题，其实是问自己而不是华盛顿，"是第一个受害者，还是办案的警察？"

他的眉头又拧成 V 形。

"也许，"我说，"我们要找的这个家伙就是为了杀掉警察，警察才是他真正的目标，是吧？所以，他利用犯下的头一桩凶杀案——斯马瑟斯和洛夫顿——来钓出他真正的猎物。他在钓出警察。"

我环视四周。还在飞机上的时候，这念头就一直在我脑子里徘徊，现在我大声说出口，仍然忍不住打了个冷战。

"被吓着了，是吧？"华盛顿道。

"是啊，吓人得很。"

"你知道为什么这么恐怖？因为如果真是这么回事，那就绝不止这么两件案子。每当一个警察被认为是自杀，调查总是既迅速又悄无声息。没有哪个警察局想遇上这种事情，所以都会尽快结案。因此这两桩案子之外，肯定还有更多同类案件。如果我们设想的第一种可能是事实，布鲁克斯绝不是这个家伙杀害的第一个警察，你哥哥也不会是最后一个，还有更多，我敢打包票。"

华盛顿推开餐盘，他吃完了。半小时后，他把我送到了凯悦酒店门口。从密歇根湖吹来的风寒气逼人，我不想站在外面吹风，他说不跟我上去了，不过给了我一张名片。

"我把家里的电话和寻呼机的号码都写上了，保持联系。"

"我会的。"

"那就这样吧，杰克。"他伸出手，我跟他握了下。"还有，多谢了，伙计。"

"谢我什么？"

"因为你让他们相信了。为这个，我欠你一份人情。狂人约翰也是。"

13

　　格拉登凝视着明亮的蓝色屏幕。他还什么都没有做，就这么直勾勾地盯着电脑屏幕，盯了足足好几秒。这是他长久以来的习惯，可以帮助他清空大脑，排解压力和仇恨。但这一次，他始终无法进入状态，此刻他内心充满了仇恨。

　　他甩甩头，试图借此甩掉那些情绪，接着把笔记本电脑拉过来放到膝盖上。他用拇指拨动着滚轮，让光标箭头从屏幕上的一个窗口移动到另一个窗口，最后停在了"终端"图标上。他按下回车键，随即选中了自己需要的程序，点击"拨号连接"后开始等待，聆听信号传输发出的刺耳拨号音。就跟生孩子一样，他想，每一次都这么像新生儿可怕的尖叫。连接成功后，屏幕上出现了欢迎面板。

欢迎来到 PTL 俱乐部

　　几秒钟之后，屏幕上的文字向上移动，随即出现要求格拉登输入第一组密码的提示。他键入字母后等待密码认证，之后又在提示命令下输入了第二组密码。不到片刻，他的登录被认可了，警示面板出现在屏幕上。

赞美我主[1]

通行版规

1. 永不使用真实姓名
2. 绝不向熟人透露本站网址
3. 绝不同意与另一位用户会面
4. 了解这一点：其他用户可能并非你的同类
5. 管理员保留删除任何用户的权力
6. 公告牌不得用于讨论任何非法活动——令行禁止！
7. PTL 论坛对本站内容不承担任何责任
8. 按任意键继续

格拉登按下回车键，系统提示他有一条未读私信。他轻轻按下相应按键，这条来自系统管理员的讯息跳了出来，填满了笔记本电脑屏幕的上半部分。

承蒙示警，不胜感激。望诸事顺遂，及，闻君身处险境，深表关切。此间一切安好。既见此信，想必君已平安脱困。祝好运，保持联系。（笑）

··PTL

格拉登按下 R 键，又按下回车键，屏幕上出现了一个回复面板。他给这条讯息的发信者回复了一段消息。

---

①原文为 Praise The Lord，缩写为 PTL。

不用担心我，一切已经料理妥当。您忠实的朋友现在已能外出走动。·······································PTL

写完之后，格拉登再次键入指令，跳到布告栏的主目录。最终，屏幕上列满了各个版块的目录。每个版块还列出了可读的活跃帖子数量。

1. 主论坛	89	6. 会员报到	51
2. 男孩（9 岁以上）	46	7. 沉思与哀诉	71
3. 男孩（9 岁以下）	23	8. 律政猎犬	24
4. 女孩（9 岁以上）	12	9. 城市服务	56
5. 女孩（9 岁以下）	6	10. 实物交易	91

他飞快键入必要的指令，跳转到沉思与哀诉版块，这是最受欢迎的版块之一。他已经读过这里的大多数帖子，也贡献了一些。这些帖子的作者全都在哭诉生活对他们多么不公，以及如果身处一个不同的时代，他们的口味和本能爱好将会多么正当。格拉登总觉得，其实没多少沉思与哀诉，倒是牢骚更多一些。他打开一个署名为"幽灵"的帖子，开始阅读。

我感觉到，他们很快就会找到我了。我被宣之于众的时候就快到了，大众将对我着迷，又因我而恐惧。我已经准备好了。像我们这类人，每个人最终只能遮遮掩掩，隐姓埋名，无名之辈必将湮没于世。然而，我将被赋予一个名字，一个称号，它并不能说明我是谁，也无法反映出我的各种技能；它如此轻易地就被决定，仅仅因为它能够被恰如其分地放在小报的头版头条，能够激起民众的恐惧情绪。我们研究着那些令我们恐惧的东西——恐惧促进报纸的销量，增加电视节目的收视率。过不了多久，将会轮到我促进报纸的销量，增加电视节目的收视率。

过不了多久，我将会被追缉搜捕，我将会臭名昭著，但他们找不到我，永远找不到。这是他们绝不会意识到的——我从一开始便做好了准备，静候着他们。

我已经决定，该讲述我的故事了。我想说出这一切。我将录入我拥有的一切，我之所以成为我的一切。通过这些窗口，你们将看到我的生活和死亡。我的博斯韦尔牌笔记本电脑不会做出任何论断，也不会因为任何一个字眼而畏畏缩缩。所以，还有谁能比这台笔记本电脑更适合聆听我的自白呢？还有谁能比这台笔记本电脑更有资格成为我的传记作者呢？现在，我将开始对你们讲述我的一切。打开你们的手电筒吧，因为我生于暗夜，死于黑暗。

"有时，人会极端而狂热地爱恋着痛苦。"

我不是第一个写下这句话的人，但我真希望我是。不过没关系，因为我坚信着这句话。我的痛苦就是我的激情，我的宗教。它从不背弃我，它引导着我，它就是我。就在此刻，我可以真真切切地看到这一点。我觉得，那句话的意思是，我们的痛苦就是道路，通向我们生命中的每一段旅途，每一个选择。换言之，痛苦铺就了我们的生命之路，成就了我们经历的一切，也铸就了现在的我们。因此，我们应当拥抱它。我们研究着痛苦，而因为它的严酷无情，我们热切地爱恋着它。我们别无选择。

我对此非常明确，甚至是完全理解。我可以转身回望走过的路，看清那些痛苦是如何引领我做出全部抉择。我向前眺望，又清晰地看见它正引我走向何方。我再也不用在这路上艰难前行了。痛苦在我脚下滑动，载着我前行，而我宛如脚踩一条宽大的缎带，在时间的长河中穿梭。最终它将我带到了这里。

我的痛苦是我的磐石，我的倚靠。我是作恶者。我是幽灵。痛苦是我真正的身份。我的痛苦，一直与我同行，直到死亡将我们分离。

一路小心，亲爱的朋友们。

格拉登又读了一遍，他被深深打动了。这段文字触动了他的心。

他退到主菜单，又切换到实物交易版块，看有没有新的买主。还没有。他输入字母"G"，这是表示再见的指令。然后，他关上电脑，合上盖子。

格拉登真希望警方没有收缴他的照相机。他不能冒着风险向他们索回，而剩下的钱又根本买不起一台新的。他心里清楚，没有相机，他就无法完成客户的订单，也就无法赚到更多的钱。他心里的愤怒一层层垒砌着，血管里流淌的仿佛不是血液，而是无数把利刃，从体内把他切割得体无完肤。他决定从佛罗里达的账户里汇过来一笔钱，再买一部相机。

他走到窗前，看着窗外日落大道上缓缓蠕动的车流。外面就像一个车来车往、永不停歇又永无尽头的停车场。那些汽车尽是些喷烟吐雾的铁家伙，他想，车里的人尽是些鲜活的美好肉体，他们要往何处去？他想知道那些车里会有多少人是和他一样，多少人有跟他一样的冲动，多少人能感受到那扎根血脉中的利刃，又有多少人有听从召唤的勇气。愤怒又一次汹涌地吞没了思绪，就像有什么东西正在他体内逐渐化为实体，那是一朵黑色的花，在他的喉咙里舒展着花瓣，扼住了他的呼吸。

他走到电话机旁，拨通了克拉斯纳给的号码。四声提示音后，斯威策接听了电话。

"忙吗，斯威策？"

"你是谁？"

"是我。孩子们怎样了？"

"什么——你到底是谁？"

直觉告诉格拉登应当马上放下电话，别再用这种方式向他们挑衅了，但他实在太好奇了。"你拿走了我的照相机。"他说。

电话里瞬间一阵寂静。"布里斯班先生，你过得好吗？"

"很好，警探，谢谢。"

"没错，我们收缴了你的照相机，你也可以打着靠它谋生的旗号把它要回来，这是你的权利。你要约个时间取回相机吗？"

格拉登猛地闭上眼睛，紧紧攥着电话，直到他反应过来再不松手就要把电话捏碎了。他们知道了。如果他们不知道，准会激他说忘记那部相机吧，别想着再要回来，但他们已经掌握了一些情况，所以想引诱他自投罗网。现在的问题是，他们到底知道多少？他简直想放声尖叫，但一个更复杂的想法从他脑子里冒了出来，他得保持冷静，跟斯威策周旋。一步都不能再走错了，他这样告诫自己。"我会考虑一下的。"

"好吧，这相机看上去挺不赖的。我还不太了解怎么操作，倒也不介意上手试试。它就在这儿，如果你想——"

"去你妈的，斯威策！"愤怒完全占据了他的心，他咬牙切齿地骂出了这句话。

"你瞧瞧，布里斯班，我只是在履行我的工作职责。要是你对此有什么异议的话，就过来找我，我们一起解决。要是你想把这台操蛋的照相机要回去，你照样得自己过来拿，我可不打算一直在电话里听你——"

"你有孩子吗，斯威策？"

电话那头沉默了很长时间，但格拉登知道斯威策还在听。

"你什么意思？"

"你听到我说的话了。"

"你在威胁我的家人吗？你这婊子养的杂种！"

这回沉默半晌的人成了格拉登，随后从他的喉咙深处发出一个低沉的声音，声音越来越大，逐渐变成一阵疯狂的大笑。他肆无忌惮地尽情大笑，直到他耳朵里听到的、脑海里回想的除了这笑声再无其他。接着，他猛地将听筒狠狠砸在机座上，笑声戛然而止，就像有把刀切断了他的喉咙。他的表情邪恶而狰狞，咬牙切齿地对着空荡荡的房间大吼道："去你妈的！"

格拉登再次打开电脑，调出图片文件夹。对于笔记本电脑而言，这台电脑的屏幕已经算目前最高端的，但它的显卡成像依旧不及他在台式机上看到的。不过这些图片还算清晰，足够他卖出好价钱。他一张张浏览着文件夹里的照片——这是一个令人毛骨悚然的照片集，有死人的，也有活着的。他莫名从这些照片里得到了某种慰藉，生出一种一切都在他掌控之下的美好感觉。

但看着眼前这些照片，想着他犯下的事，他又感到伤感。这些小巧可爱的祭品牺牲了自己，让他得以抚平创伤。他知道这种行为是多么自私，又多么荒诞而扭曲。一想到他用这些孩子的牺牲去换取金钱，他就再也感受不到安慰，相反，他生出一股对自己的深深的憎恨和嫌恶。斯威策和那些人是对的，他就应该被缉捕。

他仰面躺了下来，望着水渍斑驳的天花板，眼中满是泪水。他闭上眼睛，试着入睡，努力去忘记这一切，但他最好的兄弟在黑暗中出现了，就在他眼皮后面的黑色视界里。和往常一样，他在那儿站着，脸紧绷着，嘴唇像一道横亘其上的可怕伤口。

突然，格拉登睁开眼睛看向房门。门口传来一记敲门声，接着就是钥匙插进门锁发出的金属刮擦声，他迅速坐了起来，意识到自己犯了个错误，斯威策肯定追踪了刚才那个电话，他们猜到了他会打电话过去！

房间的门被打开了，一个矮小的黑人女子站在门口，穿着白色制服，胳膊上搭着两条毛巾。"客房服务，"她说，"很抱歉我这么晚才来，今天实在太忙了，明天我会先为您整理房间。"

他吁出一口气，自己疏忽了，忘了在门把手上挂上"请勿打扰"的牌子。"没关系，"他一边说，一边迅速走过去，把她拦在门口，"今天只换毛巾就行，不必麻烦了。"接过那几条毛巾时，他注意到女子的制服上绣的名字：伊万杰琳。她有一张可爱的脸庞，他不禁为她做这份伺候人的差事感到可惜。"谢谢你，伊万杰琳。"

格拉登注意到女子的目光越过他投向房内，落在了床上。床还铺得好好的，他昨晚连床罩都没拉下来。于是她点了点头，格拉登觉得她似乎带着一丝微笑。

"您没有其他需要了吗？"

"是的，伊万杰琳。"

"祝您今天过得愉快，再见。"

格拉登关上门转过身来，这时他看到床上那台开着的笔记本电脑，屏幕上正是他浏览过的那组照片中的一张。他又转身打开房门，站到门框下那女子方才站立的位置，把目光投向电脑。能看清，能看清那男孩躺在雪地上，身下蔓延的血迹打破了那片完美的、纯白如画布般的冰天雪地。

他急忙跑到电脑旁，敲下自己编写的紧急关机程序。门还开着，他心急如焚。老天啊！他想，我犯了个多么大的错误。

他再次走到门口，迈出房间。伊万杰琳正站在前面的走廊里，身旁是一辆酒店服务推车。她转头回望他，表情倒是毫无异常。不过他明白他必须加以确认，不能把所有赌注都押在这个女人的表情上。"伊万杰琳，"他说道，"我改主意了。我的房间可能还是要整理一番。而且，我还需要补充卫生纸和肥皂。"

她放下正在写的夹纸板，弓身从推车里取出卫生纸和肥皂。格拉登双手插在口袋里，观察着，注意到她正嚼着口香糖，啧啧作响。当着别人的面这么做是非常不礼貌的，就好像他是隐形人一样，完全没把他放在眼里。

她拿着从推车里取出的物什向格拉登走来，格拉登的双手仍然插在口袋里。格拉登后退一步，方便这个女人进房间。她进去之后，格拉登走到推车前，看了看她放在车上的夹纸板。一一二房间那一栏有一条备注："只换了毛巾。"

走回房间前，格拉登环视了下四周。这家汽车旅馆是一栋带中庭的两层建筑，每层有二十四个房间，将庭院围在中央。他看到庭院对面的二楼也停着一辆酒店服务推车，正停在一扇敞开的门前，但女服务员不见人影。庭院里的游泳池也冷冷清清的，一个住客也没有。天气太冷了。他肯定这里没有其他人。

他迈进房间，关上房门。伊万杰琳正从浴室出来，拿着从垃圾桶中取出的垃圾袋。

"先生，我们在打扫客房时必须保持房门敞开，这是规定。"

他堵住她走向房门的路。"你看到那张照片了吗？"

"什么？先生，我得打开——"

"你看到电脑上的那张照片了吗？在我床上的电脑里？"他指着那台笔记本电脑，盯着她的眼睛。她看上去非常困惑，但仍然与他对视着。

"什么照片？"她转身看向有些凹陷的床铺，然后又一脸疑惑地转头看向格拉登，渐渐露出愠色，"我没有拿任何东西。如果您觉得我拿了什么，现在就给巴尔斯先生打电话。我可是个诚实的女人。他尽可以叫其他女孩搜我的身。我没拿您的照片，我甚至连您说的照片是什么都不知道。"

格拉登端详了她好一会儿，然后笑了出来。"好的，伊万杰琳，我想你应该是个诚实的姑娘，只是我得确定一下，请你理解。"

14

执法基金会位于华盛顿特区第九大道，离司法部和联邦调查局总部只隔几个街区。这是一栋气势恢宏的大楼，我估计里面还有其他负责公共事务的机构和基金会组织。我从沿途那些沉重的大门中穿行而过，迈进大厅，先查看了平面指示图，接着乘电梯来到三楼。

看上去执法基金会占据了整个三楼。一出电梯，迎面就是一张极其宽大的接待台，后面坐着一个体格同样宽大的女人。我们记者管这种台子叫作"欺诈台"，因为坐在桌后的那些雇来的女人，几乎从来不会让你去想去的地方、见想见的人。我告诉她我想见福特博士，他是《纽约时报》那篇关于警察自杀的报道中提到的这个基金会的主管，也是我想查询的数据库的负责人。

"他正在用午餐。你有预约吗？"

我告诉她没有，并把名片放在她面前。我看了看表，差一刻一点。

"哦，啧，一个记者，"她的口气听上去像记者这职业就跟罪犯等同似的，"这就完全是另一码事了。你得先去公共事务办公室，由他们决定你是否能跟福特博士谈谈。"

"我明白了。你觉得公共事务办公室这会儿有人吗，还是他们也去吃午饭了？"

她拿起电话，拨出一个号码。"迈克尔？你在办公室还是在吃午饭？我这边有个人，说他是《落基山新闻》的——不，他本来是要见福特博士。"她听了一会儿，说了句"好的"，然后挂了电话。"迈克尔·沃伦会见你。他说他一点半还有约，你最好赶紧过去。"

"好的，问题是赶紧去哪儿？"

"三〇三室。从我后头这条过道一直走，第一个路口右拐，就在你右手边的第一道门。"

我在路上一直想着迈克尔·沃伦这个名字，它听上去很耳熟，可就是想不起来在哪儿听过。我来到三〇三室门前，发现门开着。一个大约四十岁的男人正往外走，看到我，他停住脚步。

"你就是那个从《落基山新闻》来的记者吗？"

"是的。"

"我正想去外边看看，怕你拐错弯了。进来吧，我只有几分钟时间。我是迈克·沃伦，如果你要在发表的文章里提到我，请写成迈克尔，尽管我更希望你用不上这个名字，也用不着采访这儿的职员。希望我能帮到你。"

等他回到那张乱七八糟的办公桌后面，我先自我介绍一番。我们握了手，他请我坐下。桌子的一端堆着一沓报纸，另一端摆着他妻子和两个孩子的若干张照片，摆放的角度让他和访客恰好都看得见。办公室里还有一台电脑，放在他左手边的一张矮桌上，矮桌上方的墙上挂着一幅他与总统握手的照片。他脸颊刮得干干净净，穿着白衬衫，系着条深红色领带，衬衫领口略有磨损，大概是经常被下午新长出来的胡茬刮擦，他的外套搭在椅子靠背上。他的皮肤很苍白，与锐利的深色眼睛和又黑又直的头发形成鲜明对比。

"那么，你到这里有何贵干？你是在斯克里普斯报业集团的华盛顿分部工作吗？"

他说的是斯克里普斯报业集团旗下的一家规模很大的报社，他们的新闻处有许多记者，专门采写华盛顿新闻，供给集团的所有子报刊。这也是格雷格·格伦提及的那家报社，就在这个星期早些时候，他说可以出面请这家报社的记者替我来这儿走一趟。

"不，我是从丹佛来的。"

"好吧，我能为你做些什么？"

"我需要采访内森·福特，或者跟其他直接负责警察自杀项目的专家谈谈。"

"警察自杀项目是联邦调查局的一个课题，负责同他们合作的是奥林·弗雷德里克研究员。"

"是的，我知道这是个与联邦调查局合作的项目。"

"好吧，让我们看看。"他拿起桌上的电话，但很快又放下，"对了，你事先没打过电话，对不对？我不记得听过你的名字。"

"没有，我刚到华盛顿。这是个突发新闻，你可以这样理解。"

"突发新闻？警察自杀？这听上去可不像那些被截稿时限赶着的报道，为什么会这么急？"

就在这时，我灵光一现，想起了他是谁。"你之前是不是在《洛杉矶时报》工作过？《洛杉矶时报》的华盛顿分社？你就是那位迈克尔·沃伦？"

他笑了，因为我认出了他，或者说认出了他的名字。"是的，你怎么知道？"

"《华盛顿邮报》和《洛杉矶时报》的每日综合电讯，我每天都会关注，已经好多年了。我记得你的名字，警政新闻那块几乎成了你的专版，不是吗？你做得真是棒极了！"

"一年前我辞职了，来到了这里。"

我点头不语。每次我碰上那些离开新闻业转投其他行当的前辈，总是会有一阵难以释怀的沉默。通常，这些记者已经精疲力竭了，厌倦了那种不断被截稿时限逼迫、不断撰写稿件的生活。我读过一本由记者写的书,书里这样描述记者的生活:永不停歇地疲于奔命,以免被卷入身后紧追不放的脱粒机。我觉得这是我读过的对记者行当最为精准的描述了。有时候,记者会厌倦被机器追赶的生活,有时候他们会被机器卷进去,只剩下被碾碎后的齑粉。还有些时候,他们设法摆脱了那台机器,用在这一行当里积累的经验谋求了一份能够操纵媒体的稳定工作,而不再是媒体中的一员,也就是沃伦现在在做的这种事。但不知为何,我莫名为他遗憾。他过去那么出色,真希望他自己不会有同样的遗憾。

“你怀念以前的生活吗?”我必须得这么问,仅仅出于礼貌。

“现在还没有。不过每次冒出一个好素材的时候,我就会希望自己还在做记者,跟其他伙伴一起,琢磨一个与众不同的报道角度。但是,这样可是会把人折磨得狼狈不堪。”

他撒谎了,而且我觉得他也知道我看出他在撒谎。他想回到记者行当。“是啊,我都已经开始有这感觉了。”我也以谎言回应,只是为了让他觉得好受些——如果可能的话。

“那么,警察自杀这个题材是怎么回事?你报道的切入点是什么?”他看了看表。

“事实上,直到几天前它还算不上什么重大新闻,但是现在,它绝对是爆炸新闻。我知道你只有几分钟的时间,不过我几句话就能解释清楚。我只是……抱歉,无意冒犯,只是希望你能保证,我在这儿说的情况不会被透露出去。这是我的报道,我还指望着调查完这一切后能够亲自发表出来。”

他点点头。“不必担心,我完全理解。除非有另一个记者找上门来,明确询问同样的问题,否则我不会和任何记者探讨你将要告诉我的事。不过,说实在的,有可能我不得不跟基金会的其他同事讨论这事,或许还会涉及执法机构,所以在知道我们要谈的内容之前，我不能对你的请求做出任何保证。"

"这很公平。"我觉得我可以信任他，大概是因为信任一位前同行总是更容易一些，也可能是因为我喜欢把了解到的情况告诉一个能懂得这篇报道价值的人。这是一种炫耀，我也不能免俗。于是我开始了讲述。"我从本周一就开始准备写一篇与警察自杀有关的报道。我知道，这题材已经被人写过了，但我着眼的是一个全新的角度。我的哥哥是名警察，一个月前，他去世了，被定为自杀。我——"

"哦，老天啊，听到这样的事真令人难过。"

"谢谢，但我并不是因为难过才要写这篇报道。我决定写这篇报道，是因为我想理解他为什么要自杀，为什么丹佛警察局里他的那些同事也认定他是自杀。我按常规路数开始调查，从律商联讯数据库里搜集材料，就这样追踪到了几篇引用基金会研究成果的文章。"

他不动声色地瞥了一眼手表，我决定尽快抓住他的注意力。

"长话短说，在调查我哥哥自杀原因的过程中，我查明他没有自杀。"

我看了他一眼。我成功了，他的注意力完全落在我身上。

"你是什么意思？他不是自杀？"

"到目前为止，我的调查表明，我哥哥的自杀事件是一起被精心伪装的谋杀案。他是被谋杀的，这个案子现在已经重启调查了。我还找到了去年发生在芝加哥的一起同样被认定为警察自杀的案子与我哥哥的案子之间的关联。那个案子现在也重新开启调查了，我今天早上刚从那边赶过来。芝加哥和丹佛的警察，还有我，都认为某个人可能正在全国各地杀害警察，之后再伪装成警察自杀。而找出同类案件的关键，可能就在基金会警察自杀研究项目收集的资料里。你们这儿还有最近五年内全国所有警察自杀事件的记录吗？"

我俩对坐着，沉默了好一会儿，沃伦始终盯着我。

"我认为，你最好还是把事件始末原原本本地告诉我。"他终于开口说道，"不，先等等。"他抬起手像交警似的做了个停止手势，拿起电话，用另一只手按下一个快速拨号号码。"德雷克斯吗？是我，迈克。好吧，我知道现在才说已经迟了，但我现在走不开。我这边出了点事……不行……咱们只能另约时间了，我明天再跟你谈吧。谢谢，再见。"他放下电话，看向我。"只是一个共进午餐的约会。现在，把你的故事详详细细地告诉我吧。"

过了半个小时，沃伦打了几个电话安排好一场会议，带我穿过迷宫般的基金会走廊，来到一个标着"383"的房间。这是一间会议室，内森·福特博士和奥林·弗雷德里克研究员已经就座。简单地彼此介绍几句后，沃伦和我坐了下来。

弗雷德里克小姐看上去才二十多岁，有一头卷曲的金发，看起来有些冷漠，于是我立即将注意力集中在福特身上。沃伦已经告诉过我，我能否得到基金会的支持和帮助，福特拥有完全决策权。这位基金会的主管是位个头矮小的男子，穿着深色西装，风度仪态无不说明这屋里他说了算。他戴着一副宽边黑框眼镜，配玫瑰色镜片，蓄着满腮的胡子，浓密齐整的灰胡须没有半点杂色，与他的头发完美搭配。当我们走进房间，在那张椭圆形大会议桌边落座时，他的视线随我们的移动而变化，脑袋却保持不动。他双肘支在桌面上，两手相扣。

"我们这就开始吧？"一介绍完，他立即开口道。

"我更想让杰克把他刚才告诉我的情况再对你们俩讲一遍，"沃伦说道，"之后我们再讨论。杰克，你介意再复述一遍吗？"

"当然不介意。"

"这次我要做点笔记了。"

我这次讲述的大致内容跟之前对沃伦讲的差不多。不过，我不时又会记起新的细节，虽然没什么重要意义，但还是一股脑地说了出来。我知道必须给福特留下深刻印象，因为他是拥有决策权的人，决定我能否得到奥林·弗雷德里克的帮助。

只有弗雷德里克在我叙述时打断了一次。当我说到我哥哥的死亡时，她提到丹佛警察局已经在上周递交了此案的备案。我告诉她，现在她可以把那份备案揉成一团扔进垃圾桶了。讲完我的故事之后，我看向沃伦，举手示意道："有什么我遗漏的吗？"

"没有。"

我们俩都望向福特，等待着。在听我叙述的过程中，他一直没怎么动。这会儿他陷入了沉思，交握的双手微微扬起，一下又一下轻轻敲着下颌。我暗忖着他是哪一学科的博士，还有经营这样一个基金会需要什么样的管理者。跟博士相比，恐怕政客更合适吧，我觉得。

"真是个非常有意思的故事。"他平静地说道，"我可以理解为什么你会这样兴奋，也能明白为什么沃伦先生也这样兴奋。他成年后的大部分时间干的就是记者工作，有时候新闻报道带来的兴奋点依旧在他血管里扎着，就我看，这一点恐怕会阻碍他当下的工作。"

他挥过来的这一拳可真够重的，而且在他说这些话的时候，一眼都没看沃伦，而是死死盯着我。

"我不理解的地方就是——事实上这也是我看上去不像你们那样兴奋的原因——这又跟基金会有什么关系？恕我愚钝不能看清，麦克沃伊先生。"

"是这样，福特博士，"沃伦插嘴说，"杰克想要——"

"打住，"福特打断他的话，"让麦克沃伊先生自己告诉我。"

我试着把眼下的情形在脑中做了一番梳理。福特想要的不是一堆对他来说毫无意义的废话，他只想知道能从中捞得多少好处。"我猜整个自杀项目的研究资料都储存在一台电脑里。"

"没错，"福特说，"我们大部分研究都是在电脑上完成的，用电脑对案例和数据进行整理和复核。基数庞大的地方警察局为我们提供了坚实的实地研究资料，他们会向我们递交报告——也就是之前弗雷德里克小姐提到的备案。这些资料都会被输入电脑。但数字化的资料并不能意味什么，必须由经验丰富的研究员对这些实例进行分析研究，我们才能明白这些资料的意义。在这个项目里，原始数据的分析工作由我们的研究员和联邦调查局的专家协作完成。"

"我完全明白，"我道，"我想说的是，你们这里拥有一个与警察自杀事件相关的庞大数据库。"

"我相信过去五六年的资料都在这儿。在奥林加入项目组之前，这项工作就已经启动了。"

"我需要看看你们数据库里的资料。"

"为什么？"

"如果我们是对的——不光我一个人这样认为，芝加哥和丹佛的警探也这么想。我们已经找到了可以关联起来的两起案子，那——"

"看似关联。"

"是的，看似关联。如果这两桩案子的确存在关联，那就意味着还有其他同类案子存在的可能性。我们在追查一个连环杀人凶手，也许我们会发现有相当数量的警察自杀事件与之关联，当然也可能只有寥寥几件，或者一件都没有，但我想好好核查一番，而你们这里正好有这些数据。你们有各地报上来的六年来所有的警察自杀数据。我想登录你们的数据库，搜寻那些被伪装成自杀的谋杀案，犯下那些案子的嫌疑人或许正是我们要找的连环杀手。"

"你打算怎么着手？"弗雷德里克问，"可是有好几百例这样的案子。"

"地方警察局填好并递交上来的备案，是否包含死者的警衔和职位？"

"包含。"

"那么我们先查查那些侦办凶杀案的自杀警探。我现在有个想法，这个人杀害的是侦办凶杀案的警察，也许在玩那套'猎物猎杀猎手'的把戏。我不太懂背后的心理学机制，但这就是我调查的着眼点——调查侦办凶杀案的警探。只要我们在一桩案子上有所突破，再去查其他案子就容易了。我们需要研究遗书——自杀事件里死者留下的遗书。从——"

"遗书没有存在电脑里，"弗雷德里克说道，"在每起事件里，如果我们拿到了遗书，那也是复印件，一份打印在纸上的硬拷贝，然后把它归档在档案室里。遗书本身不在我们的研究范畴内，除非它能在一定程度上暗示死者自杀的原因。"

"但是你们依然持有遗书的复印件？"

"是的，该有的遗书全都有，在档案室。"

"那我们就从这儿开始。"沃伦激动地插话。

回应他这句话的只是一片寂静，所有人的目光都落到福特身上。

"还有一个问题，"这位主管最后开口道，"联邦调查局知道这件事吗？"

"我现在还不能确定，"我说，"我只知道芝加哥和丹佛警察局正在重新启动对这两件案子的调查，依照的是我的思路；之后，一旦他们通过调查确认我的思路是正确的，就会通知联邦调查局，到时就会由联邦调查局接手。"

福特点点头，又说道："麦克沃伊先生，你能先在外面的接待处稍等片刻吗？在就此事做出决定之前，我想跟弗雷德里克女士和沃伦先生私下谈谈。"

"没问题，"我站起来，走向门口，快跨出房门时迟疑了一下，转身望着福特说，"我希望……我的意思是……我希望我们能把这件事做起来。不管成还是不成，谢谢你们。"

在迈克尔·沃伦开口之前，他的脸色已经把结果告诉我了。我坐在接待处粗糙的人造革沙发上，看见他从走廊那头走过来，沮丧地垂着头。看到我时，他摇了摇头。

"回我办公室再谈吧。"他说。

我沉默地跟着他回到办公室，坐在之前坐过的那把椅子上。我们两个人都是一副灰心丧气的模样。

"为什么？"我问。

"因为他就是个浑蛋，"他低声道，"因为司法部掌控着我们的薪水，而联邦调查局等于司法部。这是他们的研究项目——是他们委托下来的，所以在上报联邦调查局之前，福特是不会让你踏进来查阅资料的。任何事情但凡有一丁点越轨的可能，他就不敢做了。你在会议室的时候说错话了，杰克。你就应该说联邦调查局已经知悉此事，而且接手了这个案子。"

"他不会相信吧。"

"重点是，他事后可以说是误信了你的话。一旦此事以后牵扯到他，说他未经联邦调查局的允许就帮助一个记者获取信息，他就可以把责任一股脑地推给你，说他当时以为你得到了联邦调查局的授权。"

"那现在怎么办？我不能就这样放弃。"其实我并不是真的咨询他的意见，只是在问自己。

"你在联邦调查局里还有线人吗？我敢担保，这会儿他正在给联邦调查局打电话，也许已经直接上报鲍勃①·巴克斯了。"

"鲍勃·巴克斯是谁？"

"联邦调查局的要员之一，这个警察自杀的研究项目就隶属于他

―――――――――――

①鲍勃、波比都是罗伯特的昵称和简称。

的团队。"

"我觉得这个名字很耳熟。"

"你熟悉的很可能是他的父亲老鲍勃·巴克斯。多年以前，老巴克斯在联邦调查局里可是个超级警察一样的大人物，局里的行为科学部和暴力犯罪缉捕项目都是在他的运作下建立起来的。我猜小巴克斯一心想走他父亲的老路。重点在于，只要福特在电话里跟他汇报完，小巴克斯立刻就会把你的路堵死。所以，你现下唯一的办法就是去找联邦调查局里的资源。"

我的大脑一片空白，我现在完全被逼到了死角。我站起身，开始在这间狭小的办公室里来回踱步。"老天啊，我简直不敢相信。这是我的报道……现在我却被排挤出去，被那个又呆又傻的胡茬男给拦下了，他以为他是约翰·埃德加·胡佛①啊！"

"应该不是，内森·福特不穿裙子②。"

"这笑话他妈的一点都不好笑。"

"好吧，抱歉。"

我重新坐下来。他没有任何想赶我走的意思，虽说我已经没什么要求他办的事了。这时，我终于领悟到他期待我做的事，只是不知道该如何开口。我之前从没在华盛顿工作过，不知道首都的人是怎么做这事的，所以决定还是用丹佛人直接的方式。"你可以登录那台电脑的数据库，对不对？"我朝他左手边的电脑终端点头示意。

他细细端详了我好一会儿，这才回答道："该死的，没门儿。我不想当'深喉'③，杰克。你想要的只是发一篇报道，这才是你最主要的目的。你只想赶在联邦调查局的前面。"

"你也是记者。"

---

①美国联邦调查局第一任局长，任职长达半个世纪，权势极大。
②胡佛掌权时，很多人讨厌他，有流言称他私下男扮女装、穿裙子。
③水门事件中向《华盛顿邮报》记者提供重要资料、导致尼克松总统下台的人。

"曾经是。现在我在这儿工作，而且也不打算做出什么危害到我工——"

"你知道这篇报道必须被刊登出来，它有那个价值！如果福特现在给联邦调查局打电话，他们明天就会赶过来接手，这篇报道就完蛋了。你肯定知道要从联邦调查局内部挖点消息有多困难，毕竟你也干过这一行。那么这篇报道就在此刻、就在这里彻底告吹，或者在一年甚至更久以后才被发表出来，还是一副遮遮掩掩的鬼样子，毫无根据的猜想远远多过事实。要是你不帮我登录这台电脑，结果就是这个。"

"我说了不行。"

"没错，你说得对，我想要的就只是一篇报道——一篇爆炸性新闻。但这是我应得的，你知道这一点。要不是我，联邦调查局还没意识到这些呢，但现在我居然就这么被一脚踢开了……想想吧，想想要是你落得我这个下场，如果是你哥哥被人害死了，你去调查，然后遭遇了跟我同样的事。"

"这些我都想过了，但我只能说，不行。"

我站起来。"好吧，如果你改变主意了——"

"我不会的。"

"听着，我离开这里后，会住进希尔顿酒店，就是里根遭到枪击的那家。"

在离开他的办公室前，我说了这句话，他没有回应一个字。

15

　　我在希尔顿酒店的房间里消磨时间，先用在基金会得到的那点新资料更新了电脑里的文档，然后给格雷格·格伦打电话，向他汇报在芝加哥和华盛顿发生的所有事情。待我说完，他在电话那头响亮地吹起了口哨。我能想象出他坐在椅子上，惬意地往后一靠抵住椅背，畅想光辉前景的模样。

　　事实上，我手里的材料已经能写出一篇好故事了，可我还是开心不起来。我想留在前线亲自跑调查，不想落到不得不仰仗联邦调查局或其他调查者的境地，等他们来告诉我他们认为可以公布的消息——还得看他们乐不乐意。我想参与调查。我写过无数篇讲述凶杀案调查的报道，但每一次都是以一个局外人的身份去描摹。这一次，我是局内人，而且想要留在局中。在这个案子上，我才是那个领头人。我现在很亢奋，并且意识到这股亢奋一定跟肖恩办案子的心情完全一样。这叫"狩猎"，肖恩就是这样说的。

　　"你没掉线吧，杰克？"

　　"什么？噢，我刚才在想别的事情。"

　　"咱们什么时候能把这篇稿子放上去？"

"这得看情况。明天是星期五，给我点时间，看明天的进展再说。我有预感，基金会的那个家伙会行动的。如果到明天中午还没有他的消息，我就试试打入联邦调查局，我已经拿到了调查局里一个人的名字。如果那里什么都捞不着，我就回丹佛，星期六赶稿，星期天就能见报。"

星期天是报纸发行量最大的一天。我知道格伦如果想捅个大新闻，一定会选在星期天。

"捞不着也没关系，"他说，"就算我们现在收手，单凭你手头上有的就足够干票大的了。你查出了一个正在全国范围内晃荡的连环杀手，神不知鬼不觉地四处猎杀警察，依旧安然无恙，谁知道他已经这样干了多久。这篇报道将——"

"我们的材料还不够硬，什么都没证实，目前只有两例跨两个州的案子来佐证可能存在这么个连环杀手。"

"这样已经他妈的够了，一旦联邦调查局插手进来，这案子立刻升级为全国大案。《纽约时报》和《华盛顿邮报》这些大佬都得跟在我们屁股后头打转。"

是跟在我屁股后头打转——我真想这么说，但还是忍住了。他这番话揭示了新闻业背后的残酷真相——这行业跟无私奉献毫不沾边，既不是为了服务大众，也跟民众的知情权没什么关系。新闻就是竞争，打垮对手，扬名立万；新闻就是哪家报纸搞到了独家报道，哪家报纸又被甩在后头；新闻就是一年结束的时候，看谁能捧得普利策奖。这是种挺悲观的想法，但在这一行干了这么多年后，我只剩下这种愤世嫉俗的想法了。

当然，如果我说我不享受爆出全国大案或独家新闻，瞅着所有人跟在我屁股后头打转的风光，那就是在撒谎。我只是不喜欢像格伦那样把这些话到处嚷嚷。另外，还有肖恩的原因，这一点我从没忽略过。我想逮住那个杀害他的凶手。我要逮住凶手，这个念头胜过其他一切。

我向格伦保证有任何进展都会向他汇报，然后挂了电话。我在房间里踱着步，这时才不得不承认，自己也暗暗憧憬着那些美好前景。我想这篇报道会给我的履历表添上浓墨重彩的一笔，它绝对能让我跨出丹佛，只要我乐意。说不定还能把我带进报刊业的三巨头城市——洛杉矶、纽约和华盛顿，至少是芝加哥或者迈阿密。不仅如此，我甚至开始想象一份找上门的出版合同了——基于真实案件的书可是拥有庞大的市场。

我赶紧把这些念头甩开，顿时有些羞愧。幸好没有人能知悉我们内心的隐秘念头，否则，我们一个个狡诈世故而又自我膨胀的傻瓜模样都得显形。

我得出门转转才行，但又不愿意错过可能会打进房间的电话。我打开电视，里面尽是一堆使尽浑身解数争夺收视率的脱口秀节目，内容也是底层白人日常生活中的家长里短。一个频道讲着脱衣舞女的孩子，另一个频道里色情明星的配偶们正为伴侣的职业而吃醋，第三个频道上某些男人正口出狂言地宣称女人就是要时不时被揍上一顿才能变得本分。我关上电视，突然冒出一个预感：我就应该走出房间去外面转转。这预感在向我担保，只要我不在房间里等电话，沃伦就会打过来。我的预感总是很准，于是我决定就这样做。我只希望他能留下一条留言。

这家酒店坐落于康涅狄格大道，离杜邦环岛不远。我向环岛的方向走去，在一家名叫"神秘书屋"的书店停下，买了本艾伦·拉塞尔写的《多重创伤》。我记得之前不知从哪儿读过一篇对此书评价不错的书评，这会儿阅读可以让我忘掉那些烦心事。

跨进希尔顿酒店之前，我花了些时间绕着酒店转了转，想找找当年欣克利拿枪等候里根的地方。相关报道里的那些照片我记得清清楚楚，可就是找不到那个地方。我怀疑酒店可能经过了一番修缮，大概这就是那地方没有成为一处旅游景点的原因吧。

身为一名负责警政新闻报道的记者，我就是专职目击死亡的游客。我眼皮眨都不眨地从一桩凶杀案换到另一桩凶杀案，从一处可怕的犯罪现场来到另一处骇人的犯罪现场。这就是我的工作。回到酒店大堂，走向那排电梯时，我思考着这些对我来说意味着什么。也许我本身就不怎么正常，否则我怎么就这么想知道欣克利等候里根的地方在哪儿呢？

"杰克？"

我在电梯口停下，回头望去。是迈克尔·沃伦。"你好。"

"我给你房间打了电话……我还以为你不会出门。"

"我只是出去散了个步。我都以为指望不上你了。"我笑着回答，心里满怀期待。这一时刻注定将带来许多改变，尤其是对我来说。他换下了之前在办公室穿的那套西装，穿着蓝色牛仔裤和套头毛衣，胳膊上搭着一件花呢大衣。他遵守了一个密线的行为准则——亲自赴会，而不是留下一条可能被追踪到的通话记录。"你想上楼去我房间谈，还是就在酒店大堂？"

他走向电梯，说道："你的房间。"

我们在电梯里没有谈跟事件相关的要紧话题。我又瞄了眼他的打扮，说道："看来你已经回家一趟了。"

"我就住在康涅狄格大道另一头的环城快道，在马里兰州，没多远。"

我知道出了环城快道就是跨州的长途电话了，怪不得他没先给我打电话。我也猜到，这家酒店正好在从他家到基金会的路上。我顿时感到一阵兴奋——沃伦就要转到我这边了。

走廊里一股潮气，闻起来跟我住过的所有酒店一模一样。我掏出房卡，把他请进房间。电脑仍开着，放在小桌上，长大衣和我带过来的唯一一条领带扔在床上。除此之外，房里还算整洁。他把大衣扔到床上，然后我们在房间里仅有的两把椅子上坐下。

"你有什么发现？"我问。

"我做了检索。"他从后裤兜掏出一张折起来的纸，"我登录了数据库，调出了主计算机里的文档。今天下班前，我进入数据库，检索了实地案例版块，统计了生前负责凶杀案的自杀警探，只有十三个人。我把他们的名字、所在警察局和死亡日期打印了出来，都在这里。"

他把那张折起来的纸递给我，我尽可能轻手轻脚地接过来，仿佛接过的不是一张纸，而是一片金叶子。"不胜感激，"我说，"你的搜索会在电脑里留下记录吗？"

"我还真不能肯定，但我想应该不会。那个系统差不多是完全开放的，不过我不知道系统有没有搭载安全追踪的选项。"

"谢谢你。"我再次道谢。除此之外，我不知道还能说什么。

"总之，拿到这部分资料还算很容易，"他说，"难的是进入档案室翻查那些备案，那会花费不少时间……我来就是想问问，你是否愿意来搭把手。那些受害者中谁更重要，想必你比我更清楚。"

"什么时候？"

"今晚，这是唯一的机会。档案室下班就会上锁，但我有一把钥匙，因为有时候我需要进去翻出点压箱底的旧材料应对媒体。如果我们今晚不行动，那些纸质文档明天可能就不在这里了。我有一种预感，联邦调查局不会让这批文档继续躺在这儿，尤其在知道你要求查阅这批材料之后。他们明天就会到这里，抢走这批文档将会是他们做的第一件事。"

"这些是福特说的吗？"

"不完全是。我从奥林那儿打听到的。福特没向巴克斯汇报，而是告诉了蕾切尔·沃林。他说她——"

"等等，蕾切尔·沃林？"我听过这个名字。我想了一会儿，记起她就是那个侧写师，肖恩曾将特丽萨·洛夫顿一案呈报联邦调查局请求暴力犯罪缉捕项目的支持，在收到的回执中，侧写报告上署的就是这个名字。

"是的，蕾切尔·沃林，她是联邦调查局的心理侧写师。为什么问这个？"

"没什么，这个名字听着耳熟。"

"她在巴克斯手下工作，类似调查局和基金会自杀研究项目之间的联络员。总之，奥林说她告诉福特，准备调看所有的文档，没准还想和你谈谈。"

"如果我没先找她谈谈的话。"我站起来，"咱们这就走吧。"

"听着，还有件事。"他站起来，"这件事我没参与，明白吗？你也只能把这些文档当作调查工具，绝对不能在你的报道里说你进入基金会查阅文档，甚至你都不能承认曾经见过这批文档，一份都没见过。这可关系到我的饭碗，你同意吗？"

"当然了。"

"那就明确说出来。"

"我同意，我同意你刚才提出的全部条件。"

我们向门口走去。

"真有趣，"他说道，"之前那么多年我都是打探消息的人，竟从来没真正意识到，那些线人为我担了多大的风险。现在我成了线人，想想还真是有点心惊胆战。"

我只能看着他，点头表示理解。我怕要是说错了什么，他就改变主意，径直回家了。

他开车带我前往基金会，路上，他又临时添了几条规矩。

"在你的报道里不能出现我的名字，明白吗？"

"好的。"

"还有，所有从我这里得到的消息，也不能写成'据基金会内部消息'，只能写成'参与此调查的人士'，明白吗？这种提法能多少替我掩护一下。"

"好的。"

"你这次要找的只是一些或许跟那个凶手相关联的名字。如果你找到了那些名字，没问题，但之后你不能在报道里说你是怎么查出这些名字的，你明白我的意思吗？"

"明白，咱们都是干这一行的。你会很安全，迈克。我不会出卖任何一个线人，从来不会。我要做的只是利用在这边查到的消息去查出其他更确凿的证据，这里的消息只是幕后的蓝图。你说的那些都不是问题。"

他安静下来，但没过多久那些疑虑又悄悄爬上他的心头。"不管怎样，他们最后准会知道泄露消息的人是我。"

"要不，咱们就这样收手？我真不想害你砸了饭碗。我可以等联邦调查局施舍我点东西。"

我并不想寄希望于联邦调查局，但我必须得给他选择权。我还不至于那么冷酷，为了发篇报道就让一个人丢掉饭碗。我的良心会过意不去。而且我手里的材料已经足够了。

"只要到了沃林手里，你就别指望联邦调查局了。"

"你认识她？她很强硬吗？"

"没错，岂止强硬，简直铁石心肠。我之前试过跟她套近乎，她直接叫我闭嘴。我听奥林说过，她前不久离了婚。我猜她现在的心情还保持在'男人全是猪'那种模式，我估计她会一直保持下去。"

我没再接话。沃伦必须自己做决定，我不能再左右他。

"福特那边不要紧，"他最后说道，"他就算能猜出是我泄密，也拿我没办法，我只要抵死不认就是。除非你这边违了约，不然他除了疑神疑鬼，什么都做不了。"

"我这边不会有什么让你担心的。"

他在离基金会半个街区的宪法大街找了个停车场，停了车。我们一下车，呼出的气直接化为白雾。我有些紧张，不光是他要担心他的职位是否保得住，我想我也一样。

没有遇上需要撒谎糊弄过去的警卫，也没有一个加班的员工蹦出来吓我们一跳，沃伦用钥匙打开了前门，轻车熟路地带我走向目的地。

档案室大约有一个双车位的车库那么大，立着一排排八英尺高的钢制文件架，架上堆放着贴有不同颜色标签的马尼拉纸档案袋。

"我们现在怎么做？"我轻声问道。

他从口袋里掏出那张折起来的打印纸。"自杀研究项目的档案有专门分区。我们找到这些名字所在的卷宗，将资料都拿到我的办公室，把我们需要的页面复印下来。我走的时候没关复印机，这会儿连预热都不需要。还有，你也不用压低声音，这里已经没人了。"

我注意到他用了好几次"我们"这个词，但我什么都没说。他领着我来到文件架之间的走道，架子上贴着打印出来的项目名称标签，他一边用手指一个个点过去，一边喃喃念出声来。终于，他找到了自杀研究项目的标签，这些卷宗上都贴着红色标签。

"在这儿。"沃伦抬手指向那些卷宗。

它们很薄，却占据了足足三个文件架。奥林·弗雷德里克是对的，这些卷宗真有好几百份。每一张凸出的红色标签都代表着一份标志死亡的文件，这些文件架承载了多少伤痛啊。现在我只能希望当中很少一部分不属于这里，希望只有少数警察是被谋杀后再由凶手伪装成自杀。沃伦将那张打印纸递给我，我扫了一眼上面列出的十三个名字。

"这里这么多自杀事件，负责凶杀案的警察只有十三个？"

"是的。这个项目收集了一千六百例警察自杀事件，每年大约三百例，但其中大部分都是街头巡警。负责凶杀案的警察经常见到尸体，我猜对他们来说，赶到案发现场时，命案带来的冲击已经过去了。这些警察一般都是警队里最优秀、最聪明、最坚强的。看上去，他们吞枪自尽的概率要比不负责凶杀案的警察小得多，所以我只查到了十三例。你哥哥和芝加哥的布鲁克斯的卷宗也找到了，但我想你手头上肯定已经有了。"

我点了点头。

"这些档案应该都是按字母排序的，"他说道，"你给我念清单上的名字，我来抽卷宗，还要把你的记事本给我。"

找出那些卷宗只花了不到五分钟。沃伦从我的记事本上撕下十几张空白页，插在抽取出卷宗的位置，这样复印完放回去时就能很快找到地方。这工作真够紧张的，虽说不像《华盛顿邮报》的记者在那个停车场里跟深喉那样的线人碰头，干下拉总统下马的大事，但我的肾上腺素依旧上涨得厉害。

虽然我的线人不是深喉，但有的准则是共通的。一个线人，无论他提供的线索是什么，总是基于某个理由或动机，才会冒险跟你站在同一战线上。我看着沃伦，却猜不透他真正的动机。这会是一篇绝佳的报道，但又不是他的报道。他这样帮我，除了心下明白自己参与了这件事之外，不能获得任何收益，仅仅参与就知足了吗？我不知道，但我明白，在履行记者与线人之间神圣契约的同时，我必须得跟他保持距离，直到我了解他的真实动机。

档案在手，我们迅速穿过两道走廊，回到三〇三室。沃伦猛地停步，跟在后头的我差点一头撞上他。他办公室的房门开着，留着道两英寸的门缝。他指着门缝，冲我摇摇头，示意他离开时关了门，并没像这般敞开两英寸。我耸了耸肩，示意这是他的地盘，他得决定下一步行动。他凑近门缝，侧过脑袋，竖着一只耳朵听里面的动静。我也听到了什么声音，似乎是碎纸机在碎纸，接着是一阵嗖嗖声。我只觉头皮一阵发麻，似乎有根冰冷的手指摩挲着我的脑袋。沃伦转身面对我，表情也颇为疑惑，就在这时，房门从里边被拉开了。

就像多米诺骨牌一样，先是沃伦惊得跳了一步，接着是我，然后是站在门口的小个子亚裔男子，他一只手拿着鸡毛掸子，另一只手拽着个垃圾袋。我们三人面面相觑，好一会儿才缓过神来。

"对不起，先生，"这个亚裔男子说道，"我在打扫您的办公室。"

"哦，好的，"沃伦挤出一丝笑容，"真是有趣的邂逅。谢谢你。"

"您没有关复印机。"他说完便拿着东西沿着走廊走开了，取下一把用链子系在腰带上的钥匙，打开了另一间办公室。

我瞟了一眼沃伦，笑着说："你是对的，你做不了深喉，瞧把你吓的。"

"彼此彼此，你也当不了罗伯特·雷德福[①]。咱们走吧。"

他叫我关上门，重启那台小型复印机后，绕到办公桌后坐下，手里仍拿着那些卷宗。我则坐到白天拜访时坐过的那把椅子上。

"好了，"他说，"咱们开始吧。每一份卷宗都有一段概要描述，任何遗言或者有意义的细节都会被列出来。如果你觉得是我们需要的，就复印下来。"

我们开始浏览这些文件。虽然我很欣赏沃伦，但也不愿意把一半卷宗交给他来判断是否符合我的推论。我想亲自查看所有卷宗。

"记住，"我说，"我们要找的是一切用词华丽的遗言，看上去带点文学性，像是从书里截取下来，或者像一首诗，诸如此类的。"

他合上正在看的那份文件，把它丢在那沓卷宗上面。

"怎么了？"

"你不信任我，你不放心让我来干这事。"

"不，我只是……我只是想确保我们的判断是一致的，仅此而已。"

---

①美国著名演员，在电影《惊天大阴谋：水门事件》中饰演与深喉接头的记者。

"你看，这真荒唐，"他说道，"咱们应该直接把所有文件都复印一份，然后离开这儿。你可以把它们全带回酒店慢慢看。这样更快，也更安全。你也不需要我帮忙。"

我点点头，意识到我们早该这样做。接下来的十五分钟里，他操作复印机，我把文件从档案袋里掏出来，一张张地递给他，复印完一份再换一份。这台复印机的速度很慢，它本就不是为复印大批材料而设计的。

全部复印完之后，他关上复印机，叫我在办公室等他。"我忘了这会儿还有清洁工。我一个人把这些卷宗送回档案室更妥当些，然后再回来接你。"

"好的。"

他离开了，我则开始翻阅复印好的文件，但神经还是绷得紧紧的，始终无法集中注意力看下去。我只想带着这些复印件冲出房门逃之夭夭，趁着还没有发生任何变数。为了让时间不那么难熬，我扫视着他的办公室，拿起桌上那张他的全家福照片——美丽娇小的妻子，还有两个孩子，一个男孩和一个女孩，都还没到入学年龄。我还没来得及放下手里的照片，房门就被打开了。沃伦走了进来，我顿时感到非常尴尬，但他并未在意。

"好了，大功告成，咱们走。"

我们在夜色的掩护下，像两个间谍似的悄悄溜了出去。

回酒店的路上，沃伦几乎没说话。我猜是因为打这以后这件事就跟他没关系了，而他也清楚这一点。我才是记者，他只是线人，这是我的报道。我可以感觉到他的嫉妒和渴望，因为这篇报道，因为这份工作，因为他过去的记者生涯，因为他曾经拥有的一切。

"嘿，老兄，你当时急流勇退的真实原因是什么？"我问道。

这一次，他没有拿废话搪塞我。"因为我的妻子、我的家庭。

那时我几乎没回过家。一个接一个的重大事件，我得一个个追着去报道。到最后，我不得不做出选择了。有时候，我觉得我的选择是正确的，但有时候我又不这么想，就像今天，我就后悔辞职。他妈的这篇报道多棒啊，杰克。"

这一次沉默的人换作我了。他驶进酒店的正门入口，又兜了个大圈子才开到大堂门前，隔着挡风玻璃指了指酒店右侧。

"看到那边了吗？那就是里根遇刺的地方。我当时就在那儿。我们当时蹲点的地方离欣克利就他妈五英尺，他甚至还问我几点了。当时几乎没有别的记者，那时候，绝大多数记者不愿费神在大人物离场的地方蹲守。不过从那以后，他们就知道要蹲守出口了。"

"太厉害了！"

"是啊，那可真够精彩的。"

我转头看着他，郑重其事地点了点头，然后我们俩都大笑起来。我们都知道，只有在记者的世界里，这种事才称得上精彩。我们都知道，对于一个记者来说，比目击到一场针对总统的刺杀行动更精彩的，就是目击到一场成功的刺杀总统行动，只要你别在交火中吃到颗子弹。

他在门前停下车，我跨出车门，又转身把头探进车里。"经历那件事的你，才是真正的你，伙计。"

他笑了。"或许吧。"

16

　　十三份卷宗，每一份都很薄，其中包括由联邦调查局和执法基金会共同制定的一份五页的制式问卷，还包括由死者的同事提供的几页说明或证明材料，描述死者遭受的工作压力。

　　这些案卷描述的故事大多类似——工作压力、酗酒、婚姻危机和抑郁。警察抑郁症差不多都是这样的症状，不过其中抑郁是关键。几乎所有的卷宗都提到死者生前表现出不同形式的抑郁，这种工作本身造成的沮丧悲观心绪不断地折磨着他们。也有几份卷宗提到死者因某件被委派负责的案子而饱受精神折磨，不过很少。这些案子有尚未破获的，也有已经解决的。

　　我迅速浏览了每份卷宗的结语部分，又把几桩案子排除在外，因为这几桩案子都有各种原因能证实是自杀，要么被好几个证人目睹了自杀经过，要么有其他证据排除他杀的可能。

　　还剩下八件案子难以排查，因为这其中的每一件——至少卷宗里扼要的结语显示——看上去都符合我的推论。每一件案子里，都明确提及有某件凶杀案曾给负责调查的警察造成沉重的压力。一桩未侦破的案件给警察带来的沉重心理负担，以及现场留下的引自爱伦·坡诗句的遗书，就是目前我所掌握的这系列案子的基本模式。我只能以此为标准，来判断剩下的八件案子是否属于这一系列被精心伪装成自杀的连环谋杀案。

按照我拟定的这个标准，研究完八名受害者留下的遗书后，又有两件案子被排查出局。这两件案子里，两名去世的警察都给某位特定的人留下了遗书，一个写给母亲，另一个写给妻子，恳求亲人的原谅和理解。遗书里也没有任何看上去像引用自诗歌的句子，或者确切地说，没有任何文学色彩。排除这两件案子后，我手里还剩下六份卷宗。

抽出其中一份，细读完卷宗之后，我拿起受害者的遗书——只有一句，与我哥哥和布鲁克斯留下的类似——附在本案经手警官撰写的调查报告的补遗里。读着这一行字，顿时仿佛有一束电流击穿我的身体，我难以控制地打了个冷战，因为我知道这句诗。

邪恶的天使在我身旁逡巡

我飞快地翻开记事本，翻到记录《黑甜乡》节选的那一页，那是劳丽·普莱恩从光盘上找到并诵读给我听的。

> 沿着一条阴暗孤寂的小径，
> 只有邪恶的天使在旁逡巡，
> 那儿有个尊号为暗夜的幽灵，
> 高居黑色王座发号施令。
> 我已回归黑甜乡，却是新抵，
> 吾之来处是荒凉萧瑟的极北之地——
> 那是片奇异的莽莽荒原，庄严超群，
> 游离于空间之外，超脱时间之际。

我打了个冷战。我找到了。我的哥哥，与这名被认定为朝自己胸口和太阳穴分别开了一枪的来自阿尔伯克基市的莫里斯·科泰特警探，都留下了一行爱伦·坡的诗句作为遗言，并且诗句引自同一诗篇的同一节。我的钥匙终于找到了匹配它的锁。现在都对上了。

然而，这种推论得以验证的兴奋很快就转为越来越深的愤恨。我对我哥哥和其他人的遭遇感到愤怒。我对那些活着的警察感到愤怒，因为他们没能早一些查到这些线索，这时我脑海里突然划过韦克斯勒说过的一句话，当时我终于说服他相信我哥哥死于谋杀。"连一个他妈的记者都⋯⋯"当时他是这么说的。现在我理解了他的愤恨，但是我意识到我最恨的就是那个犯下这一切命案的人，而我对他了解得实在太少了。用这个凶手自己的话来讲，他就是个幽灵，我在追踪一个鬼魅的幽影。

通读完剩下的五份卷宗花了我一小时。我在其中三份上做了些笔记，剔除了另外两份。其中一件案子之所以出局，是因为我注意到其案发日期正好跟约翰·布鲁克斯的遇害日期是同一天。如果两件案子有关联，那么凶手不可能在同一天于不同的城市实施犯罪。

另一件案子里，死者自杀——除却其他因素外——主要是受到一桩穷凶极恶的绑架杀人案带来的冲击和绝望，受害者是一位居住在纽约长岛的年轻姑娘。自杀的警探没有留下任何遗言，初看上去，这桩自杀案符合我构建的模式，应当进一步核查，但读到报告的最后，我发现这位警探已经破获了这起绑架杀人案，并且逮捕了一名嫌疑人，这就超出我的模式划定的界限了，而且很显然也不符合芝加哥的拉里·华盛顿所提出的并被我认可的观点，即杀害第一位受害者和杀害负责侦破此案的警察的凶手应当是同一个人。

引起我兴趣的最后三件案子——除科泰特那件外——之一是加

兰·佩特里案，一位达拉斯的警探，先是前胸中了一枪，然后面部又挨了一枪。他留下的遗言是："何其不幸，我知道，我的力量已被侵夺。"我固然不了解佩特里，但我从没听说一个警察会使用"侵夺"这个文绉绉的词。这行被认为是他亲笔写下的遗言太有文学性了，我无法想象这句话竟出自一个自杀警察的笔下，出自一个自杀警察的心里。

第二件案子里，遗言同样只有一句话。克利福德·贝尔特伦，佛罗里达州萨拉索塔县治安警署的一名警探，三年前被认定为自杀身亡——是这一系列案子中最早发生的——留下了一封遗书，上面简单地写道："主啊，救赎我可怜的灵魂。"同样地，就我看来，这句遗言的遣词造句不像是出自警察之口，任何警察都不会这么说话。虽然这只是一种直觉，我还是将贝尔特伦的案子纳入了自己的名单。

第三件，也是最后一件案子，是巴尔的摩警察局专门负责凶杀案的警探约翰·P·麦卡弗蒂的自杀案。案卷里并未提及死者曾留下遗书，但我还是把这件案子添加到名单里，因为他的死亡与约翰·布鲁克斯之死出奇相似。和布鲁克斯一样，麦卡弗蒂也被认定先朝自己公寓的地板开了一枪，然后又向自己的喉咙开了致命的一枪。我记得劳伦斯·华盛顿说过，这是一种能够让死亡警探手上沾染射击残留物的方法。

四个名字。我研究着他们的卷宗和刚才记下的笔记，然后从旅行包里掏出之前在博尔德城买的爱伦·坡文集。

这是一本很厚的书，收录了已被确认或推测为爱伦·坡创作的全部诗文小说。我查了下目录，发现光是诗歌就占了七十六页。我意识到这个漫漫长夜还得延续更久，便通过客房服务点了壶八杯分量的咖啡，又叮嘱他们顺便送来些阿司匹林以防头痛。我很确信，喝下这么多咖啡因，我的头会炸的。之后，我卅始了夜读。

我不是那种害怕孤独和长夜的人，从未害怕过。我已经独自一人生活了十年，曾经一个人在国家公园露宿，也曾为了写篇报道独自穿行在烧毁的废墟上。我曾坐在黑暗的汽车里，守在更加黑暗的街头，等待跟候选人、帮派成员或者胆小的线人会面。当然，等待帮派成员的时候，我还是会心生怯意，但我从不惧怕在黑暗中独处也是事实。不过我不得不说，这个晚上，爱伦·坡的诗句却让我心里一阵阵发冷，或许是因为孤身一人住在一个陌生城市的酒店房间里，或许是因为正被一份份记录着死亡与谋杀的卷宗重重包围，又或者那时我莫名地觉得我死去哥哥的亡魂正在我身边飘荡，也许还是因为我觉得自己正在阅读的这些诗句可能正在被人恶毒地使用。不管是什么原因，在夜读爱伦·坡的过程中，我的心里始终感到一种沉甸甸的恐惧，甚至在我打开电视用节目的声音充当背景音后，那种恐惧仍然盘亘在我的心头。

我躺在床上，靠着枕头，把床头两侧的灯都打开，在一片通明下继续阅读，但当门外走廊突然响起一声尖锐的大笑时，我仍然被吓得差点弹起来。我重新倒下去，舒舒服服地躺到枕头上压出来的凹坑里。正当我读着一首名为"谜"的诗时，电话突然响了起来，又把我吓了一大跳，这种双响的铃声跟我家的电话铃声完全不同。已经是午夜十二点半，我猜是丹佛的格雷格·格伦打过来的，丹佛和这儿有两个小时的时差，现在才十点半。

一拿起听筒，我便意识到自己猜错了。我没有告诉过格伦我住的是哪家酒店。

打来电话的人是迈克尔·沃伦。"我只是打来确认下你怎么样——我猜你还没有睡——顺便问问你有没有什么新发现。"

他再一次让我感到有些不舒服，因为他太过自愿地卷入其中了，而且提问太多，这跟以前向我秘密提供消息的线人完全不一样。但是我现在还不能甩掉他，毕竟他为我冒了那么大风险。"我还在研究那些卷宗，"我说，"这会儿正在读埃德加·爱伦·坡的诗篇，把我自己给吓坏了。"

他笑出了声，纯礼节性的。"目前掌握的自杀案子中，有看上去值得跟进的吗？"

这时，我突然想起一件事。"嘿，你是从哪儿打来的电话？"

"家里。为什么这么问？"

"你不是说你住在马里兰州吗？"

"是啊。哪里出了问题？"

"那么，这就是一个计费的长途电话，对不对？那就会在电话单上留下记录，显示你往我这儿打过电话啊，伙计，你怎么没想到这个？"我不敢相信他会这么粗心大意，尤其是在联邦调查局和沃林探员已经准备插手这个案子的情况下——这还是他自己告诉我的。

"噢，见鬼，我……我想应该没什么要紧的。没有人会想到调查我的通话记录，我又不是泄露了什么国防机密，还大声嚷嚷出来。"

"我不知道，你比我更了解联邦调查局。"

"别担心这个了。你有什么发现吗？"

"我刚才说了，我还在看卷宗。我找到了几个可能有关联的案子，但就是几个而已。"

"也不错，嗯，干得好。我很高兴，这个结果对得起我们的冒险。"

我点点头，然后才意识到他看不到。"是的，非常值得，还是那句话，多谢。我得继续工作了。这会儿我都有些困了，想在没精神之前把这些卷宗看完。"

"好吧，我就不打扰了。如果明天你有时间，给我来个电话，跟我说说你那边的进展。"

"我不确定这是个好主意，迈克尔。我常得咱们还是低调行事为好。"

"好吧，你说了算。不管怎样，我猜我最后总能在报纸上读到所有的故事。你有截稿时限吗？"

"没有。编辑还没跟我提过截稿的事。"

"那你可真是碰上了个好编辑。总之，继续干吧。狩猎愉快。"

我很快又回到诗篇辞章的怀抱。诗人已经死了一百五十年，但仍从坟墓中伸出手攫住了我。爱伦·坡是营造气氛、掌控节奏的大师，作品中的气氛是如此阴郁，节奏常常近乎癫狂。我觉得这些阴郁癫狂的诗句恰如其分地映照出我的生活。"我孑然独居，在一个呻吟不已的世界里，"爱伦·坡这样写道，"我的灵魂是一潭死水，潮来不惊。"至少在这一刻，这些极具穿透力的诗句是如此贴合我。

我继续读下去，当读到那首《湖》时，已经完全沉浸到了诗人的愁思与忧伤中。

> 可是当夜色脱下了她的幕纱，
> 罩住了那湖，笼住了海角天涯，
> 神秘的风啊，从我耳边拂过，
> 呢喃低低，如美妙的乐章——
> 然而——就在这时，我猛然惊醒，
> 被这片孤湖的恐怖攫住。

爱伦·坡捕获了我深藏心底的恐惧，唤醒了我记忆深处断断续续的回忆——那是我的梦魇。他穿越了一个半世纪，伸出一根冰冷的手指，插入了我的胸膛。

> 死亡就在这带毒的涟漪里，
> 而那暗涌的漩涡，恰是方合身的坟茔。

等我读完最后一首诗，已经是凌晨三点，但我在这些诗篇中只找到了一处和死去的警探遗言相符的诗，就是卷宗里记录的那位来自达拉斯的警探加兰·佩特里的遗言——"何其不幸，我知道，我的力量已被侵夺"，这句话引自爱伦·坡的《致安妮》。

我没有在爱伦·坡的诗篇里找到任何诗句能够跟萨拉索塔县警探贝尔特伦的遗言匹配。我开始怀疑是不是自己太疲倦了，以至于遗漏了这句诗；但转念一想，虽然读到这么晚，但我读得非常仔细，不可能遗漏，答案就是确实不匹配。"主啊，救赎我可怜的灵魂。"这句话并未出现在爱伦·坡的诗作里。现在我认为，这的确是一位自杀者最后真实的祈祷词。我从名单上划掉了贝尔特伦的名字。之前我还认为这遗言的遣词造句不像是出自警察之口，现在看来我错了——这满含痛苦的词句的确是他自己的话。

我强撑着精神抵抗睡意，继续研究笔记，越看越觉得，巴尔的摩的麦卡弗蒂案与芝加哥的布鲁克斯案实在太相似了，绝不可忽视。现在我知道明天我该干什么了——我得前往巴尔的摩寻找更多线索。

那晚，我又做了那个梦。那是我一生中唯一挥之不去、一遍又一遍萦绕心头的梦魇。像之前无数个梦中场景一样，我在一片浩瀚冰封的湖面上穿行，脚踏着冰层，冰层下是蓝黑色的深渊。我迷失了方向，只觉四野茫茫不知通向何处，眼前只有一片无尽的白，刺目的冰冷灼烧着我的心。我垂下头，继续在冰面上行走，忽然听到了一个女孩呼救的喊声。我迟疑地停下了脚步，四下看看，却看不到女孩，于是我转身继续往前走。一步，两步，就在这时，一只手突然破冰而出，紧紧攫住了我。它抓着我，向那个不断变大的窟窿拖去。它是要把我拖下去，还是想借着我把自己拖上来？我不知道。这个梦我已经做了无数次，但这个问题始终没弄明白。

我能看到的只有那只手和那条从蓝黑色的水中伸出来的纤细胳膊。我知道那只手意味着死亡。这时我醒了。

房间的灯和电视仍然开着。我坐起来，环顾四周，一时陷入茫然，好一会儿才想起这是哪里、我在做什么。又等了一会儿，直到那梦魇留下的战栗逐渐散去，我才起身下床。我轻轻关了电视，走到房间的小酒柜前，撕开封条，打开柜门。我选了一瓶苦杏酒，没拿杯子，直接就着瓶口小口抿着。我查看了酒店提供的酒水单短笺，这一小瓶酒六美元。我研究着这份单子和上面高昂的价钱，只是为了给自己找点事做。

终于，抿下去的酒开始让我暖和起来。我在床上坐下，看了看表，还有一刻钟就到五点了。我需要重新躺下，我需要睡眠。我钻进被子里，从床头柜上拿过那本文集，翻到《湖》那一页，重新读起来。我的目光久久在那两行诗句上徘徊。

死亡就在这带毒的涟漪里，
而那暗涌的漩涡，恰是方合身的坟茔。

终于，纷乱的思绪屈服于疲倦的身躯。我放下书本，无力地倒在床褥里，沉沉睡去。

17

　　本能告诉格拉登，应当尽快逃出这座城市，但现实是他这会儿偏偏还不能离开。这里还有些事情，他不得不干完。电汇过来的款项还要好几个小时才能传到富国银行支行，他还必须换一台新相机——这才是最要紧的事情。如果他现在就踏上流亡之路，不管是跑去弗雷斯诺还是其他什么地方，新相机都没法弄到手，所以他不得不留在洛杉矶。

　　他抬头看向床头的镜子，凝视着镜中自己的样貌。他现在的头发是黑色的。从星期三开始，他就没刮过胡子，现在满腮的胡茬已经又粗又密。他伸手从床头柜拿过眼镜戴上。昨天晚上，他在就餐的速食店里把之前佩戴的彩色隐形眼镜扔进了垃圾桶。他注视着镜子里的新形象，满意地笑了。现在，他变成了一个全新的人。

　　他瞥了一眼电视。一个女人正在表演为一个男人口交，同时另有一个男人在她背后抽插。电视的声音调得很小，但他知道如果没有调小声音，那会是怎样的呻吟。这台电视机已经开了整整一个晚上。这些将被计入房费的、播了整晚的色情电影，实际上并不能唤起他多少激情，因为这些表演者实在太老了，而且也不漂亮。事实上，他们看上去挺令人厌恶的，但他依旧开了整晚。这会提醒他牢记，每个人都有罪恶的欲望。

他收回视线，目光重新落到书上，再一次阅读起爱伦·坡的诗篇。他看了这么多年，读了这么多遍，已经能倒背如流。但是，他依然喜欢把书捧在手里，品读书页上的诗行总能得到某种慰藉。

> 在黑夜降下的沉沉幻幕里，
> 我梦见了欢乐的逝去——
> 然而，生活和光明不过是个清醒的梦境，
> 令我破碎的心，零落成泥。

屋外传来一阵汽车停靠的声音，格拉登坐起身，把书放下。他急忙走到窗口，从窗帘后窥探停车场，阳光刺得他眼睛生疼。不过是入住旅馆的旅客来停车，是一男一女，虽还没到中午，两人却已经是一副醉醺醺的模样。格拉登知道他该出门一趟了。首先，他需要买份报纸，看伊万杰琳的事情有没有被报道出来，有没有追查到他的迹象；然后得去趟银行，拿到汇款；之后就可以买一台相机了。也许，如果还有时间，拿到相机后他还可以再搜寻下一个狩猎对象。

他清楚自己在屋里待得越久，被发现的概率就越小，但他同样对自己充满信心，他已经把行踪掩盖得天衣无缝。自离开那家名叫"好莱坞明星"的汽车旅馆后，他已经换过两家汽车旅馆。第一家在卡尔弗城，他在那儿染了头发，把自己收拾妥当，将房间打扫干净，然后离开。接着他开车来到河谷地区，住进现在这个垃圾场一样的地方——洛杉矶影视城万特乐大道的"晚安"汽车旅馆，房费四十美元一晚，包括三个成人电影频道。

他入住时登记的名字是理查德·基德韦尔，这是他最后一份证件上的名字。他需要在网上购入几份新的身份证件，这时他才意识

到得赶紧弄个收件邮箱——又多了一个待在洛杉矶的理由，至少再待一段时间，他把申请邮箱的事添加进待办计划表中。

格拉登一边套上裤子，一边瞥向电视。屏幕上，一个女人在腹部用皮带系着根橡胶假阳具，扭着腰抚慰另一个女人。格拉登系好鞋带，关掉电视，离开了房间。

突然见到阳光，格拉登不禁有点畏缩。大步穿过停车场后，他走向旅馆的办公室。他穿着一件绘着布鲁托的白色 T 恤，布鲁托是他最喜欢的卡通动物形象。在过去漫长的岁月里，穿着这件 T 恤能有效帮他缓和恐惧，缓和孩子们对他的恐惧。这法子一直管用。

旅馆办公室的玻璃窗后面，坐着一个衣着老旧的女人，左侧乳房的上部，曾经起伏的胸脯上刺着个文身。那文身看起来有些年头了，现在她的皮松弛下垂，乳房也耷拉下来，文身图案被挤到一处，一眼看上去很难说跟一块瘀伤有什么区别。她戴着一顶很大的金色假发，涂着亮粉色口红，浓妆艳抹，脸上扑的粉足够撒满一个纸杯蛋糕，或者装扮成一个电视上的传教士。他昨天登记入住时，负责前台接待的就是这个女人。他将一张一美元纸币放入传递槽，请她换成三个二十五美分硬币、两个十美分硬币和一个五分镍币。他不知道洛杉矶一份报纸的价格。在其他城市里，这个价格从二十五美分到五十美分不等。

"抱歉，宝贝，我这儿没有零钱。"女人用老烟枪特有的沙哑嗓音回道。

"噢，真该死！"格拉登生气地说，他摇了摇头，这个世道算是指望不上什么酒店服务了，"你自己的钱包呢？我不想就为买份报纸，走过整整一条操蛋的大街。"

"好吧，我找找看。还有，嘴巴放干净点。你没必要这样大呼小叫的。"

他看着她站起身。她穿着一条黑色短裙，一站起来大腿后侧就

179

露出一片令人难堪的曲张静脉，沿着腿部像网一样铺开。他发现根本摸不清楚这女人有多少岁了——是精疲力竭的三十岁，还是步入衰老的四十五岁？她弯下腰，从底层一个文件柜抽屉里拿出钱包，看上去像是有意向他展示裙下风光。她拿着钱包直起身来，翻找着零钱。那个巨大的黑色袋子像动物的嘴吞没了她的手，她透过玻璃上下打量着格拉登。

"刚才你看到了什么感兴趣的吗？"她问。

"不，并没有。"格拉登回答道，"你找到零钱没有？"

她把手从那个袋子里掏了出来，看看手里的硬币。"你真没必要这么粗鲁。还有，我只有七十一美分的钢镚。"

"那就都给我。"他把那张一美元的钞票强塞到她手里。

"你确定要这些吗？其中六个还是一分币呢。"

"是的，我确定就要这些。给你钱。"

她把硬币丢进传递槽里。对格拉登来说，把硬币一个个掏出来可是个苦差事，因为他的指甲都快被他啃光了。

"你住六号房，对吧？"她说着，看了看入住登记簿，"登记的是一个人，现在还是一个人？"

"怎么？你现在是要跟我玩'二十个问题'①游戏吗？"

"只是确认一下嘛。话说回来，你一个人待在这儿干什么？我真希望你打手枪时别弄到床上啊。"

她得意地笑了，因为她回击了一记狠的。格拉登心头的怒气一下子沸腾开来，他控制不住自己了。他知道应当冷静地敷衍过去，不要给人留下印象，但就是压不下那股火气。"现在是谁粗鲁啊，喂？你知道自己是个什么货色，真他妈的令人作呕。瞧你屁股上爬着的那些血管，跟一幅通往地狱的地图似的。"

---

① 被问者以某人或某物出题，并且只能回答是或否，提问者要在二十个问题之内猜出谜底。

“嘿，你给我嘴巴放干净点——”

“不干净又怎么样？你要一脚把我踢出去？”

“说话积点口德吧。”

格拉登捡起最后一枚十美分硬币，一言不发地转身离开。走出旅馆，他来到街上的售报亭，买了份早报。

安全返回昏暗的房间后，他翻着报纸，寻找城市新闻版。那事要是见报，一定在城市版，不用想也知道。城市版共有八个版面，他迅速地扫了一遍，却没看到任何有关汽车旅馆杀人案的报道。他有些失望地猜测，大概在这个城市里一个黑人女服务员的死算不得什么新闻。

他把报纸朝床上一扔，报纸刚落到床上，城市版的头条照片便吸引了他的注意力。那是一张正在滑滑梯的年幼男孩的特写。他重新拿起报纸，读着照片下方的文字说明——麦克阿瑟公园的秋千和其他儿童游乐设施终于翻修重建，之前很长一段时间，这些设施因为修建地铁站而搬走，公园的大半区域也随之关闭。

格拉登再次看向照片，滑梯上的男孩被标注为七岁的米格尔·阿拉克斯。他不清楚这个重新开放的公园坐落于何处，但他猜测那地方既然能够获准兴建一个地铁站，必定是出于拉动低收入人群聚居地经济的考量。这就意味着那里的大多数孩子都出身穷苦，而且跟照片上的男孩一样，有着深褐色的皮肤。他决定过段时间去那个公园看看，不过得等自己处理完杂事安顿下来之后。引诱家境贫寒的孩子总会容易些。他们需要的和想要的东西太多了，很容易上钩。

对，安顿下来，格拉登思考着。这时他清楚地意识到，安顿下来才是他需要考虑的首要问题。他不能在这家汽车旅馆或者其他旅馆长期待下去，无论他把自己的痕迹掩饰得多么巧妙，这都不安全。风险正在不断增加，继续住下去，他们很快就会找上门来。这是一种没有任何依据、来自内心深处的直觉。这直觉警告他，他们很快就会展开搜捕，他需要找个安全的藏身之所。

他把报纸放到一边，走向电话。按下快捷拨号〇，听筒里传来那个不会辨错的烟熏嗓。

"我是，呃，理查德……六号房的理查德。我只是想就刚才的事跟你道个歉。我那时太粗鲁了，我很抱歉——"

她一言不发，于是他紧接着说道："总之，你是对的，一个人在这儿待着实在太孤单了，我想知道你刚才的提议是否还有效。"

"什么提议？"她想刁难一下他。

"你问我有没有看到什么感兴趣的。嗯，事实上，我看到了。"

"我不能理解。你这个人真是太暴躁了，我不喜欢暴躁的人。你脑子里在想什么？"

"我不知道，但我这儿有一百块，可以保证我们度过一段愉快的时光。"

她沉默了好一会儿。"好吧，我四点就可以离开这个鬼地方。在这之后，我整个周末都是空出来的。我可以过来。"

格拉登笑了，但没在话音里透出来。"我简直迫不及待。"

"我也得向你道歉。刚才我也态度不好，还有我说的那些话。"

"你说得可真甜。一会儿见——呃，你还在吗？"

"在，宝贝。"

"你的名字是什么？"

"达琳。"

"好的，达琳，期盼四点钟快点到来。"

她笑起来，挂了电话。格拉登却没有丝毫笑意。

18

第二天上午，我等到十点钟，丹佛的劳丽·普莱恩才来到她的办公桌旁，接了我的电话。这个时候我已经焦虑地忙了很久，但她才刚刚进入工作状态，因此我不得不耐着性子跟她寒暄，回答我在哪儿、之前都干了什么等问题，好半天才切入正题。

"你帮我查警察自杀相关数据那会儿，检索结果包括《巴尔的摩太阳报》吗？"

"包括了。"

我猜也是，只不过还得确认一下。而且我知道，计算机检索有时会遗漏一些东西。"好的，那么你可以再对《巴尔的摩太阳报》做一次检索，只用一个人名关键词'约翰·麦卡弗蒂'。"我念出这个名字的拼写。

"没问题。追溯到什么时候？"

"我不确定，可能五年前吧。"

"那你什么时候需要呢？"

"昨天晚上就需要了。"

"这么说来你打算就这么抱着电话等着我了。"

"确实如此。"

我听着她搜索时敲击键盘的声音。等得无聊，我拿过爱伦·坡的文集放到膝上，重读起当中的诗篇。日光透过窗纱照进房间，这些词句不再像昨晚那样扼紧我的心房。

"好了，我们可是找到了很多条目呢，杰克。你要找的资料有什么更具体的信息吗？"

"没有，最近的一条是什么？"我清楚她可以在电脑上用只看标题的方式浏览所有条目。

"好吧，最近的一条——'警探因前搭档之死被革职'。"

"这可有点古怪，"我说，"这条新闻应当在你第一次检索时就被查到啊。你能读一读当中的内容给我听吗？"

我听到她按下了几个键，然后等着那篇报道的全文显示在屏幕上。

"好了，我这就念了。'本周一，一名巴尔的摩警探因伪造一处案发现场而被革职，他这样做是为了让死于春天的老搭档显示为非自戕身亡。县民权委员会就丹尼尔·布莱索警探一案召开了一个为期两天的闭门听证会，随后解除了布莱索的职务。布莱索未能接受采访，但一名在听证会上为其辩护的警官表示，这名功勋累累的警探遭到了他为之全心全意服务了二十二年的警察局过于严苛的处分。据多位警官证实，布莱索的搭档——约翰·麦卡弗蒂警探，于五月八日吞枪自尽。其妻苏珊发现他的尸体后，便立即打电话告知布莱索。调查警官宣称，布莱索抵达麦卡弗蒂的公寓后，毁掉了一张从麦卡弗蒂衬衫口袋里找到的遗书，又在案发现场伪造了其他迹象，使现场看似是入侵者夺走麦卡弗蒂的枪后，开枪将其杀害。警方表示——'你还要我继续读下去吗，杰克？"

"当然，继续读。"

"'警方表示，布莱索已严重违规，他甚至对着麦卡弗蒂的尸体另开了一枪，击中他搭在上方的一条腿。之后布莱索才令苏珊·麦卡弗蒂拨打报警电话，接着他离开公寓，等接到他的搭档死亡的通知后佯装惊讶。案发现场有显著证据表明，麦卡弗蒂为了杀死自己，先朝公寓地面开了一枪，然后把枪放进嘴里，射出那颗致命的子弹。调查人员认为，布莱索之所以试图使这起死亡事件看起来像谋杀，是因为一旦认定麦卡弗蒂并非自戕，苏珊·麦卡弗蒂便能获得更高数额的死亡赔偿金、医疗保险和养老金。然而，麦卡弗蒂警探死亡当天，审慎的调查人员在对苏珊·麦卡弗蒂长时间的问讯中发现破绽，从而揭穿了这一计谋，她最终承认自己看到了布莱索的伪装行动。'我读得是不是太快了？你来不来得及做笔记？"

"不，挺合适的。继续念。"

"好吧。'在调查过程中，布莱索拒绝承认他的任何行为，在民权委员会举行的听证会中也对自己的所作所为保持缄默。杰瑞·利布林是布莱索的同僚，并在听证会上为其辩护。利布林表示，布莱索只是做了任何一个忠实搭档都会为牺牲的同伴所做的事情，他所做的一切只是为了尽量让未亡人生活得好一点，但是警察局的处理太过分了。他努力去做正确的事情，却丢了饭碗，葬送了职业生涯，失去了生计来源。这件事的处理结果又对广大基层警察传递了什么信息呢？记者在周一采访的其他警官也表达了类似的感受。但是警察局的高层官员认为，当局对布莱索的处分结果是公平的，并援例表明正是因为当局对布莱索和苏珊·麦卡弗蒂抱有恻隐之心，才没有就两人的行径提出刑事指控。麦卡弗蒂同布莱索是七年的老搭档，在此期间，两人共同处理了本市多起颇具社会影响力的凶杀案。其中一起案子在某种程度上成为麦卡弗蒂的自尽诱因。警方宣称麦卡弗蒂的沮丧与压力源自一起未破获的凶杀案，受害者波莉·阿默斯特是一名小学一年级教员，在霍普金私立小学校园里遭到绑架，遭性侵后被凶手扼杀，这起残暴的凶杀案令麦卡弗蒂产生了轻生的念头。与此同时，麦卡弗蒂还饱受酗酒的困扰。"所以现在，巴尔的摩警察局不是失去了一名优秀的警探，"利布林在周一听证会之后说道，"而是两名。当局将永远无法找到两名像布莱索和麦卡弗蒂这样优秀的警探。今日当局的行径，实在令人厌恶无比。'"念完了，杰克。"

"好的。现在我需要你把这篇报道转发到我的电子邮箱里。我带了笔记本电脑，可以在这边接收。"

"好的，那其他的报道呢？"

"你可以大致浏览下标题吗？它们当中有没有关于麦卡弗蒂之死这个案子的，还是全部报道的是其他案子？"

她花了半分钟来浏览那些大标题。"看起来都是关于其他案子的报道。有几篇涉及那起小学教员遇害案，有关警察自杀的再没有了。对了，你知道吗，我周一做的那次检索，之所以没查到刚才我读的那篇报道，是因为整篇文章就压根没用过'自杀'这个词儿。我那时可是以'自杀'作为关键字来搜索的。"

这我已经想到了。我请她把那篇关于小学教员遇害一案的报道发到我的电子邮箱，谢过她之后，我挂上电话。

我拨通巴尔的摩警察局刑侦分局的电话，要求转接杰瑞·利布林。

"我是利布林，反汽车盗窃组。"

"利布林警探，我是杰克·麦克沃伊，我打电话来是为了请求你的帮助。我需要找到丹·布莱索。"

"你找他做什么？"

"我想跟他亲自谈谈。"

"抱歉，我可帮不了你，我得接另一个电话了。"

"听着，我知道他为麦卡弗蒂一案所做的努力。我正要告诉他，我觉得手里的一些线索可以帮助他。这就是我能对你说的全部了。如果你不帮我，那你就错过了一个帮助他的机会。我可以把我的电话号码给你。你可以给他打电话说这件事，再把我的电话号码给他，让他自己做决定。"

那边陷入了漫长的沉默，我突然觉得他可能已经挂了。

"喂，还在吗？"

"嗯，我在。如果丹愿意跟你谈谈，他就不会拒绝你的电话。你自己打给他吧，可以在通用电话簿里找到他的号码。"

"什么？通用电话簿？"

"没错，我得挂了。"

他挂断了电话。我觉得自己蠢到家了，我从来没有考虑过可以从通用电话簿里找到警察的号码，因为我以前认识的警察没有一个人会把名字登进通用电话簿里。我再次拿起电话，拨通巴尔的摩查号台，说出了那位前警探的名字。

"我在名录里没有找到丹尼尔·布莱索，"接线员说道，"只找到了布莱索保险公司和布莱索调查公司。"

"好的，把这两个电话号码给我。请问还可以告诉我这两家公司的地址吗？"

"事实上，这两家公司虽然登记了不同的名字和电话号码，但它们的地址是一样的，都在菲尔斯角。"

接线员把这些信息都报给了我，我随即拨通了调查公司的电话。一个女人接了电话："这里是布莱索调查公司。"

"你好，可以帮我转接丹吗？"

"我很抱歉，他现在无法接听。"

"那他今天晚些时候还会来公司吗？"

"他现在就在公司里，只是在接另一个电话。这里只是他的服务台。当他外出或者在另外一条线上时，打进来的电话就会被转到这儿来。我知道他还在公司里，十分钟前他还查看了留言记录。不过我不知道他还会在公司里待多久，我没有他的日程安排表。"

菲尔斯角位于巴尔的摩内港的一处沙嘴上。在这里，内港区繁华的旅游商店和酒店逐渐没落，占据大片地盘的是更时髦的酒吧和商铺，其次是老旧的红砖厂房和小意大利城①。部分街道上的沥青已经剥落，露出底下铺设的青砖；时不时吹来一阵风，风中带着海洋散发出的那股潮湿浓烈的咸腥味，抑或是海湾对面的制糖厂制造出的那甜腻腻的馊味。布莱索调查公司暨保险公司，就在卡洛琳街与舰队街交叉口的一座一层高的砖房里。

这会儿已经过了下午一点。布莱索的小事务所面朝大街，门关着，门上挂着一只塑料钟，镶着可调节的指针和一句"复工时间"，钟面的指针被拨在一点整。我四下望了望，没看到有什么人急匆匆地掐着点往大门跑来，于是决定再等等，反正现在也无处可去。

我沿着舰队街前行，到一个超市买了杯可乐，又回到自己车里。从驾驶座往外望，就能看到布莱索的事务所。我足足盯了二十分钟，才看到一个男人走了过来，他有一头乌黑的头发，夹克下隐隐可见中年人特有的大肚腩，走起路来稍微有点跛。他打开门，走了进去。我背上电脑包，下车走了过去。

布莱索的事务所从前似乎是个医生诊所，尽管医生肯定不会跑到码头作业区挂出自己的招牌。一进去，里面是一个设有柜台、带着一扇推拉玻璃门的接待室，我估计之前应当有接待员坐在柜台后面。推拉门是关着的，那材质就跟浴室玻璃门一样。我听到里面传出一声响动，推开门走进去，却发现空无一人。我站在房中，花了几分钟环顾四周。屋子里有一张老旧的长沙发和一张咖啡桌。这两

---

① 指美国大城市里的意大利移民聚居区。

样家具这么一摆，房里已经没什么空地了。各种门类的杂志在咖啡桌上摊成一个扇形，但没有一本是最近六个月内的。我正想喊一声"有人吗"或者敲一下内室的房门，便听到从推拉玻璃门的另一边传来马桶冲水声，接着就看到玻璃门后面映出一个模糊的身形，然后左边的一扇门被推开了。一个黑发男子站在那儿。我注意到他留着八字胡，就像地图上的高速公路线一样横跨过他的嘴唇上方。

"你好，有什么可以帮你的吗？"

"你是丹尼尔·布莱索？"

"嗯，是我。"

"我叫杰克·麦克沃伊，来这儿是向你打听约翰·麦卡弗蒂的事。我觉得没准我们帮得上彼此。"

"约翰·麦卡弗蒂已经是老早以前的事了。"他打量着我的电脑包。

"这里头只是台笔记本电脑，"我说，"我们为什么不找个地方坐下来好好谈谈呢？"

"呃，当然没问题。"

我跟在他后面穿过一扇门，经过一段短短的过道，右边有三扇房门排成一线。他打开第一扇门，我们走进这间镶着廉价仿枫木墙板的办公室。州政府颁发的营业执照被镶在镜框里，挂在墙上，跟他当警察时的照片挂在一起。这一切就跟他的八字胡一样，显得粗陋而潦倒，但我并不会对他有所轻慢。我很了解警察那一套，他们看上去非常具有欺骗性，而且我认为这一点在前警察这个群体里尤为突出。我认识的科罗拉多州的那几个警察，如果现在还有厂子生产那种鸭壳青的涤纶休闲套装，他们准会套在身上，但他们仍然是各自局里最优秀、最聪明、最坚韧的警察。我常觉得布莱索就是这样的人。他走到办公桌后面坐下，桌子上贴着同样廉价的福米卡塑料贴面。这张桌子肯定是他从二手商店买来的，要我说，这个主意可真是糟透了。亮闪闪的塑料贴面上，桌面上的灰尘看得清清楚楚。我在布莱索对面的椅子上坐下，这也是这间屋子剩下的唯一一把椅子。他敏锐地看出了我脑海里的那些念头。

"这地方以前是家堕胎诊所，因为给妊娠第三期的孕妇堕胎，吃官司进去了。我也不在乎这里满是灰尘的模样，把门面盘了下来。我主要向警察卖保险，这部分工作大多通过电话就可以完成。至于那些想要委托我调查什么的顾客，我会出门去跟他们碰头，他们不想来这儿找我，有暴露的风险。也有些人的确会来这儿，但他们通常只是在门外放上一束鲜花，大概是为了纪念那些受害的孕妇和流产的婴儿吧，我猜。我估计他们一定是从旧电话簿或者其他什么册子里找到这个地址的。你就直接告诉我你来这儿的原因吧。"

我把我哥哥和芝加哥约翰·布鲁克斯的事情原原本本地告诉了他。讲述的过程中，我注意到他满脸疑惑。这副神情告诉我，十秒钟后我就要被他扔出大门。

"这算什么？"他说道，"是谁派你来这儿的？"

"没有谁。不过我估摸我就比联邦调查局早那么一两天找到你这儿，他们很快就会到了。我只是想，或许你能先跟我谈谈，就像你看到的，我是那个能理解你感受的人。我哥哥和我，是双胞胎。我总听到别人提起这么个说法——一对长期合作的警察搭档，尤其是负责凶杀案的搭档，会越来越像一对兄弟，就像一对双胞胎兄弟一样。"

说完这番话，我沉默了很久。我差不多已经把手上所有的牌都亮出来了，除了最后一张王牌，我必须等一个恰当的时机才能亮出这张牌。布莱索看起来冷静一些了，也许他的怒气正在转变成困惑。

"你到底想从我这儿得到什么？"

"那封遗书。我想知道麦卡弗蒂在那封遗书里写了什么。"

"并没有什么遗书，我也从来没有说过有遗书。"

"但是他妻子说是有的。"

"那你就去问她呗。"

"不，我觉得最好还是跟你谈。让我告诉你一些事情：这一系列犯罪的实施者，不知道用了什么方法，让这些受害者亲手写下一句或者两句话，让它看起来像一封遗书。我不知道这个凶手是怎么做到的，也不知道他们为什么听从了他，但是他们确实这样做了。而每一个受害者写下的句子都摘自某首诗，这些诗都来自同一位作者——埃德加·爱伦·坡。"我拉开电脑包的拉链，掏出那本厚厚的爱伦·坡作品集放到桌子上，以供他翻阅，"我认为你的搭档是被谋杀的。你走进屋子，一切看起来像是自杀的样子，因为这正是凶手想让你看到的样子。你毁掉的那张字条，我敢拿你搭档的抚恤金打赌，上面写的就是一行摘自某个诗篇的句子，就在这本书里。"

布莱索的视线从我身上移到那本书上，之后又重新落到我脸上。

"你显然觉得自己亏欠他很多，多到你甘愿赌上自己的前程，只为了能让他的遗孀今后生活好一点。"

"没错，瞧瞧我落得个什么下场——一间狗屎一样的办公室，墙上挂着一张小小的狗屎一样的营业执照。我现在坐在里面的这个屋子，是他们之前用来夹断女人肚子里婴孩的，一点体面都没有了。"

"不，警察局里的每一个人都知道，你做出那些事情正是出自某种高尚的体面，否则你也卖不出这么多份保险。你做了能为自己的搭档所做的一切。你现在应该做的，就是坚持到底，追查下去。"

布莱索转头望向挂在墙上的一张照片。照片上是他跟另外一个男子各自用胳膊环着对方的脖子，开怀大笑着，看上去像是在一家酒吧里拍的，是过去那段美好日子的留影。

"那被称作'活着'的热病啊，终于垂头宣告失利。"他说道，目光依旧没有从那张照片上移开。

我的手猛地落在书上，巨大的声音把我们俩都吓了一跳。

"我找到了。"我说着打开了书。我之前已经把凶手引用过的那几首诗所在的页面折角标记。我找到《致安妮》的那一页，迅速扫过字句，直到证实了刚才的想法，然后把书重新放到桌上，掉了个头，方便他阅读。

"第一节。"我提示道。

布莱索探过身子，读出了这首诗。

> 谢天谢地！那危机——
> 那凶险已然过去，
> 而那缠绵的痼疾，
> 总算已被治愈——
> 那被称作"活着"的热病啊，
> 终于垂头宣告失利。

19

已经到了下午四点，我一边急匆匆地穿过希尔顿酒店的大堂，一边想象格雷格·格伦从办公桌后面起身踱向城市版新闻会议室，参加每日新闻编辑会的样子。我得赶快跟他通话，我知道，要是没能抢先拦下他，他就会被那个会绊住。今天是星期五，周末的会议一开，接下来的两个小时都泡汤了。

我走向电梯，只见一个女人正迈进一部开着门的电梯，我忙快走几步跟在她后面进去。她已经按下了十二层的按钮。我移步到电梯里靠后的位置，再一次看了看手表。我估摸着应该来得及打给格伦，编辑会从来不会按时召开。

那女人挪到了电梯右侧，我们之间陷入有点尴尬的沉默，素不相识的陌生人被关在密闭的电梯里时总会这样。从电梯门抛光的黄铜镶边上，我可以看到她的脸庞。她正看向门上方的上行指示灯。她长得迷人极了，我发现自己的视线很难从那张脸的映像上移开，虽然我有些害怕，因为只要她目光一转，就能发现我在窥视。我安慰自己她知道我正在注视她。我向来相信这样一个说法，那些美丽的女人知道并且能够理解，她们总是成为别人注目的对象这一事实。

电梯抵达十二层，门开了。我礼让她先出电梯，她向左一拐，沿着走廊往前走去。我转身右拐朝房间走去，中途还忍不住驻足，回望了一眼她的背影。等我走到房间门口，从衬衫口袋里掏出房卡时，听到身后传来脚踩在地毯上发出的轻微声音。我转身一看，竟是她。她微笑道："我拐错弯了。"

"是啊，"我笑着回应，"过不了多久，你就会发现这儿简直就是个迷宫。"

这样说真蠢，我一边打开房门一边埋怨自己，而她从我身后走了过去。正当我要踏进房间时，一只手突然揪住我的外套后领，将我推进了屋子，与此同时，另一只手伸进我的外套，拽住我的腰带，再一推，我便脸朝下地砸到床上。我只来得及护住了电脑包，这台价值两千美元的设备可不能有任何闪失，但随即它就被粗鲁地从我手里一把抓走。

"联邦调查局！你被捕了！不许动！"来人一只手仍然摁住我的后颈，压着不让我抬头，另一只手拍着我的身体迅速搜检了一番。

"这他妈的是怎么回事？"我终于在被床垫蒙住口鼻的状态下挣扎着发出了声。

两只手松开了我的身体，就跟它们抓过来时同样突然。"好了，起来。给我过去。"

我转过来，支撑起身体，坐到床上，抬头一看，竟是电梯里的那个女人。我吃惊得微张开嘴，部分原因是我居然就这么轻易地被她制服了，而且她还是一个人，这令我格外恼火，愤怒如潮水般涌上来，我的脸涨得通红。

"别在意，我制服过比你更强壮更凶狠的男人。"

"你最好有警官证，要不然你就需要找个律师了。"

她从上衣口袋里掏出皮夹，在我面前快速翻开。"需要律师的那个人是你。现在，我要你把桌子边的这把椅子搬到墙角坐下，我要搜查这个地方，用不了多少时间。"

证件上印着联邦调查局的徽章和警号名牌，看上去像是真的，上面写着"探员蕾切尔·沃林"。我一看到这个名字，便明白是怎么回事了。

"快点起来，现在你得去角落老实待着。"

"让我瞧瞧搜查令。"

"你可以二选一，"她严厉地说道，"自己去墙角坐着，或者我押你进卫生间，把你铐在洗漱台下面的排水管上。自己选吧。"

我站起来，拖着那把椅子走到角落里坐下。"我还是要求你出示那张该死的搜查令。"

"你有没有意识到，你的这句脏话不过是为了体现作为男性的优越感，可惜你失败了。"

"老天！你有没有意识到你在满嘴胡说八道，搜查令在哪儿？"

"我不需要搜查令。你邀请我进屋，允许我作一番搜查，然后我搜出了被盗的财物，便逮捕了你。"她一步步退到门口，盯着我，冲我眨眨眼。

"我压根没有邀请你进来。你要是跟我来这套可笑的把戏，会引火烧身的。难道你觉得会有哪个法官相信我会傻到邀请一个探员来搜查我的屋子，如果我真的偷了东西还藏在这儿的话？"

她瞅着我，随即故作甜美地笑了。"麦克沃伊先生，我身高只有五英尺五英寸，体重一百一十五磅，这还是算上配枪的重量。你觉得会有哪个法官相信你描述的版本吗？还是你真的愿意在法庭上公开讲述我刚才是如何放倒你的？"

我把目光从她身上移开，投向窗外。整理房间的女服务员之前拉开了窗帘，天色正开始暗下去。

"我不认为你会这么做，"她继续说道，"现在，你愿意让我节省点时间吗？你复印的那些材料在哪儿？"

"在我的电脑包里。我拿到这些材料的过程中没有使用任何非法手段，单单拥有这些材料并不构成犯罪。"

我必须得谨慎措辞，斟酌要说的每句话。我不知道迈克尔·沃伦是不是已经暴露了。她开始搜查我的电脑包，翻出了爱伦·坡的文集，疑惑地看了看，然后扔到床上。然后，她掏出我的记事本和那叠复印的材料。沃伦是对的，她是一个漂亮的女人，虽然铁石心肠、行事强硬，但丝毫无损她的美貌。她跟我差不多年纪，或许比我大一两岁，一头褐发几近及肩，一双绿色的眼眸投出锐利的目光，浑身上下散发出强烈的自信——这是她身上最有吸引力的地方。

"破门侵入他人住宅或办公室就是犯罪，"她说，"现在已证明被盗文件属于联邦调查局，这件事就归我管辖了。"

"我没有破门侵入任何地方，也没有盗窃任何文件，你现在做的根本就是骚扰平民。我以前就总是听说你们联邦调查局的人别的本事没有，可一旦别人好心帮你们做了该做的工作，你们就气得上蹿下跳，今天我可算见识了。"

她把那些材料摊在床上，弯下腰一张张翻阅着。听了我说的话，她直起身，从口袋里掏出一个透明的塑料证物袋，里面只装着一张纸。她把证物袋举到我面前，以便让我看清楚。我认出这张纸是从一个记事本里撕下的，上面用黑色墨水笔写着六行字：

佩纳：　　　　　　　他的手？

　　　　　　　　　　在那之后——是多久？

韦克斯勒/斯卡拉里：车？

　　　　　　　　　　暖风？

　　　　　　　　　　锁？

赖莉：　　　　　　　手套？

我认出这是我自己的笔记，终于明白了一切。那天晚上，基金会的档案室里，沃伦从我的记事本中撕下十几张纸，插入我们抽出档案的地方以作标记。他当时撕下了一张写有笔记的纸，最后放文件时又把它落在那儿了。沃林一定从我脸上看出了我的想法。

"这活儿干得可真够马虎的。待我们做完笔迹的分析比对，我觉得肯定会是一记本垒打。你觉得呢？"

这次我甚至连一句"去你妈的"都没力气说了。

"我要收缴你的电脑、这本书和你的记事本，作为可能的证物。要是有任何用不上的，就会还给你。好了，我们现在得出发了，我的车就停在酒店大堂门口。为了表明我没那么刻薄，我愿意做件好事，带你下去时不铐着你。我们得开很长一段路程，前往弗吉尼亚，不过如果我们现在就动身，也许能抢在晚高峰之前出城。你愿意守规矩吗？只要一步行错，就像他们常说的，我就会把你的双手扭到背后铐上，铐得比结婚戒指还紧。"

我只能点着头站起来。我这会儿有点茫然，不敢与她对视，垂着头朝门口走去。

"嘿，你的回答呢？"她冲我嚷道。

我嘟哝着说了声"谢谢"，然后听到身后响起了她的轻笑。

她错了，我们还是赶上了晚高峰。因为今天是周五，星期五的傍晚，赶路出城的人会比任何一个傍晚都多得多。我们穿过城区驶上城际高速，同其他人一起被堵在了路上，随着车流蜿蜒前行。整整半个小时，我们俩都一言不发，除了她偶尔因交通瘫痪或是遇上红灯而爆出咒骂。我坐在副驾驶座上，思忖了一路。我必须尽快给格伦打个电话，他得给我找个律师了，而且还得是个业务精湛的好手。我目前能看到的唯一出路就是供出一个线人，虽然我之前已经向线人保证过绝不会泄露他的身份。我开始考虑给沃伦打电话，看有没有可能让他现身称我并未擅自闯入基金会，但还是放弃了这个念头。我已经跟他达成了约定，我必须维护绅士的荣誉，信守承诺。

我们终于挪到了乔治城南，交通畅通了一点，她看上去也放松了些，或者说，至少记起我也在车里。她伸手够到烟灰缸，从后面抽出一张白色卡片，又打开顶灯，把卡片摁在方向盘上，这样她就能一边看卡片一边开车。

"你有钢笔吗？"

"什么？"

"笔，我觉得所有记者都会随身带着笔。"

"哦，我带着。"

"很好，我正准备宣读你的宪法权利。"

"还有权利？你已经侵犯了我大部分宪法权利了。"

她若无其事地继续读着卡片上的字句，然后问我是否已经知悉。我咕哝着说知道了，她把卡片递给我。

"那就好。现在你可以拿出笔，在卡片背后签上你的名字和日期。"

我按她的指示做了，然后将卡片递还给她。她吹干上面的墨迹，把卡片收进口袋。

"好了，"她说道，"现在我们可以谈谈了，除非你想先给你的律师打电话。你是怎么闯进基金会的？"

"我没有非法闯进去。在跟律师谈话之前，我只说这一句。"

"证物你也看到了，你打算反驳那张纸不是你的吗？"

"我可以解释……好吧，我能说的就是，我没有做任何非法的事以取得那些复印件。我不能再透露了，以免暴露我的……"我没有说完。我已经说得够多了。

"噢，'不能暴露我的消息来源'这套老把戏。你今天一整天都去哪儿了，麦克沃伊先生？我从中午一直等到现在。"

"我去了巴尔的摩。"

"去那儿做什么？"

"不关你的事。你有这些材料的原件，可以自己弄清楚。"

"麦卡弗蒂的案子。你知道，干涉联邦调查局办案又会给你添上几条罪名。"

我回她一声我能发出的最冷的假笑。"没错，"我讽刺道，"我都忘了还有联邦调查局来办案。要是我昨天没跟福特说那些话，你现在还坐在办公室里掰着指头数有多少警察自杀呢，不过这倒符合联邦调查局的作风，对不对？如果出现一个好点子，噢，那就是我们的点子；如果漂漂亮亮地破了桩案子，哈，那就是我们的功劳。哪怕在这期间，你们听不到任何一声罪恶的喘息，看不见任何一个罪恶的幽影，任凭大堆大堆的人渣在你们眼皮子底下晃荡。"

"老天啊，是哪个家伙死了，竟把你逼成了一个破案专家？"

"我的亲哥哥。"

她完全没料到这个回答，被噎得沉默了好一会儿。看上去，这句话似乎或多或少穿透了她裹上的那层铠甲。"对此我深表遗憾。"她最后这样说道。

"我也是。"

肖恩的遭遇在我心中点燃的怒火又重新冒了出来，但是我硬生生地咽了下去。她是个素不相识的陌生人，我不可能跟她一起经历如此私密的事。我努力把心绪摁下去，另起个话题："说不定你还认识他。他从联邦调查局收到的回执报告，暴力犯罪缉捕项目的匹配回执和罪犯心理侧写报告，上面签署的可是你的名字。"

"是的，我记得，但我们从没交谈过。"

"现在你回答我一个问题怎么样？"

"要看你问的是什么。"

"你是怎么发现我的？"

我怀疑沃伦是不是说了什么，把她引到了我这儿。要是我能确定他的确做了点小动作，那我们就恩怨两清，我可不打算为保护一个出卖过我的人而蹲监狱。

"找到你还真容易，"她说道，"我从基金会的福特博士那儿知道了你的名字和来历。在昨天你们那番简短的会谈之后，他给我打了电话，我今天一早就过来了。我觉得明智的做法就是赶紧看牢那些卷宗。果然不错，我是对的，只是晚了一点点，你手脚够利索的。当我发现那页从记事本里撕下来的纸，猜出你去过那儿就太容易了。"

"我又不是非法闯入。"

"啧啧，跟这个项目有关联的其他所有人都否认曾跟你交谈过。事实上，福特博士记得清清楚楚，他告诉过你，不可以接近这些文件，直到联邦调查局点头许可。可有意思的是，现在这些文件都落到了你的手里。"

"那你又怎么知道我住在希尔顿酒店？难道这又写在你找到的另一页纸上吗？"

"从你的城市新闻编辑那儿诈来的，我一问，他就跟个送稿生一样竹筒倒豆子了。我跟他说我有重要情报要给你，他就告诉了我你的住址。"

我不禁笑了笑，但我转过脸去看窗外，以免她看到。她刚刚犯了个错误，她这话简直就是直截了当地告诉我，沃伦把我出卖了，是他泄露了我的住址。"现在人们不用送稿生这叫法了，"我说，"那是政治不正确的称呼。"

"改叫什么？送稿员？"

"差不多吧。"

我紧绷着脸，不动声色地打量她，这还是上车以来我第一次跟她对上视线。我察觉到自己正振作起来。我那点在酒店房间里被她轻而易举地踩进床罩里的自信终于开始恢复，现在我将把她玩弄于股掌之间。

"我以为你们这些人总是两人一组出外勤。"我试探道。

我们在一处红灯路口停了下来。能看到高速公路入口了，就在前头，我得马上行动。

"通常情况下是这样，"她说，"但是今天特别忙，很多人都出任务了。事实上，离开匡提科时，我以为只是去基金会一趟，跟奥林和福特博士谈谈，再把档案拉回来。我没想到还要羁押什么人。"

她的真人秀很快就露出了破绽。不铐上我，没有搭档，让我坐在前座，这一切都出卖了她。而且我很清楚，格雷格·格伦压根就不知道我在华盛顿的住址，我没有告诉过他，也没通过《落基山新闻》的旅务办公室预订酒店，因为当时来不及。

我的电脑包放在我们之间的隔板上。她把复印文件、爱伦·坡的文集和我的记事本都搁在包上。我伸手把这些东西统统拉了过来，放到膝上。

"你要干什么？"她问道。

"我正准备下车，离开这里，"我把复印文件往她膝头一扔，"这些就留给你吧，我已经掌握了所有需要的信息了。"我一拉车门把手，打开了门。

"你他妈的不许动！"

我看着她笑了。"你有没有意识到，你的这句脏话不过是为了体现自己的优越感？可惜你失败了。瞧瞧你，这出戏演得还真不赖，但是你那些回答实在是破绽百出。我得打个出租车回酒店了，我还有篇报道要写。"

我抱着电脑包和那本文集跨出车门，走上人行道。环视四周后，我发现前方 家便利店的门口有一部电话，于是往那里走去。紧接着，我看见沃林的车插进了路边的停车位，横在我面前。她一个急刹车，跳下车来。

"你正在犯一个大错误。"她说着，疾步冲我走来。

"错误？你才是已经犯下错误了。你装模作样地耍出这套把戏，目的是什么？"

她只是瞪着我，哑口无言。

"好吧，我来说说你的小算盘，"我说，"这是一场骗局。"

"骗局？我为什么要骗你？"

"为了情报，你想知道我掌握了什么情报。让我猜猜，一旦把想要的东西弄到手，你就会走过来说：'哦，天哪，真对不起，你的线人刚刚招供了。别介意，你现在就能自由离开，抱歉闹出这个小小的误会。'啧啧，你最好还是回匡提科去，好好提升下演技。"

我绕过她，往那部付费电话走去。我把听筒从挂梁上取下来，但电话里没有声音。我没有表现出来，她正看着我。于是我按下信息台的号码。

"我需要一家出租车公司的号码。"我装模作样地对着并不存在的接线员说道。

我向投币槽里扔了一枚二十五美分的硬币，拨了个号码，然后照着电话上贴着的便民笺报出了地址，让出租车公司派辆车来。待我放下听筒，转过身，沃林就站在我身旁，挨得非常近。她伸手越过我，拿起听筒放到耳边听了一会儿就微微笑了，随后放回原位。她指了指电话亭旁连接电缆接收器的地方，那儿是断开的，电线被扎成一束，系了个结。

"你的演技也需要打磨一番呢。"

"好吧好吧。你走吧，让我一个人静静。"

我转过身，开始隔着玻璃窗向店内张望，看里面有没有另一部电话，然而并没有。

"你看，你觉得我能怎么办？"她在我身后问道，"我需要了解你掌握的情况。"

我猛地转身。"那你为什么不直接问我？为什么你非得……羞辱我一通？"

"你是个记者，杰克。难道你要告诉我，你正准备打开你的文档跟我分享吗？"

"说不定。"

"得了吧，我可不信。等着你们记者当中的某个人做出这种事？会有那一天才怪了。瞧瞧沃伦，他都已经不当记者了，但他一言一行还是记者那个样子。那种习惯都扎根在你们的血脉里了。"

"正好，说到血脉，我这会儿查的案子正是性命攸关，我做的事可不单单为了一篇报道，懂吗？再说你之前压根不知道我会怎么回复你，如果你能像个正常人好好跟我打交道的话。"

"好吧，"她轻声说道，"也许我真的不知道,这点我没法反驳你。"

我们沉默着面对面踱了几步，然后她才说："我们现在怎么办？到了这个地步，你也识破了我的伎俩，现在你可以做出选择。我需要知道你掌握的情况，你是打算告诉我呢，还是打算赌气打道回府？要是你选择后者，对我们双方都不好，你哥哥的案子也破不了。"

她已经巧妙地把我逼进了墙角，我清楚这一点。按理说我应当径直走开，但是我没有。别的不说，我对她挺有好感。我一声不吭地向她的车子走去，上了车，从挡风玻璃后面看着她。她点了点头，走过来，上了驾驶座。上车后，她转向我，伸出手。"蕾切尔·沃林。"

我握住她的手。"杰克·麦克沃伊。"

"我知道，很高兴认识你。"

"我也是。"

20

为了表示善意，蕾切尔·沃林先说起她那边的情况，当然是在我做出保证之后——我承诺我们的谈话将不供引用，直到他们团队的主管决定跟我合作到什么程度。我并不介意做出这项保证，因为我知道自己已经占据上风。我已经掌握了足以写出篇报道的材料，而联邦调查局显然不愿意现在就让这篇报道发表出来。我想这一点让我拥有了很多筹码，不管沃林探员有没有意识到。

接下来的半个小时，我们在高速公路上缓缓挪动，向南驶往匡提科，她把联邦调查局在过去二十八小时内的活动都告诉了我。星期四下午三点钟，执法基金会的内森·福特通过电话向她汇报了我前往基金会的事，以及那时我自己调查得到的发现和我提出的查阅警察自杀研究项目资料的请求。沃林赞同了他拒绝我接触资料的决定，随即向直属上司鲍勃·巴克斯做了汇报。巴克斯批准她放下手头的侧写工作，优先调查我在跟福特会谈中提到的案子。当时，联邦调查局尚未收到丹佛警察局和芝加哥警察局提交的报告，沃林在行为科学部的电脑上率先开始了工作，那台电脑可以直接连上基金会的数据库。

"大体来说，迈克尔·沃伦为你查了什么，我也就查了什么，"她说，"事实上，当他登录和查询数据库的时候，我就在匡提科连通了网络。我查到了用户 ID，然后在我的笔记本电脑上目睹他一步步完成各项操作。我当时就猜到，你已经成功说服他当你的线人，他就是替你做的这些查询，所以我必须过来堵你，就像你想的那样。其实我并不需要今天就上这儿来，我们在匡提科存有所有卷宗文件，但是我得来看看你到底在做什么。等我到了基金会，在一堆档案里发现了从你记事本上撕下来的纸，就更加确定沃伦把相关信息透露给了你，而你拿到了所有卷宗的复印件。"

我摇了摇头。"沃伦会有什么事吗？"

"我把这些情况告诉了福特，我们今天早上就跟沃伦当面对质了。他承认了他做的一切，甚至还告诉了我们你住在哪家酒店。福特要求他主动辞职，他同意了，递交了辞职报告。"

"该死！"

我心头涌上一阵内疚，但并没有为这一切而过度紧张，我不确定这是不是沃伦计划好的离职。也许这种想法过于自私，但我这样想起码会让自己好过些。

"顺便问一句，"她说，"我的戏哪里演砸了？"

"我的编辑并不知道我的住处，只有沃伦知道。"

她沉默了好一会儿，直到我催促，她才继续回忆之前的调查进度。她告诉我，星期四下午她登录电脑检索一番后，找出了十三个名字，包括我的哥哥和芝加哥的约翰·布鲁克斯，这个数字跟沃伦帮我查到的是一致的。接着，她取出这十三件案子的纸质卷宗，研究它们之间的联系，重点关注遗书部分，就像我之前告诉福特我打算做的那样。她得到了联邦调查局一位密码学家的帮助，还用上了局里的译码计算机，那台机器上的数据库足以让《落基山新闻》的数据库相形见绌。

"算上你兄弟和布鲁克斯，我们目前一共找到了五起案子，五位死者留下的遗言存在直接联系。"她说。

"所以你就用三个小时完成了我整整一个星期的工作量。可你是怎么发现麦卡弗蒂的？他的档案里没有写遗言的事。"

她松开油门，降下车速，扭头注视着我，但只看了一会儿就又重新加速。"我们没把麦卡弗蒂算在内，巴尔的摩分局的探员正在跟进他的案子。"

我有些困惑，因为我手里也是五起案子，但我算上了麦卡弗蒂。

"那你们算的是哪五起案子？"

"让我想想……"

"好吧我来数一数，我哥哥和布鲁克斯，这是两起。"我一边说着，一边打开了记事本。

"是的。"

我念出本子上的笔记："你的名单中有阿尔伯克基市的科泰特吗？'邪恶的天使在我身旁逡巡'。"

"有。我们算上了他，还有一起出在——"

"达拉斯市，加兰·佩特里。'何其不幸，我知道，我的力量已被侵夺'，出自《致安妮》。"

"没错，就是这个。"

"那么，我就只剩下麦卡弗蒂了。你们的第五个到底是谁？"

"似乎是佛罗里达的某个地方。那是桩旧案了，遇害者是一个治安警署的副警长。我得查查笔记。"

"等等，"我飞快地翻过几页，便在记事本上找到了他，"克利福德·贝尔特伦，萨拉索塔县治安警署。他——"

"这就对上了。"

"稍等，稍等。我知道他留下了遗言——'主啊，救赎我可怜的灵魂'。爱伦·坡的诗我全读完了，这句话不在任何一首诗里。"

"你说得没错，但我们在别的地方找到了。"

"什么地方？他的某篇短篇小说？"

"不。那句话是爱伦·坡的遗言。'主啊，救赎我可怜的灵魂。'"

我点点头。这虽然不是出自某个诗篇的语句，但同样符合我的推论。现在，受害者上升到六位。我沉默了好一会儿，几乎是在向新加入名单的这位警察默哀。我低头看着手里的笔记。贝尔特伦已经去世三年了，这件谋杀案竟然在这么长的时间里都不曾被察觉。"爱伦·坡是自杀吗？"

"不是，不过就我看来，他那种生活方式大概算得上慢性自杀了。他沉溺于女色，嗜酒如命，四十岁就死了，死在巴尔的摩，很显然死之前还来了场漫长的狂欢痛饮。"

我点点头，想着那个凶手，那个幽灵，猜测他到底从爱伦·坡的生平中得出了什么结论。

"杰克，麦卡弗蒂是怎么回事？"她问道，"我们把他列为可能的遇害者，但卷宗里没有发现他的遗书。你得到了什么情报？"

糟了，这下我又遇上麻烦了。布莱索把一些他之前从未向任何人提及的信息透露给了我，我不能就这么随意地把信息卖给联邦调查局。"我现在还不能告诉你，我得先打个电话。"

"噢，天啊，杰克。我什么都告诉你了，你居然还跟我来这一手？我还以为我们达成协议了。"

"是这样没错。我只不过得先打个电话，跟一个线人确认这件事。带我找一部电话，我立即就打出去。我想不会有什么问题。总之，我名单上的最后一行是麦卡弗蒂，这儿有他的遗言。"我又在记事本里翻找起来，然后读了出来，"那被称作'活着'的热病啊，终于垂头宣告失利。这就是他的遗言，引自《致安妮》，和达拉斯的佩特里一样。"

我注视着她，她的脸色告诉我，她还在生气。

"好吧，蕾切尔，我能叫你蕾切尔吗？我不是想对你隐瞒什么。我会打电话的。再说，你们在达拉斯的探员很可能已经查到这个情况了。"

"当然。"她说，那语气似乎在说：你能查到的所有事情，我们都能查明，而且比你做得更好。

"好了，那就接着往下说吧。你找到这五个名字了，然后做了什么？"

她告诉我，星期四下午六点钟，她和巴克斯召集行为科学部与紧急情况应对组的探员开了个会，在会上讨论她的初步发现。她一件件回顾了这五个名字代表的案子，又阐述了它们之间的关联性，她的上司巴克斯显得非常激动，下令开展一次优先级最高的全面调查。她被任命为调查负责人，直接向巴克斯汇报。行为科学部与紧急情况应对组的其他探员则分别研究被害者，对凶手进行侧写研究；而被害者所在的五个城市的地区分局里，所有参与暴力犯罪缉捕项目的探员都被紧急召集，立即开始搜集与这五桩案子相关的一切材料数据。毫不夸张地说，他们这个团队干了整整一个通宵。

"'诗人'。"

"什么？"

"我们称这个凶手为诗人。每开展一项调查，我们都会给嫌疑人一个代号。"

"天啊，"我说，"那些小报记者一定爱死这个代号了，我现在就能看到它们的头版头条——'没有韵脚和理由，诗人正四处杀戮'。你们这些家伙真不嫌事大。"

"小报不会知道这个代号的。巴克斯决意在消息被泄露前以最快速度抓住凶手。他最怕小报了。"

这话一出，车内顿时陷入一片沉默，我思索着该如何回应。

"难道你们不觉得好像忘了什么吗？"我开口问道。

"杰克，我知道你是个记者，而且是你发起了这一切。但是你得清楚，一旦你用这个凶手掀起一场舆论风暴，我们就永远抓不到他了。这会打草惊蛇，他会吓得钻回石头底下，再也不出来。我们就这么失去先机了。"

"政府又不发工资养活我。我算什么，全靠报道和写故事吃饭……联邦调查局可没有权力吩咐我该写什么或什么时候发表。"

"那你不能使用我刚才告诉你的任何消息。"

"这我知道，我已经承诺过，我会信守诺言。我也用不着你说的那些，我早就知道了。大部分都知道，除了贝尔特伦这件案子，但我只需要读读这本书的作者生平简介部分，就能看到他的遗言。我不需要联邦调查局提供的消息，也不需要得到你们的许可才能发表这篇报道。"

我这番话令车内再次陷入沉默。我看得出她在生气，但我必须坚持自己的立场，必须尽可能精明地打出手里的牌。在这场游戏里没有反悔的机会。几分钟后，去匡提科的路标出现在视野里，我们快到了。

"好吧，"我说，"报道的事，我们待会儿再讨论，我又不会撒腿就跑，马上写起来。我会跟我的编辑好好谈谈这个问题，一有结果我马上告诉你，这样可以吗？"

"那就好，杰克。我只希望你跟编辑讨论的时候，心里能想想你的亲兄弟。我很确定你的编辑是不会考虑这一点的。"

"请别老提我的兄弟、我的动机之类，你其实对我们一点都不了解，既不了解我，也不了解他，更不了解我心里的想法。"

"好的。"

一片冰冷的沉默中，我们又驶出了几英里。我的怒气消了一点，开始反思自己是不是太苛刻了。她的目的是抓住那个他们现在冠以诗人名号的凶手，这同样也是我的目的。

"好吧，刚才对话时我态度不好，我道歉。"我说，"我仍然觉得我们应该互相帮助。我们可以合作，也许很快能抓住那个家伙。"

　　"我不知道，"她回答道，"我看不出我们有什么合作的必要，因为无论我说什么都可能被依次登在报纸、电视和小报上。你说得对，我确实不知道你心里的想法。我不了解你，也不觉得能够信任你。"

　　她没有再说一句话，直到我们驶入匡提科的大门。

21

天色已经暗了下来，当我们把车开进去时，我几乎看不到庭院里的任何东西。联邦调查局学院和研究中心位于美国海军陆战队基地的中央，由三栋庞大的砖石建筑组成，建筑之间由玻璃回廊和中庭连接。蕾切尔探员驶进一个标着联邦调查局探员专用的停车场，停好车子。

我们下了车，她还是一声不吭。这让我有些介意，我不想让她生我的气，或者把我想成一个自私自利的家伙。

"别这样，很显然，抓住凶手这事在我这里是最高优先级。"我试着解释，"让我打个电话吧，打给我的线人，还有我的编辑。我们会想办法解决这事，行吗？"

"好。"她勉强道。

尽管只是一个字，但我还是为终于从她嘴里撬出话来而欢欣。我们走进研究中心的大楼，走过好几条长廊，又下了一排阶梯，终于到了全国暴力犯罪分析中心，原来它设在地下。她领着我走过一片接待区，进入一个非常宽敞的房间，看上去跟新闻编辑大厅没有多大区别。房间里摆了两排桌子，用隔音板隔成一个个格子间，右手边是一排独立办公室。她带我走进其中一间。我猜那是她的办公室，里面十分朴素，没有什么个人装饰。我只看到了一张照片，就是挂在后墙上的总统照。

"要不你在这儿坐坐，还可以用电话。"她说道，"我得去找鲍勃，看看那边进展如何。对了，用不着担心，那部电话没有安装窃听器。"

我听出了她话里的嘲讽，还留意到她扫视了一圈办公桌，确定桌上没有重要文件留下来后，满意地离开了。我走到办公桌后坐下，翻开记事本找到布莱索留给我的电话号码。打通了，他在家里。

"我是杰克·麦克沃伊，今天我们见过面。"

"我知道。"

"我刚回华盛顿，联邦调查局就找上门了。这系列案子已经被他们提升为要案，准备全力搜捕那个凶手。这会儿他们已经列出了五件案子，但没有算上麦卡弗蒂，因为他们手头没有他的遗书。我可以把遗书的情况告诉他们，让他们能从这儿着手，但我想先跟你说一下，得到你的同意。要是我告诉他们了，他们很可能会去找你谈谈。不过就算我不说，他们找上你的概率也很大。"

在他考虑的时候，我扫视着桌面，就像沃林刚才做过的一样。桌上非常干净，最主要的摆设就是月历了，那是她的日程记事簿。我注意到她刚休完假，上一周的每日记事里都标着"休"的简写。这个月的其他日子也标着各种缩写符号，但我破译不出。

"把遗书内容告诉他们吧。"布莱索说。

"你确定吗？"

"确定。如果联邦调查局介入，证明约翰尼·麦克是被谋杀的，他的妻子就有面包了。我当初的目的就是这个，尽管告诉他们吧，他们不会把我怎么样的，我不归他们管，况且我已经受过处分了。我也听到了风声，一个朋友告诉我，他们今天已经来这边了，正在查阅档案。"

"好的，伙计，多谢。"

"你能够分一杯羹吗？"

"不知道，我正朝这个方向努力。"

"这是你的案子，坚持住，但是千万别太相信政府，杰克。他们会利用你，利用你手里的资源，然后像甩开狗屎一样把你甩在路边。"

我谢过他的忠告，挂了电话。就在我放下听筒的时候，一个身穿联邦调查局制式灰色套装的男子走过敞开的办公室门口。注意到我坐在办公桌后，他停下脚步，走了进来，一脸好奇。

"打扰了，你在这儿做什么？"

"我在等沃林探员。"

男子体格壮实，有一张泛红而棱角分明的脸，一头黑色的短发。"你是……"

"我叫杰克·麦克沃伊，沃林探员让——"

"你别坐在桌子后面。"

他抬手快速指了下，打了个手势，示意我应该坐到桌子前面的椅子上。我没有跟他争执，按他说的做了。他道了声谢，离开了办公室。这个小插曲让我想起了为什么我从来不愿跟联邦调查局探员打交道，因为所有人都带着那种固执到极点的基因，绝大多数人都是。

确定这人走远之后，我伸手拿过电话，拨出格雷格·格伦的直拨号码。丹佛现在刚过五点，这会儿正是截稿期，他准忙着催稿，但我又不能做主什么时候给他打电话，我自己都身不由己。

"杰克，你就不能晚点再打过来吗？"

"不行。我这边十万火急，得马上跟你谈。"

"好吧，快说。我们这儿又发生了一起诊所枪击案，你的截稿时间还能往后推推。"

我迅速把手头的情报和联邦调查局的事情告诉了他。我猜他完全把诊所枪击案和催稿抛到了脑后，一个劲地重复我手里的情报多么不可思议，以及我们会做出一篇多么不可思议的报道。我略去了沃伦丢了工作以及沃林之前想欺诈我的部分，只告诉他我现在在哪儿，还有我正盘算的计划。他批准了。

"反正我们正打算把这起诊所枪击案做成爆点，占据所有新闻版面，"他说道，"至少接下来的几天会这样。我这边都快忙疯了，真希望你还在，就能帮我做些改写工作了。"

"抱歉。"

"没什么。好吧，你放手去干，大干一场，看看还能挖到什么，然后再向我汇报。这篇报道会大放异彩的，杰克。"

"这正是我希望的。"

格伦又开始畅想各种可能性，比如获新闻大奖、把竞争对手从脸打到屁股、打造轰动全国的头条……我正听着，沃林和一个男子走进了办公室，我猜他就是鲍勃·巴克斯。他同样穿着一身制式灰色套装，但身上透着股领导的气势。他看上去已经过了三十五岁，接近四十，但身材保持得很好，有一头剪得很短的褐发和一双敏锐的蓝眼睛，脸上的神情令人愉悦。我竖起一根手指，示意我马上就讲完电话，然后打断格伦："格雷格，我得挂了。"

"好的，有什么情况就通知我。对了，还有件事，杰克。"

"什么？"

"干得艺术些。"

"好的。"我挂了电话，心里却觉得他把情况估计得过于乐观了。我理解他的意思，他想弄些照片，但安插一个摄影师进来几乎没有成功的可能。我现在该操心的还是先把自己弄进调查组。

"杰克，这位是鲍勃·巴克斯，探员副主管，我们团队的头儿。鲍勃，这是《落基山新闻》的杰克·麦克沃伊。"

我们握了握手。巴克斯握过来的手跟老虎钳子似的，这是联邦调查局探员展示男子气概的一贯套路，就像那身灰色套装一样。他一边伸手正了正桌上的月历，一边心不在焉地对我说："我们向来非常欢迎来自'第四等级'①的朋友，尤其是远道而来的朋友。"

我只得点头应和。这话假得就像一坨狗屎，而在场的人心里也都很清楚。

"杰克，我们去行情室如何？那儿还能来杯咖啡，"巴克斯说，"这一天可不好过，路上我还能跟你说说情况。"

但其实上楼的过程中，巴克斯没有对我透露任何调查进展，只是对我哥哥的事表示慰问。我们三人来到被称作行情室的自助餐厅，各自端着咖啡到一张桌子旁坐下，他才进入正题。

"杰克，现在我们的谈话是不供引用的，"巴克斯说道，"你在匡提科看到和听到的一切都不供引用。这一点我们达成共识了吗？"

"没问题，目前我不会引用。"

"好的。一旦你想更改什么内容，可以找我或者蕾切尔谈谈，我们再商量。你愿意签署一份正式协议吗？"

"当然可以，但这份协议应当由我起草。"

巴克斯颇为勉强地点了点头，就像在一场辩论决赛中让了我一分。

"这很公平。"他将咖啡杯移到一旁，拂了拂手掌，像要拂掉什么看不见的脏东西，然后冲桌子对面的我探身过来，"杰克，我们会在十五分钟后召开一个进度汇报会。我非常确信蕾切尔已经告诉过你，我们正全力以赴。就我看来，在这次调查中的任何懈怠行为都应当作渎职处分。我已经投入了全班人马，还从行为科学部借调了六名探员，两个技术部门合作，全员全天候调查，还有下属的六

---

①西方社会对新闻从业者的一种敬称。

个地区分局。我都不记得之前还有哪个案子拉开过这么大的阵势。"

"我真高兴听到这些……鲍勃。"

我叫了他的名字，而不是姓氏。看上去他并不反感我这么称呼。这是个小小的测验——从表面上看，他待我非常平等，总是叫我杰克，我想看看要是我做了同样的事，他会有什么反应。至少目前看来一切顺利。

"你之前那番调查真厉害，"巴克斯继续说道，"你的工作为我们绘制了一张清晰的蓝图。你开了个头，而我要告诉你的是，我们也已经在这个案子上全力投入了足足二十四小时，时间还在增加。"

我注意到一个探员从巴克斯身后走过，正是刚才在沃林办公室里跟我说话的那个男子，他端着一杯咖啡和一个三明治，走到另一张桌子旁坐下。正准备吃的时候，他发现了我们，便在一旁暗自观察着。

"我们刚才说到，现在为这个案子投入的资源已达到惊人的规模，"巴克斯说，"但目前，我们首要考虑的问题是确保所有情况不会泄露给外界。"

谈话的方向跟我预料的完全一样。我费了些力气才控制住表情，没有表现出我知道自己其实对他们的这次调查活动掌握着一定控制权。我掌握着撬动一切的杠杆。我是有影响力的知情人。"你不想让我撰写有关此案的报道。"我平静地说。

"是的，完全正确，至少现在还不是时候。我们知道你掌握的情况够多了，多到就算不用上我们告诉你的消息，你都能写出一篇相当精彩的报道。那会是个爆炸新闻，杰克，你只要写出来，在丹佛发表，这篇报道就会吸引全国的目光。只需一晚，它就会在网上广为流传，然后出现在每一份报纸上，出现在杂志或者其他猎奇类电视节目里。无论是谁，只要他没把脑袋扎进沙子里，都将知道你这篇报道。杰克，坦率地说，我们不允许出现这种事。一旦这个凶手知道我们已经发现了他，他就会销声匿迹，只要他够聪明——而我们知道他真他妈的聪明，所以他一定会选择销声匿迹。那样一来，我们永远都别想找到他，这也不是你希望的吧？我们现在说的这个家伙，是杀害你兄弟的凶手，你不希望发生这种事，对吗？"

我点点头，明白这是个进退两难的局面。我沉默了好一会儿，琢磨该如何回复。我的目光从巴克斯转到沃林身上，然后又看向巴克斯。"我所在的报社已经在这个案子上投入了大量时间和资金，"我说，"这案子在我手里都快要凉了。所以你要明白，我完全可以今晚就写出一篇报道，报道有关当局正在进行一场全国性的犯罪调查活动，调查一个专以警察为对象的连环杀手，此人作案足足三年，却一直不曾被当局发现。"

"就像我刚才说的，你做的调查极其出色，没有人会对这篇报道的价值提出异议。"

"那么，你的提议是什么呢？我枪毙掉这篇报道，就这么灰溜溜离开，回去干等着，直到你们哪一天召开记者招待会？如果你们最后抓到了那个凶手的话。"

巴克斯清了清喉咙，身子往后靠去。我瞟了沃林一眼，她面无表情，让我琢磨不透。

"我不愿把这件事裹上一层糖衣来哄骗你，"巴克斯说道，"但没错，我是想请你搁置这篇报道，暂时性的。"

"搁置到什么时候？暂时是多久？"

巴克斯的目光开始游移，他环视了下餐厅，好像从没来过似的。他看也不看我，回答道："直到我们抓住那个人的时候。"

我低低吹了声口哨。"那么，如果搁置这篇报道，我又能得到什么好处呢？《洛基山新闻》又有什么好处？"

"首先，这对我们抓住凶手很有帮助，搁置报道就是帮了我们的大忙。要是你觉得这还不够，我保证我们可以再订立一份专有协议，让你们独家报道缉捕情形。"

四下一片安静，没有人再说话。很明显，现在我拿到了选择权。我仔细掂量了准备说的话，最后向桌子对面探身说道："好吧，鲍勃，我想你也知道，像今天这样你们没握住全部的牌、不能在全部事情上拍板的情形，对你们来说极其罕见。看到了吗？这是我的调查，是我开启了它，我不打算半途而退，不打算灰溜溜地回到丹佛，坐在办公桌后面望眼欲穿地等着你们打来电话。我就在局里，要是你们想把我赶走，我回去就写报道，星期天一早，你们就能在报纸上见到它了——那可是我们的报纸发行量最大的一天。"

"你这么做，就没想过你的亲兄弟吗？"沃林说道，一字一句都绷得紧紧的，透着愤怒，"你就一点也不在乎他吗？"

"蕾切尔，冷静点，"巴克斯说，"他的话确实有道理。我们能——"

"我当然在乎他，"我说道，"而且我是在场唯一一个在乎他的人，别试着用内疚之类的情绪来压我。无论你们能不能抓到这个凶手，无论我写不写这篇报道，我哥哥都不可能活过来。"

"好了，杰克，我们并不是在质疑你的动机，"巴克斯说着抬起双手，做了个安抚的手势，"现在我们怎么站到对立面了？这不是我希望的。你为什么不坦率地告诉我你到底有什么要求？我很确定我们一定能想出一个妥善的解决办法，甚至不用等咖啡变凉。"

"我的要求很简单，"我飞快地应道，"让我参与到调查里。我要求完全参与，就像一个观察员那样。在我们逮住那个杂种或者放弃追捕之前，我一个字都不写。"

"这是敲诈。"沃林说道。

"不，这不过是我提出的一项合作协议，"我回应道，"我确实让步了，不是吗？因为我现在手里就捏着报道，要知道，把报道留着不发，既违背我的本能，也违背我从事的职业对我的要求。"

我注视着巴克斯。沃林很生气，但我知道她的态度并不怎么要紧，巴克斯才是那个一锤定音的人。

"我想我们没法做到你说的，杰克，"他最终说道，"让一个外界人士参与进来将违反局里的规定，也会给你本人带来危险。"

"我可不在乎这些。无论是违规，还是危险，我都不在乎。这就是笔交易，要么成交，要么两散。要是你不能拍板，打电话吧，不管你要请示谁，但条件不能变。"

巴克斯把咖啡杯拉到面前，低头看着杯中还冒着白气的黑色液体，他连一口都没啜过。"这个提议的确已经超出了我的职权范围，"他说道，"我先请示，有回复了再通知你。"

"什么时候？"

"我现在就打电话。"

"进度汇报会怎么办？"

"我没到场，会议不会开始。你们俩不妨在这儿等等，我不会耽搁太久的。"巴克斯站起来，小心地把椅子推进桌下的空位。

"我们再明确一件事情，"我抢在他转身之前说道，"如果批准我以观察员的身份参与进来，我不会动笔写有关本案的报道，除非你们逮捕了嫌疑人，或者因为你们觉得侦查此案徒劳无功而将主要资源和力量转向其他案件，但是还有两种情形必须除外。"

"两种什么情形？"巴克斯问道。

"第一种就是你们要求我写这篇报道。也许到某个时候，你们会希望用一篇文章做诱饵，把这个家伙震出来，那时候我就会写篇报道。第二种就是，如果这件案子以任何形式泄露出去，出现在其他报纸上或者电视里，那么我们的协议就一笔勾销。甚至只要我听到风声，说某个人打算写这件案子，我就会率先引爆这个新闻。这该死的报道必须是我的。"

巴克斯注视着我，然后点了点头。"我很快回来。"

他走后，沃林看着我，轻轻说道："如果是我做决定，我会认为你不过是在虚张声势。"

"我没有虚张声势，"我回应道，"我说的都是事实。"

"如果是真的，你就是拿抓住杀害你兄弟的凶手的机会做了交易，只为了换来一篇报道，这真让我觉得你非常可悲。我要去添点咖啡。"

她站起身，慢慢走远。我注视着她走向柜台，她方才那番话在我脑海里徘徊，最后落到爱伦·坡的一首诗上，自我昨天晚上读到后，这几句诗一直不曾离开我的脑海。

> 我孑然独居，
> 在一个呻吟不已的世界里，
> 我的灵魂是一潭死水，潮来不惊。

22

当我跟着巴克斯和沃林走进会议室的时候，房间里已经坐满了探员，几乎没什么空位子。探员们围着长长的会议桌坐了一圈，这圈之外，靠墙的座椅上还坐着一圈人。巴克斯指指外圈的一把椅子，示意我坐到那里，接着他跟沃林走到会议桌中央留出的两个位置上坐下。很显然，那两把椅子是专门给他们留的。我能感到很多双眼睛都落在我身上，打量我这个陌生访客。我避开了，伸手去摆弄放在地板上的电脑包，装作在找什么东西，这样就不会跟任何一道打量我的视线对上。

巴克斯接受了我提出的条件，或者说，他打电话请示的那个人接受了我的条件。我会一路随行，参与他们的调查，而沃林探员被指派为我这一路上的"保姆"——她是这么称呼的。我起草并签署了一份协议，申明在本案破获或调查结束之前，我不会撰写有关此次调查的任何报道，但如果发生我提出的两种例外情形中的任何一种，此项约束即失效。我还向巴克斯要求再带上一名摄影记者，他说这不是我们之前拟定的内容，但他依旧愿意考虑这项特别请求。这是我能为格伦争取到的最好结果了。

在巴克斯和沃林就座而探员们对我的兴趣稍减之后,我开始四下端详。会议室里有十几个男子,还有包括沃林在内的三个女子。大多数男子都把衬衫袖子卷了起来,看上去已经干了好一阵子活儿了,虽然不清楚他们在干什么。桌上摆着很多塑料杯子,还有很多纸质文档被放置在膝头或者桌子上。一个女子在房间里来回走着,把一沓资料分发给每个探员。我注意到在沃林办公室遇见过、后来又在餐厅看到的那个脸庞棱角分明的男子也在场。在餐厅里,沃林去续咖啡时,我看见他放下了食物,起身走去跟沃林交谈。我听不清他们说什么,但能看出沃林拒绝了他什么,而他对此似乎不大高兴。

　　"好了,诸位,"巴克斯说道,"要是没什么问题,我们这就开始吧。今天很难熬,但今后的工作还会更加难熬。"

　　众人交头接耳的私语突然停下。我尽可能不出声地将手够向电脑包,抽出记事本,翻到空白页,准备记笔记。

　　"首先,来个简要的介绍,"巴克斯说,"你们也看到我们中新加入了一个人,就是坐在墙边的那位。他是杰克·麦克沃伊,《落基山新闻》的记者,打算一直跟踪本案,直到调查结束。正是他之前的出色工作,我们才得以展开调查,正是他发现了这个诗人。他已经同意在我们抓到凶手之前不会写任何有关本案调查的报道。我要你们大家尽可能地协助他,他来这儿已经得到探员主管的批准。"

　　我感到众人的目光再次落到我身上,我拿着记事本和笔,僵坐在位置上,就像是被抓了个现行、双手还沾着鲜血的凶手。

　　"如果他不打算写报道,为什么要拿出笔记本?"

　　我循着这熟悉的声音望过去,发现提问者正是那个脸庞棱角分明的男子。

　　"他需要记笔记,这样他以后写报道时,就有事实可依了。"沃林说道,她的话完全出乎我的意料。

"这可是个好日子啊，一个记者开始报道事实了。"那个探员回了她一句。

"戈登，别找麦克沃伊先生的碴，"巴克斯笑着说，"我相信他会做得很好，探员主管同样也信任他。而且事实上，迄今为止，他做的工作已经够出色了，所以我们允许他提出怀疑，也向他提供合作。"

我注意到那个叫戈登的男子失望地摇了摇头，脸色阴沉得可怕。至少我现在有了些线索，知道该防着谁了。那个分发材料的女人从我身边经过，却什么都没发给我。第二个该防的人也出来了。

"这将是我们小组的最后一次全体会议，"巴克斯说道，"明天，我们中的大多数人会分头行动，本案调查的指挥中心也将移到丹佛，那儿是最近一件案子发生的地方。蕾切尔将担任调查的负责人和协调员。布拉斯和布拉德会留在这里，负责情报比对和其他汇总工作。我要求你们每个人，必须在东部时间十八点整分别向丹佛和匡提科提交进展报告的纸质文档。目前先使用丹佛分局的传真机，传真号码已经列在你们刚刚收到的资料上。我们稍后就会搭建自己的通信线路，然后尽快把号码给你们。现在，我们回顾一下目前手头掌握的情况。大家一起了解信息并统一思路非常重要，我不希望在这方面有谁出现状况。我们已经吸取过足够多的教训了。"

"咱们最好别出什么纰漏，"戈登讽刺道，"咱们现在可是被报社的人盯着呢。"

有几个人大笑起来，但是被巴克斯打断了。"好了，戈登，你已经把你的反对意见宣扬得明明白白了。接下来让布拉斯占用大家几分钟时间，她会总结迄今为止我们手里掌握的情况。"

巴克斯对面的女人清了清嗓子，将三页看起来像是电脑打印的文件在面前的桌子上摊开，然后站起身来。"谢谢，"她说，"现在我们已经找到了六名遇害警探，分布在六个州，还找到了六件未被侦破的凶杀案，都是这些警探生前亲自负责处理的案件。最重要的是，我们现在还不能得出一个明确结论，到底是一个人作案，还是两个，或者更多，尽管后两种的可能性似乎不大。就我们现在的预估，目前我们要对付的应当只有一个凶手，但还没有足够的证据来支持这个看法。我们可以确信这六名警探的死亡具有相关性，很可能出自同一人之手，所以我们工作的重中之重就是找到这个凶手，这个我们称之为诗人的人。除此之外，我们还发现其他一些案子与本案存在理论上的关联，稍后我们会谈谈这些案子。现在，我们先从几名警探的死亡案件入手。请打开各自手中的材料，翻到第一份遇害者初步分析报告，几秒钟后我会向大家指出一些需要注意的问题。"

我扫视全场，看到每个人都在研究手中的材料，不禁因被撇到一边而感到恼火。我决定会议一结束，就去找巴克斯谈谈这个问题。我望向戈登，正撞上他的目光。他得意地冲我眨眨眼，然后埋头继续看面前的材料。这时，我看到沃林站了起来，绕过桌子，穿过整个房间走到我这边，将一份材料递给我。我点头致谢，可她已经转过身回去了。我注意到她回去时还瞪了戈登一眼，两人目光交接，冰冷地对视了很长一段时间。

我看向手里的材料。第一页是一张组织结构图，标有相关探员的姓名和各自的任务。表上还列出了调查局在丹佛、巴尔的摩、坦帕、芝加哥、达拉斯和阿尔伯克基所设分局的电话号码和传真号。我迅速扫了眼探员名单，只看到一个叫戈登的——戈登·索尔森。我看到他的任务只简单写着"匡提科——机动组"。

接着我又在名单上找布拉斯，很容易就猜出她的全名应该是布拉西利亚·多兰，列表上她的任务显示为"遇害者协调员／心理侧写"。其他探员的任务也被列了出来。这些委派任务有的明确写了出来，有的使用了加密代码，但大多数只标注了派遣城市，后面附着遇害者姓名。显而易见，诗人作案的每个城市都派遣了两名行为科学部的探员，同每个地区分局的探员和当地警察一起开展调查。

我翻到下一页，也就是在场每个人都在看的那一页。

遇害者初步分析报告——"诗人"，BSS95-17

遇害者编号

1、克利福德·贝尔特伦，萨拉索塔县治安警署，凶杀案负责警官。

白人，男性。生于1934年3月14日，卒于1992年4月1日

作案武器：史密斯韦森点12口径霰弹枪

一枪——头部

死亡地点：住宅。无目击证人

2、约翰·布鲁克斯，芝加哥警察局第三区分局，凶杀案负责警官。

黑人，男性。生于1954年7月1日，卒于1994年3月13日

作案武器：警用转轮手枪，格洛克19式

两枪，一枪命中——头部

死亡地点：住宅。无目击证人

3、加兰·佩特里，达拉斯警察局，凶杀案负责警官。

白人，男性。生于1951年11月11日，卒于1994年3月28日

作案武器：警用转轮手枪，贝雷塔点38口径

两枪，两枪命中——胸部、头部

死亡地点：住宅。无目击证人

4、莫里斯·科泰特，阿尔伯克基警察局，凶杀案负责警官。

西班牙裔，男性。生于1956年9月14日，卒于1994年9月24日

作案武器：警用转轮手枪，史密斯韦森点38口径

两枪，一枪命中——头部

死亡地点：住宅。无目击证人

5、肖恩·麦克沃伊，丹佛警察局，凶杀案负责警官。

白人，男性。生于1961年5月21日，卒于1995年2月10日

作案武器：警用转轮手枪，史密斯韦森点 38 口径

一枪——头部

死亡地点：车内。无目击证人

　　我首先注意到的是，他们还没有把麦卡弗蒂列入这份名单，他本应该排在第二位。接着我意识到房间里很多人又把目光投到我身上，因为他们看到了最后一个名字，显然猜到了我的身份。我只好把视线牢牢锁在面前的材料上，两眼盯着我哥哥名字下的说明文字。他的一生被缩成短短几行描述和几个日期。最终，布拉西利亚·多兰把我从尴尬中解救出来。

　　"好了，需要说明的是，这些材料是在第六件案子被确认之前打印的，"她说道，"如果你们想现在就在自己的材料里补上，这件案子应该排在贝尔特伦和布鲁克斯之间。遇害者名叫约翰·麦卡弗蒂，是巴尔的摩警察局一名负责凶杀案的警探，稍后我们就会收到案子的更多细节。总而言之，就像大家看到的，这些案件之间的共同点并不多——使用的作案武器不同，案发地点不同。我们已经了解的遇害者中，有三名白人、一名黑人和一名西班牙裔……新增的那件案子，麦卡弗蒂是一名白人男子，四十七岁。

　　"然而，从犯罪现场和证物上看，依旧有少许共同点——每个遇害者都是负责凶杀案的男性警探，死因都是头部遭到致命枪击，遭到枪击时现场没有任何目击证人。除此之外，我们还找到了两个关键共同点，这正是我们着手突破的地方。我们发现每件案子里留下的遗言中都引用了埃德加·爱伦·坡的诗，这是第一点。另一个关键点在于，每个遇害者的同事都认为他们生前因太过投入某件凶杀案而心情抑郁，其中两个遇害者还曾向心理医生寻求帮助。如果翻到下一页……"

　　会议室里响起翻动纸张的沙沙声。我能感受到一种残酷的入迷

正从每个人身上蔓延开来。我仿佛陷入了一个不真实的时刻，此刻的感受大概就跟一个编剧最终看到他的电影出现在银幕上的心情一样。在此之前，这一切被藏匿在我的记事本、电脑和大脑里，只是存在于某个极远之境的一种模糊的可能性。但现在，在这里，一屋子调查人员公开讨论着，看着打印好的一切，逐一确认这些恐怖的猜想。

下一页是所有遇害者的遗言，这些遗言都摘自爱伦·坡的诗，都是我前一晚才找到并在记事本里记录下来的。

"这些遗言无可辩驳地证实了几件案子之间的关联，"多兰说道，"我们的这位诗人热爱爱伦·坡。我们现在还不知道凶手为什么这样做，在你们出外勤期间，这就是留在匡提科本部的我们要解决的问题。我把接下来的时间交给布拉德，他将告诉诸位有关这个问题的一些情况。"

紧挨着她的那名探员站了起来，接手了局面。我飞快地翻到材料的第一页，找到探员布拉德利·黑兹尔顿的名字。布拉斯和布拉德，真是一对好搭档的名字，我这样想着。布拉德身材颀长，脸上满是痘坑。在开口说话之前，他先推了推眼镜，把它推回到鼻梁上。

"我们现在掌握的这些案子中共有六条引语——这个数据已经把巴尔的摩的案子算在内，这些语句分别摘自爱伦·坡的三首诗歌以及他的遗言。我们正在研究这些诗歌，看看是否能找出它们的共同点，比如这些诗歌的内容，以及它们跟凶手之间会有什么关系。任何可能性我们都会考虑。有一点非常明确，凶手正是用这种方式戏弄我们，哪怕为此承担相当大的风险。如果不是这家伙决意引用爱伦·坡的作品，我想我们今天也不会坐在这里，麦克沃伊先生也不会发现这些案件之间的联系。综上所述，这些诗句就是凶手的签名。我们正在尝试弄清楚，为什么他会选择爱伦·坡，而不是，呃，比如说沃尔特·惠特曼，但我——"

"我来告诉你为什么，"远远坐在桌子另一端的一个探员说道，"因为爱伦·坡是个变态的杂种，我们要找的这个家伙也是个变态小杂种。"

有人大笑起来。

"呃，是的，你说的很可能是对的，"布拉德说道，完全没意识到那个探员的话只是为了让大家放松一下，"尽管如此，布拉斯和我还是会深入研究这个问题；如果大家有什么看法，我也很愿意倾听。至于现在，我先简单介绍一下。爱伦·坡被誉为'侦探小说之父'，拥有这个名号是因为他出版了一本小说《莫格街凶杀案》，本质上说，这是第一本推理小说。所以，我们要找的这个凶手，很可能把他一系列的犯罪活动视为一个解谜游戏，用他炮制的谜题来嘲弄我们，把爱伦·坡的诗歌设置成解谜线索来奚落我们。另外，我正在阅读一些著名的有关爱伦·坡的评论和分析文章，发现了一些很有价值的内容。这个凶手引述的诗篇里，有一首《闹鬼的宫殿》，这首诗本身又出现在一部短篇小说《厄舍古屋的倒塌》中。我想在座诸位都听说过这篇小说，可能有些人还读过。总而言之，对这首诗的权威分析是这样的：从表面上看，它是在描述这座厄舍古屋，但同时，它又在暗中精心地刻画这个故事的中心人物罗德里克·厄舍。如果各位参加了昨天晚上的简报会，就会知道，这个名字曾经出现在第六号遇害者的案子里。我很抱歉，是肖恩·麦克沃伊一案。我不应该仅仅用数字指代他。"

他望向我，点点头表示歉意。我也向他点头致谢。

"在这首诗里是这样描述的……请稍等。"布拉德开始翻阅他的笔记，找到需要的那页，又把眼镜推回鼻梁上，继续说道，"好了，找到了，'杏黄的旗帜熠熠生辉，灿金夺目，在高高的殿顶漫卷飞舞'，再往下看，我们能找到'沿着宫殿的洁白华壁'，好，再下面几行，又提到'两扇明亮的窗户'等。总而言之，把这些诗行转述成描述性的句子，大意就是一个隐居的白人男子，有一头金发，可能是有些长或者带卷的金发，还戴眼镜。这就是嫌疑人的外貌侧写，你们可以从这个相貌描述着手。"

会议室里顿时爆发出一阵哄堂大笑，布拉德看上去很委屈。"书上就是这么写的，"他抗议道，"我不是开玩笑，我真的觉得可以从这里着手。"

"等等。"坐在外圈的探员中冒出一个声音，一个男人站了起来，吸引了会议室里所有人的目光。他看上去比这里的大多数探员都大，带着一种"少说废话多干事"的老派探员气质。"我们现在谈的都是些什么？金色旗帜迎风飘扬什么的，都是些什么鬼玩意？爱伦·坡那堆事就够猎奇的，肯定能帮那边那个小子卖掉很多报纸；但我刚刚在这里忙活了二十多个小时，没有一条信息能让我相信，正有个在街上闲荡的浑蛋不知是怎么办到的，居然制服了我们五个，不，是六个有经验的老手警探，把他们的配枪塞进他们自己的嘴巴里。我无法相信这种事，这就是我要说的，这个你们怎么解释？"

会议室里一片赞同的嗡嗡私语，还有人连连点头。我听到有人称呼那个掀开这锅沸水的探员为"史密提"，于是翻到材料的第一页，找到一个名字——查克·史密斯。他被派遣到达拉斯。

布拉斯·多兰起身回答了这个问题。"我们知道这是个难点，"她说，"解答这个问题就要了解凶手的作案手法，但这恰恰是我们目前了解最少的。在我给这系列案子定性的过程中，爱伦·坡这条线索是起决定作用的，从中可以看出案子之间确实存在关联，鲍勃也同意这个观点。我们还有其他选择吗？难道我们能说，侦破这系列案子是不可能的，就这样放弃吧，把案子丢一旁不管了？不，我们行动是因为其他警察的生命可能危在旦夕，而他们的生命确确实实正危在旦夕。你的这些问题，会随着调查的逐步推进得到解答，至少我希望如此。但我同意你的看法，这个问题是我们必须考虑的，以及在调查中保持怀疑的审慎态度是正确的。这个问题实际上关于控制：这个诗人是用什么方法控制了那些警察？"她的视线从屋子这头扫到那头，注视着会议室里的众人。史密提这会儿陷入了沉默。

"布拉斯，"巴克斯说道，"让我们先谈谈警探身亡之前的第二遇害者吧。"

"好的。诸位，请翻到下一页。"接下来的那页，内容为被诗人杀害的警探生前负责调查并因此饱受精神折磨的凶杀案信息。报告上把此类案件的死者称作第二遇害者，尽管事实上在每个城市里，他们的死亡都发生在警探身亡之前。我再一次注意到，这页文件上的信息同样尚未更新，没有包括波莉·阿默斯特——巴尔的摩警探约翰·麦卡弗蒂生前负责的那件案子的遇害者。

第二遇害者——初步分析报告

1、加布里埃尔·奥提兹，佛罗里达州萨拉索塔，学生
西班牙裔，男性，生于 1982 年 6 月 1 日，卒于 1992 年 2 月 14 日
勒杀，死前遭到性侵犯
（木棉纤维）

2、罗伯特·斯马瑟斯，芝加哥，学生
黑人，男性，生于 1981 年 3 月 13 日，卒于 1994 年 8 月 15 日[①]
扼杀，死前身体遭毁损

3、奥尔西娅·格拉纳丹，达拉斯，学生
黑人，女性，生于 1984 年 10 月 10 日，卒于 1994 年 1 月 4 日
胸部多处被刺伤，死前身体遭毁损

4、曼纽娜·科特斯，新墨西哥州阿尔伯克基，女佣
西班牙裔，女性，生于 1946 年 4 月 11 日，卒于 1994 年 8 月

---

①英文原书如此，似有误。

16 日

多处钝器击伤而死，尸体被肢解

（木棉纤维）

5、特丽萨·洛夫顿，科罗拉多州丹佛，学生、托儿所雇员

白人，女性，生于 1975 年 7 月 4 日，卒于 1994 年 12 月 16 日

勒杀，尸体被肢解

（木棉纤维）

"注意，这份名单同样遗漏了一位，"布拉斯说道，"就是巴尔的摩一案的遇害者。我记得这起案子的受害者不是孩子，而是老师——波莉·阿默斯特，勒杀，尸体被肢解。"

她停顿了会儿，好让在场人员做笔记。

"这些案子的相关档案和数据，我们还在整理中，有些文件正在传真过来，"她继续说道，"材料上的这些简短说明只是为了这次会议总结出来的。但是，经过我们的初步分析，现在所见的这些第二级案件，其共性在于遇害者都与儿童有关。三名遇害者是儿童，另两名的工作直接与儿童相关，而曼纽娜·科特斯是一名女佣，她是在前往学校接雇主孩子回家的路上被绑架，然后遇害。我们推测，凶手的目标原本是儿童，但在半数案件中，可能是他的计划出了岔子，他跟踪儿童的行程被这些遇害的成年人破坏了，于是他就杀了这些成年人。"

"他为什么要肢解尸体呢？"坐在外圈的一个探员提问道，"有些成年人是死后遭到肢解，但对孩子们……有所不同。"

"我们还不清楚，但我们有个猜测，这可能是他掩盖行踪的一种手法。通过不同的手法和异常行为，他就能很好地把自己隐藏起来。在这张纸上，案件被归到一起，看上去似乎有许多相似之处；但越是深入分析下去，你会看到它们之间的差异越来越多，看起来

就像六个不同的男人，在六种不同的状态下杀了这些遇害者。事实上，当地相关部门都曾就这些案子填写问卷回执，呈报给暴力犯罪分析中心，但中心的电脑未能将任何一件案子与另一件联系起来。要知道，中心提供的问卷可是长达十八页，应当说是相当详细了。

"总结起来，我认为这个凶手仔细研究过我们的行事规程。我认为他知道需要在每次作案时使用有差异的手法，并且知道需要差异到何种程度才能使我们一贯信赖的电脑无法匹配任何一件案子。他只犯了一个错误，那就是木棉纤维，这才让我们发现了他。"

坐在外圈的一个探员举起了手，布拉斯冲他点点头。

"如果这三件案子中都发现了木棉纤维，为什么我们不能从暴力犯罪分析中心的电脑获得匹配记录？如果真像你所说的，既然这些案件的信息都已经被输入了电脑。"

"是人为疏忽。在第一起案子里，也就是那个男孩奥提兹的案子中，木棉纤维本就在案发地点存在，这个细节被忽略了，没有被输入到问卷里。在阿尔伯克基一案中，一开始没有鉴定出那些纤维是木棉纤维，后来鉴定结果出来了，又没有在问卷上更新。这个监管疏忽导致我们又错过了这次匹配，我们今天才收到当地分局呈报上来的鉴定结果。只有在丹佛一案中，办案警探将木棉纤维列为一条重要线索，并把它录入暴力犯罪分析中心的问卷里。"

好几个探员都发出一声长叹，我心里一沉。早在阿尔伯克基那件案子发生时，就有可能发现一个连环杀手正在四处作案，竟然就这么错过了。要是当时没有错过，我思索着……肖恩或许就不会死了，他现在还会活着。

"这又把我们绕回那个难题上，"布拉斯说，"我们要找的凶手到底有几个？一个人先在前头犯下第一桩案子，另一个再杀掉办案的警探？还是只有一个凶手，一个人单枪匹马地犯下所有案子？至少就目前来说，从逻辑上看，我们认为两个凶手协同作案的可能性不大，因此我们更倾向于研究这些案子之间的联系。我们的推论是，每个城市中的两起凶杀案是环环相扣的。"

"作案手法是什么？"史密提问。

"我们现在还只能猜测。一个显而易见的推论是，凶手将杀掉办案警探当作掩盖行迹的一种方法，只是为了确保他能成功逃脱法网。然而我们还有另一个推论——第一桩凶杀案只是这个凶手为了引诱负责处理凶杀案的警探而犯下的，只是为了寻找一个猎物。换句话说，第一次谋杀只是个诱饵，凶手有意让它看起来凶残无比，只是为了给办案的警探造成心理压力，让他们饱受折磨。我们猜测，这时这个诗人就会跟踪办案警探，了解他们的生活习惯和日常路线。这就使他能够接近这些警探，最终实施谋杀，而又自始至终不被人察觉。"

会议室里一片死寂。我有种感觉，尽管在场很多探员都身经百战，处理过很多连环杀人案，但一定从未遇到过诗人这样猎杀警察的人。

"当然，"布拉斯说道，"我们现在所说的都还只是假设……"

巴克斯站起身来。"谢谢，布拉斯。"他说，然后又对着所有探员说，"现在加快点速度，我还想给这个凶手做个侧写，再下发各个分区。戈登，你给大家说说你那边的情况。"

"好的，我很快就能交代清楚，"戈登·索尔森说道，他起身朝支着一块大画板的架子走去，"因为巴尔的摩一案，你们手头材料中的那幅地图已经过时，接下来的时间请大家打起精神听我说。"

他用一支粗大的黑色马克笔快速在画板上绘出美国的轮廓，然后又用一支红色马克笔开始绘制诗人的行踪。从佛罗里达开始——这里他画得不成比例，相对于整个国家领土来说，这个州画得太小了——红线向上行至巴尔的摩，然后转道芝加哥，又向下来到达拉斯，再接着向上到了阿尔伯克基，最后又向上抵达丹佛。他又迅速拾起黑色马克笔，在每个城市旁写下案发日期。

"现在一目了然了，"索尔森道，"我们要找的这个家伙正往西去，很显然，出于某种原因，他十分厌恶侦办凶杀案的警探。"他抬起手，朝他画的美国地图上一挥，指向西部，"我们动作得快，在他下一次动手前就把他逮住。要不然，我们只能在这片广袤的西部土地上标注下一个案发地了。"

望着索尔森绘制的那条红线上的各个地点，我生出一种奇怪的感觉，不知今后将会发生什么事情。诗人在哪儿？谁将是他的下一个战利品？

"咱们为什么不干脆让他跑到加利福尼亚去，这样他就能和跟他一样的变态们顺利会师了[1]。这样就解决所有问题了。"

坐在外圈的某个探员讲的这句话，让所有人都大笑起来，这种气氛显然还给布拉德壮了胆。

"嘿，戈登，"他探身到画板前，用铅笔轻轻敲了敲代表佛罗里达州的那块小地方，"瞧这块小地方，按照弗洛伊德的理论，你画的这张地图可能恰好印证你身上的某些地方。"

会议室里顿时爆出一阵更欢乐的大笑，索尔森虽然也尴尬地笑着回应这个嘲弄他的玩笑，但脸已经涨得通红。我看到蕾切尔·沃林的脸上也乐开了花。

"多有趣的笑话啊，黑兹尔顿。"索尔森大声反击，"你怎么不打道回府分析你的诗歌？你也就擅长这种事了。"

欢笑声迅速缩了回去，我猜索尔森这句反击的奚落大概带点人身攻击的意味，已经超出临场诙谐回击的程度了。

"好了，回到案子上，"索尔森说，"需要说明的是，今天晚上我们就会给所有地区分局，尤其是西部地区的分局，发出警示通知，

---

[1]加利福尼亚州监狱有"恶魔岛"之称，一直以来是美国重刑犯的关押地。

请他们留意类似案件。要是下一次案发时，我们能尽早得到通知，让我们的技术人员进行现场勘查，就会有更多收获。我们已经成立了一个机动组，时刻待命，但目前我们还只能在各个方面仰赖当地的相关机构。我说完了，鲍勃？"

巴克斯清了清嗓子，然后继续主持讨论道："如果在座诸位没有什么问题，我们接下来进行凶手的心理侧写，看看现在我们对这个凶手了解多少。我希望能在戈登的待发警示通知上补充一些信息。"

接下来大家纷纷抛出一己之见，大部分都是天马行空的推断，有些甚至还引人发笑。看得出来，这些探员大都关系很好，但偶尔也有一些小冲突，就像索尔森和沃林之间、索尔森与黑兹尔顿之间的那种较劲一样。然而，我忽然意识到，围着桌子侃侃而谈的这些人，以前已经做过不知多少次这种工作了。多么悲伤啊，每一次的进度汇报和侧写讨论，背后都有一桩血淋淋的凶杀案。

侧写渐渐完成了，但我觉得这对抓住诗人没有什么用处。探员们抛出的那些结论主要都是描述凶手心理状态的侧写：愤怒难平、孤僻、受教育程度和智力水平超出平均水平。怎么能够凭这些描述从茫茫人海中辨认出那个家伙？我认为根本不可能。

巴克斯不时插一脚进来，提出一个问题，让越来越偏离主题的讨论回归正轨。

"如果你赞同布拉斯的第二个推论，凶手为什么只盯着侦办凶杀案的警察？"

"这个问题得等你把他逮进警局审问了才能回答，这才是这个案子最难破解的地方。那些爱伦·坡的诗歌什么的，不过是他在虚张声势分散我们的注意力。"

"他是有钱人还是穷人？"

"应该是个有钱人。他必须有钱，否则做不到这些。无论他去哪个城市，都不会在那里久留。他也没有工作，杀人就是他的工作。"

"他应该有个供他挥霍的银行账户，要么有富裕的父母，要么其他类似的情况。另外，他应该还有辆车，总不能没有汽油钱。"

这项讨论持续了二十分钟，布拉斯记下了大家提出的所有意见，准备起草凶手的心理侧写报告。之后，巴克斯宣布会议结束，告诉大家今晚不用加班了，在明天早晨上路之前可以好好休息。

散会后，陆续有几个人走到我面前，作了番自我介绍后，表达了对我哥哥的慰问以及对我调查工作的赞赏。但这么做的只有寥寥几个人，包括布拉德和布拉斯。几分钟后，众人离开，只剩下我一个人，我正要去找沃林，戈登·索尔森走了过来，朝我伸出手。迟疑片刻后，我伸出手跟他握了握。

"我不是想找你不自在。"他挂着热情的微笑说道。

"没关系。我不介意。"

他把我的手扣得死死的，两秒钟后，我试图抽出手，但他依旧扣着不放，甚至还把我拉向他的方向。他倾身向前，让接下来的话只有我一个人能听见。

"多么幸运，你哥哥不用在这儿看着你干的好事。"他低声说道，"要是我跟你一样，为了介入这个案子而不择手段，我都不能容忍自己还活在世上。"

他直起身，依旧保持着笑容。我只能望着他，莫名其妙地点点头。他甩开我的手，径直走远了。我这才感到一阵羞辱，我本该替自己争辩几句；没辩白就算了，我居然还愣头愣脑地点头。

"他跟你说了什么？"

我转过身，是蕾切尔·沃林。

"没什么。他只是……没什么。"

"不管他说了什么，别放在心上，有时候他就是个十足的浑蛋。"

我点点头。"是啊，我正有这个感觉。"

"走吧，咱们回行情室去。我都快饿死了。"

我们走过长廊的时候，她把接下来的行程安排告诉了我。

"明天一大早我们就得出发。你最好今晚就住在这边，别赶远路回希尔顿酒店了。周五来宾招待所基本上没什么人，我们可以给你安排一个房间，让希尔顿酒店把你的房间退了，再将你的行李送回丹佛去。这样有问题吗？"

"呃，应该没问题，我想……"我还在想着索尔森，"该死的。"

"什么？"

"我在骂那个家伙，那个索尔森，他真是个浑蛋。"

"忘了他吧。我们明天就离开了，他得在这里驻守，互不相干。希尔顿酒店那边你没问题吗？"

"没问题。我的电脑和其他重要东西都随身带着。"

"那明天一早我来接你，顺便给你带上一件干净的衬衫。"

"噢，对了，我的车。我租了辆车，停在希尔顿酒店的车库。"

"钥匙在哪儿？"

我从口袋里掏出车钥匙。

"把钥匙交给我吧。我们会安排妥当。"

23

时间还早，天刚蒙蒙亮，晨曦只在窗帘上染了一层微光。格拉登在达琳的房子里四处转悠，他紧张得睡不着觉，又兴奋得总想再干些什么。他从一个小房间踱到另一个小房间，在几个小房间里来回踱步，思考着，计划着，等待着。他抬头望了望卧室床上的达琳，然后又转回起居室。

墙上贴着没有装裱的老色情电影的海报，整个房间到处是毫无价值的人生留下的毫无价值的小摆设和纪念品。屋子里的一切都弥漫着尼古丁的味道，尽管格拉登也是个烟枪，但这浓郁的味道依旧让他觉得恶心。这地方真是恶心透了。

他在一张海报前停下脚步，海报宣传的电影是《达琳的内在》。她告诉他，八十年代早期，在电视给色情业带来革命性转变之前，她还是个大明星；可现在，她也渐渐老去，岁月带来的磨难和泪水开始在她的眼角和嘴边刻下生活的印记。她带着怀念的微笑，把这些海报一一指给他看。那些没有玻璃镜框保护的图片，展示着她光滑无瑕的身体和脸蛋。海报上只有她的名字达琳，这种电影不需要列出姓氏。他不禁思忖，在这个地方生活到底有什么意思？在这里，你光鲜亮丽的过去，一直从墙上贴着的每张海报上，嘲弄着你落魄潦倒的现在。

他转过身，发现她的手袋放在餐厅的牌桌上，于是过去翻检了一番。里面大部分是化妆品，有些空的烟盒和纸板火柴，还有一小罐用来击退歹徒的防狼喷雾，还有她的钱包。钱包里只有七美元，他还看到了里面的驾照，这才第一次知道她的全名。

"达琳·库格尔，"他大声嚷道，"真高兴认识你。"

他拿走了钞票，把其他东西塞回手袋里。七美元不多，但毕竟还是七美元。那个数码时代牌照相机的经销商坚持让他预付订金才能给他预订。现在他身上只剩下区区几百美元，他觉着多七美元也没什么坏处。

他把经济困境暂时放到一边，再度在房中踱起步来。他现在面临的麻烦是时间。相机得从纽约港船运过来，星期三才能到货，他还得在这里待上五天。他明白为了安全起见，必须就这么窝在达琳的公寓里。他相信他能做到。

他决定列个单子，看看还需要购买哪些生活用品。达琳的食品架上除了金枪鱼罐头，几乎空空如也，而他讨厌这种垃圾食品。他不得不出门一趟，购置补给品，然后就可以蛰伏，不到星期三不出来。他需要的东西也不多：矿泉水，达琳显然只从水龙头喝自来水；再添点水果麦片，或许再来点柏亚迪厨师牌的意大利饺子。

屋外传来汽车驶过的声音。他挪到门口，侧耳聆听，终于听到了一直等待的动静——报纸被丢在地上的声音。达琳告诉过他，隔壁公寓的房客订了报纸。连这种小事都没忘记打听，他为自己感到骄傲。他走到窗前，透过百叶窗帘向外张望。天色渐渐亮了，但外面一片雾气迷蒙。四下一片安静，没有任何动静。

他打开两道门锁，拉开门跨出屋子，来到外面清晨的空气中。他四下张望，看到那份报纸被卷着丢在隔壁公寓门前的人行道上，公寓门后还没亮灯。他快步走过去，拾起报纸，返回达琳的公寓。

他坐到沙发上，飞快地翻到城市新闻版，迅速浏览着占据八页的版块，但没有发现想找的报道，没有一则消息提到那个女服务员的事情。他将这个版块的报纸扔到一边，又拿起头版。

他把报纸翻了个遍，终于找到了那则报道，他本人的照片出现在头版页面的右下角。那是他在圣莫尼卡被捕后，警方给他拍摄留档的面部照片。他把目光从自己的照片上移开，开始阅读文字报道。他高兴坏了。这么多年后，他终于又一次上了头版。他读报道的时候忍不住兴奋得满脸通红。

汽车旅馆谋杀案嫌疑人在佛罗里达逃脱法网

《洛杉矶时报》特约撰稿人

凯莎·拉塞尔

洛杉矶警方周五称，一桩残忍碎尸案的男性嫌疑人被当局确认在佛罗里达州逃脱法律制裁，此人曾因猥亵儿童而被佛罗里达州执法机关收押，警方已确认其为汽车旅馆谋杀案嫌疑人。此人之前在一家名为好莱坞明星的汽车旅馆杀害一名女服务员并将其残忍分尸，目前已经潜逃。

威廉·格拉登，29 岁，因涉嫌杀害伊万杰琳·克劳德而被警方通缉。遇害者 19 岁，其尸体在好莱坞明星汽车旅馆中格拉登的房间内被发现，已被残忍切割成数块，分别放置于房间衣柜的三个抽屉里。

尸体在格拉登退房离开后才被发现。警方宣称，一名寻找克劳德的旅馆员工进入房间，发现从衣柜里渗出的血迹。克劳德是一个男婴的母亲。

格拉登入住旅馆时，登记的名字是布赖斯·基德尔，但警方于房内发现一枚指纹，通过指纹比对证实他就是格拉登。

七年前，在佛罗里达州的坦帕，他因一起广受关注的猥亵儿童案被判处七十年监禁。然而，仅仅在监狱里服刑两年后，他便提出上诉，法庭推翻了一审判决，随后他获得释放。当时该案的关键证物——裸体儿童的照片——被法庭判定为通过非法手段获取。公诉检察官在法庭上失利后，允许他通过认罪换取较轻的刑罚。由于此前他已在监狱中服过一段刑期，因此很快获得假释。

另一具有讽刺意味的事件是，警方承认，在汽车旅馆谋杀案发生的三天前，格拉登曾被圣莫尼卡警察局拘捕，因被举报在码头的海滩浴场偷拍赤裸的孩子，以及蹲在旋转木马附近偷拍玩耍的儿童。警察拘捕他后以数项轻罪提出诉讼。然而，未及查明他的真实身份，他便被提审问讯，然后取保获释。

——未完，下转 14A 版

格拉登不得不翻动报纸，找到内页的 14A 版。这一页登着他的另一张照片，正直直瞪着读者。那还是他在佛罗里达未受审之前拍摄的，照片上的他只有二十一岁，有着瘦削的脸孔和一头红发。这一版里还有另一篇关于他的故事。他迅速地读完第一篇报道。

——上接 1A 版

警方表示，他们还没有查明格拉登杀害克劳德的动机。尽管格拉登在这家汽车旅馆的房间里住了将近一个星期，但他仔细清理了他在这个房间留下的指纹。然而，据洛杉矶警察局的埃德·托马斯警探披露，格拉登犯下了一个错误，于是露出马脚，令当局得以确认他的身份。那是一枚被遗漏的指纹，位于马桶冲水把手内侧。

"这是一次幸运的突破，"托马斯说道，"我们只需要一枚指纹，有这枚指纹就足够了。"

这枚指纹当即被输入警察局的指纹自动识别系统，该指纹数据库可与全国数据库联网，之后从佛罗里达警察局执法系统的档案中成功匹配到了格拉登的指纹。

托马斯称，四年来，格拉登一直因违反假释条例而被通缉。在假释期间，他中止了向假释官员的定时报到，之后失踪，此后便一直被警方通缉。

在圣莫尼卡一案中，警方于周日在码头的旋转木马附近发现了他，当时他正在观察在广受欢迎的旋转木马上嬉戏的年幼孩童。经过一番追捕之后，警方成功逮捕了他。在逃避追捕的过程中，他将一个垃圾桶扔进了海湾。最终，他在第三街长廊的一家快餐店里被抓获。

他被逮捕时所用的化名是哈罗德·布里斯班，被控污染公共水域、破坏市政财产和拒捕三项罪名。然而，地区检察官办公室没有提出任何有关偷拍孩童事件的指控，因为当时掌握的证据尚不足以提出诉讼。

圣莫尼卡警察局的警探康斯坦丝·德尔皮接受采访时表示，她和搭档接到了一名检票员的举报，该检票员称格拉登经常在孩子们附近逗留，并且总在海滩上趁着父母给年幼的孩子洗澡时偷拍。之后，德尔皮和搭档便开始监视旋转木马一带。

尽管格拉登被捕后采录了指纹，但圣莫尼卡警察局没有指纹识别系统，只能使用司法部的电脑，或者包括洛杉矶警察局在内的其他部门的电脑，进入指纹自动识别系统进行查询。这个过程通常需要好几天，因为这些部门会优先满足本单位的查询请求。

在本案中，这枚来自圣莫尼卡而且记录显示为名叫布里斯班的男人的指纹，直到星期二才由洛杉矶警察局录入识别系统。

而这时，格拉登在县立监狱待了一晚后，已经缴纳五万美元保释金取保获释了。

之后，星期四下午，洛杉矶警察局将在汽车旅馆房间内发现的指纹录入识别系统，终于识别出格拉登。

这两起案件的涉案警探不得不反省这一系列事件酿成的恶果，他们将轻罪放任成了谋杀。

"每次发生这种事之后，人们总会假设另一种可能性，"圣莫尼卡警察局负责虐童案件的警探德尔皮说，"我们要是当时把他多羁押一阵子，不就什么都不会发生了吗？我不知道。这种事情没有谁说得准，有的时候你会赢，有时候则会输。"

托马斯表示，真正铸成大错的是释放格拉登的佛罗里达司法机关。

"你抓住了这个家伙，这个显而易见的恋童癖，可这个体制却把他放走了。"托马斯说，"当体制出毛病的时候，就总会发生这样的事——让一个无辜的人为体制的失误付出惨重代价。"

格拉登迅速翻到下一篇报道。读着自己的故事，他感到一种奇异的欢喜和得意，他为这份荣耀而欣喜若狂。

嫌疑人在佛罗里达绕开法律制裁

《洛杉矶时报》特约撰稿人

凯莎·拉塞尔

据当局宣称，颇有才华的铁窗律师威廉·格拉登，运用自己在狱中所学的狡计破坏了正义的司法体制，并销声匿迹——直到本周。

八年前，格拉登在佛罗里达州坦帕的小鸭子儿童保育中心工作，因在三年多的时间里对多达十一名儿童进行性侵而遭到逮捕。

之后的案件审讯引起广泛的公众关注，两年后，针对格拉登的二十八项指控均被判成立。从各方面来看，此案最关键的定罪证据是一组九名受害儿童的拍立得照片。在这些照片里，这些儿童身处保育中心的一个小房间，均不同程度地裸露身体。此房间现在已被保育中心关闭。

然而，时任负责此案的希尔斯伯勒县检察官查尔斯·亨切尔表示，这些照片中最有说服力的并不是裸露身体的儿童，而是他们脸上的表情。

"所有孩子都非常害怕，"周五亨切尔在坦帕接受电话采访时说，他现在已经是一名私人执业律师，"他们不喜欢发生在自己身上的事，这种情绪在他们的表情里表露无遗。在这件案子里，照片完全揭露了真相。照片上他们的表情'说的话'，与他们告诉律师的内容完全一致。"

法庭审讯过程中，这些照片比那位律师或者孩子们告诉律师的证词更加重要。尽管格拉登对这些照片作为呈堂证物提出反对意见，因为它们是在一名警察对他的公寓进行非法搜查的过程中发现的，这名警察的儿子是案件中的受害儿童之一，但法官还是批准将照片作为呈堂证物。

后来，陪审员们表示，他们完全根据这些照片判定格拉登有罪，因为两名律师从孩子们口中获取证词的行为受到了格拉登的代理律师的质疑，他认为他们设法诱导孩子们指控格拉登。

裁定有罪之后，格拉登被判处七十年有期徒刑，并被押往地处雷福德的联邦感化监狱服刑。

在监狱里，本身已有英语文学学位的格拉登，又学习了诗歌、心理学和法学。现在看来，他学得最好的是法律知识。据亨切尔说，这个被判有罪的恋童癖很快就掌握了铁窗律师的各种花招，除了自己写上诉材料外，还帮助其他狱友写上诉文件。

他所在的性犯罪监区里，还有更多臭名昭著的罪犯，如被称为"奥兰多枕套强奸犯"的多尼尔·福克斯、前迈阿密冲浪冠军艾伦·贾尼恩，还有来自拉斯维加斯的舞台催眠师霍勒斯·冈贝尔。这三个人都因多起强奸案被判入狱，格拉登在服刑期间尝试为他们写过很多上诉材料，但都没能让他们重获自由，也没有为他们的案子争取到重新审理的机会。

但亨切尔说，格拉登在被监禁的一年里，彻底研究了自己案子的审理过程，在上诉材料里再一次强调使他获罪的那些照片的获取方式不合法。

亨切尔解释说，找到照片的那名警官叫雷蒙德·戈麦斯，在听到五岁的儿子说自己被一个在保育中心工作的男人猥亵后，他愤怒地闯进了格拉登的家。

这位事发时不当值的警官宣称，他敲了门，但没人应门。发现房门没锁，他便进了房间。之后他在有关此事的听证会上作证说，他发现这些照片摊在床罩上，于是立即从格拉登的公寓离开，将此发现报告给其他警探，后者从法院申请了搜查令。

警探当天便携带搜查令迅速来到格拉登的公寓，从壁橱里找到了藏匿的照片，于是逮捕了格拉登。格拉登在法庭上坚称离开公寓时锁好了房门，照片也没有摊在外面。他抗辩道，无论房门有没有上锁、照片有没有摊在外面，戈麦斯的搜查行为明显侵犯了他的不受非法搜查和没收财产的宪法权利。

尽管如此，初审法官认为戈麦斯进入公寓时的身份是一位父亲，而非一名警察。在这一过程中，他偶然发现了本案的关键证据，因此这一行为并不构成违宪。

但之后的上诉法庭却支持格拉登的说法，认为戈麦斯曾经在警队中接受过有关搜查和没收财产程序的培训，理应更清楚不能在未经授权的情况下进入他人住宅。再后来，佛罗里达最高法院没有驳回上诉法庭的裁决，为本案重新审理过程中不得使用这批照片作为呈堂证物铺平了道路。

公诉方不得不面对缺少照片这一关键证物的棘手状况。因为缺乏证据无法赢得诉讼，公诉方只得同意格拉登通过向法庭认罪换取减轻刑罚，于是他向法庭承认曾对一名孩童犯下了猥亵罪。

此项罪名的最高刑罚是五年监禁加五年保释。当时，格拉登已经在监狱服刑三十三个月，还因表现良好获得三十三个月的减刑。最后，虽然法庭对他做出了最高刑罚的判决，但他仍旧当庭获得保释，以自由人的身份离开法庭。

"这是用狡计绕开了法律制裁，"亨切尔，这位前检察官回忆道，"我们知道他犯下的罪行，却无法使用手头的证据。判决下来以后，我无颜面对那些父母，还有他们的孩子。因为我知道，一旦这个人逍遥法外，他很可能会再次犯下同样的罪行。"

保释还不到一年，格拉登便失踪了，因违反保释条例，他被列入了通缉名单。本周，他终于在南加利福尼亚露面，随之而来的是被当地警方称之为"致命恶果"的谋杀碎尸案。

格拉登再次把这篇报道从头到尾读了一遍，并为其中详尽的细节和赋予他的极高评价而深深陶醉。他还非常喜欢文章字里行间透出的对戈麦斯警探所述案情的怀疑，任何一个读这篇报道的人都能感受到。没错，就是那个骗子，他在心里骂道，就是他闯进了自己的公寓，毁掉了整个案子。他甚至想拿起电话，打给这个女记者，好好感谢她写出这么好的报道，但最后还是忍住了。这太冒险了。他想到那个亨切尔，那个年轻的检察官。

"终结者，"他大声说出了口，然后高声大喊，"看啊，终结者！"

他心潮澎湃，满是欢喜。他们不知道的事情还有很多，但他现在就登上了头版。不过没关系，他们很快就会一点一点全部了解的。他们会知道的，他的荣耀时刻就要降临了，很快，很快。

他起身走向卧室，准备出门采买补给品。他想最好还是赶早去。他再次看了眼达琳，弯腰碰了碰她的手腕，又抬了抬她的胳膊。死后的僵直已经出现了。他注视着她的脸，她下巴上的肌肉已经开始收缩，这令她的嘴唇向后拉起，牙齿露出，形成丑陋的微笑。她的双眼依旧瞪着，似乎在凝视床头镜里映出来的他们的影像。

他伸手扯下了她的假发。她其实有一头红褐色的短发，他觉得没有任何吸引力。他注意到金色假发的下方边缘沾上了血迹，于是拿进浴室冲洗干净，又把自己收拾妥当。做完这一切后，他回到卧室，从柜子里翻出需要带出门的物品。离开卧室前，他又回头望了那具尸体一眼，想起自己还没来得及问她身上那块刺青到底是什么图案，不过现在已经太迟了。

他把空调调到高挡位，离开房间，关上房门。他在起居室里换衣服，一边换一边在心里提醒自己，要记得在商店里买点熏香。他决定就用从达琳钱包里翻出的七美元。毕竟是她制造了这个麻烦，他想，当然得由她付钱解决。

24

　　星期六早上，我们乘直升机从匡提科赶到机场，又换了一架联邦调查局的小型喷气式飞机，启程前往科罗拉多，那是我哥哥遇害的地方，也是凶手留下最新踪迹之地。飞机上有我、巴克斯、沃林和一个叫汤普森的法医，在昨天晚上的会上，我记下了他的名字。

　　我的外套里是一件浅蓝色的衬衫，左胸还有联邦调查局的徽章。蕾切尔今天一早敲开我的房门，笑着把这件衣服塞给了我。她想得很周到，但我还是宁愿赶紧回丹佛换上自己的衣服。不过这总比我原来那件衬衫强，那可是穿了两天都没换过。

　　飞机飞得很平稳。我坐在最后一排，在我前面三排坐着巴克斯和蕾切尔，汤普森坐在他俩后面。为了打发时间，我读起那本爱伦·坡文集附录的作家生平传记，不时在电脑上做些笔记。

　　差不多快飞到中部地区时，蕾切尔从座位上站起身，走到后面来看我。她今天穿着牛仔裤和绿色灯芯绒衬衫，脚踩一双黑色登山鞋。她在我身旁坐下后，把头发挽到耳朵后面，这让她的美丽面庞更加显眼了。她真是美极了，我意识到在不到二十四小时里，我从一开始憎恨她，变成现在想要接近她。

"一路上你都一个人窝在后头，在想什么？"

"没什么，大概是我哥哥的事吧。要是我们抓到了这个家伙，我想我大概就能明白这一切到底是怎么发生的。直到现在，我还是很难相信这一切是真的。"

"你们的关系非常好吗？"

"大多数时候还是很好的。"我不假思索地回答，"但在最后几个月里，不……或许之前就是这样了。这就像个循环，一会儿我们关系很好，一会儿又看到对方就觉得讨厌。"

"他是比你大还是比你小①？"

"比我大。"

"大多少？"

"大三分钟，我们是双胞胎。"

"我之前不知道这些。"

我点点头，她皱起眉头，仿佛觉得因为我们是双胞胎，失去他对我的伤害更大。或许真是这样。

"我在报告里没看到这个情况。"

"或许这个情况不重要，所以没有记录吧。"

"也许这就能够解释为什么你会……我一直想多了解双胞胎。"

"你是想问，在他遇害的那个晚上，我有没有什么心灵感应之类？答案是没有。类似的事情从没在我们之间发生过，或许曾经有过，但我没意识到，他也不曾对我提起过。"

她点点头，我又把视线移向窗外，有好一会儿，就那么看着。我很喜欢跟她待在一起，尽管昨日的相见一波三折，还有几分尴尬。但我开始感觉到，蕾切尔·沃林就是有那种本事，让最恨她的人都觉得跟她共处很开心。

---

① 原文中，杰克一直用"brother"指代哥哥肖恩，而此词有哥哥和弟弟两层含义，故蕾切尔有此疑问。

我试着反过来问了些她的事。她提到那场婚姻，我已经从沃伦那儿知道了，但她并未多说前夫的事。她说她曾就读于乔治城大学，攻读心理学，在大学的最后一年被联邦调查局招募。成为探员后，她去了纽约分局，这期间又重返校园，在哥伦比亚大学的夜校拿到了法学学位。她坦率地承认，身为拥有法学学位的女性，她在调查局升迁得很快。行为科学部这份工作可是人人艳羡的美差。

　　"你的家人一定很为你骄傲。"我说道。

　　她摇摇头。

　　"不是吗？"

　　"我母亲在我小时候就离开了。从那以后很长时间，我都没再见过她，她完全不知道我现在过得怎么样。"

　　"你父亲呢？"

　　"我还是个孩子的时候，父亲就去世了。"

　　我知道我已经无意中越过了日常闲聊的界限，应当就此打住，但作为新闻记者的本能总是跳出来催促我提出下一个问题，一个受访者不会期待的失礼的问题。我同样也感觉到，她希望诉说更多，但不会主动说出来，除非我先问起。

　　"他是怎么去世的？"

　　"他是个警察。我们当时就住在巴尔的摩。他自杀了。"

　　"噢，天哪。蕾切尔，我很抱歉。我本来不该——"

　　"没关系，我不介意，我也希望你能了解。我觉得正是这件事决定了我今后的一切，决定了我成为什么样的人，决定了我走上现在的职业道路。或许正是你哥哥的事情，还有这篇报道对你的意义，你才会做这些事。这就是为什么我想告诉你我父亲的事，如果我昨天对你太苛刻了，我想向你道歉，真是对不起。"

　　"别在意昨天那些事了，我没有怪你。"

　　"谢谢。"

我们都沉默了一会儿，但我感觉这个话题还没有完结。

"那个基金会的警察自杀研究项目，就是……"

"是的，就是因为我父亲，我才着手这项研究。"

我们又陷入沉默，但我并不觉得有什么不自在，我想她也是。最后，她站起身走向机舱后部的仓储区，为我们每个人拿了苏打水。巴克斯开玩笑说她这个空姐干得不赖，她又重新坐回我身边。我们再次开始聊天，我试着将话题从她对父亲的回忆中转移开来。

"你有没有后悔干了这行？你本可以当个独立执业的心理医生。"我问她道，"这难道不是你进学校学习这个专业的最初目标吗？"

"一点都不后悔，现在的工作能带给我满满的成就感。我现在已经积累了很多第一手反社会心理研究素材，很可能比大多数心理医生一辈子见过的还要多。"

"我只能理解成这些素材来自那些与你共事的探员。"

她毫不掩饰地大笑起来。"这么多人也就你洞悉了这个秘密。"

或许只是因为她是个女人，但我确实觉得她跟我这么多年来打过交道的那些探员不一样。她不像那些人，尖锐得像岩石上锋芒毕露的棱角。她更像是一个倾听者，而不是一个倾诉者；她有自己的想法，而不是被动地做出反应。我开始觉得可以在任何时候向她倾诉自己的想法，不必瞻前顾后，不必担忧会带来什么不利后果。

"就像索尔森，"我说，"那家伙就像时刻绷紧的弦，但是绷得有点太紧了。"

"完全正确。"她说道，然后不自在地笑了笑，又晃了晃脑袋。

"对了，他到底是怎么回事？"

"他只是很愤怒。"

"什么让他愤怒？"

"很多事情。他背在身上的担子太多了，其中还包括我。他是我的前夫。"

我其实没有太惊讶。他们之间的那种紧张气氛几乎都快肉眼可见了。我对索尔森的初始印象，就是他完全可以被印在"这世上男人都是猪"的海报上。难怪沃林对所有男性都印象不佳。

"我真后悔提起他，真是抱歉，"我说，"我发现我在说错话方面还是有天赋的，娴熟程度堪比棒球运动员打出一千个安打。"

她笑了。"没关系。他给很多人都留下不好的印象，不差你一个。"

"跟他共事一定是个非常艰难的差事吧，你们怎么还待在一个部门？"

"准确地说，我们算不上在一个部门。他是紧急情况应对组的，而我在行为科学部和紧急情况应对组两边跑。我们只在某些特殊时候，比如像这次，才会一起工作。我们结婚之前是搭档，都为暴力犯罪分析中心工作，很长一段时间我们都是互相扶持过来的。然后，就分道扬镳了。"

她喝了口可乐，我没有再提问题。这会儿我没法提出一个比较合适的问题，所以我决定先不问。但她没等我发问，就继续说了下去。

"我们离婚后，我就离开了暴力犯罪分析中心，开始更多地接触和负责行为科学部的项目，做侧写，偶尔碰上案子也出来参与调查，而他转到紧急情况应对组。但我们还是会时不时碰上，比如在自助餐厅，或者眼下这种情形。"

"那你为什么不干脆从这儿调走？"

"因为就像我刚才说的，被分配到联邦调查局匡提科中心工作可是个美差。我不愿离开这儿，他也是。要么是这个原因，要么就是他故意在我身边晃荡让我不痛快。鲍勃·巴克斯有次跟我们谈话，说他觉得我们其中一个主动提出调离比较好，但我们俩都不愿意。他们无法调动戈登，他的资历摆在那儿，匡提科中心刚建立的时候他就在了。要是他们调走我，那就是调走了中心硕果仅存的三个女探员之一，而且他们也知道我会大闹。"

"你能怎么闹？"

"我只需要说，我之所以被调动，只是因为我是个女人，这是性别歧视。或许我可以跟《华盛顿邮报》说说。匡提科可是联邦调查局的招牌之一，到各地去帮助当地警察时，我们一个个都跟英雄似的，杰克。要是我去爆料，媒体肯定照单全收，局里可不会傻到让这种事情发生。所以，戈登和我只能都留下来，隔着桌子对坐，不停地朝对方甩脸子。"

飞机开始俯冲下降。透过舷窗，我已经能看到前方的景象。西方远远的地平线上，逐渐显出熟悉的落基山脉。我们快到了。

"采访包括本迪和曼森这些杀人狂在内的罪犯，这项工作你参与了吗？"

我不记得以前在哪里听说或者看到过，行为科学部正在全国各地的监狱访谈所有服刑的系列强奸犯和连环杀手，通过这些访谈收集心理分析数据，再用这些材料绘制相似的其他凶手的心理侧写。这个访谈项目已经进行好几年了，我记得当时我看到过，跟这类罪犯的会面对联邦调查局的探员们造成了很大的心理创伤。

"是有那么一段时期，"她说，"我、戈登和鲍勃，我们都在那个小组里。我现在还能时不时收到那个叫查理的杀人狂给我写的信，大多都是在圣诞节前后。作为一个罪犯，他非常善于操纵那些崇拜他的女性追随者，所以我觉得如果他打算在联邦调查局内部发展出一个同情他遭遇的信徒，此人一定是个女人，而我就是他的最佳选择。"

我看出了其中的逻辑，点了点头。

"至于强奸犯，"她说，"他们当中很多人的心态其实跟杀人狂一样。我可以告诉你，他们当中有些看上去还挺可爱的。我一走进去，就能感觉到有些人正直勾勾地打量我，像掂量货物一般掂量我。

253

我可以打包票，他们正试着盘算在那些警卫冲进来之前，他们会有多少时间，就是他们能不能在后援抵达之前把我给制住。从这一点就能看出他们的心理模式。他们只考虑那些来救援我的人，从未想过我是不是有能力保护自己。我完全可以自救，但他们从不曾考虑这一点，只是简单地把所有女人都视为牺牲品，看作猎物。"

"你的意思是，你是一个人进去跟这些人面谈的？而且没有和他们隔开？"

"这种访谈都是非正式的，通常都在犯人和律师见面的房间里，没有隔板，但一般会有个黑洞。访谈协议是——"

"黑洞？"

"就是一扇小窗户，警卫可以通过它观察里面的情形。访谈协议规定所有访谈都必须有两名探员在场，但实际操作的时候，因为要访谈的人实在太多了，我们有时候分配不过来。所以大多数时候，我们几个人一起去一家监狱，然后分头访谈，这样工作效率高一些。进行访谈的房间外面当然一直有警卫守着，但一些犯人还是会时不时让我感到某种诡异的战栗，就像我自己处于孤立无援的境地一样。可我又不能朝黑洞那儿张望，看是否有警卫盯着，因为如果我这么做了，我的访谈对象也会扭头去看，要是他发现黑洞那儿没有警卫，那么……你知道会发生什么事情。"

"真是该死。"

"还好，对于那些暴力倾向特别严重的访谈对象，我的搭档就会和我一起上，要么是戈登，要么是鲍勃，或者其他什么人。但如果我们分头行动，各自进行访谈，效率总是高得多。"

我想象着如果一个人耗费好几年的时间做这些访谈，很可能会把一些心理负担转移到自己身上。我不知道刚才谈及她和索尔森的婚姻时，她所说的负担是不是这个意思。

"你们总是穿同样的衣服吗？"她问。

"什么？"

"你跟你的哥哥。我经常看到双胞胎这么打扮，你应该也见过。"

"一模一样的装扮？没有，感谢上帝，我们的父母从没逼我们这么干。"

"所以谁是家里的坏小子？是你还是你哥哥？"

"是我，绝对是我。肖恩是圣人，我是罪人。"

"是吗？你的罪是什么？"

我注视着她。"我犯下了太多的罪孽，一下子数不清。"

"真的？那么，肖恩做过的最像圣人的事情是什么？"

笑容从我脸上消失了，最符合她问题的答案在我心头浮现出来。就在这时，飞机猛地左转，偏离了预定航线，开始向上爬升。蕾切尔顿时忘了自己的问题，朝过道倾身，观察着前方情况。只见巴克斯沿着过道走了过来，两手撑在舱壁上以保持平衡。他示意汤普森跟上他，两人都挪了过来，坐到我们这边。

"发生什么事了？"蕾切尔问。

"我们正在转向，"巴克斯说，"我刚刚接到从匡提科打来的电话。今天一早，菲尼克斯分局回复了我们不久前下发的警示通知。一周前，一个负责凶杀案的警探被发现死在自己家里，本来以为是自杀，但有些情况不太对，他们现在把案子定性为谋杀。看样子，我们的诗人犯了个错误。"

"菲尼克斯？"

"对，最新的案发地。"他看了看手表，"我们得赶快过去。那名警探四个小时后就要下葬，我想在下葬之前看一眼尸体。"

25

　　飞机在菲尼克斯空港国际机场降落后，两辆政府公务车和联邦调查局当地分局的四名探员正等着我们。同我们来的地方相比，这儿暖和多了，我们把外套脱下，搭在电脑包或者小型行李箱上，直接拉着箱子往外走。汤普森还带了一个工具箱，里面放着他的设备。我和沃林跟着两名当地探员上了一辆车，这两人分别姓马图扎克和迈兹，是两个白人小伙子，估计工作经验加起来都不到十年。从他们对沃林那副毕恭毕敬的样子就能看出来，联邦调查局的行为科学部在他们心中处于极高的位置。尽管我的衬衫上也印着联邦调查局的徽章，但他们可能已经事先收到信息说我只是个记者，或者从我留的胡子和头发看出我做不成探员，所以一路上都不怎么搭理我。

　　"现在我们去哪儿？"沃林问他们。我们坐在一辆普通的灰色福特车上，跟在巴克斯和汤普森乘坐的那辆同样普通的灰色福特车后面，驶出了机场。

　　"斯科茨代尔殡仪馆。"迈兹回答，他坐在副驾驶座上，马图扎克开着车。他看了看表，又说道："葬礼会在两点钟举行。你们很可能只有不到半个小时的时间检视遗体，之后殡仪馆的工作人员就要给尸体穿上衣服，送入棺柩，开始悼念仪式。"

"棺柩已经打开了？"

"是的，昨天晚上打开的。"马图扎克说，"尸体已经进行了防腐处理，上了妆。我们不知道你们要在尸体上找什么。"

"我们没打算找任何东西，就是想看一眼。我估计这会儿前面那辆车里，你们的同事正在向巴克斯探员简要汇报情况。你们俩介意跟我们说说吗？"

"那就是罗伯特·巴克斯？"迈兹说道，"他看起来也太年轻了。"

"他是小罗伯特·巴克斯。"

"噢。"迈兹做了个鬼脸，似乎在表达他终于理解为什么那么年轻的人就可以带领整个团队了，"原来如此啊。"

"不，你什么都不明白，"蕾切尔说道，"他虽然叫这个名字，有个好父亲，但他同时也是我见过的最勤奋也最细致的探员。他现在的地位是自己赢来的，他也配得上；事实上，如果他换个名字，比如迈兹，说不定还能过得轻松点。现在，你们两位中有谁能给我们介绍介绍情况吗？"

我看见马图扎克从后视镜里打量她，然后又审视着我，蕾切尔注意到了他的眼神。

"他没问题，"她说道，"他已经得到我们上级主管的批准，来这儿参与调查。我们知道的事情，他享有全部知情权。你们有什么意见吗？"

"只要你没意见，我们当然没意见，"马图扎克说，"约翰，你说说吧。"

迈兹清了清喉咙："其实也没有多少要再介绍的了。我们没有得到当地警方的批准，不在调查组里，了解的情况也不多。不过我们能确定遇害的警探名叫威廉·奥瑟莱克，负责凶杀案，星期一被发现死在家里。他至少在被发现死亡的三天前遇害，因为补休，上周五他就没上班。他们记得最后一次看到他是上周四晚上，他们一群人一块去酒吧的时候。"

"是谁发现他的？"

"警察局里的一个同事，因为他星期一没上班，就去找他。他离婚了，一个人住。总之，他们整整一个星期都在争，争论到底是自杀还是谋杀。最后，他们将此案定性为谋杀，昨天才讨论确定的。很显然，定为自杀的话，还是有很多疑点。"

"案发现场的情形你清楚吗？"

"说实话，沃林探员，你只要买一份本地报纸，就会知道我现在了解的一切。就像我刚才说的，我们没有得到菲尼克斯警方的邀请，无法参与调查，所以不知道他们在现场发现了什么。我们今天一早收到匡提科传来的警示通知，杰米·福克斯，就是前面那辆车跟巴克斯探员坐在一起的那个，在加班赶文件的间隙看了眼那份通知，觉得这桩案子跟你们正在搜寻的对得上，于是就打了电话。然后我跟鲍勃就被派过来接你们了，就像我刚刚说的那样，我们俩其实不太清楚到底发生了什么以及为什么发生。"

"好吧。"蕾切尔听起来有点不高兴，我知道，她现在恨不得飞到前面那辆车上，"我确信到殡仪馆后我们就能把事情弄清楚。当地警察在做什么？"

"他们在等我们。"

汽车驶入驼峰路，我们在斯科茨代尔殡仪馆的后门停了车。尽管葬礼两个小时后才开始，但停车场里已经停满了车。有几个男人正四处转悠，还有几人靠在车上。他们都是警探，我可以打包票，估计正等着看联邦调查局会说什么。我看到停车场远处还停着一辆电视转播车，车顶架着碟形的卫星信号接收器。

我和蕾切尔下了车，与巴克斯和汤普森会合，然后被领着从后门进入这家殡仪馆。进门之后，我们走进一个宽敞的房间，从地面到天花板几乎贴满了白色瓷砖。屋子正中放着两张可供放置遗体的不锈钢桌台，上方悬着冲淋喷管，沿着三面墙摆放着不锈钢柜子和其他设备。屋子里已经聚了五个人，当他们走上前迎接我们时，我看到了远处那张桌台上的尸体。我猜那就是奥瑟莱克，但是没有看到头部有明显的射击造成的创伤。尸体赤裸着，有人已经从柜子顶的卷纸上扯下一码，缠在了尸体的腰间，遮住了阴部。奥瑟莱克下葬时要穿的西服套装撑在一个衣架上，挂在远处的墙上。

在场的警察走过来，一个个跟我们握手。汤普森被领到尸体前，他拿过工具箱，开始检查。

"以现在这情形，我不觉得你们还能找到什么我们没发现的情况。"一个叫格雷森的人说道，他是当地警察局负责本案调查工作的警官。他身材矮小而健壮，举手投足间一派自信，待人彬彬有礼。他的皮肤跟其他当地警察一样已经被晒成了深棕色。

"我们也这样觉得，"沃林应道，她回应得很快，而且完全"政治正确"，"你们已经检查过了，何况他已经被清洗干净，准备入殓了。"

"但我们还得走个过场。"巴克斯说道。

"你们为什么不告诉我们，现在正在调查的到底是什么？"格雷森问道，"要是知道了，也许我们还能提供点线索。"

"没问题。"巴克斯说。

当巴克斯向这些警察简短地介绍诗人一案的案情时，我观察起汤普森的工作。他摆弄尸体的架势显得游刃有余，面不改色地在尸体上抚摸、探刺、推挤。他花了很长时间，用戴着手套的手指捋着死者的灰色头发，然后又从口袋里掏出一把梳子，小心地把弄乱的头发梳回原来的位置，接着拿出一个带灯的放大镜，仔细检查了死者的口腔和咽喉。随后，他把放大镜放到一边，从工具箱里拿出照相机，对着奥瑟莱克的喉部拍了一张照，闪光灯吸引了屋里所有警察的注意力。

"只是存档用的照片，先生们。"他说道。他自始至终都低头工作，说话时连头都没抬。

接着，他开始检查尸体的四肢，先是右臂和右手，然后是左臂和左手。检查左手手掌和手指时，他再次使用了放大镜，然后给左手手掌和食指各拍了两张照片。屋子里的警察似乎都没有注意这个，看起来是接受了他之前"只是存档用的照片"的声明。但是我一直在观察他，注意到他没给右手拍同样的照片，我知道他肯定是在死者左手上发现了什么值得注意的迹象。在收好了相机吐出的四张拍立得照片之后，他把相机放回工具箱里。之后，他继续检查尸体，但没有再拍照。他打断了巴克斯的讲述，叫他过来帮忙把尸体翻个身，再一次从头到脚检查起来。这时我才看到在死者的后脑上，有一块暗色的蜡状物，我猜测那就是子弹贯穿后造成的创伤，但汤普森没有给那一处拍照。

汤普森结束了检查，恰在此时，巴克斯的案情介绍也正好讲完，我不禁想这巧得就像他们事先安排好的一样。

"有什么发现吗？"巴克斯问道。

"没有什么要紧的，我觉得，"汤普森说，"如果可以的话，我想再看看尸检报告。报告带来了吗？"

"按照你们的要求带来了，"格雷森说道，"这里是所有材料的复印件。"

他递给汤普森一份文件，汤普森拿过文件退到一边，在一个柜子的台面上翻开，快速浏览起来。

"那么，先生们，我已经把我知道的情况都告诉你们了，"巴克斯说，"现在，我想听听你们的解释，你们为什么没有把这起案子定成自杀？"

"好的，事实上，我之前并没有十足的把握确信这不是一起自杀案，直到刚才听闻了贵局的调查，"格雷森说，"这会儿我觉得这个狗日的诗人——请原谅，沃林探员——就是我们要找的凶手。总之，我们当时发现了难解的疑点，最后决定把这件案子归为谋杀案，主要出于以下三个原因。第一，当我们发现比尔①时，他头发的方向不对。从他第一天来局里上班，到现在足足二十年了，他的头发都是朝左边梳的，但我们发现尸体时，他的头发却是往右梳的。这本来只是件小事，但后来又发现了第二和第三个疑点。第二个疑点是法医尸检后提供的。我们让法医用棉签在他嘴里取样，检验射击残留物，这样我们就能知道开枪时枪口是放进了他嘴里，还是在嘴外几英寸的位置，或者其他什么情况。结果我们的确发现了射击残留物，但同样也发现了枪油和第三种我们现在都未能准确鉴别的物质。在我们解决这个问题之前，我不想轻易断定这是一起自杀案。"

"你能跟我们说说这种物质吗？"汤普森问道。

"是某种动物脂肪的榨取物，里面还含有磨成粉末的硅，这些都写在了法医报告里，就在你手里的文件中。"

我好像看到汤普森瞥了巴克斯一眼，然后迅速移开视线，似乎心照不宣地交换了意见。

"你们知道这种东西？"格雷森问道，显然他也注意到了刚才那一幕。

"还不能下结论，"汤普森说道，"我会研究下这份报告里的细节参数，回匡提科的实验室后用电脑再分析一下，有结果我会通知你们的。"

"第三个原因是什么？"巴克斯问道，迅速转移了话题。

"第三个原因是由占边提出来的，他是奥瑟莱克的老搭档，现

---

①威廉的昵称。

在已经退休了。"

"占边是他的本名？这不是威士忌的牌子吗？"蕾切尔问道。

"是啊，这就是他的名字。他听说比尔的事情后，从图森给我打了个电话，问我们是否找到了弹头。我说当然，是从他身后的墙体里挖出来的。然后他问我是不是一颗黄金弹。"

"黄金弹？"巴克斯问，"用黄金做的子弹？"

"对，他说的就是一颗黄金子弹。我告诉他不是，就是一颗普通的铅弹，和他弹夹里的其他子弹一样，我们从地板里取出的另一颗子弹也一样。我们当时认为打进地板里的是第一枪，用来给自己打气的。但听了我的话后，占边告诉我，这绝对不是自杀，而是一起谋杀案。"

"他是怎么确定这一点的？"

"他跟奥瑟莱克是多年的老搭档，他知道奥瑟莱克偶尔会……妈的，其实也不算什么，大概没有哪个警察没想过这个，总会在某个时刻钻了牛角尖。"

"你是说自杀。"蕾切尔说道，她是在陈述，不是提问。

"是的。接着占边告诉我，有一次奥瑟莱克给他看了一颗黄金弹，占边不知道他是从什么地方搞到的，可能是邮购或者其他什么门路。他对占边说，'这就是我的黄金降落伞，等到我再也受不了的那天，它就是我的归宿。'所以占边认为，没有黄金弹就不是自杀。"

"你们找到那颗黄金弹了吗？"沃林问。

"找到了。在跟占边通过电话后，我们就找到了。就在床头右侧的抽屉里，似乎是有意放在触手可及的地方，一有需要就拿得到。"

"所以这一点说服了你们。"

"是所有这些加起来说服了我们，这三件事都指向谋杀，于是我们定性为谋杀。但就像我刚才说的，我并没有彻底信服，直到你们走进来，把你们的调查告诉了我。现在我只想日死这个诗人——

抱歉冒犯，沃林探员。"

"没关系，我们都想干掉这个家伙。他留下遗书了吗？"

"留了。正因为这个东西，我们才难以确定这是一起凶杀案。发现了一封遗书，该死的，的确就是比尔的笔迹。"

沃林点点头，仿佛他的话在她意料之中。"遗书上写了什么？"

"那句话的意思看不明白。看上去像是一首诗，上面写着——呃，等等，托马斯探员，请把那份文件先借我看看。"

"我叫汤普森。"汤普森说道，然后把文件递给他。

"对不起。"格雷森翻了几页，找到需要的内容，大声读道，"'群山永无止歇地崩塌坍圮，坠入无岸之海的滔滔洪波。'就是这些。"

沃林和巴克斯看向我。我打开那本文集，在诗歌里翻查着。

"我记得这句诗，但记不得出自哪首，我查查。"我翻到诗人引用过的那几首诗歌，飞快地浏览着。我找着了，是《黑甜乡》，这首诗曾经被引用过两次，我哥哥留在挡风玻璃上的话也出自这首诗。"我找着了！"我说。我把书打开举起来，让蕾切尔能够看到诗句。其他人也走上前来，围在她身边。

"这狗杂种。"格雷森嘟哝道。

"能给我们大致说说，你们觉得案发情形是怎样的吗？"

"呃，好的。我们的推测是，这个身份不明的凶手潜进比尔的家，趁比尔睡觉时用比尔的配枪制住了他，命令他起来，穿好衣服。这个过程中比尔梳错了头发，我的意思是，他当时并不知道会发生什么事，或者他猜到了，所以故意梳错了头发。不管怎样，他用这种方式给我们留下了一条小线索。然后，他被从卧室带到起居室，在椅子上坐下，凶手逼他在一张纸上写下这句遗言，这张纸是从一直放在他大衣口袋里的笔记本上撕下来的。再然后，他开枪射杀了比尔，一枪打进了他的嘴里。接着他把枪放到比尔手上，朝地板开了一枪，这样就能在比尔手上检验到射击残留物了。之后凶手就离开了屋子，而我们再没见过比尔，直到三天后发现他的尸体。"格雷森回头望了尸体一眼，看到没人检查了，便看了看表。"嘿，殡仪馆的人呢？"他说，"来个人去叫他过来，告诉他我们已经完事了。你们检查完了，对吗？"

"是的。"汤普森回答。

"我们必须得准备入殓事宜了。"

"格雷森警探，"蕾切尔说，"奥瑟莱克警探生前是否正在侦办某个案件？"

"哦，是的，是有个案子，小华金的案子，这个八岁小男孩上个月被绑架了。他们找到了他的尸体，只剩下一个头。"

如此残暴的凶杀案，令这个停放尸体的房间顿时陷入一片寂静。在此之前，我已经不再怀疑奥瑟莱克的死与其他案子的关联，但听到这个凶手对孩子犯下的罪行后，我更加确信这家伙的确就是我们在找的那个杂种。从五脏六腑翻涌而出的愤怒像波涛一样拍打着我的胸膛，碎成滚滚白沫。

"我猜在场诸位都要参加葬礼？"巴克斯问。

"是的。"

"我们可以安排个时间再见面吗？我们也想看看那个男孩华金的案件报告。"

他们约定星期天上午九点在菲尼克斯警察局会面，格雷森显然觉得把会面地点安排在他的地盘能更好地维护他的利益。但我有一种感觉，强大的政府主力军——联邦调查局既然已经介入，就会像巨浪掀翻救生员那样把他扫到一边。

"最后一件事，媒体。"蕾切尔说道，"我看到外面停着一辆电视台转播车。"

"是的，他们总对这类事情感兴趣，特别是当他们知道了……"他没有说完。

"知道了什么？"

"是这样，有人在警察通信频道里提到我们要在这儿跟联邦调查局会面，诸如此类的。"

蕾切尔低吟一声，格雷森点点头，好像这也在他预料之中。

"听着，这件事绝对不能泄露出去，"蕾切尔说，"我们告诉你们的情况，哪怕只有半点被透露出去，那个诗人就会蛰伏，我们就再也别想抓住犯下这件案子的凶手了。"

她朝那具尸体点点头，几个警察也转身看去，仿佛想确认尸体是不是还在那儿。这时殡仪师正好走进房间，从衣架上取下奥瑟莱克这一生中最后一套西装。他望着一屋子的调查人员，等调查人员离开后，他才能好好拾掇这具遗体。

"我们这就走，乔治。"格雷森说道，"你可以开始工作了。"

巴克斯说："告诉媒体，联邦调查局这次来只是例行公事，你们仍然持有这件案子的调查权，本案不排除他杀可能。说得含糊些，别表现出你已经确认了什么情况。"

我们走回停着政府公务车的停车场，一个头发染成金色的年轻女子拿着麦克风，一脸严肃地向我们走来，后面还跟着个摄影师。她把麦克风凑到嘴边，问道："为什么联邦调查局今天上这儿来了？"

她的麦克风一转向，直接伸到我的下巴下面。我张了张嘴，却什么话都说不出。我不知道她为什么选中了我，随即意识到因为我穿的衬衫上印着联邦调查局徽章，显然她由此确信自己采访的正是联邦调查局的探员。

"我来回答这个问题。"巴克斯极快地接过话，麦克风立即转到了他的下巴下面，"应菲尼克斯警察局的要求，我们前来对尸体作例行检查，并听取他们对案情细节的介绍。本案中联邦调查局的工作到此为止，对案情的进一步解答应交由本地警方，其他我们无可奉告，谢谢。"

"那你们认为奥瑟莱克警探是某起暴行的受害者吗？"记者追问道。

"很抱歉，"巴克斯说，"这个问题你应当咨询本地警方。"

"请问你的名字是……"

"我希望不要在报道中提及我的名字，谢谢。"

他走过她身旁，上了车，我跟着蕾切尔进了第二辆。几分钟后我们便离开了这里，驶向菲尼克斯。

"你不担心吗？"蕾切尔问道。

"担心什么？"

"担心她抢走你的独家报道。"

"我正犯愁，只能希望她同大多数电视记者一样。"

"电视记者是怎么样的？"

"没有消息来源，也没有大脑。如果她也是这样，那我就不用担心了。"

26

联邦调查局菲尼克斯分局位于华盛顿街的联邦法院大楼，距离菲尼克斯警察局只有几个街区，明天我们就在那儿同当地警察碰面。我们跟着迈兹和马图扎克走在地区分局的走廊里，走廊地面打磨得很是光亮。我们走进了一间会议室。一路上，我都能感受到蕾切尔的焦躁和急切，我觉得她会这样的原因是她跟我在一起就不能坐进另一辆车里，听汤普森向巴克斯汇报刚才在尸体上发现的情况。

这间会议室比我们之前在匡提科开会的房间要小得多。我们进来时，巴克斯和汤普森已经在桌子旁就座了，巴克斯正在打电话。看我们走进来，他一只手捂住听筒对我们身后的马图扎克和迈兹说道："伙计们，我需要跟我的人单独谈谈，就几分钟。你可以帮我们准备几辆车，如果你们方便的话。还需要找个地方给我们订几个房间，六个吧，可能需要这么多。"

马图扎克和迈兹顿时神情沮丧，就像是听到了降职通知。他们闷闷不乐地点点头，离开了会议室。我不知道我该怎么办，我这算是被邀请参加会议还是被婉拒了？因为事实上巴克斯的人当中并不包括我。

"杰克，蕾切尔，坐吧，"巴克斯说道，"等我打完这个电话，就让詹姆斯给你们讲讲他新发现的情况。"

我们找位子坐了下来，看着和听着巴克斯打电话。很明显，他在听对方汇报情况，不时做出回应，听上去似乎并不全是跟诗人相关的案子。

"好的，戈登和卡特呢？"在一段情况汇报完毕后，他问道，"他们预计什么时候抵达？这么晚？见鬼！好吧，听着，三件事。给丹佛打个电话，让他们重新审查麦克沃伊一案的证物。告诉他们，特别注意检查手套，翻过来看里面，检查有没有血迹。如果他们发现了血迹，告诉他们启动开棺验尸申请程序……对，是的，要是有什么问题立即给我打电话。第二，让他们看看当地警察当初有没有从受害者嘴里取样，检验射击残留物，如果他们取了，就把全部样本寄往匡提科。所有案子都这么办。第三，詹姆斯·汤普森会从这里快递一个包裹到实验室。我们需要以最快速度做物质鉴定，验出那东西是什么。丹佛那边寄过来的东西也做同样处理。还有什么吗？和布拉斯的电话会议是什么时候？好吧，我们开会的时候再谈。"

他放下电话，看着我们。我想问问他开棺验尸是怎么回事，但蕾切尔抢先问道："六个房间？戈登也要过来？"

"他和卡特正赶过来。"

"鲍勃，为什么？你知道——"

"我们需要他们，蕾切尔。我们的案子已经到了临界点，事态还在恶化，我们得往前赶了。按最坏的情况估计，我们已经落后凶手十天。我们需要更多的人手，才能把进度赶上去。理由就是这么简单，但是这条就已经足够了。好了，杰克，你有什么要说的吗？"

"你刚才说要开棺验尸——"

"几分钟后我们就会一起讨论这件事，你一会儿就明白了。詹姆斯，把你在尸体上发现的情况跟他们说说。"

汤普森从口袋里掏出那四张拍立得照片，摊在我和蕾切尔面前的桌上。"这是死者左手手掌和食指的照片。左边这两张是按一比一的比例拍摄的，另外两张是放大十倍的图像。"

"有针眼。"蕾切尔说。

"没错。"

我开始并没有看出来，直到蕾切尔说出这一点，我才发现隐藏在皮肤纹理中的非常小的针眼——三个在手掌上，两个在食指尖。"这是什么？"我问。

"从表面上看，这就是些针孔，没什么大不了的，"汤普森说，"但伤口没有任何结痂或者愈合的迹象，这意味着针孔形成的时间与死者的死亡时间大体相当——死前不久，也可能是死后不久。不过如果是死后，意义就不大了。"

"什么意思？"

"杰克，我们在查凶手是如何得逞的，"巴克斯说，"为什么这些经验丰富、体格强壮而且意志顽强的警探，这么容易就让人制服了？我们要探究的就是凶手的控制手法，这是案子的关键之一。"

我朝那些照片一指。"而这些又能告诉你们什么？"

"针孔和其他一些情况表明，这个案子可能涉及催眠术。"

"你的意思是，这个家伙催眠了我哥哥和其他受害者，让他们把枪放进自己嘴里，扣下了扳机？"

"不，我认为这事没有那么简单。你得知道，就算使用催眠术，也很难克服潜藏在一个人大脑深处的自我保护本能。很多专家甚至直截了当地下结论说，这是绝对不可能的。但是，如果一个人对催眠暗示之类非常敏感，那么这个人很容易就会在很多方面受到催眠者的影响和控制，会变得非常温顺，任人摆布。这只是一种可能性，否则没法解释为什么这么多警探会被凶手控制。现在我们在这个受害者的手上发现了五个针孔。测试被催眠者是否成功进入催眠状态的标准程序，就是先告诉他针刺不会疼，然后用针刺破他的皮肤。如果他对针刺还有反应，说明催眠还没有生效；如果他对疼痛没有任何感觉，就说明他已经进入催眠状态了——也就是处于可被操纵的状态。"汤普森补充道。

"所以你想检查我哥哥的手。"

"是的，杰克，"巴克斯说，"我们需要得到开棺许可。我记得档案上写着他结婚了，他的遗孀会同意这么做吗？"

"我不知道。"

"我们大概会需要你帮忙。"

我只得点了点头。现在事情的走向越来越诡异了。"其他情况是什么？你刚才说，暗示这案子可能涉及催眠术的是针孔和其他一些情况。"

"验尸报告。"蕾切尔回答道，"所有遇害者的血液检测结果都表明每个人的血液里含有其他物质，你哥哥——"

"只是止咳糖浆，"我警觉地辩解道，"是放在车内手套箱里的。"

"是的。遇害者血液里所含有的异样成分各不相同，有止咳糖浆这样的非处方药，也有处方药。其中一个遇害者验出了对乙酰氨基酚成分，这是他死前十八个月接受背痛治疗时医生开给他的，我记得是芝加哥那个案子。另一个案子——我记得应该是达拉斯的佩特里案——在他的血液里验出了可待因，这一成分来自于镇痛止咳药泰利诺，也是一种处方药，药瓶就在他自己的医药箱里。"

"好的，那么这说明什么问题？"

"是这样，单独看这些案子，每一桩死亡案件都说明不了什么。在每桩案子中，无论血液检测出来什么结果，都可自圆其说地解释成受害者正在使用相应药物。我的意思是，一个人想结果自己的性命，为了让自己平静下来，他可能先掏出以前看病时医生开的药，吃上几片对乙酰氨基酚片，这种想法非常合乎情理。所以这些情况在之前的那些案子里都被调查人员忽略了。"

"但现在它们暗示了什么？"

"也许，"她说，"针孔的发现表明凶手使用了催眠术。要是把这一点跟受害者血液中存在某些具有镇定作用的化学制剂的情况联系起来看，你大概就能明白这些人是如何受制于凶手的了。"

"止咳糖浆又怎么解释？"

"它可以增强被催眠对象对催眠暗示的敏感性。可待因就是一种被验证的增强剂。现在的非处方类止咳药已经不含可待因了，但替代成分仍然可以起到类似作用，当增强剂用。"

"这些情况你们早就知道了？"

"不，我们以前只注意到药物的事，但不明白它的作用，直到现在才想明白了。"

"你们以前碰到过类似案子吗？为什么了解这么多催眠术的事？"

"作为辅助的执法手段之一，调查中经常会用到催眠术。"巴克斯说，"当然，这种情形在对立领域也一样，凶手也会使用催眠术。"

"几年前出过一个案子，"蕾切尔说，"有个男人，一个在拉斯维加斯夜总会之类的地方工作的家伙，表演催眠术的。他也是个恋童癖，他的犯案手法是这样的：他去县里的游乐会或者其他类似地方表演节目，这样就有机会接近孩子们。他有专门为儿童表演的节目，而且是在白天，然后他会告诉观众，他需要一个年幼的志愿者参与表演。那些父母当然恨不得把自家孩子扔到台上去。他会挑出一个'幸运儿'，然后说要带孩子去后台做些准备工作。他就在后台催眠那个孩子，奸污，再通过催眠洗掉孩子的这部分记忆。然后他再带着孩子大摇大摆地回到舞台表演节目，再给孩子解除催眠状态。他就是用可待因作为催眠增强剂，放在给孩子喝的可乐里。"

"我记起来了，"汤普森点着头说道，"是催眠师哈里案。"

"不，不叫哈里，是催眠师霍勒斯案，"蕾切尔说，"他还是我们系列强奸犯访谈项目中的一个采访对象，在佛罗里达州雷福德监狱。"

"等等，"我说，"他会不会就是……"

"不，凶手应该不是他。他还在佛罗里达的监狱里，我印象里他的刑期好像是二十五年，那案子是六七年前的事。他还在监狱里，不是他。"

"不管怎样，我还是再核查一下，"巴克斯说，"为了保险起见。不过，杰克，你已经听到我们在探讨的问题，也看到了这一可能性。我希望你可以给你嫂子打个电话，由你跟她说应该会好一些，告诉她开棺重新验尸对于本案有多么重要。"

我点头同意了。

"好极了，杰克，我们非常感激。现在，我们可以暂时放松下，在这个城市里转转，看看有什么好吃的。还有一小时二十分钟，才到跟其他地区分局召开电话会议的时间。"

"另外那件事呢？"我问。

"什么事？"巴克斯也问道。

"那个警探嘴里发现的东西，看上去你们似乎知道那是什么。"

"还不知道。我只是安排他们把样本送回东部^①，希望能查出什么来，到时候我们就知道了。"

他在撒谎，我看得出来，但我没有深究。这时大家都站起身，向门外走去。我告诉他们我不饿，而且需要找个地方买些衣服，如果附近没有走路可到的商店，我就打辆出租车去。

"我也想去看看，我跟杰克一起吧。"蕾切尔说道。

---

①匡提科位于美国东部。

不知她是真的想跟我一起逛，还是她的工作就是时时刻刻盯着我，确保我不会跑掉立刻把报道写出来。我抬手摆了摆，做了个"随便你"的手势。

根据马图扎克给我们指的方向，我和蕾切尔向附近一家名叫亚利桑那购物中心的大型商场走去。今天天气不错，几天的紧张与劳累后，散散步算是不错的放松。蕾切尔跟我谈论着菲尼克斯这座城市——她是头一回来这里，跟我一样——最后，我终于把话题转到刚才我问巴克斯的最后一个问题上。

"他在撒谎，汤普森也是。"

"你是说那些口腔样本的事？"

"是啊。"

"我认为鲍勃只是不想让你了解更多你不需要知道的东西。我说这话并不是因为你的记者身份，要跟你藏着掖着。我的意思是，他考虑的是你作为死者弟弟的身份，知道那事可能会令你难以接受。"

"如果发现了什么新情况，我希望及时了解。我们可是说好了，我是调查组的一员，有权知道内情。不能某个时候把我算进局里，其他时候又把我排除在外——就像刚刚拿催眠术之类的话糊弄我。"

她停住脚步，转过身来对着我。"如果你真想知道，我可以告诉你，杰克。如果我们的设想是对的，而所有的案子都遵循同一个模式，那么，接下来的这些话可能会令你很难过，希望你能释怀。"

我望向前方，那座大商场已经跃入了视野，是一座砂岩色的大厦，前面有宽敞的露天步行街。"告诉我吧。"我说。

"在样本分析结果出来之前，什么都不能确定。但是从格雷森对那种物质的描述来看，很像我们之前见过的某种东西。你知道，有些惯犯很聪明，他们知道可能会在现场留下证物，比如精液之类，所以他们会用上安全套。而如果使用了润滑式安全套，润滑剂就会沾在那儿，然后被我们检验出来。有时候是不经意留下来的……而有时候，是他们想让我们知道他们对受害者做了什么而故意留下的。"

我看向她，差点发出呻吟。"你的意思是，那个诗人……跟他们发生了性行为？"

"有可能。坦率地说，我们从一开始就有这种怀疑。所有连环杀手……杰克，所有连环杀手犯下案子，都是为了追逐一种性满足。他们追求凌驾于遇害者之上的力量和控制，这些正是性满足的组成部分。"

"不，时间不够。"

"你说什么？"

"我在说我哥哥的案子，那个巡守员就在那儿，不可能有足够的……"我住了口，突然意识到时间不够的问题只存在于肖恩死后，而不是之前，"老天啊……我的天哪！"

"这就是刚才鲍勃不愿意让你知道的事情。"

我转过身，抬头望着蓝色的天空。一幅蔚蓝的画卷中，唯一的瑕疵就是一架喷气式飞机留下的两条尾迹。"我真不明白，那个杂种为什么要做这种事？"

"我们或许永远都不会明白这个，杰克。"她伸出一只手，安慰地搭在我的肩头，"我们要追捕的这些人……有时候，他们的所作所为是没有办法解释的。这就是查案过程中最难的部分——弄清楚他们的动机，理解是什么驱使他们做出那些事。对这种事我们有个说法，我们说这些人来自月球。有的时候，当我们实在找不到答案，你会发现这是唯一能解释他们行径的理由了。想弄明白这些人，就像把一面摔得粉碎的镜子拼回原样那么困难。有些人的行径就是无法解释，所以我们只能简单地说这些人根本就不是人，我们说他们来自月球。这个诗人就是从那个特别的月球上过来的，他所遵循的那些非地球的本能，在月球上反而是正常、自然的。于是他遵循这些本能，犯下一桩又一桩罪行，这会让他心满意足。我们的工作就是绘制出驶向诗人那个月球的星图，这样我们就更容易找到他，送他回月球去。"

我能做的就是听着这些话，机械地点头。我无法从她的话里得到安慰，我只知道一点，如果给我一个机会，我要把这个诗人送回月球老家去，我要亲手把他送回老家。

"好了，"她说，"从现在开始，试着忘记这件事吧。咱们去逛逛，给你买几身新衣服。我们可不能再让那些记者把你当作联邦调查局的一员了。"

她冲我微笑，我回以无力的笑容，任由她推着我迈进了商场。

27

六点半，我们回到联邦调查局菲尼克斯分局的那间会议室。巴克斯已经在里面，正打着电话进行工作安排，房间内还有汤普森、马图扎克、迈兹和三名我不认识的探员。我默默把几个购物袋塞到会议桌底下，里面有两件新衬衫、一条裤子、一包内衣裤和一包袜子。我马上意识到自己犯了个错误，此刻我真希望走进来前换上了新买的某件衬衫，因为那三名陌生的探员正冷着脸，用无情的目光盯着我和我身上这件印着联邦调查局徽章的衬衫，仿佛在谴责我亵渎了什么圣物，胆敢冒充联邦调查局的探员。巴克斯告诉电话那头的人，事情办妥后给他回个信，然后挂了电话。

"好了，"他说，"只等他们那边搭好线，设置好通信，我们的全体人员电话会议就马上开始。趁这会儿，我们先说说菲尼克斯这边的情况。明天一早，我们就要开始调查案发现场，死亡警探的和他生前侦办的那个男孩的。两桩案子，两处地点，都要重新彻查一遍。我希望——哦，对不起，蕾切尔，杰克，这位是文斯·普尔，菲尼克斯分局的探员主管，他将负责提供我们需要的一切支援。"

普尔探员看上去像是在这一行摸爬滚打了二十五年，是在场所有人中资格最老的。巴克斯介绍完后，他只是朝我们点点头，什么都没说。巴克斯没有再向我们介绍另外两个人。

"我们和本地警察的碰头会定在明天早上九点整。"巴克斯说。

"我认为我们可以巧妙地把他们撇到一边。"普尔说。

"悠着点，我们不希望招来本地警察的任何敌意。他们是奥瑟莱克的同僚，是最了解他的人，会是很好的信息来源。我觉得我们应该让他们参与调查，当然调查主导权必须牢牢握在我们手里。"

"没问题。"

"这件案子是我们最好的机会。它是新案，刚发生不久，但愿凶手犯下这两桩谋杀案时犯下了什么错误，只要在男孩或者警探的案子中留下任何线索，我们都可以把它找出来。我希望能看到——"

桌上的电话响了，巴克斯拿起话筒，说了声"喂"。

"请稍等。"他按下免提键，放下听筒，"布拉斯，你们到位了吗？"

"全部就位了，头儿。"

"好，我们先点个名，看是不是都在。"

电话扬声器里，六个城市分局的探员都应了声。

"很好，都到齐了。我希望这个会尽量不要那么正式。我们不妨先依次谈谈各自掌握的情况。布拉斯，你最后发言。所以，从佛罗里达开始，特德，你可以开始讲了吗？"

"呃，好的，头儿，这边是我跟史蒂夫在负责调查。我们的工作才刚刚开始，希望明天能有更多发现。尽管如此，目前我们已经发现了一些值得关注的异常情况。"

"说下去。"

"呃，我们这儿是诗人驻足的第一站，至少目前被认为是他的第一站——克利福德·贝尔特伦案。之后的第二起案子——就是发生在巴尔的摩的那桩——是差不多十个月后才犯下的。从我们目前掌握的情况来看，这两起案子之间的作案周期最长。这就令我们重新思考第一起案子发生是否随机的问题。"

"你们觉得这个诗人认识贝尔特伦？"蕾切尔问道。

"是有这种可能，但现在还只是一个猜想，我们还在做进一步调查。不过这起案子里还有其他几点值得注意的地方，也支持我们这个猜想。首先，这一系列案子里，只有这一起用的是霰弹枪。我们今天查阅了尸检报告，那些现场照片可真够惨不忍睹的。凶手用一把双枪管的霰弹枪把受害者整个人都打烂了。我们应该都知道这种行为模式背后的含意。"

"过度杀戮，赶尽杀绝，"巴克斯说道，"说明凶手认识或者熟悉受害者。"

"是的。之后我们发现使用的凶器本身也有问题。根据报告，那是一把老式的史密斯韦森霰弹枪，贝尔特伦平时把它放在壁橱最顶层，一般人乍一看根本看不见。这个情况就写在报告里，是死者的妹妹提供的。贝尔特伦从未结过婚，一直住在他从小长大的老宅里，我们还没有去找死者的妹妹了解情况。我要说的重点是，如果是自杀，没问题，是他自己打开了壁橱，从上面取下了霰弹枪，但现在我们调查认为这并不是一场自杀，而是谋杀，这就有意思了。"

"诗人怎么会知道那把霰弹枪放在壁橱最顶层架子上？"蕾切尔说。

"对——正是这个理……他怎么会知道？"

"干得好，特德，史蒂夫，这条线索很有价值，"巴克斯说道，"我看好这个。还有其他情况吗？"

"最后一件事情有点敏感，那个记者在吗？"

屋子里的每个人都把目光投向了我。

"在，"巴克斯说，"但我们现在的言论都是不供引用的。你有什么要说的，就尽管说。对吗，杰克？"

我点点头，随即意识到电话里其他城市的与会者看不到我的动作。"是的,"我说,"我们现在说的都不会被引用。"

"好的。是这样,这会儿我说的只是个猜测,我们也不确定这是否适用于其他案子,但我们发现了这个线索。第一被害者,也就是那个叫加布里埃尔·奥尔蒂斯的男孩,法医在他的尸检报告里总结说,根据对受害者肛门腺及附近肌肉的检查,发现这孩子长期遭受性侵害。如果杀害男孩的凶手同时也是这段时间里对他实施性侵的人,那就不符合我们先前预想的这个凶手随机挑选受害者的犯罪模式了。至少我们觉得讲不通。

"然而,我们再从三年前贝尔特伦的角度去看这个案子,当时他没有我们现在这样的便利条件去了解到其他情况,但他的处理方式很奇怪。他手上只有这一桩案子,我们所掌握的其他案子的情况他那会儿丝毫不知。尸检报告显示那孩子长期受到性侵害,按理说贝尔特伦应该紧紧抓住这条线索不放,寻找那个实施性侵的施暴者,把他列为头号嫌疑人。"

"他没有这样做吗?"

"没有。当时贝尔特伦带领三名警探负责调查,把几乎全部精力都放在那孩子放学后遭绑架的公园里。这是个不供引用的情报,当年参与调查的一个警探私下告诉我的。他说,他曾建议扩大调查范围,查查那孩子的背景,但贝尔特伦压下了他的意见。

"现在最精彩的部分来了。我在治安警署的一个线人告诉我,贝尔特伦当时主动提出要求负责这个案子的调查。在他被定为自杀之后,我那位线人作了点调查,发现他早就认识那个遇害男孩,通过当地一个叫作'我最好的兄弟'的社会公益项目,这个项目旨在帮助失去父亲的孩子与成年人结对子,类似于那种'老大哥'项目。贝尔特伦是个警察,所以毫不费劲地通过了遴选,他就是那个孩子'最好的兄弟'。我敢肯定在座的各位都能想到这意味着什么。"

"你认为或许贝尔特伦就是对那个孩子实施性侵的施暴者?"

巴克斯问道。

"有这种可能。我认为我的那个线人就是这么想的，但他不能明说，毕竟相关人都死了，就此打住吧。他们可不希望把这种事公开出来，贝尔特伦是警队的一员，更何况目前治安署长又正在参加竞选。"

我注意到巴克斯点了点头。"我能想象。"

四周一片沉默，这沉默持续了好几分钟。

"特德，史蒂夫，你们发现的这些情况都很有意义，"巴克斯打破了沉默，"但这些情况在诗人犯下的系列案子里是否具有普遍意义？如果有，又是怎么匹配其他案子的？这件案子到底只是一件值得关注的个案，还是你们发现了什么能串联起来的线索？"

"我们现在还不能肯定，还无法自圆其说，但如果贝尔特伦真的是性侵施暴者，是个恋童癖或者其他什么的，再考虑到那把霰弹枪放在常人看不到的壁橱最顶层架子上，而那个凶手认识他且知道那把枪的位置——那么，我们这是开拓了调查的新领域，而我认为应当再往深处好好挖挖。"

"我同意。告诉我们，你的那个线人是否还知道什么关于贝尔特伦和那个我最好的兄弟公益项目的其他消息？"

"他说，据他调查得知，贝尔特伦加入我最好的兄弟项目已经很长时间了，我们估计他跟很多男孩都结过对子。"

"而这就是你们计划的调查方向，对吗？"

"是的，明天一早我们就会尽最大努力调查这一点。现在我们什么都做不了，晚上很多情报都弄不来。"

巴克斯点点头，手指按住嘴唇，沉吟着。"布拉斯？"他开口道，"对于他们提供的这些线索，你有什么想法？它们在犯罪心理上怎么解释？"

"孩童是贯穿这些案件的一条主线，另一条就是负责凶杀案的警察。然而我们现在还不知道那个凶手是如何把这两条线交集在一起的。我们必须要弄清楚这一点，我认为这是我们下一步调查中必须狠抓的。"

"特德，史蒂夫，你们需要更多人手吗？"巴克斯问道。

"我觉得还能应付。坦帕分局里每个探员都巴不得参与进来，我们要是有需要，完全可以从分局里调人。"

"太好了。对了，你们跟那个孩子的母亲谈过吗？有没有问到她儿子与贝尔特伦的关系？"

"我们还在试图联系她和贝尔特伦的妹妹，毕竟是三年前的事了。我们希望在明天调查完我最好的兄弟之后能找到她们。"

"好的，接下来，巴尔的摩方面怎么样？希拉？"

"好的，我在。我们今天的大部分时间都花在审查当地警察以前的调查上。我们跟布莱索谈过了。他告诉我们，在调查波莉·阿默斯特一案时，他们从一开始就有一个推理，认为要找的凶手应当是一个恋童癖。阿默斯特是一位教师，布莱索说他和麦卡弗蒂一直认为她可能在学校附近偶然撞上了一个恋童癖，于是被绑架了，然后遭到扼杀，接着被分尸，然而分尸只是凶手掩盖这起犯罪真实动机的一种手段。"

"为什么凶手一定是个恋童癖不可？"蕾切尔问道，"难道她不可能撞上某个抢劫犯或者毒贩之类的吗？"

"波莉·阿默斯特失踪前负责照看第三节课间休息的孩子们。当地警察问过当时在操场上的每个孩子，从孩子的口中听到了很多互相矛盾的故事，但好几个孩子记起当时站在围栏附近的同一个男人——那人有一头细长的金发，戴着眼镜，听上去倒是跟布拉德描述的罗德里克·厄舍的形象差不多。孩子们还说这个男人拿着一台照相机。这些大概就是孩子们描述的全部内容了。"

"好的，希拉，还有其他情况吗？"巴克斯问。

"本案中的一件证物是在尸体上发现的一缕头发，那是一缕染成金色的头发，天然发色应当是红褐色。我们掌握的暂时就是这些了，我们准备明天再跟布莱索谈谈。"

"好的。下一个，芝加哥。"

接下来的报告并没有推进凶手的识别工作，或者往容量逐渐扩充的诗人数据库再添进什么新内容。那些探员大多都是在重复当地警察已经走过的老路，自然也没得到什么新发现，就连丹佛方面的报告也几乎都是旧情报，虽然这案子还算比较新。但是在汇报的结尾部分，电话那头的丹佛探员说他们重新检测了我哥哥戴的手套，在右手套的皮毛镶边处发现了一处血点。那名探员问我是否依然愿意给赖莉打个电话，征询开棺验尸的许可。我没有立即回复，因为我陷入了一片茫然，想着这处暗示完成催眠的血点，不知意味着我哥哥生命最后那段时间遭受了什么折磨。那名探员又问了一遍，我才说我会在第二天早上打电话。他做完了最后的总结，然后突然又像刚想起来似的补充了一句，说已经把我哥哥的口腔提取物样本寄去了匡提科的实验室。

"他们检查得已经非常彻底了，头儿，我觉得我们找不出什么他们没发现的东西。"

"他们发现的是什么？"巴克斯问道，同时注意着不往我这边看。

"只是那些射击残留物，没有其他的了。"

我不知道听到这些话时自己是什么感觉，应该是长出了一口气吧，尽管这个结果并不能证明我哥哥身上发生了什么或者没有发生什么。肖恩已经死了，而那些想法仍然在我脑子里萦绕不去——他最后时刻经历了什么？他当时想了什么？我努力把这些念头推到一边，将注意力集中到电话会议上来。巴克斯已经叫布拉斯作总结了，将刚才每个人汇报的情况更新到遇害者档案中，我已经错过了布拉斯的大部分报告。

"所以现在我们正在排除遇害警探之间的相关性，"布拉斯说道，"除了最早佛罗里达那件案子显示的可能性外，现在这些事实进一步说明，这些遇害者都是被随机挑选的，他们之间素不相识，从未共事过，六个人的生活也没有交集。我们找到了六名遇害者中的四名的共同点，是他们在四年前一起上过联邦调查局在匡提科举办的凶杀案研讨班，但另外两名遇害者没有参加，我们甚至不知道那四个来了的人在研讨班上有没有碰过头或者交谈过。所有这些情况还不包括最近遇害的菲尼克斯的奥瑟莱克，我们还没有时间核查奥瑟莱克的行踪。"

　　"那么，如果遇害者之间确实没有联系，我们只能假定遇害者之所以被凶手挑中，只是因为他们咬了钩？"蕾切尔问道。

　　"我觉得是这样。"

　　"所以当他杀死诱饵后，只是站在一旁观察哪个猎物来咬钩，哪怕这是他们第一次见面。"

　　"恐怕你又说对了。所有那些被当成诱饵的凶杀案，都得到了媒体的海量曝光。他恐怕就是在电视或者报纸上第一次看到即将成为下一个牺牲品的警探。"

　　"他不遵循某个既定的原型来挑选受害者吗？"

　　"没有。他看起来只是直接从负责诱饵案件的警探里挑选，不管什么其他条件，主管该案的警探是他的首选目标。但这并不是说经过这番挑选之后，他没有在其中发现一位或者更多备选目标吸引他，或者满足他的某种幻想。这种事情总是有可能的。"

　　"什么幻想？"我问道，努力想跟上布拉斯的思路。

　　"杰克，是你问的问题吗？是这样，我们也不知道是什么幻想，这就是问题关键所在。我们就算做出推测，也可能是从错误的方向。我们不知道是什么幻想促使这个凶手做下这一切，我们看到的和猜到的都只是这个幻想的零碎片段。我们可能永远都没办法知道是什么刺激着那家伙。他是从月亮上来的变态，杰克。我们唯一能得知那些变态的想法的途径，就是有一天我们抓到了他，而他决定告诉我们全部。"

我点点头，又想到一个问题。等了一会儿，确定没其他人发言，我又问道："呃，布拉斯探员——我的意思是，多兰。"

"怎么了？"

"你可能已经说过了这个问题，但我还是想再问一下，那些引用的诗句怎么解释？它们在案子里的作用是什么？你有更进一步的看法吗？"

"就我看来，它们显然发挥着一种展示作用。这一点我们昨天也提到了。那些诗句就是他的签名，虽然他谋划着逃避一次次追捕，但与此同时，他的内心却叫嚣着，于是他必须每一次都在现场留下点什么东西，宣告道：嘿，我在这儿呢。这就是那些诗句会留下来的原因。就那些诗句本身而言，它们之间的相关性就是所有诗句都是直接描述死亡或者可以被理解为象征死亡的。它们共同阐释的主题就是，死亡是开启另一个世界、另一个地方以及得到另一些东西的大门。'从惨白的宫门咆哮而过'，我记得这是他引用过的一句诗。这句诗隐含的意义，可能是这个诗人相信他是把那些被他杀掉的人送去了一个更美好的世界，他是在传送他们。在我们分析这个人的心理状态时，必须注意这一点。然而，如果我们再次审视这些猜想，又会发现它们的不确定性，就像我们在一个满满当当的垃圾桶里翻找，从中推测某人昨天晚餐吃的东西。我们不知道这个人要做什么，我们也没法知道，直到我们抓到了他。"

"布拉斯？这里是鲍勃再次提问。对于凶手的作案计划，你怎么解读？"

"还是让布拉德来回答这个问题吧。"

"我是布拉德。我们把这个家伙称为'改良流动型'，他在全国各地安营扎寨，在每个地方都会待上好几周，有时甚至好几个月。相比我们先前对普通流动型罪犯的侧写，这一点很不寻常。这个诗人不是那种一击即走型凶手，作了案后他会在作案地停留一段时间。我们推测，正是在这段时间里，他观察着猎物，打探并了解目标的日常行程和当中的细微差别，掌握其活动规律。他很可能会接近遇害者，混成点头之交。这就是我们下一步调查的着手点，调查每个警探遇害前新结识的朋友，也许是一个新邻居，也许是一个在当地酒吧里认识的家伙。丹佛一案的情况也表明，他也可能伪装成一个线人、一个掌握信息的知情人来接近遇害警探。他很可能综合使用这些身份。"

"建立关系之后，"巴克斯说道，"他下一步怎么做呢？"

"控制，"布拉德说道，"当他足够接近遇害者以后，他是用什么手段控制他们的？好吧，我们假设他掌握某种强力武器，可以在一开始就缴了遇害警探的械，但事实应当不止于此，还有更多疑问。他是怎么迫使六名——现在是七名——负责凶杀案的精英警探写下那些诗句的？他又是怎样在每一桩案子里都令遇害者放弃反抗？目前我们发现遇害者可能受到了催眠，并且在遇害者本人家里发现了辅助催眠的化学增强剂，但麦克沃伊一案有些异常。暂时把这件案子放到一边，看其他案子，在座诸位恐怕没有一个人家里的医药箱是空着的吧？那么，在座诸位的药品箱里，恐怕都储备着一两种恰好可以作为增强剂使用的处方药或非处方药。一眼扫过去，也许还能发现其中一种明显比其他几种药效更好，它准能被凶手一眼相中。我要说的重点就是，如果我们这些设想是正确的，诗人就是在利用遇害者本身就有的药物实现他的目的。我们正在努力调查这一可能性。目前掌握的情况就是这么多了。"

"好的，那么，"巴克斯问道，"其他人还有问题吗？"

会议室和电话扬声器里都没有回应。

"既然这样，各位，"他一边说一边倾身向前，双手撑在桌子上，嘴巴凑近电话，"尽你们的最大努力，现在正是需要努力的时候。"

　　我和蕾切尔跟着巴克斯和汤普森来到凯悦酒店，马图扎克在这里给我们订了房间。我不得不自己办理入住，自己交房钱，而巴克斯他们的费用自有政府掏腰包，他只用办完入住手续就能拿到五把钥匙。尽管如此，我还是拿到了酒店按例给联邦调查局的折扣，肯定是因为那件印着联邦调查局徽章的衬衫。

　　蕾切尔和汤普森在酒店大堂的休息处等我们，我们决定晚餐前先在这儿喝一杯。当巴克斯把其中一把钥匙给蕾切尔时，我听到他说她的房号是三二一，我暗自记了下来。我就住在三一七，和她隔着三个房间。我已经开始在心里盘算这个晚上怎么跨越这个距离。

　　我们四人闲聊了大约半小时，巴克斯起身说他要在去机场接索尔森和卡特之前，回房再看看今天各地的报告。我们请他共进晚餐，他谢绝后便朝着电梯走去。几分钟后，汤普森也走了，说想回去读读奥瑟莱克的尸检报告，往深处再挖挖。

　　"现在就剩下我们俩了，杰克，"汤普森走远后，蕾切尔说道，"你想吃什么？"

　　"我不知道。你呢？"

　　"我还没想好，不过我知道我现在最想干的事情……就是先好好泡个热水澡。"

　　我们约定一个小时后再碰头，一起吃晚餐。我们坐电梯上到房间所在的楼层，一路上都有种微妙的紧张感。

　　回到房间后，为了把蕾切尔的身影驱逐出脑海，我打开电脑，通过电话线接上网络，查看从丹佛发来的邮件。电子邮箱里只有一封丹佛来信，是格雷格·格伦问我在哪里。我回了封邮件，但怀疑他大概周一上班后才会看到。之后，我又给劳丽·普莱恩发了封短信，请求她帮忙查询有关催眠师霍勒斯的全部报道，这可能需要检索佛罗里达最近七年的报纸。我告诉她，如有任何收获，就把结果发到我的电子邮箱里，但是不用着急，我不急用。

做完这一切后，我冲了个澡。为了一会儿与蕾切尔共进晚餐，我还特意换上了新买的衣服。待一切准备妥当，距离约定时间还有二十分钟，我想着要不要下楼转转，看看附近有没有药店。但我马上又想到，如果一切如我所愿，我上了她的床，口袋里已经预备好安全套，真不敢想我会在她心里留下什么形象，于是果断把找药房的念头掐断了。我决定一切顺水推舟。

"你刚才看美国有线电视新闻网的报道了吗？"

"没有。"我站在她房门外的走廊上回答道。她走回床边坐下，穿上鞋子。沐浴后的她看上去很清爽，穿着米色衬衣，配黑色牛仔裤。电视还开着，正报道科罗拉多那起诊所枪击案。我觉得她刚才的问话不是指这个。"新闻说什么了？"

"我们上电视了，你、我和鲍勃从那家殡仪馆出来的时候。不知道怎么走漏的消息，他们弄到了鲍勃的名字，还在电视里播出来了。"

"提到他是行为科学部的了吗？"

"没有，只说是联邦调查局。但提不提都一样。有线新闻网准是从地方频道弄来了素材。我们要找的那个凶手，不管他在哪儿，只要看到了这则新闻，我们就有大麻烦了。"

"怎么会？联邦调查局来看看这类地方案件又不是什么稀罕事，反正你们总在到处干涉各地的案子。"

"问题在于电视报道顺应了诗人的需求。在几乎所有连环杀人案中，我们都能看到类似的情况。这类连坏杀手所追求的快感之一，就是看到他们的杰作出现在电视和报纸上。在某种程度上，看到这些报道会唤起他们的回忆，令他们重温作案时的快感。这些报道会令他们痴迷不已，而其中一部分痴迷会沿着媒体蔓延到追捕他们的警探上。我对这个凶手有种感觉，这个家伙，这个诗人，对我们非常了解，远超过我们对他的了解。如果我没猜错的话，他很可能读了很多描写连环杀手的书。连那些只为卖钱的垃圾货他都读过，甚至还会涉猎一些专门研究连环杀手的大部头著作。他可能知道很多名字，有杀手的，也有联邦探员的。鲍勃父亲的名字会在其中一些故事中出现，鲍勃自己的名字也会在某些故事中出现，我的也是一样。我们的名字，我们的照片，我们说过的话，都可能被公开过。如果他看了有线新闻网的报道，看到了我们，又认出了我们，他就会知道我们正跟在他后面。这会儿我们可能就要跟丢他，很可能他就会蛰伏下去，从此销声匿迹。"

这个晚上，我们迟迟无法决定晚餐该吃什么以及去哪儿吃。没办法，我们最终选择去酒店的餐厅解决。餐厅提供的食物很不错，而我俩点的那瓶布勒酒庄的赤霞珠口感更是一流。我告诉她不用担心政府为他们制定的餐费标准，这是我们报社请她的。听到我说的话后，她点了份樱桃汁当甜品。

"我有种感觉，如果这世上没有任何自由媒体，你会感到非常开心。"当我们用完正餐慢慢享受甜品时，我对她说。整个晚上，我们几乎都在谈论有线新闻网的报道带来的影响。

"从没有过。我尊重媒体，它是一个自由社会不可或缺的媒介。但我们日常见到的多是些不负责任的报道，那些哗众取宠的东西不值得尊重。"

"不负责任的报道指的是什么？"

"这个问题可是个大命题，说起来就多了，但是我最烦的是他们乱用我们的照片，连问都不问一声，也不顾及会给我们带来什么影响。我只希望这些媒体能多点全局观念，等事情尘埃落定了再做完整报道，而不是为了那点片刻的满足，知道一点消息就迫不及待地捅出来，给我们的工作带来麻烦。"

"不是每次都这样。我可从来没有为了写一篇报道，就给像你们这样的办案人员带来困扰。我走的是完整纪实报道的路子，追求的是具有大背景的大故事，当代的大历史。"

"听上去真是高尚啊，难以相信这些话是从一个靠欺诈混进调查组的人嘴里说出来的。"

她笑了起来，我也笑了。

"嘿，不能这么说吧。"我抗议道。

"我们就不能说点别的吗？我都烦透这堆事了。天啊，我真想就这么回去往床上一躺，把这些烦心事抛到脑后一会儿。"

又来了——她选择的用词，她说那些话时看着我的样子。是我真的读懂了她的暗示，还是我不过是把她的话曲解成我希望的暗示？"好吧，别再想着那个诗人了。"我说，"说说你的事吧。"

"我？我的什么事？"

"你跟索尔森的事，就跟演电视连续剧似的。"

"这是个人隐私。"

"你们在会议室里隔着桌子就用目光上演刀光剑影，你竭力劝说巴克斯不要让他参与调查，你们的事显然已经不能再被称为个人隐私了。"

"我不是不让他参与调查，我只是想让他离我远点，也不想让他出现在这里。他总能想办法来某个案子先插上一脚，然后逐渐蚕食，最后接管过去成为他的案子。你就看着吧。"

"你们的婚姻维持了多长时间？"

"十五个月。那时还挺愉快的。"

"什么时候离的婚？"

"早就离了，离了都三年了。"

"那你们这敌意持续的时间可真够长的。"

"我不想谈这些事了。"

其实我感觉到她还是愿意谈的，但我还是暂时不再提起这个话题。这时服务员走了过来，给我们的咖啡续了杯。

"你们之间出了什么事？"我轻声问道，"你现在看上去很不开心，你应该过得更幸福才是。"

她抬过手，温柔地拽了拽我的胡子，自从在华盛顿把我脸朝下地摁倒在床上以来，这是她第一次碰我。

"你真好。"她摇了摇头，"只不过，我们俩的婚姻就是个错误，对我对他都是。有时候，我都不明白当初我们看中了对方什么。无论是什么，都失去了原来的吸引力。"

"怎么会这样？"

"就是那么回事，不过就是些鸡毛蒜皮之类的，攒起来爆发了而已。就像我之前跟你说过的，我们俩都是背负着沉重心理负担的人，他的负担还要更重些，但他一直戴着面具，而我没有看见掩盖在面具后的全部愤怒。等我发现时，一切都太晚了。我只能尽可能快地抽身离开。"

"他因为什么愤怒？"

"很多很多事情。他一直都背负着很多愤怒，对前妻，对别的女人，对男女关系，我和他那段是他的第二次失败婚姻，还有对工作的愤怒。到一定时候，这些压抑的情绪就会喷涌而出，就跟喷焰灯似的。"

"他打过你？"

"那倒没有。我跟他相处的时间不长，他就是有这个心，也没这个机会。虽然你们男人总是否定'女人的直觉'这回事，但我真的有这种直觉，要是我继续在这段婚姻里坚持，迟早会走到那一步。

家暴什么的，总是这类事的自然进程。直到现在，我依旧注意尽量离他远点。"

"但他心里还惦记着你。"

"要是你真这么想，那你可是有点异想天开了。"

"这是明摆着的。"

"要是他还惦记着我，只可能基于一个理由：他见不得我开心。他就是要天天在我身边晃，用这种方式报复我，就好像完全是因为我，他才会有失败的婚姻、失败的人生、失败的一切。"

"这种家伙怎么还能保住这份工作？"

"就像我之前说过的，他有一张面具，他很擅长隐藏自己的真实情绪。之前在会上，你也见识过了，他是那种很能克制自己的人。另外，你也得了解联邦调查局的处事之道。他们不会随便开掉自己的探员，只要他还能在工作岗位上发光发热，我是什么感受、我有什么意见都无关紧要。"

"在工作中你曾经表现出对他的抱怨吗？"

"我没有直接抱怨过，那可是自毁前程。我在局里的地位固然令人羡慕，但毫无疑问，联邦调查局仍然是男人的天下，所以我不能跑到上司那儿抱怨前夫如何如何。我要是这样做了，职业生涯也就走到头了，准得被发配到盐湖城的金融犯罪调查组去。"

"那你还能做些什么吗？"

"能做的不多。我已经拐弯抹角地在巴克斯面前甩过几句，足够暗示我现在的处境和想法。不过，就像你今天看到和听到的那样，巴克斯不打算插手我与戈登之间的事情。我不得不考虑更坏的情形，戈登可能也正在巴克斯另一只耳朵边絮叨对我的成见呢。如果我是鲍勃，我会选择谁也不帮，坐等我们中的 人办错事。哪个先办砸了，就把哪个轰出门。"

"那什么样的情形能够算作办错事？"

"我不清楚。永远都别想弄明白联邦调查局的那套评判体系，但巴克斯对我肯定会比对戈登更慎重一些——热门的性别问题。他要是想把一个女人调出这个部门，那就得花大力气把方方面面打点好，所以说这是我的优势。"

我点点头。这个话题自然告一段落，但我真不希望她现在就回房间去。我想跟她再待一会儿。

"你可真是个出色的采访者，杰克，够狡猾的。"

"为什么？"

"我们一直都在谈论我和联邦调查局的事。你就没有什么想说的吗？"

"我有什么想说的？从来没踏入婚姻殿堂，也从没有离过婚，我家里甚至连盆花都没有。我就整天坐在电脑后面，从早坐到晚，跟你和索尔森完全无法相提并论。"

她露出些笑意，随后像少女似的咯咯笑起来。"好吧，我跟索尔森确实是一对，曾经是，仅此而已。今天开完会后，你是不是觉得好过点？在他们汇报完丹佛的调查发现之后？"

"你是说因为他们没有发现那肮脏东西存在的痕迹？我不知道。我觉得应该好受点了，看起来他没遭那种罪，但是也没有什么能让我真正好受些的发现。"

"你给你嫂子打电话了吗？"

"还没有。我会在明天早上打给她。我觉得这种事情还是天亮后再谈比较好。"

"我没有太多跟受害者家属打交道的经历，"她说道，"联邦调查局总是在案发一段时间后才被召过来接手。"

"我有……说起采访新近丧偶的寡妇、刚失去孩子的母亲和遇害新郎的父亲等等，我可是个行家。凡是你想得到的，我都采访过。"

这话一出，我们之间不由陷入了很久的沉默。服务员拿着咖啡壶从旁边经过时，我们都没叫他续杯，我便喊了结账。我知道，今天晚上我跟她不会发生什么了。我刚才失去了勇气，因为我没勇气承担被她拒绝的后果。遇上这类情形，我总是这样。当我不在乎对方会不会拒绝时，总能大胆邀约；但要是我投入感情了，知道对方的拒绝会伤害到我时，我便会优柔寡断，常常在临门一脚退缩。

"你在想什么？"她问。

"没什么，"我撒谎道，"大概是我哥哥的事吧。"

"为什么你不讲讲那个故事？"

"什么故事？"

"那天，你正要告诉我他做的一些善事，他为你做过的最好的事，让他最像圣人的事情。"

我的视线越过桌子，落到她身上。我立即忆起听到她提出那个问题时浮现在心里的故事，但我犹豫了，我在考虑是否要跟她分享那段隐痛。其实我完全可以轻易地撒个谎，跟她说肖恩对我做过的最好的事就是爱我，但是，我决定相信她。我们总是愿意相信那些被我们认定为美好的人和事物，愿意相信我们正在追求的东西。或者，也许我只是掩埋在心底太多年了，需要找个人倾吐心声。

"他对我做过的最好的事情，就是没有责备我。"

"责备你什么？"

"我们俩还是小孩子的时候，我们的姐姐死了。她是因为我的过错才死的，肖恩也知道这一点，他是唯一真正知道这一点的人，另一个知道这个事实的人已经永远不能说话了，就是我的姐姐。但他从来没有责备过我，也没有告诉任何人。事实上，他为我承担了一半的罪责与悔恨。对我来说，这就是他为我做过的最好的事情了。"

她向桌子对面的我倾过身，脸上带着难过和关切的神情。我顿时觉得如果她沿着上大学时的专业走下去，一定能成为一个出色的富有同理心的心理医生。

"当时发生了什么事，杰克？"

"冰层破了，她从冰面掉进了湖里，就是发现肖恩尸体的那个贝尔湖。她比我年纪大，个头也比我大。当时我们跟着父母开了辆露营车野营，那会儿我的父母正在准备午饭之类的，我跟肖恩在外面玩，萨拉照看我们。我跑到冰冻的湖面上去了，萨拉在我身后追赶，想上来阻止我，免得我跑得太远。结果我们跑到了冰层很薄的地方，因为她更年长，块头更大，比我更重，她就这么掉下去了。我尖叫起来，肖恩也大喊起来。我父亲和在场的其他人赶忙跑过来救她，但还是没能及时把她救上来……"

我端起咖啡杯想啜一口，但杯子已经空了。我注视着她，继续说道："总之，你能想到，所有人都在追问我当时是怎么回事，可我没法……我真是没法说出口。而肖恩，他说我们俩都在冰面上玩，然后萨拉走过来，冰面裂开了，她就那么掉了下去。这当然是个谎话，我始终不知道父母有没有相信过，但他确实为我做了这件事，他想为我分担内疚，想让我的担子轻一半。"

我凝视着空空的咖啡杯，蕾切尔也沉默了。

"或许你可以帮我好好分析一番，就当心理案例一样。这件事我从来没跟任何人提过。"

"我觉得你现在说出来，大概是你觉得亏欠了你哥哥，也许也是一种感谢他的方式。"

服务员走过来，把账单放在我们桌上，向我们道谢。我打开钱包，掏出一张信用卡放在账单上。我还可以想出一种更好的方式来感谢肖恩，我想。

当我们踏出电梯时，因为胆怯，我半边身子几乎要麻木了。我实在提不起勇气把渴望付诸行动。我们先走到她的门前，她掏出门卡时抬头望了我一眼，我迟疑着，什么都没说。

"好吧，"过了很久，她开口道，"估计我们明天一大早就得开工。你平常吃早餐吗？"

"只喝咖啡，一般就这样。"

"那行，到时我会给你打电话，看看还有没有时间够我们去买杯咖啡。"

我点点头，窘迫到了极点，为我的失败和无法开口的怯懦。

"晚安，杰克。"

"晚安。"我好不容易挤出这两个字，然后沿着走廊走向自己的房间。

我坐到床边看了半小时有线新闻网的新闻，希望看到她刚才提及的那则报道，其实是不是那则报道根本无所谓，任何报道都行，只要能把今晚最后那个灾难性的结局从脑子里暂时清空就行。为什么会这样呢？我想，为什么我最想得到的却是我最不敢去追求的？某种来自内心深处的直觉告诉我，刚才在走廊那儿，在她门前，那一刻就是最好的时机，但我没有抓住，让它白白从我手里溜走了。于是这次失败恐怕会让我永远不能释怀，因为那种直觉、那样的机会永远不会重来。

第一下敲门声我大概没听见，因为把我从阴郁的沉思中震醒的那记敲门声非常响亮，肯定不是第一次敲门时带有试探性的敲法，第三下、第四下才会敲得这般急促。被这不速之客的来访打断思绪，我迅速关上电视走到门前，直接打开了门，都没先从猫眼里看看谁在外面。门开了，是她。

"蕾切尔。"

"嗨。"

"嗨。"

"我，呃，我觉得应该再给你一次挽回的机会。我是说，如果你想的话。"

我注视着她，脑海里冒出来一堆回答，每一种都可以漂亮地把主动权交回她手上。然而刚才的直觉又回来了，我知道她希望看到什么，也知道我需要怎么做。我朝她走近一步，一只手揽住她的后背，吻住了她，然后把她拉进房间，关上门。"谢谢。"我在她耳边低语。

这之后，我们几乎都没怎么说话。她按下开关，关上灯，引着我走到床边。她用双臂勾着我的脖子，勾着我低下头，回了我一个长而深的吻。我们笨拙地解着对方的衣服，然后无声地决定还是各自解各自的衣服，这样更快。

"你有东西吗？"她低声道，"那个，用的东西？"

我气馁极了，之前有机会做准备时却没去买，只能沮丧地摇摇头，准备马上跑一趟药店。我知道，跑这一趟足以摧毁这一刻美妙的感觉。

"我想我准备了。"她说。她把手袋拉过来，我听到袋子拉链被拉开的响声。接着，她把一个东西塞到我手里，我摸到安全套的塑料包装。"总会带上一个，以备紧急情况之用。"她调侃道，声音里带着一丝笑意。

然后我们就做爱了，缓缓地，笑着，在这间黑漆漆的房间里。后来回想起来，我觉得那真是最美妙的一段时光，大概也是我一生中最激情洋溢的时候了。但事实上，当拂去记忆蒙上的轻纱后，我知道那一个小时其实是紧张而局促的。我们当时都太渴切了，一心想取悦对方，以至于失去了几分本来应该安心享受的真实快乐和美好体验。我感觉到蕾切尔渴望的是两人之间亲近相依的感觉，而不是跟另一个人做爱的感官快感，这同样也是我所追求的。但与此同时，我也渴望着她的身体。她有着饱满而性感的乳晕，挺在她小小的乳房上，圆圆的肚脐是那么可爱，下面静伏着一片柔软。我们的动作逐渐合拍，她的脸上泛起一抹嫣红，摸上去一片湿热。她真是太美了，我这样告诉她。但这似乎令她难为情了，她把我拉下来拥着她，这样我就看不到她的脸了。我的脸埋在她的发间，闻到一股苹果的香味。

之后，她翻过身去趴在床上，我轻轻摩挲着她的后背。

"今晚以后，我希望仍然能跟你在一起。"我说。

她没有回答，但是我不在意，我知道我们刚刚共度的时光都是真情实意的。她慢慢坐起来。

"怎么了？"

"我不能留下来。我想跟你待在一起，但我不能，我得回自己的房间，明天一早鲍勃说不定会打电话过来。他想在明天跟地方警察会谈之前先跟我们谈谈，他之前说过会打电话的。"

我有些失望，无言地望着她穿上衣服。她在黑暗中熟练地穿戴着。穿好之后，她弯下腰，轻轻地吻在我的唇上。

"睡吧。"

"我会的。你也是，好好睡。"

但是她离开后，我怎么也睡不着。我感觉很棒，又重拾了信心，心里满是无法言喻的欢乐。每一天，你都在用生命与死亡对战，而生命中还有什么事能比做爱更能唤起生命力？我哥哥，还有发生的其他一切事情，似乎都变得距我千里远。

我骨碌到床的另一边，拿起电话听筒。我的脑海里思绪纷飞，想把这些想法告诉她，但是提示音响了八声，她都没有接起来，最后是接线员接通了电话。

"你确定这是蕾切尔·沃林的房间吗？"

"没错，先生，三二一房。您要给她留言吗？"

"不用了，谢谢。"

我坐起身，打开灯，用遥控器打开电视机，飞快地切换着频道，就这么耗了几分钟，其实什么都顾不上看。之后我又给她打了一次，还是没人接。

我穿好衣服，告诉自己是为了买听可乐才出的门。我从衣柜里掏出零钱和门卡，沿着走廊来到安放自动售货机的壁龛处。买完回去的路上，我在三二一号房间外停了下来，侧耳听了听，什么都没有听到。我轻轻敲了敲门，等了一会儿，又敲了敲。她没有来应门。

我只得回到自己房间门口，一手拿着可乐，笨手笨脚地插入门卡，我转了转门把手，却没有成功打开房门。最后，我把可乐放在地毯上，这才打开房门。这时，我听到了脚步声，转身就看见一个男人正沿着走廊朝我走过来。这个时候，走廊的灯光已经昏黄暗淡，从电梯间里透出的明亮光线把这个逐渐走近的男人映得如同一个剪影。他身材高大壮硕，我能看见他手里拎着什么东西，像是个小袋子。他离我还有十英尺。"你好呀，公子哥儿。"

是索尔森，是他的声音，尽管我听出来了是他，还是被这声音吓了一跳，我想他也从我脸上看出来了。当他从我身边走过时，我听到他发出了窃笑。

"做个好梦。"

我什么都没说，只是捡起地上的那听可乐，放缓脚步慢慢挪进房间，目送着他沿着走廊一直向前走去。他经过了三二一房，没有丝毫停步的意思，继续往前走到一个房间。他掏出房卡开门的时候，视线越过走廊望向我这边。我们目光相接，对视了一会儿，然后我一声不吭地迈进自己的房间。

28

　　格拉登真希望自己在干掉达琳之前问过她把电视机遥控器放到哪儿了。每一次他都得起身走到电视机前去换频道，这让他很是厌烦。洛杉矶电视台的每一个频道都在炒着《洛杉矶时报》上关于他的那则报道。他不得不坐在电视机前，一次次手工调换频道，努力集齐有关他的所有报道。他已经看见了那位托马斯警探的相貌，所有频道都播放了采访他的内容。

　　最后他躺倒在长沙发上，这会儿他实在是太兴奋了，根本无法入睡。他还想再把频道换到有线新闻网，但又不愿意再爬起来。电视里正放着的是有线电视频道栏里临近底端的一个频道——一个带着法国口音的女人正在示范怎么做一种淋满酸奶的可丽饼。他不知道这算是甜点还是早餐，但确实把他看饿了，于是考虑着要不要再开一罐意大利饺子，但最后还是放弃了这个念头。他知道必须得省着吃，他还得挺过四天。

　　"那个该死的遥控器到底在哪里，达琳？"他大吼起来。

　　他站起身，再一次手动更换了频道，然后关上灯，重新回到沙发上坐下。随着有线新闻网新闻播报员的独白声响起，他终于听到了令人心情平静的背景音。在这片舒缓的播报声中，他思考着接下来的安排和计划。他们现在已经知道他了，他必须得比从前更加小心谨慎才行。

他渐渐打起盹来，眼皮耷拉下去，电视里传来的新闻播报声哄着他入睡，他渐渐沉入梦乡。就要睡着时，他的耳朵捕捉到了一则菲尼克斯的新闻报道，那是一桩警探遇害案。他睁开了眼睛。

29

第二天早晨，我还在睡，蕾切尔的电话把我叫醒了。我看了一眼闹钟，才七点半。我没有问她昨天晚上为什么既没有接电话，也没有应门。昨晚我花了很长时间来琢磨这些事，最后说服自己相信我打电话和敲门的时候，她很可能正在洗澡。

"你醒了吗？"

"现在醒了。"

"很好，快给你嫂子打电话。"

"好的，我会的。"

"你要来杯咖啡吗？你多久能收拾好？"

"我得先打个电话，然后冲个澡，大概一个小时？"

"那你就只能自己喝了，杰克。"

"好吧，那就半小时。你已经起了？"

"还没。"

"难道你就不准备冲个澡？"

"我又用不着花一个小时才能收拾好，就算是休息日也不会用那么久。"

"好吧，等我半小时。"

起床后，我看到留在地板上的撕开的安全套包装袋，捡了起来，暗暗记下这个很显然她喜欢的牌子，然后才把包装袋扔进浴室的垃圾桶里。

我真希望赖莉不在家，因为我实在不知道该怎样劝她同意让别人把她丈夫的尸体从地里挖出来。我都不敢想她听到这话后会有什么反应，但我也知道，周日早上五点到九点这段时间，除了家里，她不太可能会去别的地方。据我所知，这些年来她只去过两次教堂，一次是肖恩的葬礼，另一次是她的婚礼。

铃响第二声，她就接起了电话，声音听上去比我上个月和她通话时好多了，刚听到时我甚至都不能确定是不是她。

"赖莉？"

"杰克，你在哪儿？我挺担心你的。"

"我现在在菲尼克斯。你为什么担心？"

"我当然会担心你，而且我也不知道你上次说的那件事进行得怎么样了。"

"我很抱歉，一直没给你打电话，一切都很顺利。我现在跟联邦调查局在一起。我不能透露太多，但他们正在调查肖恩的案子，还有其他人的案子。"

我向窗外望去，眺望地平线远方那座山峦的山脊轮廓。房间里为游客提供的旅游小册子说它叫驼峰山，看上去还真像驼峰。我不知道自己是不是已经透露了太多，不过，赖莉又不可能把这个消息卖给《国家询问者》之类的八卦小报。

"呃，肖恩那件案子有了点新进展，他们认为肖恩身上可能还有一些之前没发现的证物……他们想……赖莉，他们想把他从地里带上来，再仔细看看。"

电话那边久久没有回话。我等了很长时间，然后问道："赖莉？"

"杰克，为什么要这么做呢？"

"这有助于侦破他的案子，调查需要。"

"可他们想找到什么？难道……他们打算再做一次解剖吗？"

她话语里最后几个字很低沉，透着股绝望的味道。我意识到我把这件事给办砸了，我怎么能这样告诉她？实在太差劲了。

"噢，不是的，完全不会这样。他们唯一想做的就是再看看他的两只手，再没别的了。你得给他们这个许可，不然的话，他们就只能申请法庭许可令，那批文可就麻烦了，会耽误很多时间。"

"他的手？为什么要看他的手，杰克？"

"说来就话长了。其实我不应该告诉你这个，但我还是跟你说说吧。他们觉得那个家伙……就是杀害肖恩的那个人，试图催眠肖恩。他们想再检查一番肖恩的手，看看上面有没有针孔，这是一种测试，如果那家伙用了催眠术，为了确定肖恩是不是真的被催眠了，他可能会在肖恩手上扎几针看肖恩的反应。"

这回，电话那头沉默的时间更长了。

"还有一件事，"我说，"肖恩是不是有点咳嗽，或者感冒了？我指的是出事那天。"

"是的，"她迟疑了一会儿，然后说道，"他那天生病了，我还叫他别去上班了。那天我身体也不舒服，想让他留在家里陪我。杰克，你知道我为什么身体不舒服吗？"

"为什么？"

"我当时总觉得恶心想吐，因为我怀孕了，星期三才发现的。"

这回答真让我始料未及。我犹豫着不知该说什么好。"噢，赖莉，"我最后说道，"这消息真是太好了，你告诉爸妈了吗？"

"告诉了，他们已经知道了，他们非常开心。这个孩子真是个奇迹，我之前根本没想过，不知怎么就怀上了，我们之前都没打算备孕。"

"真是个好消息。"

我不知道该怎么把话题转回刚才那件事上。最终，我只得像莽撞的斗牛一样，把她又拉回那个话题里。"我得走了，赖莉，我该怎么跟他们讲？"

我走出电梯，蕾切尔已经在酒店大堂等候了，她把电脑包和小型行李箱都带上了。

"你已经退房了？"我问道，不明白她为什么把家当都带着。

"联邦调查局出外勤时的规矩——永远不把任何一件东西留在房间里，因为你永远不知道什么时候就会被叫上飞机。我们今天会有突破的，我可不想再浪费时间回来收拾行李。"

我点点头，但此刻已经没有时间让我上去收拾行李了，好在我也没什么可收拾的。

"你给她打电话了吗？"

"打了。她同意了，说我们该做什么就做什么吧，只要这是值得的。她还告诉我肖恩当时生病了，止咳糖浆确实是他的。另外，我明白肖恩为什么是在车里被害，而不像其他人一样，在自己家里。"

"为什么？"

"因为他的妻子赖莉当时就在家里。赖莉在家是因为她当时也不舒服。我哥哥一定拼尽了全力不把那个人带回家，因为他妻子就在那儿。"

我一边说，一边感到悲伤。这是我哥哥一生中做的最后一件事，或许也是他做的最英勇的一件事。

"我想你是对的，杰克。你的推测非常合理，但是案子又有了新进展。鲍勃刚刚得到消息，从分局给我打了个电话，他把跟本地警察的会谈也推迟了。诗人给我们发来了一份传真。"

会议室里的气氛明显很凝重，里面只有来自匡提科的探员：巴克斯、汤普森、索尔森和一个名叫卡特的探员，我在匡提科参加的第一次会议上见过他。我进门时，注意到蕾切尔和索尔森轻蔑地相互瞪了一眼。我把目光移到巴克斯身上，他看上去正陷入沉思，对周遭一切毫无知觉。他的笔记本电脑放在面前的桌上，但他并没有看。他似乎换了套灰色制服，看上去干净整洁。这时他看到了我，脸上顿时浮现出一抹心不在焉的笑容。

"杰克，这回你可以明白我们封锁消息的原因了。一则短短五秒钟的电视报道，就能让凶手知道我们正沿着他的踪迹实施追捕。"

我点头表示理解。

"这种情形下，我觉得他不应该在场。"索尔森说道。

"协议就是协议，有点契约精神，戈登。而且有线新闻网的报道跟他完全没有关系。"

"尽管如此，我还是觉得……"

"你就省省吧，戈登，"蕾切尔打断道，"你怎么想根本无关紧要。"

"好了，我们得停止内讧了，把心思集中到案子上来，"巴克斯说，"我这里有份传真的复印件。"

他打开一个文件夹，把传真复印件传递着发给会议桌周围的人。我也有一份。我们都埋头读起来，会议室里鸦雀无声。

亲爱的鲍勃·巴克斯，你这个联邦调查局的走狗：

　　向你问好，先生。就是这么巧，我碰巧看到了那则新闻，碰巧看见你到了菲尼克斯，你个老滑头。你对那帮愚蠢自大的媒体小姐说'无可奉告'，骗得了她们可骗不过我。我认识你那张脸，鲍勃。你是为我来的，而我正心急火燎地恭候你的大驾，但是务必小心点，我的朋友鲍勃！别跟得太紧！毕竟，看看可怜的奥瑟莱克和其他警察落得个什么下场。他们今天把奥瑟莱克埋到地下了，算是为我这份干得挺漂亮的活儿画上了圆满的句号。不过现在，一个像你这般的联邦调查局探员，将会给我带来一场更加高贵的狩猎。嘿嘿。

别担心，鲍勃，你现在还是安全的。我的下一个目标已经诞生了，我已经为他准备好了献祭的香膏。我已经做了决定，这会儿我正盯着他呢，甚至当你读这封信的时候，他就在我的视线里。

你已经把你的人马鸡飞狗跳地召集好了吗？你们是不是正在疑惑，你们的对手我作案的动机是什么？那可是个很可怕的难题，不是吗？我估计就像手掌上的针孔一样令你们费解吧。我给你们提供一条线索，（不然要朋友干什么？）在我"最好的兄弟"眼里，我就是那个害群之马，那么我是谁？等你们什么时候找到了答案，鲍勃，好好把这句话念上一遍又一遍，你就会得到答案。你会明白的。你可是个专家啊，我非常确信你有能力迎接这样的挑战。我看好你，鲍勃！

我孑然独居在一个呻吟不已的世界里，鲍勃，我的事业才刚刚起步，那么你呢？我们之中，愿最佳者胜出。

我没法签下合适的落款，因为你还没告诉我我应得的名号，会是什么名号呢，鲍勃？我会在电视上时时注视着你，等着听到我的名号。到时我就会用它落款结尾，再写上：高矮胖瘦，全都杀死！

　　祝
　　珍惜生命，小心行驶！

我把这份复印件读了两遍，每一遍都带来相同的寒意。我现在终于明白他们之前那个说法的意思了——从月球上来的变态。从信里传达出来的声音，就像是从与我们完全不一样的另一个世界传过来的，不在这里，不在这个星球。

"大家是否都认为这份传真来自诗人？"巴克斯问道。

"里面有好几个可供鉴别的标志，"蕾切尔说道，"他提到了针孔，引用了爱伦·坡的诗句，还提到了我最好的兄弟这个项目，这是怎么回事？这个消息通报给佛罗里达分局了吗？"

"是的。我最好的兄弟这个线索显然已经被他们列为优先调查对象。这会儿那边几乎抛掉了其他所有事情，全力追查这条线索。"

"布拉斯提出什么想法了吗？"

"她认为这份传真证实了我们之前的推论，即这几桩案子里的第一、第二遇害者相互关联。信里面提起的案子，都是同时影射第一遇害者及第二遇害者，既有被谋杀的警探，也有死于警探之前的遇害者。她和布拉德之前的推测是正确的——只有一个凶手。现在她正打算将佛罗里达谋杀案当作原始案件。自那以后的其他案子，都是那件案子的重复。这个凶手在不停地重复那套模式。"

"那么只要查明他为什么杀害贝尔特伦，就能明白他犯下其他案子的原因？"

"是的。布拉斯和布拉德已经和佛罗里达方面谈了整整一个早上，但愿过不了多久，他们就能得出一些结论，把凶手的犯罪模式组建起来。"

每个人不约而同地露出思索的神情，似乎都在畅想这种可能。

"我们还得继续留在这儿？"蕾切尔问道。

"我觉得最好如此，"巴克斯说，"答案或许在佛罗里达，但那也只是静态的答案，毕竟距案发已经很久了。就算找到了原因，也只是历史原因。但是在这里，我们还是在距离他最近的地方。"

"这份传真说他已经选好了下一个目标，"我说，"你觉得是指下一个他要杀害的警察吗？"

"我正是这么想的，"巴克斯阴郁地说道，"所以我们的时间非常紧迫。就在我们坐在这里讨论的时候，他就在什么地方观察着另一个人，盯着另一个警察。如果我们不能及时找到他的所在地，我们手里很快就会多出一具尸体。"他一拳砸在桌子上，"诸位，我们必须得尽快取得突破。我们必须做点什么，在一切都太晚之前，我们必须揪出这个家伙！"

他斩钉截铁地说出这番宣言，向手下做战前动员。在这之前，他曾经要求他们尽自己的最大努力，但现在，最大努力已经不够了，他需要大家做得更好。

"鲍勃，"蕾切尔说道，"传真上提到奥瑟莱克的葬礼时，用的词是'今天'。这份传真是从哪里发出的，又是发到哪个地方的？"

"戈登已经查了。"

索尔森清了清嗓子，看都不看蕾切尔和我一眼，直接说道："传真是通过匡提科的一条供联邦调查局学院使用的线路发过来的。不必多说，发这份传真的人做了伪装，隐藏了他的发件身份。什么线索都没有。它是在东部时间今天早晨八点半发来的。我让布拉德做了追踪，调查了传真发来时的情况。发送人先是呼叫了匡提科总机的传真号，接线员识别了传真信号，转接到线路机房。但她不知道这份传真是谁从哪儿发过来的，因为所有信息都被隐藏了，她能听到的只有传真信号的哔哔声，所以她瞎猜着把信号转接到联邦调查局学院的一台传真机上，传真完成后，文件就一直躺在收件篮里，直到今天早上才被发现，随后被上交到了分析中心。"

"我们真幸运，它总算没有一直躺在收件篮里不被理睬。"巴克斯补充了一句。

"是的，"索尔森说，"总之，布拉德把原件送到实验室做进一步分析，发现了一些情况。分析员们认为，这份传真不是以传真机对传真机的模式发过来的，而是通过某种内置传真卡。"

"是通过一台电脑。"我脱口而出。

"通过一台加载有内置传真调制解调器的电脑。根据这一点，我们可以知道，这家伙在四处流窜，他不可能把一台苹果台式机塞进包里、背在背上流窜作案。我们推测他手上有一台笔记本电脑，电脑内置一个具有传真功能的调制解调器，很可能是和手机相联的调制解调器，这可以保证他最大限度地自由活动。"

每个人都陷入思索，消化着他这番话。我不大明白这番话的意义，或者说，我不确定它的作用。就我看来，调查过程中他们做出的很多推测，实际上对抓捕凶手没什么大用处，除非他们缉捕了一个嫌疑人，然后就能用上这些材料撰写起诉书，但也就是那时候有用。在抓捕凶手期间，这些真派不上多大用场。

"好的，那看来他有一台达到最高技术水平的功能强大的笔记本电脑了。"最后是蕾切尔打破了沉默，"在第二份传真发过来之前，我们能对此做出什么布置？"

"我们可以站在一旁，追踪所有接入总机线路的传真信号，"索尔森说，"但最好的情况也只是追踪到发出传真的原始信号所在地，不能更近了。"

"追踪到原始信号所在地是什么意思？"我问。

索尔森看上去不想回答我提出的任何问题，他迟迟不语，蕾切尔回答道："意思就是，如果他是用手机的调制解调器发出传真，我们不能直接锁定这个手机号码，也无法直接定位它的位置。我们只能定位到信号是从哪座城市发出的和这个传真电话打进来时所在的原始发射源，最好的情况也只是把搜索范围缩小到几十万。"

"但我们会发现他藏身的城市，"巴克斯说道，"之后我们就能跟当地警察局合作，寻找那些可能被他用作诱饵吸引警察上钩的案子。这应该也只可能是一桩发生在上周的凶杀案，就发生在奥瑟莱克案之后。"他看着索尔森,"戈登,你们给全国各地的分局再发一个通知,告诉他们需要核查各自所在地近期发生的所有凶杀案,我指的是各个类型的所有凶杀案,尤其需要注意任何涉及儿童的案件、任何有异常状况的分尸案以及受害者死前或死后尸体遭到暴力损毁的案件。今天下午把我们已知的情况汇总出来,要求各地的探员主管明天下午六点之前上交核查结果。我不希望出现任何疏漏。"

"明白!"

"另外,还有件事,布拉斯还提出了一个想法,"巴克斯补充道,"就是传真中提到的诗人已经选中下一个目标这件事,这很可能只是凶手的虚张声势。他用这个计策来诱导我们做出反应,陷入混乱,他就可以趁机溜掉并潜藏起来。记住,我们不向外界公开情况的主要原因,就是担心他会销声匿迹。"

"我不同意这种看法,"蕾切尔说,"从这份传真里,我看到的是一个自吹自擂、夸夸其谈的家伙,他觉得他比我们都聪明,一心想戏弄我们。我想他的话不一定就是空穴来风。在外面某个地方,确实有那么一个警察,已经被他的视线锁定了。"

"我也倾向于你的这个说法,"巴克斯说道,"我觉得布拉斯其实也是这么想的,但她觉得有必要把其他可能性摊开放到桌面上,提醒大家注意不要陷入思维局限。"

"那么,现在我们的战略方案是什么?"

"很简单,"巴克斯说道,"我们必须在这个家伙伤害更多人之前找到他,将他逮捕归案。"

巴克斯笑了,其他人也都笑了,只有索尔森没有。

"事实上,我认为在出现其他突破性进展之前,我们应该按兵不动,继续加倍努力待在这里调查各个方面。另外,传真的事情我们自己知道就行,不能透露出去。与此同时,做好准备,一旦有任何进展就立即转移。希望这个凶手能再发一份传真过来,布拉斯那边则要保持警觉，尽力为其他分局寻找其他线索。我会告诉她得向太平洋时区[①]的各地方分局强调本案的重要性。"

巴克斯扫视了一圈会议室里的人，点点头。他的话讲完了。"还需要我重复一遍吗？"他问道，"各位，拿出最好的工作状态。现在我们真的需要做到最好，比从前任何时候都需要。"

---

①美国西海岸靠近太平洋、使用太平洋时间的地区，包括加利福尼亚州全境，爱达荷州、内华达州、俄勒冈州的部分。

30

直到快十一点，与地方警察的会谈才姗姗来迟地举行。这次会谈比较简短，但气氛很友好。这种会谈就像求婚者请求未来的老丈人同意这门婚事。大多数情况下，老人家说些什么都无关紧要，反正总会同意。巴克斯用严谨的措辞和热情友好的语句告诉地方警察：联邦调查局老大哥出马了，从现在起，由联邦调查局主持大局。地方警察微微抗议了一下，又在几个细节上提出了不同意见，但很快就被巴克斯做出的空洞许诺糊弄了过去。

在整个会谈过程中，我一直避免和索尔森目光相接。之前从联邦大楼开车出来的路上，蕾切尔向我解释了今天早上萦绕在她和索尔森之间的紧张气氛产生的原因。昨天晚上，她离开我的房间后，在走廊上撞上了她的前夫。她鬓发凌乱的模样大概已经说明了他需要知道的一切。听到这个，我忍不住呻吟了一声，这下好了，事情更难办了。她却一副满不在乎的样子，还觉得一切挺好笑。

跟地方警察的会谈结束后，巴克斯给探员们分配了任务。蕾切尔和汤普森负责调查奥瑟莱克一案的案发现场，我跟他们一起。迈兹和马图扎克重新过一遍地方警察对奥瑟莱克朋友们的问讯，重建这位警探生前最后一天的行踪。索尔森和卡特被委派重新调查小男孩华金被害一案，再过一遍地方警察已经做过的调查。格雷森担任联邦调查局与菲尼克斯警察局之间的联络官。巴克斯，当然了，他得坐镇分局主持工作，与匡提科和各地分局保持联络，汇总案件的各类进展。

奥瑟莱克的住所位于南凤凰区，是一栋窄小低矮的平房，外面围着一圈粉饰过的灰泥外墙。这是一处边缘社区，报废的汽车停在满是碎石的草坪上，我数了数足有三辆，街区上还有两场大甩卖正在进行。

蕾切尔掏出从格雷森那儿拿来的钥匙，划开贴在前门门框上的封条，打开了门。在推门进去之前，她转身对我说："提醒一下，他们是在奥瑟莱克死亡三天半以后才发现尸体的，里面可能会很不好闻。你真想进去吗？"

"当然。"

不知为什么，她当着汤普森的面这么问我，后者还一听这话就笑了，仿佛我是个菜鸟，这不禁让我有些尴尬和恼火，尽管事实上我连个菜鸟都算不上。

我们向里走了三步，一股浓重的腐臭味扑面而来。作为一个记者，我已经见过许多尸体，但从未走进一个尸体在里面腐烂了三天半才被发现的封闭房间。那股腐烂的尸臭味仿佛凝成了可触碰的实体，将我围困其中，又好像凝成了奥瑟莱克的鬼魂，在这个房间里飘荡，冷眼注视着每一个擅闯领地冒犯它的生人。蕾切尔就让前门开着，使空气能稍微流通。

"你们要找的是什么？"直到我确信自己已控制住喉部肌肉不至于呕吐，才开口问道。

"屋子里面还会留下什么，我也不能肯定，"蕾切尔回答道，"即便曾经有过什么有价值的东西，可能也被地方警察收归证物了，或者被他的朋友拿走了……"

她走到屋门右侧的餐桌前，放下她带来的一份卷宗并打开，一页页地翻阅着，这是地方警察移交给联邦调查局的有关此案卷宗的一部分。

"我们四下走走看，"她说，"看上去他们把房子里搜检得相当干净，咱们四处转转找找，看看还能不能找到什么。不过小心点，别碰屋里的任何东西。"

"好的。"

我从她身旁走开，在屋子里慢慢走着，四下张望。我的视线首先落在起居室的安乐椅上。那是一把深绿色的椅子，但头靠的地方已经被血染成了某种更暗沉的褐色。血迹顺着椅背一路往下，一直延伸到坐垫上，是奥瑟莱克的血。

椅子前面的地上和椅子后面的墙上，有用粉笔圈出的两个圆圈，里面分别有一个孔洞，那是弹头被发现并取出来的地方。汤普森在这里跪了下来，打开了工具箱，开始用一把细细的钢镐挖那两个弹孔。我离开他，继续向屋子更深处走去。

这栋房子有两间卧室，一间是奥瑟莱克自己的，另一间落满了灰尘，看起来很长时间没有用过。奥瑟莱克的卧室里有个五斗柜，台面上摆着两个十来岁男孩的照片，我猜这是他的两个孩子，但我估计他的孩子从来没有使用过另一间卧室，也从没来看过他。我缓缓走过这些房间，又走过走廊另一侧的盥洗室，没发现任何可能跟这件案子相关的有价值的东西。我本来暗自期望能发现些有助于调查的线索，这一定会给蕾切尔留下深刻印象，却徒劳无功。

我又走回起居室，没看到蕾切尔，也没看到汤普森。

"蕾切尔？"

没人回答。

我穿过餐厅，走进厨房，依旧空无一人。我又穿过洗衣间，推开里面的一扇门，朝黑黢黢的车库望去，但里面什么人都没有。我回到厨房，发现厨房通往院子的门半开着，我从洗碗池上方的窗户朝外望去，看到他们在院子后面高高的灌木丛里。蕾切尔正低头在灌木丛里穿行，汤普森跟在她后面。

后院大约清理出了二十码宽的地方，院子两侧架设着七英尺高的厚木板栅栏，但是后面没有围上木栅栏，未清理的泥地延伸到一条干涸的溪床边，高高的灌木丛在这里蓬勃生长。蕾切尔和汤普森正沿着灌木丛中的一条小径前进，离我所在的房子越来越远。

"还真是多谢你们等我了，"我赶上他们后说道，"你们这是在干什么？"

"你怎么看，杰克？"蕾切尔说道，"诗人会不会直接把车停在车道上，敲响房门，等奥瑟莱克开门邀请他进去后就开枪击倒他？"

"我不知道，但是我觉得他不会这样明目张胆。"

"我也这么想。他不会这样，他会先盯着奥瑟莱克，也许一连观察好几天。但是本地的警察仔细盘问了附近的居民，没有一个人说看见过什么外来车辆，没有人发现任何异常情况。"

"所以你认为他是从这儿进屋的？"

"这是可能性之一。"

她边走边仔细观察着路面，试图寻找到什么痕迹，比如泥里的一个脚印或者一根折断的树枝。她停下来弯腰检查了好几次，查看小径边的碎屑杂物：一只烟盒，一个空的软饮料瓶。但她没有碰触任何一样东西，如果有需要，她稍后会一起收集。

我们沿着小径一直走下去，最后来到一个高压电线杆附近，它掩映在一片非常茂密的灌木中，灌木后面是一个拖车房营地。我们爬上一处高地，俯视营地。那里并没有得到很好的规划修缮，大部分建筑简陋而粗糙，许多家还随意砌了些门廊和工具棚。有些人家把那段门廊似的地方用塑料薄板封合起来，这样就能充当另外一间卧室或者起居室。大约三十户人家挤在这片营地里，像牙签盒里的牙签一般塞满了每处空地，散发着一股贫穷的气息。

"怎么样，这边请？"蕾切尔问道，好像我们是去享受一顿下午茶似的。

"女士优先。"汤普森说道。

一些营地居民坐在门前的露台上，或者屋外破旧的长沙发上，大多是拉美人，少数几个是黑人，还有一些大概是印第安人。他们带着冷淡的表情注视着我们从灌木丛里钻出来，这意味着他们已经把我们当作警察了。我们脸上也挂着同样冷淡的表情，一副对他们不感兴趣的样子，踏进成排的拖车房之间的狭窄小巷。

我们继续走着，蕾切尔的目光不住地扫视着营地，扫视着我们经过的每一座拖车房。我意识到这是我第一次看到她工作的样子，不是坐在办公桌前解释案例，而是搜集线索。我发现我的目光越来越难从她身上移开，周遭一切开始变得模糊。

"他监视过奥瑟莱克，"她说，与其说是在对我或者汤普森说话，倒不如说是在自言自语，"知道奥瑟莱克住在哪里后，他就开始计划了。怎么进屋子，怎么出来，他必须准备一条逃跑路线，一辆用于逃跑的车，但又不大可能把车停在奥瑟莱克房前那条街上，那样做可不够聪明。"

我们沿着营地狭窄的主干道继续往前走，来到营地的入口，这里有一条通往市区的街道。

"我猜他是把车停在这附近的某个地方，然后步行过去的。"

营地入口的第一座拖车房门口挂了一个牌子，上面写着"办公室"，还有一个用铁架子撑着支在屋顶上的稍大些的标牌，上面写着"四野阳光移动拖车乐园"。

"四野阳光？"汤普森吐槽道，"半亩阳光才更合适吧。"

"这里也算不上乐园吧。"我附和道。

蕾切尔想着其他事，根本没听我们的对话。她径直走过这个所谓的办公室，走上那条通往市区的街道。那是一条四车道的马路，这时我才发现，这里是一个工业区。正对着拖车房营地的是一家连锁仓库，马路两边都是库房。我注意到蕾切尔一直密切观察着四周情况，似乎要把周围环境都记在心里。她的视线久久停在一盏街灯上，那是半个街区内唯一的一盏街灯。我明白她在想什么———到晚上，这里将陷入一片漆黑。

蕾切尔靠着路边走着，视线仍然不停地在柏油路面搜寻着，试图找到任何与案件相关的东西，也许是一个烟头，也许是一点好运气。汤普森就站在我身旁，一只脚踢着路面。我一直注视着蕾切尔，不愿移开目光。只见她停了下来，低头看了看，轻轻咬了下嘴唇。我向她走过去。

路边有微亮闪烁，就像掩盖不住的钻石光芒，是一堆碎裂的挡风玻璃。她踮着脚尖，从这堆碎玻璃上走了过去。

我们推开那间在屋外挂着办公室牌子的房门，迈进这个狭窄逼仄、令人浑身不自在的空间，只见这个拖车房营地的负责人似乎已经喝过今天的第三轮酒了。显而易见，这个地方同时也是这个男人的家。他坐在一张绿色灯芯绒做成的懒懒公子牌休闲椅上，双脚高高跷起。沙发的每个侧面都被猫爪折腾得伤痕累累，但它依旧是这个屋子里最体面的家具，除了那台电视以外。那是一台看上去还很新的松下电视，内置录像机。他正在看一个电视购物节目，里面正在推销一种食材处理机，全自动的，能把蔬菜切片切丁，还能设置定时。我们进了门，他充耳不闻地继续看了好半天节目，才把目光从屏幕上移开，扫了我们一眼。

"你是这儿的负责人？"蕾切尔问道。

"这不是明摆着吗，警官？"

是个聪明的家伙，我想。他六十岁左右，穿着条军绿色的旧作战裤，一件胸口处被烟灰烫出好几个窟窿的白色无袖 T 恤，一撮灰色胸毛从窟窿里钻了出来。他已经快谢顶了，有着酒鬼常见的大红脸，而且他是个白人——我在营地里走了这么久看见的唯一一个白人。

"是探员，"蕾切尔纠正道，她翻开钱夹，让他看清楚里面联邦调查局的徽章。

"联邦调查局？你们这些给政府办事的大佬什么时候也操心起打碎轿车车窗偷东西的小事啦？瞧见没，我阅读面广得很，我知道你们这些人管自己叫'G 大佬'①。我还挺喜欢这绰号的，够酷。"

蕾切尔飞快地跟我和汤普森对了个眼神，接着又重新把目光转到这个男人身上。我也意识到了什么，顿时感到一丝焦灼。

"打碎车窗的事，你知道多少？"蕾切尔问。

"我看见你们在那儿转来转去了。我长着眼睛，你刚才就盯着地上那堆碎玻璃。是我把那些玻璃渣子扫成一堆的，街道清洁工一个月也就只来这里转一次，有时还不一定大驾光临。也就大夏天看这里灰尘太多，才会稍微勤快点。"

"不。我的意思是，你怎么知道之前停在这儿的那辆车玻璃被打碎且被盗了？"

"因为我就睡在这后面的房间里。我听到他们砸碎玻璃了，还看见他们钻进车里，把车里翻得乱七八糟的。"

"这是什么时候的事？"

"让我想想，也就是上个星期四吧。我还在想那个倒霉蛋什么时候才会报案呢，不过我没想到居然会招来联邦调查局。你们俩呢，

①联邦调查局探员的绰号，意为"为政府工作的人"。

318

也是 G 大佬？"

"别管这个了，我该怎么称呼你，先生？"

"阿德金斯。"

"好的，阿德金斯先生。你知道那辆被盗的车是谁的吗？"

"不知道，从没见过那个车主。我只听见了砸碎玻璃的声音，还看见了那帮小鬼。"

"车牌号你记得吗？"

"不记得了。"

"你当时没有报警？"

"这儿可没有电话。我倒是可以去三号停车场那儿打公用电话，可当时都快午夜了，再说我知道那些警察才不会为了一辆车被盗的破事跑一趟，至少不会来这儿一趟。他们可是太忙了。"

"所以你一直没见过那个车主，他也从来没上你这儿敲门求助，问你有没有听见砸碎车窗时的动静或者看到什么可疑的人？"

"没错。"

"砸碎玻璃的那帮小鬼呢？"汤普森抢在蕾切尔之前提出这个至关重要的问题，"你知道是谁吧，阿特金斯先生？"

"我的名字是阿德金斯。是'德'，不是'特'，G 大佬先生。"这句反驳很顺口，阿德金斯得意地笑了起来。

"好吧，阿德金斯先生，"汤普森改口道，"你认识他们吗？"

"我认识谁？"

"那些砸碎车窗钻进车里的孩子。"

"不，我不认识他们。"

他的目光漫不经心地从我们身上移开，落到电视上。节目里正在推销一种手套，手套掌心处粘着橡胶制小刷毛，那是用来给宠物梳毛的。

"我知道这玩意还能用来干别的事，"阿德金斯说着伸手做了个手淫的姿势，朝汤普森挤了挤眼，笑道，"他们兜售的这玩意，真实用途其实是干这事的。"

蕾切尔几步跨到电视前，啪地关掉了电视。阿德金斯没有抗议。蕾切尔直起身，盯着他道："我们正在调查一桩警探遇害案。下面的话，我们希望你能仔细听好。我们有理由相信，你知道的那辆被盗的车子就是本案嫌疑人的汽车。我们对起诉那帮砸碎车窗行窃的小孩不感兴趣，但我们需要跟他们谈谈。你刚才在撒谎，阿德金斯先生，我可以从你的眼睛里分辨出谎言和真话。那帮小孩就是这个营地的人。"

"不，我——"

"让我把话说完。虽然你对我们撒了谎，但我们打算再给你一次机会。你可以现在告诉我们实话，或者我们就这么回去，再带更多的联邦调查局探员和本地警察上这儿走一遭，我们会把这个垃圾场翻个底朝天。这个你称之为拖车乐园的地方会被我们重重包围，就像被军队封锁围攻一样。你猜我们会在那一间间锡罐头一样的拖车房里翻出什么被盗财物？你猜我们会不会翻着翻着就撞见某个上了通缉名单的家伙，或者一些非法移民？那些违反安全管理条例的行为会被怎么清算？我们刚刚就碰到过一例，我看见你从电箱擅自拉了根延长线出来，直接拐进了棚子。棚子里住了人吧？我敢打赌，你跟你的雇主还向棚子的住客收取了额外费用，可用的却是你偷来的电。又或者，你的雇主根本没拿到钱，都被你独吞了。如果你的雇主发现了这件事会怎么说？如果这个营地的进项减少了，他会怎么说？如果那些向你们缴费的人再不能交钱了，他们都被驱逐了，或者因为没支付孩子的抚养费而被逮捕了，那营地的收入可会减少一大笔啊，到时你的雇主又会怎么说？还有你自己，阿德金斯先生，你想让我在电脑上查查你这台电视的出厂序列号吗？"

"这台电视是我自己的，我实打实地花钱买的。你知道你们算什么东西吗，联邦调查局女士？一帮婊子养的走狗。"

蕾切尔没理会这条评价，但我觉得汤普森这会儿转过脸是为了掩饰脸上的笑意。

"从谁手上实打实地花钱买的？"

"这不关你的事。好吧，是提利尔家的那几个小鬼头，行了吧？砸碎那辆车玻璃的就是他们兄弟几个。好了，现在如果那些警察再出现在这儿，只要胆敢碰我一根汗毛，我都会告你的，明白了吗？"

循着阿德金斯指引的方向，我们走到从营地入口数过去第四组拖车房那一列。司法人员来这里的消息已经在营地里传开了，更多的人挤到了露台和屋外破旧的长沙发上。我们来到十四号拖车房的时候，提利尔兄弟已经在等着我们了。

这是一个加宽型拖车房，一侧支出一方蓝色帆布雨篷，他们就坐在雨篷下的一把吊椅上。拖车房的大门边放着一台联体式洗衣烘干机，上面同样搭着块蓝色帆布，以免机器遭到雨淋。这两兄弟都是十几岁的黑白混血儿，大概相差一岁。蕾切尔走到雨篷投下的阴影边缘，汤普森在她左侧五英尺处站定。

"小伙子们，"蕾切尔打了招呼，却没有得到回应，"你们的妈妈在家吗？"

"不，她不在，警官。"大些的那个孩子回答道。他的目光慢慢飘到他弟弟身上，他弟弟开始用脚一点一点地让吊椅前后摇晃起来。

"听着，"蕾切尔说，"我们知道你们很聪明，我们也不想找你们任何麻烦。当我们走进这里，打听你们的拖车房在哪儿之前，我们对阿德金斯先生保证过。"

"阿德金斯，这个小人，去他妈的。"小一些的孩子骂道。

"我们来是要打听上个星期停在外面路上的那辆汽车的事。"

"没见过。"

"是啊，我们都没见过。"

蕾切尔朝那个大一些的孩子走近几步，俯身到他的耳边。"这会儿就别来这套了，"她小声说，"你们的妈妈肯定跟你们说过遇上现在这种情形该怎么办，好好回忆回忆，用用脑子，想想她是怎么告诉你们的。你们不想给她或者给你们自己带来麻烦吧？你们要是想让我们离开这里，离你们远点，说实话才是唯一的办法。"

蕾切尔走进分局的办公大厅时，像拿着一件战利品般拿着一个塑料袋。她把袋子放到马图扎克的办公桌上，几名探员立即围了上来。巴克斯也走过来，低头看了看那个袋子，像在瞻仰圣杯一样，然后他抬起头看着蕾切尔，眼里迸射出掩饰不住的兴奋。

"格雷森去本地警察局核查过了，"他说，"那个地区没有任何关于汽车被盗的报警。那天没有，那个星期都没有。你们可以想象，任何一个合法公民，要是车被人抢了，肯定会报警。"

蕾切尔点点头。"的确如此。"

巴克斯冲马图扎克点头示意，马图扎克从桌上拿起证物袋。

"你知道下一步该做什么吗？"

"知道。"

"给我们带回点好消息，我们需要好消息。"

袋子里装着的是一个车载立体声音响，是提利尔两兄弟从一辆福特野马汽车里偷来的，至于车子是白色还是黄色的，得看提利尔两兄弟谁的夜视能力更好了。

这就是我们从两兄弟那儿弄到的全部东西，但这东西带来的那种感觉、那种希望足够鼓舞士气了。蕾切尔和汤普森将两兄弟隔开，一对一地展开了问讯，然后又互换，各自对另一个孩子又问讯了一次，但是这台音响就是两兄弟能给出的全部线索了。他们说，他们从来没有见过那辆野马汽车的司机，他就那么把车停在营地前的马路上，谁都没见过他。他们光顾着快点砸了抢了就跑，除了这台立体声音响，其他什么东西都没拿。他们也从没想过要打开后备厢看看，也没想过看一眼车牌，看看那车是不是亚利桑那州牌照。

蕾切尔把那天下午剩下的时间全用在了文书工作上，她还要起草和整理一份关于这辆汽车的附录报告，发给联邦调查局下属的所有分局。马图扎克把那台立体声音响的出厂序列号报给了华盛顿特区联邦调查局总部的汽车 ID 鉴识组，然后又把音响交给实验室的技术员检验。汤普森提取了提利尔兄弟的指纹，好在下一步分析音响上的指纹时将他们俩的排除掉。

然而，排除提利尔兄弟的指纹后，实验室未能从音响上取到可用的指纹样本，但出厂序列号这条线索没有拐入死胡同。根据序列号，这台音响最后追溯到一辆一九九四年出厂的浅黄色福特野马汽车，车子登记在赫兹租车公司名下。马图扎克和迈兹立即前往空港国际机场，继续追踪那辆车。

联邦调查局菲尼克斯分局里，所有人的心情都振奋起来。蕾切尔取得了突破，尽管还不能保证这辆野马汽车的驾驶者就是诗人，但它在四野阳光营地外停留的那段时间正好与奥瑟莱克遇害的时间相吻合；而且汽车被那两兄弟砸了抢了，车主却一直不报警，也是一个佐证事实，二者结合起来就指向一条可能的推论。另一方面，这个发现也为探员们提供了诗人作案的更多信息。这是一个非常重要的收获，我想探员们的想法应该跟我一样。我们都觉得这个诗人是一个令人极为费解的谜，是一个只在黑暗中神出鬼没的幻影。但是这条线索浮出水面了，那台车载立体声音响让捕获他的可能性更大了些。我们正在一步步逼近他，我们来了。

这个下午的大部分时间，我尽量不妨碍他们，只在一旁静静注视蕾切尔工作的情形。她展现出来的侦查技艺令我深深着迷，她弄到这台音响的经过以及探问阿德金斯和提利尔兄弟的技巧，都令我惊叹不已。她有那么一会儿注意到了我的凝视，问我在做什么。

"没什么，就是看看你。"

"你喜欢看我？"

"你可真是个行家，看你这样的行家干活儿就是一种享受。"

"谢谢。我只是碰巧运气好罢了。"

"我有种感觉，你的运气一向不错。"

"我觉得我们这一行，运气得靠自己挣。"

这天快结束时，巴克斯拿起一张蕾切尔发给各个分局的汽车资料复印件，我注意到他瞳孔一缩，双眼就像两颗黑色的大理石弹珠。

"我在想他是不是故意挑选了这辆车？"他问道，"一辆浅黄色的野马。"

"为什么？"我问。

我看到蕾切尔也点头了，显然她知道答案。

"《圣经》，"巴克斯说，"'我就观看，见有一匹浅色马。骑在马上的，名字叫死。'"

"'阴府也随着他'。"蕾切尔将这句话补充完整。

在这个星期天的晚上，我们再一次做爱了，蕾切尔甚至比上一次更加投入，给予我更多的亲昵，也要求我回报更多。如果说我们俩中有谁不够全情投入，那就是我。我固然全心全意爱着她，在拥着她的那一刻我在这世上再无所求，但与此同时，一个低低的声音在我的脑海深处不断絮语，质疑着她的动机，那音量足够我听清。也许是因为我那摇摇欲坠的自信心，但我拿它毫无办法，只好听着它继续絮叨，说她只是为了追求感官的欢愉，以及报复她的前夫。这个念头让我非常内疚，觉得自己十分虚伪。

风平雨歇之后，我们相拥而眠，她悄声对我说，这一次，她想留下，与我一起，直到天明。

31

电话铃声将我从熟睡中震醒。我茫然环视这个陌生的房间，这才想起自己在什么地方，目光随后落到蕾切尔身上。

"你最好接一下电话，"她平静地说道，"这是你的房间。"

她看起来一点都没有我那种刚被吵醒后的迷迷糊糊。事实上，有那么一会儿，我觉得她早就醒了，而且电话铃响时正观察着我。我拿起听筒，猜测铃声已经响了九声或者十声了。与此同时，我扫了眼床头柜上的闹钟，现在是早晨七点十五分。

"喂？"

"让沃林接电话。"

我呆住了。这声音听上去很耳熟，但我脑子里一片混乱，怎么也想不起是谁。这时我忽然意识到，找蕾切尔的电话不该打到我的房间。"你拨错了，她在……"

"少他妈的跟我废话，记者。叫她接电话。"

我用手捂住听筒，转向蕾切尔。"是索尔森。他说他知道你在哪儿——我是说他知道你在这儿。"

"给我电话。"她一边生气地说着，一边从我手里拽走电话，"你到底想干什么？"

房间里安静了好一会儿。这段时间里他估计已经对她说了两三句话。

"这消息是从哪儿来的？"

安静的时间更长了。

"那你为什么打电话找我？"她的这句话里又一次夹杂着愤怒，"去啊，去告诉他好了，要是你想闹得人尽皆知的话，要是你想让他知道的话。到时板子打下来，打在你身上的肯定比我身上的要多。告这种状，对我不利，对你也没什么好处。我敢肯定他一定很愿意知道，咱们队里也出了个'偷窥者汤姆'①！"

她把听筒递给我，我挂上电话。她拉过一个枕头盖在脸上，发出一声呻吟。我把枕头从她脸上拉下来，问："发生了什么事？"

"我有个坏消息要告诉你，杰克。"

"什么坏消息？"

"今天早上的《洛杉矶时报》发了一篇有关诗人的报道。我很抱歉。我得把你带去分局，鲍勃想跟你谈谈。"

我半晌没说话，脑子里一片混乱。"他们怎么会……"

"我们不知道，这就是我们要跟你谈的原因。"

"他有没有说他们报道了多少内容？"

"没有，但很显然，爆出来的料已经足够了。"

"我就知道我昨天就该把报道写出来。该死的！一旦那家伙知道你们这些人发现他了，我就应该写出来的，没理由还拖下去。"

"我们做了个约定，而你遵守了承诺。你不得不这样做，杰克。冷静点，别急着下结论，等我们到了分局，了解他们到底报道了多

---

①英国著名典故。公元 11 世纪初，英国某地方长官对百姓课以重税，其妻为让他减免赋税而同意了他的条件——裸体骑马绕行城区。当天，居民皆关门闭户以示敬重，只有一名叫汤姆的裁缝拉开窗帘窥视，不久，汤姆便双目失明。

少再说。"

"我得给我的编辑打个电话。"

"电话可以待会儿再打。鲍勃已经到分局了，正等着我们。我猜他都没有睡觉。"

电话铃又响了起来，她猛地把听筒从机座上拽了下来。

"又怎么了？"她怒道，声音里的愤怒都快溢出来了，但很快声音就低了下去，柔和地说道，"请稍等。"

她把电话递给我，难为情地笑了笑，然后在我脸颊上轻轻一吻，悄声说她要回房间收拾，便开始穿衣服。我把听筒放到耳边："喂？"

"我是格雷格·格伦。刚才接电话的是谁？"

"呃，是一个联邦调查局探员。我们正在开会。我猜你已经知道《洛杉矶时报》发的那篇报道了。"

"你他妈的说对了，我知道了。"

我的心又往下沉了一些，几乎要透不过气来。格伦继续说道："他们今天发了一篇讲述那个凶手的报道，报道的是我们在跟的凶手，杰克。他们称呼那家伙为诗人。你告诉我们有这系列案件的独家报道权，而且是得到联邦调查局承诺的。"

"我们确实有。"

我能说的就只有这么一句话。蕾切尔已经匆匆忙忙穿好了衣服，正用同情的目光望着我。

"现在没有了，我们丢掉了到手的独家报道。你今天上午就给我回来，写咱们的报道，明天就见报。不管你现在手头掌握了多少材料，统统给我放上去，而且你最好祈祷你的料比他们的多。我们本来可以早早放出这条爆炸性新闻的，杰克，但是你说服了我。好吧，看看现在，我们只好看着别人攒着我们的报道领跑，跟在别人屁股后头紧追猛赶，真该死！"

"知道了！"我高声打断他，好让他闭嘴。

"还有，最好不要让我知道，你之所以在菲尼克斯耽搁这么久，只是因为忙着在那儿搞上个姑娘。"

"去你的，格雷格。你现在手头上有那篇报道吗？"

"当然有了，这可真是篇好文章啊，精彩得不得了，但是它登在了别人的报纸上！"

"现在就读给我听听，不不，等会儿，我还得参加个会。这会儿资料室里有人——"

"你聋了吗，杰克？你什么会也别想参加了，我要你马上坐下一班飞机回来，写好报道明天见报。"

我看见蕾切尔给了我个飞吻，离开了房间。

"我明白了。你明天就会在我们的报纸上看见报道，我可以在这儿写，然后发给你。"

"不行！这会是篇随写随改的报道，我亲自把关。我要你就在我旁边写这篇文章，我要守着你写。"

"就让我参加这个会吧，开完我就给你回电话。"

"为什么非要去那个会？"

"案子有新进展了，"我撒谎道，"我还不知道是什么，得去参加会议才能弄明白。就让我去吧，然后我会回电话给你。我开会时，你可以让资料室把《洛杉矶时报》的那篇报道从网上弄下来，发到我的电子邮箱里。我一会儿就下载看看，现在得走了。"

在他提出反对之前，我赶忙挂了电话，迅速穿好衣服，拎起电脑包冲向门外。我现在还是头晕脑涨的，不明白这事是怎么发生的。突然，一道闪念在我脑海里划过：索尔森。

我们各自在酒店大堂的快售点买了两杯咖啡，然后奔赴联邦法院大楼。蕾切尔再一次收拾好了所有行李，而我也再一次忘了收拾。直到喝完第一杯咖啡，我们俩谁都没有说话。我猜我们现在各自面对着完全不同的困境，脑子里也转着完全不同的念头。

"你准备回丹佛吗？"她问道。

"我现在还不知道。"

"情况坏到什么程度？"

"糟透了。他再也不会相信我做出的任何承诺了。"

"我不明白怎么会发生这种事，他们应该先打个电话向巴克斯求证一下，顺便打探下他的看法什么的。"

"也许他们打过电话。"

"不会的，他会先告诉你。他一旦做出约定，就一定会信守承诺。他是局里老探员培养的第二代探员。我从没见过还有谁像他那样守规矩。"

"好吧，我希望他现在还记得跟我的约定，就像之前说好的，一旦消息泄露，我的封笔期就结束了，我今天就要写文章。"

"《洛杉矶时报》那篇报道写了什么？"

"我不知道，但只要我能连上电话线拨号上网，就能收到那篇文章。"

我们抵达联邦法院大楼，她把车子开进联邦调查局探员专用的停车场。

会议室里只有巴克斯和索尔森两个人。

会议一开始，巴克斯就走漏消息一事向我表达了歉意。在我看来他说得入情入理，我不禁对之前在蕾切尔面前质疑他正直品性的行为感到几分懊悔。

"你拿到那篇文章了吗？要是能连上这里的电话线，我可以在我的电脑上下载下来。"

"那就用吧。我一直在等洛杉矶分局的人把报道传真过来。我之前一点风声都没听到，直到布拉斯告诉我匡提科那边开始接到其他媒体打探消息的电话。"

我插好电话线，打开笔记本电脑，拨号进入《落基山新闻》的网络系统。我没理睬留言板里的其他消息，直奔收件箱，翻看收件目录。我注意到里面有两封新邮件，一封主题是"'诗人'报道拷贝"，另一封是"催眠师"。我这才想起曾让劳丽·普莱恩替我查找有关催眠师霍勒斯一案的报道，但这些材料我只能稍后再看了。我调出诗人报道拷贝，还没看完报道的第一行，我就心头一震——我早该想到的！

"该死的！"

"怎么了？"蕾切尔问道。

"这篇报道是沃伦写的。他从执法基金会辞了职，转身就用我的报道打回了《洛杉矶时报》。"

"这就是记者，"索尔森毫不掩饰地幸灾乐祸道，"尽是些信不过的家伙。"

我尽量试着忽略这家伙，但是很难。发生的一切都让我怒火中烧，无论是沃伦的所作所为还是自己的不谨慎。我早该想到的。

"读一下这篇报道吧，杰克。"巴克斯说道。

于是我读了出来。

联邦调查局与警方联手缉捕以警察为目标的连环杀手

猎物反噬猎手

《洛杉矶时报》特约记者

迈克尔·沃伦

联邦调查局正在追捕一个连环杀手，据称，此人在长达三年的时间里，杀害多达七名警察，遇害者分布于全国各地，均为负责调查凶杀案的警探。

该凶手之所以被冠以"诗人"的名号，是因为他每次都会在杀人现场留下引述埃德加·爱伦·坡诗句的死亡讯息，并一直试图将这些谋杀案精心伪装成自杀事件。

据参与本案调查的一位线人透露，在长达三年时间里，遇害者都被视为自杀身亡，直到上周该系列案件的共同之处——包括引用爱伦·坡的诗句——才被人发现。

这一发现促使联邦调查局迅速行动起来，试图查明"诗人"的身份并将其缉捕归案。在联邦调查局行为科学部的指挥下，数十名联邦调查局探员及七个案发城市的警察共同展开本案的调查工作。据线人透露，当下调查工作的重点在菲尼克斯，这里是"诗人"最近一次的犯案之地。

这位匿名的线人拒绝向《洛杉矶时报》说明当局是如何发现"诗人"犯罪活动的，但他表示，一项由联邦调查局和执法基金会合作开展的始于六年前的警察自杀研究项目为本案提供了关键线索。

随后报道列出了遇害者的名单和每件案子的一些细节，紧跟着的就是几小段关于行为科学部的介绍，作为报道的补充材料。最后这篇文章引用那位匿名线人的话结尾道：联邦调查局对这位诗人知之甚少，既不知道他的确切身份，也无法锁定其所在之地。

读完这篇报道，我已怒火上涌，脸涨得通红。自己信守承诺，但做出约定的另一方却根本不把它当回事——再没有比这更令人气愤的事了。在我看来，这篇报道糟透了，围绕着那么点事实堆砌了那么多辞藻，而一切都来自那个匿名线人的爆料。沃伦甚至都没提诗人发来的那份传真，更重要的是，他完全没提到那些作为诱饵的凶杀案。我很清楚，我准备在今天写出来的那些东西才算得上对诗人一案的准确报道。虽然如此，那冲到我喉咙口的愤怒也难以咽下。因为不管这篇报道有怎样的缺陷，有一点是真切的：沃伦显然已经跟联邦调查局内部的某个人接触过。一个无法抑制的念头从我心里冒出来，那个人此刻就坐在这个会议室里，就在这方会议桌旁，跟我坐在一起。

"我们曾经有过约定，"我从电脑屏幕上抬起头说道，"但你们当中有个家伙向这个记者提供了内部情报。我是星期四去找沃伦的，他只知道我那时候手头上握有的资料，但他跟局里的某个家伙碰头了，从他那儿弄到了其他材料。很可能就是参与调查的某个人，这个人很可能就是……"

"你说的可能是事实，杰克，但是——"

"他能得到这些材料完全就是因为你，"索尔森插话道，"要怪就怪你自己吧。"

"你错了！"我说道，顺便瞪了他一眼，"我的确告诉了他我当时掌握的信息，涵盖了这篇报道里的大部分内容，但绝不可能包括诗人这个代号。我去找沃伦的时候，你们还没给这个凶手取代号。这个信息只能是内部的人泄露的，所以我们的约定告吹了。某个人太多嘴，走漏了不该泄露的消息，现在这报道出来了，案子也曝光了。我必须得回去写报道，到今天为止我所知道的我会全部写出来，明天就见报。"

带着几分沉重的沉默在这个房间里蔓延开来。

"杰克，"巴克斯说道，"我清楚也许这并不能弥补多少损失，但还是希望你知道，只要我腾出时间，一定会查出是谁泄了密，而这个人也不会继续待在我这儿工作了，甚至可能无法在联邦调查局继续待下去。"

"你说得很对，即便如此，也无法弥补我多少损失。"

"但我还是要厚颜向你提一个请求。"

我看着巴克斯，猜测他是不是愚蠢地想说服我就此搁笔。《洛杉矶时报》的报道一出来，今天晚上和明天，全国各地的每一家电视台和每一家报纸都会全速跟进这则新闻。

"什么事?"

"在你写这篇报道的时候……我请求你时刻记着,我们还没有抓住这个人,我们还需要抓住这个人。你手头上的一些资料,可能会完全毁掉我们抓到凶手的机会,我指的是那些细节,比如有关凶手心理侧写报告的细节,还有遇害警探可能遭到催眠和发现安全套痕迹等细节。如果你把这些细节发表出来,杰克,这些内容就会在他能看到的每个电视台和每张报纸上不断地重复播报,他很可能就会改变作案习惯。能理解我的意思吗?这只会给我们的工作带来更大困难。"

我点点头,仍然强硬地直视着他。"你无权告诉我什么能写,什么不能写。"

"我明白这一点,但我请求你看在你哥哥的分上,体谅我们的工作,在写报道时更谨慎一点。我是相信你的,杰克,绝对相信你。"

我沉思了很久,才再次点了点头。"鲍勃,我曾经跟你做了笔交易,结果吃了大亏。如果你要求我保证这些细节不被发表出来,那我们就得重新订份协议。从今天起,所有大小媒体的记者都会冒出来要求采访你们,但我希望你能把所有这些要求采访的电话丢给匡提科的公共事务处,我要你的独家采访权——你说的话、发表的看法只有我能引用。还有,诗人发来传真这件事也得由我独家报道。你答应我这些条件,我就不会在文章里提及诗人的心理侧写或者催眠等细节。"

"那就说定了。"巴克斯说。

他答应得太痛快了,我不由得冒出一个念头:他可能早就知道我要说什么,也知道我会提议再订一份协议,一切都在他掌控中。

"但是注意一件事情,杰克,"巴克斯说道,"咱们得在这件事上达成共识——别把传真的全文发出来,留一句不发。要是碰上有人跑来自首说他就是诗人，我们就可以用这句没有公开的话把那些假货排除出去。"

"没问题。"我说。

"我会一直待在这儿，我会告诉前台如果是你的电话就直接接进来，其他所有采访电话都拒接。"

"会有很多这种采访电话。"

"事实上，我本就打算让公共事务处来应付这些电话。"

"如果公共事务处发的通稿提到这个案子是怎么被发现的，告诉他们别提我的名字，只说因为《落基山新闻》的问询而拔出萝卜带出泥。"

巴克斯点头表示同意。

"最后一件事，"说完，我故意顿了顿，"我还是不大放心走漏消息这事。要是我发现《洛杉矶时报》或其他任何媒体今天也拿到了诗人的传真，那么我就会把我知道的全部材信息都写在下一篇报道里，包括心理侧写，包括其他所有细节，如何？"

"我能理解。"

"你这个趁火打劫的家伙，"索尔森恼怒地吼道，"你别以为你可以来这儿指手画脚！"

"去你妈的！索尔森，"我也吼道，"从在匡提科的时候，我就一直等着要把这话甩你脸上了。去你妈的，听清了吗？要是打赌的话，我会说你就是那个泄密的人，所以少跟我提趁火打劫这套，趁火打劫谁比得过你——"

"你他妈的！"索尔森猛地站起来咆哮道，向我逼过来。

巴克斯迅速站了起来，伸出一只手按住索尔森的肩膀，轻轻把他推回座位上。蕾切尔冷眼旁观着，脸上浮出一丝淡淡的笑意。

"冷静点，戈登，"巴克斯安慰道，"放轻松。一切到此为止。无论是谁，都别再因为任何事情相互指责了，大家都冷静点。今天咱们每个人的火气都有点大，都很烦躁，但这并不是我们不能控制自己情绪的理由。杰克，你刚才的指控很危险，如果你说这话是基于什么证据，就说出来给大家听听；如果没有，你最好还是把那些话咽回肚子里。"

我一言不发，只是有一种直觉，认为那些消息就是索尔森为了打击我而泄露出去的，因为他就是个对所有记者都看不惯的偏执狂，而我跟蕾切尔的关系更是让他对我恨之入骨，但这些事不可能摆在明面上讨论。最终，我只好坐回自己的座位，用眼神和索尔森厮杀。

"这出戏真是精彩，伙计们，但我今天还想做点正事呢。"蕾切尔说道。

"我也得走了，"我说，"你们打算在传真里截下哪句话？"

"谜语那句，"巴克斯答道，"不要提及最好的兄弟。"

我低吟片刻，那句话可是那份传真里最出彩的几句话之一，但我最后还是应允道："好的。没问题。"

我站起身，蕾切尔也站了起来。"我开车送你回酒店。"

"这类事很糟糕吗？该你发表的报道被人截了？"回酒店的路上，她问我。

"没有比这更糟糕的了。对于你们来说，这就相当于抓到了罪犯又让他跑了。我真希望巴克斯能因为这事好好收拾索尔森一顿，那个浑蛋。"

"他很难找到什么证据来证明这事，最多只是有些怀疑而已。"

"如果你把咱俩的事告诉巴克斯，再告诉他索尔森也知道这事，那么他一定就会相信了。"

"我不能这么做。如果我告诉巴克斯咱俩的事，先倒下的那个人会是我。"她沉默了一会儿，又把话题拉回那篇报道上，"你拥有的材料比他多得多。"

"什么？他是指谁？"

"我是说沃伦。你会写出一篇更出彩的报道。"

"谁先报道，谁得荣耀，这是一句记者行当里的老话。话虽老，道理却是真的。在大多数报道里，最先爆料的人总是能在最后赢得声誉，哪怕那篇爆料文章漏洞百出，满篇都是废话，哪怕那是一篇从别人那儿偷来的文章。"

"这就是新闻的真相吗？争夺荣誉和声望？只要第一个爆出来就行，甚至不去求证你所写的事情是不是真的？"

我注视着她，想努力对她笑笑。"是啊，有时候是这样的，大多数情况都是这样的。干新闻是份多么高尚的工作啊，是吧？"

她没有回答，沉默地开着车。我希望她能说说我们之间的事，说说我们的曾经，说说我们的未来，但她始终没有提这个。我们离酒店越来越近了。

"如果我没法说服编辑让我留在这儿，不得不启程回丹佛，那会怎么样？我们会如何走下去呢？"

她又沉默了一会儿。"我不知道，杰克。你希望怎么走下去？"

"我也不知道，但我不希望我们就这样结束。我本来想……"我不知道应该怎么把心里的那些话一股脑地告诉她。

"我也不希望我们俩就这么结束。"

她把车开到酒店正门，让我下去，又说她得赶紧回去。一个穿着红色夹克、肩膀上佩着金穗的门童替我拉开车门，破坏了我们的二人世界。我想吻她，但这个环境和这辆显眼的政府公务车，让这个念头显得太不合适而难以实施。

"只要一从稿子里解脱，我就会找你，"我说，"我会尽快。"

"好的，"她说着笑了笑，"再见，杰克。报道的事，祝你好运。要是你能留在这儿写报道，别忘了打分局电话告诉我一声，或许今晚我们还能在一起。"

这个理由真是比我挖空心思想到的任何一个争取留在菲尼克斯的理由都美妙。她伸手拽了拽我的胡子，就像她之前做的那样。我正要下车，她叫住我，从钱包里掏出一张名片，在背面写了一串数字后递给了我。

"这是我的传呼号码，万一有什么事，就传呼我。这是卫星传呼，无论我在哪儿，你都可以找到我。"

"全世界都可以？"

"全世界都可以，除非卫星坠地。"

32

　　格拉登望着屏幕上的文字。它们美妙至极，就像上帝挥舞着看不见的手信笔写来，它们像真理一般正确无疑，又如哲理那般富有洞见。他再一次读了起来。

　　如今，他们已经知晓了我的存在，而我也正翘首以待，等待他们的莅临。我将迈入万神殿，成为那些被枭首示众的万千脸孔中的一张。我感觉自己就像当年那个孩子，等待着壁橱门的开启，这样我就能得到他。从门底缝隙里透出的那道光啊，那是我的烽火，我的明灯。我注视着那道光，注视着那随着他走近的每一步而摇曳的阴影。我知道他来了，我知道我拥有他的爱。我是他眼中的瞳仁，是他掌上的明珠，是他最珍视的人。

　　我们是他们所造就的，又是被他们厌弃了的。他们抛弃了我们，于是我们变成了一群流浪者，在这个呻吟不已的世界里仓皇奔离。我被抛弃的事实是我的痛苦，也是我的动力。我把所有孩童的仇恨都背负到自己身上。我就是那个幽灵。我被他们称作掠夺者，暗中窥探着猎物，混迹于茫茫人海，混迹于你们当中。我就是那模糊了光明与黑暗分界的剪影。我的经历不是那种被掠夺、被虐待的悲惨故事，但是我欢迎这种被掠夺、被虐待的体验。我可以承认这一点，你们呢？我盼望着、恳求着并迎接着与他的亲密接触，但当我的骨骼长得太大，我得到的就只有抛弃，这深深刺伤了我，迫使我过上了流浪儿的生活。我被他们抛弃了，而孩子，他们应当永远维持年幼的模样。

这时电话响了，他抬起头。电话放在厨房的橱柜上，当响铃持续时，他就那么注视着。几天来，这是打给她的第一个电话。三声铃响后，电话转到了自动答录机，播放出她之前录制的留言。那个时候，他把这些话写在一张纸上，让她读了三遍，直到第四遍才录得像个样子。真是愚蠢的女人。录音播放的时候，他这样评价道。她一点都配不上演员这个名头——至少穿上衣服的时候配不上。

"你好，这里是达琳家。我……我现在无法接听你的电话。因为一些紧急事件，我不得不离开一段时间。我会经常检查留言……呃，留言，然后尽快给你回电话。"

她的声音听上去有些紧张，而他还担心她把一个词重复了两遍，没准某个来电者会听出她在照本宣科。他仔细听着，提示留言的"哔"声响起后，传来一个怒气冲冲的男人的声音。"达琳，天杀的！听到留言后你最好赶紧给我回个电话。你让我陷入了大麻烦。你跑路前起码给我个电话吧！就算你回来，你这饭碗说不定都丢了，该死的！"

格拉登想，看来还是有用的。他起身清除了这条留言。他猜来电者应当是她的老板，不过，这个老板再也等不到她的回电了。

站在厨房门口时，格拉登闻到了那股味道。他从起居室咖啡桌上的烟盒里抽出火柴，走进卧室。他观察了尸体半晌，那张面孔已经呈现出浅青色，比他上次检查时更深了些。当人体进行自我分解、脏器逐渐溶解时，嘴唇和鼻子便会逐渐失去血色，他在一本书上读到这些。在雷福德监狱的时候，他好不容易成功说服典狱长，给自己争取了一些书，他才能在其中一本书上读到死后人体分解的知识，那是一本《法医病理学》。他真希望还拿着那台相机，这样就可以详细记录达琳身上发生的变化了。

他又点燃了四根茉莉味的线香，把它们分别放在四只烟灰缸里，又把烟灰缸摆在床的四角。这一次，关上卧室门后，他又在门槛下严严实实地塞了一条湿浴巾，希望能阻挡那股尸臭从卧室内飘散到公寓里的其他区域。他还得在这儿再待两天呢。

33

我最后还是说服了格雷格·格伦，让他同意我留在菲尼克斯写报道。那天上午剩下的时间，我一直待在房间里打电话，从跟这一系列案件相关的各类人士那儿收集他们的看法和评论，从丹佛的韦克斯勒到巴尔的摩的布莱索，所有资源我都找全了。做完这一切之后，我一口气写了足足五个小时。这一天里唯一打断我写作的人反倒是格伦自己，他打来电话，紧张地问我写得怎么样了。下午四点，距离丹佛五点的截稿期还有一个小时，我终于完成了两篇报道，把稿件发了过去。

传送稿件时，我能感觉到神经在大脑里咚咚作响。我头疼得厉害，几乎超过忍受的极限。客房服务部送来的咖啡我已经喝掉了一壶半，还抽了整整一包万宝路香烟，这还是这么多年来我头一回一次抽这么多烟。我在房间里踱着步，等待格雷格·格伦的回电，趁这个时间又飞快地给客房服务部打了个电话，解释说我要在房间里等一通重要来电，不能出门，请他们在酒店大堂的商店里帮我买一瓶阿司匹林送来。

药被送来以后，我就着房间迷你酒柜里的矿泉水吞服了三片。

刚咽下去，就立刻觉得好多了。接着，我又给母亲和赖莉各打了个电话，告诉她们我的报道会在明天的报纸上刊登出来，事先跟她们说一声。我还告诉她们，这个案子既然已经被报道出来了，其他媒体的记者就可能会试着联系她们，请她们有所准备。她们俩都说不愿意接受任何记者的采访，我说没关系，然后没忘记自嘲我也是记者大军中的一员。

最后，我终于想起忘了给蕾切尔打电话，告诉她我能继续待在菲尼克斯了。于是我给联邦调查局菲尼克斯分局打了个电话，接电话的探员却告诉我她已经走了。

"你说她走了是什么意思？她还在菲尼克斯吗？"

"我无权告知这一点。"

"那可以帮忙请巴克斯探员接电话吗？"

"他也走了。请问你是哪位？"

我挂了电话，拨通酒店前台，请他们转接蕾切尔的房间，然后被告知她已经退房了，巴克斯也退房了，索尔森、卡特和汤普森也都退房了。

"真该死！"我挂了电话，忍不住骂道。

他们一定是有了新突破，肯定是。他们所有人都退房走了，调查工作绝对有了重大突破。我意识到已经被甩在后头了，而我享有局内人身份的美好时光显然已经宣告终结。我站起身，继续在房间里踱着步，猜测他们去了哪里，又是什么让他们走得如此仓促。我忽然记起蕾切尔给我的那张名片，便从口袋里掏了出来，拨出上面的传呼号码。

卫星接收到我的信息再传回给地面的她，算下来十分钟足够打一个来回，但是十分钟过去了，电话没有响起。又是十分钟过去了，然后是半个小时，连格雷格·格伦都没打电话过来。我甚至拿起听筒听了听，确保没有把它弄坏。

我焦躁不安，但又不甘心在屋子里徒劳地踱着步等待，于是打开笔记本电脑，再次登入《落基山新闻》的网络，调出那些给我的留言。并没有什么要紧的消息。我转到个人收件箱，浏览着目录，打开那个名为催眠师的文件夹。里面包含了几篇关于霍勒斯·冈贝尔的报道，按时间先后排列。我从最早的一篇报道读起，打算按顺序读下来。读着读着，我之前对催眠师一案的印象也在记忆中复苏了。

那真是一段富有传奇色彩的历史。六十年代早期，冈贝尔是中央情报局的一名内科医生和研究员，后来他成了一名在贝弗利山挂牌开业的私人心理医生，专攻催眠疗法。在他所谓的"催眠艺术"领域，他充分发挥了自己的技能和专长，以催眠师霍勒斯的名号在夜总会里表演节目。一开始还只是在洛杉矶各家夜总会里表演开放式节目，但演出逐渐大受欢迎，他常常奔赴拉斯维加斯的黄金地带登台表演，经常连演一个星期。很快，他就不再当挂牌行医的心理医生了，而是成了一名全职演员，频频出现在拉斯维加斯最豪华的演出舞台上。七十年代中期，他的名字曾跟弗兰克·西纳特拉列在同一张名单上在恺撒宫登台献艺，虽然他的名字用小一号字母印刷。著名的卡尔森谈话节目他上过四次，在最后一期节目里，他催眠了主持人卡尔森，诱使精神恍惚的卡尔森说出他对当晚嘉宾的真实看法。因为卡尔森说出的评论辛辣刻薄，现场观众还以为这是节目设计好的情节，但其实不是。卡尔森看了录制样带之后，取消了这次节目的播出计划，并将他列入黑名单。这次节目被取消的事成了娱乐圈的大新闻，各大娱乐报纸大肆报道，对他的职业前程而言，好比一刀刺入了心脏。从那以后，他再也没有上过电视，直到因为被捕上了新闻。

冈贝尔的电视表演生涯就这么中止，他的舞台表演方式也逐渐过时，在拉斯维加斯越来越混不下去，他登上的舞台逐渐离黄金地带越来越远，不久就只能搞搞巡回演出，在喜剧俱乐部和提供滑稽短剧助兴的餐馆赶场，最后沦落到在脱衣舞俱乐部和县里的游乐会露面，可谓从声名显赫的顶峰跌到了谷底。最后，他在奥兰多市的橙县嘉年华上被捕，为自己不断败落的境遇画上惊叹号。

根据这些文章对案件审理的报道，冈贝尔被指控对年幼的女孩实施性侵和暴力伤害，这些孩子都是他在县游乐会的下午场表演中，从现场挑选的志愿表演助手。公诉人宣称，他每次都采用相同的作案手法，从观众中挑选一个十到十二岁的小女孩，然后说要把她带到后台做表演准备。一旦把女孩领到他的私人化妆间后，他就会递给女孩一杯可乐，里面掺了可待因和硫喷妥钠——在他被捕时从他的住处查获了相当多数量的这两种药物——然后告诉女孩，在正式演出开始之前，他得先看看她能不能接受催眠。在两种催眠增强剂的作用下，女孩很快就进入了恍惚状态，然后冈贝尔就实施性侵。公诉人表示，本案中性侵的主要方式是口交和手淫，很难留下证明侵害发生的证物。事后，冈贝尔再利用催眠暗示，将受害者这段时间的记忆压制下去。

冈贝尔究竟侵害了多少女孩，至今是个未知数。他的罪行一直没被发现，直到一个十三岁的女孩因为行为障碍接受了心理医生的诊治，在一次催眠治疗中，女孩回忆起她被冈贝尔性侵的旧事。警方展开调查，最终冈贝尔被控对四名少女实施性侵。

在法庭审讯中，冈贝尔在辩护中声称受害者和警察描述的事情纯属子虚乌有。冈贝尔请了不少于六位资深催眠专家出庭作证，他们表示，人类的大脑在任何情形下都不会接受任何诱导或者强迫，即便在催眠状态下也很难让被催眠者做出或者说出任何可能危害到自身安全的事情，以及被催眠者觉得违反道德或感到厌恶的事。冈贝尔的律师更是不放过任何机会向陪审团强调：在受害者身上没有发现任何遭受性侵的实物证据。

然而，公诉方最终还是打赢了这桩案子，因为他们找到了一位至关重要的证人。他是冈贝尔在中央情报局的前上司，他作证道，冈贝尔在六十年代早期从事的一系列实验研究，旨在探索如何将催眠术与药物结合以创造出一种"超级催眠"，试图在道德性和安全性两方面摆脱大脑对被催眠者的约束，这是一种意念控制手段。这位前上司还说，在冈贝尔的那些实验中，取得积极效果的催眠增强剂药物就包括可待因和硫喷妥钠。

陪审团讨论了两天时间，最后认定冈贝尔对四名儿童实施性侵的罪名成立。他被判处八十五年监禁并被押往位于雷福德的联邦感化监狱服刑。文件夹中有篇文章还报道说，他曾以辩护不当为由向法院提起过申诉，但他的申请被佛罗里达最高法院以下的各级法院悉数驳回。

我把光标拖到文件夹底端，注意到最后一篇报道的发表时间居然是几天前。我觉得有些奇怪，冈贝尔被定罪已经是七年前的事情了，而且已被送入监狱。另外这篇文章刊登在《洛杉矶时报》上，而之前关于他的所有报道都引自《奥兰多前哨报》。

带着几分好奇，我开始阅读，起初我以为是劳丽·普莱恩犯了个错误，这类情形也不算少见。我以为她发了一篇跟我查询请求不相关的文章，误把《落基山新闻》其他同事的查询结果错发给了我。

这篇报道写的是好莱坞汽车旅馆女服务员遇害案的一名嫌疑人。我正打算不再读下去却扫到了霍勒斯·冈贝尔的名字。文章说，这个杀害女服务员的嫌疑人曾在雷福德监狱与冈贝尔一同服刑，甚至还帮助他起草了一些上诉文书。我把这几句话重读了一遍，一个念头猛地冒出来，越转越快，几乎要跳出我的大脑。

断开电脑网络后，我再一次拨出蕾切尔的传呼号码。这一次，按下那些数字时，我的手指激动得一直发颤，拨完后手仍然无法控制地抖个不停。我又在房间里踱起步来，目不转睛地盯着电话。终于，仿佛迫于我凝视的威力，电话响了，而我都等不及第一声响铃释放它的余音，就一步上前抄起听筒。

"蕾切尔，我想我有发现了。"

"我只希望你不是发现自己染上梅毒了，杰克。"

是格雷格·格伦。

"我以为是别人打来的。听着，我正在等一个电话，非常重要，我必须得在它打进来的第一时间接到。"

"想得美，杰克。我们这边都要排版印刷了，准备好了吗？"

我看了看手表。他说得没错，已经过了第一截稿时限十分钟了。"好吧，我准备好了。行行好，尽量说快点。"

"好的。首先，干得不赖，杰克。这真是……哼，虽说还不能完全弥补丢失首发的损失，但文笔比那一篇剽窃报道好多了，而且放的料也多得多。"

"谢谢，所以哪里还需要修改？"我快速接过话问道。

我才不在乎他的称赞或者批评，只想赶紧对完，别错过蕾切尔的回电。房间里只有一条电话线，我不能在打电话的同时让电脑连到《落基山新闻》的内网上查看报道的编辑修订版。于是，我只能在电脑上调出我写的原始版本，格伦在那头把他做的修改读给我听。

"我想让开头更紧凑，更有震撼力，直接把读者注意力聚焦到那份传真上。为了让这一点更加突出，我推敲了一番，改成这样：'来自连环杀手的神秘信件：诗人一案于本周一出现最新转折，联邦调查局探员正在分析这份传真。另，调查表明，这位被冠以诗人代号的屠戮者，显然将随机挑选的孩童、女性和负责侦办凶杀案的警探作为捕猎对象。'你觉得怎么样？"

"好的。"

他把我使用的"研究"一词改成了"分析"，这种小事不值得抗议。

接下来的十分钟，我们对文章主体框架做了些微调，又反复推敲了某些细节。他没做什么大改动，而且截稿时限都快压断他的脖子了，也没时间大改。总的来说，我觉得有些改动挺不错，有一些则是为了修改而修改，我共事过的所有新闻编辑都有这个通病。第二篇文章是篇比较简短的纪实报道，以第一人称口吻，叙述我是如何调查我哥哥的"自杀"事件，本来只想理解他行为的原因，结果逐步发现了诗人的踪迹。这是一篇轻描淡写的表功文章，为了《落基山新闻》的荣誉，这一篇格伦没改动一个字。我们谈完之后，他叫我别挂电话，他立刻把两篇文章发到文字编纂部的编辑那里。"我认为咱们最好别挂电话，文字编辑那儿有什么风吹草动好告诉你。"

"谁负责我这两篇报道？"

"布朗负责那篇重头戏，另一篇交给了拜尔。编纂后的回炉由我亲自审核。"

我顿时放下心来，我的文章交到了可靠的人手里，布朗和拜尔是那帮家伙中最棒的两人。

"你明天有什么计划？"等待编纂部意见的时候，格伦问我，"我知道现在时间还早，但咱们必须得提前谈谈周末版的安排。"

"我还没考虑这事。"

"你得准备一篇后续报道，杰克，或者类似后续之类的东西。我们不能大张旗鼓地造了势，第二天就平平淡淡地戛然而止了。咱们应该继续跟踪，放个后续报道。这个周末，我打算来一篇场景式的纪实报道，可以写联邦调查局是如何展开追踪，只为抓捕一个连环杀手，也可以写写跟你打交道的那些探员，讲讲他们的性格和个人魅力。对了，我们还需要点照片。"

"我知道，我知道，"我说，"只是还没来得及想那么远。"

我还不想把最新的发现和正在酝酿的推测告诉他。像这样的消息，落到编辑手里是非常危险的。只要你告诉了他，转眼间它就登上了每日新闻排期表——这就钉死了，跟在花岗岩上刻字一样，无法再抹掉——而且还会被冠以这样的标注：杰克·麦克沃伊的后续报道，发现诗人与催眠师霍勒斯之间的关系。我决定还是再等等，在向格伦汇报之前先跟蕾切尔谈谈。

"联邦调查局那边是什么意思？他们还打算让你重新入局吗？"

"问得好，"我说，"我怀疑他们没有这个打算。我觉得今天离开时，他们就跟我说再见了。事实上，我甚至都不知道他们现在在哪儿。我估计他们是突然离开菲尼克斯的，肯定出了什么大事。"

"该死的，杰克。我以为你……"

"别担心，格雷格，我会找到他们的去处。等我找着了，我这里有一点东西，还能对他们有用，而且我手上还有些今天没放出来的料，谁怕谁。不管怎么说，我明天肯定还有东西写，只是现在还不怎么确定。待我核查后写成文了，我再写那篇场景式的纪实报道，但是你就别指望照片的事了，那些人不喜欢自己的照片被放出来。"

又过了几分钟，文字编纂部那边完工了，我的两篇报道开始排版。格伦说他打算一直在报社盯着，直到付印，以免出现任何差错。不过我今晚的活儿算是干完了，他叫我出去好好吃顿大餐，回来给我报销，但是记得明天早上给他打个电话。我给了肯定的答复。

我正想着要不要再试着传呼蕾切尔时，电话响了。

"你好呀，公子哥儿。"

我听到这声音就心里一沉，那股嘲弄之意都快顺着听筒滴下来了。"索尔森。"

"没错。"

"你有什么事？"

"我只想转告你，沃林探员忙得不可开交，不方便及时给你回电话，任何时候都不方便。所以你就帮个忙，对大家都行行好，别再打这个传呼了，吵得让人烦透了。"

"她在哪儿？"

"如今这可不关你的事了，对吧？可以说，你的牌都打光了，你也写了你的报道，现在你得靠自己了。"

"你们在洛杉矶。"

"说完了，我挂了。"

"等等！索尔森，我想我发现了点情况，让我跟巴克斯通话。"

"休想！你别想再跟任何一个参与调查的人通话。你出局了，麦克沃伊，记住这句话。针对本案的所有媒体咨询已经移交华盛顿总部的公共事务处。"

怒气仿佛在我身体里团成拳头，嘭嘭地要打开一个出口。我紧咬牙关，但还是成功想到一句话作为回击。"也包括迈克尔·沃伦的咨询吗，索尔森？还是他有一条专线能跟你直接联络？"

"去你妈的。我不是那个泄露消息的人，我看到你们这些记者就恶心。比起你们，我更愿意多尊重一下某些被我送进监狱的人渣。"

"也去你妈的。"

"看看，我说得没错吧？你们这些人根本就不知道什么是尊重——"

"滚吧，索尔森。让我跟蕾切尔或者巴克斯通话，我有一条线索，他们可能用得上。"

"要是你真有什么线索，就给我，他们忙着呢。"

我顿时感到一阵屈辱，真不想告诉他任何消息，但我努力把愤怒咽下去，做了我认为正确的事。"我找到了嫌疑人的名字——威廉·格拉登，他可能就是那个家伙。他是个恋童癖，来自佛罗里达，但现在在洛杉矶，至少最近去过洛杉矶。他——"

"我知道这个人，知道他是谁，也知道他干了什么。"

"你知道？"

"以前见过。"

我突然想起那个访谈项目。"那个对系列强奸犯的访谈项目？蕾切尔之前跟我提过，他也是你们的采访对象？"

"对，不用提他了，他不是我们要找的人。你是不是觉得自己能成个英雄，脑子一转就破了案？"

"你怎么知道他不是那个家伙？他的情况样样都符合，而且他还有可能从霍勒斯·冈贝尔那儿学习了催眠术。既然你知道格拉登，那你也该知道冈贝尔。所有这些情况，全部都符合我们之前的推测。这会儿他们正在洛杉矶搜捕格拉登，他杀了个汽车旅馆的女服务员。难道你看不出来吗？那个女服务员就是为下一桩谋杀案设下的诱饵。那个警探，埃德·托马斯，就是诗人在传真里提到的挑选好的下一个目标。让我——"

"你错了，"索尔森高声打断道，"我们已经查过这个人，而且排除了。你不是第一个想起他的人，麦克沃伊，你没有那么专业。我们已经查过并排除了他的嫌疑，他不是我们要找的那个人，够明白了吧？我们没有那么蠢。现在抛开这个，滚回丹佛吧。等我们抓到了真正的凶手，你会知道的。"

"你们查了格拉登的什么？又是怎么排除了他的嫌疑？"

"我不想再跟你扯这些了。我们忙着呢，而你也不再是局内人。你已经出局了，就好好在外头待着吧。还有，别再打传呼了，正如我刚才说的，让人烦透了。"

我来不及再说什么，他已经挂断了电话。我猛地把听筒摔在机座上，听筒被震得弹了几下，又掉到地上。我想再传呼蕾切尔，想了想还是放弃了。她怎么会这样做呢？我思索着到底发生了什么事，竟让她不得不令索尔森给我回电话，而不是自己打电话。我心里一沉，脑子里冒出了各种猜想。难道当我跟他们一起调查的时候，她仅仅是为了像保姆一样监视我才来接近我？当我观察他们工作的时候，她也正观察着我？难道她的所作所为都是演的一出戏？

我赶紧掐断了这些念头。现在这些问题根本找不到答案，一切只能等跟她联系上以后问了再说。而且我必须小心，没准索尔森就是故意说那些话破坏蕾切尔在我心中的形象。我开始分析索尔森刚才对我说的话，他说蕾切尔不能给我回电话，说她忙得不可开交。这些意味着什么？难道他们抓住了某个嫌疑人，而身为调查组负责人的蕾切尔正在主导一场审问，或者是在监视某个嫌疑人？如果是这样，她很可能在某辆车上，周围也没有电话。又或者，通过让索尔森替她打电话这种方式，她想暗示我什么，暗示一些她没有勇气亲口告诉我的事情？

现下这微妙的情形真令我觉得难以把控，我放弃思考那些更深入的含义，而是专心分析目前浮出水面的情况。我想起提及威廉·格拉登时索尔森的反应，他没有表现出任何吃惊，似乎对这个人毫不在意。然而，我把刚才那番对话在脑子里又过了一遍，意识到无论我对格拉登的推测是对是错，索尔森都会用同样的方式回应我。如果我是对的，他准想把我引导到别的方向。要是我说错了，他也不会放弃嘲笑我出错的机会。

我专心思考的下一个问题是如果我对格拉登的推断是正确的，联邦调查局却不知怎么犯了错，放过了这个嫌疑人，我思考着这种可能性是否存在。如果事实真是这样，那位身在洛杉矶的警探可能就身处险境了，而他自己甚至都不知道这一点。

我给洛杉矶警察局打了两个电话才拿到托马斯警探的号码，他隶属于好莱坞分局。我拨通了这个号码，却没人接听，最后自动转到好莱坞分局的前台。接电话的警官告诉我，暂时联系不上托马斯，但他不肯告诉我为什么联系不上，或者什么时候能联系上。我决定不给他留言，直接去找他。

挂了电话，我又在房间里踱了几分钟，心里一阵混乱，盘算下一步该怎么做。我试着从不同角度推演，最后都得出相同的结论。

要证实我对格拉登的怀疑，只有一个办法，也是唯一的办法，那就是前往洛杉矶找托马斯警探。我没什么可损失的。我的报道即将刊发，我也被踢出了局。于是我打电话订了最近一班西南航空公司从菲尼克斯前往伯班克的机票，因为航空公司售票处的人告诉我，伯班克离好莱坞很近，就跟从洛杉矶国际机场去那儿的距离差不多。

酒店前台当值的恰好是星期六替我们所有人办理入住的那个男职员。

"看来您也要飞走了。"

我点点头，知道他说的是之前乘飞机走的联邦调查局探员。

"是的，"我说，"他们比我先走一步。"

他笑了。"那天晚上我看到您上电视了。"

我怔了一下，但随即就明白了他的意思，一定是殡仪馆门口的那番情景，我当时还穿着印有联邦调查局徽章的衬衫。我意识到这位前台职员误以为我也是一名联邦调查局探员，但我并不想指出他的错误。"组里的头儿不大高兴上电视那事。"我说。

"没办法，每次你们突然在哪个地方现身，都会吸引很多注意嘛。不管怎样，我真希望你们能抓住凶手。"

"是啊，我们也是。"

他开始替我结算账单，问我有没有房间消费，于是我把订过的几次客房服务报给他，包括我在房间的迷你酒柜里取用的酒水。"对了，还有这个，"我说，"我想你还得在账单上帮我算进一个枕套。我不得不在这儿买了几身换洗衣服，但来不及带行李箱，所以……"

我尴尬地举起那个塞了几件可怜衣服的枕套，这份窘况令他忍不住笑出声来。但可能这个枕套不太好计算费用，他有些困惑，最后干脆告诉我，就当酒店送我了。

"我知道你们这些探员总是来去如风，"他说道，"其他人甚至都来不及结账呢，就像得克萨斯的旋风一样唰地就刮走了。"

"呵呵，"我笑着说道，"我希望他们至少还是付过账的。"

"是的，当然。巴克斯探员从机场打来电话，说房费只管直接扣他的信用卡，再把账单寄给他。完全没有问题，顾客就是上帝。"

我注视着他，心里默默盘算着，最后下了决心。"我今晚就能赶上他们，"我最终说道，"你需要我把账单顺道给他带过去吗？"

他从面前正在处理的账单上抬起头看着我。我看出了他的犹豫，抬手做了个"别担心"的手势。"没关系的，我就那么一说。我今晚就能见着他们，想着由我带去应该更快，还能省一笔邮费。"

我其实有点慌乱，都不知道自己在说什么。我对这个决定越来越没底，几乎想夺门而逃。

"好的，"这位职员说道，"我也想不出这样做有什么坏处。我已经把他们的账单放进信封里，正准备寄出去呢，我想我还是可以信任像您这样的邮递员。"

他笑起来，我也冲他一笑。"是啊，反正我们的工资都是由同一位大佬承担，对吧？"

"是啊，山姆大叔嘛。"他笑得很灿烂，"我这就去拿，马上回来。"他转身走进柜台后的一间办公室。

我环视一圈，看了看前台和整个大堂，总觉得索尔森、巴克斯或者蕾切尔会从哪根柱子后头跳出来喊："看到没？我们就是不能相信你们这些狡猾的记者！"但谁都没有从哪个地方跳出来，很快那位职员拿着一个牛皮纸信封回来了。他把信封连同我的酒店账单一同递给我。

"谢谢，"我说，"他们也会感谢你的。"

"没什么，"职员说道，"谢谢您光临本店，祝您愉快，麦克沃伊探员。"

我点点头，像小偷一样把信封胡乱塞进电脑包里，朝大门走去。

34

直到飞机开始向三万英尺的高空爬升时，我才有机会打开那个信封。账单有好几页，是按每位探员的房间逐条列出的，和我预估的一样。我立即抽出标着索尔森名字的账单，开始研究起他房间的电话费用。

账单上没有显示他往马里兰地区打过电话，那是沃伦住的地方，区号三〇一。但有一个打出至区号二〇三地区的电话，这是洛杉矶的区号。不难想象，沃伦很可能去了洛杉矶，去他的前编辑那儿兜售我那篇报道，然后他很可能就留在洛杉矶写出那篇文章。电话拨出的时间是星期天凌晨零点四十一分，大约在索尔森入住菲尼克斯那家酒店的一个小时后。

我用信用卡在前排椅背的电话上划了下，接通了飞机上的无线电话，接着又划了次卡按下账单上列出的那个洛杉矶的电话号码。提示音刚响，一个女人就接听了电话："新大谷酒店，请问我能为您做些什么？"

刚听到时我怔了一下，幸好在她挂机之前反应过来，于是请她转接迈克尔·沃伦的房间。电话接通了，但是没有人接听。我意识到这会儿还太早，他应该还没有回酒店。我挂断电话，又打到查号台，拿到了《洛杉矶时报》的电话号码。我拨出那个号码，请对方转到编辑部，然后又请接电话的编辑转给沃伦。终于接通了，我找到他了。

"沃伦。"我说。我觉得自己即将开启的是一项声明，是一次事实的昭告，也是一项审判的裁定，既是对索尔森，也是对沃伦。

"是我，请问有什么事？"他没听出打电话的人是我。

"我只想对你说，去你妈的，沃伦。另外我还想让你知道，总有一天，我会把这一切写下来，出一本书，把你干的好事昭告天下。"

其实我都不知道自己在说些什么，我只知道必须得威胁他，但是又没有其他手段，只能出言吓唬。

"麦克沃伊，是麦克沃伊吗？"他顿了顿，然后发出一声嘲讽的嗤笑，"什么书？我的经纪人已经拿着我的写作计划联系出版社了，你那边怎么样了？嗯？你手里有什么？嘿，杰克，你该不是还没有经纪人吧？"

他在等我回话，可我只有满腔怒火，气得说不出话来。

"哈，看来我猜对了，"沃伦说道，"听着杰克，你这小伙子挺不错的，发生这种事，我也很抱歉。但那时我就像被困在果酱罐子里，再也不想做那份毫无意义的工作，然后你攥着报道找上了我，这可真是送来的车票啊，所以我就拿了，上车离开了那个鬼地方。"

"你个该死的杂种！那是我的报道！"

我吼叫的声音太大了，尽管我这排的三个座位只坐着我一个人，但过道另一侧的男人生气地瞪了我一眼。他与一位上了年纪的妇人坐在一起，我估计那是他的母亲，老妇人也许从没听过这种粗话。我向舷窗边挪了挪，窗外一片漆黑。我捂住另一只耳朵，这样才能在飞机引擎的隆隆声中听清沃伦的回答。他的声音很低沉，也很平稳，没有一点做了亏心事的羞愧感。

"报道永远只属于把它报道出来的人，杰克，记住这一点。不管是谁写的，只要他写出来了，那就是他的报道。你要想曝光我，没问题，那就去写你那操蛋的曝光报道，而不是给我打电话，哭哭啼啼地埋怨我抢了你的报道。尽管写，朝着我的屁股踢，别客气。去试试吧，我就在这里，咱们头版见。"

他说的所有话，每个该死的字都是现实的，而我也知道这一点。他的话刚说出口，我就知道了。我顿时又尴尬又窘迫又气恼，我真不该打这个电话。我生自己的气，就像我恼恨沃伦和索尔森一样，但我不能就这么放过他。

"好吧，别指望再从你的线人那儿打听出什么消息了，"我说道，"我会把索尔森踩进泥里，让他再也站不起来。我把他的把柄都攥在手里了。我知道他上周末从酒店里给你打过电话，我拿到他的罪证了。"

"我不知道你在说些什么，我也不会跟任何人谈及我的线人。"

"你用不着说，他死定了。从今以后你要是再想联系他，就得试着打到盐湖城的金融犯罪调查组了，你会在那儿找到他的。"

用蕾切尔的话说，去那个地方相当于被发配到西伯利亚，但这仍然无法平息我的怒火。等他回话时，我的牙关仍旧咬得紧紧的。

"晚安，杰克。"他最后说道，"我能说的就是，赶快从这个挫折中恢复吧，好好过你的操蛋日子。"

"等等，沃伦，回答我一个问题。"我的声音已经流露出一些恳求的意味了，我讨厌自己这样，他还没有回答，我就继续问道，"我记事本里的那张纸，就是你落在基金会档案室里的那张，是你故意留在那里的吗？你一开始就计划好了？"

"这是两个问题了，"他说，我听得出他声音里的笑意，"我得挂了。"于是他挂了电话。

过了整整十分钟，直到飞机开始平飞时，我才冷静下来，而这还要归功于那杯烈性血腥玛丽的帮忙。此外，我总算找到了一点证据，支持我对索尔森的指控，这也有一定安慰作用。说心里话，我并不能怪罪沃伦，他确实利用了我，但这就是一个记者要干的事，这一点还有谁比我更清楚？

尽管如此，我可以怪罪到索尔森头上，我就是这么做的。我现在还没决定应该怎么做和什么时候做这件事，但我一定会做，我要让鲍勃·巴克斯注意到索尔森的酒店账单和那个拨打到洛杉矶的电话的含义，我要看到索尔森完蛋。

喝完酒，我重新研究起那些账单，刚才我把它们塞到了前排座椅后的杂物袋里。这时我已经没有什么特定目的了，只是随便翻翻，顺便满足自己的好奇心。我从索尔森的账单看起，分析他在给沃伦打电话之前和之后拨出的其他电话。

他在菲尼克斯停留的两天里，一共只打出过三个长途电话，而且全是在半小时之内打的：星期天凌晨零点四十一分打给了沃伦；在四分钟之前还打过一个长途，区号是七〇三，然后零点五十六分又往区号九〇四的地区打了个电话。我估计区号七〇三的那个号码应该是打给联邦调查局设在弗吉尼亚的机构，但是因为没其他什么事做，我便又拿起电话划了卡，拨出这个号码。一拨通，那边立即就有人应答道："联邦调查局，匡提科。"

我挂了电话，我猜得没错。接下来我又按下第三个号码，区号九〇四的那个，我甚至都不知道这是哪个地方的区号代码。铃响三声之后，电话接通了，但应答的是一声尖锐的长啸，大概只有电脑才听得懂。我继续听着，直到尖锐的信号声终止。大概因为没有收到与之匹配的应答声，那台电脑就自动断线了。

我有些疑惑，于是打电话给查号台，询问九〇四这个区号在哪里，又问接线员那个区最大的城市是什么，然后被告知是杰克逊维尔。随即我追问道，这个区号涵盖的地理范围是否包括雷福德小镇，对方给了肯定的回答。我谢了她，然后挂上电话。

　　我已经从之前的一篇有关霍勒斯·冈贝尔的相关报道中得知，联邦感化监狱就设在雷福德小镇，那里是霍勒斯·冈贝尔目前被监禁的地方，也是威廉·格拉登曾经服刑之地。我在想索尔森拨出的那个九〇四区号所辖的电脑联机号码，会不会跟那所雷福德监狱、格拉登或者冈贝尔有关。

　　于是我又打了一次查号台，询问九〇四区的情况。这一次，我请求接线员帮我查询位于雷福德的联邦感化监狱的电话号码头三位数。被告知前缀的三个数字是四三一，和索尔森从酒店房间里拨出的号码相同。我往椅背上一靠，陷入沉思。为什么他要打到那所监狱？他是不是为了查询冈贝尔的服刑情况，或者调阅格拉登的档案，于是直接连上了监狱的某台电脑？我想起巴克斯曾经说过，会让索尔森再核查一下冈贝尔在监狱里服刑的情况。巴克斯很有可能在星期六晚上从机场接到索尔森以后，就把这个任务交给了他。

　　我又想到这通电话的另一种可能性。不到一个小时前，索尔森告诉我已经查过格拉登了，而且排除了他的嫌疑。也许这个电话就是这项核查工作的一部分，但到底是哪一部分我猜不出。只有一件事我算是看明白了，这些探员的工作并不是完全对我开放，他们不会让我知晓调查得到的全部信息。这段时间我一直跟他们在一起，但有些事情他们瞒得很紧，让我一无所知。

　　其他几份账单没有带来任何惊喜，卡特和汤普森房间的账单干干净净的，一个电话都没有；至于巴克斯，从他的账单可以看到，他于周六和周日的午夜拨打了同一个位于匡提科的电话号码。带着几分好奇，我又从飞机上拨出了这个号码，对方立即应答道："匡提科，匡提科总机。"

　　我一言不发地挂断电话。我现在可以确信一点，那就是巴克斯跟索尔森一样，都往匡提科打过电话，可能是为了检查别人的留言，也许是为了回复留言或者处理调查局的其他事务。

最后我打开了蕾切尔的账单，这时候我突然感到惴惴不安。之前检查其他人的账单时，我没有过这种感觉，可这一回，我觉得自己像个疑神疑鬼的丈夫，正在偷偷检查妻子的社交情况。这给我带来一种窥视的快感，同时又有点惭愧。

她从房间里打出了四个电话，都是打给匡提科的，其中两个号码与巴克斯的相同，那是匡提科总机的号码。我拨出了一个她打过而我还没见过的号码，应答的是一台电话答录机，里头传来了蕾切尔的声音。"这里是联邦调查局探员蕾切尔·沃林。我现在不在，如果你能留下姓名及简短留言，我会尽快回复，谢谢。"

这应该是她打回自己办公室检查留言的。我又拨了最后一个号码，这是她在星期天下午六点十分打的，这回应答的是一个女人。"心理侧写室，我是多兰。"

我一言不发地挂了电话，感觉糟透了。我对多兰挺有好感，但这份好感还没到让她知道我正偷偷检查她同事的电话的程度。

账单都检查完了，我把它们折好放回电脑包，然后啪地把听筒放回前排椅背的机座上。

35

我到达洛杉矶警察局好莱坞分局，拉开它的大门时，已经将近晚上八点半了。我注视着位于威尔考克斯大街的这座砖砌堡垒，不知道到底对它寄予了什么期望，也不知道这么晚了托马斯警探会不会还在里面。我估计他应该还在，这位警探是一桩最近发生的旅馆女服务员遇害案的负责人，很可能还在加班，最好他现在就在这建筑里的办公室打电话，而不是跑到大街上四处搜捕格拉登。

走进大门，迎面是一个铺着灰色地板的大堂，里面摆着两排绿色的塑料长椅，前台后面坐着三个身穿制服的警察。大堂左侧有个入口，一个标牌挂在墙上，上面写着"侦缉部"，旁边画着个箭头，指向深处的走廊。我瞥了眼前台唯一一个没在打电话的警察，对他点点头，就像我每天晚上都会来转一圈似的。可我只朝里面走了大约三英尺，他便叫住了我。"站住，伙计，你有什么事吗？"

我转过身面对着他，指指墙上的标志。"我要去一趟侦缉部。"

"去那儿干什么？"

我走近前台，以免大堂里的每个人能听到我们的对话。"我想见托马斯警探。"我拿出记者证。

"丹佛。"这个警察说道，好像我忘了自己是从哪儿来的，"我先看看他回来了没有。你之前跟他约好时间了吗？"

"没有。"

"丹佛的记者为什么过来找他？喂，埃德·托马斯回来了吗？这儿有个从丹佛来的人要见他。"

他拿着电话听了几分钟，不知听到了什么情况，只见他皱起眉头，挂断了电话。"好吧。沿着走廊往前走，左手边第二个门。"

我谢过他，朝那条走廊走去。走廊两侧的墙上贴着警察局垒球队的各类照片，还有因公殉职的警官照片，中间零零散散地点缀着几十张镶在镜框里的演艺明星的黑白宣传照。前台警察告诉我的那扇门上的标牌写着"凶杀案调查组"。我敲了敲门，等了一会儿没听到动静，也没人开门，便径直推开房门走了进去。

蕾切尔就坐在房间里。屋子里摆着六张办公桌，她坐在其中一张后面，另外五张桌子空着。"你好，杰克。"

我冲她点点头。在这里见到她，其实我并不惊讶。

"你来这儿做什么？"

"答案应该显而易见吧，毕竟你也在这儿，而且显然你正在等我。托马斯在哪里？"

"他很安全。"

"为什么要撒那些谎？"

"撒什么谎？"

"索尔森告诉我格拉登不是嫌疑人。他说已经查过这个人，排除了嫌疑，这就是我来这儿的原因。我觉得他要么判断错了，要么就是在撒谎。你为什么不回我电话，蕾切尔？这整件事——"

"杰克，我一整天都忙着托马斯的事情，而且我也知道，如果我回了你的电话，不论怎样，我只能对你撒谎，但我不想欺骗你。"

"所以你就让索尔森来骗我。挺好的，谢谢你的周到，这让我好过多了。"

"别这样孩子气。我操心的事情够多了，也没法顾及你的感受，我很抱歉。看，我不就在这儿吗？我不是就在这里等着你？不然你觉得我为什么会在这儿？"

我无言地耸了耸肩。

"我知道无论戈登怎么跟你说，你还是会来的，"她说道，"我了解你，杰克。我需要做的只是给航空公司打电话询问你的行程。知道了你的预计到达时间，我只用在这儿等着就行。我只希望格拉登没守在外面，监视这个地方。你跟我们一起上过电视，这意味着他很可能以为你也是联邦调查局探员。如果他看见你走进这栋大楼，就会知道我们给他设了个陷阱。"

"但是如果他在外头，而且距离近得足以看见我，那你们就能拿下他了，对吗？因为你们肯定也在这栋建筑外布下了二十四小时不间断的天罗地网，就是为了监视，看他会不会靠近这里。"

她微微一笑，看来我猜对了。她又从桌子上拿起一个双向对讲机，呼叫联邦调查局指挥部。我听出了对讲机里传出的声音，是巴克斯。她告诉巴克斯会带着一个客人即刻过去会合，之后就站起身来。"我们走吧。"

"去哪儿？"

"指挥部，离这儿不算远。"

她的声音干脆利落，我不禁感到一丝凉意，真难相信不到二十四小时前我还在跟她做爱。对她来说，我现在仿佛是个陌生人。一路上我始终沉默不语，我们走出大楼后侧的走廊，来到后面的警员停车场，她的车就停在靠后的位置。

"我租的车停在前门。"我说。

"这会儿你得把车丢在那儿了。除非你想继续一个人单干，像之前那样莽莽撞撞地晃荡。"

"你看，蕾切尔，要是你们没对我撒谎，这一切根本就不会发生，甚至我都不会上这儿来。"

"你当然会。"她上车发动引擎后才为我那一侧的车门解开锁定。要是别人这样对我，我会很恼火，但我一声不吭地上了车。她驶出停车场，朝着日落大道前行，一路上狠踩油门，直到一个路口的红灯令她不得不停车时，她才开口。"你是怎么知道那个名字的，杰克？"她问。

"什么名字？"我明知故问。

"格拉登，威廉·格拉登。"

"我做了点功课就查到了。你们这帮精英又是怎么查到他的？"

"我不能告诉你。"

"蕾切尔……你看，跟你说话的人是我，我们还，呃……"我都不敢把那些话大声说出来，担心这一切说出来就成泡影，"我以为我们之间有些什么，蕾切尔。可你现在这副模样，就好像我是个麻风病人或者别的什么传染病人。我不……好吧，你想要的就是信息？我会把我知道的统统告诉你。我是从报纸的报道里猜出来的，星期六的《洛杉矶时报》对那家伙做了很长一篇报道，报道上说他在雷福德监狱认识了催眠师霍勒斯。我只是把二者联系起来想了想，这不是什么难事。"

"好吧，杰克。"

"现在该你说了。"

回答我的只是一片寂静。

"蕾切尔？"

"下面的谈话是非正式的吗？你不会引用？"

"你知道如果是你的话，用不着问我这个。"

她迟疑了一小会儿，然后整个人都温和了下来，开始讲述："我们锁定格拉登，是因为有两条不同的线索同时指向了他，几乎发生在同一时间。这给了我们很大希望，觉得他极有可能就是我们要找的那个家伙。首先是那辆汽车，汽车 ID 鉴识组通过那台车载立体声音响的出厂批号查到了一辆登记在赫兹租车公司名下的车，你记得吗？"

"记得。"

"当时，马图扎克和迈兹立刻就动身乘飞机前去追踪这辆车，但是芝加哥的某个人已经把这辆车租走了。他俩不得不前往塞多纳才把车取回来。整辆车都被处理过了，没留下什么有用的线索。车载立体声音响和车窗玻璃都已经换过，但不是赫兹租车公司换的，赫兹租车公司压根不知道车子被盗这回事。那个租了车的人，在车子被盗后，自掏腰包换了车窗和车载立体声音响。总之，租车记录显示，这个月一个名叫 N. H. 布里德洛夫的人租过这辆车，为期五天，包括奥瑟莱克遇害的那天。凶案发生的第二天，这个人就把车子给退了。马图扎克在电脑上搜索这个名字，在姓名登记网上找到了线索。七年前，内森·H·布里德洛夫这个名字在调查佛罗里达州的威廉·格拉登一案时出现过。当时一个男子用这个名字在坦帕的报纸上打广告，提供儿童摄影服务。可只要没有大人看护，他给孩子拍照后就会对孩子实施性侵，拍摄色情照片。那时他做了伪装，没有暴露真实相貌。坦帕警察局在搜捕这个布里德洛夫的时候，那桩在坦帕保育中心的儿童性侵案也被曝光，警方逮捕了格拉登。调查人员一直坚信布里德洛夫就是格拉登，但因为之前乔装的缘故，他们始终无法立案。另外，他们之所以没有死盯儿童摄影那个案子，是因为他们觉得格拉登会因为保育中心的案子蹲很长时间大牢。

"总之，我们通过姓名登记网从化名数据库里找到了格拉登的名字，又通过这个名字发现了上周洛杉矶警察局对他发布的通缉令，就立刻到这儿来了。"

"听上去真是太……"

"太容易了？嗯，有的时候，运气得靠自己挣来。"

"这句话你之前就说过了。"

"因为这是真理。"

"为什么他还要用这个化名？他肯定知道这个名字在警察那儿留了案底。"

"他们这类人很多都喜欢遵循传统，用旧东西才觉得舒服。再说了，他就是个傲慢自大的家伙，我们都可以从传真上看出这一点。"

"但是上周，他被圣莫尼卡警方逮捕时用的还是一个新化名，为什么他要……"

"我只能告诉你我们已经知道的情况，杰克。如果他真像我们想的那么聪明，他一定准备了好几套身份证件。搞到这些东西对他来说一点都不难。我们让菲尼克斯分局申请了一张对赫兹租车公司的传票，我们需要这个布里德洛夫的全部租车用车记录，向前追溯三年。我们发现他还是赫兹租车公司的金卡用户，这又一次证明这个家伙有多聪明。在大部分机场，金卡用户一下飞机就可以径直走到专用停车场，找到写有自己名字的标牌，把钥匙插进车里。绝大多数时候，金卡用户甚至都不用跟柜台的任何职员交谈，只需要打开车门，上车，在出口出示驾驶执照，就可以顺顺利利地把车开走。"

"好吧，那另一条线索是怎么回事？你刚才说有两条线索指向格拉登。"

"就是那个我最好的兄弟。今天早上，佛罗里达分局的特德·文森特和史蒂夫·拉法终于从那个公益组织那儿弄来了贝尔特伦的记录。这些年来，他一共当过九个男孩最好的兄弟，而他扶助的第二个男孩就是格拉登，这大概是十六年前的事情了。"

"老天啊！"

"是啊，所有的线索都开始吻合了。"

我沉默了一会儿，反复思索着她透露给我的所有信息。调查工作的进展真是以指数方式飞速前进，我得系上安全带了，否则非得被远远抛在后面不可。

"这边分局的人之前怎么没有发现这个家伙？格拉登的案子都已经在这儿上报纸了。"

"真是个好问题，鲍勃正打算跟这里的探员主管开展一次亲切坦诚的会谈，好好聊聊这件事。我们整理了案件的紧急通知，昨天晚上就发到了这里，本来应该有人瞧瞧那份通知，把两个案子结合起来看出问题，但这事情又是我们先做了。"

典型的官僚式拖沓嘛，我心里暗忖，要是洛杉矶分局里有人稍微警觉一点，看到了那份通知，是不是会早些发现格拉登？"你认识格拉登，对吗？"我问。

"是的。我们的那个强奸犯访谈项目中就有他，我之前跟你提过。那是七年前的事了。他、冈贝尔还有其他人，在佛罗里达那个藏污纳垢的鬼地方服刑。我记得我们那一组有戈登、鲍勃和我，我们在那儿待了整整一周，要访谈的对象实在太多了。"

我考虑着要不要趁机捅出索尔森通过电话连线到那所监狱的某台电脑的事，但转念一想，还是不说为好。这会儿她跟我和和气气地说话已经很难得，要是告诉她我偷看酒店账单的事，可不能保证她还能这样继续跟我说话。我发现自己陷入了一个困境：要打垮索尔森，就必须得公布酒店账单；但一旦说出我偷看账单的事，我的形象又会受损。想了又想，我决定还是暂时捂着那份账单不吱声。

"你觉得冈贝尔跟诗人的案子会不会有什么联系？据说冈贝尔使用催眠术作案，你也在诗人的案子里看到了使用催眠术的迹象。"我另起话题，"你觉得冈贝尔会不会把他的催眠术都教给了格拉登？"

"有可能。"她又回到之前一字一顿地回答我问题的冷淡态度了。

"噢，有可能。"我重复了一遍她的话，微微带了点讽刺的意味。

"我会去趟佛罗里达跟冈贝尔再谈一次，到时我就会向他提出这个问题。在我得到他肯定或否定的回答之前，就只是'有可能'。够清楚了吗，杰克？"

我们绕过一排老旧的汽车旅馆和店铺，驶入后面的一条小巷。她终于把车速降下来，让我可以稍微松开之前一直紧紧抓着的座椅扶手。

"但是你这会儿去不了佛罗里达，对吧？"我问。

"这得看鲍勃的安排，但我们已经很接近格拉登了。我觉得眼下这情形，鲍勃想把我们能调到的所有资源和警力都投在洛杉矶。格拉登就在这儿，或许就在附近。我们全都能感觉到，我们得抓住他。一旦我们抓住了他，就可以操心其他事情，比如心理动机之类，到那时，我们再去佛罗里达。"

"为什么那时候去？往连环杀手研究项目里添点数据吗？"

"不是。我是说有部分这个原因，但我们去那儿的主要目的是为起诉做准备。像他那样的人，肯定会用精神不正常当作辩护手段，这是他唯一的选择。这就意味着我们必须建立起他的心理状态模型，以此来证明他作案时知道自己在干什么，知道什么是对什么是错，诸如此类。"

在法庭上起诉诗人，这个想法从没在我脑子里出现过。我这才意识到自己早就先入为主地假定他不会被活捉了。而这个假定，我知道建立在自己强烈的渴望之上。他犯下这么多罪行，我是那样渴望他就这么死掉。

"怎么了，杰克，你不想在法庭上起诉他吗？你希望我们找到他时就当场把他击毙？"

我转头注视着她。窗外的一束灯光照进车里，映亮了她的脸庞，在那一瞬间我看清了她的眼睛。

"我没有这样想过。"

"你当然想过。你想杀死他吗，杰克？如果有那么一个机会，让你跟他单独在一起，又不用承担杀人的后果，你会下手吗？你认为这样可以弥补什么吗？"

我不想跟她讨论这个话题。我感觉她问出这些不仅仅是心血来潮。

"我不知道，"我回应道，"你呢，你会杀了他吗？你以前杀过人没有，蕾切尔？"

"要是有这种机会，我会立即杀了他，一秒都不耽搁。"

"为什么？"

"因为我知道那些跟他一样的人，我曾经注视过他们的眼睛，知道那些眼睛后面是多么阴暗的东西。如果我有机会把他们全杀光，我会毫不手软。"

我等着她继续往下说，但她沉默了。她在一家破旧的汽车旅馆后停下车，旁边是另外两辆同一型号的雪佛兰随想曲。

"你还没有回答我第二个问题。"

"没有，我从来没有杀过任何人。"

我们从后门走进一道长廊，左右两侧的墙壁上涂着两种颜色，水平视线以下是脏兮兮的黄绿色，在剩余墙体上铺开的是脏兮兮的白色。蕾切尔来到左手边第一扇门前，敲了敲，里面传来让我们进去的应答声。这是汽车旅馆里的一个小房间，在六十年代的时候也许勉强能当小厨房使用，看上去那也是它最后一次粉刷的时候了。巴克斯和索尔森正在房里等着，他们坐在墙边一张老旧的福米卡塑料贴面桌子旁，桌上放着两部电话，看样子是他们来后才装上的。桌子另一头放着一个三英尺高的铝箱，盖子敞着，露出三个视频监控器。有电线从箱子背后拉出，穿过窗户，窗户开着一道只能容纳这些电线通过的狭窄缝隙。

"杰克，恐怕我不能说我很高兴再见到你。"巴克斯说着露出揶

368

揄的笑容，随即站起身跟我握手。

"抱歉，"我说道，其实我不知道哪里抱歉，接着我盯着索尔森，补了一句，"我原本也不想这么冒冒失失地闯进你们铺设的陷阱里，破坏你们的安排，只是有人给了我一些虚假消息。"捅出酒店电话记录的念头再次从脑海里浮出来，但我再次把它忽略了，现在还不是合适的时机。

"好吧，"巴克斯说道，"我得承认，我们之前是想要个误导性的小花招。我只是觉得，要是没有其他干扰，我们的工作可能会开展得更顺利。"

"我会尽量不成为你们的干扰。"

"你已经在干扰我们了。"索尔森说道。

我无视他，紧紧盯着巴克斯。

"请坐。"巴克斯说。

蕾切尔和我在桌旁仅剩的两把椅子上坐下。

"我猜你已经知道这里正在发生的事了。"巴克斯说。

"我猜你们在监视托马斯。"我侧过身，第一次清楚地看到那些视频监控器，端详起每个屏幕上的画面。最上面那个屏幕显示的是一条走廊，跟我们进来时经过的那条没什么两样。走廊两侧各有几扇房门，所有门都关着，上面有房间号。第二个屏幕显示的是旅馆正门外的情况。在屏幕发出的蓝灰色微光中，我只能勉强看见大门招牌上的字：马克·吐温旅馆。最下面的屏幕显示的应该是旁边的一条巷子，上面是一家旅馆的侧面，我猜就是这家汽车旅馆。

"这就是我们所在的这家旅馆？"我指着监控器问道。

"不是，"巴克斯说，"这是托马斯警探所在的旅馆，在一个街区以外。"

"看上去可不怎么样。洛杉矶这儿的工资水平如何？他们领多少薪水？"

"那里不是他的家，但是好莱坞分局的警探常常用那家旅馆藏匿证人，自己加班连轴转时也会去那里眯上一会儿。是托马斯警探自己选择住在那里而不回家的，他家里有太太，还有三个孩子。"

"好吧，你这答案把我下一个问题也回答了。你们竟然还告诉他，他被当成诱饵了，真让我欣慰。"

"你看上去比咱们早上最后一次碰面时刻薄多了，杰克。"

"我估计是因为我本来就是个尖酸刻薄的人吧。"

我的视线从巴克斯身上移开，重新观察起监控器。他在我身后说道："我们一共安装了三台视频监控器，分别放在不同的位置上，它们传过来的信号，由我们屋顶上的移动式碟状天线接收。我们还有本地分局的紧急情况应对组，洛杉矶警察局也调来了最优秀的监视组，一天二十四小时盯着托马斯。没有人可以靠近他，就算在警察局也一样，他是绝对安全的。"

"还是等一切结束后再跟我说这话吧。"

"我会的。不过与此同时，你得往旁边挪一步，杰克。"

我转身望着他，假装露出极度困惑的表情。

"你明白我的意思，"巴克斯说，显然他不买我表情的账，"我们现在到了最关键的阶段，他已经进入我们的视野了。坦率地说，杰克，你得往旁边挪挪，以免挡了我们的道。"

"我都站到马路外边了，显然，我现在没有，以后也不会挡你们的道。还是那个约定，我现在看到的一切事情都不会见报，直到你点头应允我报道出来，但我不打算回丹佛干等。我已经离他那么近了……这件案子对我的意义太重要了，你得让我重新回到局内才行。"

"这场监视可能会持续几个星期。还记得那份传真吧？上面说的只是下一个目标已经在他的视线范围里，却没有说什么时候下手。传真上没提时间，我们完全不知道他会在什么时候袭击托马斯。"

我摇头道。"我不在乎。无论监视持续多久，我都希望成为调查组的一员。我向来都谨守诺言，直到我们上次交易的最后，我一直没有违约。"

巴克斯站起身，一阵让人不安的沉默在房间里蔓延开来，他在我身后踱着步。我看了眼蕾切尔，她垂头盯着桌面，仿佛正在沉思。于是我抛出最后一块筹码。"我明天必须得写一篇报道，鲍勃，我的编辑可期待了。要是你不想让我写出什么不合适的内容，你就得让我入局。这是唯一能说服我的编辑的方法，这是我的底线。"

索尔森发出一声嘲弄的冷笑，摇头道。"这可是个大麻烦，"他说，"鲍勃，要是你再次对这个家伙低头，他只会得寸进尺，什么时候才会结束？"

"唯一称得上麻烦的就是那么一次，"我说，"就是有人对我撒了谎，把我隔在调查之外。顺便提一句，还是我最先开展的调查。"

巴克斯望了望蕾切尔。"你怎么看？"

"别问她，"索尔森插嘴道，"我立刻可以告诉你她会怎么回复。"

"要是你对我有什么意见，那就直说好了。"蕾切尔恼怒道。

"行了，够了，"巴克斯说道，像个裁判似的举起双手，"你们俩还不想走，对吗？杰克，你入局了，只是暂时性的，约定如前。也就是说，明天没有什么报道，懂了吗？"

我点点头，回头看了索尔森一眼。他已经站了起来，正像一只落败的公鸡一样沮丧地向门口走去。

36

　　这个旅馆名叫威尔科克斯，前台值夜班的店员得知我跟已经住进这里的政府人员是一起的，而且愿意支付一晚三十五美元的最高房价之后，告诉我刚好还剩最后一间房。这是我这么多年出差住宿酒店以来，第一次在办理入住手续时产生不祥的预感。我把信用卡号报给前台店员的时候，这种感觉尤其强烈。那个家伙看起来已经在他轮班的时间里喝了足足半瓶酒，而且他显然觉得最近这四天完全没有刮胡子的必要，要坚决保护他那一嘴胡子。在办理入住手续的整个过程中，他都没看我一眼，倒是花了不可理喻的长达五分钟的时间四处寻找一支钢笔，最后才终于接受我的提议，借用了我的笔。

　　"总之，你们这些人到底在这儿干什么？"他一边说，一边递过一把钥匙，钥匙上原本贴着写有房间号的标签，现在已经磨得看不清了，跟柜台福米卡塑料贴面的磨损程度差不多。

　　"他们没告诉你吗？"我假装惊讶地问道。

　　"没有。我只管办理手续。"

　　"在调查一桩伪造信用卡的案子，最近这附近此类案件频发。"

"噢。"

"对了，沃林探员住在哪个房间？"

他花了半分钟来辨认自己登记的入住记录。"应该是十七号房。"

我的房间非常狭小，当我在床边坐下时，伴随着老弹簧发出的咿咿呀呀的抗议声，床垫至少陷下去半英尺，而另一端则抬起了同样的高度。房间位于一楼，家具一看就是二手市场拉来的，不过还算整洁。屋里弥漫着一股陈腐的烟味。黄色的百叶窗格被拉了上去，能看见唯一的窗户外面装了金属护栏。要是发生火灾，我又没来得及跑出房门，准会像只烤箱里的龙虾一样被关在里面。

我从那只枕套里掏出之前买的旅行装牙膏和折叠牙刷，进了浴室。嘴里还有飞机上那杯血腥玛丽的酒味，我得漱掉，一会儿没准还能有机会跟蕾切尔亲密接触，我得做些准备。

这种老式旅馆的浴室总是最让人受不了，这间浴室也就比我小时候在加油站常看到的那些电话亭稍微大一点。洗漱台、马桶和手持淋浴花洒上都锈迹斑斑，这些东西就把整个浴室塞得满满当当。如果有人推门进来，你恰好坐在马桶上，你的膝盖就完蛋了。洗漱完后，我回到相比之下显得宽敞多了的房间，看了看那张床，决定还是不坐在上面，甚至不想在上面睡觉。我决心冒个险，我把笔记本电脑和塞满衣服的枕套留在屋里，然后出了门。

我刚在十七号房门上敲了一下，门就飞快地打开了，快得让我以为蕾切尔一直在门的那一侧等待着。她迅速将我让进屋。"走廊对面就是鲍勃的房间，"她低声解释道，"有什么事吗？"

我没回答。我们俩久久地凝视着对方，都在等另一个人付诸行动。最后，首先做出行动的人是我。我走近她，将她拉进怀里，深深地吻着她。她似乎跟我一样投入，我顿时平静多了，那些一直在我脑子里叫嚣的絮语也立刻偃旗息鼓。她的嘴唇离开我，然后给了我一个热烈的拥抱。我的目光越过她的肩头，打量起这个房间。这里比我的房间大点，家具大概也比我的新十年，但同样令人难以忍受。她的电脑放在床上，一些文件散落在褪色的黄色床单上，可能曾经有上千人在上面睡觉、做爱、放屁或者打架。

"真有意思，"她悄声道，"我今早才离开你，却那么想你。"

"我也是。"

"杰克，我很抱歉，但我真的不愿在这张床上、在这个房间、在这个旅馆里跟你做爱。"

"没关系，"我大度地说，尽管刚一说出口就后悔了，"我理解。不过跟我的房间比起来，你的已经是豪华套间了。"

"过阵子我会好好补偿你。"

"好的。对了，为什么我们偏偏要待在这家旅馆？"

"鲍勃想要挨得近些，这样一看到格拉登现身，我们就能行动。"

我点点头。"好吧，我们可以离开一小会儿吗，想出去喝一杯吗？附近应该会有个可以喝点什么的地方。"

"估计比这儿好不到哪里去，还是就在这里待着，好好聊聊吧。"她走到床边，整理好文件和电脑，然后背靠着床头坐下，又拉过一个枕头垫在背后。我坐在屋里唯一一把椅子上，椅垫上有一道年头久远、用胶带粘着的刀割痕迹。

"你想聊什么，蕾切尔？"

"我不知道。你才是记者，我觉得还是由你来提问比较好。"她笑着说道。

"聊聊案子吗？"

"什么都成。"

我注视了她好长时间，最后决定还是先用一些简单的话题开场，然后再看看能进行得多深入。"这个叫托马斯的家伙怎么样？"

"他挺不错的，对于一个地方警察来说，不算太合作，但也不是个浑蛋。"

"你说不算太合作是什么意思？他都让你们拿他这个大活人当诱饵了，还不够吗？"

"或许吧，反正我是这么觉得的。可能是我的原因，我向来跟地方警察处不好。"

我从椅子上挪到床上，跟她坐到一起。"那又怎么样？你的工作又不是跟别人处得好。"

"也对，"她说道，然后又笑了，"知道吗？大堂有一台自动售货机。"

"你想买点什么吗？"

"不，但是你刚才说想喝点什么。"

"我想要的是比他们售卖的更烈性的东西。不过没关系，跟你在一起我就很开心。"

她伸手拽了拽我的胡子。当她松手的时候，我抓住她的手，握住了好一会儿。"你会不会觉得，我们现在的感情如此热烈，只是因为我们恰好都卷进了这桩激烈的案子里？"我问道。

"什么叫不热烈呢？"

"我不知道，我只是想问问。"

"我明白你的意思，"过了很久，她才说道，"我必须得承认，在我的生命中，在你之前，我从未跟任何一个刚刚认识三十六小时的人做过爱。"

她笑起来，激起我全身上下一阵美妙的震颤。

"我也是。"

她朝我倾身过来，我们再一次吻到一起。我转过身，我们俩滚倒在床上，依旧难舍难分地吻着，恨不得一直这么吻下去。只是我们的天地就是这么一方陈旧褪色的床单，但所有这些都已经不再重要。很快，我的吻便沿着她的脖颈一路向下。然后，我们做爱了。

浴室不够两个人挤在一起洗澡，蕾切尔就先进去洗了。当她洗澡的时候，我躺在床上想着她，真希望能来上一口烟。

　　事后想起来也很难分辨真切，因为当时浴室里还有唰唰的水声，但我觉得有人轻轻敲了一下门。我吃了一惊，连忙从床边坐起来，边套上裤子边紧盯着房门。我注意听着，却什么也没听见。随即，我看到门把手明显动了一下，或者说我认为我看到了。我起身走到门边，拽着裤子侧耳贴在门边，仔细聆听着，什么都没听到。门上有猫眼，但我不愿通过它往外看。房间里还亮着灯，如果凑近猫眼向外看，我就会挡住光，相当于告诉那个在外面的人里面有人正向外窥视他。

　　这时，蕾切尔关掉了淋浴龙头。又过了几分钟，走廊里还是什么动静都没有，我小心凑到猫眼向外望去，什么都没看到。

　　"你在干什么？"

　　我转过身。蕾切尔站在床边，裹着一条旅馆提供的小毛巾，正努力显得自然一些。

　　"刚才似乎听到有人敲门。"

　　"谁敲的？"

　　"不知道。我往外看时已经没人了，也许压根没有。你洗完了吗？我过去冲澡？"

　　"好的。"

　　我脱掉裤子，走过她身边时又停住了脚步。她扔掉了毛巾，裸露出身体。她真是太美了。我走上一步，久久地抱着她。"我一会儿就回来。"说完，我朝浴室走去。

　　我洗完澡出来时，蕾切尔已经穿好衣服等着我了。我看了眼床头柜上的手表，已经十一点了。房间里有一台颇有年头的电视机，但这会儿我不想光看新闻。这时我才意识到自己还没吃晚饭，却不觉得饿。

"我还不困。"她说。

"我也是。"

"也许我们能在附近找个地方喝点什么。"

我穿好衣服，我们俩悄悄离开房间。她先朝外望了望，确定巴克斯、索尔森或者其他什么人没在外面。我们也没在走廊或者大堂遇上谁，外面的大街也荒凉得很，黑魆魆的，不见一人。我们向南边的日落大道走去。

"你带枪了吗？"我半开玩笑半认真地问道。

"随身携带。另外，附近还有我们的人警戒，他们可能还是看着我们出来的。"

"真的？我还以为他们的眼睛只能盯着托马斯。"

"没错，但他们应该要在心里留意哪个时间点街上有哪些人之类，如果他们工作用心的话。"

我转身向后退了几步，望了望那头马克·吐温旅馆的绿色霓虹灯。我扫视着街道和道路两边停着的汽车，依旧没发现一个监视者的影子。

"外面埋伏了多少人？"

"应该是五个。两个在固定点之间流动监视；两个在车里，定点监视；还有一个开着车，不停移动位置。任何时候都有这么多人。"

我转过身，把外套的衣领竖起来。外面比我想象的冷多了。我们呼出的气变成白雾，融在一起后又消失。

走上日落大道后，我向两侧的街道望了望，看到西边有个挂在拱门上的霓虹灯招牌，写着"猫与小提琴酒吧"，离这里大概一个街区。我指指那条路，蕾切尔便朝那个方向走去。我们一路无言地走到酒吧门口。

穿过拱门，我们来到了一个户外花园，绿色的帆布伞下摆着几张桌子，但空荡荡的，没有一个人。穿过这些桌子，透过花园另一头的窗户，我们终于看到里面是个气氛还算活跃、看起来也还暖和的酒吧。我们走进去，在飞镖靶对面找了个空隔间，落了座。这是一家英式酒吧。女服务员过来招呼，蕾切尔让我先点，我便点了"黑与褐"，这是一种爱尔兰黑麦啤酒与麦芽酒混合而成的啤酒。蕾切尔也点了一样的。

我们打量着这个地方，闲聊着，直到酒被端上桌。我们碰了碰杯，开始品尝。我注视着她，之前从没想过她会点混合啤酒。

"麦芽酒会重些，总是沉到底下，黑麦啤酒会在上面。"

她笑了。"你说黑与褐的时候，我还以为是个你知道而我不知道的牌子呢。不过这酒真不错，我挺喜欢的，就是有点烈。"

"爱尔兰人擅长的唯一一件事就是做啤酒了，这一点连英国人都甘拜下风。"

"喝两杯这个，你就得呼叫增援，让人把我抬回去了。"

"我想不会的。"

我们陷入一阵舒服的沉默。后墙上砌了个壁炉，熊熊燃烧的炉火带来的热量填满了整个酒吧。

"你真正的名字是叫约翰吗？"

我点点头。

"我不是爱尔兰人，但我记得在爱尔兰语里，'肖恩'就是'约翰'的叫法。"

"是的，在盖尔语里是这样叫的。我们俩是双胞胎，所以我们的父母就决定这样给我们取名……其实是我母亲一手包办的。"

"我觉得这样挺有意思的。"

喝了几口酒后，我开始谈起跟案子有关的话题。"现在，我们聊聊格拉登吧。”

"我们知道的根本没多少。"

"但是你见过他，还采访过他，你对他肯定还是有些想法吧。"

"他并不是很合作。当时他已经提出了上诉，但上诉法庭还没有给出判决。他不信任我们，担心我们利用他的话给上诉带来麻烦。我们轮流跟他谈话，想让他开口。最终，我记得好像是鲍勃的主意，请他用第三人称的口吻给我们叙述故事，他同意了，就像犯下罪行的那个人是别人，而他只是在讲述别人的故事。"

"好像本迪也是用这个办法的，对吧？"我记得好像在哪本书里看到过。

"是的，还有其他许多连环杀手都是这样。这是一种策略，让他们放心，确信我们不是为了利用他们接受访谈时所说的话反过来指控他们。他们中的大多数人都极度自我膨胀。他们想跟我们炫耀，但他们首先得确信我们不会做事后清算的事。格拉登就是这种人，尤其当他知道，他整理的上诉材料非常有力，他有很大概率能在即将开庭的上诉审理中获胜。"

"你竟然跟一个正在行凶的连环杀手有过私人接触，这真少见，无论这种私人接触多么微不足道。"

"没错。但是我有一种感觉，我们的采访对象里，无论是哪一个，只要像威廉·格拉登一样被释放出来，一定会再次犯案，让我们继续疲于奔命地追捕他们。这些人不会变好，杰克，他们怎么都无法回归正常人，他们就是他们那类人。"

她这话像是在警告我，这已经是她对我的第二次暗示了。我思考了几分钟，思量着她是不是话中有话，又或者，她真正要警告的人其实是她自己。

"他说了些什么？有没有告诉你贝尔特伦或者我最好的兄弟的事？"

"当然没有。要不然我一看到贝尔特伦的名字，就会想起来的。格拉登没有提到名字，但他讲了些事情，用那些都快被用滥了的借口为自己的罪行申辩。他说他小时候也曾遭受过性侵，而且是很多次，当时的他就跟坦帕保育中心那些被他性侵的孩子差不多大。你看，这就是恶性循环。这种模式在办案中经常见到，他们这类人总是难以释怀他们人生中的某一个时刻，就是他们自己……被毁灭的那一刻。"

我点点头，什么都没说，希望她能继续说下去。

"一直持续了三年时间，"她说道，"从他九岁到十二岁。他被非常频繁地性侵，包括口交和肛交。他没告诉我们施暴者是谁，只说那并不重要。据他所说，他一直没告诉他母亲，因为他害怕那个男人。那个男人威胁他。在他的生活中，那个男人是某种权威的代表。鲍勃当时还想追查一番，打了几个电话，但最后一无所获。他没有就那个施暴者提供更多的描述，很难追查下去。那时他已经二十多岁，孩提时期被侵害已是多年前的往事。就算我们坚持查下去，还有个超过诉讼时效的问题。我们甚至找不到他的母亲询问相关情况。在他被逮捕并被媒体公开所有案情之后，他的母亲就离开了坦帕。当然，我们现在可以猜出那个施暴者就是贝尔特伦。"

我点点头。我杯中的啤酒已经喝完了，蕾切尔还在小口啜饮着她那杯。我示意女服务员过来，为她又点了一杯阿姆斯特丹淡啤酒，告诉她我来帮她喝完那杯黑与褐。

"是如何终止的？我是说对格拉登的侵害。"

"就是最常见到的讽刺结局。他渐渐长大了，贝尔特伦觉得他年纪大了，就停止了。贝尔特伦甩了他，然后寻找下一个目标。贝尔特伦通过我最好的兄弟项目扶助的所有男童，我们都已经定位，正在一一对他们进行访谈。我敢打赌，他们全都遭受过贝尔特伦的性侵。对那些孩子来说，贝尔特伦就是邪恶的种子，杰克。不管以后你怎么写报道，一定要记住，在你的文章中强调这一点——贝尔特伦的死就是活该。"

"听起来你好像很同情格拉登。"

我说错话了，我看到她眼睛里闪出了怒火。"该死的，你说得没错，我是挺同情他的，但这并不是说我愿意宽恕他犯下的哪桩罪行，或者当我有机会时能忍住不一枪打死他。但他并不是创造出自己心里恶魔的人，是别的恶人在他心里埋下了种子，创造出了一个更可怕的恶魔。"

"别这样，我不是在说你……"

女服务员端上蕾切尔的啤酒，这简直救了我一命，让我不至于越说越错。我把蕾切尔的黑与褐混合啤酒从桌子对面拉过来，灌下一大口，希望可以把刚才的失误跳过去。

"那么，除了他告诉你的话，"我换个话题问道，"你对他还有什么看法吗？你觉得他真像这儿的每个人认为的那么聪明？"

蕾切尔似乎整理了一下思绪，然后才答道："威廉·格拉登非常清楚，他的性取向是法律、社会和文化都不能容忍的。就我看来，他一直背着沉重的心理包袱。我相信他的内心一直饱受煎熬，他努力试着去理解自己的冲动和欲望。他很想把他的故事告诉我们，不管是不是用第三人称。我分析，他认为把他的经历当成故事告诉我们，既是在某种程度上帮助了自己，也可能会或多或少地帮助跟他一样踏上这条路的人。如果你看到了他面临的心理困境，你可能就会理解，我觉得正是这种纠结的心态显示出他具有很高的智力。我的意思是，我采访的绝大多数凶手就像动物一样，兽性盖过了人性，或者就像一台机器，只会执行暴力的指令。他们做那些他们认为需要做的那些事，基本上就是出于直觉或者机械地按照事先制定的程序行事，而且他们做的时候不会有太多想法，他却不一样。是的，我认为他确实就像我们说的那么聪明，或许更聪明一些。"

"你的话其实很奇怪。按你的说法，他是背着巨大心理包袱的人。这听起来可不像我们正在寻找的那个穷凶极恶的杀手。要知道，我们正在寻找的人，凭他所做的那些事，可知他的良心也就跟希特勒的差不多。"

"你说得对。但我们有充分证据表明，很多像这样的捕猎型凶手是会转换和进化的。如果不接受治疗，不管是药物治疗还是其他形式的疗法，像格拉登这样有性侵前科的人完全可能进化成诗人这样穷凶极恶的狂徒。以前有过这种例子。总而言之，人是会变的。那次访谈项目后，他又在监狱里关了一整年才赢得上诉，抓住机会达成了认罪减刑协议，这才出了监狱。在监狱体系里，恋童癖是最被苛待的。正是因为这个，他们变得很团结，总是三五成群拉帮结伙，就跟在外面的社会一样。这就是格拉登能够结交到冈贝尔和关在雷福德监狱里的其他恋童癖的原因。我要说的就是，这么多年后，我访谈过的那个人变成了今天我们称之为诗人的凶徒，我并不觉得奇怪。我可以预见到这种事的发生。"

飞镖靶附近的座位上突然爆发出一阵欢呼，让我一下子分心了，看上去像是今晚的喝酒冠军诞生了，他们正在举行加冕仪式。

"格拉登的事已经说得够多了，"当我把目光重新转回蕾切尔身上时，她开口道，"真令人压抑啊。"

"好吧。"

"你呢？"

"我也觉得很压抑。"

"不，我的意思是，你的事怎么样了？你跟你的编辑通电话了吗？有没有告诉他你又入局了？"

"还没有。这会儿太晚了，我只能明早再打电话，告诉他我这边暂时没有后续报道，但我已经重新入局了。"

"他会怎么说？"

"不会有什么好话。不管怎样，他都想要一篇后续报道。新闻报道这事就像一列火车，火车头动起来了，后面就得跟上。全国各地的媒体已经开始抢座了，你就得不停地往火炉里扔进新燃料，不停抛出后续报道，这个大家伙才能继续开动起来。不过管不了那么多，他手下还有其他记者，他可以再安排别人跟进这案子，看看能搞到什么消息。其实能搞到的已经不多了，而且迈克尔·沃伦很可能会为《洛杉矶时报》攒出另一篇独家报道，到时我就真的要被骂得狗血淋头了。"

"你这人真是悲观主义者。"

"谢谢，我是现实主义者。"

"别担心沃伦那边了。戈——不管上次是谁向他爆的消息，他不可能再干这种事了。因为风险太大了，鲍勃在盯着呢。"

"下意识地说漏嘴了，是吧？总之，我会叫他好看的，咱们走着瞧。"

"你怎么这么刻薄，杰克？我还以为只有走下坡路的中年警察有这个问题呢。"

"我这是天生的，我觉得。"

"我也这么觉得。"

回去的路上似乎比来时更冷。我很想拥她入怀给她温暖，但我知道她不会同意，而且街上还有监视的眼睛，所以我没有尝试。快走到旅馆的时候，我想起一件往事，便告诉了她。

"我们上高中时，班里总是会传各种小道消息，说谁喜欢上谁了，谁又对谁有意思。你还记得那时候的事吗？"

"嗯，记得。"

"是这样，那时有个女孩，我对她有感觉了，一时冲动的那种。于是我……我不记得是怎么传出去的，但总之就是传出去了，你懂吧？一般发生这种事的时候，你会等着看对方的回应。大概就是这种套路，我喜欢她，她知道我喜欢她，我知道她已经知道了我喜欢她，她知道了我知道她知道我喜欢她，懂我的意思吗？”

"懂。"

"可问题是，我当时一点信心都没有，我就是……我不知道。有一天，我坐在学校体育馆的露天看台上，我记得当时是有一场篮球赛还是什么比赛，总之我虽然早早到了，体育馆里还是坐满了人。然后她就来了，和一个朋友一起沿着看台一直走，看看还有没有地方坐。就在那种一战定生死的关键时刻，她发现了我，直直望着我，然后冲我挥手……于是我吓呆了……而且……当时……我就转了个身，假装看她是不是在跟我身后的什么人挥手致意。"

"杰克，你真是犯傻了！"蕾切尔说着笑了起来，看起来并没有把这件事当真，我可是为此耿耿于怀了很久。"她当时什么反应？"

"等我转过身时，她已经扭头看别处了，我非常窘迫。瞧瞧我干的好事，先是弄得人尽皆知，然后又转身不管，让她那么难堪……那样冷落她……打那以后她就跟另一个家伙约会了，最后嫁给了他。我过了好长时间才在心里放下她。"

我们沉默地踏上旅馆门前最后几级台阶。我替她推开门，望着她，脸上带着还没压下去的痛苦又窘迫的笑容。这么多年过去了，这件事仍然深深影响着我。"所以，大概就是这么个故事，"我说，"证明我天生就是这么一个尖锐刻薄的傻瓜，一直都是。"

"每个人都有类似的成长故事。"她似乎并不在意我这个故事。

我们从前台走过。值夜班的男店员抬头望了望我们，就这么几个小时，他的胡子看上去比我第一次见他时更长了。走到楼梯处，蕾切尔停下脚步，用男店员听不到的低语叫我别跟着上楼。

"我觉得我们应该各回各的房间。"

"我可以陪你上楼。"

"不必，我自己一个人就行。"

她回头望了望前台。男店员已经垂下头，读着一张小报。蕾切尔朝我转过身，无声地吻了吻我的脸颊，在我耳边轻轻道了声晚安。我注视着她走上楼。

我知道我肯定无法入睡，脑子里想的事情实在太多了。我刚刚和一个美丽的女子做了爱，约了会，整晚跟她沐浴在爱河中。我其实不太确定什么才是真正的爱情，但接纳肯定是其中的一部分，这就是我从蕾切尔身上感受到的，也是在我生命中极少碰到的。这感觉叫我兴奋得几乎战栗，同时又让我患得患失，内心始终无法平静。

我走出旅馆大门，想抽根烟，内心的忧虑却越来越强烈，它蔓延到大脑里，跟其他心事又搅和到一起，最终占据了我的全部身心。露天看台上的那件事情，尽管过去这么多年了，仍然如幽灵一般缠绕着我，不停地唤起我当时的窘迫和揪心。我不得不惊叹人类记忆的强大控制力，多年之后，某些记忆的片段仍旧如此真切地跃然眼前。我没有给蕾切尔讲完那个高中女生的全部故事，我没有告诉她故事的结局，那个高中女生就是赖莉，她后来约会并最终嫁给的人就是我的哥哥。我自己都不知道为什么隐瞒这部分。

我的烟抽完了，于是我折回前台，问那个店员可以去哪里买到烟。他告诉我得回猫与小提琴酒吧。我看到柜台后他那沓小报旁就放着一包开了封的骆驼牌香烟，但他没有主动给，我也就没开口向他要。

一个人走在日落大道上时，我继续想着蕾切尔，全部精神都集中在我们做爱时的一些细节上。我们已经有了三次鱼水之欢，每一次我们在床上的时候，她都完全交付了自己，但要我说来，她明显把自己定位为被动角色，把主导权交给了我，她无意在床上控制我。在我们第二次、第三次做爱时，我一直期待着她的细微改变，甚至故意在做选择时稍许迟疑，好让她占据主动，但是她从来没有主动过。就连我们交融的神圣时刻，主动的人也是我。三次了。之前跟我交往过的所有女人，没有一个在第三次做爱时还这样矜持。

其实这也没什么不对的，至少不会给我带来困扰，可我仍然有些好奇，因为她躺下以后是如此被动，与她站起来时雷厉风行的举止大相径庭。当我们走下床后，她是明显占据主导地位的，或者说努力去占据主导地位。我相信正是这种微妙的矛盾感让我对她如此着迷。

我停下来，向左回头观察交通情况，准备过马路去对面的酒吧，视野边缘忽然捕捉到远处的动静。我直盯着那个地方，似乎有一个人影缩进了某家关上的店铺外的门洞阴影里。一阵战栗飞快窜过全身，但我没有动，死死盯着那个地方观察了几秒。那处门洞大约距我二十码。我很肯定刚才那儿有个人，可能现在还在那儿，就在我观察他的时候，他可能也在黑暗处观察着我。

我快速而坚决地向那个门洞迈出四大步，然后猛然停住。我是在吓唬他，要是被吓着了，他没准撒腿就跑了，但没有人从门洞里跑出来，我只吓到了自己，这会儿我的心脏怦怦跳得厉害。我知道他也许只是个无家可归的流浪汉，寻找过夜地方的流浪汉。我知道如果要解释，可以有上百个理由解释我刚刚看到的人影。尽管这样，我还是被吓得要死。也许只是一个过路的人，但也许，就是那个诗人。一瞬间，无数种可能性从我脑海里冒出来，占据了整个大脑。我上过电视。诗人看了电视。诗人已经选定了下一个目标。这个黑魆魆的门洞横亘在我和威尔科克斯旅馆之间。我回不去了。我迅速转身，飞快地穿过大街，向街对面的酒吧走去。

迎面爆开一阵汽车鸣笛声，我吓得向后一跳。我并没有遇上危险，那辆车在距我两条车道处飞驰而过，留下一串年轻人的大笑声。他们可能远远看到了我脸上的表情，知道轻而易举就能吓我一大跳，这才按喇叭拿我寻开心。

　　我到酒吧后又点了一杯黑与褐混合啤酒，还要了一篮鸡翅，经人指点又找到了自动售烟机。终于叼上了根烟，我划着火柴，这才发现双手颤抖不已。现在该怎么办？我思考着应对之策，向吧台后面镜子里的自己吐出一缕青烟。

　　我在酒吧一直待到两点，酒吧打烊的钟声敲响，我才和最后一批顽固的酒鬼一同离开。人多总归安全些，我这样想着。我跟在人群后头，分辨出有三个酒鬼正朝东边威尔科克斯的方向走去，于是跟在他们后面几码远的地方。我们从日落大道另一侧走过那个有问题的门洞，隔着四条车道向那儿望过去，我也说不清那漆黑的凹处有没有人，但我不敢停留。终于到了威尔科克斯，我脱离了护卫队，小跑着穿过日落大道奔了过去。我大气都不敢喘一下，直到看到前台店员那张熟悉、安全的脸时，我的呼吸才正常下来。

　　尽管已经很晚，还灌了许多啤酒，但刚才的恐惧夺走了所有的疲劳感，我毫无睡意。回到房间后，我脱掉衣服，关了灯上床躺着，但我知道自己做的这一切都徒劳无功。十分钟后，我不得不面对现实，打开了灯。

　　我需要做点什么来分散注意力。这算是个小花招，找些事做可以让大脑平静下来，这样才能帮助我入睡。我又用了以前无数次遇上这种情形时的老法子，把笔记本电脑拿上了床。按下开机按钮，把房间的电话线拔下来，插入调制解调器的插线口，长途拨号接入《落基山新闻》的网络。没有给我的新留言，我倒也不期待这个，但查查留言的确让心绪渐渐平缓下来。我把电话线稍微卷起一点，继续往下浏览，看到了我的报道，不过这是发给美联社的缩写版本。明天报道见报，一定会掀起轩然大波，就像一枚炸弹落下并炸开一样。从纽约到洛杉矶的所有新闻编辑都会注意到我的名字，但愿如此。

退出登录并断开网线之后，我玩了一会儿电脑上的纸牌游戏，但很快就输得没心情了。为了找点分心的事做，我伸手到电脑包里去掏菲尼克斯酒店的那些账单，可就是找不到。我翻遍了包里的所有口袋，那沓折起来的账单不见了。我飞快地一把抓起那个枕套，像对嫌疑人搜身一样把它摸了个遍，但里面只有我的衣服。

"该死的！"我大声骂了出来。

我闭上眼睛，试图回想在飞机上翻看账单的情景，一股恐惧突然攫住了我的心房，因为我想起有那么一会儿我把它们塞到了前排座位后的杂物袋里。但紧接着我又想起来，给沃伦打完电话后，我又把账单从杂物袋里掏了出来，还按上面的号码打出一个个电话。我记得很清楚，我的最后一个动作就是把它们重新放进了电脑包。我非常肯定，我没有把账单落在飞机上。而账单失踪的另一种可能性，我知道，就是有人进了我的房间，拿走了它们。我心烦意乱地在房间里踱着步，不知该怎么做。我偷来的东西现在被别人偷走了，这能向谁抱怨？

我气急败坏地拉开房门，沿着过道走到前台。那个店员正在看一本《上流社会》杂志，封面上是个裸体女人，她巧妙地用胳膊和手遮挡住了身体的隐私部位，让这本杂志得以在报摊出售。

"嘿，你有没有看见什么人进过我房间？"

他耸了耸肩，摇摇头。

"没人进去过？"

"我只看见那位跟你在一起的女士，还有你自己。就这些。"

我盯了他好一会儿，等他说出更多的信息，但他已经说完了。

"好吧。"

我回到房间，进门前还用牙签研究了一番锁眼，想查出锁有没有被撬过，但我查不出什么。这个锁眼已经有很多磨损，到处是划痕，可能已保持这个状态好几年了。即使我的性命全指望它了，我也无法分辨出锁是否被撬过，可我还是在那儿看着，研究着。怒火在心中翻腾。

我很想给蕾切尔打电话，告诉她我房间被盗的事，但又困扰于不能告诉她被盗的是什么东西，我不愿意让她知道我偷走账单的事。看台上那件往事的回忆，以及从那以后我种种失败的经历，一下子又涌上心头。我脱掉衣服，重新上床躺着。

我最终还是睡着了，但那之前我还在脑子里勾画着索尔森溜进我的房间到处乱翻的情形。睡意终于袭来，我的怒气依然没有消散。

37

门外传来嘭的一声巨响，我被惊醒了。我睁开眼睛，只见明亮的阳光透过窗帘照射进房间。太阳已升得老高，我意识到自己该起床了。我穿上裤子，一边开门，一边系衬衫的纽扣，没顾上先从门上的猫眼向外看一眼。原来不是蕾切尔。

"早上好，公子哥儿。你今天得跟我一起，我们得上路了。"

我面无表情地盯着他。索尔森伸出手，在门上敲了敲。"喂？有人在吗？"

"你什么意思？什么叫我得跟着你？"

"就是字面意思。你女朋友有别的任务了，得单独行事。巴克斯探员今天把你派给我了。"

我的表情一定难看极了——和索尔森过一天，我脸上的每一个毛孔都透着不情愿。

"老实说我也不乐意，"他对我说道，"但我得做头儿交代的事情。好吧，如果你打算在床上躺一天，反正不是我的责任。我只需要告诉——"

"我得穿衣服，给我几分钟。"

"给你五分钟。我在巷子里的车旁跟你碰头。要是到时还看不到你，麻烦你自己走着去吧。"

索尔森走后，我看了看放在床头柜上的表。八点三十分，还不像我想象的那么晚。五分钟实在不够我收拾，我花了十分钟。我冲了个澡，一想到要跟索尔森共度一整天就害怕，这一天的每一分钟都将无比难熬。但我想的最多的还是蕾切尔，真不知道巴克斯给她委派了什么任务，为什么还不能让我跟她一起。

离开房间后，我上楼敲了敲她的房门，但没人应答。我凑过去仔细听了一会儿，里面什么声音都没有，她已经离开了。

当我来到巷子里时，索尔森正倚在一辆车的后备厢上。

"你迟到了。"

"是的，抱歉。蕾切尔去哪儿了？"

"抱歉，公子哥儿，问巴克斯去。他看上去就像你在调查局里的老师。"

"听好了，索尔森，别叫我公子哥儿，懂了吗？要是你不愿称呼我的名字，随便叫我什么都行，但别公子哥儿来公子哥儿去的。我是来晚了，因为我得先给我的编辑打个电话，告诉他我这边没有后续报道了，他可不高兴了。"

我走到副驾驶一侧，他绕到驾驶位那边。我不得不等着他打开我这边车门的锁，而他假装过了好久才注意到我还在这边等着。

"我才不在乎你的编辑今天早上怎么了。"他隔着车子冲我喊了一句，这才钻进车里。

我也上了车，这时我才发现仪表板上放着两杯咖啡，冒出的热气在挡风玻璃上凝出了一层雾气。我瞪着它们，就像瘾君子瞪着勺子里被烛火慢慢熔化的白粉，但什么都没说。我估计这又是索尔森想要耍我的把戏。

"这里面有一杯是你的，公——呃，杰克。你要加奶或者加糖的话，自己从手套箱里拿。"

他发动了汽车。我扭头看他，接着又转头看着咖啡。他伸手拿了一杯，打开盖子浅啜了一口，像游泳的人先把脚趾伸进水里试试水温。

"啊，"他说，"咖啡我更喜欢烫的、黑的，就像女人一样。"他转头冲我使了个眼色，表示男人之间的心照不宣，"拿着呀，杰克，喝点咖啡。我可不想一会儿开车的时候让它溅得到处都是。"

我拿过杯子并打开。索尔森发动了汽车。我先小啜一口，动作更像给沙皇试毒的尝菜官。这咖啡味道好极了，咖啡因迅速弥漫了口腔。"谢谢。"我说道。

"不用客气。我早上要是不来上这么一杯，一整天都不得劲。你是怎么回事？昨晚没睡好？"

"可以这么说吧。"

"我就没有择床的毛病，到哪儿都能睡得着，哪怕是像这样的垃圾场，我照样睡得好。"

"会不会睡得太好，以至于梦游了？你难道没梦游吗？"

"梦游？你是什么意思？"

"是这样，索尔森，谢谢你的咖啡，还有今天早上这些事儿。但我知道是你给沃伦打的电话，我也知道是你昨天晚上溜进了我的房间。"

索尔森在路边一处标着仅限货车通行的地方停了车。他把车子停进车位，转身瞪着我。"你刚才说什么？你是什么意思？"

"你听到我刚刚说什么了，你参与了这些事。我也许现在手头没证据，但要是沃伦抢在我前面爆出什么新闻，不管有没有证据，我都会去找巴克斯，把我看到的事情告诉他。"

"听着，公子哥儿，看见你手里的那杯咖啡了？这是我的和解书。你不想跟我和解，当着我的面泼回来，没问题。但我真的不知道你他妈的在说什么，这是最后一次了，我告诉你，我从来不跟记者说话。句号。我现在跟你说话，不过因为你是特批参与调查的人。就这样。"

他狠狠踩下离合器，挂上挡，车子猛地斜插出来扎进交通洪流里，惹得另一个司机生气地按喇叭抗议。热咖啡溅湿了我的手，但我一声没吭。我们沉默地驶进一条由混凝土、玻璃和钢铁砌成的峡谷——威尔夏大道，驶往高楼林立的市中心。咖啡冷了，口感已经差了很多，于是我把盖子重新盖上。"我们这是去哪儿？"最后，我打破沉默问道。

"去见格拉登的律师。出来之后，再去圣莫尼卡，跟抓住了那个卑鄙家伙又活生生把他放走的嘻哈二人组谈谈。"

"我读过《洛杉矶时报》的那篇报道，他们当时也不知道自己抓的是谁，你也不能全都怪在他们身上。"

"是啊，说得太对了，谁都不要怪罪。"

我已经成功地把索尔森表示善意的和解书冲进了马桶里，他又变成那个暴躁易怒、说话刻薄的家伙。就我所知，这是他一贯的个性，但这次我也有错。

"别这样，"我把咖啡放在地板上，举起双手做了个投降的姿势，"我道歉，好吧？如果沃伦那事还有其他一些事，我对你的猜测都是错误的，我很抱歉。我只是看到了一些迹象，顺着那些被引导着想下去。要是我想错了，那我就是错了，我向你道歉。"

他一言不发，车里的气氛变得沉重起来。我感到球还是停在我的半场，看来我还需要再多说些。"我会把那些想法扔到一边，好吧？"我撒谎道，"另外，我很抱歉……如果你是对我跟蕾切尔的事感到生气，那事已经发生了。"

"我告诉你，杰克，你的道歉就省省吧。我不在乎你，也不在乎蕾切尔。她觉得我在乎她，我敢肯定，她也是这么告诉你的，但她错了。如果我是你，跟她在一起我会小心保护自己。那女人心里总是打着她的小算盘。记住今天我跟你说的这些话。"

"好的。"

其实他的话一说出来，我就把它们踢远了，我才不会让他的怨恨影响我对蕾切尔的印象。

"杰克，你听说过佩恩蒂德彩绘沙漠吗？"

我疑惑地眯眼看他。"听说过。"

"去过那儿吗？"

"没有。"

"嗯，如果你跟蕾切尔在一起，就跟到了佩恩蒂德彩绘沙漠一样。她就是那个佩恩蒂德彩绘沙漠，看上去美极了，可是，伙计，如果你真进了沙漠里，那就是一片沙漠，荒无人烟，除了漂亮以外，其他什么都没有，杰克。还有，到了晚上，沙漠里可是冷得很。"

我真想找出什么话狠狠地回击他，像拳头一样用力拍在他脸上，但他话里的讽刺和愤怒是那么沉重，把我砸得一句话都说不出来。

"她会把你耍得团团转，"他继续说道，"或者跟你一起玩，就像玩玩具一样。这一刻她还愿意跟你分享，下一刻她却不肯了，然后就从你身边消失，丢下你了。"

我还是一声不吭，别过脸望向窗外，不想再让他出现在我的视野里。又过了几分钟，他说我们到了，然后在市中心一座办公大楼前的停车场里停了车。

我们迈进富恩特斯法律中心大楼，在大堂查阅了楼层分布图后，一言不发地乘坐电梯上了七楼。一出电梯，就看见右手边有一扇门，门旁挂着一块桃花心木牌子，上面写着"克拉斯纳与皮考克律师事务所"。我们走进去后，索尔森打开皮夹，冲接待员亮了亮里面的联邦调查局徽章和探员编号，要求和克拉斯纳见面。

"很抱歉，"她说道，"克拉斯纳先生今天早上要出庭。"

"你确定吗？"

"确定。他要出席法庭聆讯，大概要一个上午，午饭之前是不会回来的。"

"是在本地吗？哪一个？"

"本地法院，刑事法院。"

我们把车留在法律中心大楼，步行至刑事法院大楼。聆讯在五楼的一间法庭举行，这是一个巨大的有大理石贴面的厅室，里面挤满了律师、被告和被告家属。索尔森来到走廊第一排一张桌子旁，桌后坐着一位联邦法院副执行官，索尔森向她询问在厅里转来转去的律师当中哪一个是阿瑟·克拉斯纳。副执行官伸手指向一个小个子男人，那人有着一头稀疏红发和一张通红脸庞，正站在护栏前跟另一个看样子也是律师的西装革履的男人谈话。索尔森朝他走去，一边走一边嘀咕，说他长得就像个犹太小精灵。

"克拉斯纳先生？"索尔森没有等待两人谈话告一段落，而是直接打断了他们。

"我是。什么事？"

"能请你移步外头走廊吗？我想跟你谈谈。"

"你是谁？"

"到了走廊我会向你解释的。"

"你现在就解释吧，要不然你就自己去走廊。"

索尔森打开皮夹，克拉斯纳看了看徽章，又读出索尔森的探员编号，此刻他应该正在心里飞快地盘算，因为他那双猪一样的小眼睛正来回乱转。

"编号读得不赖，我想你知道我们找你是因为什么。"索尔森说道，他看向另一个律师，又说了句，"你不介意我们失陪吧？"

我们三人来到走廊时，克拉斯纳又恢复了他那套装腔作势的律师派头。"好吧，五分钟后我还有一场聆讯，找我到底什么事？"

"我还以为我们刚才就已经跳过了这些虚张声势的招数了，"索尔森说道，"是关于你的一个客户，威廉·格拉登，"

"我从没听说过这个人。"克拉斯纳跨出一步，试图越过索尔森回法庭。索尔森漠然地一伸手，抵住他的前胸，死死地拦住了他。"放手，"克拉斯纳说，"你没有权利与我发生肢体接触，别碰我。"

"你知道我们说的是什么人，克拉斯纳先生。你在法官和警察眼皮底下帮助那个男人隐瞒真实身份，你的麻烦大了。"

"没有，你错了。我根本不知道他是谁，我只是按照票面价值接下了一个客户的案子。最后证明他是谁就不是我关心的了。而且，根本就没有一点证据或者迹象表明我还知道其他事情。"

"少来这套废话，律师。你可以把这些话留着，说给里面的法官听。格拉登在哪儿？"

"我不知道，而且就算知道，我也——"

"你也不会透露客户信息？你这态度可是犯大错了，克拉斯纳先生。让我告诉你一些事吧，我已经查过了你代理格拉登一案的记录，那些材料看上去可不大对劲，要是你懂我的意思。我说的是你的手可不大干净，这会成为你的麻烦。"

"我不知道你在说什么。"

"他被捕之后，怎么会给你打电话？"

"我不知道，我也没问。"

"是被推荐过来的吗？"

"是的，我想是这样。"

"谁推荐的？"

"我不知道。我说过了，我没问。"

"你是个恋童癖吗，克拉斯纳先生？让你勃起的是小男孩还是小女孩，还是两者都可以？"

"什么？"

听到上面那些话的时候，克拉斯纳已经被索尔森的口头攻击逼得一点一点后退，直到背脊贴在了大理石墙壁上。他顶不住了，抓过公文包挡在身前，好像那是一面盾牌，可惜这面盾牌不够厚实。

"你知道我在说什么，"索尔森继续对他施加压力，"这个城市里律师那么多，为什么格拉登偏偏找上了你？"

"我跟你说了！"克拉斯纳大喊起来，走廊里的所有人都往这边望过来。他压低声音继续说道："我不知道他为什么选择了我，他就那么选了。我在律师名录上，就这么简单。这是个自由的国家。"

索尔森顿了顿，他想诱使克拉斯纳说出更多情况，但这个律师没有咬钩。"我昨天查过了记录，"索尔森说，"确定保释金额后，你只花了两小时十五分钟就把他弄出去了，你是怎么安排保释金的？你已经从他那儿拿到了这笔钱，不是吗？所以我真正要问的是，你是怎么从他手上拿到这笔钱的？他当时可是整晚都待在监狱。"

"电汇，没有任何违法行为。我们前一天晚上谈好了我的费用和保释金额，他第二天一早就让人电汇支付了。我跟他的事完全没有关系。我……你不能站在这儿用这些话诽谤我。"

"我能，我能做我想做的一切事情。你他妈的真是让我恶心。我在地方警察那儿查过你的老底，克拉斯纳，我把你查得一清二楚。"

"你在说什么？"

"如果你现在不知道，要不了多久，你就会知道。警察马上就要来找你了，小矮人。是你把这个家伙放出大牢带到了大街上，现在瞧瞧他干的那些事，你睁大眼睛看看他这个该死的干了什么事。"

"我当时不知道！"克拉斯纳用控诉的语气喊道，一副乞求宽恕的表情。

"当然，谁能想得到啊。你有手机吗？"

"什么？"

"手机，一部手机！"索尔森一巴掌拍在克拉斯纳的公文包上，这个动作吓得这个小个子男人跳了起来，像是被赶牲口的电击棒击中了。

"是的，是的，我有一部手机。你用不着——"

"很好。把手机拿出来，给你的秘书打个电话，叫她把那笔电汇记录调出来。告诉她，我十五分钟后就会到她那儿拿走复印件。"

"你不能这么做！我跟这个人有律师和委托人的法律关系，无论他做了什么，我都必须保护他的隐私，我——"

索尔森反手又是一巴掌拍在公文包上，克拉斯纳马上吞回后半截话。我看得出来，摆布这个小个子律师，把他玩得团团转，索尔森从中得到了某种成就感。

"快打电话，克拉斯纳，这样我会告诉地方警察你帮助过我们查案。打电话，不然要是再出一条人命，我就把这条命算在你头上。因为此刻，你知道我们说的是谁，也知道我们说的是什么事。"

克拉斯纳缓缓点头，开始打开公文包。

"这就对了，律师。"索尔森说道，"现在你才是踏出黑暗走向光明。"

当克拉斯纳给秘书打电话，用颤抖的声音发出命令时，索尔森一声不吭地站在一旁盯着他。我从来没见过或者听说过，有谁能在没有红脸警察的配合下，把黑脸角色唱得这么彻底，而且最后熟练而巧妙地从知情人口中撬出需要的情报。我不知是该敬佩索尔森的职业技能，还是该震惊于他的蛮横行事，但是他确确实实把一个惯于故作姿态又虚张声势的司法行家吓成了瑟瑟发抖的尿包。克拉斯纳挂了电话，索尔森问他这笔电汇的金额。

"六千美元整。"

"五千是给担保人的保释金，一千是你的律师费。你怎么不多榨他一点？"

"他说他能负担的只有这么多，我信了他的话。我现在可以走了吗？"克拉斯纳一副垂头丧气的表情。

索尔森还没回话，法庭的门开了，一个执行官探身出来喊："阿瑟，该你了。"

"好的，杰里。"

没等索尔森进一步表示，克拉斯纳迈开步子向法庭大门走去。索尔森再一次伸手抵在他胸前拦住了他。这一回，克拉斯纳没对索尔森的触碰提出任何抗议。他老老实实地停了下来，呆滞地望向前方。

"阿瑟，我可以叫你阿瑟吗？请你还是好好摸摸自己的良心，如果你还有良心的话。你知道的其实比你说出来的多，多得多。你越是浪费时间，就越是给他机会，让他杀掉更多的人。好好想想我的话，想通了给我打个电话。"

他伸手将一张名片插进克拉斯纳胸前的衣袋里，然后轻轻地拍了拍。"我在本地的联系电话写在名片背面，想到了什么就打给我。如果我在别的什么地方搞到了什么消息，然后发现你早就知道同样的情报，我会变得残忍无情，律师，我会无情得让你战栗。"

索尔森后退一步，让这个律师慢慢地走回法庭。

我们一路沉默着出来，直到走到外面的人行道上，索尔森才问我："你觉得他把我的话听进去了吗？"

"当然听进去了，你都把他吓成那样了。要是我，我就守在电话机旁等着，他会打来的。"

"我们就等着吧。"

"我能问你点事吗？"

"什么事？"

"你真到地方警察那里查过他的案底？"

索尔森笑了，是那种一看就知道答案的笑。

"还有他是个恋童癖的那部分，你又是怎么知道的？"

"只是诈他的。恋童癖都是网虫，他们喜欢跟同类待在一起。他们有电话网络、电脑网络，一整套系统。他们认为全社会都在反对他们，迫害他们，他们是被误解的少数派，诸如此类的胡说八道。我猜格拉登大概是从哪里看到了推荐名录，上面有克拉斯纳的名字，这值得试探一下。从克拉斯纳的反应看，确实把他震住了。要不然，他不会这么轻易就交出电汇记录单。"

"或许吧，但或许他说的也是实话，他确实不知道格拉登是什么人。又或许，他也不是被你吓住了，只是良心上过意不去，不想再看到更多人遇害。"

"看来你认识的律师可真不多。"

十分钟后，我们站到了克拉斯纳与皮考克律师事务所门外的电梯旁，索尔森查看着那张总额为六千美元的电汇单。"这是从杰克逊维尔的一家银行汇出的，"他头也不抬地说道，"我们得叫瑞秋马上查查。"

我注意到他用的是蕾切尔的昵称，这很有些亲密的意味。"为什么让她去？"我问道。

"因为她就在佛罗里达。"这时他从单据上抬起头看着我，笑了笑，"我没告诉你吗？"

"没有，你没告诉我。"

"好吧，巴克斯今天一早就把她派过去了。她去找催眠师霍勒斯，然后跟佛罗里达的队伍一起工作。我们接下来在大堂停一停，在那儿打个电话，看看能不能找到什么人把这个银行账户转给她。"

38

开往圣莫尼卡的一路上，我们俩没怎么说话。我想着蕾切尔去佛罗里达的事，不明白巴克斯为什么要把蕾切尔派到佛罗里达，洛杉矶才是第一线。我琢磨了一会儿，觉得大概有两种可能：一种是蕾切尔由于某些原因受到了处分，那个原因很可能就是我，所以她被调离了第一线；另一种可能就是案子又出现了新的突破，而我对此一无所知，而且很可能他们内部特意说明不能告诉我。哪一种都不是好事，我发现自己竟然暗暗希望是第一种。

这回索尔森似乎陷入了沉思，又或者只是懒得跟我交谈。不过，当我们在圣莫尼卡警察局的大门前停下车后，还没等我问，他便主动告知了我们来这儿的目的。

"我们只是来这儿取走他们逮捕格拉登时收缴的物品。我们要把所有证物都归到一处，综合起来看看。"

"他们会同意让你拿走那些证物吗？"

我知道这种小地方的警察局很讨厌联邦调查局这样的大佬，他们不乐意被这样一双大脚板压制。事实上，所有的警察局都这样。

"我们走着看吧。"

警察局前台接待处的值班警察告诉我们康斯坦丝·德尔皮警探正在出庭，但是她的搭档罗恩·斯威策警探很快就会来。显然"很快"在斯威策那里约等于十分钟。这段时间里，索尔森一直焦躁地在椅子上挪来挪去。于是我又明白了一点，联邦调查局探员，至少以戈登·索尔森为代表的那一类探员，一点都不喜欢等人，尤其是等一个小地方的小警察。

　　斯威策终于露面了，站在接待台后问我们有什么事。他上下打量了我两回，可能是我的胡子和衣着不大符合他心目中联邦调查局探员的形象。问出那句话后他就一声不吭，也没做出任何请我们去他办公室的表示。索尔森的回应就是几句简单的话，还有已经成为他个人招牌的粗暴态度。他从西装内袋里掏出一张折起来的白纸，在接待台上展开。

　　"这是你们逮捕威廉·格拉登——化名哈罗德·布里斯班——时记录的收缴物品清单，我来就是为了接管这批物品。"

　　"你说什么？"斯威策问道。

　　"我刚才已经说得很明白。联邦调查局已经接手了这个案子，正在进行对威廉·格拉登的全国调查，我们需要把你们这边发现的东西拿给专家检查。"

　　"等等，探员先生，我们有自己的专家，我们手上也有这个人的案子。我们不会把这些证物移交给任何人，除非有法庭命令，或者得到地区检察官的批准。"

　　索尔森深深吸了一口气，在我看来，他无疑又要上演之前演练过无数次的大招了——恶霸进城，欺凌弱小。

　　"首先，"他说道，"你我心里都知道，你们手里的那桩案子是个什么狗屁玩意。其次，我们现在说的那些东西，压根就算不上什么证物。你们拿到的就是一台照相机和一袋糖果。这些玩意根本不能证明任何罪行。你们控告他的罪名是污染公共水域、破坏市政财产和拒捕，你们要怎么拿那台照相机证明这些罪名？"

斯威策似乎打算说什么，却欲言又止，显然不知道该怎么应对索尔森。

"在这儿等一等，好吗？"斯威策转身离开接待台。

"我不可能把一整天都耗在这里，警探，"索尔森在他背后说道，"我们还在追捕那家伙。真是太糟糕了，他至今还在潜逃。"

斯威策恼怒地走了回来。"这这话是什么意思？你他妈的想暗示什么？"

索尔森抬抬手，做了个表示没有恶意的手势。"那要看你怎么理解了。现在赶紧去吧，找你的上司来。我要跟他谈谈。"

斯威策离开了，两分钟后就回来了，和他一同前来的还有另一个男人，年纪看上去比他大十岁，块头比他重三十磅，愤怒程度比他多一倍。

"这儿到底出了什么问题？"他简短而严厉地询问道。

"并没有什么问题，警监。"

"我是警督。"

"噢，好的，警督，你旁边的这位下属似乎有点糊涂。我已经向他解释过，联邦调查局已经接管了威廉·格拉登一案，目前正与洛杉矶警察局以及全国各地多个警察局联手侦办这个案子。联邦调查局同样请求贵局给予协作。然而，斯威策警探似乎认为，将贵局收缴的格拉登先生的物品扣在自己手里才有助于此案的调查，才有助于将格拉登先生缉捕归案。但是事实上，案件侦查一步步努力走到了这里，却被他阻碍了。坦率地说，我很惊讶在贵局受到这样的对待。与我一起来的这位是一家全国知名媒体的记者，我真没想到会让他见到刚才发生的事情。"

索尔森指了指我，斯威策和警督回头打量了我一番。我感觉自己被索尔森利用了，顿时有些生气。那位警督把目光从我身上移开，又投向索尔森。"我们不理解的是，你们为什么要带走这些物品。我看过收缴物品清单，只有一台相机、一副太阳镜、一个圆筒包外加一个粗呢袋子和一袋糖果，就这些。照相机里没有视频，也没有照片，为什么联邦调查局要把这些东西从我们这儿拿走？"

"你们把糖果的样本送去化学实验室化验了吗？"

警督看向斯威策，斯威策微微摇了摇头，幅度就像是某种不为人知的隐秘暗号似的。

"我们会送去化验的，警督先生，"索尔森说道，"需要确定这些糖果是否掺过什么药物。还有那部相机，你可能不知道这个情况，我们调查时找到了一些照片。我不能说明这些照片的具体内容，但是可以告诉两位那些照片上的内容极度违法。而我要说的重点是，通过对这些照片的技术分析，可以发现拍摄它们的相机镜头存在瑕疵，这就等于这台相机在每一张照片上留下了指纹。我们可以把这些照片上的瑕疵和相机做比对，就能确定相机的持有人是不是拍摄照片的嫌疑人，而我们需要拿到一台相机，才能做这项工作。如果你允许我们把相机带走，让我们去做这项比对，我们就有能力证明这些照片是这个人拍摄的。当我们抓住他时，对他的指控就可以再加上几条，这也可以帮助我们更准确地判断这个人的动机。这就是为什么要求你们将这些物品移交给我们。事实上，先生们，我们的目的是完全一致的。"

这位警督沉默了好一会儿，转身离开接待台，给斯威策丢下一句："移交时记得保留一份证物移交收据。"

斯威策的脸立刻垮了下来，跟在警督后面离开了。他没有抗议，只是对警督小声说着什么，好像是在解释索尔森刚才并没有对他做出这番解释，一上来就粗暴地索要证物，否则他不会把警督大人牵扯进来。等他们在走廊上转了个弯进了办公室，我立即走到接待台旁，凑到索尔森身边，冲他耳语道："下一次你要是再想这样利用我，先提醒我一声，我一点都不感激你这般隆重地介绍我的身份。"

索尔森回我一个得意的笑容。"一个优秀的侦查员就是要利用好手边的任何工具，你在我手边嘛。"

"找到照片和镜头比对那些事是真的吗？"

"听起来还挺像那么回事，对不对？"

斯威策用来稍稍弥补自尊心的办法也就那么一个——他让我们又在接待台等了足足十分钟。最后，他终于端着一个纸盒出来了，把盒子从接待台的另一侧推过来后，又让索尔森签一张证物移交收据。索尔森正要打开盒子看看，斯威策把手压在盒盖上阻止了他。

"全部都在里面了，"斯威策说道，"赶快签字，我好回去工作。我忙着呢。"

早已赢了这场战役的索尔森显然不介意让对方赢得这一小仗，爽快地签了那张收据。"我信你，我相信所有的东西都在里头。"

"要知道，过去我也曾想当个联邦调查局探员。"

"这个嘛，用不着难过，反正很多人都过不了测试。"

斯威策的脸唰地红了。"我不是那个意思，"他说，"我现在觉得我这样就挺好，起码更有人性一些。"

索尔森抬起一只手，比画出手枪的姿势对准斯威策。"好想法，"他说道，"祝你今天过得愉快，斯威策警探。"

"嘿，"斯威策说，"如果你们联邦调查局在这边的人还需要什么，我是说无论什么，请务必不要来找我们。"

回去的路上，我忍不住问道："我猜你一定没听过这句话——比起用柠檬，用糖恐怕能粘住更多苍蝇。"

"为什么要把糖浪费在粘苍蝇上？"他反问道。

我们上了车，他才打开那个装着格拉登被收缴物品的纸盒。他取下盒盖，我看到清单上列出的那些物品被分别用塑料袋装好码在了里面，还有一个封口的信封，上面标着"机密：仅供联邦调查局人员翻阅"。索尔森撕开信封封口，从里面抽出了一张照片，那是一张宝丽来的即拍快照，大概是用看守所给犯人登记用的相机拍摄的。是一张男人的臀部特写，被拍摄者两手抓住屁股向外掰开，以便拍摄者能拍出清晰的具有纵深感的肛门。索尔森看了一会儿，随即把它往后排座椅一丢。"真奇怪，"他说，"我不知道为什么斯威策要塞进一张他妈妈的照片。"

我短促地笑了一声，然后说："这是我见过的最能说明跨部门精诚合作的实例了。"

索尔森并不在意我的评论，或者压根就没听，他拿出那个装相机的塑料袋，表情变得严峻起来。他心无旁骛地盯着相机，然后翻了个面，继续研究着。我看到他的神情渐渐变得凝重。

"这帮该死的杂种，"他慢慢说道，"他们把这东西就这么白白捂在手里这么长时间。"

我瞅了瞅那台相机。它的体积实在庞大，显得有些笨重，看上去古里古怪的，模样有点像宝丽来，但上面安着的却是标准的三十五毫米镜头。

"怎么了？有什么问题吗？"

"知道这是什么相机吗？"

"不知道，这是什么？"

索尔森没有回答。他按下一个按钮开启相机，接着仔细研究起相机电子显示屏上的设置选项。"没有照片。"他说。

"什么意思？"

索尔森没有回答。他把相机放回纸盒，盖上盖子，发动了汽车。他一路开得飞快，就像开着赶去处理四级火警的消防车。他驶入皮科大道的一个加油站，狠踩了一脚刹车，车还在摇晃，他就迫不及待地跳了下去。他奔到电话前，没有投币，直接拨了一个长途号码。

在等待对方应答时，他又掏出一支笔和一个小记事本。我看到他跟电话那边的人说了几句话，又在小本子上记了些什么。然后他又拨了另一个长途号码，同样是不投币的电话。我猜他拨打的是电话号码查询台，那是免费电话。

我挺想下车走到他身边，这样就能听到他说了些什么，但转念一想还是在车上等着。过了一会儿，只见他又在小本子上记下了什么。他做这些的时候，我的目光落到斯威策给他的纸盒上。我想打开再看看那台相机，但又怕激怒索尔森。

"你介意告诉我这是怎么回事吗？"他一回驾驶座，我立即问他。

"我当然介意了，不过，反正你最后也会知道的。"他打开纸盒，再一次把相机拿出来举在手里，"知道这是什么吗？"

"你非得问这个吗？一部相机。"

"没错，是一部相机，但重要的是，它是哪一种相机。"

他把相机在手里翻了个面，我看到了压印在相机前面的制造商标识——一个很大的淡蓝色小写字母"d"。我知道这是电子制造商"数码时代"的标识，标识的下方还印有一行字"数码快照200"。

"这是一台数码相机，杰克。那个乡巴佬斯威策根本不知道他手里拿着的是什么东西。我们只能希望这发现还不算太晚。"

"你把我弄糊涂了，看来我也是个乡巴佬。不过你能……"

"你知道数码相机是什么吗？"

"知道，它是不用胶卷的，报刊界其实一直都在试用这种相机。"

"没错，它不用胶卷。这种相机拍照时靠内部一块微型集成芯片捕捉图像，拍的照片可以立刻被传入电脑，进行编辑，随意放大等等，最后打印出来。只要你设备过硬，你完全可以用它拍出分辨率极高的照片，跟传统机械相机拍出来的一样清晰。而这一台是当前最先进的设备，还配了尼康镜头。"

我曾在《落基山新闻》报社里见过经数码相机拍摄再刊印出来

的图片，索尔森的评价是完全正确的。"这说明了什么？"

"两件事。还记得我跟你说过的恋童癖的事吗？他们有自己的联络网。"

"记得。"

"好的，我们非常确信格拉登有一台电脑，因为他发了那份传真，对不对？"

"是的。"

"而现在我们又知道他还拥有一台数码相机。有了数码相机、电脑和他用来发送传真的调制解调器，他可以把一张照片传到世界上任何一个他需要传送的地方，传给任何一个人，只要那个人有一部电话、一台电脑和接收图片的软件。"

刹那间，我全明白了。"他就是用这种办法传播孩子们的照片。"

"不是传播，他是要把这些孩子的照片兜售给别人，这是我的推论。我们不是在猜测他是如何维持生活的吗？他在杰克逊维尔的那个银行账户，里面的钱从哪儿来？这就是答案。他通过兜售儿童照片赚钱，说不定还会出售孩子们被杀害时的照片。谁知道呢，没准还有那些被他杀害的警察的照片。"

"居然还有人愿意购买……"我把后半截话咽了回去，我知道这问题蠢极了。

"要说我从这行当里学到了什么，那就是有嗜好就有买卖，就有市场，任何事情都是如此。"索尔森说道，"哪怕是你最阴暗的欲望，也绝不会只有你一个人独有。你能想到的最邪恶的事情，无论是什么，无论邪恶到什么程度，总会有一个能让它流通的市场……我得再打个电话，把筛查这张销售商名单的活儿分配下去。"

"那第二件事是什么？"

"什么第二件事？"

"你刚才说这台相机说明两件事……"

"第二件事就是这是个突破，一个非常大的突破，只要，只要我们还不算太晚。圣莫尼卡警察局那帮家伙一直捂着这台该死的相机，却什么都没做。如果格拉登周游各地的花费全部来自向其他恋童癖出售照片，通过互联网传送也好，或是通过某个私人论坛联络也好，警察上周把他的相机收缴之后，他就丧失了最重要的谋生工具。"他拍了拍放在我们座位之间的那个纸盒。

"他得另找一台替代。"我说。

"说得对。"

"你准备去找数码时代产品的经销商。"

"你真是个机灵的小伙子，公子哥儿，怎么会干记者这一行啊？"

这一次，我没有抗议他对我的称呼。他现在的话语里，没有以前这么叫我时总带着的满满恶意了。

"我打了数码时代的客服电话，弄到了在洛杉矶销售这台型号为数码快照 200 相机的八家经销商的名字。我猜他会再买一部相同型号的。因为在他手里，这台相机的其他配件都是齐全的。我得打个电话，发动大伙儿分头调查这八家经销商。杰克，你那儿有二十五美分的硬币吗？我的都用光了。"

我找出一个硬币给他，他跳下车冲回电话那里。我猜他会打给巴克斯，兴高采烈地报告这个重大突破，并要求兵分几路筛查名单。我坐在车里，心里却想着站在那里高高兴兴打电话的人本来应该是蕾切尔。几分钟后，他回来了。

"我们这组要去核查其中三家，都在这边的西区。鲍勃把另外五家分了给卡特和洛杉矶分局的几个人。"

"如果买这种相机的话，是要先订货，还是经销商会在店里放着存货？"

索尔森开车冲回车流里，从皮科大道一路向东驶去。他一边升车，一边报出一个记在本子上的地址。"有的店的确有存货，"他说，

"就算没有，也能很快把货调过来。数码时代的接线员是这么说的。"

"那我们现在做什么？已经一个星期了，他肯定已经买到了。"

"也许买到了，也许没买到，我们要根据预感行事。那可不是一套便宜的设备，你一买就得买一整套，要有下载和编辑照片的软件、与电脑相连的数据线、机子的皮套、闪光灯以及所有其他配件，全部加起来绝对超过一千美元，很可能要花费一千五百美元。但是……"他伸出一根手指，表示重头戏来了，"如果你手里已经攒着其他配件，需要的仅仅是相机本身，怎么办？不需要数据线，也不需要编辑软件，其他附加配件统统不要。如果你刚刚才花六千美元缴纳保释金和律师费，已经捉襟见肘，你不仅仅是不需要那些配件，而是根本负担不起，你会怎么办？"

"可以下一份特别订单，只要相机的那种，这样可以省很多钱。"

"说得对，这就是我的预感。我觉得，如果真像那个狡诈律师说的那样，缴纳的保释金已经让咱们的格拉登先生差点破产，他一定希望省点钱。如果他要另买一台相机，我敢打赌，他肯定下了一份特别订单。"

索尔森兴奋得不得了，这种情绪很能感染人。我感受到他的兴奋，也激动起来，而且开始以全新的眼光看待他。也许这时我看到的他才是更真实的他。我知道这就是他一生都在追求的时刻，透彻明晰地看到真相的时刻，知道自己正在接近目标的时刻。

"麦克沃伊，咱们时来运转了。"他突然说道，"我觉着没准你还真能带来点好运气。把这股好运气维持住，让我们不至于太晚。"

我赞同地点点头，之后我们陷入了沉默。又行驶了几分钟，我才提了个问题打破沉默。"你怎么对数码相机的事情这么了解？"

"之前遇上过这类案子，不过现在倒是越来越多了。我们现在在匡提科有一个小组，其他什么事都不用管，专门对付网络犯罪。他们处理的很多案子大多跟色情有关，还有以儿童为目标的犯罪案件。他们经常在局里发布案情通报，让大家都了解当下最新的犯罪手法什么的，让我们紧跟潮流。我只是紧跟潮流而已。"

我点点头。

"那时有这么个案子。有一个老太太，是个住在康奈尔附近的老师。有一天，她用家里的电脑查阅下载的文档，看见了一个她没见过的新的下载条目。她把这个条目里的文件打印了出来，是一张模糊的黑白照片，但还是可以辨认出拍的是一个十岁左右的男孩在帮一个老家伙那啥。她连忙给当地警察局打电话报案，警方分析这份文件应该是误发给她的。她的互联网地址就是一串数字，他们觉得发送者可能在打字时输错了几位数，诸如此类。不管怎样，文件发过来的历史路径就摆在那儿，他们一路追查就抓住了一个恋童癖，背着厚厚一堆案底呢。话说起来，那人就是洛杉矶的。总之，他们彻底搜查了那家伙的屋子，漂漂亮亮地把罪行钉死了。这是破获的第一起以电脑为工具的犯罪案件。那家伙的电脑里有五百多张各种各样的照片，上帝啊，多得都让他不得不搞出个双硬盘。我告诉你，照片上全是不同年龄不同人种的孩子，做着连成年人都不会做的那些事……总之，这案子办得漂亮。那家伙被判了终身监禁，不准保释。那家伙也有一部数码快照相机，不过好像是一部 100 型号的，他们去年在联邦调查局通报上公布了这个案子。"

"那个老师打印出来的照片为什么会那么模糊呢？"

"她没有合适的设备。要把数码照片打印出来，需要一台呈色漂亮的彩色打印机和高感光度的照片打印纸。她一样都没有。"

走访了两家经销商，我们一无所获。第一家店已经连续两周都没卖出过一台数码快照牌相机了；第二家在上周卖了两台，但都是卖给洛杉矶一位相当知名的艺术家，他用宝丽来拍摄的即时快照创作抽象拼贴画，颇受业内好评，还被世界各地的多家博物馆收藏。

而现在他想涉猎更新的摄影领域，尝试数字化照片，想试试用数码相机取代宝丽来相机。索尔森甚至都没费神记笔记，大概是不打算后续随访。

我们名单上的最后一站是皮科大道上一家临街的商店，叫"迅捷数码影像"，跟韦斯特伍德购物中心隔着两个街区。索尔森在店外一个标着禁止停车的地方停了车，笑着说道："找着了，就是这家。"

"你怎么知道的？"我问。

"熙熙攘攘的大街，一家走进去就可以买东西的商店。另外两家经销商更像邮购处，也不临街。格拉登应该会更喜欢这种临街的铺面，更具有视觉刺激效果。人来人往，进进出出，注意力就被分散了，谁都不会专门注意他。这对他更合适，他不想让别人认出他。"

这是一家面积不大的铺面，里面摆着两张桌子，堆放着几个还没开封的盒子。两个圆形柜台里放着展示用的电脑和视频设备，还有一堆各种各样的计算机设备目录和商品报价单。一个戴着厚黑框眼镜的秃头男子坐在桌子后面，注视着进来的我们。另一张桌子后面没人，看起来也像没人使用。

"你是这家店的经理吗？"索尔森问。

"不只是经理，还兼店主。"那人站起来，脸上带着店主特有的骄傲，在我们走近时挂上了微笑，"也不只是店主，我还兼任本店的头号展销员。"

我们没有回应他的笑话，他只好正正经经地问我们想买什么。

索尔森向他出示了皮夹里的徽章。

"联邦调查局？"他看起来有些吃惊。

"是的。你这儿卖数码快照 200，对吗？"

"是的，我们卖。那是最顶级最豪华的一款数码相机，不过这会儿我们店已经脱销了，最后一台上星期卖出去了。"

我心里顿时一沉，我们来得太晚了。

"我可以调到一台新相机，三四天即可。事实上，既然是联邦调查局要买，我可以让他们两天内就运过来。当然，不额外收运费。"他一边笑一边点头，但厚眼镜后面的那双眼睛却透着探询。跟联邦调查局打交道令他有些紧张，尤其是在不知道我们来意的情况下。

　　"你的名字是……"

　　"奥林·库姆斯，这家店的店主。"

　　"明白，你刚才说过了。好吧，库姆斯先生，我对买什么没兴趣。那个买走你最后一部数码快照相机的顾客，你有他的名字吗？"

　　"这……"他皱起眉头，似乎在思考给联邦调查局提供顾客信息是否合法，"当然，我留有销售记录，这就给你拿来。"

　　库姆斯坐下，拉开旁边桌子的抽屉，翻阅着一本悬挂式文件夹，看见需要找的那页，就把那页纸取出，放到桌面上展平。他想了想，又把纸转了一百八十度，让索尔森阅读时不至于上下颠倒。索尔森倾身研究着那页纸上的记录，我注意到他的头稍稍向右转了下又转了回来。我看了眼那张单据，同相机一起被买走的还有很多各式各样的配件。

　　"这不是我要找的，"索尔森说，"我在找一个人，我们认为他想要的就只是一部相机。你上周只卖出一台吗？"

　　"是……哦，不对，交货的就只有这一台。我们还卖了两台，是向厂商订的货，现在相机还没有到货。"

　　"两台相机都还没有到货？"

　　"是的，明天到。我觉得明天早上会有一车的货抵达。"

　　"这两个订单中有没有只买相机的？"

　　"只买相机？"

　　"你想想，只要相机，不要其他配件，编辑软件、数据连接线或套装里的其他东西都不要的那种。"

　　"哦，事实上，的确有……"

他的声音随着他再次拉开抽屉而减弱下去，他拿出一个夹纸板，上面夹着几张带粉红色表格的纸。他松开夹子把这些纸取下来，一页页翻阅着。"我记得有一位蔡尔兹先生。他就只要相机，其他什么都不要，是用现金预付的，一共九百九十五美元，外加加利福尼亚州的销售税。他来——"

"他留下电话号码或地址了吗？"

我屏住了呼吸。我们逮住他了，这一定就是格拉登。他留下来的这个名字多么具有讽刺意味啊[1]，我自然不会忽略这一点，只觉得一阵寒意蜿蜒爬上背脊。

"没有，他没有留电话，也没有地址。"库姆斯说道，"我这里还写了个备注，说威尔顿·蔡尔兹先生会事先打电话确定相机是否已到货，我当时请他明天打电话过来。"

"到时他就会过来取？"

"是的，如果已经到货，他就会过来取。就像我刚才说的，我们没有他的地址，所以无法送货上门。"

"你还记得他的样貌吗，库姆斯先生？"

"样貌？呃，好像……我大致记得。"

"你能描述一下吗？"

"他是个白人，这我记得。他……"

"金发？"

"不是。深色的头发，留着胡子，我记得这一点。"

"多大年纪？"

"大约二十五岁到三十岁。"

对索尔森来说，这些信息已经足够。样貌的变化在可控范围，其他情况也对得上。他指了指另一张空桌子。"这张桌子有人用吗？"

---

[1] 蔡尔兹在英文中写作 Childs，与孩子（child）一词相近。

39

　　无人欣赏会议室外的绝佳风景，所有人齐聚在会议桌旁，周围的空气里似乎有电流吱吱作响。索尔森拨出的那个电话大大推进了调查进程，巴克斯决定将指挥部从威尔科克斯旅馆转移到位于韦斯特伍德的联邦调查局分局。我们现在齐聚的这间会议室位于这栋大楼的第十七层，窗外即可俯瞰洛杉矶市全景。橘红色的余晖将海面映照成鲜亮的金色，我看见远处的卡塔利娜岛就漂浮在金色波浪之中，仿佛开启了又一场日落的序幕。

　　现在是太平洋时间下午四点半，这次会议之所以安排得这么晚，是为了让蕾切尔有尽可能多的时间拿到搜查令，以调查格拉登在杰克逊维尔的银行账户的进出账记录。

　　会议室里有巴克斯、索尔森、卡特、汤普森，以及另外六名探员——没有人向我介绍他们，我估计他们是当地分局的探员——最后还有我。通过线路接入会议的还有匡提科中心以及所有参与此案调查的各地方分局探员，兴奋之情甚至都能顺着线路从这些看不见的人身上传过来。布拉斯·多兰不停地通过麦克风发问："我们可以开始了吗？"

终于，坐在会议桌中央、距离扩音器最近的巴克斯，命令大家安静下来，宣布会议开始。他的身后支起了一个画架，上面展示着那家迅捷数码影像商店及其所在的皮科大道附近街区的粗略俯视图。

"好了，诸位，案子有了进展，"巴克斯说道，"这就是我们一直努力的目的。现在，请诸位畅所欲言，随后我们就会立即开战，并且一招制敌。"他站了起来，也许这一刻的到来同样令他激动莫名，"我们现在正在跟进一条重大线索，目前已被列为第一优先级，我们还要听听蕾切尔和布拉斯那边的进展报告。不过现在，我想先让大家了解我们明天的行程安排，戈登将为我们扼要地讲解一番。"

当索尔森向入迷的听众讲述我们这一天的工作和发现时，我的思绪不由自主地飘散开。我想着蕾切尔，她正身处杰克逊维尔的某个地方，距离调查中心有两千五百英里那么远，不得不听着一个她不喜欢甚至很可能鄙视的男人大谈特谈他取得了多么了不起的突破。我真想能与她对话，至少能安慰她，而不是像现下这样和另外二十五个听众待在会议室里。我想向巴克斯打听她在什么地方，这样我就能在会后给她打电话，但我心里明白，这同样不可能。就在这时，我想起她留给我的传呼，于是决定晚点给她打个传呼。

"现在我们正在把紧急情况应对组自托马斯那儿调过来，"索尔森说，"洛杉矶警察局仍旧跟托马斯一组，并开足马力加强监控。我们要重新布控投入的人手，制定一套双保险方案，确保对这名嫌疑人的顺利抓捕。首先，也是我们正在着手的，就是要监控拨入这家商店的电话号码。我们将安装一台移动式接收机和液晶显示器来监听拨入的电话，店里的两条电话线路都要安装，分局办公室则召集所有可调动的人手组成应急队。当目标给商店打来电话询问他要的商品是否到货时，我们要立即追踪这个电话；与此同时，还要尽可能在通话里拖住对方，以便争取时间，直到我们的人赶到目标所在地。一旦他们到位了，就立即执行要犯拘捕标准程序。到现在为止，大家有什么问题吗？"

"会有空中支援吗？"一名探员问道。

"我们正在努力申请。目前我得到的消息是可以拨给我们一架直升机，但我们希望可以争取到两架。好了，我继续说，第二套方案就是为了应对我们不能成功通过拨入的电话号码追踪到目标的情况。如果是这样，我会在这家迅捷数码影像商店里，我们还是叫它数码店吧，简单些，跟库姆斯也就是这家店的店主待在一起。如果我们接到那家伙打过来的电话，就会告诉他相机已经到货，可随时上门领取。我们会试着约定一个取货时间，但不会显得太刻意，像正常的商品交易一样自然即可。

"这样，即便目标人物滑出第一张网，一旦他步入商店，第二套方案铺设的恢恢法网也向他张开了口。到时数码店已经被全方位监控了，音频和视频影像都有。如果他迈进商店，我就会把相机交给他，就像送走一个心满意足的顾客。而要犯拘捕程序的启动由唐·桑普尔负责，他是我们紧急情况应对组的组长，一旦他认为时机合适，就会下达命令，立即执行拘捕。显然，这应该是在我们的人可以完全控制的情境下。我们希望是在他的车里，但你们也能理解拘捕中会遇到其他不可预见的因素。有什么问题吗？"

"为什么不就在商店里踹向他的屁股扑倒他？"

"我们认为，需要让库姆斯待在店里，这样才不会打草惊蛇。他是通过库姆斯购买的相机，那么库姆斯就应该在那儿。我可不想当着一个平民的面，还在那么近的距离，在他眼皮子底下放倒一个穷凶极恶的凶手。另外，那是一家很小的商店，我们安插一名探员进去都已经让空间显得局促。要是我们安排更多的人，一定会让那家伙起疑心。既然如此，倒不如干脆给他相机，引他走到外面的街道上，到一个我们能完全控制的环境中再撂倒他，这样会更好。"

索尔森说完后，巴克斯和桑普尔轮流发言，为这套方案补充了更多的细节。库姆斯会跟索尔森一同在店里待一整天，应对日常往来，接待真正的顾客。但是一旦店外的监控团队报告有任何符合格拉登侧写描述的人——哪怕只是些许匹配——接近数码店，索尔森就必须站到前面并且一直待在那里，以便主导跟嫌疑人的货品交易；而库姆斯则会打个招呼离开，退到后面的仓库里，关门上锁以自保。另一名探员会假扮成顾客的模样，在格拉登进店的时候跟在他后面。商店内的情形会通过一部视频监控器显示。店外的布控则由负责流动监控和固定岗哨的探员组成，一旦格拉登的身份被确认，他们就随时准备应对各种突发状况。此外，还有一名女探员会装扮成洛杉矶交通执法员，驾车不断在迅捷数码影像商店所在的街区巡逻。

"我想我不需要再提醒在座的各位，这个凶手是个多么危险的人物，"当情况汇报结束后，巴克斯说道，"每一个人，明天都要打起十二分的精神，保护好自己，照顾好搭档。还有什么问题吗？"

我等了片刻，看看这些探员是否需要提问。见他们的确没有什么要问的，我开口道："万一明天那部数码相机没能像库姆斯先生说的那样按时到货呢？"

"不错，提得好，"巴克斯说道，"我们不能冒任何风险。匡提科的打击网络犯罪组正好有一台同型号的数码相机，正空运过来，今天晚上就到。不管他真正订购的那台相机能否按时到货，我们都会用我们的那台。为防万一，我们在那台相机里安装了一个定位器，要是他甩掉了我们——老天保佑可千万别出这种事——我们也能根据定位器追踪到他。还有别的问题吗？"

"有没有人考虑过不当场抓捕他？"从扬声器里传来蕾切尔的声音。

"你这是什么意思？"

"只是提个不同的观点，看上去我们似乎已经安排得面面俱到了，但这可能是一个研究连环杀手的千载难逢的机会，我们可以观察他的狩猎以及择定受害者的模式。这对我们的研究来说，是非常宝贵的机会。"

她的问题立即在与会探员中引发了激烈的辩论。

"同时冒着我们把他跟丢，让他再杀害个孩子或者警察的风险？"索尔森反驳道，"别找事了，尤其我们这儿还有位无冕之王在一旁看着。"

几乎所有人都站在索尔森那边，他们大概觉得，一个像格拉登这样的怪兽，虽然是一个非常有价值的研究对象，但也得把它关在封闭的监狱号房里进行研究。他可能潜逃的风险，其危害性远远大于在一个开放环境中观察研究他的行为模式所创造的价值。

"好了，诸位，我们的方案就这样确定了，"巴克斯止住了大家的话，最后总结道，"我们已经考虑了蕾切尔建议的另一种选择，但我认为按我们的既定方案行动依旧是最好最安全的选择，所以进行下一个议题。蕾切尔，你那边有什么信息要通报的吗？"

会议室里探员们的肢体语言显示出注意力的改变，他们的关注点从巴克斯和索尔森身上移到了放置于桌子中央的白色电话上。他们看上去似乎对蕾切尔将要提供的情报更感兴趣。巴克斯倒是仍旧保持着微微俯身、双手撑在桌面上的站姿。

"我先从银行说起，"蕾切尔道，"我拿到银行提供的账户交易记录，也就是大概一小时前的事，还没多少时间研读这些数据。然而，初步看来，这个账户提取的款项最后汇入了被我们关注过的三个城市：芝加哥、丹佛和洛杉矶。时间上也是吻合的。在每个城市作案杀害诱饵后的几天时间里，他就会拿到钱。其中有两笔电汇流向了洛杉矶，一笔与上周的诱饵遇害案作案时间吻合，之后在星期六，又有一笔一千二百美元的转账记录。这两笔钱他都是在同一家银行取出的，是位于谢尔曼橡树区文图拉大道的富国银行。我正考虑如果他明天不去取相机，这会是另一条逮住他的路子。我们可以监视这个账户，等他下次现身取钱时截下他。唯一的问题就是他的资金正处在一个相当危险的低位。在他提出一千二百美元以后，他的账户里大概就只剩下二百美元了。"

"但他正准备用他的新相机挣些外快。"索尔森道。

"下面说他的进项，"蕾切尔继续道，"这方面很有意思，但我就是没有足够时间来仔细……呃，就在最近两年里，共计约四万五千美元被汇入这个账户。这些汇款来自各个地方，有缅因州、得克萨斯州、加利福尼亚州，有好几笔都来自加利福尼亚州和纽约。这几笔款项看上去与我们所掌握的谋杀案没有什么关联。另外，我还发现了两笔同时汇入的存款，是去年十一月一号，同一天里有两笔电汇分别从纽约和得克萨斯州存了进来。"

"显然，往账户里存钱的人不是他，"巴克斯说道，"或者说，至少不会两笔存款都由他操作。"

"这些是支付给他的费用，"布拉斯通过电话线路发言道，"是他兜售那些照片的进项。这些钱是由买家直接汇进来的。"

"完全正确。"蕾切尔说道。

"我们能……我们是否可以追踪这些电汇的来源，查到那些买家？"汤普森问道。

"呃，"没有其他人表态，于是蕾切尔回答说，"我们可以试试。我的意思是，我们可以追踪款项汇入的来源，但我并不抱太大希望。只要有现金，任何人都可以走进国内几乎任何一家银行，办理一笔转账汇款，只要有对方的银行账户并支付一笔服务费就能办到。也许汇款者必须提供一些非常基本的信息，但是不需要出示自己的身份证件。那些购买儿童照片——甚至很可能是更恶劣的照片——的人，他们很有可能会使用假名。"

"的确如此。"

"还有别的信息吗，蕾切尔？"巴克斯问道，"传唤问讯有什么收获吗？"

"这个账户下还有一个邮政信箱，是一个本地地址，而且很可能是租用的匿名信箱。我打算明天一早就去核查一下。"

"好的。"

"你想现在就汇报有关霍勒斯·冈贝尔的情况吗？还是想暂放一下，等你理清思路再说？"

"不用，我现在就能把最重要的部分汇报给各位，其实信息也没多少。霍勒斯跟我算是老交情了，再次见面，他看到我时的脸色可不怎么好看。我们交锋了几个回合，终于，他自负的秉性刺激了他的倾诉欲。他承认跟格拉登在监狱做室友的时候，曾经一起探讨过催眠的实践方法。最后，他承认他跟格拉登做了笔交易，他教格拉登催眠术，而格拉登为他起草上诉需要的法律文书，但是更多的他就不愿再提了。我感觉……我不确定。"

"什么感觉，蕾切尔？"

"我不确定这种感觉对不对，我感觉到他似乎在某种程度上非常欣赏格拉登的所作所为。"

"你把格拉登的事情告诉了他？"

"不，我并没有向他透露一个字，但这对于他来说很容易想到，我出现在那儿，一定是出于某种原因，一定是发生了什么事。虽然这就能说得通，但我感觉他确实知道更多东西。也许格拉登在离开雷福德监狱前就把计划告诉了霍勒斯，告诉了他贝尔特伦的事。我不确定。也有可能是因为他收看了今天有线新闻网的新闻，如果他们的囚室里安装了闭路电视的话。因为有线新闻网把杰克·麦克沃伊的文章大书特书，轰炸报道。我在机场看到了。当然，诗人和格拉登之间的联系没有被报道出来，但冈贝尔很可能猜到了。有线新闻网再一次用了我们在菲尼克斯的录像。如果他之前看过这些新闻，然后我又出现在他面前，即便我一个字都不说，他大概也能明白我的来意和这些事之间的关联。"

这还是我第一次听人说起我的报道引发的反响。事实上，今天发生了这么多事，我完全把自己这篇报道忘在脑后了。

"是否存在格拉登和冈贝尔依然保持联系的任何可能？"巴克斯问道。

"我想应该是没有，"蕾切尔回道，"我已经跟狱警确认过了。冈贝尔的邮件往来仍然受到监控，不论是他发邮件还是收邮件。不过，他已经成功得到了管理员的职位，在监狱的采购物流站工作。我猜总还是有在货品里携带某些信息的可能，但这种方法看上去难以实现，概率并不大。我也很怀疑冈贝尔是否会拿他好不容易在狱中获得的地位和信用来冒险。他已经在监狱里关了七年，一直表现良好，现在有了体面的工作，还有一间自己的小办公室，据说他还管着监狱里的小卖部。在监狱的社会分级里，这会给他相当大的权力。现在他已经拥有一间独立的囚室，还有自己独享的电视。我看不出他有什么理由赌上这一切，去跟一个像格拉登那样的通缉犯保持联系。"

"好的，蕾切尔，"巴克斯说，"还有其他要补充的吗？"

"就这些了，鲍勃。"

好一会儿都没人吱声，大家都在努力消化着目前为止获得的所有情报。

"好，终于到讨论侧写模型的时候了，"巴克斯说道，"布拉斯？"

所有人的目光又回到桌上的电话上。

"好的，鲍勃。嫌疑人的心理侧写已经拼合成形，甚至就在我们刚刚讨论的时候，布拉德还在根据新情报添入新的细节。目前我们勾画出来的内容如下：我们面对的罪犯可能是这么个状况，他要不停地回溯到原点，这个原点就是那个驱使他走上这条犯罪道路的男人。过去，这个男人一直虐待他，对他实施性侵，因而在他心中播撒了所有畸形、变态的幻想，又正是这种意识让长大成人的他将那些恐怖的想法付诸实施。

"这就像我们曾经看过的所有符合弑父模式的案子。我们几乎只用看佛罗里达的案子就清楚了。我们在这个案子里看到他的犯罪动机就是杀害替代了他的人。于是，那个小男孩加布里埃尔·奥提兹，那个吸引了克利福德·贝尔特伦全部心神的孩子成了他的替代品，而贝尔特伦正是那个曾经以父亲的形象占据他的生活，虐待他、侵害他最后又抛弃他的男人。他经受的这种被抛弃的感受，就是刺激他犯下一切罪行的源头。

"于是他杀掉了他的施虐者中意的新对象，然后又杀掉那个施虐者。在我看来，这就像一场驱魔仪式，你也可以理解为某种情感宣泄的冲动，就是为了清除他这一生所遭受的种种迫害的源头。"

会议室里陷入长久的沉默，我觉得巴克斯和其他探员都在翘首观望，不知道布拉斯会不会继续说下去。最后，还是巴克斯开口了。"你是说，他只是一次又一次地重复他最初的犯罪活动？"

"就是这样，"布拉斯答道，"他只是一直在对他的施虐者贝尔特伦实施复仇，把他杀了一遍又一遍。他要这样做才能获得内心的平静。但是毫无疑问，这种平静维系不了多久，他不得不重新回到原点，再次举起屠刀。至于另一类受害者，那些遇害的警探完全是被无辜牵扯进来的。他们什么都没有做，仅仅因为他们的工作任务，就这样被他选中杀害了。"

"其他那些城市里发生的那几桩诱饵案件，你又怎么解释？"索尔森问道，"那些案子里的第一受害者可不符合最先遇害的是男孩这种模式。"

"我认为分析那些诱饵案子里他如何挑选受害人，并不具备多少意义，"布拉斯回答，"真正重要的是他要用诱饵案钓出一名警探，一名优秀的警探，一个强大的敌人。以这种方式，作案风险越高，实施清除仪式所获得的效果也就越令他满意。只要犯下那些诱饵案，就能很轻易地实现他要的最终结果，那些诱饵案只是他用来实现最终目的的手段。他还能利用那些孩子赚钱，比如出售他们的照片。"

会议室里的气氛本来一片大好，整个团队的人都因为案情有了重大突破甚至明天就有可能为调查画上圆满句号而欢欣鼓舞，但此刻，沉重的晦暗在每个人的心间蔓延开来，这是因为知道外面的世界竟然存在如此恐怖的邪恶后涌上心头的晦暗。这还只是一桩案子，总还会有其他的邪恶案子，一直都是如此，永远都不能消灭。

"你继续整合分析吧，布拉斯，"巴克斯最后说道，"我希望你们能上交一份犯罪心理分析报告，越快越好。"

"我们会的。还有一件事，是个好消息。"

"请说下去。"

"我抽调了格拉登的纸质卷宗，是你们当中的某个小组六年前执行系列强奸犯的访谈侧写项目之后汇总的。其实里面所有的档案数据都已经录入电脑，没什么新鲜的，但是纸质卷宗里有一张照片。"

"是的，"蕾切尔道，"我还记得那张照片。当时狱警把囚室的门上好锁，才让我们进去给格拉登和冈贝尔拍摄了一张照片，两个人一同在他们囚室里的照片。"

"没错，就是那张照片。在照片里，抽水马桶上方安设了三排书架。我估计书架应该是他俩共有的，上面摆着的书也是两个人的。重点来了，这些书的书脊都清晰可见。它们当中大部分都是法律类书籍，我猜测格拉登定是用这些书来研究自己和其他狱友的上诉文书。此外，还有迪迈欧的《法医病理学》、费希尔的《犯罪现场勘查技术》，以及老罗伯特·巴克斯先生撰写的《异常心理侧写》。我非常熟悉这些书，我认为格拉登可以从这些书里学到足够多的东西，尤其是鲍勃父亲所写的那本，他很可能从中学到了如何让一件件诱饵凶杀案的犯罪手法和犯罪现场都看起来彼此不同，这样就能规避我们的全国暴力犯罪缉捕项目的电脑程序，令我们无法把这些案子联系起来。"

"该死的！"索尔森骂道，"这些书都是他妈——怎么到他手里的？"

"我猜测，依据相关法律规定，监狱不得禁止他接触并使用这些书，这样才能保证他有条件准备上诉材料，"布拉斯回答道，"别忘了，他有权代表自己进行诉讼。作为他自己的代理人，后面的法庭辩护也的确证明了他是个合格的辩护律师。"

"很好，干得漂亮，布拉斯，"巴克斯说道，"这可是帮了大忙。"

"我还没说完。值得关注的是，书架上还摆有两本书，《诗人埃德加·爱伦·坡传》和《埃德加·爱伦·坡全集》。"

巴克斯忍不住愉悦地吹了声口哨。"所有线索算是都合到一起了，"他说，"我猜他之前引用的那些诗句，都能在这两本书里找到，对吧？"

"没错。其中一本就是杰克·麦克沃伊手上正用着的那本，已经用于证实那些引用诗句了。"

"好了，你能把那张照片拷贝一份发给我们吗？"

"我马上就做，头儿。"

整个会议室里以及从电话线路那头传过来的兴奋与欢乐几乎要溢出来了。所有的情况都吻合，所有的碎片都汇拢拼合上了。明天，探员就会出动，一举抓获那个恶魔。

"我爱死了弥漫在清晨空气中的汽油弹味道，"索尔森叫道，"闻起来就像……"

"胜利！"会议室里和每条电话线上的人一起吼了出来。

"很好，伙计们，"巴克斯拍了两下手，说，"为了这一刻，我觉得我们已经承受得足够多了。让我们保持警醒的头脑，让我们保持这股昂扬的斗志。明天会是最重要的一天，明天就是大功告成的日子。所有人都要仔细听着各个城区传出的任何动静，一分一秒都不能懈怠。继续努力，完成好自己的任务，直到你们到达胜利的终点。如果拿下了这个家伙，我们还有一场硬仗要打，我们要搜集好各种物证，指证他跟其他案子之间的关联。我们要让他在犯下罪案的各个城市接受正义的审判。"

"如果还需要审判的话。"索尔森说道。

我望向他。片刻之前他那种张扬的幽默感，现在已经蒸发得无影无踪，他的下巴紧绷着。随后他站起身，走出了会议室。

整整一晚我都一个人待在房间里，一边把白天会议的笔记输入电脑，一边等待蕾切尔的电话。我已经给她打了两次传呼。

终于，九点钟的时候——佛罗里达那边已经是午夜了——她的电话终于来了。

"我失眠了，我只是想看看你有没有跟别的什么女人在一起。"

我笑了。"这恐怕比较难实现，因为我一直都在等你的电话。难道你没收到我的传呼？还是之前你一直忙着跟别的什么男人在一起？"

"真没收到，我查一下。"她把电话放到一边，线路里静了一会儿。"该死的，是电池没电了。我得换个新的。我很抱歉。"

"你指的是换个新电池，还是换个新男人？"

"调皮的小子。"

"好吧，对了，你为什么失眠？"

"我总是忍不住想明天索尔森在那家店里的情形。"

"还有？"

"还有我必须承认，我真是非常嫉妒。如果是他抓住了那个……

426

我的意思是，这是我的案子，而我却他妈的离它两千英里远。"

"也许明天的行动不会这么顺利，没准你赶回来还来得及。就算你赶不上，逮住嫌疑人的又不是他，执行的会是紧急情况应对组。"

"我不知道。戈登已经琢磨出一个方法成功把自己安插进现场了。另外我有一种很不好的感觉，就是明天了，一切会尘埃落定。"

"别人估计会把这种感觉称作好的感觉，因为那家伙就要被当街抓捕了。"

"我知道，我知道。尽管这样说，可为什么偏偏会是他？我还以为他和鲍勃……我其实一点都不明白鲍勃的想法，为什么他要把我打发到佛罗里达，而不是派别的什么人？为什么不是派戈登？他就这样把案子从我手里夺走了，我却无能为力，只能眼睁睁地看着。"

"也许索尔森向他告发了你跟我的事。"

"我考虑过这个可能。的确，索尔森会这样做，但我不觉得鲍勃会采取这样的应对手段，而且也不先跟我谈谈，告诉我个中原因。他平常不是这样办事的，在听取双方意见之前，他不会事先就站队。"

"我很抱歉，蕾切尔。但是，你可以这样想，其实每个人心里都很清楚，知道这是你的案子。取得突破的是你，是你抓住了赫兹租车公司那辆车的线索，才把大家带到了洛杉矶。"

"谢谢你的安慰，杰克。但那只是众多小进展中的一项，而且现在也没什么意义了。抓捕嫌疑人就像你说的抢发报道的事，谁抢到就是谁的，谁还管之前发生了什么呢？"

我知道就眼下这情况，我也无法让她好受些。她已经为此烦闷了一整晚，我也不知道该用什么言语安慰她，于是决定换个话题。"总之，你今天表现得太棒了。这会儿所有的细枝末节看上去都对上了，我们还没真正抓住那家伙，就已经把他剖析得入木三分。"

"我想是这样。杰克，在你听了布拉斯分析的那一切后，你对他产生同情了吗？"

"同情那个杀害我哥哥的凶手？没有，没有一丁点同情。"

"我想也是。"

"但你还是对他产生同情了。"

这回她沉默了，过了好久才回答："我想，那么小的一个孩子，本来有无限远大的前程、无限可能的人生，这一切却因为那个男人对他做的事而被摧毁。是贝尔特伦把他驱赶上了那条罪恶的道路，所有这一切事情中，贝尔特伦才是那个真正的魔鬼。就像我之前说的，要是说罪有应得，那就是贝尔特伦。"

"好吧，蕾切尔。"

她突然笑起来。"对不起，我想我现在终于感到累了。我本不想这么偏激的，一下子说出这些话太不理智了。"

"没关系，我明白你的意思。每一个彼岸都有连通过来的黄泉路，任何成因必有一个起始的根源。有时候腐烂的根比结出来的果更邪恶，尽管通常人们咒骂的总是更容易被看见的果子。"

"你能言善道真有一套啊，杰克。"

"我只希望对你有一套。"

"你不是已经有了吗？"

我开心地大笑起来，谢了她的夸奖。接着我们同时沉默下来，好一会儿都不说话，细细的电话线在我们之间连通着，延伸了两千英里。我感到一种惬意的安宁，这种时候一切言语都成了多余。

"我不知道明天他们会让你离现场多近，"最后她说道，"总之，一切小心。"

"我会的，你也是。你什么时候能回来？"

"我希望是明天下午。我让他们准备了十二点的飞机。我打算核查一下格拉登那个秘密通信的匿名信箱，然后就上飞机。"

"好的。要不这会儿你尝试睡一下？"

"好的。我真希望现在跟你在一起。"

"我也是。"我以为她要马上挂电话了，但她没有。

"你今天跟戈登在一起时谈起过我吗？"

我想起白天索尔森对她的评论，他管她叫佩恩蒂德彩绘沙漠。"没有。我们今天可是一点空闲都没有。"我觉得她并不相信我的话，对她撒谎的感觉也糟透了。

"再见，杰克。"

"好的，蕾切尔。"

我挂了电话，又琢磨了好一会儿刚才电话里的对话。不知为什么，我们的这番对谈让我有些伤感，却不知道真正的原因。片刻后，我起身离开房间。外面下雨了。我从旅馆的大门向外面的大街张望，确定没有人藏身、没有人埋伏后，我抛下对夜晚的恐惧，向外走去。

我紧紧挨着街边的建筑走，尽可能让屋檐挡住雨水，来到那家猫与小提琴酒吧，在吧台点了一杯啤酒。虽然下着雨，这地方还是人满为患。我的头发全湿了。透过吧台后面的镜子，我看到眼睛下浮出重重的黑眼圈。我拽了拽胡子，就像之前蕾切尔做的那样。一杯黑与褐混合啤酒下肚后，我又点了一杯。

40

　　熏香在星期三早上用完了。现在，格拉登要想在公寓里走动，只能用一件 T 恤包着脑袋，捂住嘴巴和鼻子，看上去就像是西部开发时代抢银行的劫匪。他像牧师洒圣水一样把从浴室里找到的香水洒在 T 恤上和公寓里，但这香水却像圣水一样，帮不上他什么忙。那股尸臭依旧环绕着他。不过现在他不在乎了，他成功熬了过来，离开的时候到了，可以换个环境了。

　　他走进浴室，又拿起那把在浴缸边上找到的粉红色塑料柄剃刀，刮起胡子来。然后他洗了个长长的热水澡，接着又冲了个冷水澡，之后赤裸着身子在公寓里走来走去，让身体自然晾干。之前他把卧室墙上的镜子拆了下来，靠在了起居室的墙上。这会儿他又站在镜子前，向前几步，向后几步，来来回回地欣赏自己的臀部。

　　终于对自己满意之后，他走进卧室。腐臭的空气刺激着他赤裸的肌肤，让他生出一身鸡皮疙瘩。那股味道令他一阵抽搐，几乎要吐出来。他站在地上，居高临下地看着她。她已经不成人形了。床上的尸体肿胀得厉害，难以辨认她原本的模样。她的眼睛已经蒙上了一层乳白色的膜。尸体分解产生的黏液流得到处都是，连头皮都沾染了一层。蛆虫已经占领了她。虽然他看不见它们，但是能听到。它们就在这里，就在尸体里。书上就是这么写的，他知道。

关门的时候，他似乎听到了一声低语，于是又回头望了望。什么都没有，应该只是虫子。他关上门，铺好阻隔臭味的浴巾。

41

　　星期三上午十一点零五分，我们认定是威廉·格拉登的那个男人，给迅捷数码影像商店打了个电话，称自己是威尔顿·蔡尔兹，询问他订购的那台数码相机是否已经到货。接电话的是索尔森，按照计划，他请这个蔡尔兹五到十分钟以后再打个电话过来，他解释说刚到了一批货，才卸完，还没来得及一一查验。蔡尔兹答应稍后再打来。

　　与此同时，巴克斯从监控器上看到了来电者的号码，他迅速把这个蔡尔兹也就是格拉登的电话号码传给与联邦调查局合作的AT&T电话公司司法执行部的技术员。技术员将这个电话号码输入电脑，还没等索尔森挂上电话，她已经报告这个号码属于影视城文图拉大道上的一部付费电话。

　　由两辆汽车组成的联邦调查局探员流动小组正有一辆车行驶在谢尔曼公园附近的一○一高速公路上，距离那付费电话只有五分钟左右的路程，途中交通状况良好。他们没有拉响警笛，飞速通过葡萄园大道处的高速公路出口便到了文图拉大道，来到一个能看到那部付费电话的位置。那部电话装在一家含成人电视频道、四十美元

432

一晚的汽车旅馆外墙上。他们赶到时，那部电话旁已经没有人了，但他们仍旧在那儿等着。与此同时，另一个流动小组作为后援从好莱坞大道赶了过来，一架直升机也在这一地区上空盘旋，随时待命，只等地面小组一行动就在空中接应。

探员们已经各自就位，等待着。我也一样。我、巴克斯和卡特待在一辆汽车里，车停在距离迅捷数码影像商店一个街区的地方。卡特没有关掉引擎，只要对讲机传来格拉登进入布控区的消息，我们就可以立即飞驰过去。

五分钟过去了，然后是十分钟。我紧张得要命，虽然只是跟巴克斯和卡特坐在车里干等着。后援车辆也已经驶入文图拉大道，在距第一小组的汽车几个街区远的地方停下，时间还很充裕。现在，付费电话所在的那个街区，共计有八名探员正等待着格拉登现身。

然而，当迅捷数码影像商店里索尔森桌上的电话再次响起时，时间已经到了十一点三十三分，探员们直勾勾地盯着那部无人使用的付费电话。巴克斯拿起了对讲机。"我们这边来电话了，你们那儿有情况吗？"

"没有，没人使用这部电话。"

"准备转移。"

巴克斯放下双向对讲机，拿起手机，按下预先设定的快捷键，拨通 AT&T 公司的司法执行部。我从后座前倾过去，望着巴克斯和汽车仪表板下那台接收信号的视频监视器——那是由鱼眼镜头拍摄的黑白图像，画面上是迅捷数码影像商店的整个店面。铃响了七声之后，我看见索尔森拿起了电话。尽管接入商店的两条电话线上都装了窃听器，但我们在车里依旧只能听到索尔森这边的声音。索尔森朝摄像头方向将手高举过头顶，用手指画了个圈。这个暗号表示电话是蔡尔兹也就是格拉登打来的。巴克斯重复刚才的做法，记下来电者的电话号码并传给 AT&T。

为了不让蔡尔兹也就是格拉登起疑心，索尔森没有再次使用拖延战术，而且他也不可能知道电话是从另一部电话机上打过来的。他可能还以为就在他跟格拉登对话的时候，守在那儿的探员们正要朝格拉登扑过去。

　　但是他们没法扑过去。当索尔森在电话中告诉来电者，他预订的数码快照 200 已经到店而且随时可以取货的时候，AT&T 的技术员也告诉巴克斯，对方这次用了另一部付费电话，该电话位于好莱坞大道与拉斯帕尔玛斯大街的交会处。

　　"该死的！"放下电话后巴克斯骂道，"他在好莱坞大道。我刚才把那边所有的人手都调走了。"

　　格拉登又脱身了，是他计划好的，还是纯粹的运气？当然没有人知道，然而，这个意外令我们有些不安，坐在车里的巴克斯和卡特明显面色凝重起来。诗人在飘，直到现在，他都一直游离于我们布下的罗网之外。巴克斯当即下令，将流动小组调往好莱坞大道的那个交叉路口，但是我能从他的语气中听出，他也知道并没多大概率撞上格拉登。探员们赶到时，打电话的人肯定早走了。现在能抓到格拉登的唯一机会，就是在他前来取相机时逮捕他，如果他真来的话。

　　商店里，索尔森还在打电话，正试图说服对方把取相机的时间定下来，同时又表现得不那么在乎。他措辞巧妙而圆滑，又不露痕迹，在我看来，他真是个很棒的演员。几分钟之后，他挂上了电话。

　　挂断之后，他立即望向摄像头，冷静地问道："告诉我，伙计们，发生了什么事？"

　　巴克斯用手机打给那家商店，把我们错过抓捕机会的事告诉了索尔森。我望着监视器，只见索尔森握紧拳头，轻轻砸了一下桌子。我说不准他这一拳到底是为没能抓住格拉登而感到遗憾，还是为终于有机会与诗人面对面过招而庆幸。

接下来的四个小时，我、巴克斯和卡特几乎全耗在车里。其实我还挺庆幸的，因为我在后座，至少还可以伸伸腿什么的。唯一的一次放风，就是他们打发我去皮科大道拐角的一家熟食店打包三明治和咖啡。我快去快回，没有落下任何情况。

这真是漫长的一天。尽管每隔一个小时，卡特便会驱车从那家商店门前飞驰而过。好几次，有顾客进了店门，气氛就会陡然紧张，直到证实他们是真正的顾客，而不是格拉登。

下午四点的时候，巴克斯已经跟卡特讨论起明天的安排。巴克斯不肯认输，不愿相信格拉登也许不会来了，不愿相信他也许已经看出了什么破绽，不愿相信他比联邦调查局技高一筹。巴克斯告诉卡特，决定在店里开通一条双向通话线路，这样再跟店里的索尔森联系时就不会占用一条电话线了。"我要求明天一定要装好。"巴克斯说。

"能办到，"卡特回答，"店铺打烊之后，我会跟技术员一块进去，把这事办妥。"

车内再次陷入了沉默。我能看出，巴克斯和卡特，这两位老探员大概有太多监视经历了，他们经验丰富，早就习惯了与搭档之间无声的交流，但对于我来说，这种沉默令我觉得时间走得更慢了。有时我试图跟他们搭话，但他们的回应从没超过十个字。

四点过后不久，一辆车在我们后面的街边停了下来。我转身看过去，是蕾切尔。她下车钻进我们车里，在我身边坐下。

"你看，"巴克斯说，"我就知道你不会在那边耽搁太久，蕾切尔。你确定佛罗里达那边需要调查的都弄完了？"

他的语气很平缓，但我察觉他有点生气，似乎不愿意蕾切尔这么快就赶回来，我觉得他想让蕾切尔继续待在佛罗里达。

"所有的都调查完了，鲍勃。这边有什么情况？"

"没有，没什么进展。"

等巴克斯转过身，她伸手轻轻捏了捏我放在座位上的手，用一种好奇的表情看着我。我过了一会儿才意识到为什么。

"那个信箱你调查了吗，蕾切尔？"

蕾切尔把目光从我脸上收回，重新望着巴克斯的后脑勺。巴克斯没转身，蕾切尔正坐在他背后。

"是的，鲍勃，我都查了，"她的声音中夹杂着一丝气恼，"调查进了条死胡同，信箱里什么都没有。负责人说他确定开信箱的是个女人，一个老太太，大约每个月过来一趟，把信箱里的邮件一次取完。他说那个信箱里就只有些像是银行通知的信件。我觉得那个老太太可能是格拉登的母亲，她很可能就住在附近某个地方，但我找不到她的地址，佛罗里达州机动车管理局也没有关于她的任何资料。"

"也许你应该在那儿待久一点，再往深里调查。"

蕾切尔不吱声了，沉默了好一会儿，我知道她仍然不明白巴克斯现在为什么这样对待她。

"也许吧，"她说，"但我觉得这些应该是佛罗里达地方探员能处理的事。我是负责这个案子的探员啊。你是忘了吗，鲍勃？"

"不，我记得。"

车里又安静了，几分钟都没人说话。气氛紧张的时候，我大多数时间都盯着窗外。待我觉得车内的沉重气氛消散了点，才望向蕾切尔，冲她扬了扬眉。她抬起手想触碰我的脸，但中途可能觉得这举动不合适，又放了下来。

"你把胡子都刮掉了。"

"是啊。"

巴克斯听到这话转身看了看我，然后又恢复了之前稳重的坐姿。

"怪不得之前我总觉得你的样子有哪里不对劲。"他说道。

"怎么想起刮胡子了？"蕾切尔问道。

我耸了耸肩。"我不知道。"

对讲机里突然一声炸响。"有顾客来了。"

卡特抓起麦克风问道："我们等到的是什么人？"

"白人男子，二十几岁，金发，带着个盒子，没发现汽车。他可能打算进这家数码店，也可能准备拐到隔壁店铺理个发。他也该理个发了。"

迅捷数码影像商店的西侧是家发廊，东侧是一家破产关门的五金店。负责监视的探员整整一天都在播报那些可能进店的客人，他们之中大多数最后进的都是发廊，而不是数码店。

"他正在进店。"

我忍不住从座位上倾身向前，盯着监视器上的画面，只见那人真的拿着个盒子走进店里。从屏幕上的黑白影像可以看到整个店面，但人物太小了，全是颗粒，无法判断那人是不是格拉登。我屏息凝神。就像之前每个进店的客人一样，那人径直走向索尔森。我看见索尔森悄悄把右手伸向上腹，准备必要时掏出武器。

"你有什么需要吗？"他问。

"是的，我这里有些很棒的月度计划表，"那人的手开始向盒子伸去，索尔森当即站了起来，"我已经向你们的邻居兜售了不少。"

索尔森抓住男子的胳膊，阻止他的手伸进盒子，然后将盒子碰歪，以看到里面的东西。"我不感兴趣。"索尔森检查了盒子里的东西后回答道。

被索尔森抓住胳膊时，这个推销员稍稍有些惊讶，但随即又镇静下来，开始接着说那套推销词。"你确定吗？只需要十美元。像这样的成色，有的地方会讹你三十美元，在办公用品店里买还是三十五美元。你看它的封面，是用真正的瑙加海德皮革制成的，还有它——"

"我不感兴趣，谢谢你。"

推销员又转向坐在另一张桌子后的库姆斯。"你怎么说呢，先生？我可以向你展示一下豪华样品——"

"我们不感兴趣，"索尔森吼道，"现在请你离开这家店，我们这会儿忙得很，别在这里推销了。"

"是啊，很忙，我看得出来。好吧，也祝你们有美好的一天。"推销员走了出去。

"这些人！"索尔森感慨道。他摇了摇头，重新坐下来，没再说什么，接着打了个哈欠。我看见后不由得也打起哈欠来，随后蕾切尔也受到了我的传染。

"紧张的气氛影响到戈多的情绪了。"巴克斯评论道。

也影响到我了，而且我的咖啡瘾也上来了。要是这会儿我在新闻编辑部，这个时间至少已经喝了六杯咖啡。可因为这份监视的差事，都一天了我只吃了一顿饭，只喝了一杯咖啡，而且那已经是三个小时之前的事。

我打开了车门。"我去买杯咖啡，伙计们，你们要吗？"

"你会错过好戏的，杰克。"巴克斯开玩笑道。

"是啊，我好怕。现在我可算知道为什么那么多警察得痔疮了。整天坐在那儿等啊等啊，还什么都等不着，最后等来了痔疮。"

我下了车，舒展筋骨，膝盖都在咔咔作响。卡特和巴克斯都说不要咖啡，蕾切尔说她想来点。我猜她不会提出跟我一起去，果然是这样。

"想要什么咖啡？"我问，尽管我知道她的答案。

"黑咖啡。"她笑着说道，笑我装傻。

"好的。我马上回来。"

42

我端着盛有四杯黑咖啡的小硬纸盒，从大门迈进迅捷数码影像商店，迎面对上一脸震惊的索尔森。在他开口说出什么之前，他桌上的电话响了，他抓起电话然后应道："我知道。"他把听筒向我递过来。"找你的，公子哥儿。"

是巴克斯。"杰克，该死的你给我从那里滚出来，马上！"

"我会的。我只想顺路给这些伙计捎点咖啡。戈多刚才那副模样你也看见了，他都打瞌睡了，里面实在太无聊了。"

"你的笑话真风趣，杰克，但是马上给我向后转出门。我们的协议是你按我的吩咐行事，我来保证你的独家报道。现在，行行好，你就……你们有客人上门了。告诉索尔森，是个女人。"

我把听筒垂到前胸，看向索尔森。"有客人往这儿来了，不过是个女人。"我重新把听筒放到耳侧。"好好，我这就出来了。"我对巴克斯说道。

我挂断电话，从盒子里取出一杯咖啡，放在索尔森的桌上。这时我听到背后传来大门开启声，皮科大道车来车往的声音在那一瞬响亮了很多，又随着大门的关闭变小了。我没有转身去看那个顾客，而是走到库姆斯坐着的桌子旁。"来杯咖啡吗？"

"非常感谢。"

我端起另一杯咖啡放下，又从盒里取出方糖、奶精粉和搅拌棒。我转过身，看见那个女人站在索尔森的桌子旁，在一个黑色的大手袋里翻来掏去。她有着一头蓬松的桃莉·巴顿式的如瀑金发，一看就是假发，身穿一件宽大的白色衬衫，下着短裙和黑色长筒袜。她的个头相当高，更别提还穿着双高跟鞋。我留意到刚才她开门进来时，带进一阵浓烈得刺鼻的香风。

"啊，"她似乎终于找到了要找的东西，"我是来为我的老板取这个的。"

她把一张对折的黄色纸放在索尔森面前的桌上。索尔森看向库姆斯，想使个眼色让库姆斯过来把这事揽过去。

"别那么紧张，戈多。"

我朝门口走去，然后回头去看索尔森，想看看当我三番两次地用从巴克斯那儿听到的昵称来称呼他时，他会有什么反应。我看到索尔森望着那个女人递给他的那张纸，这会儿纸已经被展开了，他正定定地盯着看。我看到他往店铺西墙那边瞄了一眼，知道他是去看摄像头，是去看巴克斯。然后，他又抬头看向那个女人。我就站在女人的身后，从我的角度只能刚刚越过女人肩头看到索尔森的眼睛。他正站起身来，我看到他张大嘴，做出一个静默的 O 形。他的右胳膊已经抬起，正要伸进外套。就在这时，我看到那个女人的右臂正要从黑色手袋里抽出来。等她的手臂完全抽出后，我才看到她手里紧紧握着一把刀。

没等索尔森的手抽出外套，女人手里的刀已经直直刺进了索尔森的喉咙。我听见他被割断喉管那一刻抑制不住的悲鸣。他开始向后倒去，颈动脉喷出一股鲜血，喷洒在女人的肩头。女人已经俯身前倾越过桌子，像在摸索什么东西。随即她直起身子转过来，手里握着索尔森的配枪。"都他妈不许动！"女人的声音消失了，取而代之的是近乎歇斯底里的紧绷的男人的声音，就像被逼进死角的困兽的嚎叫。他拿枪瞄准库姆斯，接着又转过来对准我。"从门那儿过来！进到店里来！"

我扔下盛着两杯咖啡的纸盒，举起双手，从门口挪到屋内，又慢慢走进售货区。这个穿着女人衣裙的男人又一转身，枪口重新对准库姆斯，库姆斯吓得尖叫起来。"不！求你了！别开枪！他们盯着这儿呢，别开枪！"

"谁在盯着？谁？"

"他们从摄像机盯着这里！"

"谁？"

"是联邦调查局，格拉登。"我用我能发出的最平静的声音说道，尽管很可能跟库姆斯的尖叫差不了多少。

"他们能听见吗？"

"是的，他们能听见。"

"联邦调查局！"格拉登大喊起来，"联邦调查局，这里已经死了一个了，你们看到了吗？再进来就准备死两个吧！"他转过身，用索尔森的枪瞄准亮着红灯的镜头。他打了三枪才击中，镜头向后飞去，碎成几片，最后掉落在桌子上。

"过来这里！"他冲我大吼道，"钥匙在哪儿？"

"什么钥匙？"

"这家该死的商店的钥匙。"

"别那么大声，我不在这儿工作。"

"那谁是店员？"他将枪口转向库姆斯。

"在我口袋里。钥匙在我口袋里。"

"去把前门锁上。你要是想趁机逃跑，我就一枪崩了你，像这个摄像头一样。"

"好的，先生。"

库姆斯按照吩咐做了，格拉登又命令我们俩走到售货区后方坐到地上，后背靠着后方仓库的大门，让外面的人不能从这边冲进来。他将两张桌子全都掀竖起来，用来阻挡外面人的视线，甚至还能挡从前窗射进来的子弹。之后，他就跑到桌子后面蜷缩起来，就是索尔森刚才用过的那张桌子。

从我的位置能看到索尔森的尸体。他那件雪白的衬衣现在大部分都浸透了鲜血。他已经一动不动了，半闭的眼睛已没有神采。那把刀仍然插在他的喉咙上，只有刀柄留在外面。我忍不住一阵战栗，这才意识到，就在片刻之前，这个倒在地上的男人还是活生生的，不论我喜欢他还是讨厌他，我至少与他相识一场，可现在，他死了。

然后我又冒出了一个念头，巴克斯想必是心急火燎了。没有摄像头监控，他可能都不知道索尔森现在的情况。如果他认为索尔森还活着，或者哪怕还有一丝希望救回他，他肯定会命令紧急情况应对组用眩晕手榴弹以及这种情形下能使用的一切武器攻进来；如果他们认为索尔森已经死了，我大概得在屋里待很长时间了，可能一整个晚上。

"你不在这儿工作，"格拉登问我道，"那你是谁？我认识你吗？"

我迟疑了，我该怎么回答我是谁？我该不该把实话说给这个男人听？

"你是联邦调查局探员。"

"不，我不是联邦调查局探员，我是一个记者。"

"记者？你是来报道我的，对吗？"

"只要你愿意接受我的采访，或者如果你想跟联邦调查局探员对话，就把那个掉在地上的电话听筒放回机座上，他们会用那条线路打进电话。"

他望着掉落在地的电话。这时，电话机发出一阵阵提示话筒没放好的尖锐声音。他不用离开掩护物就能够着电话线。他拽着电话线，把电话拖了过来，又把听筒放好。他注视着我。"我认出你了，"他说，"你……"

电话铃响了，他拿起听筒。"说话。"他命令道。

他只听着那边说，并不接话，沉默了好长时间后终于回应道："哎呀，巴克斯探员，真高兴再次跟你打交道。上次我们在佛罗里达见过后，我就了解了很多关于你的事。当然，还有令尊的，我还读了他的书。我一直都希望咱们能再次聊聊……你和我……不，你瞧，这是绝对不可能的，因为我手里头有两个人质。你要是他妈的对付我，鲍勃，那我就他妈的对付他们，等你进来的时候一定会后悔的。你还记得阿提卡监狱暴动事件①吗？想想吧，巴克斯探员。想想如果你爸爸来了，他会怎么处理这件事。我得挂了。"

他挂断电话，直直盯着我，又生气地拽下假发扔了出去，假发几乎被径直扔过了整个店面。

"你他妈的是怎么进来的，记者？联邦调查局不会让……"

"你杀了我兄弟，所以我就进来了。"

格拉登久久地注视着我。"我没杀过任何人。"

"他们已经把你包围了。不管你怎么对我们，他们都会逮住你的，格拉登。他们不会让你从这里逃掉的，他们——"

"好了，该死的给我闭嘴！我才不要听你这些鬼话。"他拿起听筒，拨了个号码。"帮我转接克拉斯纳，紧急事件……我是威廉·格拉登……对，就是那个格拉登。"

当他等着那个律师接电话时，我们互相注视着对方。我尽量保持镇定，大脑急速运转。我想不出任何办法可以在这种情形下活着脱困。格拉登看上去又不太可能被说服，不可能让他举起双手投降

---

① 1971 年，美国阿提卡监狱发生暴动，因政府处理不当，导致几十人死亡，引发社会风波。

出门，以便若干年后被绑着送上电椅或者关进毒气室，这还得看哪个州抢到了他的处决权。

克拉斯纳显然接了电话，然后在接下来的十分钟，格拉登激动地向他解释自己的处境，随后就因为克拉斯纳提出的建议变得越来越恼怒。最后，他猛地挂断了电话。"去他妈的！"

我在一旁保持沉默，觉得每过去一分钟，形势就对我越有利。联邦调查局一定在外头安排着什么计划，比如神枪手、狙击手或精确打击突击组什么的。

外面的灯光越发昏暗了。我透过前窗玻璃望着街对面的购物中心，又把视线投向屋顶，也没看到人影，甚至连狙击手来复枪的枪管都没冒出一个，至少现在还没有。我移开视线，但马上又挪了回来。我意识到外面的皮科大道上居然没有往来车辆了，他们已经封锁了整条道路。不管接下来会发生什么，一定很快就会发生。我看了看库姆斯，我得想办法让他明白这一点，给他一点勇气。

库姆斯的衬衫已经被冷汗浸透了，汗水从他脸上和脖子上流淌下来，滴到领结里，领结已经湿透了。他看上去就像一个连续呕吐了一个小时的人，他已经撑不住了。"格拉登，向他们显示点诚意吧，你让库姆斯先生离开这里怎么样？他跟这件事没有任何关系。"

"不，我不这样认为。"

电话响了。他拿起听筒接听，自始至终一声不吭，然后轻轻把听筒放到机座上。不久，电话又响了，他接听了，又迅速按下通话保留键，一直按着不放，使得电话转到另一条线路，然后令它同样处于通话保留状态。现在没人能打进来了。

"你在瞎搞！"我说，"让他们跟你通话，他们会想出解决办法的。"

"听着，等我需要你的建议时，我会揍得你吐出来。现在，你他妈的给我闭嘴！"

"好的。"

"我说闭嘴！"

我举起手做了个投降的手势。

"你们这些该死的媒体浑球从来不知道你们在说些什么废话。你，你叫什么名字？"

"杰克·麦克沃伊。"

"你有证件吗？"

"在我钱包里。"

"扔到我这儿来。"

我慢慢掏出钱包，从这头向另一侧一推，让钱包滑到他那边。他打开钱包，看着里面的记者证。"我还以为你是……丹佛？你他妈的跑洛杉矶来干什么？"

"我告诉过你，为了我的哥哥。"

"是吗？我也告诉你了，我没杀过任何人，"

"他呢？"我看向索尔森僵直不动的尸体。

格拉登扫了尸体一眼，又转头看着我。"这游戏是他搞出来的，我只不过是结束它而已，这是游戏的规矩。"

"那家伙被你杀死了，这不是什么他妈的游戏。"

他举起枪，对着我的脸。"我说那是个游戏，它就是游戏。"

我无言以对。

"求你了，"库姆斯说道，"求你……"

"求我什么？他妈的给我闭上嘴。你……写报道的，这件事完结以后，你打算怎么写报道，假设你还能写的话？"

我至少想了一分钟，而他也没有催我。"要是你让我继续活着写报道，我会写写为什么，"我终于回答说，"这总是最有意思的话题。你为什么要这么做？我会就这一点挖掘下去。是因为佛罗里达的那个家伙吗，那个贝尔特伦？"

他嘲讽地哼了一声，看上去似乎不是因为我知道了这事而不高兴，而是因为我提到了那个名字。"我不是让你采访。况且就算是，我的回答是，去你妈的智障。"

他垂下头看着手里的枪，似乎看了很久。我觉得，这一刻他终于被绝望的处境压垮了，他明白自己怎么都逃不了。我有一种感觉，他早就知道，他走的这条路最后总会以类似的场景告终。现在似乎正是他最脆弱的时候，于是我又努力劝道。"你可以接通电话，告诉他们你想和蕾切尔·沃林谈谈，"我说，"告诉他们你要和她谈谈。她是个联邦调查局探员。你还记得她吗？你们在雷福德监狱见过。她非常了解你。格拉登，她会帮助你的。"

他摇摇头，拒绝了。"我必须得杀了你兄弟。"他轻轻地说道，眼睛却没有看向我，"我不得不这么做。"

我等待着，但他说的就是这么一句话。

"为什么？"

"这是拯救他的唯一途径。"

"拯救他什么？"

"难道你看不出来吗？"他抬头注视着我，现在我看清了，他眼睛里是深深的痛苦和愤怒，"拯救他，让他不至于变成我。看看我！我让他不至于变成我！"

我正准备再提个问题，就在这时，突然响起玻璃碎裂的声音。我望向前窗，只见一个棒球大小的黑色物体翻滚着穿过房间，一直滚向格拉登身边那张被掀翻的桌子。我意识到它是什么，于是把脑袋死死埋在臂弯里，捂住了眼睛，店面里响起极为猛烈的爆炸声，一道强光灼烧着我紧闭的眼皮，紧接着一股强烈的冲撞感袭来，这股冲击能量波大得就像一把巨锤狠狠砸在我整个身体上。

店铺剩余的玻璃全碎了，我翻了个身，微微睁开眼睛，睁开的程度刚够看清格拉登。他在地板上蠕动着，大睁着眼睛，瞳孔却已涣散，双手捂在耳朵上。我敢说，当他意识到发生什么事再捂上去时已经太迟了。我至少避开了眩晕手榴弹一部分冲击力，而他似乎受到了全部冲击。我看见那把枪掉在他腿边的地板上，便不假思索地迅速向它爬去。

我爬到他那边时，他坐了起来，我俩同时扑过去抢枪，两只手同时触到了枪身。我们争夺着枪的控制权，滚成一团。我心里想的就是摸到扳机，然后只管开火，打不打得中他无所谓，只要不打伤自己就行。我知道，一般眩晕手榴弹扔进来之后，探员们也会紧跟着冲进来控场。只要我能打空枪里的子弹，那枪在谁手里都不要紧了，事情就算定局了。

抢夺中，我成功将左手大拇指插进了扳机圈里，可我的右手能抓住的却只有枪管末端这一个地方。现在枪就挤在我和格拉登的胸膛之间，枪口对着我们的脸。一刹那，我判断出，或者说我希望，我的脸在枪口以外，于是左手拇指猛地往下一压，同时放开了右手。枪开火了。子弹从我大拇指和手掌之间的虎口边缘擦过去，我感到一阵尖锐的剧痛，子弹带出的气流灼伤了我的手。与此同时，我听到格拉登发出一声惨叫。我抬头看向他的脸，看见鲜血从他鼻子里流出来，或者说从鼻子剩下的部分里流出来，那颗子弹撕掉了他的左鼻翼，在他的前额上削出一道口子。

就在此刻，我感觉到他抓枪的手略一松，于是猛一用力，很可能这就是我最后的力气了，我抢到了枪。我挣脱了他，当他再一次扑上来抢夺我手里的枪时，我听到了脚步踩过碎玻璃的声音和难以分辨的叫喊声。我的左手拇指仍然扣在扳机圈里，一直紧抵着扳机。我的手指就挤在上面，任何压力都会使它压下去，无法做出其他移动。他试图夺回枪，所以枪再次响了。那一瞬间，我们四目相对，他的眼睛里似乎有种东西在告诉我，他要的就是这颗子弹。

他抓枪的手立刻松开了，身体也从我身上向后跌落。我看到他胸口那处黑洞状的伤口。他的眼睛注视着我，带着我之前某个瞬间看到的那种决绝，就好像他早知道最后会发生什么事一样。他的手伸向胸口，又低下头看着涌出来沾染在手上的鲜血。

突然，有人从背后一把抓住我，将我从他身边拉开，一只手有力地抓住了我的胳膊，另一只手小心地从我手中拿走那把枪。我抬起头，看见一个人戴着黑色头盔，身穿跟头盔配套的黑色连体衣裤，衣服外还套着一件很大的防弹背心。他拿着一件突击用武器，佩着头戴式通讯耳机，一条黑色的线连着麦克风，弯折到他的嘴前。他低头看看我，按了按耳边的通话按钮。"全队安然无恙，"他说道，"里面倒下了两个，还有两个能动弹。进来吧。"

43

　　一点也不疼，这令他有些吃惊。血从他指缝间喷涌而出，淌过他的手掌，那么温暖，那么舒服。他感到一阵眩晕，似乎自己刚刚通过了某种测试。他成功完成了，不管这是什么测试。周遭的声音、周遭的活动都渐渐迟缓起来，仿佛一切都放慢了速度。他四下望了望，看见了那个开枪击中他的丹佛小子。那一瞬间，他们的视线交织在一起，但马上有人插了进来。那个穿黑衣服的人朝那小子弯下腰，做了些什么。他低头看见了铐在手腕上的手铐。这愚蠢的行径不由令他笑了起来。他即将启程前往的地方，没有手铐铐得住他。

　　这时，他看见了一个女人，蹲在那个丹佛来的小子面前，正紧紧握住丹佛小子的手。他认出了她。多年以前，他还在监狱的时候，她来做过访谈。他现在记起来了。

　　他这会儿感到有些冷了，肩膀和脖子正在冷却，腿已经冻僵了。他想要一条毯子，但没有人看他一眼，没有人在乎他。房间里开始变得明亮，像打开了摄像机。他正在离开人世，而他知道这一点。

　　"原来死亡是这样。"他低声道，但似乎没有人听见，除了那个女人。

她听到了他的低语，转过身来。他们的视线在空中相接。片刻后，他觉得自己似乎看到她微微点了点头，表示她已知道。

她知晓了什么？他想。知道我就要死了吗？知道我来这世上有属于自己的目的？他冲她转过头，等待着生命在他血脉里的流动终止。现在他可以休息了，终于可以休息了，

他再一次望向她，可她却再度低头看着那个丹佛小子。他仔细端详着那个家伙，那个杀死自己的人。这时，一个奇怪的念头随着血液涌进了脑海：那个人看起来太老了，不像是会有一个那么年轻的兄弟，一定是哪里弄错了。

他就这么死了，他的眼睛始终没有闭上，仍然盯着那个杀死他的男人。

44

我的眼前如同展开了一幅超现实主义画卷。人们在店面里跑来跑去，叫嚷着挤在死者和正在死去的人身边。我的耳朵嗡嗡直响，手一阵阵抽痛。我感觉周遭的一切像按下了慢放键似的，全都以慢速运行，至少在我记忆里就是这样的图景。混乱的一切中，蕾切尔出现了，她踩着玻璃向我走来，像被派遣来带我远离这个地方的守护天使。她弯下腰，抬起我那只没受伤的手紧紧握住。她的碰触就像一记急救电击，将我的心电图从一条直线电击回跳跃的曲线。我猛然意识到之前发生了什么，我又做了什么，然后被欣喜淹没，只是因为我还活着。至于正义和复仇什么的，我还远没有意识到这些。

我看向索尔森。急救人员正在对他实施抢救，有一个人正跨坐在他身上，用尽全身力量按压他的心脏做心肺复苏，另一个人扶着扣好的氧气面罩，还有一人正在给他穿增压服，拉着拉链。巴克斯跪在他身边，抓住他的一只手，揉搓着他的手腕，吼道："呼吸，该死的，呼吸！快呀，戈多，呼吸！"

但这是不可能的，他们无法让可怜的索尔森起死回生。这一点，他们全都知道，但没有一个人停手。他们继续抢救着他，担架和医用轮床从被完全炸毁的前窗送进来了，他们把他抬上去，急救人员再次跨坐到他身上，双肘交叠双手交叉着放在他胸口，按压，放松，按压，放松。医用轮床就这样被推出去，抢救一秒都不曾停下。

我注视着蕾切尔，而她注视着那边实施抢救的情形，她眼睛里没有悲伤，只有一片冷漠，然后她凝视的目光又从她离去的前夫转到了躺在我身旁的杀死他的人身上。

我看向格拉登。他已经被铐起来了，没有人来抢救他。他们打算任凭他死掉。他们也许曾经想过要从他这儿撬出什么，但这些想法在他挥刀捅入索尔森咽喉的那一刹那，全都烟消云散。

我注视着他，事实上，我当时以为他已经死了，他的目光已经涣散，呆呆地望向天花板。但就在这时，他的嘴唇嚅动起来，说了句什么，我没听清。接着，他的头缓缓朝我转了过来。一开始，他的目光投在蕾切尔身上。虽然只有那么短短一瞬，但我看见他们视线相接，似乎有了某种交流。或许是认出了对方，或许他记起了她是谁。然后，他又缓缓把目光移开，再次直视着我。我盯着他的眼睛，直到最后一缕生命之光从中彻底熄灭。

蕾切尔陪我走出迅捷数码影像商店，我被送上一辆救护车，来到一家名为"西达赛奈"的医院。我抵达时，索尔森和格拉登已经被送了过来，并被正式宣布死亡。一位大夫在一间急救室里检查了我手上的伤情，他先用一种像黑色苏打水的东西冲洗伤口，缝合起来后又用一种油膏涂抹在灼伤的地方，之后用绷带把整只手都包了起来。

"灼伤没大问题，"他一边包扎一边说，"那个倒不用担心，但那处枪伤有点麻烦。从好的方面说，这是贯通伤，没伤着骨头。但坏的方面是，子弹穿过去的时候伤着了肌腱，如果不做进一步治疗，以后你这根大拇指的动作可能就会受限了。我可以为你介绍一位专科医师，他大概可以修复肌腱，或者为你植入新的。手术之后做些复健，大拇指应该就不会有什么问题了。"

"打字呢？"

"这段时间不行。"

"我是说用打字的活动当复健。"

"呃，可能可以吧。你还是得再咨询一下专科医师。"

他拍拍我的肩膀，离开了急救室。我一个人坐在检查台边待了大约十分钟，巴克斯和蕾切尔走了进来。巴克斯看上去筋疲力尽，一脸眼睁睁看着自己事先计划好的一切付诸东流的表情。

"你怎么样，杰克？"他问道。

"我还行，索尔森探员的事我很难过，真是……"

"我理解，这种事啊……"

大家沉默下来，好一会儿没人开口。我看向蕾切尔，我们俩的视线交织在一起。

"你真的没事吗？"

"是的，算好的。就是有一段时间不能打字，但是……我觉得我已经算幸运的了。库姆斯怎么样了？"

"还处在事件带来的惊吓之中，还没恢复，但他没事。"

我注视着巴克斯。"鲍勃，当时我真的什么都做不了。那时应该是发生了什么，就好像他们一下子明白了对方是什么人。我不知道为什么会这样，为什么索尔森当时不执行计划了？为什么不直接把相机给他，反而去拔枪？"

"因为他想当英雄，"蕾切尔说，"他想亲手逮捕他，或者亲手杀掉他。"

"蕾切尔，我们并不知道原因，"巴克斯说，"而且永远也不会知道了。不过有一个问题还是可以得到答案的，那就是你当时为什么要走进商店，杰克？为什么？"

我低头看着自己缠满绷带的手，又用另一只未受伤的手摸了摸面颊。"我不知道，"我回答道，"我在监视器上看见索尔森打哈欠，我就想……我也不知道当时为什么会那么做。他之前有次给我带了咖啡……我想回报这份善意，当时我觉得格拉登已经不会来了。"

　　我撒了谎，但我实在无法准确描述真实的动机和感想，无法说明白。我只知道当时有种预感，觉得只要我走进那家店，格拉登也许就会来。我就是想让他看到我，看到我刮掉胡子去除伪装之后的真实模样，想让他通过我的脸看到我哥哥。

　　"好吧，"沉默了好一会儿，巴克斯说道，"你觉得你明天可以花一点时间，跟速记员做个笔录吗？我知道你受了伤，但我们希望能尽快得到你的陈述，这样我们才能把这一切弄明白。我们还得向地方司法部门提供一些当时情况的描述报告之类。"

　　我点点头。"好的，我可以。"

　　"你知道，杰克，当格拉登打掉摄像头之后，他把声音线路也破坏掉了。我们不知道当时你们在现场说了什么，所以请告诉我，格拉登说什么了吗？"

　　我想了一会儿，当时的记忆还没能完全恢复。"开始的时候，他说他没杀任何人。然后他承认杀了肖恩，他说他杀死了我兄弟。"

　　巴克斯扬起眉毛，似乎很吃惊，然后点点头。"好吧，杰克，咱们到时候再谈。"他转向蕾切尔，"你说你来送他回房间？"

　　"是的，鲍勃。"

　　"好的。"

　　巴克斯低头走出了诊室，而我感觉糟透了。我觉得他并没有接受我的解释，不知道他会不会责备我一辈子，从心底认为这些可怕的事情都是我惹出来的。

　　"他的处境会很糟糕吗？"我问。

　　"这个嘛，首先，是外面满满一屋子媒体记者，他得告诉他们这事是怎么办砸的；之后，我很确定局长会按照标准程序来审查这次行动计划。他大概落不了什么好了。"

"可这是索尔森的计划啊，难道他们就不能……"

"鲍勃批准了这个计划。总得有人站出来承担责任，而戈登已经不能承担了。"

我望着巴克斯刚刚离去时打开的那扇门，看见一个路过的大夫停下脚步，望向屋里。他手里拿着一副听诊器，穿着白大褂，口袋里插着几支钢笔。

"里面有什么问题吗？"他问道。

"没有。"

"我们这儿一切都好。"蕾切尔补了一句，她又转头看着我，"你真的没事吗？"

我点点头。

"我真高兴你没事，你当时真是太傻了。"

"我只觉得他可能需要一杯咖啡，我没想到……"

"我说的是夺枪，你跟格拉登夺枪。"

我耸耸肩。也许是挺傻的，但是我觉得，或许正因为这样，我才捡回了自己的命。"你是怎么知道的，蕾切尔？"

"知道什么？"

"你之前问如果我有机会面对他会发生什么事，就好像你当时就知道会发生今天这种事。"

"我不知道，杰克。我那时只是随口问问罢了。"

她伸出手，抚摸我下巴的轮廓，就像过去我还有胡子时她拽我的胡子一样。接着她用手托起我的下巴，让我抬头看她。她从我腿间凑过来，拉我过去给了我一个深深的吻。这一吻抚慰了我，同时又让我动情。我闭上眼睛，未受伤的手伸进她的外套，轻轻揉捏她的胸部。

当她推离我时，我睁开双眼，目光越过她的肩头，看到刚才那个大夫刚把头扭开。

"偷窥者汤姆。"我说。

"什么？"

"那个大夫，我觉得他在偷窥我们。"

"别管他了。你这会儿能走了吗？"

"能，我准备好了。"

"开止疼药了？"

"我正想出院前找大夫拿点药。"

"你出不了院。记者已经堵在下面了，你一出去他们就会抓住你。"

"该死的，我忘了。我还得给丹佛打个电话汇报情况。"

我看了一眼手表，丹佛那边已经快八点了，但格雷格·格伦很可能还在办公室，等着我的消息，而且会扣住头版不肯交付印刷，直到等到我的消息。我觉得他最晚能挺到九点。我环视四周，这间诊室的后方，一个放着供给品和器械的台子上方的墙上有一部电话。

"你能出去帮我跟他们说一声，说我今天不会出院吗？"我问道，"这会儿我还得给《落基山新闻》打个电话，告诉他们我还活着。"

我联系上格伦时，他已经快急疯了。"杰克！该死的你到底跑哪儿去了？"

"我只是被一些事缠住了，有点脱不开身，我——"

"你还好吗？美联社电讯说你遭到了枪击。"

"我没事，但暂时只能用一只手打字。"

"电讯说诗人已经死了，还引用一位线人的话说你……呃，说你杀了他。"

"美联社有一位很棒的线人啊。"

"老天啊，杰克！"

我没回话。

"有线新闻网正在现场，每隔十分钟做一次现场直播，可他们什么料都没弄到。据说一会儿就会在医院举行新闻发布会。"

"是的。如果你能给我找个人替我做口述改写，我现在就可以给你足够填满头版的报道，绝对比今晚任何人弄到的消息都精彩。"

他沉默以对。

"格雷格？"

"等等，杰克，我得想想，你……"他没有把话说完，我等他接着说，"杰克，我准备让你连线杰克逊，把你能告诉的都告诉他。他还可以从那边召开的发布会上得到些消息，如果有线新闻网会转播这场新闻发布会的话。"

"等等，我才不想交给杰克逊任何东西，直接给我找个打字员或者办事员之类的就行，我会把报道口述出来的，绝对比他们在新闻发布会上透露的消息精彩得多。"

"不，杰克，你不能这么做。现在情况不同了。"

"你说什么？什么意思？"

"你已经不能再负责采写这篇报道了。你现在是报道内容的一部分，你杀了那个杀害你哥哥的凶手，你杀了诗人。这篇报道现在是要报道你了，当然不能由你自己操刀，我这就给你接通杰克逊。还有，你就当为我做件好事，离那边的记者远远的。至少你得给自家人一天的独家报道。"

"可我过去一直就是这篇报道内容的一部分。"

"没错，但是你过去可没开枪打死谁。杰克，那不是记者该干的事，那是警察该干的，而你越界了，所以这篇报道不能由你写了，我很抱歉，"

"当时要么他死，要么我死，格雷格。"

"我相信当时就是这么个情况，而且感谢上帝，幸好死的是他，但这改变不了什么，杰克。"

我一声不吭。我知道他是对的，这篇报道不应该由我来写，可我难以接受。这是我的报道，可现在它不再是了。我现在仍在局内，可对于报道来说，我已经出局了。

蕾切尔拿着夹纸板和一些要我签字的表格走进来时，杰克逊正在给我打电话。他告诉我这将是多么棒的一篇报道，然后开始提问。我一一回答，还告诉了他一些他没问到的情况。我一边打电话，一边按照蕾切尔的指点在表格上签下名字。

采访很快就结束了。杰克逊说他想看看有线新闻网转播的新闻发布会，这样他就能在报道中加入官方评论，把官方通报和我叙述的事实结合起来。他问我能否一个小时后给他打个电话，以免有什么要补充的后续问题。我同意了，之后，这通电话总算是结束了。

"好了，既然你已经签字放弃你的生命和你的报道，你可以自由地离开了，"蕾切尔说道，"你真的不打算看看这些文件吗？"

"不看了，我们走吧。你拿止痛药了吗？我的手又开始疼了。"

"拿了，都在这儿。"她从上衣口袋里掏出一个药瓶递给我，一起递过来的还有一叠粉红色的电话留言条，显然是从医院前台拿过来的。

"这些是……"

是著名媒体打进来的电话留言，有三大电视网的新闻节目制作人，有特德·科佩尔主持的《晚间报道》，有两个早间新闻节目，还有《纽约时报》和《华盛顿邮报》的记者。

"你现在是个大名人了，杰克，"蕾切尔说，"你跟魔鬼面对面地过招，还活了下来。大家想问问你的感受，人们总是想多了解魔鬼一点。"

我把留言条胡乱塞进裤子后面的口袋里。

“你打算给他们回电话吗？”

“完全不打算。咱们走。”

回好莱坞的路上，我告诉蕾切尔今晚不想在威尔科克斯旅馆过夜了，我要享受优质的客房服务，躺在一张舒适的床上握着遥控器看电视，这样令人愉快的事情显然是威尔科克斯旅馆无法提供的。她也觉得我说得有道理。

我们去了趟威尔科克斯，我收拾好行李，结了账，退了房。蕾切尔驾车带着我沿着日落大道一路驶向中心商业区。到了马尔蒙庄园酒店，她留在车里，我来到前台订房。我说想要一间漂亮的景观房，价钱无所谓。他们给了我一间带大阳台的房间，我还从没住过这么贵的房间。站在阳台上，正好可以俯瞰万宝路的硬汉广告牌，黄金地带的其他著名广告牌也尽收眼底。我很欣赏那幅万宝路的广告，蕾切尔也没必要再订一间房。我们叫客房服务送来晚餐。享受一桌美食时，我们俩几乎没怎么聊天。相反，我们之间保持着一种令人舒适的无言默契，那是只有结婚多年的夫妻才可能培养出来的。然后我泡了一个长长的热水澡，一边泡一边听浴室的扬声器播报有线新闻网关于那家迅捷数码影像商店枪击事件的新闻报道。没什么新鲜东西，抛出的问题比解答多得多，新闻的很大一部分比重集中在索尔森以及他的牺牲上。直到这时，我才第一次想到蕾切尔会有什么样的感受。她失去了前夫，那个她日益鄙视但又曾经跟她共享一段亲密关系的男人。我穿着酒店提供的毛巾布浴衣走出浴室。她正垫着枕头靠在床上，看着电视。

“本地新闻马上就要开始了。”

我从床上爬过去，亲吻她。“你没事吧？”

“没事。为什么这么问？”

“我不知道。呃，不管你现在跟索尔森关系怎样，我都为他不幸罹难而感到难过，我很遗憾。"

"我也是。"

"我在想……你想做爱吗？"

"想。"

我关掉了电视和灯。在一片黑暗中，我尝到了她脸上的泪水，这一次她紧紧地抱住我，前所未有地用力。这是一半痛苦一半欢愉的体验，就像两个悲伤孤独的旅人在十字路口相遇，愿意互相抚慰医治对方的伤痛。之后，她贴着我的后背蜷缩成一团，我想睡觉但又睡不着。白天与我同行的群魔不会瞌睡，仍然在我脑海中清醒地睁大双眼，不肯睡去。

"杰克，"她轻轻说道，"你刚才为什么哭？"

我沉默了一会儿，试图找到合适的话语来回答这个问题。"我不知道，"我说，"这太难熬了。一直以来我总在想，我总是做着白日梦，要是有像这样的机会做英雄，我该……我只是很庆幸，幸好你没遭遇我今天经历的这些事。我真高兴。"

过了很久，睡意依旧迟迟不来，甚至在我吃了一片从医院带回的药之后也不见效。她问我在想什么。

"我在想他最后对我说的话，我不明白他的意思。"

"他告诉了你什么？"

"他说他为了拯救肖恩，才杀了他。"

"拯救他什么？"

"让肖恩不至于变成他，这就是令我费解的地方了。"

"我们可能永远都不会明白。你应该忘了这些话，这件事已经结束了。"

"他还说了些别的什么，就是最后快死的时候，当时大家都进来了。你听见了吗？"

"我想我听见了。"

"他说什么？"

"他说了句，大概是这么一句：'原来死亡是这样。'就这几个字。"

"你觉得这有什么含义？"

"我想他解开了那个谜。"

"死亡之谜。"

"他看到死亡正在降临，他看到了答案。于是他说'原来死亡是这样'，然后就死了。"

45

第二天早晨，我们来到联邦调查局洛杉矶分局大楼第十七层会议室时，巴克斯已经在等着我们了。又是一个大晴天，卡特琳娜岛从圣莫尼卡湾的海雾中渐渐显露出来。才刚刚八点半，但巴克斯已经脱下了外套，看样子已工作了几个小时。他面前的会议桌上杂乱地摊着一些文件、两台打开的笔记本电脑和一堆粉红色的电话留言条。他面容憔悴，神色哀戚，看上去索尔森的死在他心中留下了永恒的印记，会让他很长一段时间不能释怀。

"蕾切尔，杰克，"他寒暄道，这不是一个美好的早上，所以他也没说早上好，"手怎么样了？"

"好些了。"

我跟蕾切尔各拿了一罐咖啡过来。我看到他没有，于是把我的递给他，他却说他已经喝下太多了。

"我们现在手里有什么？"蕾切尔问道。

"你们俩从威尔科克斯退房了？我今天早上还给你打电话了，蕾切尔。"

"是的，"她说，"杰克想找个舒服些的地方住，我们搬到马尔蒙庄园酒店去了。"

"那可是舒服太多了。"

"别担心，我不会让局里报销的。"

他点点头，我从他看蕾切尔的样子琢磨出来，他已经知道蕾切尔没有为自己订房，根本没什么可报销的，尽管报销这种事对他来说算是最小的问题了。"我们汇总了各自手里的情况，"他说，"我估计这又是一个可供研究的课题了。这些人，如果还能把他们称作人，从来不放过震慑我的机会。他们中的每一个人，他们的故事……他们每个人都是个黑洞，无论多少鲜血都填不满的黑洞。"

蕾切尔拉出把椅子在他对面坐下，我在她身边坐下，我们俩谁都没有说话。我们知道他只想继续说下去。他拿着一支钢笔，用笔梢敲了下两台笔记本电脑中的一台。"这是格拉登的，"他说，"昨晚从他汽车的后备厢里找到的。"

"一辆从赫兹公司租的车？"我问。

"不是。他开到迅捷数码影像商店的是一辆一九八四年的普利茅斯，登记车主为达琳·库格尔，三十六岁，家住北好莱坞。我们昨晚去了她的公寓，没有人应门，于是我们破门进去了。我们在卧室床上找到了她。她的喉管被割断，用的很可能就是杀害戈登的同一把刀，已经死亡好几天了。看上去他一直燃着熏香，在屋内喷洒香水，以掩盖尸体的臭味。"

"这几天他就一直跟那具尸体待在一起？"蕾切尔问道。

"看起来是这样。"

"他穿的也是她的衣服吗？"我问。

"还有假发也是她的。"

"可他为什么要打扮成她的模样？"蕾切尔问。

"不知道，而且永远都不会知道了。我的猜测是，他知道所有人都在搜捕他，警察和联邦调查局都在找他。他觉得可以用这个方法掩人耳目，让他能够离开她的公寓，取回新相机，或许还可以逃出这个城市。"

"很可能。你们在她的公寓里有什么发现？"

"屋子里没有什么能派上用场的东西，但她那套公寓附带两个停车位，我们发现其中一个车位停放着一辆一九八六年的庞蒂亚克火鸟。是佛罗里达牌照，登记车主是盖恩斯维尔的格拉迪丝·奥利弗罗思。"

"他母亲？"我问。

"是的。他进监狱服刑时，他母亲搬去了那里，我猜她搬家就是为了离格拉登更近些，探监方便。她再婚了，所以改了姓氏。总之，我们打开庞蒂亚克火鸟的后备厢，发现了这台电脑，还有其他一些东西，包括布拉斯在那张囚室照片里发现的那些书，还有一个有些年头的睡袋，上面有血迹，现在在实验室里。初步报告说，在睡袋的绝缘部分发现了木棉纤维。"

"这意味着他曾把一些受害者放在这辆车的后备厢里。"我说。

"这一点可以解释他们从遇害到被弃尸的这段时间在哪儿。"蕾切尔补充道。

"等等，"我又说道，"如果他有他母亲的这辆车，菲尼克斯那辆从赫兹公司租来的车怎么解释？他为什么在有车的情况下还要租一辆？"

"只是一种掩饰行踪的手段，杰克。他用他母亲的车从一个城市到另一个城市，然后再租一辆车用来杀戮他相中的警察。"

我觉得这个逻辑有些说不通，我心中的疑惑肯定都浮在脸上了，但巴克斯没有理会。

"总之，我们目前还没有拿到格拉登在赫兹公司的全部租车记录，这个问题先放一放，免得当下分散了我们的注意力，这会儿最重要的是这台电脑，"

"这里面有什么？"蕾切尔问道。

"这里的分局成立了一个打击网络犯罪小组，他们是匡提科的打击网络犯罪小组的协作单位。其中一个探员，叫唐·克利尔蒙顿，他从昨天晚上拿走这台电脑开始研究，到差不多凌晨三点的时候才破解了密码。他已经把硬盘的内容复制进这里的主机。总之，这台电脑里装满了照片，五十七个人的照片。"

巴克斯用大拇指和食指捏着鼻梁。与我上次在医院里见到他相比，他一下子老了许多。

"孩子们的照片？"蕾切尔问。

巴克斯点点头。

"老天啊！是被他杀死的孩子吗？"

"是的……前前后后，五十七个，都在里面。这实在是太恐怖了，真的太可怕了。"

"而他准备把这些东西发到某些人那儿去？就像我们之前猜测的那样？"

"是的，这台电脑有个无线调制解调器，就像戈登……就像戈登猜的那样。那个调制解调器，当然了，同样登记在盖恩斯维尔的奥利弗罗思名下，就在不久前我们才拿到了销售记录。"他指了指面前摊开的部分文件，"他传送这些照片的时候，用电话拨号接入过很多号码，遍布全国。他属于某个网络圈子，一个其他互联网用户对这些照片同样感兴趣的圈子。"他从文件上抬起头看着我们，眼睛里满是疲倦，但也满是斗志，"我们现在正在追查这些人，我们要准备抓一大批人了，很多人都要为此付出代价，戈登的血绝不会白流。"他点点头，更多是对他自己，而不是我们。

"我们可以把从这台电脑里发现的信息往来记录，跟我在杰克逊维尔银行查到的转账记录进行比对，"蕾切尔说道，"我敢打赌，我们一定能查出他们为那些照片付了多少钱、又是什么时候付的。"

"克利尔蒙顿和他的人正在做这个工作。如果你想去看看,顺着走廊往前走,他们在第三办公室。"

"鲍勃,"我说,"这五十七张照片,他们全看过了吗?"

他抬起头,盯了我一会儿,才回答道:"我看过了,杰克,全看过了。"

"只有孩子的照片吗?"我顿时觉得胸口一阵发紧。不论我之前怎么告诉自己,要冷静地看待我哥哥的死和发生在他身上的事,但这就是个谎言。我无法冷静。

"不像你想的那样,杰克,"巴克斯说道,"没有那些成年遇害者的照片。既没有警探的,也没有其他成年遇害者的。我猜……"他没有说下去。

"什么?"我问。

"我猜那一类照片不能让他赚到钱。"

我低头望向桌上的双手,右手又开始疼了,白色的绷带下一片湿冷黏腻。我感到一阵宽慰,全身都放松下来,这是一种宽慰。得知你哥哥被杀后的照片不会在全国各地传播,不会在互联网上四处散布供随便哪个变态下载,除了宽慰,你还能有什么别的感受呢?

"我想,等这家伙的事曝光之后,很多人都会想为你举办一场庆功游行,杰克,"巴克斯说,"把你拉进一辆敞篷车里,绕着麦迪逊大道转一大圈。"

我看着他。我不知道他是不是想表现一下幽默感,但我没笑。

"也许有的时候,复仇就跟正义一样公正。"

"要我说,我觉得它们差不多就是一回事。"

沉默片刻后,巴克斯换了个话题。"杰克,我们必须记录你的正式陈述。我安排了分局的一个速记员,九点半开始。你准备好了吗?"

"早准备好了。"

"我们需要你按时间发展进行线性陈述，从一件事到另一件事，别放过任何细节。我觉得，蕾切尔，你来负责这个，由你提问。"

"好的，鲍勃。"

"我希望今天就办完这件事，这样明天就能送交地区检察官办公室了。没准之后我们便能启程回家。"

"起诉打包给地区检察官的事由谁来做？"蕾切尔问道。

"卡特。"巴克斯看了看表，"嗯，你们还有几分钟的时间，不过，为什么不顺着走廊找找莎莉·金博尔？她可能已经准备好了。"

我们被赶出门了，我跟蕾切尔起身朝门口走去。我看了蕾切尔一眼，想看看她有没有因为被安排来记录我的陈述而本地探员却能追查格拉登电脑里的往来记录而生气。显而易见，现在后者才是调查工作中更重要更令人兴奋的焦点，但是从她神情上看不出什么。走到会议室门口的时候，她回头告诉巴克斯，如果他还有任何需要，她随时待命。

"谢谢你，蕾切尔。"他说，"噢，对了，杰克，这是给你的。"

他拿起那堆粉红色的电话留言条。我走到桌边，把它们扫走。

"还有这个。"他从座位旁的地板上拿起我的电脑包，隔着桌子递给我，"你昨天落在车里了。"

"谢谢。"我扫了眼那沓留言条，一定满一打了。

"你现在是明星了，"巴克斯说道，"可别让这些冲昏你的头脑。"

"除非他们真的给我举办一场游行。"

他没有笑。

蕾切尔去找速记员，我站在走廊里翻阅留言。当中大多是那三大电视新闻网和几家报社的重复来电，甚至有一家是我们报社的同城对手《丹佛邮报》。还有很多小媒体，包括平面媒体和电视媒体，都打来电话留言。还有一个电话居然来自迈克尔·沃伦，我注意到他留下的回电号码，区号二一三，说明他还在洛杉矶。

让我最感兴趣的三条留言并不是来自新闻媒体的。其中一条是丹·布莱索一小时前从巴尔的摩打来的；另外两条来自两位图书出版商，一位是纽约一家出版社的高级编辑，另一位是一家大型出版社的社长助理。这两家出版社我都听说过，顿时胸中激荡开一种半惶恐半喜悦的复杂情绪。

这时蕾切尔回来了。"她几分钟后就到。我们就用那边的办公室，去那儿等吧。"

我跟着她走过去。

这间屋子就像我们刚才同巴克斯碰面的那间会议室的小型翻版，屋里放着一张圆桌、四把椅子，旁边的小柜子上摆着一部电话。有一扇朝东的落地窗，透过窗户可以俯瞰整个市区。我问蕾切尔，等速记员时我可不可以先打个电话，她叫我尽管打。我按下布莱索留下的号码，铃响第一声他便拿起了听筒。"布莱索调查公司。"

"我是杰克·麦克沃伊。"

"杰克·麦克，你还好吗？"

"我很好。你怎么样？"

"自从听到今早的新闻之后，我好得不得了。"

"我真高兴听到你这样说。"

"你干得真漂亮，杰克，就是该把那种家伙踹到地狱去。你干得太棒了！"

那为什么我感觉并不那么好？我这样想着，但没有问出来。

"杰克？"

"怎么？"

"我欠你一份人情，伙计，还有约翰尼·麦克也欠你一份情。"

"不，你们什么都不欠我，我们是平等互助，丹。你帮助过我。"

"是一样的道理，我还是欠你的。哪天你到我这儿来，我们去酒馆吃螃蟹，我一定要请客。"

"谢了，丹，我会去的。"

"嘿，那个报纸上、电视上跟你在一起的政府姑娘是怎么一回事？沃林探员，她长得真漂亮啊。"

我瞅了眼蕾切尔。"是的，她是很漂亮。"

"我看了昨晚有线新闻网报道的片段，就是她扶着你从那家商店走出来的那段。你可悠着点啊，年轻人。"

他这句话终于让我有了点笑意。挂上电话，我又看了看那两张出版社留言的纸条。我本想现在就回电话，但转念一想还是稍后再处理更稳妥。我对出版行业不怎么了解，但之前我写头一本小说时——就是我一直没写完、后来塞进抽屉里的那本——曾经做过一点调查，知道书写完之后得先找个经纪人，而不是直接拿着书去找出版商。我甚至已经在心里挑中了一个经纪人，打算到时候去找他做我的代理。只不过我一直没有完成那本小说，也就没有书稿可以寄给他。我决定回去再找找他的名字和电话，之后给他打个电话问问路。

接下来我打算给沃伦回个电话。速记员还没来，于是我拨出了他留下的号码。接听的是一个接线员，我请她转接沃伦，这时蕾切尔立即抬起头，向我投来探询的目光。我冲她眨眨眼，这时接线员告诉我沃伦不在办公室。我把我的名字告诉了她，但没有留言，也没留下回拨号码。等沃伦知道这个消息后，就让他为错过我的电话懊悔吧。

"你为什么给他打电话？"蕾切尔在我放下电话后问道，"我还以为你们俩是对头。"

"没错，我们是对头。我打这个电话大概就是为了告诉他，让他滚他妈的蛋吧。"

我花了一小时又十五分钟才把整件事详细地对蕾切尔陈述了一遍，整个过程中速记员都在奋笔疾书。蕾切尔开始只提了一些一般问题，引导我按时间顺序陈述经历。当我讲到枪击那部分时，她的提问才变得具体起来，而且第一次问到我在做出某些细节动作时是出于什么想法。

　　我告诉她我之所以去抢那把枪，仅仅是因为不想让枪落到格拉登手里，没有其他想法。我告诉她当我们缠斗在一起时，我想到的就是清空枪里的子弹，以及第二枪完全不是有意打响的。

　　"知道吗？其实应该算是他过激的抢夺让枪走了火，而不是我扣下了扳机。他当时一下子扑上来想抢第二次，那时我的大拇指还套在扳机圈里。他一拉扯，子弹就射出去了。从某种程度上说，他算是开枪打死了自己，那时他看上去仿佛知道会发生什么事情似的。"

　　之后我们又谈了几分钟，蕾切尔问了一些补充性问题，然后告诉速记员她明天一早就要拿到整理后的陈述抄本，要附在交给地区检察官的起诉打包里。

　　"你们说的那个起诉打包到底是什么意思？"速记员离开后，我问蕾切尔。

　　"就是个术语。不管是不是查案、要不要起诉，我们都这么叫。别紧张，我们不是在找碴，你这儿只有正当防卫和自卫杀人而已。放心吧，杰克。"

　　尽管时间还早，我们还是决定去吃午饭。蕾切尔说吃完饭就把我送回酒店，她还要回分局干活儿，而我今天的活儿算是干完了。我们沿着走廊出去，她注意到一间标着第三办公室的房门开着，于是朝里望了望。办公室里的两个人都坐在电脑前，键盘上堆着文件。我注意到其中一人的显示器旁放着一册埃德加·爱伦·坡的文集，跟我那本一模一样。这名探员首先注意到我们。

"你好，我是蕾切尔·沃林，这边进行得怎么样了？"

另一名探员也抬起头，两人先后跟我们打招呼，报上自己的名字。蕾切尔向他们介绍了我，第一个注意到我们的探员唐·克利尔蒙顿说："我们干得不赖，天黑之前就会整理出一份包含姓名和住址的清单。我们会把这些名字转交给离他们所在地最近的分局，他们应该有足够的材料去申请搜查令了。"

我想象着一队队探员破门而入，将那些购买遇害儿童数码照片的恋童癖一个个从床上揪起来的场景。这将是一场覆盖全国的大清缴，我已经开始想象报纸的头条标题了——"死亡诗社"，他们肯定会这么称呼这帮人。

"我这边还发现了一点情况，看上去非常特别。"克利尔蒙顿说道。

这位擅长计算机的探员看着我们，脸上挂着黑客式的微笑。这是一种邀请，于是蕾切尔走进办公室，我也跟在她身后走了进去。

"是什么情况？"她问道。

"格拉登要给对方发送数码照片，就得接入他们的网络，网络又是通过登记电话号码的那条电话线连通的。我们这里就有了一堆电话号码，然后我们又拿到了杰克逊维尔那家银行的电汇转入转出记录。我们把它们结合起来比对，二者之间可是相当契合。"

他从另一位探员的键盘上拿起一沓纸，快速浏览并挑出一页。"举个例子，去年十二月五日，一笔五百美元的汇款打进了这个户头。款项是从圣保罗的明尼苏达国家银行汇过来的，汇款人留下的姓名是大卫·史密斯，很可能只是个假名。第二天，格拉登的无线调制解调器就连上了一个电话号码，我们追踪过去，找到一个名叫丹提·舍伍德的家伙，家住圣保罗。格拉登跟他的连线持续了四分钟，差不多就是传送和下载一幅照片的时间。类似这样的交易我们已经找到好几十起了，这还只是一天之内进行的汇款与通信的比对。"

"太棒了！"

"好了，所有这些交易引出的问题就是：这些买家是怎么知道格拉登以及怎么知道他卖什么的？换句话说，买卖这些照片的集市到底在什么地方？"

"然后你们找到了集市？"

"没错，我们找到了。就是这台无线调制解调器呼叫最频繁的号码，是个 BBS 论坛，叫 PTL 网络论坛。"

蕾切尔的神情里有抑制不住的惊讶。"PTL——赞美上帝？"

"那是你的美好愿望。事实上，我们觉得它真正的含义是'爱上童贞'①。"

"真恶心。"

"是的。其实这太容易猜到了，又不是什么新奇手法，再说大部分论坛都喜欢玩这种委婉双关的文字游戏。真正难的是进入这个网络论坛，这花费了我们整整一个上午的时间。"

"你们是怎么做到的？"

"我们破解了格拉登的口令。"

"等等，"蕾切尔说，"昨晚发生的事已经登上了全国各地的新闻媒体。无论是谁操控这个论坛，他怎么没把论坛里关于格拉登的一切都清理干净？在我们破解进入之前先取消他的权限，删除他的账户和密码，他为什么不这样做？"

"他的确应该这么做，但是他没有。"说完之后克利尔蒙顿看了另一位探员一眼，他们交换了一个"阴险"的笑容，显然有些情况还不好透露，"或许系统管理员被什么事给绊住了，不能及时处理。"

---

① "爱上童贞"（pre-Teen Love）的英文缩写也为 PTL。

"好了，说说能告诉我的那部分情况吧。"蕾切尔不耐烦地说。

"好的，我们想尽了一切办法登录，试过格拉登名字的各种变体、出生日期、社会保险号，常见的招数都使上了却一无所获。我们当时的想法就跟你刚刚一样，完了，系统管理员已经把他彻底删除了。"

"但是？"

"但是，我们想到了爱伦·坡。"

克利尔蒙顿把那本厚文集拿过来，高举给我们看。"这是一个双密码登录系统。我们很容易就猜到了第一个，就是埃德加。但到了第二个，我们就遇上麻烦了。我们试过乌鸦、幽灵和厄舍，这本书里所有能用上的东西都试过了。然后又折回来，再次试用格拉登的名字和各种号码，还是一无所获。然后，成功了！我们找到了！就在乔喝着咖啡吃着蛋糕时突然想到了。"

克利尔蒙顿指着另一个探员乔·佩雷斯，后者微笑着坐在椅子上点头致意。我猜对于调查网络犯罪的警察来说，他做的这件事就相当于街头巡警抓捕了一名重犯，那骄傲的模样看上去就像在毕业舞会的当晚成功在某个酒店房间进"球"得分了。

"当时我累了想歇歇，就翻起那本爱伦·坡文集，"佩雷斯解释道，"看电脑屏幕时间太久，眼睛很累。"

"他决定让眼睛休息休息，就看了会儿书，然后就迎来了我们俩的幸运时刻，"克利蒙尔顿接过话头说道，"乔读到爱伦·坡的生平介绍，忽然发现当中提到这位作家曾经为了参军还是什么的用过一个化名埃德加·佩里。我们将这个名字输进去，就像我说的，成功了！我们就这样进了去。"

克利尔蒙顿转过身，同佩雷斯击了下掌。他们看上去就是两个书呆子，这就是今天的联邦调查局，我想。

"你们发现了什么？"

"论坛里有十二个版块，大部分都是专门讨论某一类口味的，说详细点，比如十二岁以下的小姑娘、十岁以下的小男孩，诸如此类。还有一个律师推荐版块，我们在里面找到了格拉登的律师克拉斯纳的名字。还有一个版块是讲个人经历的，里面有不少怪异的狗屎帖子，像散文一样，当中有一些肯定出自我们要找的那位，看看这个。"

他又在那沓纸里翻了翻，抽出一张打印的材料，开始读起上面的内容。"这是其中的一篇。'我感觉到，他们很快就会找到我了。我被宣之于众的时候就快到了，大众将对我着迷，又因我而恐惧。我已经准备好了。'下面几段他继续写道，'我的痛苦就是我的激情，我的宗教。它从不背弃我。它引导着我。它就是我。'尽是这样的满篇呓语，而且这个作者把自己叫作幽灵，我们觉得这一定就是他。你们行为科学部的人会从这些材料里找到不少好题材的，为你们的研究库添砖加瓦。"

"很好，"蕾切尔说，"还有什么？"

"嗯，其中一个版块就是交易版块，人们把东西放在上面买或者卖。"

"比如照片或者身份证件？"

"对，上面还有个家伙出售阿拉巴马州的驾驶执照。我觉得我们得赶紧把这骗子给拿下。上面还有一份文档，兜售格拉登电脑里的那些照片，最低五百美元一张，三张一千美元。你要是看中什么，留个言，写下你的网络地址，再把钱通过电汇打进一个银行账户，然后你要的照片就会出现在你的电脑里。在实物交易版块里还有一条他打的广告，说可以提供符合某些特殊口味和欲望的照片。"

"就像他接了订单，然后出去，再……"

"是的。"

"你把这些情况汇报给鲍勃·巴克斯了吗？"

"是的，他刚才就在这儿。"

蕾切尔看向我。"我越来越觉得，那个游行庆典非常值得一办。"

"你们还不知道最精彩的那部分呢，"克利尔蒙顿说道，"还有，什么游行庆典？"

"没什么，什么是最精彩的部分？"

"那个论坛，我们追踪到了它的地址。"

"哪里？"

"佛罗里达，雷福德，联邦感化监狱。"

"我的天！冈贝尔？"

克利尔蒙顿笑着点了点头。"这也是鲍勃·巴克斯想到的人，他正要派人核查一番。我已经给监狱方面打了电话，问当值的警长那个号码连接的是什么地方，他说那是监狱小卖部。看到了吗？我注意到格拉登登录论坛的时间都是在东部时间下午五点之后。那个警长告诉我，小卖部每天关门的时间正是下午五点，第二天早上八点才开门。我也问了他，小卖部里是不是有台电脑用来记录商品进出情况，他回答说当然有了。我又问他小卖部里的电话是否联网，他说是有一部电话但是没有联网。不过，请一定相信我，那个警长肯定分不清调制解调器跟地上一个窟窿的区别。那家伙只是每天机械地去监狱上班而已。想想他的话能信多少？我叫他再核查一下那条电话线，比如会不会有人在办公室关门以后——"

"等等，他不能——"

"别担心，他不会做任何打草惊蛇的举动。我叫他什么都别动，等着我们的人过去。至于现在，那个论坛还照常运行着，我的意思是东部时间下午五点之后照常运行着。我问他是谁在小卖部工作，他说是一个名为霍勒斯·冈贝尔的因犯，因为表现良好被委托经营小卖部。我看你对这个人还挺熟悉的。我猜每天晚上，他下班锁上门回囚室之前，都会拔下电话线接入网络。"

因为这个新进展，蕾切尔取消了和我共进午餐的计划，说我得自己坐出租车回酒店了，她一有机会就会给我打电话。她很可能会回佛罗里达一趟，如果去会先告诉我。我也想留下来，但一晚上没睡好的困意终于来袭，便放弃了。

我搭乘电梯下了楼，穿过大堂，想着还得给格雷格·格伦打个电话，再查查留言。正想着，身后忽然传来一个熟悉的声音。"嘿，大明星，过得如何啊？"

我转过身，看到迈克尔·沃伦向我走来。"沃伦。我之前还给《洛杉矶时报》打电话找你，他们说你不在办公室。"

"我来了这边。一会儿这里有一个新闻发布会，两点钟开始。我想着早点来，看看有没有什么能挖掘的东西。"

"比如下一个线人？"

"我告诉过你了，杰克，我不会跟你谈论这个。"

"很好，我也不会跟你谈。"

我转身准备走开。他在身后喊道："那你为什么给我打电话？只是为了吹嘘一番？"

我回头看向他。"差不多吧，但你知道，沃伦，其实我并不是真的生你的气。你追踪了一个别人给你的故事然后报道出来，这很酷。我不能因此责备你什么。你不知道的是，索尔森是因为自己心里那点小算盘才向你透露消息的，他是在利用你，但我们都被他利用了。再见。"

"等等，杰克。如果你是生我的气，为什么不跟我谈谈呢？"

"因为我们还是竞争对手。"

"不，我们不是，伙计。你甚至都不能再报道这个故事了。今早我让人传真了一份《落基山新闻》的头版，他们把这个报道给了别人。你的名字只出现在报道内容里，不在署名栏了，杰克。你不再负责这篇报道了，你现在就是报道本身。所以，为什么咱们不公事公办，让我问你几个问题？"

"就像那种'你感觉如何'之类的问题，你打算问我这个？"

"这是问题之一。"

我注视了他许久。不管我多么讨厌他，或者说讨厌他做下的那件事，但不可否认，站在他的立场，我非常理解他的行为，他做的正是我以前做过无数次的事情。我看了看表，又望了望大堂外面的环形迎宾车道。不像昨天，这会儿外面一辆出租车都没有。

"你有车吗？"

"有，一辆报社公车。"

"送我去马尔蒙庄园酒店，我们在路上谈。"

"正式引用那种？"

"正式引用。"

他打开录音机，放在汽车的仪表板上。他想直接引述我的原话，听我亲口说昨晚的经历，而不是仰仗联邦调查局发言人给出的二手材料。对于一个像他这么出色的记者而言，二手材料太容易拿到了。只要有可能，他就会直奔消息源头。我知道，我的路子也一样。

某种程度上，向他讲述事件经过让我感觉挺不错，我很享受这一刻。我没有告诉他任何没告诉杰克逊的新消息，说的都是自家报社已经报道了的内容，也就谈不上泄露本报机密。沃伦几乎从事件一开始就被卷了进来，我很乐意亲自告诉他事情是如何发展又是如何结束的。

我并没有向他透露案件的最新进展，比如冈贝尔在狱中操纵的那个 PTL 论坛。这情报实在太棒了，我不会拱手让人。我打算亲自写这件事，也许写给《落基山新闻》，也许写给那几家纽约出版商。

最后，沃伦驶上一小段山路，抵达马尔蒙庄园酒店的大门。一个门童为我打开了车门，但我没有下车，而是看向沃伦。

"还有其他问题吗？"

"没了，我想我都记下了，再说我得赶快回联邦大楼参加新闻发布会。但是，你这篇陈述真是棒极了。"

"好吧，你和《落基山新闻》掌握了这些情况。我不打算卖给其他媒体，除非它们肯出到六位数。"

他注视着我，看上去十分惊讶。

"只是玩笑而已，沃伦。虽然我曾经跟你一起潜进基金会的档案室，但是老兄，我也是有底线的人，不会堕落到把我的故事卖给猎奇节目。"

"出版商呢？"

"我正在考虑，你呢？"

"你的第一篇报道一出来我就放弃了。我的经纪人说，他联系的那些编辑对你更感兴趣，而不是我。你有遇害者兄弟的身份啊，对吧？而且显然你还是参与调查的局内人。我能卖出去的也就是那些见报的快餐新闻中的一篇报道而已，我没兴趣出书了，倒是赚了个好名声。"

我点点头，起身下车。"谢谢你送我回来。"

"谢谢你接受采访。"

我下了车，正想关上车门，沃伦突然开口想说什么，但是欲言又止。

"怎么了？"

"我本想……唉，管他呢，听着，杰克，关于我那篇报道的线人。如果——"

"忘了吧，伙计，反正已经不重要了。就像我刚才说的，逝者已逝，而且你只是做了任何一个记者都会做的事。"

"不，等等。我想说的不是这个……我不会出卖任何线人，杰克，但我可以告诉你谁不是我的线人。索尔森不是我的线人，明白吗？我甚至都不认识他。"

我只是点了点头，什么都没说。他不知道我看过酒店的账单，知道他在撒谎。一辆捷豹驶进酒店门口的下车位，一对从头到脚一身黑的男女正要下车。我扭头看向沃伦，心想他为什么还要这么说？他现在还在撒谎到底想套出什么？

"你要说的就是这个？"

沃伦挥了挥手，点点头。"是的，就是这个。既然他已经死了，而你又挺在意这件事，我想你可能想要知道这一点。"

我又凝视了他一会儿。"好吧，伙计，"我说，"谢了，咱们会再见的。"

我直起身关上车门，又弯腰隔着车窗冲他挥了挥手。他给我回了个军礼，驾车离去。

46

我回到酒店房间，连上电话线拨号进入《落基山新闻》网络系统，我已经有两天没检查电子邮箱了，有三十六封电子邮件躺在里面等着我。大多数报社内部的来信都是贺信，尽管他们没有直白地道声恭喜，大概写信人也不知道祝贺我亲手杀掉诗人是否合适。有两封信来自范·杰克逊，问我在哪儿并请我给他回电话，还有三封来自格雷格·格伦，问了我同样的问题。报社的系统管理员还把我的所有电话留言一股脑地丢到了我的收件箱里，这些电话来自各地的记者，还有几个是好莱坞制片公司打来的。我的母亲和赖莉也打过。毫无疑问，我成了时下的热门人物。我保存了所有信息，以便以后需要回电话之类，然后退出了登录。

直接打给格雷格的电话被转给了接线员，她说格雷格正在开编辑会，吩咐过她别把电话转进会议室。我留下名字和电话号码，挂了电话。

我等了格雷格十五分钟，这段时间里，我一直试着不去想沃伦送我回来时最后说的那些话。格雷格一直没有打来电话，我等得不耐烦了便离开了房间。我沿路走着，最后停在一家名叫"汤"的书店前，之前坐沃伦的车回来时，我就注意到了这家书店。我走进店里的侦探小说区，找到那本印象中在扉页上写着"献给本书经纪人"的小说。按照我的理论，这种献辞就说明这是个好经纪人。找到名字后，我又来到工具书区，在一本列出经纪人姓名、地址和电话的工具书里找到了那个名字的条目。我暗暗记下此人的电话号码，然后离开书店，向酒店走去。

回到房间时，电话上显示未接来电的红灯闪个不停，我知道十有八九是格伦，但我决定先给那个经纪人打电话。这会儿是纽约时间下午五点，不知道他是不是已经下班了。铃响两声后，他接起了电话。我作了一番自我介绍，然后直奔主题。"我想看看，是否能说服你为我代理一本书，呃，我觉得大概可以被称作罪案纪实的一本书。你代理这类作品吗？"

"可以，"他说，"但是与其在电话上讨论这个，我更建议你先填写一份问卷，告知你个人以及计划出版的那本书的情况。然后我才能答复你。"

"我很愿意，但我担心可能没有时间，不断有出版商和电影制片人打电话过来，我必须得尽快定下来。"

这是一个饵钩，我知道他会咬住的。

"他们为什么给你打电话？你那边有什么事吗？"

"你在报纸或者电视上看到过一个连环杀手在洛杉矶被击毙的新闻吗？那个诗人的案子？"

"当然看到过。"

"我就是那个，呃，开枪击毙他的人。我是个作家，也是个记者。我的哥哥——"

"你就是那个人？"

"我就是那个人。"

接下来，尽管他好几次被来访的电话打断，我们还是长谈了足足二十分钟，谈我打算动笔的那本书，还有那些已经联系我的电影制片人表现出来的兴趣。他说他跟一个洛杉矶的经纪人合作过，这位经纪人擅长吊住影视业的胃口，同时他想知道我最快可以在什么时候给他一份两页纸的大纲。我回复可以在一个小时之内完成，他给了我他的传真号码，并说如果这个故事真的像他在电视上看到的那么精彩，他觉得本周末就能把这本书卖给出版商。我请他放心，书里的故事将比电视上的更精彩。

"最后一件事，"他说，"你是怎么知道我名字的？"

"从《火烈鸟之晨》的扉页上。"

电话上的红灯仍旧不停地冲我闪烁着，我没理会它。挂了电话后，我开始在笔记本电脑上写大纲，试着把最近两周发生的事压缩在两页纸里。这真是太难了，特别是在只有一只手可用的情况下，最后我还是用了四页纸才讲完我的故事。

写完之后，我受伤的手又疼了起来，虽然刚才我尽量不用到它。我又吃了一片医院开的药，然后回到电脑前继续校对大纲。就在这时，电话铃响了。

是格伦，他已经气得要命。"杰克！"他大吼道，"我一直在等你的电话！该死的你跑哪儿去了？"

"我给你打回去了，还留了言。我在这里干坐着等了你一个小时，就等着你给我回电话。"

"我打了，该死！你没收到我的留言吗？"

"没有。你肯定是在我下楼去大堂买可乐的时候打过来的，但我没收到留言。"

"算了，算了。听着，我们明天放什么料？我安排了杰克逊在这边负责，又派了希迪搭今天早上的飞机去你们那边参加联邦调查局举行的新闻发布会。但是，你那儿还能给我们什么新鲜料？全国每一家报纸都跟在我们屁股后面跑,我们得继续抢在他们前面。有什么新东西吗?我们还能有什么他们没有的消息?"

"我不知道,"我撒谎道,"这会儿没多少进展,我估计。我猜调查局的人还在核实细节……我还是不能写这个故事的报道吗?"

"你看,杰克,我不知道你还能怎么写。这个问题咱们昨天已经谈过了,你在这里牵连太多了,你是当事人,你写不合适。你不能期望我让——"

"好吧,我只是问一下。呃……嗯,有那么一两件事情。首先,他们昨天晚上追查那个叫格拉登的家伙,最后查到一间公寓,他们在里面又发现了一具尸体,又一个遇害者。明天的报道你们可以从这个事情着手,但也可能这就是他们今天新闻发布会要公布的事情。然后,叫杰克逊给这里的联邦调查局分局打电话,问问他们发现的关于电脑的事。"

"电脑?"

"是的。他们在格拉登的车里发现了一台笔记本电脑,这边负责打击网络犯罪的探员查了一个通宵,今天上午仍然在查。我不知道现在发现什么情况没有,但值得打个电话问问,我还不知道他们在电脑里发现了什么。"

"那你到那儿干什么了?"

"我得去那里录口供啊,花了整整一个早上。他们还得向地区检察官做报告,说我是正当防卫什么的,录完了口供我才回酒店。"

"他们没告诉你什么新情况吗?"

"没有。我只是无意间听到几个探员说又发现了尸体,还有电脑什么的,就这么多了。"

"好的,总算有个着手点了。"

我微微一笑,但没让笑意传进声音里。我不在乎泄露诗人的最后一个受害者,毕竟这个消息可能很快就会曝光。但像杰克逊那样的人打过去的电话绝对会受到冷处理，联邦调查局的人甚至都不会明确答复他究竟有没有这样一台电脑，更别说电脑里有些什么了。在查个水落石出之前，联邦调查局是不会放出这些消息的。

"抱歉，我能提供的就这么多了，格雷格，"我说，"向杰克逊转达我的歉意。对了，除了参加新闻发布会，希迪过来还要干什么？"

希迪在社里很被看好，她最近被派到了外访组。外访组记者的汽车后备厢里总是放着行李，一旦发生任何天灾人祸或者其他突发新闻，他们就得立即离开丹佛奔赴事发现场。我以前也是外访组的记者。可在报道过三次飞机失事、采访过遇难者家属——他们爱的人在事故中被炸得灰飞烟灭后，我就对这工作厌倦了，回到了警政新闻版块。

"我也说不准，"格伦回答道，"让她自己转转。你什么时候回来？"

"他们想让我再留一天，地区检察官办公室可能要找我谈话。我估计这边明天就完事了。"

"好的，如果打听到任何消息，马上告诉我。还有，好好教训前台那些该死的家伙，竟然没把我的留言转给你。我会把电脑的事交给杰克逊跟进。我挂了，杰克。"

"好的。对了，格雷格，我的手没事。"

"什么？"

"我知道你很担心我的手，但是我现在已经感觉好多了。"

"杰克，我很抱歉。这几天实在太忙了，没顾上问候。"

"是啊，我知道。回头见。"

47

我吃下的那片止痛药开始起效了。手上的痛感逐渐减轻，平和放松之感渐渐遍布全身。与格雷格结束通话后，我重新把电话线接进电脑，启动传真程序，把大纲发到那个经纪人给我的传真号码。听着电脑拨号时吱吱呀呀的电流声时，一个念头突然像闪电一样划过脑海：我在来洛杉矶的飞机上打出的那些电话也发出过这种声音。

我一直太想证明并曝光索尔森就是那个向沃伦走漏消息的人，对于他酒店账单里的其他电话只是一扫而过，在飞机上随意地拨过那几个号码试试，却都没有深究。我记得其中有一个打往佛罗里达的电话，回应的就是这种电脑拨号声，那部电话很可能就位于雷福德联邦感化监狱。

我猛地把电脑包从床上拽下来，掏出两个记事本飞快地全部翻了一遍，怎么也找不到飞机上打的那几个电话的笔记。我这才想起来，我当时压根没有做笔记，也没有把那些电话号码抄下来，因为我没有想到有人会把那几张酒店账单偷走。

我清除脑中的杂念，专心回忆我在飞机上的一举一动。那时我最关心的就是账单上那个打给沃伦的电话，我正是根据那个电话认定索尔森是沃伦的线人。那个电话拨出的前后几分钟，他还从房间里打出过好几个电话，但当时我对那些电话没什么兴趣。

我没有见过克利尔蒙顿说的那个格拉登电脑连线最频繁的电话号码。我想过要不要打电话给克利尔蒙顿要来那个号码，但我估计，没经过蕾切尔或者巴克斯同意，他不会把那个号码告诉一个记者，这样一来倒让我暴露底牌了。直觉告诉我，还是别向他打听比较好。

我从钱包里拿出信用卡，翻了个面。重新连好电话后，我拨打了卡背面的客服电话，然后告诉接线员我要查询信用卡账单。听了三分钟背景音乐后，另一个接线员接通了电话，我问她是否可以查询我的信用卡三天前新增的消费情况。在通过社会保险号码等情况核实我的持卡人身份后，她说可以在电脑上查询到我的消费记录，看看某笔消费是否已经出账，于是我把要查询的项目告诉了她。

那几个电话的费用刚刚完成出账，账单上同时包括我当时拨出的电话号码。五分钟后，我已经把在飞机上拨过的所有电话号码都记到了记事本上，谢过接线员后，我挂上了电话。

我再一次拨出电话线插进电脑，打开远程终端窗口，输入从索尔森房间里拨出的那个号码，运行程序。我看了看床头的钟，现在是本地时间三点，但佛罗里达那边已经六点了。铃响一声后是电脑拨号声。我听到了电脑连接网络时发出的熟悉的尖啸，屏幕变成一片空白，随即出现了一个标题。

欢迎来到 PTL 俱乐部

我长吁一口气，一下靠回椅背上，只觉得有股电流涌遍全身。几秒钟后，屏幕上的内容向上滚动，出现一个提示符，要求用户键入密码。我键入"埃德加"。当我按下这几个字母时，我那只没有受伤的手不停颤抖着。埃德加被系统认可了，随即出现第二个提示符，要求输入第二个密码。我键入了"佩里"。不一会儿，这个密码同样被认可了，接着出现在屏幕上的是一块欢迎面板。

赞美我主

通行版规

1.永不使用真实姓名

2.绝不向熟人透露本站网址

3.绝不同意与另一位用户会面

4.了解这一点：其他用户可能并非你的同类

5.管理员保留删除任何用户的权力

6.公告牌不得用于讨论任何非法活动——令行禁止！

7.PTL 论坛对本站内容不承担任何责任

8.按任意键继续

我敲下回车键就来到了一块目录面板，它为用户提供了可选择的子版块。就像克利尔蒙顿说的那样，真是为当代恋童癖呈上了大餐。我按下退出键，电脑询问我是否想要退出 PTL 论坛。我选择了"是"并退出，我这会儿没兴趣探索这个论坛。我更感兴趣的是索尔森，或者说那个在星期天凌晨就拨出这个号码的人，那个早在四天之前就知道这个论坛并且成功登录的人。

这个拨号连接 PTL 论坛的呼叫是从索尔森的房间打出去的，我很容易认为拨出这个号码的人是索尔森。但是我仔细考虑了其他可能。我记得连接 PTL 论坛的这个电话的拨打时间就和同一房间打给洛杉矶沃伦的那个电话前后相差几分钟。但索尔森曾强烈地否认他是沃伦的线人，至少否认过三次。沃伦也否认过两次，其中一次还是在索尔森死后，此时就算别人知道索尔森真的向他通风报信过也不要紧了。就在几个小时前，沃伦的否认在我心里播下的那颗怀疑的种子，现在正变得越来越大。它在我脑海里抽芽开花，让我无法置之不理。

如果沃伦和索尔森的话值得相信，那么又是谁从索尔森房间里打出电话并拨号上网的？一个个可能性在我脑海里一一闪过，每一个最终都像一记闷拳狠狠击在我的胸口——蕾切尔。

各种各样毫不相关的事实堆到一起发酵，最后引导我的推测指向她。

首先，蕾切尔有一台笔记本电脑，当然，这个理由最没说服力。索尔森、巴克斯以及其他每名探员都带着电脑，或者有条件接触到电脑，这都会让他们能够登录PTL论坛。但是还有第二个理由，星期六深夜，当我往蕾切尔的房间打电话甚至过去敲门的时候，她不在房间里。那时她在哪儿？会不会去了索尔森的房间？

我想起索尔森对我说的那些关于蕾切尔的话。他把她比作佩恩蒂德彩绘沙漠，他还提到了些别的："她会把你耍得团团转，或者跟你一起玩，就像玩玩具一样。这一刻她还愿意跟你分享，下一刻她却不肯了，然后就从你身边消失，丢下你了。"

最后一个理由，我记得那天深夜我曾在走廊里见过索尔森，那会儿已经过了午夜，而那些从他房间里打出去的长途电话也差不多是在那个时候。当时他在走廊里跟我擦肩而过，手里好像拿着一个小袋子之类的东西。我突然想起蕾切尔拉开手袋里面那个带拉链的小袋子时发出的声音，还记得她拿出一个安全套——"以备紧急情况之用"的安全套——放在我手里时的情景。我意识到蕾切尔能够借此让索尔森离开他自己的房间，让她有机会使用房间的电话。

一股纯粹的恐惧渐渐在我整个躯体蔓延开来。沃伦种下的那朵怀疑之花已经盛放，堵住我的喉头令我窒息。我站起来在房里踱着步，却感到有些头晕，可能是因为刚才吃的那片止痛药。我又坐回床上。休息一会儿后，我重新连上电话，打给菲尼克斯那家酒店，转到结账处。接电话的是一个年轻女人。

"你好，我是上周末入住贵店的，结账时没怎么认真看账单，直到回家才发现一点问题。我对账单上的几个拨出电话存有疑问，早就想打电话过来问问，可总是忘记。请问这个问题我可以找谁反映？"

"您好，先生，我很乐意为您效劳。请告诉我您的名字，我来调出您的记录查一查。"

"谢谢，我叫戈登·索尔森。"

她没回话，我心里一阵发冷，猜她可能已经在电视或报纸上看到过这个名字，知道这个姓索尔森的探员已在洛杉矶遇害，但紧接着，我就听到了她敲击键盘的声音。

"好的，索尔森先生。您当时入住的房间是三二五，住了两个晚上。您发现了什么问题？"

我把这个房间号随手记在记事本上，遵循记者随时记录的老习惯可以帮我保持镇定。

"我找不到……我正在桌子上找那份单子，我抄下来的，看来我好像把它弄丢了……该死的！这会儿我找不着了。呃，我待会儿再打。不过这段时间里，你能不能先查查，到时好有个准备？我注意到账单上记着周六午夜过后有三个电话，可我不记得打过。我把号码抄下来了，就放在这儿……好了，我找到了。"

我迅速把我从信用卡客服接线员那儿弄到的三个电话号码给了她，暗暗祈祷这伎俩能奏效。

"对，这几个电话都包含在您的账单上。您确定您……"

"它们都是什么时候拨出的？看，问题就在这儿，我从不在午夜过后还谈什么生意。"

她告诉了我打出电话的时间。打往匡提科的电话，拨出时间记录的是凌晨零点三十七分；接下来是打给沃伦的电话，凌晨零点四十一分；之后就是拨号登录 PTL 论坛了，时间是凌晨零点五十六分。我记录下这几个时间，凝视着这些数字。

"您觉得您没打过这些电话吗？"

"什么？"

"我说，您觉得您没有打过这些电话吗？"

"是的。"

"当时有人和您同在房间里吗？"

这就是关键了，不是吗？我这样想着，但是没有说出口。"呃，没有，"我说，然后又迅速补充道，"你可以再帮我核查一次吗？如果你们的系统没出什么问题的话，我很乐意支付这些费用。谢谢你。"

我挂了电话，看着那几个我记在记事本里的时间。它们能对上。蕾切尔在我的房间里一直待到近午夜。第二天早上她告诉我，她离开我的房间后在走廊碰到了索尔森。也许她对我撒了谎，也许她做的比单单碰上他还要多，也许她去了他的房间。

索尔森已经死了，只有一个办法可以验证我的推论——找蕾切尔对质，可我不能直接去问她。我又拿起电话，打给联邦调查局洛杉矶分局。接线员大概被严令必须挡住所有打给巴克斯的电话，尤其是来自媒体的电话，于是只是敷衍并不帮我转接，直到我告诉她我就是那个击毙诗人的人，而且现在有紧急情况，必须立即与巴克斯通话。终于，我的电话被转接过去了，巴克斯说道："杰克，出了什么事？"

"鲍勃，听我说，我现在非常严肃，这件事很重要。你这会儿独自一个人吗？"

"杰克，发生了什么——"

"快回答我的问题！抱歉，我很抱歉，我本意不是要对你吼的。我只是有点……好吧，快告诉我，你现在独自一个人吗？"

他顿了顿，再开口时声音里带着些疑惑。"我是独自一个人。到底发生了什么事？"

"我们之前说过，我们双方必须相互信任。我一直信任你，你也信任我。现在我希望你再信我一次，鲍勃，你只需要在接下来的几分钟，回答我几个小问题，不要问我为什么。待会儿我会向你解释一切，好吗？"

"杰克，我非常忙。我不明白——"

"五分钟，鲍勃，我就需要这么点时间，这件事非常重要。"

"你可以提问了。"

"索尔森的随身物品是怎么处理的？就是他放在酒店里的衣物和其他东西，他……死后，是谁处理的？"

"是我昨天晚上把所有东西收拾好的。我不觉得这有什么大问题，他的私人物品跟其他人不相关。"

"满足我这个请求吧，鲍勃。这一次我不是为了报道新闻，是为了我自己，也是为了你。我有两个问题，第一，你在他的随身物品里发现酒店账单了吗？就是菲尼克斯那家酒店的账单。"

"菲尼克斯的？不，它们不在里面，也不会在里面。我们当时走得很匆忙，一离开就没再回去。我敢肯定这会儿账单已经寄到我在匡提科的办公室了。杰克，你到底在想些什么？"

第一块拼图拼到了合适位置。如果索尔森并未持有这些账单，他很可能就不是从我房间里偷走它们的那个人。我又想到了蕾切尔，我完全控制不住这个念头。在好莱坞的第一个晚上，我们做爱之后，她先起床去洗澡，然后才轮到我。我仿佛看到她从我裤子口袋里掏出我房间的钥匙，下楼溜进我的房间，快速翻检我的东西。或许她只是随便翻翻，或许她不知怎么就知道我拿了那些酒店账单。可能她给菲尼克斯的酒店打了个电话，然后知道了这个消息。

"第二个问题，"我径直对巴克斯说道，没理会他的问题，"你在索尔森的随身物品里发现安全套了吗？"

"听着，我不知道你对这个抱有什么病态的想法，但我不想再谈下去了。我要挂电话了，杰克，我不想再——"

"等等！这绝不是什么病态的想法，我在调查被你们这些人忽略的东西！你今天跟克利尔蒙顿谈过那台电脑的事吗，关于 PTL 论坛？"

"我知道那个论坛的事，但是这跟一盒安全套有什么关系？"

我注意到他无意间已经回答了我那个关于安全套的问题。我没有跟他提及任何跟盒有关的信息，现在知道那里有盒安全套。

"你知道星期天凌晨，索尔森的房间里打出过一个电话，正是拨号连接 PTL 论坛的吗？"

"太荒唐了！而且该死的你怎么会知道这件事？"

"因为我离开那家酒店时，那儿的职员以为我也是联邦调查局探员，记得吗？就像我们在殡仪馆时那个记者误以为我是联邦调查局探员一样。他把酒店账单交给了我，托我带给你们，他觉得这样会节省邮寄时间。"

我这番供认说出来后，电话那边是长长的沉默。"你是说你偷了那些酒店账单？"

"我说的只是我刚才说的那些。账单就这样被交到了我的手里，而在索尔森房间的账单上，列着打给迈克尔·沃伦和拨号连接 PTL 论坛的电话消费。多么有趣啊，你们这些人不是直到今天才知道有这么个 PTL 论坛吗？"

"我会派人过去取走你手里的那些账单。"

"别费事了，已经不在我这儿了。在好莱坞的时候，有人从我房间里偷走了它们。你的鸡窝里有一只狐狸，鲍勃。"

"你什么意思？"

"你承认你在索尔森的随身物品里发现了一盒安全套，我就告诉你我那句话是什么意思。"

我听见他发出一声疲惫而无奈的长叹。"是有一盒安全套，行了吧？那东西甚至还没开封。现在告诉我，这盒安全套有什么意义？"

"它现在在哪儿？"

"在一个上了封条的硬纸盒里，和他的其他物品放在一起，明天早晨会和他的尸体一同运往弗吉尼亚。"

"这个上了封条的硬纸盒在哪儿？"

"就在我这里。"

"我要你打开它，鲍勃。看看那盒安全套，看上面有没有价格标签，或者其他任何能证明他是从哪儿买的标记。"

我听着话筒里传来硬纸盒被撕开的声音，我脑海里同时浮现出那天索尔森沿着走廊走过来，手里拿着什么东西的场景。

"我现在就可以告诉你，"巴克斯一边打开盒子，一边对我说，"它们被放在一个药店的袋子里。"

我的心脏扑通扑通跳着，接着我听到了打开袋子的声音。

"好了，我找到了，"巴克斯的声音已经有些不耐烦了，"斯考茨代尔药店，二十四小时营业。一盒十二只装的安全套，型号99-5。你还想知道牌子吗，杰克？"

我忽略掉他话里的嘲讽，但他的话提醒了我，一会儿再问他这个问题。

"有收据吗？"

"我正准备读给你听。"

"收据上有购买日期和时间吗？电脑打印的收据一般都有。"

那边一阵沉默，时间之久让我忍不住想要尖叫。"星期天凌晨，零点五十四分。"

我闭上眼睛。当索尔森在购买一盒他甚至都没机会用上的安全套时,有人正在他的房间里使用他的电话。

"好了,杰克,这到底是什么意思?"巴克斯问道。

"意思是,一切都是一个弥天大谎。"我睁开眼睛,将听筒从耳边拿下来。我盯着它,仿佛它是粘在我手上的异物,然后缓缓地把听筒放回机座。

布莱索仍然待在办公室里,第一声铃响之后便接起了电话。

"丹,又是我,杰克。"

"杰克·麦克?有什么事吗?"

"还记得你说的欠我的那顿饭吗?饭就免了,我想请你帮我做件事。"

"没问题。"

我说出需要他做的事情,他毫不迟疑地应下来,尽管我告诉他这件事必须立刻办好。他说他不能保证有什么结果,但无论有没有结果,都会尽快告诉我。

我想着索尔森不在房间的那段时间里从他房里打出去的第一个电话,那是打给匡提科总机的。当我在飞机上拨出这个号码时,我没觉得多奇怪。但现在,这个电话就显得有些蹊跷。为什么有人要在午夜打电话给总机?我现在明白了,肯定是因为打电话的人不能拨出直拨号,以免因这个号码暴露身份。相反,通过自己的电脑连到总机号,总机接线员识别出这是一个传真信号,于是随机转到一条通用传真线路。

我回忆起星期天早晨收到诗人传真的那次会议,索尔森向大家通报了匡提科方面的调查细节。那份传真正是发往总机,又被总机转给了一台传真机。

我请匡提科的接线员转接布拉德利·黑兹尔顿，她立刻帮我转到了行为科学部的办公室。电话铃响了三声，我正以为时间太晚，布拉德已经回家时，他终于接通了电话。

"布拉德，我是杰克·麦克沃伊，我在洛杉矶。"

"嘿，杰克，你怎么样了？你昨天可真够惊险的。"

"我还好。我为索尔森探员的事情感到很难过。我知道你们部门的关系很好……"

"是的，虽然他基本上就是个浑蛋，但谁也不该遭遇那样的事情，真是太可怕了。今天，我们这边几乎看不见一个笑脸。"

"我能想象得出来。"

"你有什么事吗？"

"有，只是几件微不足道的小事。我正在按时间顺序把所有事都串起来，这样我就能把这案子前后的线性发展梳理一遍。要是以后有机会了，我会把这些写出来。"

我真不想对这个男人撒谎，因为他是唯一一个从头到尾都对我非常友善的人，但是我承担不起告诉他真相的后果，因为他很有可能不愿帮我。

"总之，我好像找不到之前我记录的关于那份传真的笔记了，就是诗人在星期天发到匡提科的那份。我记得戈登说他是从你还是从布拉斯那儿了解到详情的，我想知道那份传真发过去的确切时间，如果你那儿有的话。"

"呃，稍等，杰克。"

没等我回答"好的"，他已经走了。接下来的几分钟里，我闭着眼睛猜测他到底是去找我需要的信息了，还是先向上级请示能不能把这些消息告诉我。

终于，他回到了电话边。"抱歉久等了，杰克。那份传真来自联邦调查局学院通讯室的二号传真机，时间是星期天凌晨三点三十八分。"

我看着我的笔记，减去三个小时的时差，传真到达匡提科的时间正是从索尔森房间打到总机的一分钟之后。

"好了吗，杰克？"

"哦，好了，谢谢。对了，我还有一个问题。"

"向我开火吧——哦，该死的，对不起。"

"没关系。呃，我的问题是……索尔森把菲尼克斯那个遇害者，那个叫奥瑟莱克的口腔样本寄回匡提科了吧？"

"是的，奥瑟莱克。"

"嗯，当时他想确认样本里的物质，他相信那是安全套上的润滑剂。我要问的问题就是，你们能不能验出这个安全套的具体品牌，能做到吗？你们检验过吗？"

布拉德起初没有回答，电话那头的沉默让我急得差点跳脚。不过，之后他还是开口了。"这真是个古怪的问题，杰克。"

"是啊，我知道，但是，总要追求细节嘛，还有你们是怎么解决这些细节问题的，真的非常令我好奇。对于写作来说掌握这些细节非常重要，这样才能写出好故事。"

"你再等等。"他又没等我回话就走了，但这一次很快就回来了，"好了，我查到你要的信息了。你可以告诉我，你打听这些事的真实原因吗？"

这一回，沉默的人变成了我。"不能，"我开口说道，想尽量坦率一些，"我的确在试着查清楚一件事情，布拉德。如果调查结果真的像我预料的那样，我一定会第一个通知联邦调查局，请相信我。"

他沉吟片刻。"好吧，杰克，我相信你。再说格拉登已经死了，我也算不上泄露庭审证物，而且看上去你也不能拿这种信息证明什么事情。样本已经缩小到两个牌子，拉美西斯润滑套和特洛伊金套。问题是这两种安全套是全国最常见的两个牌子，算不上我们常说的铁证。"

也许这算不上那种能带上法庭的呈堂证物，但在星期六夜里，在我的房间里，蕾切尔从手袋里拿出来递给我的，正是拉美西斯润滑套。我谢过了他，没再说什么，挂上了电话。

所有信息都摆在桌面上了，一切都对上了。在接下来的一个小时里，不论我如何想尽办法推翻自己的推论，无不以失败告终。这是一个建立在怀疑和猜测基础上的推论，但就像一台机器，所有的部件都精密地咬合在一起，而我找不到什么东西可以插进它的齿轮之间，让它们发出刺耳的摩擦声停止运转。

我需要的最后一个部分得靠布莱索。我在房间里来回踱着步，急切地等待他的电话，焦虑像个活物一般在我胃里搅动着。我走到屋外的阳台呼吸几口新鲜空气，但没有得到半分缓解。万宝路广告牌上的那位硬汉正凝视着我，他那张三十英尺高的脸庞凌驾在整个日落大道上空。我又转回房里。

我想抽根烟，最后决定还是买杯可乐。我离开房间，转动弹子锁，这样门就被卡住，不会关死。我沿着走廊小跑到自动售货机旁。尽管吃了止痛药，我的神经还是一直在叫嚣。然而我知道，如果再不预先服下一杯糖和咖啡因，过不了多久，现在的紧张就会转变成疲劳。回房的半路上，我忽然听到房里的电话正响着，我急忙冲回去。连门都来不及关，进入房间一把抓起电话，这时我估计电话铃已经响到第九声了。

"丹？"

对方一阵沉默。"我是蕾切尔。丹是谁？"

"哦，"我几乎压不住喘息，"他是……只是报社里的一个朋友，这会儿正要打电话过来。"

"你怎么了，杰克？"

"我正气喘吁吁，我刚才到走廊那头买了杯可乐，然后就听到电话，跑回来的。"

"天啊，你一定刚完成百米冲刺。"

"差不多，你先等等。"我走回门口关上房门，然后做了番心理建设，这才重新拿起电话。"蕾切尔？"

"是这样，我只是想告诉你我得走了。鲍勃让我回一趟佛罗里达，处理那个 PTL 论坛的事情。"

"哦。"

"可能要花上好几天。"

电话上的信息指示灯闪烁起来，是布莱索，我想着，不禁在心里抱怨他不该在这个时候打过来。

"好的，蕾切尔。"

"这之后，咱们一起找个地方度假吧。我想休个假。"

"我还以为你刚休过假。"

我曾在她匡提科的办公桌上看到过那个台历。直到这时我才猛地意识到，那大概是她前往菲尼克斯跟踪并杀害奥瑟莱克的时间。

"我好长时间都没真正休过假了。我在考虑要不要去意大利看看，去威尼斯。"

我没有立刻戳穿她的谎言。我沉默着，这让她的耐心耗尽了，我的演技根本不过关。"杰克，你到底怎么了？"

"没什么。"

"我不相信你这话。"

我迟疑了一下，然后说道："有件事一直困扰着我，蕾切尔。"

"那就告诉我。"

"那天晚上，就是我们头一回在一起的那个夜晚，你离开之后，我往你的房间打过电话。你知道，我只想跟你道声晚安，告诉你之前的事多么美妙，我多么快乐。可电话没人接，我甚至去敲了你的房门，也没人应答。然后第二天早上，你说你在走廊里碰到了索尔森，我一直在想这件事。"

"想什么，杰克？"

"我不知道，就是惦记着。我在想我打电话和敲门的时候，你到底在什么地方？"

她沉默了好一会儿，当她终于开口时，怒气几乎就像火一样顺着电话线在我耳边燃烧，噼啪作响。"杰克，知道你这话听上去像什么吗？像个吃醋的傻学生，像你跟我说过的坐在看台上的那个小子。对，我在走廊上碰到索尔森了。对，我甚至可以承认他以为我在找他甚至想要他。但就是这样，仅此而已。我无法解释我为什么没接到你的电话，满意了？或许你拨错了号码；或许你打来时我正在洗澡，同时也在想着这个晚上是多么美妙；又或许，我根本用不着为自己辩护或者向你解释什么。要是你没法收敛你那醋劲，那就找个女人过你的小日子去吧。"

"蕾切尔，别这样，我道歉，好吗？是你问我怎么了，我只是实话实说。"

"你准是吃多了大夫给你开的药。我的建议就是你该好好睡一觉，等着药效过去，杰克。我得赶飞机了。"她挂了电话。

"再见。"我对着另一端已无人的听筒说道。

48

太阳就要落山了，天空的颜色像熟透了的南瓜，斜着一道道泛着磷光的粉红晚霞。这景致真美，就连商业区里上上下下杂乱无序的广告牌在我眼里都很美丽。我又走到阳台，试着想明白这一切是怎么发生的，一边想一边等着布莱索的回电。在我跟蕾切尔通话的时候，打来电话的正是他，他留言说已经离开了办公室，但会给我打回来。

我望着那个万宝路广告牌上的硬汉，时间流逝，他那双微眯的眼睛和带着禁欲意味的下巴却不曾改变。他永远都是我心目中的英雄之一，是一个标志，尽管他其实不过是某本杂志里一张薄薄的图片，或者某块广告牌上一层浅浅的喷漆。我想起以前在家里吃晚饭的时候，上了餐桌，我总是坐在父亲的右手边。他总是在抽烟，烟灰缸总是放在他餐盘的右侧。就是因为这个，我才学会了抽烟。我的父亲，我觉得他非常像那个万宝路广告牌上的硬汉，至少那时候他非常像。

我回到房间，给家里打了个电话，接听的是我的母亲。她大惊小怪地问了很多，问我的伤怎么样了，又温和地训斥我怎么不早点打电话。我总算让她平静下来，再三保证我没事之后，让她叫父亲接电话。自从肖恩的葬礼之后，我和父亲就一直没说过话，如果我们在葬礼上有过交谈的话。

"爸爸？"

"儿子，你真的没事吗？"

"我很好，你们怎么样？"

"哦，当然好，只是担心你，其他的就没什么了。"

"没事，用不着担心，我这边一切都好。"

"这些事真是疯狂啊，对吗？"

"你是说格拉登？是啊。"

"赖莉也跟我们在一起，她会在这儿待上几天。"

"那太好了，爸爸。"

"你想跟她聊聊吗？"

"不，我想跟你聊聊。"

这句话让他沉默了，或许让他觉得紧张。"你在洛杉矶？"他把"矶"字咬得很重。

"是的，至少还得再待一两天。我只是……我打电话来只是想……我一直在想过去那些事，我想说声对不起。"

"为了什么说对不起，儿子？"

"任何事情，所有的事情。萨拉、肖恩以及所有你想到的事情。"我笑起来，就是你明知道不好笑，但就是觉得不自在，除了笑没其他办法的那种笑，"我为所有事情说声对不起。"

"杰克，你确定你真的没事吗？"

"我很好。"

"你用不着说为所有事情道歉。"

"不，我得说。我真的很抱歉。"

"其实……我们也很对不起你。呃，我很抱歉。"

这句话让我们安静了片刻，任凭沉默在线路间蔓延。"谢谢，爸爸。我得挂了，替我向妈妈说再见，还有，向赖莉问好。"

"我会的。等你回来以后，来我们这儿一趟怎么样？和赖莉一样，待上几天。"

"我会的。"我挂了电话。这就是万宝路硬汉，我想。透过敞开的阳台门，我向他望去，只见他的眼睛正越过阳台围栏回视着我。我的手又开始疼了，脑袋也疼，大概因为我知道得太多了，其实我也不想知道这么多。我又吃下一片止痛药。

五点半的时候，布莱索终于打来了电话。他带来的不是什么好消息，他带来的最后一块拼图，最终撕下了蒙在我眼前的那层希望的薄纱。听着他的话，我感到血液正被不断抽走。我又变成子然一人，更糟糕的是，我爱上的那个女人并不是简简单单地踹了我。她先利用了我，然后背叛了我，我从未想到有女人能做出这样的事情。

"我打听到消息了，伙计，"布莱索说，"我只能说，太令人震惊了，你一定要挺住。"

"你说吧。"

"蕾切尔·沃林，她的父亲是哈维·沃林。我过去不认识他。他当警探的时候，我还在干街头巡警。我跟一个老警探谈过，他说我打听的这个人有个绰号，叫作'撞墙的哈维'，就是喝了酒之后就撒酒疯，他就是那种古怪又孤僻的人。"

"他是怎么死的？"

"我正要讲到这个。我请一个哥们帮我把卷宗从档案室里捎了出来。那是十九年前的事了，有意思的是我居然都不记得这件事。估计我是光顾着自己查的那些事了。总之，我跟那位老哥们在菲尔斯角酒吧见了面，他把那份卷宗给我带来了。首先，就是她父亲没错，里面还有她的名字，她就是那个发现哈维尸体的人。他是开枪自杀的，子弹射进太阳穴。虽然结案报告显示是自杀，但里面有些问题。"

"什么问题？"

"嗯，一个是没有遗书；另一个，他当时戴着手套。当时虽然是冬天，但他是在家里自杀的，一大早起来第一件事就是把自己给杀了。负责调查这个案子的警探还在卷宗这里记了一笔，说他觉得这一点有些不大对头。"

"其中一只手套上留有射击残留物吗？"

"是的，就是这样。"

"那时她……当事情发生的时候，蕾切尔在家吗？"

"她说听到枪声的时候，她正在楼上的卧室里睡觉，在她那张大双人床上。她有些害怕，说直到枪响一个小时后她才敢下楼，然后就发现了哈维的尸体。报告上是这么写的。"

"她母亲呢？"

"她母亲几年前就离开了那个家。从那以后，家里就只有蕾切尔和她父亲，两人一起生活。"

我把这些话想了又想，突然间，布莱索特意提到的那张大双人床和他最后一句话的表述方式令我起了疑心。"就这些吗，丹？你没有把全部的信息告诉我。"

"杰克，让我先问你一个问题。你正在和这个女人交往吗？就像我之前跟你提过的，我在有线新闻网上看到她扶着你走出——"

"听着，我没时间了！你还有什么没告诉我？"

"好吧，报告里提到的另一个蹊跷之处就是她父亲的那张床铺得好好的。"

"你在说什么？什么意思？"

"他的床铺得好好的。看上去就像是他照常起床，把床铺好，穿好衣服，套上大衣，戴上手套，就像要出门上班了一样，但他没有出门，而是坐到椅子上照着脑袋开了一枪。又或者是他整宿都没有睡觉，坐在那儿想着自杀的事，最后开枪自杀了。"

一片绝望的浪潮席卷过来，把我扑倒在地，我顿时身心俱疲。我从椅子上滑到地上，依旧紧紧握着听筒。

"侦办这个案子的警探已经退休了，但还健在。他叫莫·弗里德曼。我们以前就认识，我刚刚升上警探的时候，他都已经准备退了，不过他确实是个好人。他现在住在波克诺，几分钟前我刚刚跟他通完电话。我向他打听这个案子，问他对这个案子怎么看。我跟他说，就是私下谈谈，说说个人观点，不向上面报告的那种。"

"他怎么说？"

"他说他把这件案子放过去了，因为他想，不管真相怎样，撞墙的哈维都是罪有应得。"

"他为什么会得出这个结论？"

"他认为那张床之所以铺得好好的，是因为没人在上面睡过，从来没有。他认为那个当父亲的在跟自己女儿睡觉，睡在那张大双人床上。但那天早上，女儿不想再继续下去了。那事以后，莫什么事情都没再打听，也不知道近来发生的这些案子。莫已经七十一岁了，平常只玩玩填字游戏。他说他不喜欢看新闻，不知道那个女儿后来成了一名联邦调查局探员。"

我说不出话来。我甚至不能动弹。

"杰克，你还在吗？"

"我得挂了。"

分局的接线员说巴克斯已经下班了。我请她再核查一下，她让我等了足足五分钟，但我敢肯定这段时间里她只是在修指甲或者补妆之类。回到线上后，她说巴克斯的确已经走了，我可以明天再打电话过来试试。没等我再说什么，她便挂了电话。

巴克斯是关键所在，我必须跟他见一面，把我掌握的情况告诉他，再按他说的办。我断定，如果他不在分局，估计就是回了那家威尔科克斯旅馆。不管怎样，我得过去一趟，我的车也还停在那附近。我把电脑包的背带往肩头一挎，走到门口，刚打开门，不禁呆住了。巴克斯就站在门外，正握起拳头准备敲门。

"格拉登不是诗人！他是个杀人犯，没错，但不是诗人。我可以向你证明这一点。"

巴克斯看着我，就好像我刚刚向他报告我看到万宝路广告牌上的硬汉冲我抛了个媚眼。"杰克，你瞧瞧你，你这一整天都在打古怪的电话，先是打给我，然后又是匡提科。我特意过来看看你，我在想是不是昨晚医生检查时遗漏了什么，要不我们一起出去兜个风——"

"听着，鲍勃，我不怪你这样想，在我今天给你和布拉德打过电话之后，你有这种想法不奇怪。可我当时无法向你和盘托出，我得有了把握以后再说。而现在，我有把握了，相当有把握。我现在就可以给你解释，我刚刚正想出门去找你。"

"那就坐下来，好好告诉我你葫芦里卖的什么药。你说我的鸡窝里有一只狐狸，这是什么意思？"

"我的意思是，你们这些人的工作就是识别和抓捕那些人，那些连环杀手。而现在就有一个这样的人一直潜伏在你们当中。"

巴克斯响亮地呼出一口气，摇了摇头。

"坐下，鲍勃，我会给你讲个故事。要是我讲完之后，你还是觉得我疯了，尽管把我带去医院。但我相信，你听完之后不会这样想。"

巴克斯在床尾坐下，我开始讲述整件事情，包括我今天下午的行动和打过的电话，讲完这部分花了差不多半个小时。我正准备告诉他我对这些收集到的事实的分析，他打断了我，提出质疑。对此我早已经考虑过，也知道该怎么应对。

"你忘了一件事。你说过，格拉登承认是他杀死了你的哥哥，就在他临死前。这是你自己说的，记录在你的陈述里，我今天下午才读过，你甚至说他认出了你。"

"但是他犯了个错误，我也理解错了。我没告诉他肖恩的名字，我只说我的兄弟。我告诉他，他杀了我的兄弟，于是他误以为他杀掉的哪个孩子就是我的弟弟，你明白了吗？这就是他会说那句话的原因，说他之所以杀死我兄弟，是为了拯救他。我想他的意思是说，他之所以杀掉那些孩子，是因为他知道那些孩子经过他的折磨之后，一辈子就毁了，就像他自己被贝尔特伦毁了一样。所以在他的思维里，杀死他们相当于拯救他们，免得他们今后变成他那样的人。他不是在说警察，只是指那些孩子。我认为他甚至不知道那些警察的事。至于说他认出了我，那是因为我上过电视，有线新闻网的报道，记得吗？他可能认出我是那则报道里出现过的面孔。"

巴克斯低头盯着地板。我看得出他在思忖这件事，我还从他的表情看出来，他觉得这事有一点可信度。我正在得到他的理解。

"好吧，"他说，"那么菲尼克斯酒店那些事，又是怎么回事？"

"我们当时已经很接近真相了，蕾切尔也知道这一点。她需要做些动作，引诱我们的调查走上歧途，或者确保我们只把目光放在格拉登身上直到我们逮捕他。尽管这个国家里每一个警察都恨不得他死，但她对格拉登会在逮捕过程中被击毙这事也没什么把握。所以她做了三件事，首先，她以诗人的名义给我们发出了那份传真，用她的电脑发到匡提科总机。这份传真写得非常巧妙，字里行间让我们把格拉登和那个杀害警察的凶手确切地联系在一起。回想一下，记得讨论那份传真的会议吗？她就是那个跳出来说那份传真把所有案子都联系了起来的人。"

巴克斯点点头，一言不发。

"其次，"我说，"她想到，只要她把这个故事透露给沃伦，一定会诱发我写报道，接着整个新闻界的人都会蜂拥而至。格拉登就会在某个地方看到这些报道，知道他不仅仅背负着自己做过的那些凶案，这之后的谋杀警察的案子也全算到了他头上，他会潜入地下，销声匿迹。所以她给沃伦打了电话，把这个故事透露出来。她可能已经知道沃伦离开基金会后回到了洛杉矶，四处兜售那个报道，又或许沃伦曾经给她打过电话，留了口信，让她知道在哪儿。你能明白我说的话吗？"

"你之前非常确信泄露消息的人是戈登。"

"我之前是这样，而且我有确切的理由，就是那些酒店账单。但那张药店收据显示，那些电话打出去的时候，索尔森根本不在自己的房间里，而且今天沃伦告诉我他的线人不是索尔森。这个时候他没理由撒谎了，索尔森已经死了。"

"第三件事是什么？"

"我认为，蕾切尔那天曾经登录过 PTL 论坛。我不知道她是怎么在这之前就知道这个论坛的，也许是别人向联邦调查局提供的情报。我不确定，但她的确拨号连接上了这个论坛。也许正是这一次，她往 PTL 论坛上传了克利尔蒙顿后来发现的那些自称幽灵的帖子。于是再一次地，那些帖子作为佐证，将格拉登和诗人犯下的谋杀案联系了起来。就这样，她一步步将格拉登套进了口袋，做成了铁案。就算我没杀死他，他还活着并且否认所有谋杀警察的罪行，但那些证据就摆在那儿，没人会相信他的话，特别是在他确实杀了人的情况下。"

我停下来深深吸口气，也让巴克斯可以好好消化我目前所说的一切。

"这三个电话都是她从索尔森的房间打出去的，"半分钟后，我接着说道，"这算是另一重保护。如果事情出了差错，也不会留下她打这些电话的任何记录，因为电话拨出来源是索尔森的房间，但那盒安全套摧毁了这个局，你了解她跟索尔森之间的关系。他们不断对着干，但两人之间仍然有些余情未了。他对她仍有感情，而她知道这一点，于是她就利用这一点。我觉得，如果她让索尔森出去买一盒安全套，说自己就在他的床上等着，索尔森绝对会心急火燎地冲出门直奔药店。我认为她当时正是这么做的。只不过，她没在索尔森的床上等着，她打出了那些电话。然后等索尔森回来的时候，她已经走了。这些事，索尔森没有很明确地告诉我，但就在我跟他一起工作的那天，他的话里隐约透着这个意思。"

巴克斯点点头，看上去有些魂不守舍。我想也许他看到了这一切将对他的前途带来什么影响。首先，拘捕格拉登的行动以惨败收场，他的指挥能力已经饱受质疑；而现在，又出了这样的事。他当探员副主管的日子已经屈指可数了。

"看上去太……"巴克斯把话咽了下去，我也没接话。有些情况我还没有告诉他，我在等待时机。他起身踱了几步，目光越过敞开的阳台门，投向那个巨大的万宝路硬汉广告牌，但他似乎对广告上的那个男人没什么兴趣。

"跟我说说月球，杰克。"

"月球？什么意思？"

"诗人所在的月球。你告诉了我这个故事的结局，但它是怎么开始的？一个女人怎么会走到我们现在正讨论的这个地步？"他在阳台门边转身注视着我，眼里闪着怀疑的光芒。他在寻找着可以不相信我的理由。

讲述之前，我先清了清嗓子。"这部分太难了，"我说，"你应该去问布拉斯。"

"我会的，但你先说来听听。"

我想了一会儿，才开始说道："一个年幼的女孩，我说不准，可能十二岁或者十三岁，被自己的父亲侵犯了，性侵犯。而她的母亲也……她的母亲离开了她。可能这个母亲知道家里发生了什么事，却又无法阻止，也可能是不在乎，只想一走了之。母亲离开了，抛下女孩一个人和父亲住在一起。父亲是个警探。他威胁她，让她从不敢向任何人讲，因为他是个警探，会查出来。他告诉她，她的话没有人会相信。她相信了他的话。

"然而有一天，女孩终于忍无可忍了，也可能一直忍无可忍，只是没有机会，或者没有想出合适的方案。不管怎样，那一天来了，她终于杀了他，还把现场伪装成自杀，成功地逃脱了法律的制裁。一个侦办案子的警探知道不对劲，但他又能怎么办？他知道那个父亲罪有应得，于是放过了她。"

巴克斯站在房间中央，凝视着地板。"我知道她父亲的事，我是说官方版本。"

"我有个朋友找出了非官方版本的很多详情。"

"接着说，然后呢？"

"接着就是她的成长与盛放。在杀掉父亲的那一刻，她从中感受到一种力量，她受到的创伤也随之愈合了许多。她挺过了这一关。这种事情很少人能够挺过去，但她做到了。她是个聪明的姑娘，考上了大学，学习心理学，以便更深入地了解自己，然后她被联邦调查局挑中了。她干得棒极了，在调查局里升得很快，直到她进了一个部门，一个确切地说就是专门研究像她父亲那样的人的部门，也研究像她自己的那类人。之后，她的主管想要研究警察自杀的现象，选中了她，因为主管知道她父亲事情的官方版本，但所谓的官方版本并非全部真相，只是官方的故事。她接受了这份工作，但心里明白挑选她的理由其实只是虚假的海市蜃楼。"

我停了下来。我诉说得越多，就越感受到一种力量，了解别人的隐秘是一种令人陶醉的力量。我用自己的力量查明了真相，串起了完整的故事。

"那么，"这时巴克斯低声问道，声音几乎低得跟耳语一样，"她又是怎么开始分裂的呢？"

我清了清嗓子。"一切都变得越来越好，"我接着说，"她嫁给了她的搭档，一切都变得越来越好。但是不久，事情又变得没有那么美满了。我不知道是因为工作的压力、过去的记忆还是婚姻的破裂，又或许是所有这些加到一起形成了合力。总之，她开始分裂了。她的丈夫离开了她，觉得她的内心一片——佩恩蒂德彩绘沙漠，他这么称呼她。而她因为这个恨上了丈夫，然后……也许她就回忆起她杀死那个折磨她的人，杀死她父亲的那一天。她回忆起杀人之后的那种平静……和解脱。"

我注视着巴克斯，他的眼神非常恍惚，也许在想象着这个我从地狱里召唤出来的故事。

"有一天，"我继续说道，"有一天，一份申请为凶手进行心理侧写分析的报告交到了她手里。在佛罗里达，一个男孩被残忍地杀害并肢解了，负责那个案子的警探要求提供凶手的心理侧写。她认出了那个警探，知道他的名字，很久以前她在一次访谈中听过这个名字，而且她知道他也是一个残酷的施暴者，跟她父亲一样，而这个案子里被他称作遇害者的男孩，很可能也是他实施性侵的对象……"

"对上了，"巴克斯接过了话头，"所以她前往佛罗里达找到这个贝尔特伦，又做了一遍她过去做过的事，就像对待她父亲一样。她伪装了现场，让一切看起来像是一桩自杀。她甚至知道贝尔特伦把霰弹枪藏在哪里，格拉登之前跟她提过这个。对付贝尔特伦简直太轻松了。她下了飞机，找到他，亮出联邦调查局的证件，走进他的屋子把他杀了。这让她再一次得到了平静，填补了她心灵的空虚，唯一的问题就是这种平静不能持续很长时间。没过多久，她又觉得空虚了，不得不再次作案。于是就像这样，一次接着一次。她跟踪着格拉登，然后干掉那些负责抓捕他的警探，在她得手之前，一直利用格拉登来掩盖自己的行踪。"

说这些话的时候，巴克斯一直神情恍惚地凝视着某个地方，仿佛眼前出现了一幕幕图景。"她熟悉所有的查案方法，知道我们所有的行动，"他说道，"用带润滑液的安全套在奥瑟莱克嘴里擦拭一遍。完美地误导了我们，她是个真正的天才。"

我点点头，接过话头道："她去过格拉登的囚室，知道档案里有一张照片，总有一天会被发现。她知道那张照片拍到了那些爱伦·坡的书，这一切都是个圈套。她跟着格拉登走遍全国，她有一种直觉，能从那些交上来的申请凶手心理侧写分析的案子里看出哪些案子是格拉登做的。她对这些案子有一种共情，这样她就能盯住他了，每一次外出便杀掉负责侦办案子的警探。她把每一桩案子都伪装成自杀，但又能把每一桩案子都栽在格拉登头上，以防某一天某个人出现，发现遇害的警探并非自杀，把一切揭示出来。"

巴克斯注视着我。"比如像你这样的人。"他说道。

"是的，比如我。"

49

　　巴克斯说这个故事就像大风天里晾在绳上的床单，仅仅靠几个夹子勉强夹着，随时可能被风吹跑。"我们还需要更多证据，杰克。"

　　我点头表示同意。他是专家，但真正的审判已经在我心里举行过了，判决结果已经下达。"你准备怎么办？"我问。

　　"我正在想。你已经……你正在跟她交往，对吗？"

　　"有那么明显吗？"

　　"有。"

　　之后整整一分钟，巴克斯一言不发。他边环顾房间边踱步，但并不是真的在看什么东西，所有的对白和想法都被他藏在心里，一个人来回掂量。最后，他停下脚步，望向我。"你愿意在身上安装一个窃听器吗？"

　　"你这是什么意思？"

　　"你知道我是什么意思。我要把她召回这里，让她单独跟你在一起，由你套出她的话来，也许唯一一个能从她那儿问出什么东西的人就是你了。"

　　我垂头看着地板，想起我和她的最后一次通话，她是多么轻而

512

易举地看穿了我的伪装。"我觉得我胜任不了，我骗不了她。"

"那她也许就会怀疑你，然后盘问你。"巴克斯说道，他放弃了之前的念头，视线投向地板，试图想出另一个主意，"但是，你还是那个唯一的突破，杰克。你不是探员，她知道如果有必要，她完全可以把你带走。"

"带我去哪儿？"

"带你下地狱。"他打了个响指，"我有办法了。你不用在身上装窃听器，我们可以把你装进窃听器。"

"你在说什么？"

巴克斯竖起一根手指，像是叫我先别开口。他拿起电话，将听简夹在耳边，按下号码，等待对方应答。电话线像给他套了个辔头，虽然他继续踱着步，但不论朝哪个方向走，缰绳都拉着他，让他只能走出几步。

"收拾好你的行李。"等待对方接电话时，他吩咐我道。

我站起身，按照他的命令，慢吞吞地把几件行李装进电脑包和那个枕套，一边打包一边听巴克斯叫接线员转给卡特探员，然后便下达了一系列指示。他要卡特给匡提科的联络部门打个电话，让他们传信息给蕾切尔搭乘的那架调查局飞机，命令那架飞机飞回来。

"就告诉他们，这边发生了一些不适合在电话里讨论的情况，我需要她回到这儿来。"他对着电话说，"就说这么多，明白了吗？"

卡特探员似乎做出了令他满意的回复，巴克斯继续下令道："现在，保持我这个电话在线，你打给探员主管。我需要地震屋的确切地址和密码组合，他会明白我的意思。我打算从这儿到那里去。我要你立即找个音频视频方面的技术专家，还有两名优秀探员。到那里我再告知你们详情，现在给探员主管打电话吧。"

我好奇地望着巴克斯。

"我只是在线，没在讲电话。"

"地震屋？"

"是克利尔蒙顿告诉我的，就在河谷区上面的山上。那房子从上到下都布满了监控系统，包括音频监控和视频监控。它原本在地震中受损了，原来的房主没有保险，直接离开了。联邦调查局从银行租来了这栋房子，把它当作一个试探当地建筑安全检查员、承包商和维修工的诱饵，因为有很多涉及联邦紧急情况处理委员会基金的诈骗活动，联邦调查局要介入调查。现在案件已经在等法院判决，那房子作为诱饵的使命也结束了，但租期还没到，所以它……"

巴克斯抬起一只手，卡特回到了线上。他听了一会儿电话，点点头。"右拐走穆赫兰道，然后第一个路口左拐，应该很容易找到。你们预计什么时候到？"

他告诉卡特我们会在他们之前到达，又补充说他要求所有探员对此全力以赴，然后挂了电话。

巴克斯驾车离开酒店时，我在心里悄悄对着万宝路广告牌上的硬汉敬了个礼。我们沿着日落大道向东驶去，到了月桂谷大道后沿着群山之间的公路一路向上盘旋。

"你是怎么安排的？"我问，"你准备怎么把蕾切尔引到我们现在要去的那个地方？"

"一会儿你给蕾切尔在匡提科的语音邮箱留个言，告诉她你正在一个朋友家里。那个朋友是你以前在报社认识的，现在搬到这儿来了，然后留下地震屋的电话号码。等她到了我会跟她谈，告诉她之所以把她从佛罗里达叫回来，是因为你到处打奇怪的电话，又对她横加指责，但谁也不知道你现在在哪儿。我会告诉她我猜你是止痛药吃得太多了，但我们还是要找到你，把你带回来，跟你谈谈。"

我感到越来越不舒服，被当作诱饵的命运难以预测，而且还得面对蕾切尔。我都不知道自己还能不能被活着带回来。

"最终,"巴克斯继续说道,"她就会发现你的留言,但她不会给你打电话。相反,她会追踪那个号码,查到那栋房子,然后去找你。杰克,她会一个人去找你。两种可能,必有其一。"

"什么可能?"我问道,尽管我心里已经很清楚。

"要么来跟你解释……要么来杀掉你。她会认为你是唯一一个知道真相的人。她需要尽力说服你,让你相信你那些天马行空的想法是错误的,或者她只需要把你摁倒在地上。要我说,我猜她会把你摁倒在地上。"

我点点头,这也是我的猜测。

"但我们也在那儿。在里面跟你在一起,非常近。"

这句话对我没什么安慰。"我不知道……"

"别担心,杰克。"巴克斯说道,开玩笑地伸手在我肩上捶了一拳,"你会没事的,这一次,我们绝对不会再出任何差错。你要担心的只是怎么套出她的话来。让她的供述留在录音带上,杰克。哪怕只是诱她承认诗人案子的一部分,我们就能逮捕她,逼出剩下的部分,让她的证言留在录音带上。"

"我试试吧。"

"你会没事的。"

我们进入穆赫兰道,巴克斯按卡特指的路右拐,沿着蜿蜒的蛇形山道驶向山顶,沿途只有从下面河谷区升腾而上的阴沉雾霭。我们绕来绕去地开了将近一英里,直到看见标有赖特伍德道的路牌,然后左拐向下开入一片住宅区,里面是一栋栋小房子,都建在钢架上,房子的一端还悬出了山崖。这些看着就惊险的建筑充分证明了工程水平,也证明了那些开发商是多么渴望在这座城市的每个山头都打下自己的烙印。

"你相信有人愿意住在这种房子里吗?"巴克斯问道。

"发生地震时，我会恨死住在这种房子里的自己。"

巴克斯开得很慢，一路查看刷在路缘石上的门牌号。我则观察着房子之间的空隙和从空隙处露出的下面的山谷。天色渐渐暗了下来，山谷里已经亮起了不少灯光。巴克斯终于在拐弯处的一栋房子前停下车。"就是这栋了。"

这是一栋木结构的小房子，从前面看不见起支撑作用的钢架，乍一看这房子就好像飘在下方的幽深山谷之上。我们盯了它半天，迟迟不愿下车。

"如果她知道这栋房子呢？"

"蕾切尔？她不会知道的，杰克。我知道这个还是听克利尔蒙顿说的。小道消息说分局有些家伙偶尔会利用这个地方，如果你明白我的意思的话，当他们跟某个不能带回家的人在一块的时候。"他冲我眨了眨眼，"咱们进去检查一下，别落下你的行李。"

前门有一个带锁的小箱子。巴克斯按下组合密码，打开小箱子，从里面取出一把钥匙，打开了房门。

他走进屋子，轻轻按下门廊凹处的灯。我跟在他后头进去，关上房门。屋子里只做了简单装修，但我完全忽略了这一点，因为我的注意力立即被起居室的后墙吸引了。整面墙完全由厚玻璃制成，下面就是壮阔的山谷，站在屋子里可以将整片山谷的景致尽收眼底。我穿过起居室，凝视着远方的谷地，能看到另一条山脉渐渐浮现的轮廓。我走近玻璃墙，近得可以看见自己呼出的气息喷洒在玻璃上，这样我就能直接俯视下方黑沉沉的山谷。身临悬崖的紧张感顿时袭来，我不由倒退几步，而巴克斯恰好在这时打开我身后的一盏灯。

我看到了玻璃上的裂纹。五块玻璃中的三块都有裂纹，像蜘蛛网一样辐射开来。我看向左边，这面玻璃墙上也有地震造成的裂纹，映出有些变形的我和巴克斯。

"这儿到底出了什么事？待在这里安全吗？"

"很安全，杰克，但是安全也只是相对而言。如果再来一次大地震，那这里就要面目全非了……目前地震造成的破坏主要是我们脚下的地板，或者应该说曾经的地板。克利尔蒙顿说那是破坏最严重的地方，除此之外还有墙体变形和水管破裂。"

我把电脑包和枕套放在地板上，勇敢地重新走到玻璃墙旁，视线久久地停留在外面的景致上。就在这时，门廊凹处传来一声尖锐的玻璃破裂声，我紧张地看向巴克斯。

"没事。这房子被用来当作诱饵之前，他们已经让工程师仔细检查过支撑的钢架。这房子不会掉下去。它只是看上去、听上去随时会掉下去，所以他们才会用它来当诱饵。"

我又点了点头，但还是对这房子不大有信心。我透过玻璃墙看向身后的巴克斯。

"唯一会掉下去的，是你，杰克。"

我看着玻璃墙上映照出的巴克斯的身影，不太明白他在说什么。这时，在因裂纹而呈现的四个影像里，我看到他手里拿着一把枪。

"这是什么意思？"

"这里就是你的终点。"

刹那间，我全明白了。我在岔路口拐上了错误的方向，归罪给了错误的人。就在这一刻，我突然意识到，是我的内在缺陷引我走上了一条错误的道路。归根到底，要怪的是我不敢信任、不肯接纳的本性。我不敢接受蕾切尔的感情，所以我总在寻找谬误，而不是真相。

"是你，"我说道，"你才是诗人。"

他没有回答，只是微笑着点了点头。这时我意识到蕾切尔的飞机并没有被召回，卡特探员也不会带着一名技术专家和两名探员过来。我现在能看透他的真实计划，当他在我的酒店房间里打出那些子虚乌有的电话的时候，他的手指恐怕一直压在电话机座上。我现在是孤身一人，对面就是诗人。

"鲍勃，为什么？为什么是你？"我太震惊了，居然还像对朋友一样叫他"鲍勃"。

"这故事太久远了，久远得就跟所有久远的老故事一样，"他回答道，"久远得几乎被遗忘，让我无法与你分享。既然如此，现在你也没必要知道了。坐到那把椅子上，杰克。"他用枪指了指长沙发对着的那把软椅，然后又把枪口对准我。

我没有动。"那些电话，"我说道，"是你从索尔森的房间里打的？"

我问这个问题其实是为了说点什么拖延时间，尽管我知道，对于现在的我来说，时间已经没有意义了。没人知道我在这里，没人会来。我的问题引得巴克斯发出一阵轻蔑的大笑。

"难得的好运气，"他说，"那天晚上我为我们几个订房间，有卡特、索尔森和我，可我显然把钥匙弄混了。那些电话，我是从自己房间里拨出去的，账单上却挂了索尔森的名字。当然，我那时并不知道，直到星期一晚上我趁你和蕾切尔共处一室时，溜进你的房间偷走了那些账单。"

我想起蕾切尔说过的话，运气得靠自己挣来。我猜这句话同样也适用于连环杀手。

"你怎么知道我拿着账单？"

"我不知道，至少不确定。但你给迈克尔·沃伦打电话，告诉他你掌握了指证他的线人的证据，把他的把柄攥在了手里。他就打电话给我，因为我才是他的线人。尽管他说你指证戈登是那个泄露消息的线人，我还是得查清楚你到底知道了什么，这就是当时我同意你重返调查组的原因，杰克。我得弄明白你都知道些什么，但我一直没查清，直到你跟蕾切尔上床时，我进了你的房间，发现了那些账单。"

"那天晚上我去酒吧的时候，跟踪我的人也是你吗？"

"那天晚上撞上好运的人变成你了。如果你走到那个门洞边，看看是谁在那儿，这一切那时就应当结束了。但是到第二天，你没来找我指控索尔森闯入你房间的事，我还以为威胁已经消失了。我以为你撒手不管了。从那时起，一切都完全按照我的计划进行得无比顺利，直到今天你开始往各处打电话，开始追问安全套和电话的事。我知道你在干什么了，杰克。我知道我必须得尽快行动。现在，坐到那把椅子上，我不打算再命令你一次。"

我挪到椅子边坐下，在大腿上擦了擦手，感觉双手一直颤个不停。我的后背抵着玻璃墙，我没什么可看的了，除了巴克斯。

"你之前是怎么知道格拉登的？"我又问，"还有格拉登和贝尔特伦的事。"

"我在那儿，记得吗？我也是访谈组的成员。当蕾切尔和索尔森去采访其他人的时候，我跟格拉登谈了一会儿。通过他告诉我的一些情况，锁定贝尔特伦简直易如反掌。然后我就等着格拉登被放出来，只等他行动就可以了。我知道他会再次作案的，这是他的本性，我对此一清二楚。于是我便把他当成掩护，我知道如果有一天我的事情被人发现了，那些证据也只会指向格拉登。"

"那你又是怎么知道 PTL 论坛的？"

"我们聊得太多了，杰克，我还有事儿要干呢。"

他的眼睛始终一眨不眨地死盯着我，就连在他弯下腰捡起那个枕套然后倒空，再伸手在我的随身物品中翻检时，他也一直死盯着我。他在那堆东西中没找到想要的，不大满意地继续对我的电脑包做了同样的翻检，直到找到我从医院拿回来的那一小瓶药。他迅速扫到瓶子上的标注，看了看，带着微笑扭头看我。"含可待因的泰利诺。"他笑着说，"这样一来就好办多了。吃一片，杰克。不，还是吃两片吧。"

他把药瓶向我扔来，我下意识地接住了。"我不能，"我说，"我一两个小时前刚吃过一片，两小时内不能再次服用。"

"吃两片，杰克，现在就吃。"他的音调没有任何改变，但从他那双眼睛里射出的凶狠目光令我全身发寒。

我哆哆嗦嗦地拧着瓶盖，半天才打开。"我需要水。"

"没有水，杰克，只管干咽。"

我把两片药放进嘴里，努力装作吞了下去，其实暗暗将药片藏到舌头底下。"吃了。"

"嘴张大点，杰克。"

我张大了嘴，他稍稍前倾身子查看，但还没近到让我可以夺枪。他始终待在我够不到的地方。

"知道我是怎么想的吗？我觉得药片被你压在舌头底下了，杰克。但是没关系，它们会溶解的，只不过多花一点时间罢了。我有——"这时又响起一声玻璃裂开的声音，他赶紧四下望望，很快又把目光重新落到我身上。"我有的是时间。"

"是你写了PTL论坛上的那些文章，你是幽灵。"

"对，我是幽灵，谢谢。现在我回答你刚才那个问题。我是从贝尔特伦那儿知道这个PTL论坛的。他可真是周到啊，我去找他的那晚他正好在线，所以我顶替了他在PTL论坛里的位置，我用的是他的密码，不久之后我又让系统管理员把密码改成了埃德加和佩里，恐怕冈贝尔先生都不知道他把……一只狐狸放进了鸡窝，用你的话说。"

我望向右手边的玻璃墙，可以看到身后谷地里的万家灯火。那么多灯，那么多人，我想，却没有一个人能看见或者帮助我。一阵恐惧席卷了全身，我颤抖起来。

"你得放松些，杰克，"巴克斯用平静的语气说道，"这是下一步的关键。你感觉到可待因的药效了吗？"

藏在舌头下的药片已经被压碎，我嘴里充斥着一股药的苦味。"你要怎么对我？"

"我想像对付其他人一样对付你。你不是想了解诗人吗？你将了解到他的一切，这可是第一手资料呀，杰克。你看，你就是我做出的选择。记得那份传真上的话吗？我早就做出选择了，他就在我的视野里，这会儿我正盯着他看呢。说的是你呀，杰克，从一开始就是你。"

"巴克斯，你这变态的杂种！你……"

这句破口大骂带动了我的肌肉，一部分药片被搅动起来，还没等反应过来，我已经下意识地咽下去了。巴克斯似乎知道发生了什么，又发出一阵大笑，随即突然收起笑声。他死盯着我，我从他的眼睛里看到了一丝幽光。我这才意识到，站在我面前的这个人是多么疯狂；我这才意识到，因为蕾切尔不是诗人，那么以前我认为是误导的那些招数，真正的诗人很可能做得出来，比如安全套、性侵犯之类，那些可能真的是他杀人过程中的一个流程。

"你当时是怎么对我哥哥的？"

"那是我跟他之间的事，是隐私。"

"告诉我。"

他叹出一口气。"什么都没做，杰克。什么都没做，他是唯一一个没有按照程序来的人，他是我的一次失败。但现在，我可以充分利用第二次机会。这一次，我不会再失手了。"

我低头盯着地板，能感受到止痛药正在身体里发挥作用，我用力闭上眼睛，双手紧握成拳，但是已经太晚了，药物恐怕已经进入我的血液。

"你已经无能为力了，"巴克斯说道，"放轻松些，杰克，让它控制你，很快一切都会过去。"

"你逃不了的，蕾切尔一定会看穿你。"

"知道吗，杰克？我想你说对了，百分之百正确。她会知道的，也许她已经知道了，这就是我准备干完这票就走的原因。你是列在我单子上的最后一项工作，然后，我就会离开去度假。"

我不明白他的意思。"离开？"

"我可以确定，蕾切尔已经开始怀疑了，所以我才一次又一次把她派遣到佛罗里达。但这只是一种暂时措施，用不了多久她就会知道。所以，到蜕皮上路的时候了，我将变成真正的我，杰克。"说出最后一句话时，他整张脸都亮了起来。我还以为他高兴得马上要唱歌，不过并没有。"现在感觉如何，杰克？有没有昏沉沉的感觉？"

我没有回答，但他知道答案应该是肯定的，我感到自己正滑向一片黑暗的虚无，像一只即将坠入瀑布的小船。这段时间里，巴克斯只是在旁观察，用他平缓单调的声音慢慢说着话，并不断叫我的名字。

"让它的效力影响你吧，杰克。好好享受这一刻，想想你的哥哥，想想你要对他说什么。我觉得你应该告诉他，你已经变成了一个多么了不起的调查工作者。一家子出了两个这样的人物，真是难得。想想肖恩的脸。微笑，他在对你微笑，杰克。现在闭上你的眼睛，直到你看到他的脸出现在你眼前。闭上眼睛吧，你不会有事的，你很安全，杰克。"

我无法控制自己，眼皮渐渐耷拉下来。我试着不去看他，拼命盯着玻璃墙里映照出来的灯光，但疲惫感仍然紧紧攥住了我，拽着我向下坠去。我闭上了眼睛。

"很好，杰克，非常好，你现在看到肖恩了吗？"

我点点头，感觉到他把手放到我的左腕上，把我的左手拉到椅子扶手上，接着把我的右手也拉到扶手上。

"非常好，杰克。你做得很好，非常合作。现在，我不想让你感觉到任何疼痛，没有疼痛，杰克。不论这里发生什么事，你都感觉不到疼痛，明白了吗？"

"明白。"我说。

"我希望你不要动，杰克。事实上，你也无法动弹，你的手臂重得抬不起来，你无法让它们动弹分毫，我说得对吗？"

"对。"我说。我的眼睛仍然闭着，下巴已垂到胸口，但我完全明白正在发生什么，我的意识似乎已和身体分开，正从上方俯视坐在椅子上的躯壳。

"现在睁开眼睛，杰克。"

我按照他的吩咐睁开眼睛，看见他就站在我面前。他的外套敞开着，枪插在衣服下的枪套里，一只手里拿着根长长的钢针。这是我的机会——枪插进了枪套，我却无法在椅子上动弹分毫，也无法够到。意识已经不能传送指令到我的身体。我只能一动不动地坐着，眼睁睁地看着他将针尖刺进我那没绑绷带的手掌。他又在我的两根手指上重复了这个动作，我始终无法做出任何阻止他的举动。

"很好，杰克。我认为你现在已经为我准备好了。记住，你的双臂重得抬不起来，无论你多么想移动双臂，你就是动不了；你不能说话，无论你多么想说话，就是发不出声音。但是，让眼睛始终睁着，杰克，你不会希望错过这一幕。"

他后退一步，用给商品估价的神情上下打量着我。"现在谁是最厉害的，杰克？"他问道，"谁更厉害？谁赢了，谁输了？"

我生出一股恶心感，但我无法移动双臂，也无法说出来，却仍然感觉到那股由纯粹的恐惧凝成的波涛向我滚滚袭来。我在虚空里放声尖叫，我感到泪水充满了眼眶，却落不下来。我看着他的双手伸向皮带扣，他说："这一次，我甚至都需要安全套了，杰克。"

他刚说完这句话，门廊里的灯忽然灭了。紧接着，我看见黑暗中一个人影一闪，然后听到了她的声音——蕾切尔。"不许动，鲍勃。

一寸都不许动。"

　　她的声音平静而镇定，充满信心。巴克斯僵住了，死死盯着我的眼睛，像是要从我的眸子里看到她的影子。巴克斯的双眼如死人一般，他的右手开始伸向外套，但从蕾切尔的位置看不到他的动作。我想大喊警告蕾切尔，但做不到。那一刻，我尽量绷紧全身的每一块肌肉，想要动一动，哪怕挪动一寸也好，这时我感到左腿虚弱地朝椅子外侧踢了一下。但这一下已经足够了，巴克斯对我的控制被打破了。

　　"蕾切尔！"当巴克斯拔出手枪，猛地朝她转身时，我大喊了一声。

　　交火的枪声响起，巴克斯向后倒在了地板上。我听到后面一块玻璃被打碎的声音，凉飕飕的夜风灌进房间。就在这时，巴克斯连滚带爬地躲到我坐着的椅子后面。

　　蕾切尔弯腰绕过墙角，抓住灯一拽，把它从插座上拔了下来。屋里顿时陷入了黑暗，只有从下面的山谷映上来的一点微光。巴克斯又向她开了两枪，枪声就在我脑袋旁边响起，我的耳朵都快震聋了。我感到他把椅子往后拉，以便让我更好地掩护他。我则像一个刚从沉睡中清醒过来的人，挣扎着想动弹几下，刚试着站起来一点，他扣住我的肩膀，又将我拽回到椅子上，死死把我按住。

　　"蕾切尔，"巴克斯叫喊道，"你开枪就会打中他，你希望发生这种事吗？把枪放下，出来。我们可以好好谈谈。"

　　"别听他的，蕾切尔，"我喊道，"他会把咱俩都杀掉。开枪打他！开枪啊！"

　　蕾切尔冲出那个可以提供掩护的墙角，这一次她身体低得几乎贴到地面。她举枪对准我右肩的后方，但她迟疑了，而巴克斯没有。他又开了两枪，蕾切尔只得扑回掩体后。我看到墙角已被打裂，石膏泥涂层和砖石碎屑炸开来。

"蕾切尔!"我大吼一声。

我在地毯上狠狠一跺,一瞬间使出最大力气,又狠又快地向后撞去。

这一撞令巴克斯大吃一惊,我感到椅子背结结实实撞在他身上,冲击力将他撞了出去。与此同时,蕾切尔从墙角翻滚出来,开了一枪,枪口喷出的火光照亮了整个房间。

我听到身后的巴克斯发出一声惨叫,接着就是一片寂静。我的眼睛已经适应了房间的黑暗,我看见蕾切尔走出墙角,走了过来。她双手平举着枪,双肘紧锁,枪口对着我的身后。当她慢慢从我身旁走过的时候,我也缓缓地转过身。她站在悬崖边上,举着枪对准巴克斯坠落的地方,下边只有无边的黑暗。她一动不动地站了至少半分钟,直到确信巴克斯就这么消失了。

寂静攫住了这栋房子,夜风掠过我的皮肤。她终于转过身来,走到我身边,抓住我的胳膊把我从地上拉起来,直到我能自己站定为止。

"好了,杰克,"她说,"一切都过去了。你受伤了?中弹了吗?"

"肖恩。"

"什么?"

"没什么,你没事吧?"

"我应该没事,你中弹了吗?"

我注意到她望着我身后的地板,又扫了眼四周。地上有血,还有碎玻璃。"不,不是我的血。"我说,"你打中了他,要不就是玻璃划到了他。"

我退后几步,和她一起站到悬崖边。下面只有黑暗,四下一片沉寂,只能听到风吹过树叶发出的唰唰声和远远传来的汽车声。

"蕾切尔,我很抱歉,"我说,"我还以为……我以为是你。对不起。"

"别说那些了，杰克。我们以后再谈。"

"我还以为你已经上飞机了。"

"跟你通过电话之后，我知道有些事不对劲，接着布拉德给我打来电话，把你之前问他的事告诉了我。我决定离开之前先跟你谈谈。我去了酒店，正巧看到你和巴克斯一起离开。我不知道当时怎么想的，但是我跟了上来。我猜也许是因为之前鲍勃把我派到佛罗里达的事吧，他本来应该派戈登去的。从那以后我就不再信任他了。"

"你在这儿听到了多少？"

"足够了，只是下不了决心，直到他拿出枪。我很抱歉让你经历了这一切。"

她从悬崖边退开。我仍然站在那里，凝视着下面的黑暗。"我还没来得及问其他人的事，我还没有问他为什么。"

"什么其他人？"

"肖恩，还有其他人，贝尔特伦罪有应得。但为什么杀肖恩？为什么杀其他人呢？"

"这些事没法解释，杰克。即使有原因，我们也永远不会知道了，我的车停在稍远的地方。我得回车里呼叫支援，还得派一架直升机搜索山谷，确定他的死活，最好也给医院打个电话。"

"为什么？"

"告诉他们那些药你吃了多少，看要不要采取什么紧急措施。"她朝门廊走去。

"蕾切尔，"我在她身后说道，"多谢了。"

"不客气，杰克。"

50

蕾切尔离开没多久，我便躺在长沙发上昏睡过去。直升机的声音闯入过我的梦乡，却没能把我叫醒。终于，我自己醒了，这时已经是凌晨三点。我被带到联邦大楼十三层的一间小讯问室里。在接下来的五个小时里，两个我从没见过的探员板着脸，一直向我提问，我把经历陈述了一遍又一遍，到最后我简直要被这种问法折磨得反胃了。这次讯问，他们没有安排速记员，因为我们这次谈的是他们当中的一员。我有种感觉，他们希望先反复打磨我的经历，直到形成他们最想要的样子，然后才会被记录归档。

直到上午八点多，他们终于宣布我可以下楼去自助餐厅吃早餐，然后开始正式记录，他们到时会找个速记员来。这时候，我已经把我的故事背得滚瓜烂熟，完全明白了他们希望我怎么回答被问到的每个问题。我其实并不饿，但我实在太想离开那个房间，太想远离他们了，所以他们说的一切我应该如何如何，我的回答都是好。他们至少没像押解犯人一样，押着我去自助餐厅。

到了餐厅，我发现蕾切尔也在，独自一人坐在一张桌子旁边。我拿了一杯咖啡和一个似乎已经放了三天的甜甜圈，走了过去。

"我可以坐在这里吗？"

"这是个自由的国家。"

"有时候我会怀疑这一点。那两个家伙，库珀和凯利，把我关在上面那个房间里足足五个小时。"

"你得理解一些事。你是会把消息传出去的人，杰克。他们知道如果你从这里走出去了，就会把这个故事传给报纸和电视，没准儿还会出本书。到时候全世界都会知道联邦调查局内部出了个害群之马。我们做了多少好事，阻止了多少坏蛋，这些都不值一提；而我们中间出了个坏家伙，那就会是一个爆炸性的大新闻。你会因此挣一大笔钱，我们却得承受所有苦果。总的来说，这就是为什么库珀和凯利没有给你主角待遇的原因。"

我上下打量了她一会儿。看起来她今天吃的是英式早餐，我看见空餐盘里有一点蛋黄的痕迹。

"早上好，蕾切尔，"我说，"也许我们可以重新来一次今天早上的邂逅。"

然而这句话让她更恼火了。"听着，杰克，我跟他们一样，也不打算用对待绅士的礼仪对待你。出了这种事，你还指望我用什么态度对待你呢？"

"我不知道。只是我跟那些家伙待在一起，回答他们的问题时，我其实一直在想着你，脑子里只有你，只有我们俩的事。"

我盯着她的脸想看出她的表情变化，但她没有任何反应，只是低头看着餐盘。

"你看，我本来可以竭力向你解释一切，说出我觉得是你的所有理由，但我知道那些并不是真正的原因。发生这一切的真正原因其实是我自己，蕾切尔，我心里总是缺了点东西……你对我那么好，毫无保留，我总是无法说服自己相信你是毫无理由毫无私心的，所以始终疑神疑鬼。这大概也是愤世嫉俗的一种表现吧。从一点点疑心开始，然后慢慢酝酿，最后变成现在这个样子……蕾切尔，我郑重向你道歉，而且向你保证：只要你还能再给我一次和你在一起的机会，我一定会尽一切努力克服猜忌，填补我心里缺失的那些东西。我保证，我一定会做到。"

蕾切尔仍旧没有反应，甚至没有看我一眼。我绝望了。我们结束了。

"蕾切尔，我可以再问你一个问题吗？"

"什么？"

"你的父亲。你真的……他真的伤害过你吗？"

"你是想问他有没有睡过我？"

我只是沉默地注视着她。

"我的那部分过去，那一段生活，我不想跟任何人谈论。"

我转动着咖啡杯，盯着它，仿佛它是我见过的最有趣的东西。现在，不敢抬头看对方的人是我了。"呃，我得上去了，"最后我说道，"他们只给我十五分钟。"我站了起来。

"你跟他们说起过我的事吗？"她问。

我的动作停住了。"你是说我们的事？没有，我一直在回避这个问题。"

"别向他们隐瞒什么，杰克。反正，他们早就知道了。"

"你告诉他们了？"

"嗯，没有必要对他们隐瞒。"

我点点头。"如果我告诉了他们，如果他们问我们是否还……我们是否还在交往，我该怎么回答？"

"告诉他们，陪审团还没有做出判决。"

我再次点点头，站起身。她刚才使用了陪审团这个词，让我想起昨天晚上我在心里组建的那个法庭，当时，作为陪审团的成员之一，我对她做出了判决。我想现在这情形倒也是唯一适合我的下场，她拥有针对我的种种证据，一一掂量它们，最后做出裁决。

"那么，你做出判决之后，告诉我。"出去的时候，我顺手将那个甜甜圈扔进了门边的垃圾桶。

做完凯利和库珀要求的笔录后，已经快到中午了，直到这时我才听到跟巴克斯相关的事。在走廊穿行，路过分局的各个办公室，我才注意到这里有多么空旷。整栋大楼几乎空了，每个办公室的门都开着，里面空荡荡的。这简直就像某个警察的葬礼正在举行，而我走进了去世警察所在的警察局，从某种程度上说，还真是这么回事。我差点想返回那间讯问室，问问那两个探员到底是怎么回事。但我知道他们不喜欢我，也绝不会告诉我任何他们不想让我知道或者没必要告诉我的消息。

路过联络室时，我听见双向对讲机里传出的声音。我朝里面望了望，看见蕾切尔一个人坐在屋里，她面前有一个麦克风控制台。我走了进去。

"嗨。"

"嗨。"

"我那边结束了。他们告诉我可以离开了。其他人去哪儿了？还是出了什么事？"

"他们都出去搜寻他的下落了。"

"巴克斯？"

她点点头。

"我还以为……"我把后半截话咽了下去。显而易见，直到现在他们都没有在悬崖下找到他的尸体。我之前一直没有问这件事，以为尸体已经找到了。"老天啊！他怎么可能……"

"活下来？谁知道呢。他们带着手电筒和搜救犬下去搜查时，他已经不见了。崖壁上有一棵高大的桉树，他们在上层的树枝上发现了血迹。他们推测他落到了树上，树接住了他，没让他一直掉下去。再往下，到了山脚，搜救犬就闻不到他的气味了。直升机一点用都没有，除了吵得一座山的人大半个晚上都睡不着。每个人都被吵得无法入睡，就你一人睡得昏天黑地。他们现在还在外头搜寻，所有人都被派了出去，在大街上和医院里搜索。然而直到现在，我们什么都没有发现。"

"天啊！"巴克斯仍然逍遥法外，就在外面某个地方，我简直不敢相信。

"如果是我，就不会担心，"她说，"他回过头来找你或者找我的可能性微乎其微。他现在的目标是成功逃亡，活下来才最要紧。"

"我担心的倒不是这个，"我说，虽然其实我就是担心这个，"只是觉得太恐怖了，简直毛骨悚然。像他这样的人如果逍遥法外的话……他们现在有没有查出什么……动机？"

"正在查，布拉斯和布拉德都在查，但是他这件案子恐怕会成为最难啃的那一件。此前真的一点迹象都没有，横亘在他两面性中间的那堵高墙实在是太厚了，就像银行金库大门一般。有的案子中，我们始终无法穿透这堵墙，始终无法解释动机。我们知道的只是他们这些人心里有邪恶的种子。总有一天，这种子会生根、发芽、繁殖，像癌细胞那样扩散，于是他便开始将他从前幻想的那些事付诸实施。"

我没有接话，只希望她能继续说下去，一直跟我说话。

"他们似乎会从他父亲身上着手，"她说，"我听说布拉斯今天就要前往纽约，去拜访老巴克斯先生。这种拜访我可不愿参加，你的儿子追随着你进了调查局，到头来却成为你最可怕的梦魇。尼采那句话是怎么说来着？'与怪物战斗的人……'"

"'应当小心自己不要成为怪物。'"

"是的，就是这句。"

我们俩沉默了片刻，思索着这句话。

"为什么你没有参加搜索工作？"我终于开口问道。

"因为我现在被分配做案头工作了，直到他们查清开枪射击一事以及其他问题。"

"联邦调查局行事怎么这么刻板？更何况他还没死。"

"本来不会这么刻板，但总有些别的因素。"

"因为我们的事？我们的事是因素之一吗？"

她点点头。"可以说，我的判断力受到了质疑。与一个证人兼记者发生感情纠葛，这不是我们称之为联邦调查局标准行为的做法。然后，今天早上又来了这个。"

她翻开一页纸，递给我。这是一份传真的复印件，上面是一张颗粒感很强的粗糙黑白照片。照片上，我坐在一张桌子上，蕾切尔偎在我怀里，正在吻我。我过了一会儿才想起来，照片上是那家医院的急救室。

"还记得当时有个医生偷看我们吗？"蕾切尔问道，"其实他不是医生，是个狗仔，这个浑蛋一定是变装混进医院的，他把这张照片卖给了《国家询问者》。到了星期二，这张照片就会出现在全国各个超市的收银台边，就杵在收银员前头公开发售。为了遵守他们所谓光明正大的新闻道德，那家报社把照片传真过来，想用它来换一次采访，至少是一点评论。你怎么看，杰克？"

"'去你妈的'这句评论怎么样？你觉得他们会把这句言简意赅的评论刊登出来吗？"我放下照片，注视着她，"我很抱歉，蕾切尔。"

"现在你是不是只会说这些话了？'对不起，蕾切尔'，'我很抱歉，蕾切尔'。这可不怎么像你啊，杰克。"

我差点再次说出对不起，但止住了，只是点了点头。我望着她，思考着自己怎么会犯下那么多错误。这时我才明白，这些错误一次次地消耗着我与她之间的感情。我顿时有些自怨自艾，我回忆着这一切的组成部分，一桩桩一件件无一不在鞭笞着我的心，让我确信自己当时真的做错了。我本想找出可被原谅的借口，却深知其实一个都没有。

"还记得你把我带到匡提科的那天吗？"

"嗯，记得。"

"当时带我去的那间办公室，是巴克斯的，对吗？还让我在那儿打电话。你为什么带我去那儿？我还以为是你的办公室。"

"我没有办公室，只有一张桌子，一个格子间。我带你去那儿，这样你还能有点私人空间。为什么问这个？"

"没什么。那只是之前我误会你的一个部分，当时看起来……看起来能和其他部分吻合得丝丝入扣。那张办公桌上有个月历，上面的标注显示他的休假时间正好与奥瑟莱克的遇害时间重合……我以为你对我撒了谎，当时你说你好长时间都没真正休过假了。"

"我们现在不要再说这些事了。"

"那什么时候说？如果现在不说，以后永远都没机会说了。我犯了一个大错，蕾切尔。我没有任何能被原谅的理由，但我想让你知道我当时是怎么想的，想让你明白我——"

"我不在乎！"

"也许你从来都没在乎过。"

"别想把责任甩在我头上，你才是那个犯下不可理喻的大错的人。我可没有……"

"那天晚上你做了什么？我们在一起的第一个晚上，在你离开我的房间以后？我给你打过电话，但你没接。我又去敲门，你还是没有回应。我在走廊上遇到了索尔森，他那时刚刚从药店回来。是你让他去买安全套的，不是吗？"

她垂头盯着桌子，这一次她盯了很久。

"至少回答一下，蕾切尔。"

"我也在走廊里遇到他了，"她轻声说道，"比你遇见的早，在我离开你的时候。看到他时，我实在是很生气，因为巴克斯居然把他也派来了。我都快气炸了，我想整他，羞辱他，我必须……做点事情。"

所以她承诺了会等他，打发他去药店买安全套，然而等他回来时，她已经跑了。

"你打电话、敲门的时候，我都在房间里。我没回应，因为我以为是他，他肯定也做了你做过的事，因为前后有两次敲门，电话也响了两次，我都没接。"

我点了点头。

"我并不因为做了这件羞辱他的事而感到骄傲，"她说，"特别是现在。"

"每个人都做过无法让自己感到骄傲的事，蕾切尔，但这并不能阻碍他们在生活的道路上继续走下去，也不应该成为阻碍。"

她不发一言。

"我得走了，蕾切尔。希望你能挺过来，一切都能如愿。我也希望，你什么时候能给我打来电话。我会一直等你。"

"再会，杰克。"

走过她身边的时候，我抬起手，用一根手指轻轻勾勒她下巴的线条。在那短暂的一瞬，我们的视线在空中相遇，交织。然后，我迈步离去。

51

　　他蜷缩在泄洪涵洞的黑暗中，休息着，集中意念以战胜痛苦。他知道伤口已经感染。创伤并不要紧，虽然那颗贯穿身体的子弹撕裂了上腹部的一条肌肉，但没有伤到内脏。问题是伤口被弄脏了，他能感觉到毒素已经开始入侵身体，令他只想一头栽倒，陷入沉睡。

　　他的目光沿着漆黑的涵洞向更幽深处望去，只能看到一星微弱的光，从很远的上方传来。那是一缕迷失的亮光。他撑在湿滑的墙壁上，好不容易才站定，然后开始慢慢向前挪动。熬过这一天，他一边挪着脚步，一边想，只要熬过最开始的这一天，就能挺过余下的所有日子。这就像一句咒语，他在心里不断默念。

　　在某种程度上，他感到宽慰。疼痛和饥饿正折磨着他，他仍旧感到了宽慰。再也不用割裂自己的人格了。假面已经不复存在，巴克斯已经不复存在。现在在这里的只有幽灵，而幽灵必将获得胜利。如今，没有任何东西能挡住他前进的道路，没有任何东西可以阻止他。

　　"没有！"他的声音在幽深的涵洞里回荡，又在黑暗中无声地消散了。他一只手捂着伤口，继续踏上前路。

52

晚春时分，洛杉矶水电管理局的一名调查员前来调查附近居民投诉的古怪恶臭的来源，最后在涵洞里发现了那具尸体。

那是具只剩下身躯的残骸，上面有身份证件、联邦调查局徽章和衣服。那具残缺不全的遗骸位于两条地下排水沟的交汇处，躺在一个混凝土架子上。涵洞里潮湿恶臭的环境加快了尸体的分解速度，尸体已严重腐烂，加上动物的破坏，调查人员已经无法查明死因，甚至无法进行尸检。不过验尸官还是在那具残骸上发现了一处类似子弹贯通伤造成的伤痕和一根被打断的肋骨，但是没有发现子弹碎片，因而无法证实此伤口是否为蕾切尔的枪击造成。

身份识别工作也无法得出明确结论。除了已发现的徽章、身份证件和衣服外，再没有其他东西可以证实这具残骸属于联邦调查局探员小罗伯特·巴克斯。袭击尸体的动物——如果真是动物——彻底破坏了下颌骨和上牙床，因而无法通过牙医诊断记录比对身份。

在我看来，一切似乎太凑巧了，其他人也这么看。布拉德给我打了个电话，告知了这些情况。他私下跟我说联邦调查局已经正式结案，但仍有人并未放弃追捕巴克斯。他说，有些人认为涵洞内发现的那具残骸只不过是巴克斯丢掉的一张皮，很可能是他在涵洞里碰上的某个流浪汉。他说他们相信巴克斯仍然活着，躲在外面逍遥法外。我也这样认为。

布拉德告诉我，尽管官方对巴克斯的正式搜捕已经结束，但联邦调查局对他的心理动机分析仍在继续，只是这一心理分析非常难以进行。探员们在他位于匡提科附近的公寓里搜检了整整三天，没有发现一件跟他的隐秘生活有关联的物品，没有杀人之后的纪念品，没有新闻或报道剪报，什么都没有。

还有一些非常微不足道的线索：他有一位追求完美、从未放弃体罚手段的父亲，他是个追求极度清洁的强迫症患者——我想起了他的那张办公桌，我坐在那儿时动了下月历，他很快就又扶正了。多年前与他解除婚约的未婚妻告诉布拉斯，他要求她每次做爱之前和之后，都要立刻冲澡洗干净。他在高中的一个朋友主动告诉布拉德，他曾透露，小时候每次尿床，他父亲都会用手铐把他铐在浴室的毛巾架上，但老罗伯特否认发生过这件事。

但这些只是细节，不是要追寻的答案。这些只是他巨大人格拼图中的些许碎片，他们只能依据仅有的碎片猜测拼图的原貌。我记得蕾切尔曾经对我说过，这就像试图把一块摔成碎片的镜子重新拼合起来，每一片碎片能映照出目标对象的一部分影像，但一旦目标对象发生了移动，影像也会随之变化。

我一直留在洛杉矶。我请贝弗利山的一位外科大夫给我的手做了修复手术，现在只有在电脑前工作一整天之后，那只受伤的手才会隐隐作痛。

我在山区租了一栋小房子，如果天气好，几乎能看到十五英里外波光粼粼的太平洋反射的阳光。但若遇上阴雨天气，外面的景致不免令人低迷，我便会合上百叶窗。夜里，我有时可以听到郊狼在尼科尔斯峡谷间哀鸣。这里气候温暖，我暂时没有回科罗拉多的打算。我定期给父亲、母亲和赖莉打电话，比我在家时频繁多了，但我依然害怕那里的幽灵，甚过害怕在此处的。

官方布告上，我并没有从《落基山新闻》离职，只是在休假。格雷格·格伦一直想让我回去，但我没有明确答复。如今掌握主动权的人是我。我现在是记者中上过《晚间报道》和《拉里·金脱口秀》的大明星，格雷格希望我的名字能出现在报社员工的名单中。现在我算是在休不带薪的长假，同时撰写新书。

我的经纪人已经把我的书和电影版权预售出去了，售价比我在《落基山新闻》工作十年能拿到的钱还多。等拿到这笔钱以后，我会把大部分作为信托基金，留给赖莉尚未出生的孩子，那是肖恩的孩子。我觉得这么多钱存在自己的银行账户上肯定管理不好，也觉得自己不配享受这笔钱。这是一笔血淋淋的钱，是好几条人命换来的。我只从出版商支付的第一笔定金里取出了一小部分，足够应付我在洛杉矶的花费，还有写完书稿后没准去一趟意大利的路费。

蕾切尔现在就在那里，这是布拉德告诉我的。得知自己将被调离行为科学部、调离匡提科，她便用之前攒下来的假期出国了。我一直等着她联系我，却迟迟没有她的消息。现在我觉得再也等不到她了，我想我也不会去意大利，尽管她曾邀请我一起去。夜里，无数可怕的幽灵在我身边逡巡，但是最可怕的幽灵在我心中。它引诱着我，使我怀疑一切自己最渴望得到的东西。

53

　　死亡是我的领域，我借它谋生。我靠着它铸就我的职业口碑，我靠着它赚取钱财与荣誉。死亡始终在我身边徘徊，但从未像对抗格拉登与巴克斯时那样鼻息相闻。那时，它的气息喷洒在我的脸上，它的眼睛直视着我的眼睛，它的利爪曾经把我攫在手里。

　　我记得最清楚的就是他们的眼睛。每次入睡前，我都会回忆他们的眼睛，否则就无法安心入眠。不是因为那些眼睛里有什么东西，而是因为它们缺少了某些东西。那些本应在人类眼睛里存在的东西消散了，于是那些眼睛里便只剩下黑暗。那是一种空虚的绝望，却是如此吸引人，以至于我发现自己有时候失眠只是因为太过于沉迷那些眼睛。而每当想到那些眼睛，我就无法控制地想到我的双胞胎哥哥肖恩。我不知道他在生命的最后时刻是否直视过凶手的眼睛，我不知道他是否看到了我看到的那些东西。那是一种纯粹的邪恶，像烈火灼烧过的瘢痕。直到现在，我依旧因肖恩的死亡而悲伤，并将永远如此。每当把目光投向远方，等待着那个幽灵时，我想，也许当他下一次现身，我会再次直视他眼中邪恶的烈火。

图书在版编目（CIP）数据

诗人／（美）迈克尔·康奈利著；简扬译 . —— 北京：
北京联合出版公司，2018.11
　ISBN 978—7—5596—2521—2

　Ⅰ．①诗… Ⅱ．①迈… ②简… Ⅲ．①长篇小说－美
国－现代 Ⅳ．① I712.45

中国版本图书馆 CIP 数据核字（2018）第 210780 号

著作权合同登记 图字：01-2018-0895号

诗人

作　　者：[美]迈克尔·康奈利 著
　　　　　简扬 译
责任编辑：牛炜征
特邀编辑：张　锐　黄莉辉
封面设计：李照祥
版式设计：田晓波

- -

北京联合出版公司出版
（北京市西城区德外大街83号楼9层　100088）
新经典发行有限公司发行
电话（010)68423599　邮箱 editor@readinglife.com
山东鸿君杰文化发展有限公司印刷　新华书店经销
字数440千字　880毫米×1168毫米　1/32　17印张
2018年11月第1版　2018年11月第1次印刷
ISBN 978-7-5596-2521-2
定价：68.00元